读客®

读客科幻文库

跟着读客读科幻，经典科幻全看遍。

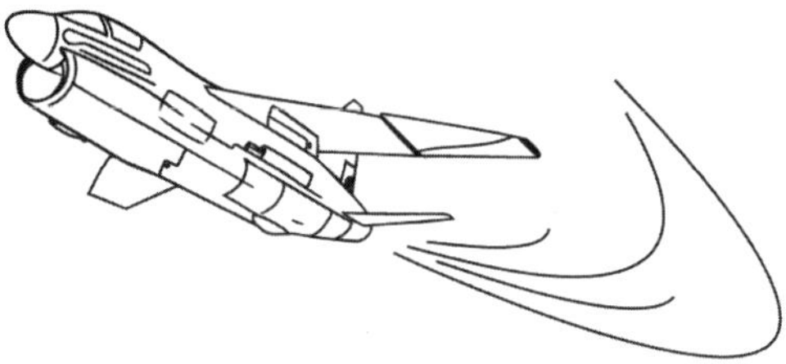

THE STARS, LIKE DUST

银河帝国

⑬ 繁星若尘

[美]艾萨克·阿西莫夫 著
叶李华 译

江苏凤凰文艺出版社
JIANGSU PHOENIX LITERATURE AND ART PUBLISHING

目　录

第一章
呢喃的寝室

寝室中传出轻声的呢喃，音量几乎在听力极限之下。那是一种不规律的声响，声音虽小但相当明确，而且相当有威胁性。

不过，并非这个声音吵醒拜伦·法瑞尔，将他从沉重、不宁的睡梦中拉回现实世界。此时，他正在不停地辗转反侧，想摆脱小桌上发出的一阵阵“嘟嘟”声，而他的努力却徒劳无功。

他一直没张开眼睛，只是笨手笨脚按下了开关。

“喂——”他咕哝了一声。

收话器中立刻有声音传出，听来既刺耳又响亮，拜伦却懒得将音量调低。

那声音说：“请找拜伦·法瑞尔好吗？”

拜伦终于张开眼睛，面对着周遭浓重的黑暗。他感到口干舌燥，并察觉室内有一丝徘徊不去的气味。

他答道：“我就是，请问哪位？”

那声音不理会他的回答，径自说下去，听得出越来越紧张，而且音量不算小：“有人在吗？我想找拜伦·法瑞尔。”

拜伦用一只手肘撑起身子，看准影像电话的位置，猛力拍了一下影像控制键，小小的荧幕便亮起来。

他说：“我就在这里。”荧幕上出现一张刮得干净、左右有点不对称的脸孔，他认出那是桑得·钟狄，“早上再打来吧，钟狄。”

他正准备关掉通话装置，钟狄又说：“喂，喂，有人在吗？这是不是大学楼，五二六室？喂。”

拜伦突然发现讯号输出电路的小指示灯没亮。他暗自咒骂一句，赶紧按下开关，指示灯却没有任何变化。这时钟狄终于放弃，荧幕变得空无一物，只剩下一块正方形的空洞光芒。

拜伦关上荧幕，然后趴下来，拱起双肩，试图再将脑袋埋进枕头里。他生气了，首先，谁也无权三更半夜对他大吼大叫。他瞥了一眼床头板上微亮的数字，现在是三点十五分。将近四小时后，室内的光线才会重新亮起。

此外，他不喜欢在完全黑暗的房间醒来。就算在地球上待了四年，他仍无法适应这里的传统建筑——全部采用钢筋混凝土，低矮、厚实、没有任何窗户。这是一种上千年的传统，可回溯到力场防护罩尚未发明、原始核弹依然无坚不摧的日子。

不过那已经是过去时。核战曾对地球造成莫大的危害，使大部分地区充满无法清除的放射性，变得毫无利用价值。如今情况坏到不能再坏，但建筑物依旧反映出古老的恐惧。因此当拜伦醒来时，四周是一片绝对的黑暗。

拜伦再度用手肘撑起身子。好像有什么不对劲，于是他顿了一下。他察觉的并非寝室中带有致命威胁的呢喃，而是某种或许更不容易引起注意，而且显然安全无数倍的东西。

他发现空气不再缓缓流动。平时空气总会不断更新，那简直是理所当然的事。他试着轻松地吞咽口水，结果做不到。即使情况已经明确了，室内的气氛仍有种压迫感。通风系统早已停止运作，现在他真不高兴了，他甚至不能用影像电话报告这件事。

为了确定起见，他又试了一次。乳白色的方形光芒再次闪现，在床上映出一团朦胧的珍珠色光辉。它仍能接收，却已无法发送讯号。好吧，没关系，反正天亮前，根本不可能找人来修理。

他打了个呵欠，开始摸索他的拖鞋，又用掌根揉了揉眼睛。通风设备失灵，啊？这就能解释那种怪味道。他皱起眉头，使劲嗅了两三下。没有用，还是那种熟悉的味道，可是他无法找到来源。

他起身向浴室走去，自然而然伸手摸向电灯开关，虽然他只是要倒杯水，不一定真需要灯光。开关按下后，室内却黑暗依旧，他又气呼呼地试了几次。每样东西都坏了吗？他耸了耸肩，在黑暗中将水一饮而尽，立刻感觉舒服许多。走回寝室的时候，他又打了个呵欠，然后他试了试寝室的总开关，发现所有的电灯都不亮了。

拜伦坐在床沿，将一双大手放在肌肉结实的大腿上，开始思索这一切。通常，这种事值得跟管理人员好好理论一番。没人期望在大学宿舍受到酒店般的待遇，可是，太空啊，学生至少能要求一些最基本的效率。不过，现在这点也不怎么重要，毕业典礼在即，他的学业已经结束。三天后，他就要对这间宿舍说最后一声再见，同时，也要向地球大学与地球告别。

话说回来，他也许还是该报告一声，照实报告即可；他可以出去使用大楼的电话。他们可能会送来一盏自备电源的电灯，甚至可能临时装设一台电扇，让他可以安稳睡上一觉，不至于因心理作用产生窒息感。假如没人理睬，让他们都飘到太空去！反正只剩两个晚上了。

借着失灵的影像电话发出的光芒，他找到一条短裤，又套上一件短上衣。他认为这样穿就够了，并没有换掉拖鞋。这栋混凝土建筑有着厚实、几乎隔音的隔间，即使他穿上钉鞋在走廊用力踏步，也不会惊醒任何人，他并不觉得有换鞋子的必要。

他向门口大步走去，拉下了门杆，这个动作倒很顺利。他马上听到“咔嗒”一声，代表门锁已被开启。但实际上却不然，虽然他使尽力气，连二头肌都鼓了起来，大门仍旧丝毫不动。

他后退了几步。真是活见鬼，难道整栋大楼都停电了？不可能吧，电子钟仍在走，影像电话也还能正常收讯。

慢着！有可能是那些家伙——那些该下地狱的东西。这种事不时发生，当然是一种幼稚的行为，但他自己也参加过这种愚蠢的恶作剧。比方说，他的兄弟之一若要在白天溜进来，将这一切布置妥当，应该不是什么难事。可是不对啊，当他准备就寝时，通风系统与电灯都还正常。

好吧，那就是晚上溜进来的。这栋大楼是一座古老、过时的建筑，要使电灯与通风系统的电路失灵，不一定需要机械天才方能做到，而将大门堵死同样不难。现在他们一定都在等待天明，看看冤大头拜伦发现出不了门时，究竟会有什么好戏。他们也许到中午才会放他出来，再好好嘲笑他一番。

“哈，哈。”拜伦绷着脸，默默自言自语。若是这样，那就没什么关系。不过他总得做点什么，好将局势多少扭转些。

他转过身来，脚趾踢到一样东西，它在地板上滑开，发出金属般的声音。借着影像电话昏暗的光芒，他勉强能看见那东西的掠影。于是他将手伸进床下，一面拍着地板，一面大幅度左右摸索。摸到后，他将那东西凑到荧幕光芒附近。（他们还不够聪明，应该让影像电话完全停摆，而非仅仅拉断送讯电路。）

他发现手上抓的是个小圆柱体，半球形的顶端有个小孔。他将小孔凑近鼻端，仔细闻了一下，至少室内的怪味真相大白了，那是催眠瓦斯的气味。当然，那些家伙在破坏电路时，得借着它令他自己昏睡不醒。

现在，拜伦已能将经过一步步描绘出来。用铁棍撬开大门是件简单的事，而且是整个过程中唯一危险的步骤，因为他可能在那时惊醒。也许为了这场恶作剧，他们白天就对大门动过手脚，因此门看起来好像关上了，实际上根本没有，而他昨晚也未曾检查。总之，一旦打开门，他们就能丢进一罐催眠瓦斯，再将大门关上。罐中的麻醉剂会慢慢渗出，只要达到万分之一的浓度，就能让他昏迷不醒。这时他们可再进来，当然是蒙着口鼻。太空啊！一块湿手帕就能阻挡催眠瓦斯十五分钟之久，这点时间绰绰有余了。

这也解释了通风系统为何故障。为预防催眠瓦斯弥散太快，他们必须让空气循环中止。事实上，这件事得优先处理。影像电话失灵使他无法求救；大门堵住使他无法逃走；切断电灯则有助于引起恐慌。好家伙！

拜伦哼了一声。对这种事不能太敏感，否则根本交不到朋友。玩笑总归是玩笑，没什么大不了的。现在，他很想把门打坏，让这个恶作剧半途夭折。想到这里，他上半身结实的肌肉开始绷紧。可是蛮力绝对无济于事，这种门是为了防御核弹攻击设计的。该死的传统！

但总该有办法出去，他不能让他们逍遥法外。首先，他需要一个光源，一个真正的光源，不是影像电话那种既不理想又无法移动的光芒。这不成问题，衣柜里面有个自备电源的手电筒。

当他摸到柜门控制钮的时候，一时之间，他甚至怀疑衣柜是否也被堵死了。不过柜门轻易就打开来，平稳地滑进壁槽。拜伦对自己点了点头，这是理所当然的事。他们没有特殊理由堵死衣柜，而且根本没那么多时间。

他抓起手电筒，正准备转身，他的整个理论却在瞬间完全垮台。他吓得全身僵硬，腹部因紧张而肌肉突起，然后他屏住气息，开始用心倾听。

这是他醒来后首次听到寝室里的“呢喃”。那是一阵微弱且断断续续的“笑谈”，他立刻认出这声音代表了什么。

他不可能听不出来，那正是“地球死亡之音”，是一千年前所发明的一种声音。

说得明白些，那是放射计数器发出的声音。每当一个带电粒子或硬伽马波射入计数器，就会令它产生一次响应，电子的大量跃动便汇聚成低声的呢喃。它是计数器发出的声音，为它唯一能倒数的事——死亡——倒数！

拜伦缓缓地，蹑手蹑脚地向后退。退了六英尺后，他才让白色光束射进衣柜深处。计数器果然在那里，在远处一个角落，但它无法提供更多的讯息。

他还是大一新鲜人的时候，那个计数器就躺在那里了。大多数从“外世界”来的新鲜人，在他们来到地球的第一周，便会买一个这样的计数器。因为刚刚抵达地球时，他们都对地球的放射性非常敏感，感到需要采取一些保护措施。通常在第二年，他们就会将计数器卖给新生，但拜伦一直没那样做。如今，他万分感谢自己的决定。

他转身走向书桌，睡觉的时候，他都将腕表摆在那里，而它仍在原处。当他拿起腕表，凑近手电筒光束之际，他的手已在微微发抖。这种表的表带以柔韧的塑料编成，呈现近乎液状的洁白，而它现在颜色未曾改变。拜伦将它拿远一点，试着从不同角度观察，结果发现它纯白如昔。

这种表带也是新生必购之物。硬辐射会使它变成蓝色，而蓝色在地球上代表死亡。假如你迷了路，甚至只是不小心，大白天都很容易走到一块放射性土壤上。城外数英里就开始有这种区域，政府尽可能将那些地带隔离起来。当然没人会故意走向那种死域，不过表带总是一种保险设备。

假使表带变成淡蓝色，你就得上医院接受治疗，绝没有讨价还价的余地。表带的原料对放射性敏感的程度与你一样，而利用适当的光电装置，便能测量蓝色的强度，借此即可迅速确定伤害的严重程度。

紫蓝色则代表完蛋了。正如同这种颜色变不回来，你同样已经回天乏术，不会再有任何疗法、任何机会、任何希望。你所能做的，就是随便找个地方等上一天到一周；而医院能做的，就只有准备将你火化了。

但至少他的表带还是白的，拜伦心中的鼓噪总算平静了些。

所以说，现在还没有多少放射性。这会不会是玩笑的另一部分？拜伦思索了一番，最后判断没这个可能。没有任何人会对他人开这种玩笑，至少在地球上不会，因为根据地球的法律，非法使用放射性物质是一项死罪。在地球上，对放射性的处理非常谨慎，他们必须如此。因此，假如没有天大的特殊理由，不会有人做出这种事情。

他勇敢地面对问题，将整件事仔细地、清楚地默想一遍。比如说，是什么天大的特殊理由，使某人想要谋杀自己。可是为什么呢？根本没有动机。他今年二十三岁，这二十三年来，他从未树立什么死敌。没有“这么”大不了，严重到非置他于死地不可。

他紧抓着剪得短短的头发。这是一种荒谬的思路，可是他无法摆脱。他又小心翼翼地走回衣柜，那里必定有什么放射性物质，而四小时前还不在那里。结果，他几乎立即发现答案。

那是个小盒子，长、宽、高都不超过六英寸。拜伦认出它是什么东西，下唇不禁微微打颤。他从来没见过这种东西，可是很早以前就听说过。他提起那个计数器，将它拿到寝室中，那种低声的呢喃便减弱许多，几乎接近终止。当他将计数器上的薄层云母隔板对准那盒子时，声音又重新出现，放射线就是从隔板射入计数器的。现在他心中再无疑问，那正是一颗“放射线弹”。

目前的放射线本身不会致命，它们只能算引信。在那盒子的某个角落，装置了一个微型原子反应堆。寿命短暂的人造同位素放出的粒子会穿透它，将它慢慢加热。在达到热度与粒子密度的阈值后，反应堆就会启动。虽然反应的高热会将盒子熔成一团金属，通常并不会发生爆炸，但会爆发出巨量的致命放射线，使附近所有的生物无法幸免。它的有效半径视其大小而定，从六英尺到六英里不等。

没有任何办法看得出它何时会达到阈值，或许几小时后，也或许就在下一刻。拜伦仍无助地站在原地，发汗的双手紧握着手电筒。半小时前，影像电话将他叫醒，当时他还心平气和，现在却知道自己死期已近。

拜伦可不想死，但他被禁闭在自己房间内，根本就一筹莫展，也找不到任何可供躲藏的地方。

他知道这间宿舍的地理位置。它位于走廊的尽头，所以仅有一侧紧邻另一间宿舍。当然，楼上楼下也都有人住。他对楼上的宿舍毫无办法，同楼隔壁的宿舍紧贴他的浴室，也是以浴室与他的浴室相连，他不信自己的呼救能传得出去。

只剩楼下那间宿舍了。

房间中有几把折椅，是招待访客用的，他举起了其中一把。当折椅撞向地板时，发出“啪”的一声，但声音实在不怎么大。于是他改用椅子的侧面敲击地板，发出的声音才变得较刺耳有力。

每敲一下，他都会稍微等一阵子，寻思这样做能不能吵醒楼下的人，能不能对他构成足够的骚扰，使他不得不向舍监告状。

突然间，他听到一阵微弱的嘈杂声，于是停止了动作，那把破椅子还举在头顶上。嘈杂声又传了来，像是微弱的叫喊，是从大门方向传来的。

他丢开折椅，也开始大喊大叫，再将耳朵紧贴门缝。可是大门与墙壁接得严丝合缝，即使门缝处声音一样模糊不清。

但他听得出来，有人正在叫自己的名字。

“法瑞尔！法瑞尔！”这样叫了几次后，对方又说了些别的，也许是“你在里面吗？”或者“你还好吗？”之类的话。

他吼道：“把门打开。”这样连吼了三四次。他急得满身大汗，因为即使是这一刻，放射线弹也随时有可能爆发。

他认为外面的人听到他了。至少，又有含糊的叫声传进来：“小心，……，……，手铳。”他知道他们的意思。他赶紧离开门边，向后退去。

接着便响起几下尖锐的爆裂声，他确实能感到室内的空气也在振动。然后是扯裂什么东西的巨响，大门应声向内倒下，走廊中的光线立刻洒进来。

拜伦伸开双臂冲到外面去。“别进去！”他吼道，“看在地球的份上，别进去，里面有颗放射线弹。”

他面前出现了两个人，其中之一是钟狄，另一位则是厄斯贝克。后者是他们的舍监，他连衣服都来不及穿好。

“一颗放射线弹？”他结结巴巴地问。

钟狄却说：“有多大？”即使三更半夜，钟狄的服饰与装扮还是讲究得过分，而他手中仍握着手铳，因此看起来很不相称。

拜伦只能用双手比一比。

“好的。”钟狄应了一声。当他转身面对舍监时，似乎显得相当冷静。“你最好将住在这区的学生全部疏散，如果校园内找得到防护铅板，赶快把它们搬到这里来，在走廊上一字排开。如果我是你，清晨之前我不会让任何人进来。”

他又转身面对拜伦：“有效半径也许有十二到十八英尺，它怎么会跑到这里来？”

“我也不知道。”拜伦用手背擦了擦额头，“要是你不介意，我得找个地方坐一下。”他向手腕瞥了一眼，才发觉腕表仍留在室内。他突然有一种疯狂的冲动，想要冲进去将腕表抢救出来。

疏散行动开始了，学生们被迅速驱离宿舍。

“跟我来吧，”钟狄说，“我也认为你最好坐一会儿。”

拜伦说：“什么风把你吹到我的门口？并非我不感激你，这点你该了解。”

“我打电话给你，结果没人接听，我又非见你不可。”

“见我？”他试图控制着不均匀的呼吸，每个字都说得很仔细，“为什么？”

“为了警告你，你的性命受到威胁。”

拜伦勉勉强强笑了几声。“我也发现了。”

“这只是个序幕，他们还会继续尝试。”

“‘他们’是谁？”

“别在这儿说，法瑞尔。”钟狄道，“我们需要私下谈谈这件事。你是个特定目标，而我现在这么做，或许已经让自己也身陷险境。”

第二章
天罗地网

学生交谊厅空空荡荡，而且伸手不见五指。清晨四点半的时候，几乎不可能有别的状况。但钟狄打开门后仍迟疑了一下，想要听听里面究竟有没有人。

“别开灯，”他轻声说，“我们谈话时不需要灯光。”

“今天晚上我受够了黑暗。”拜伦喃喃道。

“那我们留一道门缝吧。”

拜伦没力气与他争辩。他瘫在最近的一张椅子上，看着长方形光芒被渐渐掩起的大门压成一条细线。如今危险已经过去，他反倒开始感到心悸。

钟狄将门固定好，又把他的短指挥棒放在那道光线映在地板的位置。“注意看着，要是有人经过，或者大门被打开，它都能警告我们。”

拜伦说：“拜托，我没心情玩什么花招。如果你不介意，就请赶快把你想要告诉我的事告诉我吧。你刚才救了我一命，这点我明白，明天我会好好谢你。此时此刻，我只想小喝几杯，然后大睡一觉。”

“我想象得到你的感受，”钟狄说，“可是现在你只能算暂时躲过一睡不醒的厄运，但我希望你能永远躲过。你可知道我认识令尊？”

这个问题来得很突兀，拜伦扬起眉毛，但这个动作在黑暗中等于白做。他说：“他从没说过认识你。”

“如果他那么说，我才会惊讶呢。我和他相交，用的并非我在此地用的名字。顺便问一句，你最近有没有令尊的消息？”

“你为什么要问？”

“因为他现在有很大的危险。”

“什么？”

借着昏暗的光线，钟狄摸到对方的手臂并紧紧抓住。“拜托！保持你原来的音量。”直到这时，拜伦才发觉他们一直在悄声交谈。

钟狄继续说：“让我说得更具体点。令尊已遭到扣留，你了解问题的严重性吗？”

“不，我当然不了解。是谁扣留了他？你到底有什么企图？为什么要来骚扰我？”拜伦两侧的太阳穴起伏不已。刚才的催眠瓦斯与九死一生的经历，使他无法敷衍面前这位冷面的纨绔子弟。这人与拜伦坐得那么近，以致他的耳语跟喊叫声一样清晰。

“不用说，”他又悄声道，“你对令尊的工作应该略知一二吧？”

“假如你真认识家父，应该知道他是维迪莫斯牧主，那就是他的工作。”

钟狄说：“好吧，虽说我冒着生命危险试图搭救你，你并没有理由该信任我。你能告诉我的一切，我都已经一清二楚。譬如说，我知道令尊一直在暗中策划，准备反抗那些太暴人。”

“我郑重否认。”拜伦紧张地说，“即使你今晚救了我一命，你还是无权对家父做这种指控。”

“你的辩解实在拙劣之至，年轻人，而且是在浪费我的时间。难道你还看不出来，这种情况不是言语能搪塞的？让我直说吧，令尊已遭太暴人扣留，现在或许已经遇害了。”

“我不相信你的话。”拜伦准备要站起来。

“我的确有办法知道。”

“让我们到此为止，钟狄。我没心情玩推理游戏，我也厌恶你的企图……”

“嗯，什么企图？”钟狄的声音不再那么优雅，“我对你说这些，自己又能得到什么好处？请允许我提醒你，我获得的情报，这个你不愿接受的情报，使我明白可能有人将试图谋害你。想想刚才发生什么事，法瑞尔。”

拜伦道：“再说一遍，别拐弯抹角，我愿意听。”

“很好。我猜，法瑞尔，你知道我是来自星云众王国的同胞，虽然我一直冒充织女星人。”

“根据你的口音，我判断有这个可能，这点似乎并不重要。”

“这点很重要，朋友。我所以来到此地，是因为我和令尊一样不喜欢太暴人。过去五十年来，他们一直在压迫我们这些人，五十年可不算短啊。”

“我可不是政客。”

钟狄的声音好像透出一丝怒意，他说：“哦，我可不是他们的间谍，不是故意来找你麻烦的。一年前他们将我逮捕，就像现在逮捕令尊一样。但我设法逃脱他们的掌握，来到了地球，在我做好返乡准备前，我认为待在这里还算安全。有关我自己的事，我需要对你说的都说完了。”

“这些已经比我想知道的还要多了，先生。”拜伦无法在声音中透出不友善的情绪，钟狄过分中规中矩的礼貌态度，已经对他造成影响。

“我知道这点，但我至少得告诉你那么多，因为正是这个缘故，我才有机会和令尊结识。他和我一起工作，或者应该说，我和他一起工作。而他与我相处时，用的不是天雾行星最有权势的贵族那种官方身份，你了解我的意思吗？”

拜伦点了点头，在黑暗中这根本是无意义的动作。然后他说：“了解。”

“我们没有必要扯那么远。即使在地球上，我的情报来源也一直没断。所以我知道他给关了起来，此事千真万确。即使它只是我的猜疑，你刚刚险遭暗算也成了充分的证据。”

“怎么说？”

“如果太暴人抓到了老子，他们还会让儿子逍遥法外吗？”

“你是不是想要告诉我，我房里的放射线弹是太暴人放置的？这是不可能的事。”

“为什么不可能？难道你不明白他们的处境吗？太暴人统治着五十个世界，他们与被统治者的人数比例悬殊。在这种情况下，仅仅依靠武力是不够的。迂回间接的手段，例如阴谋、暗杀都是他们的拿手好戏。他们在太空中织成的罗网又密又广，我确信这张网横跨了五百光年，一直延伸到地球来。”

拜伦尚未从刚才的噩梦中完全清醒。远处模糊地传来搬动铅板发出的声音，而在他自己的房间中，那个计数器一定还在继续呢喃。

他说：“这说不通。本周我就要回天雾星去，他们应该知道的，又何必在这里杀害我呢？如果他们再等几天，我就会自投罗网。”找到这个漏洞令他大大松一口气，他多么希望自己的逻辑正确。

钟狄凑近些，他呼出的浓烈气息吹动了拜伦的头发。“令尊很有人望，他的死——一旦遭到太暴人监禁，就很可能会被处决，你必须有心理准备——即使是被太暴人驯服得丝毫没有勇气的亡国奴，听到他的死讯也会愤慨不已。你继任维迪莫斯牧主后，就可以聚集这股怒火。若是将你一并处决，会使人民变得加倍危险，他们的目的不是要制造烈士。但是，如果你在某个远方世界意外身亡，那对他们而言就方便多了。”

“我不相信你。”这句话已成为拜伦唯一的挡箭牌。

钟狄站起来，调整了一下他那双薄手套。然后他说：“你太卖力演出了，法瑞尔。如果你装成并非完全不知情，你扮演的角色或许还更可信。令尊想必是为了保护你，而避免让你知晓实情，但我不信他的信仰完全没有影响你。他对太暴人的仇恨自然而然反映在你身上，使你不由自主想要挺身反抗他们。”

拜伦只是耸了耸肩。

钟狄又说：“他甚至会想到开始利用刚成年的你。你待在地球顺理成章，看起来不像一面求学，一面还在进行一项特定任务。不过，也许就是因为你并未达成任务，太暴人才准备杀害你。”

“这是愚蠢的危言耸听。”

“是吗？姑且算是吧。假使现在真理无法说服你，稍后的事实也会令你信服。不久将有另一个暗杀你的行动，而且这次会成功。从现在起，法瑞尔，你等于是个死人了。”

拜伦抬起头来：“慢着！这件事和你个人究竟有什么利害关系？”

“我是个爱国者，我希望看到众王国重获自由，都能拥有自己选择的政府。”

“不，我是说你个人的利害关系。我不能光是接受理想主义，因为我不相信你有。这样说要是冒犯了你，那我实在很抱歉。”拜伦一字一字地坚决说道。

钟狄再度坐下，他说：“我的土地全部遭到没收。在我流亡前，被迫接受那些侏儒的命令就让我很不舒服。离开自己的土地后，我开始渴望重建一个太暴人来临前的时代，让我能做个像我祖父那样的人，这种念头过去从未如此强烈。我想要发动一场革命，这个实际的理由够不够充分？令尊本来可以担任这场革命的领导者，你辜负了他！”

“我？我才二十三岁，对这些都一窍不通。你可以找到更适当的人选。”

“我肯定可以，可是除了你，别人都不是令尊的儿子。假使令尊遭到杀害，你就是新任的维迪莫斯牧主。只要你拥有这个身份，即使你才十二岁，而且还是个白痴，对我一样是无价之宝。我需要你的原因，和太暴人必须除掉你的原因完全相同。若是我的动机无法令你信服，他们的动机必定可以。你的房里有颗放射线弹，它唯一的目的就是取你性命。还有谁会想杀害你？”

钟狄耐心地等了一会儿，便听到对方悄声的回答。

“没有什么人，”拜伦说，“据我所知，没有人会想要杀我。那么有关家父的事竟是真的！”

“那是真的，将它视为战祸的一环吧。”

“你认为我这样想就会好过一点？也许有一天，他们会为他树一块纪念碑？还是具有辐射铭文的，你在一万英里外的太空都能看见？”他的声音渐渐变得有点刺耳，“这样就能使我高兴吗？”

钟狄等着听下面的话，拜伦却没再开口了。

于是钟狄说：“你准备怎么做？”

“我要回家去。”

“所以说，你仍不了解自己的处境。”

“我说了，我要回家去。你到底想要我做什么？如果他还健在，我要把他救出来。万一他遇害了，我要……我要……”

“住口！”这位老大哥的声音变得冷酷而烦躁，“你像个孩子一样胡说八道。你绝不能到天雾星去，难道你不明白吗？我面对的到底是个婴儿，还是个讲理的年轻人？”

拜伦喃喃道：“你有什么建议？”

“你认识洛第亚的执政者吗？”

“那个太暴人之友？我认识这个人，我知道他是谁。众王国的每个人都认识他，亨瑞克五世，洛第亚执政者。”

“你见过他吗？”

“没有。”

“我正是这个意思。如果你从未见过他，就不能算认识他。他是个蠢蛋，法瑞尔，我这么说不是比喻。可是，当维迪莫斯牧权被太暴人没收后——那是一定的事，就像我的土地一样——会被转赠给亨瑞克。托付给他，太暴人会感到安全无虞，而你就是必须去找他。”

“为什么？”

“因为亨瑞克至少对太暴人有点影响力，即使只是个谄媚的傀儡所能发挥的影响，他也许能设法使你复位。”

“我不这么认为，他更有可能将我交到他们手里。”

“的确如此。但你会提高警觉防范，多少还是有机会躲过一劫。记住，你拥有的头衔既珍贵又重要，但它不是万能的。从事这种密谋活动，最重要的是要面对现实。民众基于感情因素，以及敬重你的家世，的确会聚在你身边，可是要长期留住他们，你就需要大量金钱。”

拜伦思索了一下："我需要时间做决定。"

"你没有时间了。那颗放射线弹放到你房间后，你的时间就用完了。让我们采取行动吧，我可以给你一封介绍信，让你去见洛第亚的亨瑞克。"

"这么说，你跟他很熟喽？"

"你的疑心从来不肯松懈。对不对？我曾经代表林根的独裁者，率领使节团前往亨瑞克的宫廷。他低能的心智也许早已忘了我，但他不敢表现出来。我的信能为你引荐，然后你可以见机行事。早上我就会把信交给你，中午有艘太空船飞往洛第亚，船票我准备好了。我自己也会走，但我会循另一个途径。别再逗留，你在这里的学业全部结束了，对不对？"

"还有个学位授予仪式。"

"只不过是一片羊皮纸，对你有什么重要吗？"

"现在不了。"

"你有钱吗？"

"足够了。"

"很好，太多反倒会引起怀疑。"他突然尖声喊道："法瑞尔！"

拜伦从几近恍惚的状态中惊醒过来。"什么事？"

"回到同学那里去，默默行动，别告诉任何人你要走了。"

拜伦默默点了点头。在他心灵深处某个角落，仍想到任务尚未完成，自己就这么一走了之，算是辜负命在旦夕的父亲。他承受着一种无奈的悲苦——父亲应该多告诉他一点，应该让他分担那些危险，不该让他如此盲目行动。

父亲在密谋中扮演的角色，他既然知道了真相，或者说至少知道得多了点，父亲叫他从地球文献中寻找的那份文件，也就越发重要了。可是他已经没有时间——没有时间取得那份文件，没有时间怀疑这一切，没有时间拯救父亲，或许也没有时间活下去。

他说：“我会照你的话去做，钟狄。”

桑得·钟狄在宿舍外的台阶上停下来，向大学校园瞥了一眼，眼光中显然没有赞许之意。

然后，他沿着砖铺的走道向前走去。自古以来，位于都市的校园都喜欢营造一种田园风貌，这条蜿蜒的走道便建在这种人工田园中。他能看到城中唯一一条大街的灯光在前方闪耀，而在更远的地方，则映着永不熄止的放射性蓝光。白天那种光芒被日光掩盖，现在则看得清清楚楚，可算是史前战争的无言证词。

钟狄抬头望向天空，暗自寻思了一会儿。在那遥远的星云深处，曾有二十几个互相争斗、不断扩张的独立政体。五十多年前，太暴人突然从天而降，一夕之间结束了这些政体。如今，在毫无预警且措手不及的情况下，死亡的宁静竟然即将降临。

当初的巨变有如晴天霹雳，至今他们尚未完全恢复。现在仅剩某种抽搐，偶尔会徒劳无功地刺激一两个世界。想要将这些抽搐组织起来，安排它们在适当时机同时发动，将是个很困难、很漫长的工作。好啦，他在地球的闲散日子过得够久了，如今已是该回去的时候。

此时，家乡的其他人也许正试图联络他，把讯息传送到他的房间。

于是他稍微加快步伐。

他走进自己房间后，果然收到远方传来的波束。那是一种私人波束，其安全性毋庸置疑，保密程度亦无丝毫漏洞。这种波束无需有形的接收器，也无需任何金属或电线捕捉周遭微弱飘忽的跃动电子——它们承载的细微电脉冲，是从五百光年外的另一个世界，经由超空间传送过来的。

屋内的空间已经极化，随时可以开始收讯。空间的随机性已被抚平，然而除了收讯，没有其他方法能侦知空间的极化。在这个特定的空间中，只有他自己的心灵可充当接收器，因为只有他的神经细胞结构才具有那种特殊的电性特征，得以与传送讯息的载波束产生共振。

讯息的保密性与他脑波特征的唯一性同样绝对。在整个宇宙的千兆人口中，想要找到另一个与他足够接近的人，能接收到他的私人波束，这种几率仅有亿兆分之一。

呼叫从无际、空虚且不可思议的超空间呼啸而来，钟狄的大脑感到了轻微的刺激。

"……呼叫……呼叫……呼叫……呼叫……"

发送讯号比接收讯号复杂得多，必须使用某种机械装置，产生一个极其特殊的载波，才能将讯息传送到彼端星云的接收器，这个装置就藏在他右肩的饰扣上。当他踏入极化空间后，发讯装置自动触发，接下来他需要做的，只剩下全神贯注地刻意驱动思想。

"我在这里！"根本不需要其他的识别讯号。

单调重复的呼叫讯号随即停止，他心灵中开始有话语形成："我们问候您，阁下。维迪莫斯牧主已遭处决，当然，这个消息尚未公开。"

"我并不惊讶，有没有其他人受到牵连？"

"没有，阁下。牧主一直未做任何口供，他是个勇敢且忠诚的人。"

"没错。可是光有勇敢和忠诚还不够，否则他也不会被捕，轻度的胆怯或许更有用。没关系！我跟他儿子谈过，就是那个新牧主，他已经跟死神打过照面，我们将要利用他。”

“可以请问如何利用吗，阁下？”

“最好还是让事实回答你的问题。如今为时尚早，我当然还无法预见结果。明天，他将启程去见洛第亚的亨瑞克。”

“亨瑞克！那年轻人将有生命危险，他是否知晓……”

“我已尽我所能告诉他了。”钟狄以严厉的口吻答道，“在他尚未有所表现前，我们不能对他太过信赖。就目前情况而言，我们只能认为可送他去冒险，就像其他人一样。他牺牲掉无妨，相当不足惜。以后别再送讯到这里来，我马上要离开地球。”

做了个表示结束的手势后，钟狄便在心中切断通话。

然后，他平静地、慎重地回想并衡量着过去一整天发生的每一件事。他渐渐展露笑容，每件事都安排得完美无缺了，这场戏将自动演到落幕为止。

没有任何一环要靠运气。

第三章

机会与腕表

太空船脱离行星表面的第一个小时，是整个旅程中最平凡无趣的一程。升空前后总是一团混乱，几乎无异于远古时代，在某条太古河流中，人类第一艘独木舟下水时的情景。

你找到了舱房，将你的行李安置妥当，随即感到周遭有股陌生而莫名的紧张气氛。最后一刻的亲昵拥抱，总是伴随着高声的喧嚣，等到嘈杂声渐渐消失，便传来气闸关闭的沉闷铿锵声。当闸栓向内自动旋转时，空气中又响起一阵飒飒声，闸栓就像个巨大的钻头，将气闸紧紧密封起来。

接下来则是诡异的静寂，每间舱房的红色讯号灯随即闪起："调整抗加速衣……调整抗加速衣……调整抗加速衣。"

服务人员在走廊上来回奔走，随手敲着每扇舱门，然后猛然将门拉开："对不起，请穿上抗加速衣。"

于是你开始与抗加速衣奋战，它又冷又紧，穿在身上很不舒服。但它连接到一个液压系统上，可以吸收升空时引起的令人难受的压力。

远处传来核能发动机的隆隆声，由于尚未穿越大气层，发动机仅处于低功率状态。然后，抗加速衣中缓缓减压的油液传来一股力量，令你感到几乎要不断后退。等到加速度减小时，你又觉得慢慢向前移动。假如你在这段时间未曾感到恶心，可能整个旅程都不会再发生太空晕。

在最初三小时的飞行中，观景室不对旅客开放。等到将大气层远远抛在后面，观景室的双重门快打开的时候，门外早已排了长长一列队伍。通常“行星族”（换句话说，就是从未到过太空的人）出席率是百分之百，然而，不少经验老到的旅客也不愿放过这个机会。

毕竟，从太空中眺望地球，是旅客必看的奇景之一。

观景室是太空船“外皮”上长出的“水泡”，由两英尺厚的钢化透明塑料制成，形状还真像半个肥皂泡。现在，太空船不再受到大气与尘埃粒子的摩擦，因此铱钢制成的伸缩保护盖收了起来。室内的灯火尽数熄灭，看台上则挤满旅客。在“地球反照”的辉映下，每张望向栅栏外的脸孔都清晰无比。

这是由于地球就悬在下方，像个巨大而闪耀着橙、蓝、白三色光芒的气球。呈现眼前的半球几乎全是日照面，从云缝中可以看见大陆，以及点缀着稀疏绿色线条的橙色沙漠。海洋是蓝色的，以地平线与漆黑的太空接壤，看起来对比分外强烈。在黑暗的、一尘不染的太空中，则布满无数灿烂的星辰。

旅客们都耐心等待。

他们真正想看的并非昼半球。当太空船不知不觉地靠着微幅的侧向加速，离开黄道面后，光芒耀眼的极冠便逐渐出现眼前。夜面的阴影在慢慢吞噬整个星球，欧亚非大陆构成的庞大世界岛，正庄严地步上舞台，不过北方却在“下方”。

地球上病态的不毛土壤，在黑夜中发出珍珠般的光芒，暂时掩饰了它的恐怖。土壤中的放射线是泛着晕彩的蓝光之洋，在奇异的彩带中闪闪发光，仿佛指示着当年核弹投掷的地点。那时候，距离力场防护罩的发明还有整整一代，等到足以抵御核爆的防护罩发明后，就再也没有其他世界能以这种方式自我毁灭。

旅客们目不转睛地观看这些奇景，直到几小时后，地球才变成无际黑暗中半枚明亮的硬币。

拜伦·法瑞尔是观赏者之一。他独自坐在最前排，两臂搁在栏杆上，若有所思地出神凝望。他从未预料到会这样子离开地球——方式不对，太空船不对，就连目的地也不对。

他用晒黑的前臂摩搓着下巴的胡楂，对早上没刮胡子这件事感到内疚。待会儿回到舱房后，他要立刻弥补。此时他还不想离去。这里有很多人，回到舱房将只剩他一个。

但或许正因为如此，他才必须离开这里？

他不喜欢这种陌生的感觉，自己成了他人的猎物，身边却没有任何朋友。

他已经失去所有的友谊。不到二十四小时前，当他被那通电话吵醒的一瞬间，它就随之消失无踪了。

即使在学生宿舍里，他也成为令人头疼的人物。当他结束了与钟狄的谈话，从学生交谊厅回来的时候，老厄斯贝克马上向他冲来。厄斯贝克简直六神无主，他的声音听来刺耳得过分。

“法瑞尔先生，我一直在找你。这个意外真是太不幸了，我实在想不通是怎么回事，你能想到任何原因吗？”

“不，”他几乎吼了起来，“我想不到。我什么时候可以进我的房间，把我的东西取出来？”

“天亮以后就行，这点我确定。我们设法把装备搬来这里，检验了那个房间，已经没有任何超过正常本底值的放射性。你能逃过一劫实在非常幸运，一定只剩下几分钟的时间。”

“没错，没错。可是如果你不介意，现在我想休息一下。”

“请到我的房间来吧，早上我们会再帮你安排，让你最后几天住得舒舒服服。嗯，对啦，法瑞尔先生，希望你别介意，我还有件事想问你。”

他表现得过分客气又过度小心，令拜伦想到如履薄冰这句成语。

“还有什么事？”拜伦不耐烦地问。

“你知道什么人可能有兴趣——嗯——捉弄你吗？”

“像这样捉弄我？当然没有。”

“那么，你又有什么打算呢？当然啦，这个意外若是闹得人尽皆知，学校当局会非常不高兴。”

他怎么一口咬定这是“意外”！拜伦以冷淡的口吻说：“我了解你的意思，可是你别担心，我对调查或警察等一律没兴趣。我会尽快离开地球，以免我的原定计划受阻。我不会怪罪任何人，毕竟我还活得好好的。”

厄斯贝克终于松了一口气，神情显得近乎粗鄙。他们想要的就是这句话，没什么不愉快，只不过是个意外，应该尽快将它忘得一干二净。

早上七点钟的时候，他又回到原来的宿舍。房间里很安静，衣柜里不再有任何呢喃。放射线弹和计数器都不见了。也许是厄斯贝克将它们拿走，然后丢进湖里去了。这样做可算是毁灭证据，不过这种事还是留给校方去操心吧。他将自己的东西装进手提箱，然后打电话给柜台，要求更换一间宿舍。他注意到电灯都已恢复正常，影像电话当然也通了。昨晚那场变故留下的唯一遗迹，就是那扇扭曲变形的门，门锁已经完全熔毁。

他们给了他另一个房间。这么一来，万一有什么人在窃听，就会以为他有意再留几天。然后，他又用大楼中的电话，召来一辆空中计程车，在他看来，整个过程没被任何人看见。至于自己突然失踪的原因，就让学校当局去猜吧，随便他们爱怎么想都行。

在太空航站里，他很快就看到了钟狄。两人只能算擦肩而过，钟狄一言不发，装作彼此不相识。但在他走开后，拜伦手中便多了一张去往洛第亚的太空船票，以及一个毫无特征的黑色小球，他知道那是个私人信囊。

他花了点时间研究这个信囊，发现它并未密封。来到舱房后，他将内容读了一遍。那是一封很简单的介绍信，字句少得不能再少。

拜伦在观景室中看着逐渐缩小的地球，思绪则停留在桑得·钟狄身上。他对此人的认识原本只是最浮面的，钟狄却突然闯入他的生命，带来天翻地覆的变化——先是救了他的命，再将他引向一个崭新而未知的方向。在此之前，拜伦只是知道他的名字，两人碰面时会点点头，偶尔也礼貌性地寒暄几句，不过仅止于此。他一直不怎么喜欢这个人，不喜欢他的冷淡、他过度的修饰与过度的礼貌，但那些跟现在的一切都没有关系。

拜伦焦虑不安地用手摸摸自己的平头，同时叹了一口气。他发觉自己的确渴望见到钟狄，至少此人主宰着目前的一切，他知道他自己该做什么，知道拜伦该做什么，还说服拜伦照着他的话去做。如今，拜伦却孤独一人，感觉自己非常稚嫩、非常无助、非常需要友谊，而且几乎被吓坏了。

从头到尾，他刻意避免想到自己的父亲。那样做一点用也没有。

“玛兰先生。”

这个名字重复了两三遍，拜伦才惊觉有人恭敬地搭着他的肩膀。他抬起头来，发现原来有个机器人站在他面前。

那机器人信差又唤了声：“玛兰先生。”拜伦茫然地足足瞪了它五秒钟，才想起那是他现在用的化名。钟狄交给他的船票，上面就用铅笔淡淡地写着那个名字，他的舱房也是用那个名字预订的。

“有什么事吗？我就是玛兰。”

信差体内的磁带开始转动，将口信一字一句吐出来，同时伴随着十分微弱的“嘶嘶”声。“我奉命前来通知您，您的舱房已被更换，您的行李已被搬走。请您去找事务长，就能领到新的钥匙。我们相信，这样做不会为您带来任何不便。”

“这究竟是怎么回事？”拜伦从椅子上转过身来。有几位尚未离去的旅客，本来仍在欣赏太空景观，现在都抬起头来寻找这声暴喝的来源。“这样做是什么意思？”

当然，跟一台机器争辩根本毫无意义，它只是在执行设定的功能而已。此时信差垂下金属脑袋，对他恭敬地鞠了一躬，它脸上始终挂着模仿人类的迎合式微笑。一鞠躬后，它便径自离去。

拜伦随即大步踏出观景室，在门口叫住一个高级船员，用的力气比预期的大了些。

“听我说，我要见船长。”

高级船员并未现出惊讶的表情。“是很重要的事吗，先生？”

“太空在上，的确如此。未经我的同意，竟然更换我的房间，我想知道这是什么意思。”

即使在这个节骨眼，拜伦仍感到他的怒气是小题大做，不过，这是他心中的愤慨不断累积的结果。他几乎惨遭毒手；他像个逃犯一样被迫偷偷离开地球；他将前往一个未知的地点，去做一件他不知道的事。如今在太空船上，他们还要将他整得团团转，他实在受够了。

然而，直到目前为止，他始终有一种不安的感觉，那就是假如换成钟狄，他的反应将与自己不同，也许会更明智些。管他的，反正自己又不是钟狄。

那名高级船员说：“我帮您找事务长来。”

“我要见船长。”拜伦相当坚持。

“好的，您若希望的话。”他冲着挂在翻领上的小型通话器说了几句，又彬彬有礼地对拜伦说，“等一下会通知您，请您耐心等候。”

西姆·勾德耳船长是个短小精悍的人。拜伦走进来的时候，他客气地站起来，从办公桌后面俯身向前，伸出手与拜伦握了握。

“玛兰先生，”他说，“我很抱歉，我们不得不麻烦你。”

他有一张国字脸，头发是铁灰色的，上唇蓄着两撇善加保养的短须，颜色比头发略深一点，而他的笑容多少有点保留。

“我也有同感。”拜伦说，“我有权住在预订的舱房中，我以为即使是你，阁下，在未经我同意之前，也无权作任何更改。”

“说得对，玛兰先生。可是请你了解，这得算是紧急事故。有个最后一分钟才赶来的乘客，一位很重要的人物，坚持要搬到接近太空船重力中心的舱房。他的心脏有问题，我们必须尽可能让他处于重力最小的环境，根本没有选择的余地。”

“好吧，可是为何偏偏选上我？”

“总得有人帮这个忙。你一个人单独旅行，而且又是年轻人，我们认为你不会在乎多承受点重力。”他双眼不自觉地上下打量拜伦六英尺二的身材，以及他一身结实的肌肉，“此外，你将发现新房间比原先的更精致，更换房间对你根本毫无损失。”

船长从办公桌后面站起来。“我亲自带你去参观新舱房好吗？”

拜伦发觉怒气快要消失了。这一切似乎都很有道理，不过，也可以说是毫无道理。

当他们离开船长寝舱时，船长又说：“明天晚上，请你与我共进晚餐如何？我们预定那时进行首度跃迁。”

拜伦不知不觉顺口答道：“谢谢你，这是我的荣幸。”

但他认为这个邀请有点莫名其妙。即使船长只是为了安抚他，也实在不必用这么殷勤的办法。

船长餐桌相当长，占了大厅整整一幅墙。拜伦发现自己的座位接近正中，凌驾同桌其他人，这十分不合理。然而面前就摆着他的名牌，而且服务生相当肯定绝没弄错。

拜伦不是特别谦逊的人，身为维迪莫斯牧主之子，从来没有必要发展这种人格。但身为拜伦·玛兰，他却只是个相当普通的平民，而这种事不该发生在普通平民身上。

此外，他的新舱房与船长说的完全相符，的确比原先那间精致许多。原来的舱房正如船票描述的：单身房、二等舱，现在则换成双人房、头等舱。寝室紧邻一间浴室，当然是私人的，里面还备有淋浴设备与风干机。

这间舱房邻近高级船员区，附近穿着制服的船员数也数不清。午餐盛放在银质餐具中，直接送到房间来。而晚餐前，又突然出现一名理发师。假如某人乘坐豪华太空客船，住的又是头等舱，这一切款待或许都在预料中，可是对拜伦·玛兰而言，却显得太过周到。

实在周到得过分了。傍晚理发师出现的时候，拜伦刚散步回来。他故意在各个走廊绕来绕去，但不论他转向哪里，一路上总有些船员在他身边——很客气，也很黏人。但他还是设法将他们全部摆脱，独自来到一四〇号丁室，也就是他原先的舱房，他一夜也没睡过的那间。

他在门口停下脚步，点燃一根香烟，与此同时，附近唯一的旅客转进了另一道走廊。拜伦轻轻按了按讯号灯，却得不到任何回音。

哈，他们没跟他要回原来那把钥匙，这无疑是一项疏忽。他将这个又薄又长的金属片插进钥匙孔，铝鞘中铅质隔板的特殊图样便启动微型光电管，大门随即打开来，他马上跨出一步。

这是他唯一的目的。他立刻离去，大门又自动关上。他只看了一眼，立刻明白一件事：他原来的房间连个普通的住客都没有，更别说什么心脏衰弱的重要人物。床铺与家具太过整齐，看不见皮箱或盥洗用具，根本没有一点住人的迹象。

因此，他们对他提供的一切豪华款待，只是为了预防他坚持要搬回原来的房间；他们是在乞求他别再打扰那间舱房。为什么呢？他们究竟是在打舱房的主意，还是在打他的主意？

现在，他坐在船长餐桌上，满腹的疑问仍得不到解答。当船长走进大厅，一步步登上餐桌所在的高台，准备就座的时候，拜伦与其他人一起礼貌地站起来。

他们为何要让自己换房间呢？

轻柔的音乐传遍整艘太空船，分隔大厅与观景室的隔墙已缩进船体。光线有几分暗淡，还带着些微橘红的色彩。此时太空晕（可能由于最初的加速过程，或首次经验船内各处重力的轻微变化而产生）最坏的症状已经消失，因此大厅完全客满。

船长上身微微向前倾，对拜伦说：“晚安，玛兰先生。你对新舱房感到满意吗？”

他则以硬邦邦的口吻答道：“简直太满意了，阁下。对于像我这样的人，有点奢侈得过分。”他注意到，船长脸上似乎突然掠过一丝惊慌的神色。

在享用甜点的时候，观景室玻璃罩的外壳平缓地滑进船体，灯光则调到几乎熄灭的程度。在那个巨大、漆黑的屏幕上，并未映出太阳、地球或任何行星。他们现在面对的是银河，严格说来，是“银河透镜”狭长的正侧面。在清晰耀眼的群星间，它有如一条明亮的对角线。

谈话的声音自然而然逐渐消失。大家都将椅子转向，以面对舱外的星辰。进餐的旅客变成观众，大厅中鸦雀无声，只有轻微的音乐还在缓缓流泻。

在一片静寂中，几台扩音器传出清晰有力的声音。

“女士们，先生们！我们马上要进行首度跃迁。我想，诸位大都知道跃迁是怎么回事，至少就理论而言。然而，有许多乘客——事实上，超过了半数——从来未曾真正经历过。下面我要说的话，就是特别针对这些乘客。

“跃迁是个名副其实的词汇。就时空结构的本质而言，任何物体都不可能以超光速运动。这是很早以前就被人类发现的自然法则，发现者或许就是爱因斯坦这个传奇人物，问题是，有太多成就都归功于他了。当然，即使以光速运动，也得花上静止坐标中好几年的时间，才能到达其他的恒星。

“因此，我们必须离开时空结构，进入超空间这个鲜为人知的领域。在超空间中，时间和距离不具有任何意义。就好像轮船穿过一道狭窄的地峡，便能达到另一个海洋，而若是一直在海上航行，则需绕过整个大陆，才能完成相同的航程。

“当然，想要进入这个所谓的‘空间中的空间’，需要极大的能量才办得到。为了确保重返普通时空之际，得以抵达正确的地点，又需要进行大量的精巧计算。耗费这些能量和脑力的结果，是让我们不花任何时间，便能穿越遥远的距离。直到跃迁发明后，星际旅行才终于有可能实现。

“我们即将进行的跃迁，将在十分钟后开始，诸位会事先得到警告，顶多只会有短暂的不适。因此，我希望诸位都能保持冷静，谢谢大家。”

此时太空船中灯光尽数熄灭，只剩下星光映照着大厅。

似乎过了很长一段时间，才突然传来简洁有力的宣告：“跃迁将在一分钟后准时进行。”

接着，同样的声音开始逐秒倒数：“五十……四十……三十……二十……十……五……三……二……一……”

每个人都觉得自身的存在仿佛中断了一刹那，同时体内产生了一下冲击，似乎发自人体骨骼深处。

在那无限分之一秒内，原本位于太阳系外缘的太空船已经跨越一百光年的距离，来到了星际太空深处。

拜伦身边有人以颤抖的声音说：“看那些星星！”

这句话立刻在大厅中引起回响，从一个餐桌传到另一个餐桌。“那些星星！看呀！”

在同样无限分之一秒内，星像有了急剧的变化。厚达三万光年的银河中心变得接近许多，星辰的密度也陡然上升。群星好像是细微的粉末，散布在有如纯黑天鹅绒的真空中，衬托出近处一颗颗明亮的星星。

拜伦不由自主想到一首诗的开头几句，那是他自己的即兴之作，当时他才十九岁，正是多愁善感的年龄。那首诗是在太空船上写成的，那是他首度的太空飞行，目的地正是这回的出发点——地球。他开始默默吟诵起来：

“繁星若尘，环绕着我

以栩栩如生的光雾；

无垠的太空，仿佛在我眼前

陡然乍现。”

此时大厅又变得灯火通明，来得急去得快，拜伦的思绪随即脱离了太空。他又回到太空客船的大厅内，现在晚餐已接近尾声，众人的交谈很快又达到普通的音量。

他向腕表瞥了一眼，随即又慢慢将腕表置于目光的焦点，凝视了足足一分钟。它正是那天晚上留在寝室中的腕表，致命的放射线并未令它受损。第二天早上，当他收拾东西的时候，便将这只腕表一块带走。从那时到现在，他究竟瞥见它几回？究竟看了它多少次，却始终只看到它指示的时间，从未注意它力图提供的另一项讯息？

因为那个塑质表带纯白依旧，没有变成蓝色，竟然还是白的！

当晚发生的一切渐渐真相大白了。真是奇怪，一件事实竟能驱散所有的迷雾。

他猛然站起来，咕哝了一句“失陪！”在船长尚未离座前先行离去，是一种相当失礼的行为，但现在对他而言，那根本算不了什么。

他赶紧向自己的舱房走去，快步沿着坡道前进，连无重力电梯也不愿等。进入舱房后，他立刻锁上大门，迅速检查了一遍浴室与壁柜。他并不指望能够逮到什么人，他们需要做的事情，一定在许多小时前便已完成。

然后，他又仔细翻查自己的行李。他们的工作做得很彻底，几乎未曾留下有人来过的痕迹。但他们取走了他的身份证件，以及一叠父亲写给他的信，甚至连装在信囊中，写给洛第亚执政者亨瑞克的介绍信都不翼而飞。

这才是他们要他搬家的真正原因，并非在打哪间舱房的主意，搬迁过程才是唯一重要的事。一定有将近一小时的时间，他们有正当的理由——正当的，太空啊——接触他所有的行李，借此达到目的。

拜伦倒在双人床上拼命思索，可是一点也没用。这个陷阱实在太完美，他们计划的每一步都太完美了。若非那个意料之外的好运，使他当天晚上将腕表留在寝室，那么即使事到如今，他依然不了解太暴人的天罗地网有多么严密。

此时，响起叫门讯号的轻柔“嘟嘟”声。

“进来。”他说。

来人是一名服务生，他恭敬地说：“船长想知道是否有他能效劳的地方。当您离开餐桌时，似乎显得不大舒服。”

“我很好。”他答道。

他们盯得多紧啊！此时此刻，他明白自己已无路可逃。这艘太空船正温和却很坚决地带他走向死路。

第四章
自由?

桑得·钟狄以冰冷的目光凝视着对方，说道:“你是说，不见了? ”

瑞尼特摸了摸自己红润的脸庞:“某样东西不见了，但我不知道是什么。当然啦，有可能就是我们要找的那份文件。我们仅仅知道，根据地球的原始历法，它是十五到二十一世纪间的文物，而且它十分危险。”

“有没有任何确切的证据，让我们相信失踪的就是那份文件? ”

“地球政府将它保管得很严密，我们只能作出间接的推断。”

“别理会这点。只要是和前银河时代有关的文件，地球人都会分外敬重，那是他们对传统的荒谬崇拜。”

“可是这份文件失窃，他们却从未对外宣布。他们为什么要守着一个空盒子? ”

“我可以想象他们宁愿这么做，也不愿被迫承认一件圣物失窃。不过我无法相信，它居然落到小法瑞尔手里，我认为你一直在监视他。”

对方微微一笑：“他没有得手。”

“你怎么知道？”

钟狄的这位手下立刻引爆惊人的消息。“因为那份文件二十年前就不见了。”

“什么？”

“它已经失踪了二十年。”

“这么说，那就不可能是我们要找的东西。牧主知晓它的存在，是不到六个月前的事。”

“那就是有人捷足先登，比他早十九年半得到这个情报。”

钟狄稍加思索之后说：“这没什么关系，不可能有关系。”

“为什么？”

“因为我在地球待了好几个月。我抵达此地之前，的确以为这颗行星可能藏有重要情报。可是现在不同了，当地球还是银河唯一的住人行星时，就军事而言，它只是个原始的世界。他们发明出的唯一值得一提的武器，就是粗劣低效的核反应炸弹，而当这种炸弹出现时，他们甚至来不及发展出有效的防御装置。”他动作利落地猛然伸出手臂，指着厚实的混凝土墙壁，墙外遥远的蓝色地平线之上，正闪烁着病态的放射性光芒。

他继续说：“我暂住此地的这段日子，对这一切做了番仔细的观察。你要是认为可能从一个军事科技水准这么低的社会学到任何事物，那就太荒唐了。人类一向喜欢设想有什么失落的艺术和科学，而且还不断有人创出原始主义的宗教，或是想出许多地球上有史前文明的荒谬理论。”

瑞尼特说：“但牧主是聪明人，他特地告诉我们，据他所知那是最危险的一种武器，你该记得他是怎么说的。我还背得出来，他说：‘它会导致太暴人的灭亡，以及我们全体的灭亡，可是对银河而言，它却代表终极的生命。’”

“就像所有的人类一样，牧主也有可能犯错。”

“想想看，阁下，我们对那份文件的本质毫无概念。举例而言，它可能是某人的实验记录，过去从来没有发表；它也可能跟某种武器有关，而地球人始终未曾认清，那是某种表面上看起来不像武器的……”

“荒唐，你自己也是军人，见识不该这么肤浅。若说有哪门科学，人类始终钻研不懈，而且获得相当的成就，就非军事科技莫属。过去一万年来，具有潜力的武器没一样遭到遗漏。我想，瑞尼特，我们该回林根去了。”

瑞尼特耸了耸肩，他并未被说服。

其实，钟狄自己同样未被说服，他的疑虑超过瑞尼特千倍。那份文件失窃了，这个事实意义重大——它竟然真值得偷！如今，它可能在银河中任何一人的手里。

他心不甘情不愿地想到，它有可能落入太暴人手中。这件事牧主说得相当含糊，甚至钟狄本人也得不到他的充分信任。牧主曾说它会带来灭亡，注定将对敌我双方造成同样的伤害。想到这里，钟狄紧紧抿起嘴唇。那个傻瓜，他的暗示多么愚蠢，而他现在成了太暴人的阶下囚。

假如某个太暴人，例如阿拉特普，掌握了像这样的秘密，那会有什么样的结果？阿拉特普！如今牧主不在了，那家伙则依然深不可测，他是太暴人中最危险的一个。

赛莫克·阿拉特普身材矮小，两腿有些外八字，天生一对眯眯眼。他像一般的太暴人一样，有着粗短结实的四肢。然而，面对藩属世界任何一位满身肌肉、魁梧异常的人物，他都能保持绝对的沉着镇定。他是个信心十足的太暴子孙，想当年，祖父辈离开了多风、不毛的母星，凭借昂扬的斗志，跨越虚无的太空，征服占领了星云区域众多富庶人稠的行星。

至于他的父亲，则率领了一支小型快速分遣舰队，采取打打逃逃的游击战术，将敌人巨大而笨重的战舰逐一化成废铁。

星云各世界用的都是老式战术，太暴人则学到了新式打法。当敌方舰队的巨型战舰寻求决战时，却苦于无法找到对手，徒然在太空中浪费能源。反之，太暴人舍弃巨大的动力，而特别强调速度与协调合作。因此，敌对的众王国一个接一个瓦解，其他的王国则抱持观望态度（对于邻邦的不幸，甚至还有几分幸灾乐祸），误以为躲在钢铁战舰的防线内，便能确保安全无虞，最终也难逃覆亡的命运。

不过那些战争都是五十年前的事。如今星云区域全部成为太暴人的势力范围，唯一需要做的只是占领与征税。过去还有其他世界有待征服——阿拉特普无精打采地想——现在却没什么好做的，除了偶尔镇压异己之外。

此时，他正望着面前这个年轻人。他实在不是普通的年轻人——身材高大，肩膀宽阔，脸上神情专注而认真，头发却短得可笑，无疑是大学生流行的模样。私底下，阿拉特普感到他很可怜，他显然给吓坏了。

拜伦则不认为自己感到“惊吓”，假如有人要他形容目前的情绪，他会将它描述为“紧张”。从出生到现在为止，在他心目中，太暴人一直是太上皇。他父亲虽然强壮有力，在自己的属地上拥有绝对权威，其他属地的人也都对他敬重万分，可是在太暴人面前，他却始终保持沉默，而且近乎低声下气。

太暴人偶尔会来到维迪莫斯，名义上是礼貌性访问。他们会问许多问题，都与他们称为税金的年贡有关。维迪莫斯牧主是天雾行星的代表，负责征收并运送这笔钱财，太暴人不时会翻翻他的账簿。

太暴人驾临时，牧主会亲自搀扶他们步下小型舰艇。用餐的时候，他们总是坐在最上位，每道菜一律先请他们享用。当他们开口时，其他的谈话都会立刻停止。

小时候，拜伦想不通为何需要如此小心侍候这些又矮又丑的人。渐渐长大后，他了解到一件事实，那就是这些人与父亲的关系，等于是父亲与牧牛人的关系。他自己也学会了用温和的语气对他们说话，并称呼他们“尊贵的阁下”。

他把学到的这些牢记在心，因此如今面对一位太上皇，一个太暴人，他便不知不觉紧张得打颤。

他视为监牢的那艘太空船，在登陆洛第亚那一天，终于成为一座正式的牢狱。他听到有人前来叫门，然后两名粗壮的船员走进来，一左一右站在他身边。随后而来的船长，则以断然的声音说：“拜伦·法瑞尔，我以船长的身份行使我的权力——现在我下令拘留你，等候大王的行政官前来问话。”

所谓的行政官，就是这时坐在拜伦面前这位矮小的太暴人，他看起来漫不经心又毫无兴味。而“大王”则是指太暴人的大汗，他仍住在太暴的母星，深居在传说中的石造宫殿内。

拜伦暗自打量四周，他的手脚未受任何束缚，却有四名警卫站在两侧，左右各两名。他们都穿着太暴驻外警察的青灰色制服，每个都全副武装。此外，还有一名佩戴少校徽章的军官，正坐在那位行政官的办公桌旁。

那位行政官终于开口对拜伦说：“也许你已经知晓，”他的声音又尖又细，“老维迪莫斯牧主，你的父亲，已经因叛乱罪遭到处决。”

他用一双老眼紧盯着拜伦的眼睛，除了和善，他眼中似乎再也没有别的。

拜伦维持着木然的状态，由于什么也不能做，使他感到万分沮丧。若能大骂或是痛打他们一顿，会令他感到舒服许多，但那样做也不能使父亲复生。他想，自己其实明白这个开场白的用意，那是为了令他崩溃，让他现出原形。哈，办不到。

他以平静的口吻说：“我是地球人拜伦·玛兰，如果你质疑我的身份，我希望跟地球领事取得联系。”

“是啊，不过现在纯粹是非正式阶段。你说，你是地球人拜伦·玛兰。然而，”阿拉特普指了指面前一叠文件，“这些信却是维迪莫斯牧主写给他儿子的。此外还有一张大学注册收据，以及发给拜伦·法瑞尔的毕业典礼入场券，这些都是从你的行李中找到的。”

拜伦感到了绝望，却没有形之于色：“我的行李遭到非法搜查，我不承认它们可以当做证据。”

“我们并非在法庭上，法瑞尔或玛兰先生。你对它们做何解释？”

“假如是在我的行李中找到的，那就是有人故意栽赃。”

行政官未继续追究，这令拜伦相当惊讶。他的理由太过薄弱，显然是极其愚蠢的谎言。但行政官不予置评，只是用食指轻敲着那个黑色信囊：“这封给洛第亚执政者的介绍信呢？也不是你的？”

“不，那是我的。”拜伦心中早有打算，因为介绍信并未提到他的名字。他说：“有个行刺执政者的阴谋……”

他突然打住，心中非常胆怯。当他终于说出这段精心设计的讲词后，才发觉它听来完全不可置信。不用说，行政官正在对自己冷笑吧？

不过阿拉特普没有那样做。他只是轻轻叹了一声，然后以迅速而熟练的动作，将一对隐形眼镜摘下来，小心翼翼地放进桌上一杯生理食盐水中。原本藏在眼镜后的那双老眼，现在看来有点泪汪汪的。

他说："而你知道这件事？虽然你身在地球，远在五百光年外？我们自己驻洛第亚的警察却未有耳闻。"

"警察都在这里，阴谋却是在地球策划的。"

"我懂了。所以说，你是他们派来的刺客？还是特地前来警告亨瑞克的？"

"当然是后者。"

"真的吗？你为何想要警告他呢？"

"希望获得一笔可观的赏金。"

阿拉特普微微一笑。"至少这点听来像是真话，你先前的陈述因此变得有几分可信。你说的那个阴谋，详细内容又如何呢？"

"那只能对执政者说。"

迟疑一下后，阿拉特普耸了耸肩。"很好，对于地方上的政治，太暴人根本毫无兴趣也毫不关心。我们会安排你跟执政者会面，好为他的安全尽我们一己之力。我的手下会一直盯着你，直到你的行李取来为止，那时你就可以自由离去——带他走吧。"

最后一句话是对武装警察说的，然后拜伦就被他们带走了。阿拉特普又戴上隐形眼镜，刚才摘掉眼镜所显出的几分无能神情，也就随之消失无踪。

他对留下来的少校说："我想，我们得好好注意这个小法瑞尔。"

那名军官立时点了点头："好！一时之间，我还以为你被骗倒了。在我听来，他的故事相当不着边际。"

"没错，正因为这样，我们才得以操纵他一阵子。像他这样的年轻人都很容易对付，他们心目中的星际阴谋都是从谍报影片学来的——他当然就是前牧主的儿子。"

此时少校却犹豫起来。"你确定吗？我们对他这样指控有点不够理直气壮。”

“你的意思是，所有的证据都可能是捏造的？为了什么呢？”

“他或许只是个诱饵，准备故意牺牲自己，以转移我们的注意力，真的拜伦·法瑞尔却在别的地方。”

“不，那太戏剧化，简直不可能。此外，我们手上还有个立方晶像。”

“什么？那孩子的？”

“牧主之子的，你有兴趣看看吗？”

“当然有。”

阿拉特普举起办公桌上的纸镇，它看起来只是个玻璃立方体，每边长三英寸，黑色且不透明。他说：“方才若有必要，我就准备让他见见这玩意。这玩意有个很逗人的变化，少校。它是最近由内世界发展出来的，我不知道你是否熟悉。外表上看来，它似乎是个普通的立方晶像，可是将它倒置，分子便会自动重排，使它变得完全不透明。这是个很有意思的巧思。”

他让晶像正面朝上，不透明的结构开始松动，渐渐变得越来越清澈，就像一团黑雾被风吹散一样。阿拉特普冷静地望着它，双手交叉置于胸前。

最后它变得如纯水般清澈，里面出现一张年轻的面孔，脸上挂着灿烂的笑容。那个影像栩栩如生，像是在呼吸间突然冻结成一座雕像。

“这样东西，”阿拉特普说，“是前牧主的私人物品。你有什么意见？”

“就是那个年轻人，毫无疑问。”

“没错。”这位太暴高官若有所思地凝视着立方晶像，“你可知道，利用相同的原理，我认为六个影像应该可以放在同一方晶内。它总共有六面，将方晶轮流立于每一面上，就可能导致一连串新的分子取向。当你转动方晶时，六个相连的影像会一个个轮换。这样一来，静态就变成动态，呈现出一种崭新的画面和效果。少校，这将是一种新的艺术形式。”由他的声音听来，他对这个想法越来越热衷。

沉默的少校却显得有些不以为然。阿拉特普很快摆脱了对艺术的执著，突然改变话题说：“那么你会监视法瑞尔喽？”

“一定会的。”

“也得监视亨瑞克。”

“亨瑞克？”

“当然啦，放掉那孩子为的就是这点，我要找出某些问题的答案。法瑞尔为何要找亨瑞克？他们之间有什么关联？死去的牧主孤掌难鸣，他们背后有——一定有——一个组织严密的阴谋，我们尚未了解这个阴谋的真面目。”

“但亨瑞克绝对不可能参与，他没那种智慧，即使他有这个胆量。”

“同意。但正由于他是半个白痴，或许成了他们的工具。果真如此的话，他就是我们整个计划中的一个弱点，这个可能性我们显然忽略不得。”

他心不在焉地挥了挥手，少校立刻向他敬礼，然后转身离去。

阿拉特普叹了一口气，又若有所思地转动着手中的晶像，看着黑墨般的沉淀物重新出现。

他父亲那个时代，凡事都比较简单。在战争中将敌方行星一一击溃，是一项既残酷又光荣的任务；而小心翼翼地操纵一个不知世事的年轻人，却只能算残酷而已。

但他必须这样做。

第五章
坐立不安

与“智人”的故乡地球相较之下，洛第亚的执政制度不算古老；即使与位于半人马座或天狼星附近的世界相比，它也不能算历史悠久。举例而言，大角众行星出现移民后两百年，一批太空船才首度绕过马头星云，发现了其后数百颗富含氧气与水分的行星。这些挤成一团的行星堪称重大发现，因为太空中虽然行星充斥，拥有适合人类生存条件的却少之又少。

在整个银河系中，发光发热的恒星为数在一千亿至二千亿之间。而围绕这些恒星的行星，总数有五千亿上下。当然，许多行星表面重力超过地球的百分之一百二十，或低于地球的百分之六十，因此人类无法长期居住其上。此外，有些行星过于炎热，有些温度又过低，还有不少的大气层是有毒的。在现有记录中，某些行星的大气层主要或全部成分都是氖气、甲烷、氨气、氯气，甚至四氟化硅。有些行星缺乏碳元素，有些则缺乏水分，曾有人发现一颗行星，它的海洋几乎由纯亚硫酸构成。

这些不适宜人类生存的条件，只要任何一条成立就够了。因此平均在十万颗行星中，还找不到一个适合人类居住的世界。即使如此，据估计可住人世界仍有四百万之众。

真正有人居住的世界究竟有多少，确切数字始终众说纷纭。若根据《银河年鉴》，洛第亚是人类开拓的第一〇九八号行星，不过年鉴上特别注明，这并非一项完全可靠的记录。

讽刺得很，后来终于征服洛第亚的太暴星，则在行星开拓榜上排名第一〇九九。

不幸的是，泛星云区域的历史轨迹，与其他星域的发展扩张期极为相似。首先，行星共和国如雨后春笋般迅速成立，每个政府都局限于一个世界。随着扩张政策的开展，大家都开始殖民邻近的行星，并将殖民世界纳入母星社会。小型的“帝国”一个个建立起来，彼此间就难免产生冲突与摩擦。

这些政府在广大星空间一一建立霸权，霸权的消长则取决于战争的胜败，以及领导阶层的兴衰。

只有洛第亚是唯一的例外，在英明的亨芮亚德王朝统治下，它维持了难得的长治久安。或许再耐心等上一两个世纪，它就很可能建立一个泛星云帝国。不料半路却杀出太暴人，十年间就完成了这项功业。

最后统一星云的竟是太暴人，这也实在是一大讽刺。在太暴星七百年的历史中，始终只维持着岌岌可危的自治，这主要还得归功于它贫瘠的陆地——由于缺乏水分，大半地区是荒漠，因此从未引来外敌入侵。

但即使太暴人来后，洛第亚的执政制度仍得以保留，甚至更加发扬光大。亨芮亚德家族极受民众爱戴，他们的存在使洛第亚更容易统治。太暴人只要能收到税金，不在乎由谁接受民众的喝彩。

事实上，近来的执政者并非当年亨芮亚德的嫡系子孙。执政者一向由王室成员遴选产生，好让最能干的一位出头。因此，王室一直鼓励收养外姓子弟。

然而，太暴人为了其他理由，也开始左右遴选的过程。二十年前，亨瑞克（五世）当选执政者，就是很好的例子。对太暴人而言，这算是个极有助益的选择。

亨瑞克当选执政者的时候，是个相当英俊的美男子。如今，当他对洛第亚议院发表演说时，看起来依然气度非凡。他的头发逐渐灰白，但是说来奇怪，那两撇胡子仍跟他女儿的头发一样乌黑。

这时，他正面对自己的女儿，而她显得十分恼火。执政者的身高将近六英尺，而她的身高只比父亲矮两英寸。她是个外柔内刚的女孩，黑眼睛、黑头发，而她此时脸上布满沉重的阴霾。

她又重复了一句："我不能！我不要！"

亨瑞克说："可是，艾妲，艾妲，你这样实在不讲理。我要怎么办呢？我能怎么办呢？站在我的立场，我又有什么选择？"

"假使母亲还活着，她就能想出办法。"说完她使劲一跺脚。她的全名是艾妲密西娅，这是个专属王室的名字，亨芮亚德家族每一代的女性，至少会有一人取这个名字。

"是啊，是啊，毫无疑问。饶了我吧！你母亲可真有办法！我常常感觉你完全像她，半分也不像我。可是老实说，艾妲，你没有给他机会。你有没有观察到他的——呃——优点呢？"

"哪些优点？"

"比方说……"他做了个含糊的手势，仔细想了想，又不得不放弃。然后他走近她，想将手搭在她肩上，算是给她一点安慰，她却转身闪开，深红色的长袍被她带起来，在半空中微微发亮。

"我陪他待了半个晚上，"她用苦涩的语调说，"他竟然想要吻我，实在太恶心了！"

“可是大家都在接吻，亲爱的。现在已经不像你祖母的时代，那些可敬的岁月。接吻不算什么，根本不算什么。新血，艾妲，他还有新血！”

“新血，太可笑了。过去十五年来，这可怕的矮子唯一有新血的时候，就是他刚刚输完血后。他比我还要矮四英寸，父亲，我怎能和一个侏儒出现在大庭广众？”

“他是个重要人物，非常重要！”

“那不会使他增高一英寸。他有双弓形腿，他们全都一样，而且他的呼吸有股怪味。”

“他的呼吸有怪味？”

艾妲密西娅冲着父亲皱起鼻子：“没错，有一股难闻的气味，我不喜欢，我也让他知道了。”

一时之间，亨瑞克张大嘴巴无言以对。然后他以嘶哑的声音、半耳语的音量说：“你让他知道了？你的意思是，一个太暴王宫中的重要官员，竟然有令人不快的生理特征？”

“他的确有！别忘了我有鼻子！所以当他靠得太近，我就捏起鼻子，然后用力一推。要说他有什么精彩的表现，也就只有那个时刻——他马上跌了个四脚朝天。”她用几根手指比划着，亨瑞克却没看到，他发出一声呻吟，拱起肩膀，用双手掩住了脸。

他从指缝间透出凄惨的目光：“现在怎么办？你怎么可以那样做？”

“那样做对我也没好处。你知道他怎么说吗？你可知道他怎么说吗？那使我再也无法忍受，实在是超过一个人忍耐的极限。从那一刻起，我就决心不再委屈自己，即使他有十英尺高也一样。”

“可是——可是——他究竟说了些什么？”

“他说——完全是影片中的台词，父亲。他说：‘哈！好个活泼的小姑娘！这令我更喜欢她了！’便在两个仆人的搀扶下颤巍巍地站起来，但他再也不敢对着我呼气。”

亨瑞克蜷曲在椅子里，上身向前倾，一本正经地凝视着艾妲密西娅：“你可以装模作样嫁给他，好不好？你根本不必认真。为了政治上的权宜之计，何不只要……”

“你说不必认真是什么意思，父亲？是不是要我用右手在结婚证书上签名的时候，将左手手指交叉成十字？”

亨瑞克看起来十分困惑：“不，当然不是。那样做有什么好处？交叉手指怎能改变婚约的效力？真是的，艾妲，我真没想到你竟然如此愚蠢。”

艾妲密西娅叹了一口气：“那你又是什么意思呢？”

“什么什么意思？你看，你把事情弄得一团糟。和你争辩的时候，我就无法集中精神想正经事。我刚才在说什么？”

“我只要假装愿意结婚就行，诸如此类的事。记得吗？”

“哦，对啦，我的意思是，你不必看得太认真，你懂了吧。”

“那么我想，我还能拥有情人。”

亨瑞克转趋强硬，皱着眉头说：“艾妲！我尽力把你教养成一个娴淑、自重的女孩，你母亲也一样。你怎能说出这种话？实在是可耻。”

“难道这不是你的意思吗？”

“我可以说，我是男人，一个成熟的男人。像你这样的女孩子，却不该重复这种话。”

“好吧，但我既然说了，便已无法收回。我不介意再有情人，假如我被迫为国而嫁，或许我真会找上几个，可是那样也会处处受限。”她双手撑住臀部，长袍的宽大袖子便从肩头滑落，露出黝黑的微凹肩胛，“我又能跟情人们怎么样？他仍是我的丈夫，想到这点我就无法忍受。”

“但他是个老头。亲爱的，他的寿命不会太长的。”

“还不够短，谢谢你的好意。五分钟前，他还拥有一身新血，记得吗？”

亨瑞克双手一摊。“艾妲，他是个太暴人，而且有权有势，在大汗宫廷中，他可是非常吃香的。”

“大汗也许认为他很香，他可能会这么想，因为他自己可能也很臭。”

亨瑞克吓得张大嘴巴。他自然而然朝身后瞧了瞧，再用嘶哑的声音说：“千万别再说像这样的话。”

“如果我想说，我还是会说。而且，那人已经有三个老婆。”她不让他插嘴，又抢着说：“不是大汗，是你要我嫁的那个人。”

“可是她们都死了。”亨瑞克一本正经地解释：“艾妲，她们都已不在人世，别再担心这一点。你想想看，我怎会让女儿嫁给一个三妻四妾的人？我们会让他提出证明。当初他娶她们的时候，也不是同时娶进门，而是一个一个来的，而且她们现在都死了，死得彻彻底底，一个也不剩。”

“这是可想而知的事。”

“哦，饶了我吧，我该怎么做呢？”他试图保持最后一点尊严，“艾妲，这是身为亨芮亚德家族的成员，以及身为执政者之女的代价。”

“我没有要求当亨芮亚德的一员，或是执政者的女儿。”

“这根本是两码事。只要纵观银河历史，艾妲，我们就能发现，为了国家的生存、行星的安全、人民的福祉，常常都需要，嗯——”

“某个可怜的女孩出卖自己的肉体。”

“哦，真是粗俗！等着吧，总有一天，你一定会当众说出这种粗话。”

“哼，事实正是这样，而我绝不会这么做。我宁可去死，我会采取任何手段，一定会。”

执政者起身向她张开双臂，他颤抖的嘴唇吐不出一个字。她突然痛哭失声，向他飞扑过去，猛力抓住他。“我不能，爸爸。我不能，别强迫我。”

他则笨拙地轻拍着她。“但你若是不肯，可知道会发生什么事吗？太暴人如果生气了，他们会赶我下台，把我关起来，甚至可能把我处……”他及时将那个字眼吞回去，“如今是个很不幸的时代，艾妲，非常不幸。维迪莫斯牧主上周被定罪，我相信他已被处决。你还记得他吧，艾妲？半年前他来过王宫。他的身材魁梧，有个圆圆的脑袋，以及一双深陷的眼睛，你刚见到他的时候十分害怕。”

“我记得。”

“唉，他或许已经死了。谁知道呢？我自己可能就是下一个，你这位可怜、温驯的老爹就是下一个。这是个很糟的时代。他到我们宫廷来过，这点就有蹊跷。”

她突然向后退了一臂之遥。“为什么有蹊跷呢？你跟他没有牵连，对不对？”

“我？绝对没有。但我们若拒绝跟大汗的宠臣联姻，就等于公开侮辱太暴的大汗，他们也许便会那么想。”

此时分机突然响起微弱的“嗡嗡”声。亨瑞克吓了一跳，原本紧绞着的双手也松开了。

“我去我的房间接，你休息一下。小睡片刻，你就会感觉好过些。我不骗你，真的，现在你只是情绪有点不稳定。”

望着他的背影，艾妲密西娅皱起眉头。她陷入沉思，前后有好几分钟的时间，只有胸部轻微的起伏证明她还活着。

门口突然传来跌跌撞撞的脚步声，于是她转过头来。

“什么事？”她的音调比预期的还要尖锐。

亨瑞克走了进来，他吓得脸色发青：“是安多斯少校打来的。”

“那个驻外警察。”

亨瑞克唯一能做的就是点点头。

艾妲密西娅叫道：“他该不会是……”她差点让那个可怕的想法脱口而出，但总算硬生生打住，等待父亲继续说下去。

“有个年轻人要求晋见，我不认识他。他为什么要来这里？他是从地球来的。”他上气不接下气，说得吞吞吐吐，仿佛他的心思被搁在转盘上，令他不得不跟着旋转。

女孩立刻跑到他身前，抓住他的手肘，高声道：“坐下来，父亲，告诉我发生了什么事。”她紧紧抓住他，他脸上的惊慌神色才稍微褪去一些。

“我不知道详情。”他悄声道，“有个年轻人来到这里，声称知道一个取我性命的详细计划，我的性命！而他们告诉我，我应该听听他怎么说。”

他露出傻笑。“我受百姓的爱戴，没有人会想要杀我。对不对？对不对？”

他以求助的眼光望着女儿，直到她答道“当然没有人想杀你”，他才总算松了一口气。

然后他又紧张起来：“你认为会不会是他们？”

“什么人？”

他上身向前倾，压低声音说：“太暴人。维迪莫斯牧主昨天来过这里，后来被他们杀掉了。”他的音调越来越高，“现在，他们又派人来杀我。”

艾妲密西娅大力抓住他的肩头，迫使他的心思转移到突如其来的疼痛上。

她道：“父亲！安静地坐下来！什么都别说了！注意听我说，没有人会杀你，你听到了吗？没有人会杀你。牧主来到这里，是六个月前的事，你记得吗？难道不是六个月前吗？想想看！”

“那么久了？”执政者细声道，“没错，没错，一定就是这样。”

“现在你待在这里休息，你紧张过度了。让我去见那个年轻人，如果安全的话，我再带他来见你。”

“你会去吗，艾妲？你会去吗？他不会伤害一名女子，他当然不会伤害一名女子。”

她突然弯下腰来亲吻他的脸颊。

“小心点。”他喃喃道，然后困倦地闭上眼睛。

第六章
王者之尊

拜伦·法瑞尔在王宫外围一栋建筑中不安地等待，这是他一生中，头一次体验到身为乡巴佬的无力感。

他自小在维迪莫斯堡长大，在他眼里，那座古堡始终美轮美奂。如今回想起来，它的华丽只配称为粗野。那些弯曲的线条、金丝银线的装饰、奇形怪状的塔楼，以及精致的假窗。想到这些，他就忍不住皱起了眉头。

然而此地则完全不同。

洛第亚王宫是亨芮亚德王朝极盛时期的石造宫殿，它并非一堆虚有其表的建筑，只有那些迷你君王才会将王宫建成那副德行；它也毫无衰亡中的世界所表现的天真。

每一栋建筑都稳健肃穆，一律采用直线构形，所有线条皆延伸至建筑物中心，却能避免尖塔所表现的柔弱气质。它们看起来并不突出，但外人不知不觉就会感到雄伟壮观。这样的建筑物，只能用含蓄、应有尽有和令人自豪来形容。

每座建筑都气势非凡，整体而言更是不同凡响，而巨大的中央正殿则是精华中的精华。洛第亚的阳刚格调本就不多，但仍由外而内逐次递减。在一座拥有人工照明与通风设备的建筑内，假窗这种极重要的装饰没有实际用处。因而此地完全舍弃，却未造成任何遗憾。

纯粹借着直线与平面，这些抽象的几何结构将人们的目光一路引到天空。

那名太暴少校从内间出来后，在他的身边站了一下。

“执政者现在要接见你。”他说。

拜伦点了点头。一会儿后，一个身穿深红与黄褐色制服的壮汉，在他的面前“啪”的一声立定。拜伦突然产生很深的感慨：真正有权力的人不需要炫耀外表，即使穿青灰色制服也足够了。而身为一位牧主，一生都要过着夸张且徒具形式的生活，一想到这种毫无意义的作风，他便不自觉地咬住嘴唇。

“拜伦·玛兰？”那名洛第亚卫士问道，拜伦便起身跟着他走了。

前面停着一节微微发亮的单轨车厢，它借着反磁性作用力，巧妙地悬浮在一条红色金属轴上方。拜伦从未见过这种交通工具，在进入车厢前，他先停下了脚步。

那节车厢并不大，顶多只能容纳五六个人。此时它正随风摇曳，好像一颗线条优美的水滴，在洛第亚灿烂的阳光下熠熠生辉。底下那条单轨十分细小，几乎跟一条电缆差不多，车厢从头到尾浮在上面。拜伦弯下腰来，还能从车厢底部的空隙看到蓝天。这时，突然有一阵风将车厢抬起来，车厢便飘在轨道上方一英寸之处，仿佛急着想飞走，拼命扯着拉住它的隐形力线。不久车厢又摇摇晃晃地下降，变得越来越接近轨道，但始终未曾与之接触。

“进去。”他身后的卫士不耐烦地说，拜伦便爬上两级阶梯，走进车厢中。

等到卫士也钻了进来，阶梯立即平稳无声地向上升起。在阶梯完全收起后，车厢光滑的外表没有留下任何痕迹。

拜伦直到现在才发觉，原来车厢的不透明外壳是个假象。进入车厢后，他竟然像坐在一个透明泡泡中。在简易的操作下，车厢腾空而起，轻易地向上爬升，冲撞着呼啸而过的大气。在车厢达到轨道最高点的一瞬间，拜伦见到了整座王宫的全貌。

向下望去，建筑群变成一个华丽的整体结构（他们最初的构想，不就是为了一个壮观的鸟瞰图吗？）周围镶着许多闪亮的铜线，其中一两条上急驰着外形优雅的车厢。

他突然感到身体向前冲，车厢在一阵晃动中停下来，整个车程前后还不到两分钟。

大门在他面前敞开，他走进去后，随即又在他身后关上。那是个又小又空的房间，屋内没有任何人。现在没什么人在后面推他，但他仍感到很不自在。这不是他的妄想，从那个要命的夜晚开始，他的行动一直受到他人左右。

钟狄将他安置到太空船上，太暴行政官又将他送到此地。每一步行动，都使他的绝望更上一层楼。

那个太暴人没有上当，这点拜伦心知肚明，自己太过轻易就摆脱了他。那行政官至少该给地球领事打个电话，也可以用超波与地球联络，或者对照他的网膜图样。这些都是例行公事，他们不可能疏忽遗漏。

他还记得钟狄对整个情势的分析，其中有些应该仍旧成立。太暴人不会公然杀害他，否则只会制造另一名烈士。但亨瑞克是他们的傀儡，下达一个处决人犯的命令，他能做得跟他们一样毫不犹豫。这样一来，他就等于被自己人杀害，而太暴人只是清高的旁观者。

拜伦用力捏紧拳头，他高大强壮，可惜如今手无寸铁。那些要来抓他的人都会带着手铳与神经鞭。想着想着，他发现自己已退到墙边。

他一听见开门声，立刻向左方望去。进来的是个身着制服、手持武器的人，但他身边还站着一名少女。他稍微松了一口气，那只是个少女而已。换成另一个场合，他也许会好好打量这名女子，因为她实在值得欣赏，但在此时此刻，她只不过是个少女罢了。

两人向他走近，在大约六英尺远的地方站定。他的眼光始终停留在卫士的手铳上。

那少女对卫士说："我先跟他谈谈，副队长。"

当她转身面对他时，她的眉心出现一道细细的纵纹。她说："声称知晓行刺执政者阴谋的人，就是你吗？"

拜伦说："我以为可以见到执政者。"

"那是不可能的，如果你有什么话要说，就对我说吧。倘若你的情报属实且有用，我们不会亏待你的。"

"我能否请问你是什么人？我又怎么知道你有权代表执政者发言？"

那少女似乎有点不高兴："我是他的女儿，请回答我的问题，你是从另一个行星系来的？"

"我是从地球来的。"拜伦顿了一下，又补充道，"郡主。"

后面那句尊称将她逗乐了："那在哪里？"

"天狼星区的一个小型行星，郡主。"

"你叫什么名字？"

"拜伦·玛兰，郡主。"

她若有所思地瞪着他："从地球来的？你会驾驶太空船吗？"

拜伦几乎笑了出来，知道她是在测验自己。她心里非常清楚，在太暴人控制的世界，太空航行是禁止研习的科学之一。

他说："我会驾驶，郡主。"若是进行实地测验，他便能证明这点，只要他们能让他活到那个时候。在地球上，太空航行并非遭禁的科学，前后四年的时间，他可以学到很多了。

她说："很好，你有什么情报？"

他突然拿定主意，假使只有卫士一人前来，他绝不敢那么做。但这位却是一名女子，而且她若没说谎——她真是执政者的女儿——她还有可能帮他讲话。

他说："根本没有什么行刺的阴谋，郡主。"

少女吃了一惊，不耐烦地对卫士说："你来接手好吗，副队长？叫他吐出实情来。"

拜伦向前走出一步，却撞上卫士戳过来的手铳。他急忙道："慢着，郡主，听我说！这是唯一能见到执政者的办法，难道你不了解吗？"

他提高音量，冲着她渐行渐远的身影叫道："能否至少请你转告殿下，说我是拜伦·法瑞尔，前来请求政治庇护？"

那是他最后一线微弱的希望。封建时代的惯例已渐趋式微，甚至在太暴人来临前便已如此，它们算是一种过时的传统。可是他再也没有别的办法，再也没有了。

她转过身来，双眉弯成两道钩。"现在你又自称属于贵族阶级？一会儿前你的姓氏还是玛兰。"

一个陌生的声音出其不意地响起："正是如此，但后来那个姓才正确。你的确是拜伦·法瑞尔，老兄。你当然就是，你们父子长得一模一样，绝对错不了。"

门口站着一个面带微笑的矮小男子。他的双眼生得很开，目光炯炯有神，精明中带着几分玩世的意味，将拜伦从头到脚打量了一遍。他抬起狭窄的脸孔，以便与高大的拜伦面对面，又头也不回地对少女说："你认不出他来吗，艾姮密西娅？"

艾姮密西娅连忙向他走去，以不安的口吻问道："吉尔伯伯，你来这里做什么？"

"来关心我自己的权益，艾姮密西娅。别忘了，如果真有行刺事件，在所有亨芮亚德家族成员中，要数我最有资格成为继位者。"吉尔布瑞特·欧思·亨芮亚德意味深长地眨了眨眼睛，又说了一句："哦，把副队长请走吧，不会有任何危险的。"

她不理会他的话，却对他说："你又在窃听通话器了？"

"是啊，你要将我这点乐趣也剥夺吗？监听他们的谈话是很好玩的事。"

"给他们抓到就不好玩了。"

"危险正是游戏的一部分，亲爱的侄女，而且是最有趣的部分。毕竟，太暴人从不放弃窃听这座王宫，我们的一言一行，几乎没有他们不知道的。哈，这是以牙还牙，你懂吧。你不为我介绍吗？"

"不，我不要。"她冷淡地说，"这里没你的事。"

"那么让我来为你介绍吧。我一听到他的名字，就再也听不下去，忍不住马上跑来。"他绕过艾姮密西娅，朝拜伦走过去，带着公式化的微笑打量着他，并说："这位是拜伦·法瑞尔。"

拜伦道："我自己已经说了。"他的注意力大半集中在副队长身上，后者仍举着手铳瞄准他。

"可是你没有说，你是维迪莫斯牧主之子。"

"要不是被你打断，我早就说出来了。无论如何，现在你们已经知道实情。情势很明显，我必须逃离太暴人的掌握，而且不能让他们知道我的真名。”说完拜伦便开始等待，他感到这是生死关头。假如下一步不是立即逮捕他，他就还有一线希望。

艾妲密西娅说：“我懂了，你是冲着执政者来的。所以说，你确定没有任何阴谋。”

“完全没有，郡主。”

“很好，吉尔伯伯，请你陪着法瑞尔先生好吗？副队长，你跟我来好吗？”

拜伦感到虚弱无力，很想要坐下来。吉尔布瑞特却没有做这种建议，他仍用近乎临床医生的态度，不断仔细打量着拜伦。

“牧主的儿子！真有趣！”

拜伦放松了警惕。他厌倦了小心谨慎的简短对答，改口说：“是的，是牧主的儿子，我生来就是如此。除此之外，我还有什么能为你效劳的吗？”

吉尔布瑞特没有生气，他的笑容反而更加灿烂，一张瘦脸变得更皱了。他说：“你应该能满足我的好奇心，你真是来寻求庇护的？来这里？”

“我宁可跟执政者讨论这件事，阁下。”

“哦，别指望了，年轻人。你将会发现，跟执政者谈不出什么来。你知道刚才为什么得跟他女儿交涉？如果你仔细想想，还真有趣呢。”

“你觉得凡事都很有趣吗？”

“有什么不对？就人生观而言，这是个很有趣的态度，它是唯一适用的形容词。好好观察这个宇宙，年轻人，假如你无法从中找出一点乐趣，还不如割断自己的喉管算了，因为宇宙真他妈的不怎么可爱。对啦，我还没自我介绍，我是执政者的堂兄。”

拜伦以冷淡的口气说：“可喜可贺！”

吉尔布瑞特耸了耸肩：“你说得对，这没什么了不起。而我很可能永远保持这种身份，因为，毕竟没有什么真正的暗杀行动。”

“除非你自己炮制一个。”

“亲爱的老兄，你可真幽默！你很快就会发现，根本没有人把我当一回事。我说的话，别人只当是愤世嫉俗的言语。你不会认为执政权如今还值什么钱吧？想当然，你无法相信亨瑞克始终像这样？他的脑袋一直不灵光，可是他一年比一年更没救。我忘啦！你还没见过他，不过马上就会见到了！我听到他的脚步声了。当他对你说话的时候，记住他统领着泛星云王国中最大的一个，那会是个很妙的想法。”

亨瑞克将王者之尊表现得相当熟练。拜伦吃力地向他行九十度鞠躬礼，他仅以适度的谦逊答礼。然后，他有点唐突地冒出一句：“你要跟我们交涉什么，先生？”

艾妲密西娅站在她父亲身边，拜伦现在才注意到她相当漂亮，这不禁令他有几分惊讶。他说：“殿下，我是为家父的名誉而来，您一定知道，他遭到的处决并不公正。”

亨瑞克将脸别向一旁：“我跟令尊的交情浅薄，他只来过洛第亚一两次。”他顿了一下，声音开始有点发颤。“你长得跟他很像，非常像。可是他曾受到审判，这你应该知道，至少在我想象中如此，而且是依法审判。真的，我不知道详情。”

“一点都没错，殿下。但我却想知道那些详情，我确信家父不是叛徒。”

亨瑞克连忙插嘴道：“身为他的儿子，你为令尊辩护当然情有可原。可是，如今想要讨论这种政治问题，真的有很大的困难。事实上，这极为不恰当。你为何不去找阿拉特普？”

“我不认识他，殿下。”

“阿拉特普！那个行政官！那个太暴行政官！”

“我已经见过他，而他把我送到这儿来。当然，您应该了解，我不敢让太暴人……”

亨瑞克却开始紧张，他的手移到唇边，仿佛想要制止嘴唇的颤抖，因此他的话变得含糊不清。“你是说，阿拉特普送你到这里来？”

“我觉得有必要告诉他……”

“别重复你告诉他的话。我只知道，”亨瑞克说，“我无法帮你任何忙，牧主——哦——法瑞尔先生。这超出我的司法管辖权，行政会议——别再拉我，艾姮，你这样子会分我的神，我怎能集中注意力——必须咨询行政会议的意见。吉尔布瑞特！你负责招呼法瑞尔先生好吗？我会看看能做点什么。是的，我会去咨询行政会议。这是法律形式，你该知道。非常重要，非常重要。”

他转身就走，一面走还一面咕哝。

艾姮密西娅又逗留了一会儿。她碰了碰拜伦的袖子，对他说：“问你一句话，你声称自己会驾驶太空船，是不是真的？”

“千真万确。”拜伦向她微微一笑，而她迟疑一下之后，回报了一个现出酒窝的笑容。

“吉尔布瑞特，”她道，“待会儿我有话对你说。”

说完她迅速离去，拜伦一直望着她的背影，直到吉尔布瑞特用力拉扯他的衣袖，他才终于回过神来。

“我想你大概饿了，或许也感到口渴，想不想洗个澡？”吉尔布瑞特问道，“我想，生活中普通的享受不该放弃吧？”

“谢谢你，没错。”拜伦紧绷的神经几乎全部放松。片刻之间，他完全松懈下来，感到人生十分美妙。她很漂亮，漂亮极了。

但亨瑞克则未松懈，在自己的寝宫中，他的思绪如脱缰野马般奔腾。不论他怎样努力，也无法挣脱一个必然的结论。这是个陷阱！阿拉特普是故意送他来陷害自己的！

他将头埋在双手中，想要减轻内心受到的重击。然后，他明白了自己该怎么做。

第七章
心灵乐师

在所有可住人行星上，夜晚迟早都会降临。不过，昼夜的间隔也许并非十分理想，因为根据记录，各行星的自转周期差异极大，从十五小时到五十二小时不等。这使得在各行星间旅行的人，需要以最大的毅力来做心理调适。

在许多行星上，居民一律主动调适，也就是调整作息周期来配合自然周期。在更多的行星上，由于几乎全面使用大气调节机制，以及人工照明设备，因而日夜问题变得次要，只不过农业面貌也会因此改变。在少数行星上（那些走极端的世界），则根本无视白昼与黑夜的明显事实，而任意划分日夜的间隔。

但不论社会规约如何制定，夜晚的降临一向伴随着心理上的深刻意义，这可回溯到树栖猿人的生活习性。夜晚总是会令人恐惧不安，而夕阳总是带着人心向下沉。

在中央正殿里，没有任何能让人感知夜晚降临的机制。然而，拜伦借着深藏于大脑内未知角落的无名直觉，却能感到白昼已经结束。因此他知道，在户外漆黑的夜空中，仅有微弱的星光点缀其间。他还知道，每年到了特殊的日子，那个锯齿状的“太空洞口”，也就是所谓的“马头星云”（泛星云众王国的人对它都十分熟悉），会将原本清晰可见的星辰遮掩一半。

他又开始觉得沮丧。

与执政者做过简短的晤谈后，他再也没有见到艾妲密西娅，而他发觉自己很不喜欢那种滋味。他本来期望在晚餐时，也许能再跟她说几句话。结果，他却被安排单独用餐，只有两名怀着敌意的卫士在门外走来走去。就连吉尔布瑞特也走掉了，想必也是去进餐，但既然在亨芮亚德的宫廷中，他进餐时总会有人在旁作陪。

因此，当吉尔布瑞特重新出现，说了一句“艾妲密西娅和我一直在讨论你”，拜伦立刻表现出兴奋的反应。

吉尔布瑞特承认自己很高兴，接着又说：“首先，我要带你参观我的实验室。”他挥了挥手，两名卫士便离开了。

“什么样的实验室？”拜伦的兴致立马消失无踪。

“我自己做些小玩意。”他答得很含糊。

乍看之下，这不像一间实验室。它其实更接近一间图书馆，角落处摆着一张华丽的书桌。

拜伦缓缓打量着这个房间：“你就在这里做些小玩意？什么样的小玩意？”

“这个嘛，一些特殊的窃听设备，以崭新的方法刺探太暴人的间谍波束，他们根本查不出来。因此阿拉特普的第一句话传来后，我就知道你是什么人。此外我还有其他一些有趣的小东西，比如说我的声光仪。你喜欢音乐吗？”

“还算喜欢。”

“很好，我发明了一种仪器，只是我不知道称为音乐是否恰当。”他随手一碰，一个放置影视书的架子便向一旁滑开，“这不是多么适合藏东西的地方，不过没人把我当一回事，他们不会搜查的。真有趣，你不这样想吗？不过我忘记了，你对任何事都不感兴趣。”

那是个粗制的箱形物体，表面根本没有打磨，也没有任何光泽，一眼便能看出是手工制品，其中一面镶着些微微发亮的键钮。他将它放下来，让有键钮的一面朝上。

“它不怎么美观，”吉尔布瑞特说，“可是时空之中谁在乎呢？把电灯关掉，不，不！不必靠开关或按键，只要心中希望电灯熄灭，尽力这样想！决心让它们熄灭。”

电灯果然暗下来，只剩下屋顶上微弱的珍珠色光辉，在黑暗中将他们照成两张鬼脸。拜伦忍不住惊呼一声，立刻换来吉尔布瑞特一阵轻笑。

“这只是声光仪的功能之一，它能像私人信囊一样跟心灵契合，你懂我的意思吗？”

“不，我不懂，如果你想听坦白的答案。”

“好吧，”他说，“你这样想好了。你的大脑细胞所产生的电场，会在这个仪器中感应出另一个电场。就数学理论而言，这是个相当普通的现象，可是据我所知，从未有人将所有电路塞进这么小的箱子。通常，这需要一栋五层楼高的发电厂才行。它也能逆向操作，我可以控制这里的电路，将它的电场直接映到你的大脑。这样一来，你不必借着眼耳做媒介，便能产生视觉和听觉。注意看！”

起先什么都看不见，不久，在拜伦的眼角处，似乎有什么模糊的东西开始闪动。接下来，它变成飘浮在半空中的一个淡蓝紫色球体。当他转头时，那球体也跟着他旋转，甚至当他闭上眼睛，它也依然徘徊不去。此外，还有个清晰的音调伴着它，或者说是它的一部分，或者说那个音调就是它。

那球体渐渐胀大，渐渐扩张，拜伦发觉它竟然在自己脑中生根，心中感到有些不安。它并非一团真正的色彩，而是有颜色的悦耳声音；它代表着一种触感，但不是真正的生理感觉。

当音调逐渐升高时，它开始不停地旋转，同时散发出一团晕彩，就这样一路来到他的头顶，像是一股飘散的丝线。然后，它突然间爆裂，五彩团块立刻飞溅到他身上，所有的色彩瞬间燃烧起来，却没有引起任何痛觉。

接着，许多翠绿色泡泡开始上升，伴随着一声沉静、柔和的低鸣。拜伦慌慌张张伸手去抓，却发觉看不到自己的双手，而且感觉不到手臂的动作。他没有任何其他的知觉，只有那些小泡泡占满他的心灵。

他发出无声的巨吼，那些幻觉立即无影无踪。室内重新大放光明，吉尔布瑞特又出现在他面前，正对着他哈哈大笑。拜伦感到极度晕眩，他抬起发颤的手，擦了擦冰冷潮湿的额头，又猛地坐下来。

“发生了什么事？”他以尽可能强硬的口气质问。

吉尔布瑞特说：“我不知道，我没有卷入其中。你难道不了解吗？这是你的大脑从未有过的经验，它直接捕捉这个感觉，却无法诠释如此的现象。因此，当你集中注意力在这种感觉上，你的脑子只好强迫将它引导至熟悉的方向，也就是说，试图将它同时分别诠释为视觉、听觉和触觉。对啦，你有没有察觉到什么气味？有时我好像会闻到些什么。假如用狗来做实验，我猜想感觉几乎全会被转成嗅觉，改天我真想拿动物试试。

“反之，如果你不理会它，不主动攫取它，它就会逐渐消失。当我想要观察他人的反应时，我就会那么做，其实没有什么困难。”

他将浮着青筋的手掌放在那台仪器上，随手拨弄上面的键钮：

“有时我会想，如果有人好好研究这玩意，就能谱出一种新媒体上的交响乐，达到单纯声光得不到的效果。不过，只怕我自己没这个能力。”

拜伦突然说：“我想问你一个问题。”

“请便。”

“你为何不将科学天分用在有价值的方面，反而……”

“浪费在无用的玩具上？我也不知道。或许它并非毫无价值，其实这是犯法的，你知道吧。”

“什么东西？”

“这个声光仪，我的监听装置也一样。要是给太暴人知道了，我就等于是被判了死罪。”

“你一定是在开玩笑。”

“绝对不是。你显然是在牧地长大的，我看得出来，年轻人都不记得过去那段日子了。”他忽然别过头去，双眼眯成两道细缝，又问道：“你反对太暴的统治吗？尽管说。坦白告诉你，我自己就不接受。我还可以告诉你，令尊当初也一样。”

拜伦以平静的口吻说：“是的，我反对。”

“为什么？”

“他们是陌生人，是异邦人，他们有什么权利统治天雾星和洛第亚？”

“你一直那样想吗？”

拜伦没有回答。

吉尔布瑞特哼了一声：“换句话说，直到他们将令尊处决，你才认定他们是陌生人和异邦人。然而，毕竟他们有权那样做。哦，听我说，别发火，理智地想一想。相信我，我站在你这边。可是想想看！令尊是牧主，他手下的牧人又有什么权利？如果有人偷了一头牛，不管是自己吃掉或卖给别人，他将受到什么样的惩罚？会被当做窃贼关起来。倘若他图谋杀害令尊，不论原因为何，也许在他看来理由充分，他又会有什么样的下场？毫无疑问会被处决。令尊究竟有什么权利制定法律，将惩罚施加于他的同类？对他们而言，他就是他们的太暴人。

“在令尊自己心目中，以及我的心目中，他都是个标准的爱国者，但这又有什么意义？对太暴人而言，他是个不折不扣的叛徒，因此他们除掉了他。你能无视自卫的必要性吗？在亨芮亚德家族掌权的时代，同样也是一片腥风血雨。好好读一读历史，年轻人。不论什么样的政府，杀人都是一件自然的事。

“所以说，找个更好的理由来恨太暴人吧。别以为只要换上另一批统治者，这种小小的改变就能带来自由。”

拜伦做了一个以拳击掌的动作。“这些客观的哲理听来都不错，对于事不关己的人很有安抚作用。但假使是令尊遭到谋杀，你又会作何感想？”

“哼，难道不是吗？家父是前任执政者，他的确是被害死的。哦，并非公然的行动，而是巧妙的阴谋。他们令他精神崩溃，就像他们现在刺激亨瑞克一样。家父过世后，他们不让我继任执政者，因为我有点难以捉摸。亨瑞克既高大又英俊，而最重要的是顺从。但他显然还不够顺从。他们不断迫害他，将他折磨成一个可怜的傀儡，确定他在没得到许可前，连搔痒的胆量都没有。你见过他，应该看得出来。现在他的情况逐月恶化，他的持续恐惧状态是种可悲的精神病。可是这一点——我刚才说的一切——都不是我想推翻太暴人统治的真正理由。”

“不是？”拜伦说，“你创造了一个崭新的理由？”

“应该说是个很古老的理由，太暴人摧毁了两百亿人参与人类发展的权利。你受过教育，应该学过什么是经济周期。在一颗行星开拓之初，”他开始扳着手指计数，“首要的问题是自给自足，因此必定是个农业和畜牧世界。然后，它开始挖掘地底的矿藏，外销未经提炼的矿石，并将过剩的粮食卖到别处，以换取奢侈品和机械设备，这是第二阶段。接下来，当人口逐渐增长，外资慢慢累积后，工业文明便开始萌芽，这就是第三阶段。最后它会变成一个机械化世界，粮食一律依靠进口，对外则输出机械装置，并投资后进世界的发展等，这是第四阶段。

“机械化世界一向人口最稠密、权势最大、军事力量也最强，因为战争完全仰赖机械。而它们周围，通常会围绕着一些独立的农业世界。

“可是我们的情形又如何？我们本来处于第三阶段，拥有正在成长的工业。而现在呢？这个成长被迫中止、冻结，甚至倒退，否则，它会妨碍太暴人对我们工业必需品的控制。对他们而言，这只是一项短期投资，因为我们终将被榨干，那时就会变得无利可图。但在此之前，他们将一直榨取最高的利润。

“此外，我们若进行工业化，就可能会制造战争武器。因此工业化必须停止，科学研究也因此遭禁。久而久之，人民终于变得习以为常，甚至根本不觉得失去什么。所以当我告诉你，我可能因制造声光仪而被处死，你才会感到那么惊讶。

“当然，总有一天我们会击败太暴人，这几乎是必然的结果。他们不能永远统治下去，没有任何人办得到。他们会变得越来越软弱，越来越懒惰；他们会跟其他人通婚，失去许多独有的传统；他们还会变得腐败堕落。可是这需要好几世纪的时间，因为历史的发展一向从容不迫。而在那许多世纪后，我们仍将是农业世界，休想能有什么工业或科学遗产。而我们四面八方的邻居，那些未曾被太暴人统治的世界，将变得富强及高度都会化。我们这些王国永远会是次殖民地，永远无法赶上别人。在人类文明发展的伟大舞台上，我们将始终是一群旁观者。”

拜伦说：“你说的有些也是老生常谈。”

“自然如此，因为你是在地球受的教育。在人类社会的发展中，地球占了一个很特殊的地位。”

“真的吗？”

“想想看！自星际旅行发明后，整个银河始终处于不断扩张的状态。我们一向是个成长中的社会，因此是个尚未成熟的社会。显然，人类社会仅有一次、一处臻于成熟，那就是在地球上，在它遭逢大难之前。那个社会暂时失去任何地理扩张的可能，因此开始面对诸如人口过剩、资源匮乏等等问题。而这些问题，银河其他各处则从未出现过。

“因此，他们不得不尽力研究社会科学。但我们已经几乎遗失这些文化遗产，这实在太可惜了。不过有件很有趣的事，当亨瑞克年轻的时候，他是个狂热的原始主义者。他拥有一间图书馆，里面收藏的地球资料独步银河。而他成为执政者后，就将原先的一切都抛弃了。不过就某种程度而言，我继承了那间图书馆。它所收藏的文献，那些断简残篇，实在太迷人了。地球文化有一种特殊的内省风格，我们外向的银河文化中完全见不到，这是最有趣的一点。”

拜伦道：“这样我就放心了。你刚才严肃得太久，使我不禁开始怀疑，你是不是丧失了幽默感。”

吉尔布瑞特耸了耸肩：“我现在也觉得轻松多了，这种感觉真好。我想，这是几个月来的第一次。你知道逢场作戏是什么滋味吗？一天二十四小时，都故意将你的人格一分为二？甚至在朋友面前？甚至独处的时候，这样才不会无意间忘了做戏？做个半调子的人？做个永远有趣的人？做个无足轻重的人？显得既无能又可笑，让认识你的人都深信你毫无价值？这样你的性命才有保障，只不过这种日子几乎不值得活下去。可是，即使如此，我还是偶尔会跟他们对抗。”

他抬起头来：“你会驾驶太空船，我却不会，这是不是很奇怪？你提到我具有科学天分，但我连单人太空小艇都不会驾驶。可是你会啊，所以说，你必须离开洛第亚。”他的声音听来很认真，几乎像是在恳求对方。

这些话无疑是在求他，拜伦却冷冷地皱起眉头，问道：“为什么？”

吉尔布瑞特迅速说下去：“我刚才说过，艾妲密西娅和我一直在讨论你，我们全都安排好了。你离开这里后，直接前往她的房间，她正在那里等你。我已经帮你画了一张简图，所以你在穿过迂回的走廊时，完全不必停下来问路。”他将一张带有金属光泽的小纸片塞进拜伦手中，“假如你被任何人拦住，就说执政者要召见你，然后继续前进。只要你不显得迟疑不定，就不会有任何麻烦……”

“慢着！”拜伦不愿类似事件再度重演。钟狄将他赶到洛第亚，又害他被带到太暴人面前；然后，在他还来不及溜进王宫时，那个太暴行政官便将他赶到中央正殿，让他在丝毫没有准备的情况下，面对一个精神恍惚的傀儡，听了一大串疯言疯语。可是到此为止了！他今后的行动或许将有重重限制，然而，他对时空起誓，一切行动都要出于自愿，他认为没什么好商量的。

他说：“我来到这里，是为了一件对我而言非常重要的事。阁下，我是不会离开的。”

“什么啊！别做个小傻瓜。”一时之间，原来那个老吉尔布瑞特又回来了。“你以为你在这里能办成什么事吗？你以为等到明天太阳升起时，你还能活着离开王宫吗？哈，二十四小时内，亨瑞克一定会召来太暴人，而你就会成为阶下囚。他之所以会等一阵子，是因为他不论做任何事，都要花那么久的时间才能下定决心。他是我的堂弟，我非常了解他。”

拜伦说：“真要是这样，跟你又有什么关系呢？你为何这么关心我？”他绝不要再被人驱赶，再也不要做四处逃窜的木偶。

吉尔布瑞特却站起来，双眼直视着他。“我要你带我一起走，我关心的其实是我自己，我再也无法忍受太暴人统治下的生活。要不是艾妲密西娅和我都不会驾驶太空船，我们早就逃之夭夭。我们的性命也危在旦夕。”

拜伦感到决心有些动摇。“执政者的女儿？她跟这件事有什么关系？”

“我相信在我们三人当中，要数她的情况最绝望。对女性而言，还有另一重特殊的地狱。执政者的女儿年轻、貌美又未婚，她除了变成一个年轻、貌美的已婚妇人，还能有什么其他的选择？而这个年头，谁会是那个喜气洋洋的新郎呢？哈，一个又老又色的太暴宫廷高官，他前后已经埋葬三个老婆，如今还指望在少女的臂弯中，重新寻回青春的火花。”

“执政者当然不会答允这种事！”

“执政者会答允任何事，没人需要等他点头。”

拜伦想起上回见到艾妲密西娅的情景。她的长发由前额往后梳，直直地披在背后，在肩头附近微微向内卷曲。她有着洁白、细腻的皮肤，黑色的大眼睛，红色的樱唇！身材高挑、年轻、一脸笑容！然而整个银河中，这种模样的少女也许超过一亿，他要是因此决心动摇，那就实在太可笑了。

但他却说：“太空船准备好了吗？”

吉尔布瑞特突然绽放出笑容，将一张老脸挤得满是皱纹。但他还来不及开口，大门就响起重击声。那并非光电能束截断后的一下轻响，而是武装人员凶猛的敲门声。

敲门声再度响起时，吉尔布瑞特说："你最好把门打开。"

拜伦依言照做，两名卫士立刻冲进来。前面那人先利落地向吉尔布瑞特敬礼，再转身面对拜伦说："拜伦·法瑞尔，奉太暴常驻行政官与洛第亚执政者之命，我现在将你逮捕归案。"

"什么罪名？"拜伦质问。

"叛乱罪。"

在这一刹那，吉尔布瑞特脸上掠过无限绝望的神情，他连忙将头摆向一侧："亨瑞克这次动作真快，比我预料中快得多。想想可真有趣！"

他又变回老吉尔布瑞特，漠不关心地微笑着。他微微扬起两道眉毛，仿佛在以稍带悔恨的心情，检视这个令人不快的事实。

"请跟我来。"那卫士说，此时，拜伦才注意到对方手中紧握着神经鞭。

第八章
石榴裙

拜伦感到口干舌燥。在公平的情况下，他能击败其中任何一名卫士。他很有把握，也很希望有这种机会。他甚至可能大展神威，同时打倒两个人。问题是他们都带着神经鞭，他只要举起一只手，他们便会让他知道厉害。他在心里已经投降了，因为简直就无计可施。

吉尔布瑞特却说："让他先去拿披风，两位。"

拜伦吃了一惊，迅速望了小老头一眼，便立刻打消投降的念头。因为，他知道自己根本没有披风。

那名掏出武器的卫士并拢脚跟行个礼，表示尊重吉尔布瑞特的吩咐。然后他用神经鞭指着拜伦，说道："你听见侯爷的话了，去把你的披风拿来！"

拜伦尽量放大胆子慢慢后退。退到书架旁边后，他便蹲下来，在一张椅子后面作势摸索。他一面抓着空气中一件不存在的披风，一面紧张地等待吉尔布瑞特发难。

对两名卫士而言，声光仪只是个长满键钮的怪东西，当吉尔布瑞特轻巧地拨弄那些键钮时，他们根本不当一回事。拜伦则全神贯注地盯着神经鞭发射口，让它占据整个心灵。当然，他（自以为）看到或听到的任何其他事物，都绝不能让它们钻进脑海。

可是要等多久呢？

那手持武器的卫士说："你的披风在那张椅子后面吗？站起来！"他不耐烦地向前走去，却突然间停下脚步。他似乎万分讶异地眯起双眼，猛然向左方望去。

机会来啦！拜伦马上站起来，迅速向前冲，在那卫士面前弯下腰来，紧紧抱住他的双膝，然后用力一拉。只听得"砰"的一声，那卫士已倒地不起，拜伦伸出大手，从他手中抢过神经鞭。

此时，另一名卫士已将武器握在手中，不过现在毫无用处，他另一只手正在眼前疯狂挥舞。

吉尔布瑞特发出高亢的笑声："你还好吗，法瑞尔？"

"什么都没看到，"他咕哝道，然后又说，"除了这柄已经到手的神经鞭。"

"好的，那就赶紧走吧。他们绝对无法阻止你，他们心中充满不存在的影像和声音。"吉尔布瑞特躲开两个扭打在一块的躯体。

拜伦的手臂挣脱对方的纠缠，高高举起来，然后猛力击向对方的肋骨。那卫士的脸孔因痛苦而扭曲，身子立时缩成一团，还不停抽搐着。拜伦随即起身，手中紧握着神经鞭。

"小心。"吉尔布瑞特叫道。

不过拜伦还是慢了一步，当他转身的时候，另一名卫士已向他撞来，将他再度压倒。那其实是个盲目的攻击，卫士究竟以为自己抓到什么，别人根本不可能知道。不过有一点可以肯定，就是此时他眼中完全没有拜伦。他的粗重呼吸声在拜伦耳边响起，喉咙中还不时发出奇怪的声音。

拜伦用力挣扎，想要动用抢到手的武器。但是对方空洞的眼神显然意味着什么可怕的幻象，令他自己也心生恐惧。

拜伦吃力地起身，左右来回移动重心，试图将那卫士挣脱，但几乎没什么作用。前后总共三次，他感到对方的神经鞭撞向自己的臀部，每次都吓得他胆战心惊。

卫士发出的咯咯声突然转成言语，他吼道："一个都跑不掉！"说完，他便发射了神经鞭。在能束经过的路径上，游离的空气冒出暗淡、几乎不可见的闪光。那道光芒扫过一大片区域，拜伦一只脚正挡在能束路径上。

那种感觉就像踩进一锅沸腾的铅汁，又仿佛被一块花岗岩砸个正着，也好像他的脚给鲨鱼一口咬掉。事实上，根本没有发生任何有形的变化，只是主司痛觉的神经末梢受到全面而彻底的刺激，踏进煮沸的铅汁也不过如此。

拜伦的惨叫几乎将喉咙扯破。他瘫在地上，甚至没想到打斗已经结束。除了越来越剧烈的痛楚，现在其他事都不再重要了。

然而，拜伦虽未察觉，那卫士却的确已经松手。几分钟后，当拜伦勉强能睁开眼睛，并将眼泪挤出来的时候，他发现那卫士靠着墙壁，一双虚弱的手正推着一样不存在的物体，还发出吃吃的傻笑声。前一名卫士仍躺在地上，四肢大剌剌地摊开，他仍有知觉，却没有发出任何声音。他的眼光循着一条怪异的轨迹移动，身体则微微颤抖，嘴唇上还沾着白沫。

拜伦硬着头皮站起来，拖着跛得厉害的步伐走到墙边，用神经鞭的握柄猛力一击，靠墙的卫士立即倒下。接着拜伦又来收拾前一个卫士，那人也未做任何抵抗，在他失去知觉的前一瞬间，眼光还继续悄悄地移动。

拜伦重新坐下，准备照料一下伤处。他将那只脚的鞋袜脱掉，吃惊地瞪着完好如初的皮肤。他一面搓揉，一面发出哼声，那种感觉就像火烧一样。他抬起头来时，看到吉尔布瑞特已放下声光仪，正用手背摩挲着瘦削的面颊。

“谢谢你，”拜伦说，“多亏你的仪器帮忙。”

吉尔布瑞特耸了耸肩，说道：“很快会有更多的卫士赶来，到艾妲密西娅的房间去吧。拜托！快点！”

拜伦明白这话很有道理，他的脚伤已稍微好转，变成阵阵的抽痛，可是他觉得又肿又胀。他将袜子重新穿上，将那只鞋挟在腋下。他原来已握着一柄神经鞭，现在将另一柄也夺过来，小心翼翼地插进皮带里。

他转身向大门走去，又带着恶心和反感问道：“你让他们看见了什么，阁下？”

“我也不知道，我无法控制这点。我只是尽量将功率调到最大，其他的便取决于他们心中的情结。请别净顾着讲话，我那张地图还在你身上吧？”

拜伦点了点头，便沿着走廊向前走去，一路上没见到任何人。他试着走快一点，步伐却变得蹒跚了，只好放慢脚步。

他看了看腕表，才想起一直没空将它调为洛第亚当地的计时系统。腕表上显示的仍是星际标准时间，也就是太空客船上使用的系统，其中每小时有一百分钟，一千分钟等于一天。如今冰冷的金属表面，闪耀着粉红色的“876”三个数字，根本一点意义也没有。

然而无论如何，现在一定已是深夜，或者说，早就是这颗行星的睡眠期（假若两者不尽相同）。否则，这些大厅不会如此空荡，墙上的浅浮雕也不会孤寂地发出磷光。当他经过那些浮雕时，随手摸了摸其中一件，那是一个加冕典礼的场景，结果发现它只是个二维结构。可是不管怎么看，它都给人一种突出墙壁的立体感。

他竟然暂停下来研究这种奇特的效果，这对他而言太不寻常了。一想起目前的状况，他赶紧继续前进。

空荡的走廊是洛第亚衰微的另一个象征，他突然有这样的感慨。既然成了叛逆分子，他对这些没落的象征变得分外敏感。王宫是一个独立王国的权力中心，夜间也该一直有人站岗，而且每道门都该有人看守。

他看了看吉尔布瑞特画的粗略地图，决定先向右转，再爬上一个宽大、蜿蜒的坡道。过去这里或许举行过游行，现在却什么也没有留下。

走到目的地后，他俯身靠着那扇门，按下光电讯号钮。大门先开了一道缝，随即全部打开。

“进来，年轻人。”

应门的正是艾妲密西娅。拜伦赶紧溜进去，大门迅疾无声地重新关上。他望着这个女子，什么话也没说。他意识到他的衬衫肩部撕破了，因此一边的袖子松垮垮地垂下，而且全身脏兮兮的，脸也被打肿了，这使他感到狼狈万分。他又想起腋下还挟着一只鞋，赶紧将它丢到地上，让那只脚笨拙地钻进去。

然后他才说：“不介意我坐下吧？”随即走向一张椅子。

她走到了他的面前，显得有点心慌意乱。“发生了什么事？你的脚怎么了？”

“受伤了。”他冷淡地答道，“你准备离开了吗？”

她立刻高兴起来：“这么说，你会带我们走？”

拜伦却没心情对她好言好语，那只受伤的脚仍感到刺痛，于是他又搓揉一番。然后他说：“听好，带我到那艘太空船去。我要离开这颗该死的行星，如果你要一道走，那我也不反对。”

她皱起眉头：“你应该和气一点。刚才跟人打架了？”

“是的，没错，跟令尊的卫士打了一架。他们要以叛乱罪名逮捕我，这就是我得到的庇护。”

“哦！我很遗憾。”

“我也很遗憾。怪不得少数太暴人能统领五十个世界，我们都在帮助他们。令尊那种人为了保有权势，可以做出任何事，他们忘了一个君子的基本责任——哦，算啦！”

“我说过我很遗憾，牧主大人。”她以高傲的口气称呼他的头衔，“请别板起脸孔审判家父，你不清楚其中的内情。”

“我没兴趣讨论这个问题，我们必须尽快离开这里，否则令尊那些了不起的卫士都会赶来。好吧，我不是故意要让你难过，别放在心上。”拜伦的暴戾之气与歉意刚好抵消。可是，他妈的，他以前从没挨过神经鞭，这可一点都不好玩。而且，太空啊，他们的确有义务给他政治庇护，至少该做到这一点。

艾妲密西娅很不高兴，当然不是生她父亲的气，而是气这个愚蠢的年轻人。他实在很年轻，依她看根本还是个大孩子。即使他比自己大，也大不了多少。

此时通话器突然响起，她赶紧说：“请等一下，然后我们就走。”

那是吉尔布瑞特的声音，听来相当微弱：“艾妲？你那里还好吗？”

“他在这里。”她悄声答道。

“很好，什么都别说，光听着就好。别离开你的房间，把他留在那里，他们将要大肆搜索王宫，没人能阻止这个行动。我会试着想想办法，可是此时此刻，千万不要轻举妄动。”他并未等待回答，便径自切断通话。

“现在可好。”拜伦也听到了他们的通话，“我到底是该留下来，把你也拖下水，还是该走出去投降？我想，我不能指望在洛第亚找到任何庇护了。”

她气冲冲地面对着他，压低声音吼道：“哦，闭嘴，你这个笨蛋丑八怪。”

两人互相怒目而视，拜伦感到十分伤心。换个角度来说，他也是在试图帮助她，她没有理由这样侮辱人。

结果她说了一句：“对不起。”就将头别过去。

“没关系，”他冷冷地答道，根本口是心非，“你有权表示自己的意见。”

“你实在不该那样批评家父，你不知道身为执政者的难处。他一直在为百姓做事，不论你心里怎么想。”

“哦，当然啦。为了他的百姓，他必须将我出卖给太暴人，这非常合理。”

“就某方面而言，的确如此，他得向他们表现自己的忠诚。否则，他们可能会罢黜他，直接接管洛第亚。那样难道会更理想吗？”

“如果连一名贵族都得不到庇护……”

“哦，你净顾着自己，这是你的一大缺点。”

“我不认为不想死是个特别自私的想法，至少不该平白无故送死。在我走前，我还得跟他们斗一斗，家父就和他们奋战过。”他知道自己越说越夸张，但这都是受到她的影响。

她说：“令尊那样做又有什么好处？”

“我想什么都没有，他遇害了。”

艾妲密西娅感到相当同情：“我一直在说我很遗憾，这次我是真心诚意的，我实在心乱如麻。”然后，她又为自己辩解，“但我自己也有麻烦，你该知道。”

拜伦想起了她的难处。“我知道。好吧，让我们重新开始。”他设法露出微笑，至少他的脚觉得好多了。

她试着以轻描淡写的口吻说："其实你并不丑。"

拜伦感到不知所措："哦，这个——"

他陡然打住，艾妲密西娅则举起手掩住嘴巴。然后，两人突然不约而同转头望向门口。

外面走廊忽然响起轻微的脚步声，那是许多规律的步伐，踩在富于弹性的塑胶拼花地板上。大多数人都走了过去，可是在大门外，却传来一下细弱而训练有素的立定声。接着，夜间叫门讯号便呜呜作响。

吉尔布瑞特必须迅速行动。首先，他得将他的声光仪藏起来。这是他生平第一次，希望能有个较隐秘的收藏地点。亨瑞克真该死，这次那么快便下定决心，竟然未等到天亮。他必须逃走，这种机会也许再也没有了。

然后，他又通知了卫队长。两名卫士昏迷不醒，还有一名重犯脱逃，不论他如何装疯卖傻，也无法对这种事不闻不问。

卫队长看到这种状况，脸色变得阴沉无比。等到不省人事的卫士被抬走后，他便面对着吉尔布瑞特。

"侯爷，根据您的叙述，我还是不大清楚究竟发生了什么事情。"他说。

"就是你看到的这些。"吉尔布瑞特说，"他们前来逮捕人犯，那年轻人却不肯投降。结果给他逃走了，太空才晓得他跑到哪里去。"

"没什么大不了的，侯爷。"队长说，"今晚王宫有贵客莅临，因此不论什么时候，都一律有严密的警戒。他绝对逃不出去，我们会将搜索网慢慢收紧。但他到底是怎么逃走的？我的手下都有武装，而他却手无寸铁。"

“他像猛虎一样拳打脚踢，我躲在那张椅子后面……”

“我很遗憾，侯爷，您竟然没意愿帮助我的手下，共同对抗一个叛乱分子。”

吉尔布瑞特现出轻蔑的表情：“多有趣的想法啊，队长。你的手下以二敌一，手中还握有武器，竟然需要我帮忙，我看你征募新人的时候到啦。”

“很好！我们会搜索整个王宫，把他找出来，看看他能否再重施故技。”

“我跟你一起去，队长。”

这回轮到队长扬起眉毛。他说：“我以为这样不妥，侯爷，难免会有些危险。”

对亨芮亚德家族任何一分子，队长都不该这样说。这点吉尔布瑞特心知肚明，但他只是微微一笑，让皱纹布满瘦削的老脸。“我知道，”他说，“可是有时我发现连危险都挺有趣。”

集合一伙卫士总共花了五分钟。在这段时间中，吉尔布瑞特单独留在房里，与艾妲密西娅通了一次话。

听到轻微的“呜呜”讯号声，拜伦与艾妲密西娅都愣住了。在讯号声响了两次之后，又传来一下谨慎的敲门声，接着就听见了吉尔布瑞特的声音。

“拜托让我来试试吧，队长。”然后传来更大的一声，“艾妲密西娅！”

拜伦松了一口气，微微咧嘴一笑，向前走出一步。可是那女孩突然伸手按住他的嘴，喊道：“等一下，吉尔伯伯。”同时她向墙壁猛指。

拜伦只得傻傻望着那道墙，那里什么也没有。艾妲密西娅向他做个鬼脸，迅速绕过他，径自向墙边走去。她伸出手按向墙壁，一片墙便无声无息向一侧滑开，里面出现一间更衣室。她做了个“快进去！”的嘴型，同时双手开始摸索她右肩的饰针。拔下饰针，她衣裳内的微小力场随之消失，整件衣服的隐形接缝自动裂开，她便赶紧从衣服中钻出来。

拜伦踏进那间更衣室，立刻转头向外望去。墙壁虽然很快恢复原状，他还是看到了她套上一件白毛皮睡衣的动作，那件深红色服装则在椅子上皱成一团。

他打量着四周的环境，心中一直在嘀咕，不知道他们会不会搜查艾妲密西娅的房间。若是进行搜查，那他就插翅难飞了。除了他刚才进来的那道密门，更衣室没有任何别的出口，里面也没什么更幽密的地方可供躲藏。

他看到一列睡袍挂在墙边，前方的空气发出非常暗淡的闪光。他的手可以轻易穿透那道光芒，只有手腕被照到的部分产生轻微的刺痛。不过这种装置的目的并非防盗，而是为了逐退灰尘，让后面的空间保持无菌的清洁状态。

他或许能躲在裙子后面。其实他也正在这么做。在吉尔布瑞特的帮助下，他对付了两名卫士，才得以来到这里。可是接下来，他却拿石榴裙当挡箭牌，事实上，还真是躲在她的裙子后面。

他突然开始胡思乱想，竟然希望在墙壁合拢前，自己能早些转过头来。她有一副相当迷人的胴体，刚进门的时候，他的激烈态度实在太幼稚、太可笑了。无论如何，也不该为她父亲的过错而责怪她。

现在他唯一能做的，就是一面瞪着空洞的墙壁，一面耐着性子等待。等待房间中传来脚步声；等待墙壁重新拉开；等待数柄武器再度指着自己，这回却没有声光仪相助。

他屏息等待，双手各握着一柄神经鞭。

第九章
太上皇的裤子

“怎么回事？”艾姐密西娅的不安根本不用假装。这句话她是对吉尔布瑞特说的，他跟卫队长一同站在门口，此外还有六名武装卫士在门外谨慎地逡巡。然后，她又迅速问道：“父亲没什么事吧？”

“没有，没有，”吉尔布瑞特安慰她说，“没发生任何需要你操心的事。你睡着了吗？”

“正要睡，”她答道，“几小时前，我的女仆就各忙各的去了。除了我自己，没人能来应门，你们几乎把我吓死了。”

她突然转向队长，以强硬的态度说：“到底要我怎么样，队长？快点，拜托，现在并非适宜晋见的时间吧。”

队长刚张开嘴巴，吉尔布瑞特便抢着说：“这是件再有趣不过的事，艾姐。那个年轻人，他叫什么来着——你知道的——他匆匆逃跑，途中还打伤两名卫士。如今，我们以势均力敌的兵力追捕他，一队官兵对付一名逃犯。我自己也亲自上阵，加入搜索的行列，以我的热情和勇气鼓舞我们的好队长。”

艾妲密西娅装出一副完全茫然的表情。

队长嘴里咕哝出一个脏字，嘴唇几乎没有动作。然后他说：“对不起，侯爷，您没说清楚，我们是在浪费宝贵的时间。郡主，那个自称前维迪莫斯牧主之子的人，原本已经因叛乱罪被捕，但他设法逃脱，现在正逍遥法外。我们必须搜索整座王宫，每个房间都不放过。”

艾妲密西娅退了一步，皱起了眉头：“包括我的房间在内？”

“假如郡主允许。”

“啊，但我就是不允许。若有陌生人藏在我的房间，我不会不知道。你无论如何不该暗示我竟然在这么晚的时候还跟这种人，或是任何陌生人有瓜葛。请给予我的地位适当的尊重，队长。”

这番话的确很有效，队长只好欠着身说：“绝对没有这个意思，郡主。请原谅我们这么晚还来打扰您，只要您说未曾见到那名逃犯，当然就足够了。在这种情况下，我们必须确定您安然无事，他是个危险人物。”

“他再怎么危险，你和你这批手下也不可能对付不了。”

吉尔布瑞特高亢的声音再度插入：“队长，好啦——好啦。你和我的侄女客客气气交换观感的时候，我们的目标已有时间抢军火库了。我建议你在艾妲密西娅郡主的门口留下一名卫士，这样她下半夜的睡眠就不会再受干扰。除非，亲爱的侄女，”他一面说，一面对艾妲密西娅摆动手指，“你也想加入我们的行列。”

“我只想锁上房门，”艾妲密西娅冷冷地说，“然后就寝，谢谢你的好意。”

“挑一个大块头，”吉尔布瑞特大声说，“就要那位吧。我们的卫士都穿着帅气的制服，艾妲密西娅。你只要看到这身制服，就能认出他是我们的卫士。”

“侯爷，”队长不耐烦地说，“没有时间了，您是在延误时机。”

他做了个手势，一名卫士便从队伍出列。那卫士先向正在掩门的艾妲密西娅敬礼，然后又向队长敬礼。接着，规律的脚步声便沿着两个方向逐渐消失。

艾妲密西娅稍等片刻，再悄悄将大门推开一两英寸。那名卫士站在外面，双腿分开，脊背挺直，右手握着武器，左手放在警铃按钮上。他正是吉尔布瑞特建议的那名卫士，一个高头大马的家伙。他跟维迪莫斯的拜伦差不多高，却没有拜伦那么宽阔的肩膀。

此时她突然想到，拜伦虽然很年轻，因此某些观点相当不讲理，但他至少身材魁梧，又有一身结实的肌肉，这点十分有用，自己那样骂他实在很傻。而且，他长得也相当好看。

她重新关上大门，朝更衣室的方向走去。

当更衣室的门再度滑开时，拜伦全身神经紧绷。他屏住呼吸，抓着武器的十指也变得僵硬。

艾妲密西娅瞪着那两柄神经鞭：“小心点！”

他长长吁了一口气，将两柄武器分别塞进两个口袋。那样实在很不舒服，但他没有合适的皮套。他说：“只是防备进来的是要抓我的人。”

“出来吧，说话要压低声音。”

她仍穿着那件睡袍，它由光滑的纤维织成，拜伦从来没有见过那种布料。睡袍装饰着几簇银色的毛皮，借着本身微弱的静电力附着人体，不需任何扣子、钩子、扣环或缝合力场，艾妲密西娅美妙的曲线也因而若隐若现。

拜伦感到自己面红耳赤，但他非常喜欢这种感觉。

艾妲密西娅顿了一下，然后用食指做了个转圈的小动作，并且说：“你不介意吧？”

拜伦抬起头来望着她：“什么？哦，对不起。”

他立刻转过身来背对着她，却一直忍不住注意到她更换外衣带起的声音。他并未想要探究她为何不用更衣室，或为何不干脆换好衣服再开门。女性的心理简直是个无底洞，没有经验的人根本无从分析。

他再转过来的时候，她已经换了一身黑色。那是两件式的衣裙，膝盖以下没有任何遮掩。这套服装看起来不像舞会的礼服，似乎仅适合户外活动穿着。

拜伦不自觉地说：“那么，我们现在要走了？”

她摇了摇头：“你自己也得打点一番。你需要换一套衣服。躲到大门旁边去，我把卫士叫进来。”

“什么卫士？”

她浅浅一笑：“应吉尔伯伯的建议，他们在门口留下一名卫士。”

通向走廊的大门平稳地沿着滑轨拉开一两英寸，那名卫士仍一动不动地站在那里。

“卫士，”她悄声道，“进来一下，快点。”

对于执政者之女的吩咐，一名普通士兵毫无迟疑的理由。他走进渐渐打开的大门，恭敬地说：“听候您的差遣，郡……”突然有一股力量压向他的肩膀，令他的膝盖弯曲，同时有一只臂膀猛然勒住他的喉头，将那句话硬生生切断，令他甚至来不及发出挣扎的声音。

艾妲密西娅赶紧关上大门，看到这种缠斗的场面，令她几乎想要作呕。亨芮亚德王宫中的生活平静得几近颓废，身在其中的她从未见过这种场面——一个人的脸涨成紫红色，张大嘴巴，由于窒息而拼命吐气。她赶紧将头别过去。

拜伦龇牙咧嘴，用手臂紧紧缠住那人的喉头，同时不断收紧肌肉。前后有一分钟左右，卫士双手试图拉扯拜伦的手臂，可是力气越来越小，根本起不了作用，他的两条腿则乱踢一通。拜伦丝毫未曾放松，将他的身子举到了半空中。

卫士的双手终于垂下，双腿变得松垮，胸部的痉挛性起伏也开始消退。拜伦将他轻轻放到地板上，他的四肢松软地摊开，仿佛是个被掏空的袋子。

“他死了吗？”艾妲密西娅以恐惧不已的细声问道。

“我存疑。”拜伦说，“用这种方法杀人，需要四五分钟的时间，但他会有一阵子不省人事。你有什么东西可以捆绑他吗？”

她摇了摇头，一时之间，她感到相当无助。

拜伦说：“你一定有些纤维丝袜，用它们就行了。”他已取走那卫士的武器，并脱下他的制服，“我想洗个澡，不，我非洗不可。”

踏进艾妲密西娅的浴室，置身洁身雾中，令他感到无比舒畅。他也许会沾上过重的香气，但他希望出去后那香气就会在空气中散开。至少他现在一身洁净——暖和的蒸气强有力地喷在他身上，他只要迅速穿过这团细微的悬浮液滴，便能将全身污垢即刻除尽。这样洗澡不需要干燥室，当他走出那团雾气时，全身已经没有丝毫水汽。不论是在维迪莫斯或地球上，都没有这么方便的设备。

那卫士的制服有点紧，而不甚美观的锥形军帽盖在拜伦的头上，令他实在有点不敢领教。他很不以为然地照着镜子，问道：“我看起来怎么样？”

“挺像个军人。”

他又说：“你得带着一柄神经鞭，我一个人无法用三柄。”

她用两根指头夹起那件武器，丢进随身袋中。那个袋子借着微力场贴在她的宽皮带上，好让她的双手腾出来。

“我们最好现在就走。假如我们碰到任何人，你一个字都别说，由我负责开口。你的口音不对，而且在我面前，除非有人直接跟你说话，乱开口是不礼貌的举动。记住！你只是一名普通的士兵。”

躺在地板上的卫士开始缓缓扭动，眼睛也在四处张望。他的手腕与脚踝被扯到腰际，用丝袜紧紧绑成一团，那种丝袜的抗拉强度超过等量的钢铁。由于嘴巴塞了东西，他的舌头怎么动也发不出声音。

他已被推到一旁，这样他们就不必跨过他的身体去开门。

“走这边。”艾妲密西娅低声道。

在第一个转弯处，他们身后传来脚步声，然后一只手轻轻按向拜伦的肩头。

拜伦迅速闪到一旁，转过身来，一只手抓向那人的手臂，另一只手赶紧去取神经鞭。

他却听到吉尔布瑞特的声音：“别紧张，老弟！”

拜伦立刻松开手。

吉尔布瑞特一面搓着自己的手臂，一面说：“我一直在等你们，但没有理由拆我的骨头。让我好好欣赏你一番，法瑞尔。这套制服穿在你身上似乎缩了水，但还是不错，相当不错。有了这身行头，没人会看你第二眼。这就是制服的好处，大家都理所当然地以为，穿着军服的人一定就是军人，绝不会有任何例外。”

“吉尔伯伯，”艾妲密西娅焦急地悄声道，“别说那么多了，其他卫士呢？”

“谁都不让我多说几句。”他不悦地说，“其他的卫士都上塔楼去了。他们判定我们这位朋友不会在较低的楼层，所以只留下一些人守在主要出口和坡道旁，并将警报系统开启。我们可以轻易过关。”

“他们不会想念你吗？”拜伦问。

“我？哈，队长看到我走，高兴还来不及，虽然他表面上很舍不得。他们不会找我的，我向你保证。”

他们原本一直压低声音讲话，现在却完全无声无息了。前方一个坡道的起点站着一名士兵，此外还有另外两名卫士，守在两扇高大的、直接通向户外的雕花大门旁。

吉尔布瑞特叫道：“有没有那逃犯的消息，战士们？”

“没有，侯爷。”最近的那名卫士一面回答，一面并拢脚跟，向他行礼。

“好吧，把眼睛放亮点。”说完三人便向前走去，当他们穿过那道门的时候，守门卫士之一暂时关上那段警报系统。

外面果然是黑夜，天空晴朗而繁星密布，参差不齐的“暗星云”将地平线附近的星光尽数遮蔽。中央正殿成了他们身后的一团黑雾，广场则在前方不到半英里之处。

他们沿着幽静的小径走了五分钟，吉尔布瑞特忽然变得惴惴不安起来。

“有个地方不对劲。”他说。

艾妲密西娅问道：“吉尔伯伯，你没忘记把太空船准备好吧？”

“当然没有，”他虽仍压低声音，却以尽可能严厉的口气说，“可是广场塔台为何会有灯光？它应该一片黑暗。”

他伸手指向树丛，透过浓密的树叶，塔台看起来像个白光构成的蜂窝。在通常的情况下，那代表广场在正常作业——有船舰升空或着陆。

吉尔布瑞特喃喃道：“今晚没有任何预定的行程，这点绝对可以肯定。”

等到他们再走近些，便发现了事情的真相，至少吉尔布瑞特明白了。他突然停下脚步，伸出双臂将另外两人挡了回去。

“完啦，”他近乎歇斯底里地傻笑，“这回亨瑞克做得真好，这个白痴把事情全搞砸了。他们在这里！那些太暴人！你们难道不了解吗？那是阿拉特普的私人武装巡弋舰。”

拜伦也看见了，它在灯光下闪着暗淡的光芒。挤在其他毫无特色的船舰之间，这艘巡弋舰分外显眼，比那些洛第亚的航具更流线、更纤细、更阴狠。

吉尔布瑞特说：“那队长说今天要招待‘贵客’，我当时没留意。现在什么办法都没啦，我们总不能跟太暴人斗。”

拜伦忍不住爆发了。“为什么？”他忿忿地说，“为什么我们不能跟他们斗？他们没有理由提高警觉，而且我们还有武器。我们去抢行政官的船舰，我们去把他的裤子偷走吧。”

他继续向前走去，走出相当幽暗的树丛，来到毫无遮掩的地方，其他两人也跟了出来。他们没有理由躲藏——他们是两名王室成员与一名护驾的卫士。

但他们现在的敌人却是太暴人。

多年前，当太暴人赛莫克·阿拉特普第一次见到洛第亚王宫时，心中兴起一种叹为观止的激情。但他随即发现那只是个空壳子，里面只剩一些发霉的陈迹。两代以前，洛第亚立法厅便在这里集会，大多数行政机构也设立于此。当时，那座中央正殿是十几个世界的心脏。

然而，如今立法厅（它依旧存在，因为大汗从不干预地方政治）每年仅集会一次，以追认过去十二个月的行政法令，那几乎只是一种形式。行政会议名义上还是常年召开，但它仅有的十几个成员，十周有九周待在自己的属地上。各级行政机关一直有人办公，因为这些单位若不存在，不论是执政者或大汗，都无法独力统治一个世界。不过这些行政机关已分散行星各处，对执政者的依存度早已减低，对新主子太暴人的关注则显著升高。

王宫依然是一座富丽堂皇的金石建筑，却也仅止于此。那里面住着执政者一家人，以及几乎不敷使用的一群仆佣，还有兵力绝对不足的一队本地卫士。

阿拉特普在这个空壳子里感到很不自在，也很不开心。现在时候已经不早，他累了，双眼好像火烧一般疼痛，他很想摘下隐形眼镜。更糟的是，他感到失望透顶。

根本找不出一个规律！他不时望着身边的副官，那位少校却呆然地听着执政者说话。至于阿拉特普自己，则几乎没听进几个字。

“维迪莫斯牧主的儿子！真的？”他只是心不在焉地说道。过了一会儿，他又说了一句：“因此你逮捕了他？相当正确！”

但这对他没有什么意义，因为这些事并未经过详细筹划。阿拉特普有个井然有序的心灵，无法忍受各种独立事件散成一团、欠缺丝毫优雅的秩序。

维迪莫斯牧主是个叛徒，他儿子则企图会见洛第亚执政者。他首先秘密进行，计划失败后，他狗急跳墙，竟试图利用行刺阴谋的荒谬情报，公然要求晋见执政者，那当然是规律开始出现了。

现在它又乱成一团，亨瑞克慌慌张张地放弃了这个孩子，看来，他甚至不敢等到天亮。这点实在说不通，也可能是阿拉特普尚未知晓全部事实。

他又将注意力集中在执政者身上。亨瑞克开始反复说着同样的话，阿拉特普觉得同情心油然而生。此人被改造成这样一个胆小鬼，甚至令太暴人都感到不耐烦。但这是唯一的法门，唯有恐惧才能确保绝对忠诚，除此之外别无他法。

维迪莫斯牧主始终未曾恐惧，虽然他自身的利益与太暴人的统治息息相关，他仍选择了造反。亨瑞克却一直心存畏惧，因此结果会变得完全不同。

由于亨瑞克畏惧不已，现在他坐在那里，不知不觉变得语无伦次，拼命想要得到一点认可。少校当然不会有所回应，阿拉特普很清楚，那家伙没什么想象力。他叹了一声，希望自己也完全没有。唉，谁叫政治是一种丑恶的勾当呢。

因此，他带着几分鼓励说："相当正确，我对你的迅速决定，以及你对大汗的服务热诚表示嘉许。你放心，他一定会知道这件事的。"

亨瑞克显得兴高采烈，而且显然松了一口气。

阿拉特普又说："那么，把他带进来吧，让我们听听这个问题青年有什么话说。"他强忍住一个呵欠，那个"问题青年"究竟有什么话说，他其实一点兴趣也没有。

亨瑞克正准备按下按钮召唤卫队长，却发现根本没这个必要，那名队长未经通报便已来到门口。

"殿下。"他喊道，然后不等执政者许可，便径自向内走来。

亨瑞克睁大眼睛，瞪着那只距离讯号钮还有几英寸的手，仿佛怀疑自己的意念化成了足够的力量，足以取代按下讯号钮的实际行动。

他一头雾水地说："什么事，队长？"

队长答道："殿下，人犯逃跑了。"

阿拉特普感到困倦顿时消失几分。这是怎么回事？"详情禀上，队长！"他命令道，同时在座椅中正襟危坐起来。

队长向他们做了极精简的报告，他的结论是："殿下，请您准许我发布全面警戒令，他们还没逃得太远。”

“对，当然要，”亨瑞克结结巴巴地说，“当然要。全面警戒，的确需要。就这么办，快点！快点！行政官，我无法了解怎会发生这种事。队长，动员你手下每一个人。我们会好好调查一番，行政官。有必要的话，当班的卫士一律免职，免职！免职！”

他近乎歇斯底里地重复这两个字，队长却仍站在原处，显然还有什么话要说。

阿拉特普问道：“你还在等什么？”

“我能否向殿下私下禀报？”队长突然说。

亨瑞克以惊恐的目光，迅速望向和蔼可亲、泰然自若的行政官。他有点愤慨地说：“在大汗的将士面前，根本没有任何秘密，他们是我们的朋友，我们的……”

“你要说什么就说吧，队长。”阿拉特普轻声插嘴道。

队长立定站好，开口道：“既然殿下有令，我就照实说了。殿下，我以遗憾的心情向您禀报，艾妲密西娅郡主和吉尔布瑞特侯爷两人，跟那名人犯一同逃走了。”

“他竟敢绑架他们？”亨瑞克站了起来，“你们这些卫士却袖手旁观？”

“他们不是被绑架的，殿下，他们是自愿跟他走的。”

“你怎么知道？”阿拉特普精神一振，也完全清醒过来。毕竟，现在规律开始成形了，还是比他预料中更好的规律。

“我们有好多人证，包括一名被他们击倒的弟兄，以及数名因不知情而放走他们的卫士。”队长犹豫了一下，又绷着脸补充道，“当我在郡主寝宫门口，晋见艾妲密西娅郡主时，她告诉我她正准备睡觉。直到后来我才想到，当她那么说的时候，脸上还化着浓妆。我转身回去查看，却已经太迟了。这件事是我处置不当，我愿接受任何责罚。今晚过后，我将请求殿下批准我的辞呈。但现在我先要确定，您是否仍准许我发出全面警戒令？没有您的授权，我不能惊扰王室成员的安宁。”

但亨瑞克连站也站不稳，只能茫然瞪着他。

阿拉特普说：“队长，你最好先照料一下执政者的身子，我建议你把他的医生召来。”

“全面警戒！”队长重复了一次。

“不会有什么全面警戒，”阿拉特普说，“你听不懂我的话吗？没有全面警戒！别再追捕逃犯！这个意外事件已经结束！叫你的人回到寝室或正常岗位，赶快照顾你的执政者。走吧，少校。”

他们离开中央正殿后，那名太暴少校立刻紧张兮兮地说：“阿拉特普，我猜你知道自己在做什么。基于这个猜测，我才一直没开口。”

“谢谢你，少校。”阿拉特普很喜欢满是绿色植物的行星入夜后的气氛，太暴星本身虽更加美丽，却是岩石与山脉构成的可怕美感。它太干燥了！

他继续说：“你不懂如何掌控亨瑞克，安多斯少校。要是落在你手中，他就会萎缩和崩溃。他很有用，但想让他维持这种状态，却需要以温和的方式对待。”

少校不再理会这个问题，他说：“我指的不是那个。为何不发布全面警戒令？你不想抓到他们吗？”

“你想吗？”阿拉特普停下脚步，“让我们在这儿坐一下，安多斯，坐在一块草坪旁边的长椅上。还有什么地方比这里更美丽，而且更能避免间谍波束？你为什么想抓那个年轻人，少校？”

“我为什么想抓每一个叛徒和阴谋分子？”

"是啊，为什么呢，如果你只能抓到一些工具，而无法找出真正的祸源？你会抓到什么人呢？一个愣小子，一个傻丫头，再加一个老白痴？"

附近有座人工瀑布，不时溅出少许水花。那个瀑布很小，纯粹是种装饰，却是阿拉特普心中一个真正的疑惑。想想那些喷出来的水，不停地冲激岩石，又沿着地面流走，就这样白白糟蹋掉。他从未学会心平气和看待这种事，总是难免感到几分义愤填膺。

"这样的话，"少校说，"我们就毫无斩获。"

"我们掌握了一个规律。那个年轻人刚抵达时，我们认为他跟亨瑞克有牵连，所以我们困惑不已，因为亨瑞克是——就是那个样子，但那是我们所能做的最佳猜测。现在我们知道，其实根本不是亨瑞克，我们被误导了。他的目标是亨瑞克的女儿和堂兄，这样也更有道理。"

"他为什么不早点叫我们来呢？竟然一直等到三更半夜。"

"因为无论是谁先利用他，他都会变成那人的工具。我确定这是吉尔布瑞特的建议，说在半夜召开紧急会议，可以显示他极大的热诚。"

"你的意思是，我们是被故意叫来的？来见证他们的逃亡？"

"不，不是为那个缘故。问问你自己，那些人想要逃到哪里去？"

少校耸了耸肩。"洛第亚很大。"

"若只考虑小法瑞尔的话，没错。可是在洛第亚，两名王室成员走到哪里不会被人认出来？尤其是那个女孩。"

"所以说，他们会离开这颗行星？好吧，我同意。"

"又要从哪里出发呢？他们只要走上十五分钟，就可以到达广场。现在你明白我们被叫来的目的了吗？"

少校说：“我们的舰艇？”

“当然，太暴舰艇似乎是理想的交通工具。否则，他们就得在太空货船中选一艘。法瑞尔曾在地球接受教育，我确定他会驾驶巡弋舰。”

“这就是个问题，我们为何准许那些贵族将他们的儿子送到四面八方？这些子民的太空旅行知识，只要足以进行局部贸易就够了，为什么需要懂得更多？我们是在培养与我们为敌的战士。”

“然而，”阿拉特普巧妙地避过对方的问题，“此时此刻，法瑞尔已经受过外界的教育。让我们客观地将这点纳入考量，不要因此火冒三丈。无论如何，我确定他们已夺取了我们的巡弋舰。”

“我无法相信。”

“你带了腕上呼叫器，试试能否跟舰艇联络。”

少校试了一下，结果毫无回音。

阿拉特普说：“试试广场塔台。”

少校依言而行，微型接收器中便传出细微的声音，带着些许不安说道：“可是，尊贵的阁下，我不了解——一定有什么误会，您们的驾驶员十分钟前便升空了。”

阿拉特普露出微笑。“你看对不对？一旦找出规律，每个细节都会变得理所当然。现在，你看出结果了吗？”

少校的确看出来了，他拍了拍大腿，又大笑了几声。“当然！”他说道。

“好，”阿拉特普说，“他们当然不可能知道，可是他们将走上绝路。假使他们肯将就一下，即使选择广场上最粗制滥造的洛第亚太空货船，他们也一定逃脱得了，那样的话——该怎么比方呢？今晚我将措手不及，连裤子都来不及穿。如今，我的裤子紧紧系在腰际，他们是绝对没救了。等到大好时机来临，而我把他们拉回来之后，”他得意地加强了语气，“这个阴谋的其他部分也会在我掌握之中。”

他叹了一口气，发觉自己又困极欲眠。“好啦，我们运气很好，现在还不必着急。呼叫中心基地，叫他们派另一艘舰艇来接我们。”

第十章
或许！

拜伦·法瑞尔在地球上接受的太空航行训练，大多数只是纸上谈兵。大学中有关太空工程各方面的课程，虽有半学期花在超原子发动机理论上，可是等到学生登上太空船，在太空中实地操作时，那些理论却派不上什么用场。最优秀、最有经验的驾驶员，他们的技艺并非来自课堂，而是在太空中磨练出来的。

他勉强让那艘巡弋舰升空，没有真正发生意外，不过这主要是出于运气，并非他的技术精良。“无情号”对操纵系统的回应，比拜伦预料中迅速许多倍。在地球的时候，他曾驾驶几艘太空船飞向太空，然后再重返地面，但那些都是老旧而稳重的太空船，仅供学生实习之用。它们的动作柔和，而且非常、非常不利落，起飞时需要花费很大力气，还得在大气层中缓缓向上盘旋，最后才能到达太空。

反之，“无情号”毫不费力便腾空而起，然后垂直上升，呼啸着穿越大气。拜伦从座椅中跌了出来，肩膀差点脱臼。艾妲密西娅与吉尔布瑞特由于毫无经验，因此反而更加谨慎，将自己紧紧绑在安全带中，却被附有衬垫的安全带勒得到处红肿。那个被俘的太暴人则紧靠舱壁躺着，他猛力拉扯身上的绳索，口中咒骂不停。

拜伦摇摇晃晃地站起来，将那个太暴人踢得沉默不语，再以双手轮流抓着舱壁的栏杆，克服了加速度产生的力量，一步步走回自己的座位。他打开逆向喷射口，巡弋舰立刻开始颤动，加速度随即遽减，终于达到人体堪能忍受的程度。

此时，他们来到洛第亚大气层的外围，天空呈现一片深紫色。舰身由于空气摩擦而产生高热，连舱内都感觉得到。

又过了好几小时，巡弋舰才进入一条环绕洛第亚的轨道。拜伦不懂如何计算克服洛第亚重力的必要速度，只好以尝试错误的方式摸索，让舰艇轮流向前后喷气以改变速度，同时紧盯着质量计的数据。质量计是借着测量重力场强度，指示舰艇与行星表面距离的仪器。他的运气不错，那个质量计已根据洛第亚的质量与半径校准。否则，除非经过无数次实验，拜伦根本无法自行调整这个装置。

最后，质量计的数据终于稳定下来，在两小时内，几乎未曾显现任何变化。这时拜伦才稍微放松，另外两名乘客则从安全带中爬出来。

艾妲密西娅说："你的动作可不怎么温柔，牧主大人。"

"我让它飞起来了，郡主。"拜伦没好气地答道，"如果你能做得更好，欢迎你来试试，但我自己要先下去。"

"安静，安静，安静，"吉尔布瑞特说，"我们不能在这么窄的舰艇里赌气。还有一点，既然我们将挤在这个飞奔的牢笼中朝夕相处，我建议我们省略许多'大人''郡主'之类的头衔，否则我们的交谈会啰唆得无法忍受。我是吉尔布瑞特，你是拜伦，她是艾妲密西娅，我建议我们记住这些称呼，或用其他喜欢的简称也行。至于驾驶这艘舰艇嘛，何不请我们这位太暴朋友帮忙？"

那太暴人狠狠瞪着他们，拜伦则说："不，我们绝对无法信任他。等我摸熟了这艘舰艇后，我自己的驾驶技术就会进步。我没有害你们丧命，对不对？”

由于刚才那一下撞击，他的肩膀到现在还在痛，而疼痛照例使他心浮气躁。

“好吧，”吉尔布瑞特说，“我们该拿他怎么办？”

“我不想做冷酷无情的刽子手，”拜伦说，“而且那样对我们没有帮助。那样做只会加倍刺激太暴人，杀害统治阶级成员是不可饶恕的罪行。”

“但有什么别的办法吗？”

“我们把他放下去。”

“好吧，可是放到哪里？”

“放到洛第亚上。”

“什么啊！”

“那是他们唯一不会搜寻我们的地方。而且无论如何，我们也得尽快降落。”

“为什么？”

“听我说，这是行政官的舰艇，他用它在这颗行星表面飞来飞去，它不是为星际旅行准备的。我们在前往任何地点前，必须先准备好各种补给品，至少要确定我们有足够的食物和清水。”

艾妲密西娅猛点着头：“没错，很好！我自己不会想到这点，你实在很聪明，拜伦。”

拜伦做了个“没这回事”的手势，心中却感到又温暖又高兴。这是她第一次叫他的名字，只要她愿意尝试，她会相当讨人喜欢。

吉尔布瑞特说：“但他会立刻以无线电报告我们的行踪。”

“我不这么认为，”拜伦说，“首先，我猜想，洛第亚有些荒凉的地区。我们不必将他丢到某个城市的商业区，或是太暴驻军的军区中心。此外，他也许不会像你想象的那样，会那么急着联络他的长官……喂，阿兵哥，如果一名战士，让大汗麾下行政官的私人巡弋舰遭窃，他会有什么样的下场？”

那名俘虏没有回答，但他的嘴唇变得煞白。

拜伦心知这位战士的处境不妙。其实，他根本不该受到责罚。他所做的，仅是对洛第亚王室成员客客气气，没有理由疑心会惹祸上身。当初他严格奉行太暴军令，由于没有指挥官的许可，他拒绝让他们登上这艘舰艇。他曾坚称，即使执政者自己要求登舰，他一样会严加拒绝。可是，就在这个时候，他们已经贴近他，当他发现自己奉行军令还不够彻底，应该早将武器掏出来的时候，一切都太迟了，一柄神经鞭已抵在他的胸口。

甚至在那种情况下，他也没有轻易就范。直到胸部挨了一记鞭击，他才终于停止抵抗。虽然如此，他唯一的下场仍是面对军法审判，而且一定会被定罪。没人怀疑这一点，尤其是这位战士本人。

两天后，他们在南方市外缘降落。这是他们刻意选择的地点，因为它远离洛第亚的主要人口中心。在此之前，他们先将那名太暴士兵绑在反弹装置上，让他随风飘落地面，落在距离最近的城镇约五十英里处。

舰艇在一个空旷的海滨着陆，没有产生太大的冲击。拜伦是三人中最不容易被认出来的，因此负责必要的采买。吉尔布瑞特百忙中仍未忘记携带的洛第亚货币，勉强可以买到基本的必需品，因为拜伦将许多钱花在一辆双轮小拖车上，这样才能把补给品一件件运回来。

“你应该可以买到更多东西，”艾妲密西娅说，“如果你没浪费那么多钱，买那些太暴浆糊的话。”

“我认为没有别的食物可以取代，”拜伦激动地说，“你也许认为它是太暴浆糊，但它是营养均衡的食物，比我能找到的其他食物更符合我们的需要。”

他十分恼怒。将那些货品从城中运出来，再搬到舰艇上，根本就是装卸工人的工作。他是在太暴人经营的一家军需店买的，这就代表那是件很危险的工作，他本来希望能获得赞赏。

而且，他根本没有选择的余地。由于太暴人使用小型舰艇，太暴军方为了配合这点，发展出一整套特殊的补给科技。他们不能像别的舰队那样，拥有巨大的贮物空间，可以容纳许多动物的全尸，将它们整整齐齐挂在一起。他们必须发展出一种标准的浓缩食品，内含必需的热量与养分，却无法顾及食物的色香味。与天然肉类比较之下，这种浓缩食品占的空间只有前者的二十分之一，而且能存放在低温贮藏室中，像砖块一样堆起来。

“哼，它难吃极了。”艾妲密西娅说。

“哼，你会慢慢习惯的。”拜伦回嘴道，还故意模仿她嗔怒的口气。她气得满脸通红，怒冲冲地别过头去。

拜伦心中很清楚，真正令她心烦的是空间不足，以及随之而来的各种不便。除了必须忍受单调无味的食物以换取最大的热量供应之外，没有隔离的睡房也是个问题。这艘舰艇有数间轮机室与一间驾驶舱，这就占了大部分空间。（拜伦心想，这毕竟是一艘战舰，而不是休闲用的太空游艇。）此外，还有一间贮藏室，以及一间小寝舱。小寝舱两侧各有三个双层卧铺，厕所则是紧邻寝舱的一个小空间。

这就表示十分拥挤；表示毫无隐私可言；表示艾妲密西娅必须自我调适，以适应这种没有换洗的女装、没有镜子、没有盥洗设备的环境。

嗯，她一定得学着适应。拜伦觉得自己为她做得够多了，已经大大超出他的原则。她为什么还不高兴，不肯偶尔微笑一下？她拥有美丽的笑容，他必须承认，她实在不赖，只有她的脾气例外。可是，哦，那种脾气！

好啦，何必浪费时间思量她呢？

缺水的问题是最糟的一环。首要的原因是，太暴星是一颗沙漠行星，水是异常珍贵的资源，大家都知道应当珍惜，因此舰艇上完全没有洗涤用水。每当登陆某颗行星后，官兵才有机会洗澡，以及清洗个人的衣物、用品。在太空的时候，一点点尘垢、汗水没什么关系。即使是饮用水，在长途旅程中也仅仅勉强够用。毕竟，水既不能浓缩又无法“脱水”，必须原封不动地装载。由于浓缩食品中的水分相当少，缺水的问题因而更加严重。

舰艇上备有蒸馏装置，可回收人体流失的水分。但拜伦在了解它的作用后，感到十分恶心，决定将排泄物直接处理掉，不愿回收其中的水分。就化学观点而言，循环是个合理的程序，但一个人必须经过长久的学习，才能接受那种事情。

比较之下，第二次起飞可算平稳的典范。升空后，拜伦花了不少时间研究操纵装置。这艘舰艇的控制面板极为特殊，袖珍化的程度相当惊人，与他在地球上接触过的仅有些微类似。每当拜伦判断出某个开关的作用，或是某个仪表的功能，便将简单的说明写在纸上，然后贴在面板的适当位置。

此时，吉尔布瑞特走进驾驶舱。

拜伦回过头来说：“我猜，艾妲密西娅在寝舱中吧？”

“只要她还在这艘舰艇内，就不可能待在别的地方。”

拜伦说：“你碰到她的时候，告诉她我会在驾驶舱搭个卧铺，我建议你也这样做，好让她独享那间寝舱。”然后，他又喃喃道，“真是个幼稚任性的女孩。”

“你自己有时候也一样，拜伦。”吉尔布瑞特说，“别忘了她一向过的是什么生活。”

“好吧，我的确记得，那又怎么样？你以为我一向过的又是什么生活？你也知道，我并非生在某个小行星带的矿区中，我是在天雾星最大的牧地长大的。可是一旦身陷困境，你就必须尽量适应。他妈的，只恨我无法将舰身拉长，它只能装这么多食物和饮水。对于缺乏淋浴设备这个事实，我也根本没什么办法。她却一直找我的碴，好像这艘舰艇是我亲自建造的。”对吉尔布瑞特大吼一顿是一种发泄——其实对谁大吼一顿都行。

舱门突然再度打开，艾妲密西娅站在门口，以冰冷的口气说：“如果我是你，法瑞尔先生，我会尽量避免大吼大叫。在舰艇每个角落，你的声音都能听得清清楚楚。”

“这一点，”拜伦说，“倒不会令我困扰。你如果对这艘舰艇不满，别忘了一件事实：若非令尊想把我给杀掉、把你给嫁掉，我们两个谁也不会待在这里。”

“别将我父亲扯进来。”

“我高兴将谁扯进来，就将谁扯进来。”

吉尔布瑞特捂住双耳。“拜托！”

这场争辩因此暂时休兵，吉尔布瑞特趁机说：“我们现在是否应该讨论一下目的地？照这种情形看来，我们若能早些抵达某个地方，尽快走出这艘舰艇，大家就能少受点罪。”

“我同意这句话，吉尔。”拜伦说，“我们随便到哪里都行，只要我不必再听她唠叨就好。太空船上最难伺候的就是女人！”

艾妲密西娅根本不理他，完全对着吉尔布瑞特说：“我们何不干脆离开星云区域呢？”

“我不知道你怎么打算，”拜伦立刻说，“但我必须回到我的牧地，为家父的冤死尽点心力，我要留在众王国内。”

“我的意思又不是永远不回来，”艾妲密西娅说，“只要等到密集搜索结束就行了。反正，我看不出你想为你的牧地做些什么。除非太暴帝国土崩瓦解，否则你根本不能回到那里，但我却看不出你在做任何努力。”

“你别管我打算做什么，那是我自己的事。”

“我可否提个建议？”吉尔布瑞特委婉地问。

没有人答腔，于是他将沉默解释为同意，继续说：“那就让我来告诉你，我们应该到哪里去，以及我们究竟该怎么做，才能促使太暴帝国土崩瓦解，如同艾妲说的那样。”

“哦？你有什么样的计划？”拜伦问道。

吉尔布瑞特微微一笑：“亲爱的孩子，你现在采取的态度非常有趣。你不信任我吗？你这样望着我，仿佛认为我醉心的任何谋略，都注定是愚蠢的想法。无论如何，我将你救出了王宫。”

“我知道，我万分愿意听你说说。”

“那就好好听着。我等待一个逃出他们掌握的机会，已经等了二十多年。假使我是个普通平民，我老早就成功了，可惜我投错了胎，令我一直离不开公众的耳目。可是，若非生为亨芮亚德家族的一员，我也不会去参加当今太暴大汗的加冕大典。要不是那个机会，我也不可能撞见一个秘密——总有一天会毁掉那个大汗的秘密。”

“继续说。”拜伦催促道。

“由洛第亚到太暴星的行程，当然由太暴战舰负责，回程也一样。那艘战舰跟这艘类似，不过大了许多。去程一路平静无事；待在太暴星的时候，的确有些有趣的经历，但跟我们现在的话题无关，所以也等于平静无事。然而，在回程中，却有一颗流星撞上我们。”

“什么？”

吉尔布瑞特举起一只手：“我很清楚这是极不可能的意外。太空中出现流星的几率实在太小，尤其是恒星际太空，流星跟船舰相撞的机会更是微乎其微。不过你也知道，这种事故仍会发生，而在那次航行中，就真被我们遇上了。当然啦，一旦流星真的撞上船舰，即使它只有针头般大小（其实大多数流星都是这么大），那么除非是拥有最厚重装甲的战舰，否则一律会被流星贯穿。”

“我知道，”拜伦说，“那是由于它的动量很大，而动量等于质量乘以速度。虽然质量很小，它的高速足以弥补过来。”他神情严肃地背诵公式，像是在学校上课一样，却发觉自己还在偷偷望着艾妲密西娅。

她坐在一旁聆听吉尔布瑞特的叙述，跟拜伦的距离很近，两人的身体几乎挨在一起。拜伦突然注意到，即使头发变得有点脏，坐着的她依然有着美丽的轮廓。她没穿那件小外套，而即使已过了四十八小时，她身上那件雪白、蓬松的外衣仍毫无皱褶，他很想知道她是如何做到的。

他相信，只要她学得乖巧些，这趟旅程会很有意思。然而，从来没有人好好管教她，问题就出在这里。她的父亲当然没有，才使她变得如此任性。假如生在普通人家，她会是个很讨人喜欢的女孩。

他正要滑进一场小小的白日梦中，梦见自己将她管教得服服帖帖，让她对自己既尊重又感激。此时她突然转过头来，与他的目光默默相交。拜伦赶紧别过头去，将注意力集中在吉尔布瑞特身上，结果发现自己漏掉几句话。

“战舰的荧幕为何失灵，我连一点概念也没有。天底下有许多像这样的事，没有人找得出答案，反正它就是失灵了。总之，那颗流星向战舰拦腰撞来。它只有小鹅卵石那么大，当它穿透舰身后，速度变慢了些，刚好使它无法再从另一侧钻出去。假使它钻了出去，损伤会很轻微，因为舰身立刻可以暂时补上。

“然而，事实并非如此。它冲进驾驶舱，又从舱壁反弹回来，然后在两侧舱壁间撞来撞去，直到完全停下为止。整个过程不会超过几分之一秒，但它原来的速度大约是每分钟一百英里，一定已在舱中穿梭不下百次。两个舰员的身体被打得稀烂，而我还能活着，只因为我当时在寝舱中。

“流星刚钻进舰身的时候，我听见一个微弱的叮当声，接着是它撞来撞去的一阵噼里啪啦，还有两名舰员发出的短暂而可怕的惨叫。当我冲进驾驶舱时，只见一片血肉模糊。后来发生的事，我只有模糊的记忆，可是许多年来，我不断在噩梦中重温那些恐怖的经历。

“空气外泄的细微声响，将我引到那个破洞去。我拿了一个金属盘，将它贴上去，舱内气压马上将破洞封牢。我在地上找到那颗撞烂的太空鹅卵石，它摸起来还热乎乎的，但我用扳手将它敲成两半后，暴露出来的部分立刻结上一层霜。换句话说，它仍维持着太空中的低温。

“我在两具尸体的手腕各套一条缆绳，又在两条缆绳上各绑了一块拖曳磁石。准备好后，我把两具尸体由气闸丢出去，随即听到铿锵一声，代表磁石已经吸住，我就知道不论战舰航向何方，那两具冻僵的尸体也会跟来。懂了吧，我知道一旦回到洛第亚，我必须拿他们的尸体当证据，证明他们是被流星打死的，而不是我杀害的。

“可是我要怎么回去？我感到相当无助。我根本不会驾驶那艘战舰，而陷在星际太空深处的我也不敢随便乱试。我甚至不懂如何使用次以太通讯系统，所以无法发出求救讯号。我唯一能做的，就是让战舰循着既定的航线前进。”

“但你不可能仅仅那样做，对不对？”拜伦怀疑这些都是吉尔布瑞特虚构的，若非出于单纯的浪漫幻想，便是为了某种极为实际的目的，“超空间跃迁又是怎么进行的？你一定设法做到了，否则你不会在这里。”

“太暴人的船舰，”吉尔布瑞特说，“一旦操纵系统设定妥当，就能自动进行无限多次跃迁。”

拜伦露出不敢置信的目光，难道吉尔布瑞特把自己当成傻瓜？“这都是你胡诌的。”他说。

“我没有胡诌，那是他们先进的军事科技之一，我们就是败在那些该死的科技上。不论人口或资源，五十个行星系都超出太暴星数百倍，他们并非靠儿戏征服这些世界，你该知道。他们当然是采取各个击破的战略，并巧妙利用内奸，但他们也绝对占有军事优势。人人都知道他们的战术优于我们，部分原因正是由于自动跃迁技术。这代表他们的船舰机动性大增，可以研拟出极精致的战斗计划，我们根本望尘莫及。

“我敢说那是他们的最高机密之一，我是说那种科技。本来我并不知道，直到我单独困在‘吸血鬼号’中——太暴船舰都用难听的字眼命名，这是最讨人厌的一种习惯，不过我想它也是很好的心理战。总之，直到那时我才有机会看到它在无人操纵的情况下，完全自动进行跃迁。”

“你的意思是，这艘舰艇也能这样做？”

“我不知道，即使可以我也不会惊讶。”

拜伦转向控制面板，上面还有好几十个开关，他尚未推敲出用途为何。没关系，以后再说！

他又转身面对吉尔布瑞特。“结果那艘战舰把你带回家了？”

“不，没有。当那颗流星在驾驶舱中来回穿梭时，控制面板也没有幸免于难。如果不是这样，那才是最不可思议的事。仪表都被打碎了，外壳也被打得破破烂烂、凹凸不平。我无法判断设定好的操纵系统怎样改变，但它一定有了变动，因为它始终没将我带回洛第亚。

“当然啦，后来它终于开始减速，我就知道，理论上这趟旅程即将结束。我无法看出身在何处，但我设法启动了显像板，因此看到附近有颗行星，在舰上的望远镜中，它已经是一个圆盘。那实在是天大的好运，因为那圆盘渐渐变大，战舰正朝那颗行星飞去。

“哦，当然并非不偏不倚，谁要是那样希望，就太不切实际了。假使我让战舰一直漂移，它和那颗行星的差距至少会有一百万英里。但在那种距离下，已能使用普通的以太电波通讯，而我知道如何使用。在这个事件告一段落后，我才开始自修电子学。我下定决心，如果再有这种情况发生，我绝不要再那么无助，那可不是什么有趣的经验。”

“所以你使用了通讯设备。”拜伦连忙把话头拉回来。

吉尔布瑞特继续说：“正是这样，结果他们便出动了，将我拦截下来。”

“什么人？”

“那颗行星上的人，那是一颗住人行星。”

“好啊，好运接二连三。那究竟是哪颗行星？”

“我不知道。”

“你是说他们没告诉你？”

“很有趣，是不是？他们没说，但它一定在星云众王国之间。”

“这点你怎么知道？”

“因为他们知道我乘坐的是太暴战舰。他们光凭目视就认得出来，还差点把它轰掉，幸好我及时说服他们，让他们相信我是舰上唯一的生还者。”

拜伦将一双大手放在膝盖上，一面揉搓一面说：“等一下，退回去一点，我还没搞懂。如果他们知道那是一艘太暴战舰，而且准备轰掉它，这不就是最好的证据，证明那个世界不属于星云众王国？不论它在哪里，反正不会在那里，不是吗？”

“不，我向银河发誓。”吉尔布瑞特双眼闪着光芒，声音变得越来越兴奋，“它的确在众王国之间。他们将我带到地面，那个世界简直难以想象！我从他们的口音便能判断，那里有来自各王国的人马，而他们都不怕太暴人。那地方是个军火库，你无法从太空中看出来。表面上它像个荒废的农业世界，但该行星的活动全在地底。它位于众王国之间某处，孩子，那颗行星如今还在那里。它不怕太暴人，而且准备摧毁太暴帝国，就像假使当时两名舰员还活着，他们必定会摧毁我那艘战舰一样。”

拜伦感到心脏怦怦乱跳，一时之间，他几乎要相信了。

毕竟，或许，或许是真的！

第十一章
或许不!

然而，也或许不是那么回事!

拜伦说:“你怎么知道它是个军火库？你在那里待了多久？你看到些什么？”

吉尔布瑞特有点不耐烦:“其实我并未真正看到些什么，他们没有带我做任何参观之类的活动。”他强迫自己不再那么激动，“好吧，注意听，事情的经过是这样的：他们将我从战舰上弄出来的时候，我的情况有些不妙。由于惊恐过度，我在舰上一直吃不下什么东西——被放逐在太空中是很可怕的事。而我看起来，一定比实际状况更糟。

“我多少表明了自己的身份，他们就将我带到地底。当然，那艘战舰也一起下去了。我想他们对战舰一定比对我更有兴趣，他们可以借这个机会，仔细研究一下太暴人的太空工程技术。他们带我去的地方，我想一定是一间医院。”

“可是你究竟看到了什么，伯伯？”艾妲密西娅问。

拜伦突然打岔道:“他以前从来没有告诉你这件事？”

艾妲密西娅说：“没有。”

吉尔布瑞特补充道：“在此之前，我从未告诉过任何人。我被带到医院去，正如我刚才所说。在医院里，我经过一些研究实验室，它们一定比我们洛第亚的实验室先进许多。在前往医院的途中，我还经过许多工厂，里面正在进行某种金属加工。而那些拦截我的船舰，它们的式样绝对是我前所未闻的。

“到了那个时候，我终于恍然大悟。而许多年来，我从未怀疑自己的猜测。我在心中将它称为‘叛军世界’，我知道总有一天，会有大批战舰从那里蜂拥而出，前去攻打太暴人。而各个藩属世界将群起响应，团结在叛军领袖的旗帜下。年复一年，我一直在等待这一刻的到来。每当新的一年来临，我就在心中对自己说：也许就是今年。可是每一次，我又有点希望别那么快发生，因为我渴望能先逃走，加入他们的阵营，亲自参与这场圣战。我不希望自己在这场攻击行动中缺席。”

他发出了颤抖的笑声：“我想，如果将我心中的打算公诸于世，大多数人都会感到十分有趣。我心中的打算！没人把我当一回事，你也知道。”

拜伦说：“这些都是二十多年前的事，为何他们至今尚未发动攻击？没有他们存在的任何迹象？没有不明船舰的报告？也没有任何意外事故？而你仍认为……”

吉尔布瑞特激动地答道：“是的，我的确还这么认为。想要组织一场武装起义，打倒一个统治五十个行星系的世界，二十年的时间不算长。我到那里的时候，他们的准备工作才刚起步，这点我也知道。从那时开始，他们一定在地底积极备战，将那颗行星内部挖成蜂巢，发展新式的战舰和武器，训练更多的军队，为攻击做最充分的准备。

“只有在惊悚片中，战士才会一声令下立即进攻；哪天需要什么新武器，第二天就会发明出来，第三天就能大量生产，第四天便用在战场上。这些事都需要时间，拜伦，而叛军世界的那些人，一定知道必须做好万全准备，才能展开攻击行动，他们没有发动第二次攻击的机会。

“而你所谓的‘意外事故’是什么意思？的确曾有太暴船舰无故失踪，再也没有找回来。太空可以说是广阔无边，他们也许只是迷航了，然而，万一他们被叛军抓去了呢？两年前，就发生了‘无倦号’的失踪事件。它曾报告有个不明物体逐渐接近，已经触发舰上的质量计，后来就再也没有音讯。我猜那可能是颗流星，不过真是吗？

“搜索进行了几个月，却一直没找到它，我想八成是落到了叛军手中。无倦号是一艘新式战舰，是个实验型，那正是他们需要的。”

拜伦说：“当时你既然已经着陆，何不干脆留下来？”

“你以为我不想吗？我是没有机会。他们以为我昏迷不醒时，我偷听到他们的谈话，又多知道了些事。那时他们刚开始筹划，那里便是根据地，当时他们绝不能被发现。他们知道我是吉尔布瑞特·欧思·亨芮亚德，舰上有不少身份证件，即使我不说也一样，何况我已自动表明身份。他们知道我要是不回到洛第亚，就会引发一场全面性的搜索，而且不知道会持续多久。

“他们不能冒这种险，因此必须确保我能回到洛第亚，而他们真把我送了回去。”

“什么！”拜伦吼道，“但是那样做，一定得冒更大的危险。他们是怎样做到的？”

“我也不知道，”吉尔布瑞特用细瘦的手指梳过泛灰的头发，他的双眼似乎正在窥探遥远的记忆，却显然毫无所获，“我想，他们是将我麻醉了。从此我就不省人事，那部分的记忆完全空白。我只记得当我睁开眼睛的时候，我又回到‘吸血鬼号’，又在太空中飘荡，而且已经在洛第亚附近。”

“那两个死去的舰员，仍系在两块磁石上吗？他们在叛军世界也没被搬下来？”拜伦问道。

“他们仍在那里。”

“究竟有没有任何证据，显示你曾经到过叛军世界？”

“没有，除了我的记忆之外。”

“你又怎么晓得到了洛第亚附近？”

“我不知道，只知道战舰靠近某颗行星，是质量计告诉我的。我又利用无线电呼叫，这回出现的是洛第亚的船舰。我把经过对当年的太暴行政官讲了一遍，当然做了适度的修改，没有提到叛军世界。我还说，是在最后一次跃迁刚完成后，才遭到流星的撞击。虽然我知道太暴船舰能自动跃迁，但我不想让他们猜到这件事。”

“你认为叛军世界是否发现了这点？你有没有告诉他们？”

“我没告诉他们，因为没有机会。我在那里的时间不长，我是指清醒的时候。但我不知道自己昏迷了多久，还有他们发现了什么。”

拜伦紧盯着显像板。若根据荧幕呈现的僵凝画面判断，这艘舰艇简直就像钉死在太空中。“无情号”正以每小时一万英里的速率航行，但对广袤的太空而言，这种速率又算什么？群星看起来清晰、明亮且完全静止，仿佛带有一种催眠的力量。

他说：“那我们要去哪里？我想直到如今，你仍不知道叛军世界位于何处。”

“我不知道，不过我猜得出谁会知道，我几乎可以肯定。”吉尔布瑞特热切地说。

“谁？”

“林根的独裁者。”

“林根？”拜伦皱起眉头。他以前好像听过这个地名，却忘记是在何时何处听来的，“为什么是他？”

“林根是最后一个被太暴人掳获的王国，或许应该说，它不像其他王国那般顺服。这样推论难道不合理吗？”

“目前为止还好，但你还能推出些什么？”

“假如你想要另一个理由，那令尊也跟这件事有关。”

“家父？”一时之间，拜伦忘记父亲已经去世，他心中看见父亲站在面前，高大的身形强健如昔。但他立刻想起来了，随之而来的是一股锥心的悲痛。“家父怎么会和这件事有关？”

“六个月前，他来到我们的宫廷。至于他的目的，我也获悉了一点概念，因为他和我堂弟亨瑞克的谈话，被我偷听到一部分。”

“哦，伯伯。”艾妲密西娅不耐烦地说。

“亲爱的侄女？”

“你无权窃听父亲私下的谈话。”

吉尔布瑞特耸了耸肩。“当然没有，但那样做很有趣，而且也很有用。”

拜伦插嘴道：“等等，慢着。你说六个月前，家父到过洛第亚？”他感到越来越激动。

“是啊。”

“告诉我，他在那里的时候，有没有见到执政者收藏的原始时期文物？你曾经跟我说，执政者搜集了大量有关地球的资料。”

“我想应该有，那座图书馆相当有名气，通常都会欢迎重要访客参观，只要他们有兴趣。不过很少有人感兴趣，而令尊却是例外。没错，我记得非常清楚，他在那里几乎待了一整天。”

那就对了，父亲第一次要他帮忙，正是半年以前。拜伦说：“我猜，你自己对那座图书馆也很了解。”

“当然。”

“里面有没有任何资料，提到地球上有一份文件，具有重大的军事价值？”

吉尔布瑞特一脸茫然，显然内心也同样茫然。

拜伦说：“在地球史前时代最后几世纪间，一定曾有一份那样的文件。我只能告诉你，家父认为它是银河中最有价值的东西，而且也是最具威力的。我本来应该帮他找到，但我过早离开地球，而且无论如何，”他的声音开始颤抖，“他也死得太早了。”

吉尔布瑞特却仍显得一片茫然：“我不知道你在说些什么。”

“你不了解，六个月前，家父首次对我提起这件事，他一定是在洛第亚的图书馆发现的。如果当时你一直在场，难道你就不能告诉我，他发现的究竟是什么吗？”

吉尔布瑞特却只是猛摇着头。

拜伦说：“好吧，继续说你的故事。”

于是吉尔布瑞特说：“令尊和我的堂弟针对林根的独裁者做过讨论。虽然令尊措辞十分谨慎，拜伦，但我还是听得出来，独裁者显然就是这个密谋的发起人和领导者。

“后来，”他显得有些犹豫，“有个林根使节团来访，由独裁者亲自率领。我……我将叛军世界的事对他说了。”

“你刚才明明说，你从未告诉过任何人。”拜伦道。

“只有对独裁者例外，我必须弄清楚真相。”

“他对你说了什么？”

“几乎什么也没说，可是当时他也得谨慎行事。他能信任我吗？我可能在为太暴人工作，他又怎么知道呢？但他并未全然回避，那是我们唯一的线索。”

“是吗？”拜伦说，“那就让我们到林根去。我想，反正去哪里都一样。”

由于提到了父亲，使他感到意志消沉。现在似乎什么都不重要了，要去林根就去吧。

要去林根就去吧！这话说来容易，可是，如何让舰艇瞄准三十五光年外的一个小光点呢？那等于两百兆英里的距离，是二的后面加上十四个零。以每小时一万英里的速率航行（“无情号”目前的巡航速率），两百万年后都还无法抵达。

拜伦翻阅着《标准银河星历表》，心中泛起近乎绝望的情绪。《星历表》中列有数万颗恒星的详细资料，每颗恒星的位置以三个数字标示，用希腊字母ρ、θ、φ作代号，这些数字总共占了好几百页。

其中ρ代表恒星与银河中心的距离，以秒差距为单位；θ代表在银河透镜形成的平面上，恒星与标准银河基线（银河中心与地球之阳的连线）的角度差；φ则代表在垂直于银河透镜的平面上，恒星与基线的角度差，这两个角度皆以弧度为单位。只要知道这一组三个数字，就能在广大无边的太空中，找到任何一颗恒星的准确位置。

前提是，必须明确指定日期。由于所有数据都根据某个“标准日”计算，因此除了恒星在该标准日的位置，还需要知道恒星自行的速率与方向。比较之下，恒星自行仅仅是微小的修正，不过仍有必要。与星际距离相比，一百万英里简直不算什么，但对一艘船舰而言，那却是一段极长的航程。

此外，当然还要定出舰艇本身的位置。要做到这点，拜伦可根据质量计的读数，计算舰艇与洛第亚的距离——更准确地说，是与洛第亚之阳的距离。因为在太空深处，那个太阳的重力场已将每颗行星的重力场完全掩盖。而较难判断的一点，是他们的行进方向相对银河基线的角度。除了洛第亚之阳，拜伦必须再找出两颗已知恒星，根据两者的视位置，以及本身与洛第亚之阳的已知距离，他才能画出目前的准确位置。

虽然只是大略的估算，但他确信已足够准确。在求出本身的位置，以及林根之阳的位置后，他唯一需要做的，便是调整操纵系统，设定正确的方向与超原子推力的强度。

拜伦感到孤单和紧张，但并非害怕！他拒绝接受这个字眼。不过，紧张是无法否认的。他所计算的跃迁参数，时间故意设在六小时后。他希望有充裕的时间，用来检查他的计算结果，或许还能有机会小睡片刻。他早已从寝舱拖出一套寝具，在驾驶舱中打地铺。

另外两位想必正在寝舱安睡。他对自己说，这是个好现象，因为他不想有任何人在旁打扰。然而，当听见外面传来轻软的脚步声，他仍带着几分殷切抬起头来。

“嗨，”他说，“你怎么还不睡觉？”

艾妲密西娅出现在门口，显得有点迟疑。她小声说：“我进来你介不介意？会不会打扰你？”

“那要看你做些什么。”

“我会尽量规矩。”

她似乎太过低声下气了，拜伦心中难免猜疑，但他立刻知道了原因。

“我害怕极了，”她说，“你不会吗？”

他想要说“不，完全没有”，可是并未说出口。他露出羞怯的笑容，答道：“有一点。”

真是奇怪，这句话竟然安慰了她。她在他身旁跪下，看着他面前数本厚厚的书册，以及旁边的一叠计算纸。

“这些书原来就在这儿？”

“你在开玩笑，没有这些资料，他们就无法驾驶这艘舰艇。”

“这些你都看得懂吗？”

“我倒希望如此，事实则不然。但愿我懂得够多，我们必须跃迁到林根去，你也知道。”

“那很困难吗？”

“不，只要你知道这些数值，又掌握着操纵系统，并且拥有丰富的经验，那就不困难。前两者不成问题，可是我毫无经验。比方说，本来应该分成几次跃迁，我却要试着一次完成，虽然意味着会浪费许多能量，但比较不容易有麻烦。”

他其实不该告诉她，告诉她这些根本没意义。拿这些话吓她是卑劣的行为，而且她若是真被吓倒，吓成神经质，将是很难应付的状况。他不停对自己这样说，可是一点也没有用。他想要找个人分忧解愁，想要将心中的重担卸下一部分。

他又说：“有些影响跃迁航程的因素，我应该知道却不知道，例如从这里到林根的质量密度，因为控制宇宙这一带曲率的正是它。《星历表》，就是这本大书，提到在一些标准跃迁中必须进行的曲率修正，根据这些数据，我应该能计算出这次跃迁的修正值。可是话说回来，如果在十光年的范围内，刚好有颗超巨星，那就注定要倒霉。我甚至不敢肯定，我使用电脑的方法是否正确。”

“可是如果你算错了，又会发生什么事呢？”

“当我们重返普通空间时，会过于接近林根的太阳。”

她将这句话咀嚼了一下，然后说：“你不会知道，我现在的心情好了多少。”

“在我说了这些话之后？”

“当然啦，刚才我无助地躺在卧铺上，只感到四面八方是一片空虚。现在我知道我们有个目的地，而所有的空虚都在我们算计之中。”

拜伦感到很高兴，她的态度转变了那么多。“我不晓得它已在我们的控制下。”

她不让他再讲下去，抢着说：“的确如此，我知道你能驾驭这艘舰艇。”

拜伦因此信心大增，认为自己或许真能做到。

艾妲密西娅弯起一双裸露的长腿，与他面对面坐下来。她只套了一件薄如蝉翼的内衣，自己却似乎浑然不觉，不过拜伦可没有忽略。

她说：“你可知道，我睡在卧铺上，有一种极其古怪的感觉，几乎就像整个人飘浮在空中，这就是令我害怕的原因之一。每当我翻身的时候，就会莫名其妙向上蹦几英寸，然后慢慢落下来，仿佛空气中有许多弹簧，将我的背拉住一样。”

“你该不是睡在上铺吧？”

“正是这样，下铺会使我产生幽闭恐惧症，头顶上方六英寸还有另一个床垫。”

拜伦哈哈大笑。“这就解释了一切。这艘舰艇的重力指向底部，离底部越远重力越小。你待在上铺的时候，体重要比在地板上少个二十到三十磅。你有没有搭过太空客船？真正的大型客船？”

“有一次，去年父亲和我访问太暴星那次。”

“好的，在太空客船上，各处的重力都指向船壳，因此不论你身在何处，中央长轴永远都是‘上方’。正是由于这个缘故，那些大家伙的发动机一律沿长轴安装，排在一个圆柱体内——因为那里没有重力。”

“要维持这样的人工重力，一定需要耗费非常多的能量。”

“足以供应一个小城镇所有的动力。”

“我们不会有燃料短缺的危险吧？”

“别担心这一点，船舰的能源来自质能的完全转换。我们最不缺的就是燃料，在燃料用尽前，舰身早就磨烂了。”

她仍面对着他。他注意到她脸上的妆容已经清掉，想不通她是如何做到的。也许是用一条手帕，再牺牲一点她自己的饮用水。卸妆后的她毫不逊色，白皙的皮肤在黑头发、黑眼珠的衬托下，看起来更加完美无瑕。拜伦感到她的眼神非常温暖。

沉默持续得稍微久了些，他连忙说：“你不常旅行，对不对？我的意思是，你只搭过一次太空客船？”

她点了点头：“一次就够了。我们要是没去太暴星，我也不会让那个猥琐的侍臣看到，那么——我不想讨论这件事。”

拜伦不再追问，他改口说：“那是正常的情形吗？我的意思是，不常外出旅行。”

“只怕就是这样。父亲总是飞来飞去，到各地进行正式访问，或是为农产展览会主持开幕式，为建筑物主持落成典礼。他通常会发表一场演说，都是阿拉特普为他拟的稿子。我们这些王室成员却不然，我们待在宫中的时间越多，太暴人就越高兴。可怜的吉尔布瑞特！他唯一一次离开洛第亚，就是代表父亲去参加大汗的加冕大典。从此以后，他们再也不让他上任何船舰。”

她垂下目光，又抓起拜伦腕边的衣袖，心不在焉地捏搓着。“拜伦。”

“什么事……艾妲？”他有点结巴，但还是把话吐了出来。

“你认为吉尔伯伯的故事是真的吗？那会不会是他的幻想？这些年来，他一直梦想打倒太暴人，可是，他当然不能有什么作为，除了装设间谍波束之外。那样做只是幼稚的行为，他心里也明白。他或许为自己编织了一个白日梦，经过了许多年，他却渐渐信以为真。我了解他，你懂吧。”

“有可能，不过让我们暂且相信他，反正我们有办法飞到林根去。”

两人渐渐越靠越近，他已能伸出手来碰触她，将她拥在怀中亲吻。

他也真这么做了。

那是极其突兀的变化，拜伦并未感到任何前兆。前一刻他们还在讨论跃迁、重力与吉尔布瑞特，下一刻，她却成了他怀中与唇边的温香软玉。

他第一个冲动是要说“对不起”，要傻傻地向她正式道歉。但是当他稍微后退，准备开口的时候，她并未企图逃脱，仍将头枕在他左臂的臂弯上，眼睛也始终没有睁开。

因此他什么也没说，只是再一次亲吻她，慢慢地，毫无保留地。此时此刻，他完全了解，这是他能做的最好的一件事。

她终于开了口，有点像在梦呓。她说：“你饿了吗？让我帮你拿些浓缩食品来，再把它热一热。你吃饱后，如果想睡一觉，我可以帮你照看这些机件。还有……还有我最好多穿点衣服。”

她走到门口，又转过头来说：“吃惯了后，我觉得浓缩食品也非常可口，谢谢你费心采买。”

与其说是刚才那一吻，不如说这句话才是他们之间的和约。

几小时后，当吉尔布瑞特走进驾驶舱时，发现拜伦与艾妲密西娅陶醉在毫无意义的闲话中，但他并未显得惊讶。至于拜伦的手臂搂着他侄女的腰际，他也完全不予置评。

他只是说：“我们什么时候进行跃迁，拜伦？”

“半小时后。”拜伦说。

半小时过去了，操纵系统已设定完成，谈话声也逐渐消失。

倒数至零之际，拜伦深深吸了一口气，便将一根杠杆猛力一拉，从左到右画出一个完整的弧线。

这次的感觉与太空客船跃迁时不同，“无情号”是一艘小型舰艇，因此跃迁的过程没那么平稳。拜伦的身体摇摇晃晃，而在某一瞬间，甚至所有的物体都摇曳不定。

然后，一切又恢复了平稳与清晰。

显像板中的星像已全部改变了。拜伦令舰身开始旋转，使星像场不断上升，在画面上，每颗恒星都沿着弧线庄严地运动。一颗与众不同的恒星终于出现，它闪耀着明亮的白色光芒，看起来不只是一个光点，而是一个微小的球体、一颗燃烧的砂粒。拜伦发现它后，赶紧稳住舰艇，不让它再逸出画面。接着，他将望远镜对准那颗恒星，并插进光谱分析设备。

他又翻开《星历表》，查阅“光谱特征”那一行。然后他从驾驶座站起来，说道：“还是太远了，我得向它推近些。不过无论如何，林根就在我们正前方。”

这是他生平操作的第一次跃迁，而他成功了。

第十二章

独裁者登场

林根的独裁者正陷入沉思，在思绪的冲击下，他冷静而训练有素的面容却几乎未曾挤出皱纹。

“你竟等了四十八小时才告诉我。”他道。

瑞尼特壮着胆子说：“没有理由过早通知你，我们若将大大小小所有事件都向你报告，你一定会感到不胜其扰。我们现在告诉你，是因为至今仍毫无头绪。这实在非常奇怪，就我们目前的处境而言，我们不能允许任何可疑的事。”

“把这件事再说一遍，让我再听一次。”

独裁者将一条腿抬到华丽无比的窗台上，若有所思地向外望去。这种窗户本身的结构，也许就是林根建筑最大的特色。它的大小适中，镶在一个五英尺深、呈喇叭状的凹槽尽头。窗玻璃极厚、极透明，而且曲度精准，与其说是玻璃，还不如说是一面透镜。它能汇聚四面八方的光线，因此由室内望出去，可以看到一个具体而微的全景。

独裁者官邸每扇窗户都有极佳的视野，放眼望去能从天底一直看到天顶。越接近窗玻璃的边缘，映出的景物缩得越小，扭曲得也越厉害，不过这倒平添几许特殊风味：城市中来往的人车被压扁缩小；新月形的平流层飞机刚从机场起飞，循着密密麻麻的弧形轨道飞行。一旦习惯这种画面，如果将窗玻璃取下，让平淡无奇的真实景观映入眼底，反倒令人觉得不自然。当太阳到达某些特殊位置，透镜状的窗玻璃会自动变成不透明，以免阳光聚焦产生过度的光和热。这是借着改变玻璃的偏光特性做到的，因此窗玻璃永远不必打开。

有一种理论认为，一颗行星上的建筑能反映它在银河中的地位，而林根与它特殊的窗玻璃，正是这个理论的最佳佐证。

就像这些窗户一样，林根虽小，却能俯视星际社会的全景。它是个“行星邦”，而如今的银河早已度过这种政经发展阶段，大多政治单位都由好几个恒星系组成。但林根现存的状态——一个单一的住人世界——却维持了好几世纪。这种情形并未阻碍它的富庶繁荣，事实上，几乎难以想象林根会有其他的面貌。

一个处于这种地位的世界，很难预料是否会有许多跃迁路线以它为中途枢纽，甚至为了经济考量而不得不经过它，这主要取决于该星域的发展模式。若是追根究底，这又牵涉到天然可住人行星的分布、这些行星殖民与发展的顺序，以及它们拥有的经济体系等等。

林根很早就发现了自身的价值，那是它历史上最大的转折点。既然真具有重要的战略地位，有能力认识与开发这个地位，便成了最重要的一件事。林根迈出的第一步，是占据附近的一些小行星。这些小行星既没有资源，也缺乏自给自足的住人环境，选择它们纯粹是因为有助于维持林根的贸易垄断。他们在那些“岩石”上建了许多服务站，举凡船舰所需的一切，从超原子发动机的替换零件，到新的影视书一应俱全。后来，这些服务站发展成大型贸易据点，从各星云王国涌来了大量的毛皮、矿物、谷类、牛肉、木材等原材料；而来自内王国的机械设备、电器用品、医药等各种成品，则形成一股反方向的洪流。

因此，就像那些玻璃窗一样，小小的林根可以放眼整个银河。虽然只是一颗行星，它的成就却不可小觑。

独裁者终于重新开口，但视线未从窗外收回。他说："从那艘太空邮船讲起，瑞尼特。它最初是在哪里遇见这艘巡弋舰的？"

"距离林根不到十万英里，准确的坐标并不重要。然后他们就一直受到监视。问题是，早在那个时候，那艘太暴巡弋舰便已在本行星的轨道上。"

"它似乎没有登陆的意图，却像是在等待什么？"

"是的。"

"没办法知道他们当时已等了多久吗？"

"只怕不可能。没其他人目击到他们，我们做过彻底的调查。"

"很好，"独裁者说，"我们暂时不追究这点。他们拦下那艘太空邮船，当然妨碍到我们的邮务，也就违反了我们和太暴人的联合条款。"

"我怀疑他们不是太暴人。他们的行动举棋不定，看起来更像亡命之徒，或是在逃的囚犯。"

"你的意思是，那些在太暴巡弋舰上的人？当然，他们也许故意要我们这么想。无论如何，他们唯一公然的行动，就是要求直接送一封信给我。"

"直接送达独裁者，没错。"

"没有其他的事？"

"没有其他的事。"

"他们始终没登上邮船？"

“所有的通讯都通过显像板进行。邮囊是相隔两英里从太空射过来，由我们的邮船张网捕捉的。”

“是影像通讯，还是只有声音？”

“全程影像，这就是重点所在。根据好几个人的描述，对方的发言者是个年轻人，他‘具有贵族气质’，姑且不论那是什么意思。”

独裁者的拳头渐渐捏紧：“真的吗？没将他的面容录摄下来？那是个错误。”

“很可惜，邮船船长没料到值得那么做。假如真有那么重要！这些对你而言有何意义吗，阁下？”

独裁者没有回答这个问题：“而这就是那封信？”

“正是。真是一封不得了的信，里面只有一个名字，本来我们应该直接交给你，但我们当然不会那样做。比方说，它有可能是个裂变囊，以前就有不少人这样被炸死。”

“是的，还包括不少独裁者。”独裁者说，“就只有‘吉尔布瑞特’这个名字，就只有‘吉尔布瑞特’一个名字。”

独裁者保持着毫不在意的冷静，却渐渐失去几分信心，而他很不喜欢这种感受。任何使他意识到能力有限的事，他一概厌恶无比。独裁者应该毫无限制，而在林根的土地上，除了自然律以外，他的确完全不受规范。

早期的林根由商业王侯所建的王朝所统治，当时还没有所谓的独裁者。最先建立“次行星服务站”的家族，也就成了这个国家的贵族。他们没有丰富的地产，因而无法与邻近世界的牧主或农主平起平坐。但他们拥有丰富的现金，能收买操纵那些牧主与农主，而借着丰厚的财力，这种收买不时发生。

一颗行星以这种方式统治（或乱治），通常不会有什么好下场，林根同样难逃这种宿命。政治权力不断摆荡，从一个家族转移到另一个家族。不同政治团体轮流遭到放逐，阴谋造反与宫廷革命成了常态。因此，若说洛第亚的执政制度，是该星区稳定与秩序的最佳典范，林根则是动荡与脱序的标准范例。“如林根般无常”是当时的一句俗话。

后来的演变是必然的结果，任何人在事后都能做出这个结论。当邻近的行星邦国相继结合成联邦，势力变得越来越强时，林根内部的斗争却越演越烈，进而危及行星本身的生存。最后，一般民众甘愿放弃一切，只求能够换取太平岁月。因此他们扬弃了财阀政治，迎接独裁政治的来临，所花的代价仅是失去少许自由。于是本来数人共享的权力，顿时集中于一人之手。而这个人常常会故意对民众示好，借着人民的力量对抗那些永不妥协的富商巨贾。

在独裁政体下，林根逐渐变得国富民强。就连太暴人在三十年前国势如日中天之际，攻打林根的结果也只得陷入僵局。他们虽然没有战败，却也并未得逞。即使如此，它造成的震撼也是永久性的。在攻打林根未果后，这许多年来，太暴人再也未曾征服过任何行星。

星云众王国其他各颗行星，如今都是太暴人的真正附庸。然而，林根却是个“联合势力”，理论上而言，等于是太暴人的“盟邦”，它的权利受到联合条款的周密保护。

独裁者没被这种情况唬到。这颗行星上的狂热爱国分子，也许敢于相信自己完全自由，但独裁者知道，在过去一代的岁月里，太暴的威胁始终近在眼前，一点都不夸张。

现在，他们可能要采取迅速行动，完成拖延许久的最后攻击。当然，他自己帮他们制造了机会。他建立的那个组织，虽然没什么大用，但无论太暴人想要采取何种形式的惩罚行动，它都足以成为最好的借口。就法理而言，林根其实是理亏的一方。

而这艘巡弋舰，就是最后攻击的先遣部队吗？

独裁者说：“有没有派人盯着那艘舰艇？”

“我说过他们受到严密监视。我们有两艘太空货轮，”他扯出一个歪斜的笑容，“保持在质量计的有效范围内。”

“好吧，你推敲出什么结论？”

“我不知道。在我听过的吉尔布瑞特里面，唯一有头有脸的是洛第亚的吉尔布瑞特·欧思·亨芮亚德。你跟他打过交道吗？”

独裁者说：“上次我访问洛第亚时见过他。”

“你当然什么都没告诉他。”

“那当然。”

瑞尼特眯起双眼。“我想你也许无意中说溜了嘴，这个吉尔布瑞特同样犯了无心之失——如今的亨芮亚德家族，都是有名的软弱无能之辈——而太暴人就成了受惠者。现在这个事件，很可能是个设计好的圈套，引诱你暴露真正的身份。”

“我不大相信。它来得太巧了，我是说这件事。我离开林根一年有余，上周才回到这里，过几天我又有远行。而这样一封信，却刚好在能送到我手上的时候送过来。”

“你不会认为这是巧合吧？”

“我可不相信什么巧合。而只有在一种情况下，这一切才不会是巧合。我要造访那艘舰艇，一个人去。”

“不可能，阁下。”瑞尼特大吃一惊。他右侧太阳穴有个突出的小疤，那疤痕突然间涨红了。

“你不准我去？”独裁者以讽刺的口吻说。

他毕竟是独裁者，瑞尼特随即垂头丧气地说：“你爱怎么做都行，阁下。”

在“无情号”上，等待变成一件越来越无趣的事。两天以来，他们丝毫未曾离开这个轨道。

吉尔布瑞特极严肃认真地望着操纵装置：“你不认为他们在移动吗？”他的声音带点火气。

拜伦很快抬了一下头。他正在刮胡子，用的是太暴人的腐蚀性喷雾，因此十二万分地谨慎小心。

“不，”他说，“他们并没有移动，想想有这个必要吗？他们正在监视我们，而且会一直监视下去。”

他的注意力集中在上唇不易处理的部分，一不小心喷雾沾到舌头，他立刻感到一股淡淡的酸味，于是不耐烦地皱起眉头。太暴男子能十分文雅地使用这种喷雾，那几乎是难以想象的事。在所有刮脸修面的方法中，这无疑是最迅速、最彻底的一种，前提是得由专家操作。它本质上是一种极细微的研磨剂喷雾，可将任何毛发磨除，而不会伤及皮肤组织。在使用过程中，皮肤当然不会有什么特殊感觉，顶多只觉得有一阵类似气流的轻微压力。

然而，拜伦感到有些不安。有一则著名的传说（或故事，或事实，不过这不重要），认为太暴人面部生癌的几率比其他族群高，就是太暴人使用刮胡喷雾的缘故。拜伦有生以来第一次想到，不知道将脸部毛囊完全根除会不会更好。当然，银河某些部分的人的确这么做。但他立即打消这个念头，毛囊根除是永久性手术，将来随时可能会流行八字胡，或者将两颊的胡须留长。

拜伦对着镜子打量自己的面容，想到自己若将腮边须留到下颚，不知会是什么模样。此时艾姐密西娅突然来到门口，对他说：“我以为你在睡觉。”

“没错，”他说，“后来醒了。”他抬起头来，对她微微一笑。

她轻轻拍了拍他的脸颊，又用手指温柔地抚过。“很光滑，看起来只有十八岁。”

他将她的手拉到唇边，说道：“别让它把你给唬到了。”

她又问：“他们还在监视我们？”

“还在监视我们。这些浪费时间、令你坐立不安的无聊插曲，是不是很烦人？”

“我不觉得这是个无聊的插曲。”

“你是站在别的角度讲的，艾妲。”

她说：“我们何不摆脱他们，直接降落林根呢？”

“我们想到过，但我认为还没必要冒那种险。我们可以再多等一下，直到清水贮量再少一点的时候。”

吉尔布瑞特高声道：“我告诉你他们正在移动。”

拜伦绕到控制台前，研究了一下质量计的读数。然后，他望着吉尔布瑞特说：“你也许说对了。”

他伸出手来，按了一会儿计算器，再仔细盯着显示器上的结果。

“不对，那两艘太空船和我们并无相对运动，吉尔布瑞特。使质量计改变的因素，是有另一艘船舰加入它们的行列。根据我所能做的最佳估计，它和我们的距离是五千英里；以我们和行星的连线做基准，它的 θ 角大约是四十六度，φ 角大约是一百九十二度——只要我没猜错顺时针、反时针的规约。否则，那两个角度就是三一四和一六八度。”

他突然打住，看了看另一个读数。“我想他们正在接近，那是一艘小型船舰。你认为你有办法和他们联络上吗，吉尔布瑞特？”

“我可以试试。”吉尔布瑞特答道。

“好的。别送出影像，保持声音联络就好，等我们对来者是谁有点概念再说。”

看着吉尔布瑞特操纵控制台上的以太电波装置，实在令人感到不可思议，他显然有这方面的天分。毕竟，使用紧密电波束与太空中某个孤立点联络时，控制台所能提供的资讯并没有多大帮助。他只知道那艘船舰大概的距离，误差可能有正负一百英里；他掌握了两个角度，但两者很可能都有加减五六度的偏差。

这样一来，那艘船舰可能的位置，就落在大约一千万立方英里的空间中。剩下的工作都得由通讯员负责，而他唯一的探测工具就是电波束，可是在有效范围内，波束横截面最宽的地方，其直径也不会超过半英里。据说一个熟练的通讯员，可以光凭控制键钮传来的感觉，便能判断波束与目标的差距。就科学观点而言，这种理论当然是无稽之谈，可是常常有些例子，似乎找不到其他的解释。

还不到十分钟，电波活动计的指针便开始跳动，“无情号”已在进行双向通讯。

又过了十分钟，拜伦便已完成通讯。他靠在椅背上说：“他们要送一个人过来。”

“我们该答应吗？”艾妲密西娅问。

“有何不可？一个人？我们有武器啊。”

“如果他们的船舰太接近我们呢？”

“我们这艘是太暴的巡弋舰，艾妲。即使他们那艘是林根最好的战舰，我们的动力也是他们的三至五倍。根据他们宝贵的联合条款，他们不能建造太大的船舰。此外，我们还有五尊大口径霹雳炮。”

艾妲密西娅说：“你知道怎样使用太暴人的霹雳炮吗？我不知道你会用。”

拜伦很不愿意拒绝这个赞美，不过他还是说：“很可惜，我并不会，至少目前还不会。话说回来，林根的船舰料不到这点，你等着瞧吧。”

半小时后，显像板上出现一艘船舰。那是一艘粗短的小型飞船，两侧各有四片尾翼，似乎常被当成平流层飞机使用。

它才出现在望远镜中，吉尔布瑞特就兴奋地叫道：“那是独裁者的太空游艇，”他咧嘴一笑，挤出满脸皱纹，“那是他的私人游艇，我可以肯定。我就说嘛，想要引起他的注意，打出我的名号是最稳当的做法。”

那艘林根船舰开始减速，并调整航行速度，直到它在显像板中变得静止不动。

一个细小的声音从收话器传出来，说道：“准备好了吗？”

“准备好了！”拜伦干脆地答道，“只能来一个人。”

“只有一个人。”对方回答。

一条包覆着金属网的绳索像长蛇出洞般，从那艘船舰向外伸展，再像鱼叉那样射过来。在显像板中，绳索变得越来越粗，尾端的磁性圆柱慢慢接近，体积也在逐渐变大。当圆柱体接近到某个程度，便开始偏向锥形视野的边缘，然后迅速消失无踪。

当绳索与舰身接触时，引发一阵空洞的回响。磁性圆柱虽已紧紧吸附舰身，但在刚接触的一瞬间，绳索并未凹成因重力而下垂的曲线，仍旧保有原先的绳结与绳圈，在惯性的作用下，它们继续向前缓缓运动。

林根的船舰开始向一侧移动，动作谨慎而熟练。太空索很快被拉直拉紧，成了挂在太空中的一条细线。它一直延伸到远方，越远处越细小，尾端几乎无法看见，在林根之阳的光芒辉映下，它闪耀着不可思议的美感。

拜伦装上望远镜附件，视野中的船舰立刻膨胀无数倍。现在，他们已能看清全长半英里的太空索，以及正要顺着它摆荡过来的一个小小的人影。

这不是登上另一艘船舰的常用方式。在一般情况下，两艘船舰会靠近到几乎接触的距离，让两者的伸缩气闸得以相接，并借着强力磁场连成一体。如此便在太空中筑起一条隧道，任何人想到对方的船舰去，只要身着原先的服装，根本不必穿戴任何保护装备。自然，这种方式需要建立在彼此的互信上。

使用太空索就必须借助太空衣，那个正在接近的林根人也不例外。他的太空衣十分臃肿，是个被空气撑胀的金属网，关节处需要很大力气才能扭动。即使在目前的距离，拜伦也能看到每当对方双臂用力弯曲，太空衣的关节处便猛然下陷。

两艘船舰的相对速度必须仔细调整，若是哪艘船舰不慎加速，太空索便会被扯断，太空人则开始在太空翻滚。他将受到绳索断裂时的瞬间冲力，以及远方太阳的引力作用，却没有任何摩擦力或障碍物阻止他，因而注定将在宇宙间永远飘荡。

那林根人的动作迅速且信心十足，当他再接近一点的时候，他们已经能看清楚，他并非采用双手交替拉扯的普通动作。每当前面那只手臂下弯，将他向前拉去的时候，他便松开双手，在太空中飘出数十英尺，然后才伸出另一只手，再重复原先的动作。

这是长臂猿攀藤的太空版，那个太空人是个闪亮的金属长臂猿。

艾妲密西娅说：“万一他失手怎么办？”

“他看起来是个行家，不可能会失手。”拜伦说，“但他万一真的失手了，在太阳下他仍会闪闪发光，我们可以马上把他救回来。”

那林根人越来越接近，终于从显像板的画面消失。五秒钟后，便传来双脚踏在舰身上的“咔嗒”声。

拜伦立刻拉下一根杠杆，开启气闸周围的指示灯。过了一会儿，响起一阵急促的敲门声，他便将气闸外门打开。然后，又有个重物着地的声音，从驾驶舱隔壁的空间传来。拜伦关上外门，让一侧的舱壁滑开，便有一个人走了进来。

他的太空衣立即结上一层霜，将头盔的厚实玻璃完全遮掩，使他变成一个雪人，寒气还从他身上向外辐射。拜伦赶紧调高暖气，喷出的气流既温暖又干燥。一时之间，太空衣上的冰霜并未融化，但不久便开始变薄，最后化成一粒粒的水珠。

那人伸出粗钝的金属手指，摸索着头盔下的扣环，好像急于挣脱眼前白茫茫的一片。整个头盔很快被举起来，当厚实柔软的绝缘材料扯过他头顶时，还将他的头发弄得凌乱不堪。

“殿下！”吉尔布瑞特叫了一声，又欣喜若狂地说，“拜伦，这是独裁者本人。”

拜伦却只能发出茫然若失的声音，叫道：“钟狄！”

第十三章
独裁者在场

独裁者轻轻将太空衣踢到一旁，径自在较大的衬垫椅中坐下。

他说："我已有一阵子没做这种练习，可是大家都说，学会了一辈子不会忘记，显然我的情形就是如此。嗨，法瑞尔！吉尔布瑞特侯爷，你好。而这位，要是我没记错的话，就是执政者的千金，艾妲密西娅郡主！"

他仔细叼住一根长香烟，使劲一吸，那根香烟便自动点着，空气中立时弥漫着加料烟草的香味："我没料到这么快就再见到你，法瑞尔。"

"或者，也许根本没料到会再见？"拜伦以挖苦的口气反问。

"世事难料。"独裁者表示同意，"当然，我既然收到一封只写着'吉尔布瑞特'的信；而我晓得吉尔布瑞特不会驾驶太空船；我又晓得自己送了一名青年到洛第亚，他不但会驾驶船舰，而且情急的时候，有足够的能力窃取一艘太暴巡弋舰；此外，据报这艘巡弋舰上其中一员是个年轻男子，而且具有贵族气质。综合以上数点，结论就相当明显，我见到你并不惊讶。"

“我认为你会，”拜伦说，“我认为你见到我，会像见到鬼一样惊讶。身为一名杀手，你理当如此。你以为我的推理能力不如你吗？”

“我从没低估你，法瑞尔。”

独裁者完全不动声色，拜伦却火冒三丈，这令他感到既尴尬又愚蠢。他气冲冲地转向其他两人，说道：“这人就是桑得·钟狄，我跟你们提过的那个桑得·钟狄。他或许也是林根的独裁者，或是五十个世界的独裁者，可是那一点也没关系，对我而言他就是桑得·钟狄。”

艾妲密西娅说：“他就是那位……”

吉尔布瑞特用细瘦而颤抖的手按住额头。“控制住自己，拜伦，你疯了吗？”

“他就是那个人！我可没发疯！”拜伦吼道。然后他尽力使自己镇静，又说：“好吧，我想，大吼大叫没什么意义。离开我的舰艇，钟狄，这句话说得够客气了，离开我的舰艇。”

“我亲爱的法瑞尔，这是为什么呢？”

吉尔布瑞特咕哝着一些毫无条理的话，拜伦却粗暴地推开他，自己与坐着的独裁者面对面。“你犯了一个错误，钟狄，一个而已。你无法预料到当初在地球上，当我逃出宿舍的时候，我会把腕表留在里面。你可知道，我的腕表表带刚好是个放射指示器。”

独裁者吐出一个烟圈，同时露出愉悦的笑容。

拜伦说：“而那个表带一直没变蓝，钟狄。那天晚上，我的房里根本没有炸弹，只有个故意安排的假货！如果你否认，你就是个骗子，钟狄，或者该叫你独裁者，或者你喜欢用什么称呼都行。

“还有，放置那个假货的正是你。是你用催眠瓦斯把我弄昏，再布置好当晚的整出闹剧。这显而易见又合情合理，你该知道。假如没人管我，我会一觉睡到天亮，绝不会知道有什么不对劲。所以说，是谁用影像电话跟我联络，直到他确定我醒过来？醒过来，意思就是说，会发现那颗炸弹。它还故意放在计数器附近，因此我不可能忽略。又是谁轰开我的门，好让我来不及发现炸弹只是假货？那天晚上你一定玩得很开心，钟狄。”

拜伦等待对方的反应，但独裁者只是礼貌性点着头。拜伦感到更加愤怒，这简直像拳打枕头、脚踢空气、挥鞭抽水的感觉一样。

他厉声道：“家父当时即将遭到处决，我迟早会得到消息。我可能会回到天雾星，也可能不会回去。我将根据自己的判断行事，要不要公开与太暴人为敌，可以由我自行决定。我将知道自己冒着多大的危险，我会为一切不测做好准备。

“你却要我到洛第亚去，去见亨瑞克。可是，在正常情况下，你无法指望我照你的意思行事，我不太可能会向你求教。除非，你能布置出一个适当的局面，而你做到了！

“我以为有人要炸死我，我想不出任何原因，但你却有答案。你似乎救了我一命，又似乎知道一切，比如说我下一步该怎么做。我当时六神无主，一团混乱，只好遵从你的建议。”

拜伦一口气说到这里，一面调整呼吸一面等待对方回答。但他一个字也没听到，便又吼道：“你没有对我说明，我离开地球搭的是洛第亚太空船，你还故意让船长获知我的真实身份。你也没有对我说明，你意图让我在抵达洛第亚后，立刻落在太暴人手中。你敢否认这些事实吗？”

接下来是很长的一段沉默，钟狄唯一的动作是将香烟按灭。

吉尔布瑞特一面搓着双手，一面说：“拜伦，你实在太荒唐，独裁者不可能会……”

此时钟狄抬起头来，以沉稳的口气说：“独裁者真会那么做，这一切我都承认。你说得很对，拜伦，我恭喜你拥有这般的洞察力。那颗炸弹的确是个假货，是我亲手放置的。而且我送你到洛第亚去，目的就是要你被太暴人逮捕。”

拜伦的表情豁然开朗，一部分无力感随即消失无踪。他说：“总有一天，钟狄，我会跟你算这笔账。此时此刻，看起来你真是林根的独裁者，有三艘船舰在外面等你，不免使我感到碍手碍脚。然而，‘无情号’是我的舰艇，我是它的驾驶员。把太空衣穿上，给我滚出去，太空索还在那里。”

“它并非你的舰艇，你只是个强盗，不是什么驾驶员。”

“占有是这里唯一的法律，你有五分钟的时间钻进太空衣。”

“拜托，我们别演戏了。我们彼此需要，我不打算离开。”

“我不需要你。即使太暴母星舰队正在逼近，而你能帮我轰掉他们，我也不需要你帮忙。”

“法瑞尔，”钟狄说，“你如今的言行都不像成年人。我已经让你把话说完，现在可以换我说吗？”

“不，我看不出有任何理由该听你说。”

“现在你看出来了吗？”

艾妲密西娅立刻尖叫。拜伦稍微动了一动便停下来，全身紧绷却一筹莫展，挫败感使他的脸涨得通红。

钟狄说：“我的确做了些预防措施。很抱歉，我不得不这么粗鲁，用武器作威胁，但我以为这样才能逼你听我说话。”

他握着的是一柄袖珍手铳，它的功能不是将人打痛或打昏，而是用来杀人的！

他说：“许多年来，我一直在林根进行对抗太暴人的准备。你知道这是什么意思吗？这不是简单的事，甚至几乎不可能。内王国不会提供任何帮助，根据长期的经验，我们能确定这点。除了星云众王国自己奋起反抗，不会有外人拯救我们。可是要说服各地的领导者，并非一件轻松的差事。令尊在这方面相当积极，因而遭到杀身之祸。记住了，这绝非一件轻松的差事。

“令尊遭到逮捕这件事，是我们的一大危机，关系到我们的生死存亡。他是我们的核心成员，太暴人显然已经距离我们不远，我们必须设法摆脱他们。为了做到这点，我不能被荣誉和诚实绑住，它们根本无济于事。

“我不能直接去找你，对你说：‘法瑞尔，我们必须将太暴人引向错误的线索。你是牧主之子，因此十分可疑，赶快离开这里，去投靠洛第亚的亨瑞克，这样便能误导太暴人，把他们的注意力从林根转移开来。这样做或许有危险，你可能因而丧命，可是令尊为之捐躯的那些理想，却比什么都要重要。’

“也许你会照我的话去做，但我不敢做这种实验。我将你蒙在鼓里，引你依照我的计划行事，这是很不堪的行径，我愿意承认。话说回来，我没有选择的余地。坦白告诉你，我认为你可能无法幸免；但是我也不妨坦白说，我觉得你是个可以牺牲的角色。如今你幸免于难，我很高兴看到这样的结果。

“此外还有一件事，是关于一份文件……”

拜伦忙说：“什么文件？”

“你反应太快了。我说过令尊生前为我工作，因此他知道的我都知道。他要你设法取得那份文件，你当初是个很好的选择。你在地球合法居留，你又很年轻，不容易遭到怀疑。我是说，当初！

“可是后来，在令尊被捕后，你也变得身陷险境，成了太暴人怀疑的首要对象。我们不能让你找到那份文件，否则几乎注定会落在他们手里。我必须在你完成任务前，就让你赶紧离开地球。你懂了吧，所有的事都有连带关系。”

“这么说，你已经取得那份文件？”拜伦问。

独裁者说：“不，我没有。有一份很可能是我们要找的文件，多年前已经从地球失踪。如果它正是那份文件，我不知道如今它在谁的手上。现在我能收起手铳了吗？它越来越重了。”

拜伦说：“收起来吧。”

独裁者立刻这样做了，然后说：“有关这份文件，令尊都对你说了些什么？”

“没有你不知道的，既然他当初为你工作。”

“很有道理！”独裁者微微一笑，但笑容中几乎没有愉悦的成分。

“你的解释现在差不多说完了？”

“差不多了。”

“那么，”拜伦说，“滚出这艘舰艇。”

吉尔布瑞特连忙道：“慢着，拜伦。此时此地，你不该只考虑个人恩怨。这里还有艾妲密西娅和我，你该知道，而我们也有话要说。在我听来，独裁者说的完全合理。我要提醒你，在洛第亚的时候，我曾经救你一命，所以我认为我的观点也该受到尊重。”

“好吧，你曾经救我一命，”拜伦吼道。他指着气闸，又说：“那么你跟他走，走啊，你也给我滚出去。你想要找独裁者，现在他就在这里！我答应带你来找他，我的责任已经尽了，休想再告诉我该怎么做。”

他转向艾妲密西娅，仍有几分余怒尚未平息：“你又怎么说？你也是我的救命恩人，这里每个人都救过我。你也要跟他一起走吗？”

她冷静地说：“别帮我发言，拜伦。如果我要跟他走，我自己会说。”

“不必感到有任何义务，你随时可以离去。”

她看起来很伤心，他则将头别过去。正如往常一样，他心中某些冷静的部分，明白自己现在的行为十分幼稚。他曾被钟狄要得团团转，这令他感到怒火中烧，不知该怎样发泄才好。

此外，为什么大家都坚决地认定，将拜伦·法瑞尔丢给太暴人，就像拿骨头引开恶犬，免得那些狗攻击钟狄的脖子，是一件绝对正确的事？他妈的，他们把自己当成了什么？

他又想起那颗假炸弹、那艘洛第亚客船、那些太暴人，以及在洛第亚上狂暴的一夜，他能感到自怜的情绪正在折磨自己。

独裁者说："怎么样，法瑞尔？"

吉尔布瑞特说："怎么样，拜伦？"

拜伦则转向艾妲密西娅。"你又怎么想？"

艾妲密西娅以平静的口吻说："我想，他有三艘船舰等在外面，而且，他又是林根的独裁者，我认为其实你没有选择。"

独裁者望着她，并点头表示赞许："你是个聪明的女子，郡主。这样悦人的外表下竟有这样的慧心，真可谓才貌双全。"他的眼光在她身上徘徊良久。

拜伦说："你有什么提议？"

"让我借用你们的名号和本事，我会带你们到吉尔布瑞特侯爷所谓的叛军世界去。"

拜伦以狐疑的口吻说："你认为真有这样的世界？"

吉尔布瑞特几乎同时开口："那么它真在你的掌握中。"

独裁者微微一笑："我认为正如侯爷所描述的，的确有这样一个世界存在，不过它不是我的。"

"它不是你的啊。"吉尔布瑞特垂头丧气地说。

"如果我能找到它，这又有什么关系吗？"

"怎么做？"拜伦追问。

独裁者说：“不像你想象中那么困难。如果我们将那个故事照单全收，我们就必须相信，的确有个反抗太暴人的世界存在。我们还必须相信，它位于星云星区某个角落，而且过去二十年来，它一直未被太暴人发现。假如情形果真如此，那么在这个星区中，只有一处可以容纳这样一颗行星。”

“在哪里？”

“你不认为答案很明显吗？这个世界只能存在于星云内，这难道不是必然的结论吗？”

“在星云里面！”

吉尔布瑞特说：“银河啊，当然是这样。”

现在，这个答案的的确确既明显又肯定。

艾妲密西娅心虚地说：“星云内的世界能住人吗？”

“有何不可？”独裁者说，“别误会了星云的本质。它是太空中的一股黑雾，却不是什么有毒的气体。其实它是一大团极稀疏的尘埃，其中的星光都会被它吸收遮掩，当然，位于观测者另一侧的星光也一样。除此之外，它没有任何害处。谁要是躲在某颗恒星附近，别人根本侦测不到。

“我向你们道歉，我好像在卖弄学问。可是过去几个月以来，我一直待在地球大学里，搜集有关那个星云的天文资料。”

“为何要在那里？”拜伦问道，“这点没什么关系，但我是在那里碰到你的，所以我很好奇。”

“这没什么神秘可言。我当初离开林根，本来是为了自己的事，是什么事并不重要。大约六个月前，我去洛第亚访问，因为我的手下维迪莫斯牧主，也就是令尊，他和执政者的交涉并不成功，我们本来希望劝诱他加入我们。而我虽然亲自出马，结果还是失败了，因为亨瑞克并非适合我们那种工作的材料，虽然这样说很对不起郡主。”

“赞成，赞成。”拜伦喃喃道。

独裁者继续说：“不过我遇到了吉尔布瑞特，他也许已经跟你讲过。所以我又到地球去，因为地球是人类的发祥地。当年探索银河未知区域的探险队，大都是由地球出发，因此大多数记录都保存在地球上。而马头星云的探勘做得相当彻底，至少，有许多探险队曾经穿越过。它一直没被开拓，因为该处无法进行恒星观测，在那一带航行是极困难的事。然而，我要找的只是探索记录。

“现在注意听，吉尔布瑞特侯爷乘坐的那艘太暴战舰，是在第一次跃迁后被流星击中的。假设那趟从太暴星到洛第亚的旅程，是循着通常的贸易航线——没有理由做其他的假设，我们便可定出那艘战舰偏离航线时的位置。因为在头两次跃迁之间，船舰几乎不会在普通空间航行超过五十万英里，而在太空中，我们能将这段距离视为一个点。

“我们还能再做另一个假设：那颗流星打坏了控制台，的确有可能改变战舰的跃迁方向，因为只要战舰的陀螺仪运动发生变化，便会导致这个结果。虽然这种机会不大，但并非不可能。然而，超原子推力的强度若要改变，一定要使战舰的发动机受损，那颗流星当然没有碰到任何发动机。

“既然推力没有改变，其余四个跃迁的长度就不会变，同理，它们的相对方向也将保持原状。我们可以做个类比，这就像将一根弯弯曲曲的长铁丝，在某点随便折个角度，这个角度的大小未知，方向也是未知数。那艘战舰最后的位置，落在一个假想球面的某一点，球面的中心是战舰在太空中受到撞击的位置，半径则是其余各个跃迁的向量和。

“我把这个球面画了出来，它和马头星云有很大的交集。差不多有六千平方度，也就是球面的四分之一，都位于那个星云内。因此我们现在需要做的，是在星云中找出一颗距离那个假想曲面不到一百万英里的恒星。你该记得，吉尔布瑞特的战舰停下之后，是停在某颗恒星附近。

“好，你猜猜看在星云内，我们能找到多少接近那个球面的恒星？别忘了在整个银河中，共有一千亿颗发热发光的恒星。”

拜伦不知不觉听得入迷，这实在有违他的本意：“好几百颗，我猜。”

“五颗！”独裁者答道，“只有五颗而已，别被一千亿那个数字唬到了。银河的体积大约是七兆立方光年，因此平均而言，每颗恒星占的体积是七十立方光年。遗憾的是，我不知道这五颗中哪些拥有住人行星，否则我们可能将候选者减到只剩一颗。不过很可惜，早期探险者没时间做详尽的观测，他们仅记录了恒星的位置、自行方式，以及光谱结构而已。”

“所以说，这五个恒星系中的某一个，”拜伦说，“就是那个叛军世界的所在地？”

“只有这个结论，才和我们所知的各项事实相符。”

“假设吉尔的故事可信。”

“我做了那个假设。”

“我的故事千真万确，”吉尔布瑞特激动地抢着说，“我发誓。”

“我正准备出发，”独裁者说，“去一一调查那五颗恒星。我这样做的动机很明显，身为林根的独裁者，我能以平等的身份加入他们。”

“再加上两个亨芮亚德家族成员，以及一个维迪莫斯牧主站在你这边，你得到平等待遇的机会更要高得多。而且，想必在未来的自由新世界中，你还能拥有坚实巩固的地位。”拜伦说。

“你的冷嘲热讽吓不倒我，法瑞尔，我的答案是显然如此。如果起义能成功，谁都希望助胜方一臂之力，这点也是显而易见的。”

“否则，胜方的某位私掠船船长，或是某位叛军舰长，便会获得林根的独裁权作犒赏。”

“或是维迪莫斯的牧权，一点也没错。”

“要是起义不成功呢？”

“等我们找到想找的世界后，还有时间判断这一点。”

拜伦缓缓道：“我跟你去。”

“太好了！那么，我们来安排你们的换船事宜吧。”

“为什么？”

“这样对你们比较好，这艘舰艇是个玩具。”

“它是一艘太暴战舰，放弃它是不智之举。”

“正因为它是太暴人的战舰，所以很容易令人起疑。”

“在星云中不会。很抱歉，钟狄，我加入你的阵营纯粹是权宜之计。我也可以坦白对你说，我的确想找到叛军世界，但我们之间没有友谊存在，我要保有自主权。”

“拜伦，”艾妲密西娅温柔地说，“对我们三人而言，这艘舰艇太小了。”

“它本身太小了，没错。但它可以接上一个拖厢，这点钟狄和我一样清楚。只要那样做，我们就会有足够的空间，却仍能掌握自主权。而且这样的拖厢，还能当做一种有效的伪装。”

独裁者考虑了一下：“如果我们之间既没有友谊，又缺乏信任，法瑞尔，那我就必须保护自己。你可以保有你的舰艇，还能得到一个拖厢，完全依照你的意思备妥。可是我一定要有些保证，确保你绝不会乱来。至少，艾妲密西娅郡主必须跟我走。”

"不！"拜伦说。

独裁者扬起眉毛："不？让郡主自己说。"

他转身面对艾妲密西娅，鼻孔微微掀张："我敢保证，你将感到环境极为舒适，郡主。"

"至少，你自己不会感到舒适，大人。既然确定了这点，"她回嘴道，"我决定留在这里，以免害得你不舒服。"

"我想你该重新考虑……"独裁者的鼻梁上出现两道皱纹，破坏了他沉静的表情。

"我可不这么想，"拜伦打岔道，"艾妲密西娅郡主已经做出选择。"

"这么说，你支持她的决定喽，法瑞尔？"独裁者再度露出微笑。

"完全支持！我们三人都将留在'无情号'上，这点绝无妥协的余地。"

"你选择同伴的标准很奇怪。"

"是吗？"

"我想是的。"独裁者似乎全心全意审视着自己的指甲，"你好像对我很恼火，因为我曾经欺骗你，害你性命危在旦夕。但是论起欺诈，亨瑞克绝对能当我的师父。所以说真奇怪，不是吗，你竟和亨瑞克那种人的女儿显得那么亲密。"

"我了解亨瑞克，你对他的偏见改变不了任何事实。"

"你知道有关亨瑞克的每一件事吗？"

"我知道得够多了。"

"你可知道令尊就是被他所害？"独裁者的手指猛然指向艾妲密西娅，"你可知道，你尽全力想要保护的这名女子，就是你杀父仇人的女儿？"

第十四章
独裁者退场

一时之间，每个人仿佛都变成雕像。独裁者正抽着第二根烟，他的神情相当轻松，毫无不安之色。吉尔布瑞特蜷曲在驾驶座上，面容扭成一团，眼泪好像随时会掉下来。驾驶座吸压装置的带子松垮垮地垂下，平添几许悲惨的气氛。

拜伦的脸色苍白如纸，他紧握双拳，面对着独裁者。艾妲密西娅细致的鼻头微微抽动，她没有望向独裁者，始终紧紧盯着拜伦的脸孔。

无线电讯号突然响起，在小小的驾驶舱中，轻微的“咔嗒”声听来就像铙钹发出的轰然巨响。

吉尔布瑞特猛然坐直，然后在座椅上转过身来。

独裁者懒洋洋地说：“只怕我们的谈话比我预料中还要冗长。我告诉过瑞尼特，我若在一小时内没有回去，他就得赶来救我。”

此时，显像荧幕上出现了瑞尼特的面容，以及他斑白的头发。

然后，吉尔布瑞特对独裁者说道：“他想跟你讲话。”说完便起身让位。

独裁者从椅子上站起来，走到控制台前，好让头部进入影像传输的范围。

他说：“我安全得很，瑞尼特。”

对方的问话每个人都听得很清楚：“那艘巡弋舰上的成员是些什么人，阁下？”

拜伦突然站到独裁者身边。“我是维迪莫斯牧主。”他以骄傲的口气说。

瑞尼特立刻堆满喜悦的笑容，他的右手进入画面，行了个利落的军礼：“您好，阁下。”

独裁者插嘴道：“我很快要跟一位小姐一同回去，准备进行气闸接合。”说完，他便切断两艘船舰的影像联系。

他转向拜伦说：“我曾向他们保证，是你在这艘舰艇上，否则会有些人反对我独自前来。在我部下的心目中，令尊极有声望。”

“因此你才能利用我的名号。”

独裁者耸了耸肩。

拜伦说：“你能利用的也只有这点，你跟你的军官说的最后一句话并不正确。”

“怎样不正确？”

“艾妲密西娅·欧思·亨芮亚德将留在我身边。”

“还要？在我告诉你那些话之后？”

拜伦厉声道：“你什么也没有告诉我，你只不过做了一番陈述，但我不太可能会重视那些毫无佐证的话。我这么对你说，绝不是想要什么心机，我希望你能了解。”

“难道你对亨瑞克的了解，会使我的陈述听来难以置信？”

拜伦有点动摇了，他并未回答。那句话击中了他的要害，这点很明显，谁都看得出来。

艾妲密西娅说："我说事实并非如此。你又有什么证据？"

"当然，我没有直接证据。令尊和太暴人进行的会议，我不曾在场。不过我可以提出一些已知的事实，让你们自己推出结论。第一，六个月前，老维迪莫斯牧主曾去拜访亨瑞克，这我已经说过。现在我还能补充一点，他表现得有些过分热心，或者说，他高估了亨瑞克的警觉性。总而言之，他本来不该说那么多，吉尔布瑞特侯爷能证明这一点。"

吉尔布瑞特悲伤地点了点头，然后转头面向艾妲密西娅。她也正好转过来望着他，双眼充满泪水与怒火。他说："我很抱歉，艾妲，不过这确是事实。我曾经跟你讲过，有关独裁者的一切，我就是从维迪莫斯牧主那里听来的。"

独裁者又说："侯爷研发出那种长距离机械耳朵，来满足他活跃的好奇心，偷听执政者的正式会谈，对我而言是很幸运的一件事。吉尔布瑞特第一次找我，就不经意地警告了我，让我知道随时会有危险。于是我尽快离开，可是，当然，伤害却已经铸成了。

"好，据我们所知，维迪莫斯牧主只有那次说溜了嘴，而亨瑞克当然是出了名的既不独立又没勇气的人。令尊，法瑞尔，在事后半年内就遭到逮捕，若不是亨瑞克告密，不是这名女子的父亲告密，还有什么别的可能呢？"

拜伦说："你没警告他吗？"

"投入我们这种工作的人，都已将生死置之度外，法瑞尔，但他的确接到了警告。后来，他就再也没有跟我们任何人接触，不论多么间接的接触都没有，他还把和我们有牵连的证据全部销毁。我们其中有些人，认为他应该离开这个星区，或者至少该躲起来，可是他拒绝这样做。

"我想我能了解这是为什么，假如他改变生活方式，便会证明太暴人得到的情报完全正确，进而将危及整个行动。他决定只拿自己的性命做赌注，继续公然在外活动。

“太暴人等了将近半年的时间，就是为了等待叛变的动作。他们很有耐心，那些太暴人，结果什么也没发生。当他们再也等不下去的时候，竟发现网里只有他一个人。”

“这是谎言，”艾妲密西娅吼道，“全都是谎言。这是个自命不凡、道貌岸然的人说的假话，没有任何真实性。假如你说的都是真的，那么他们也会监视你，你自己也将身处险境，不会还坐在这里谈笑风生、浪费时间。”

“郡主，我没有浪费时间。我已尽力使令尊这个情报来源信用破产，我认为我成功了一部分，他的女儿和堂兄显然已是叛徒，太暴人将会犹豫该不该再听他的。而且，即使他们仍愿意相信他，哈，我马上就要消失在星云中，他们根本找不到我。我倒认为，我的行动使我的故事更加可信，绝不是什么反证。”

拜伦深深吸了一口气，然后说：“让我们结束这次会谈吧，钟狄。至少我们已经同意跟你走，你也答应供给我们必需的补给品，这就够了。即使你说的尽皆属实，和现在的问题仍然毫无关联，洛第亚执政者的罪恶不该由他女儿继承。艾妲密西娅·欧思·亨芮亚德将和我一起留在这里，只要她自己同意。”

“我同意。”艾妲密西娅说。

“很好，我想这句话足以代表一切。此外，我要警告你，你拥有武装，而我也一样；你那些船舰或许是战斗舰，我驾驶的却是太暴巡弋舰。”

“别傻了，法瑞尔，我的意图相当友善。你希望把那名女子留在这里？那就请便。我可以由接合气闸离去吗？”

拜伦点了点头。“这点小事我们还信得过你。”

两艘船舰靠得越来越近，直到双方的伸缩气闸能接触到对方为止。两个气闸小心翼翼地伸出来，试图与对方紧密接合。

吉尔布瑞特一直守在无线电旁边："他们两分钟后会再试一次。"

在此之前磁场已触发过三次，每一次，向外延伸的两根圆管虽然接触到对方，可惜未能完全吻合，两者的侧面都出现了新月形的空隙。

"两分钟。"拜伦重复了一遍，开始战战兢兢地等待。

在秒针的催促下，磁场第四度"咔嗒"一声开启。由于它突然吸取大量电力，发动机立刻调整转速，舱内的光线因此暗了下来。气闸延伸管再度伸出，在不稳定状态的边缘游移。随着一下无声的震动，震波一路传至驾驶舱。两个气闸完全对准了，夹锁也自动紧紧锁住，形成完全密封的接合。

拜伦用手背缓缓蹭拭额头，紧张的情绪顿时减轻几分。

"好了。"他说。

独裁者拾起他的太空衣，那上面仍有一层薄薄的水汽。

"谢谢。"他客客气气地说，"我手下一名军官马上会过来，他将和你安排补给细节。"

然后独裁者便走了。

拜伦说："帮我招待一下钟狄的军官，拜托，吉尔。等他进来后，马上切断气闸的联系。你需要做的只是关掉磁场，这就是你该触动的光子开关。"

说完他就转身走出驾驶舱。现在，他需要给自己一点时间，主要是思考的时间。

不料身后却传来一阵急促的脚步声，以及一声轻柔的呼唤，于是他停了下来。

“拜伦，”艾妲密西娅说，“我要跟你谈谈。”

他回过头来面对着她：“如果你不介意，待会儿吧，艾妲。”

她抬着头，目不转睛地望着他：“不，现在。”

她举起双臂，仿佛想要拥抱他，却不确定他是否会接受。她说：“他说的那些有关我父亲的事，你不会相信吧？”

“这没什么关系。”拜伦说。

“拜伦……”她欲言又止，感到很难开口。但她还是又试了一次：“拜伦，我知道我们之间发生的事，有些只是因为我们很寂寞，又刚好在一起，而且身处险境。可是……”说到这里她再度打住。

拜伦道：“如果你想要说你是亨芮亚德家族的一员，艾妲，那就没必要说了。我知道这点，我不会要你做什么承诺。”

“不，哦，不是这样。”她抓住他的手臂，将她的面颊靠在他结实的肩膀上，又急促地说：“根本不是这回事，跟亨芮亚德和维迪莫斯都毫无关系。我……我爱你，拜伦。”

她一抬眼，接触到了他的目光。“我认为你也爱我。我想，如果你能忘记我姓亨芮亚德，你就会承认这件事。既然我先说出来，或许你也愿意坦白。你曾告诉独裁者，不会因为我父亲的作为而不理我，所以，也请你别因为他的显赫地位而疏远我。”

她的双臂缠绕着他的脖子，拜伦感觉得到她胸部的柔软，唇边还不时传来她温暖的气息。但他慢慢举起双手，轻柔地抓住她的前臂，然后同样轻柔地拉开她的手，又轻柔地后退一步。

他说：“我跟亨芮亚德家族的恩怨尚未了结，郡主。”

她大吃一惊：“你告诉独裁者说……”

他别过头去。“抱歉，艾妲，我告诉独裁者的话你别认真。”

她很想大喊大叫：这不是真的，我父亲没那么做，无论如何……

他却转身进了寝舱，让她一个人站在走廊，眼中充满伤痛与懊悔。

第十五章
太空中的洞口

拜伦再度走进驾驶舱的时候，泰多·瑞尼特立刻转过头来。他的头发已经灰白，但身体仍十分强健，他的脸庞宽阔、红润，堆满笑容。

他一个箭步冲到拜伦面前，热诚地抓住这个年轻人的手。

“我向众星发誓，”他说，“根本不需要你告诉我，我就知道你是令尊的儿子，这简直就是老牧主复生。”

“我希望的确如此。”拜伦以阴郁的口吻说。

瑞尼特的笑容收敛了几分。“我们都这么希望，我们每个人。对啦，我是泰多·瑞尼特，林根正规军的一名上校，不过在我们这场游戏中，我们一律不用头衔，我们甚至用‘阁下’称呼独裁者。这倒提醒了我！”他的表情转趋严肃，“在我们林根，没有什么侯爷、郡主，甚至连牧主也没有。如果我偶尔忘记加上适当的头衔，还希望你们别见怪。”

拜伦耸了耸肩。“正如你所说，我们在这场游戏中一律没有头衔。那么拖厢有没有问题呢？我想我们该商量一下如何安排这件事。”

有那么一瞬间，他的目光扫过整间驾驶舱。吉尔布瑞特坐在那里，默默听着他们的对话。艾妲密西娅却背对着他，纤细苍白的手指茫然抚过电脑的光子开关。下一刻，瑞尼特的声音又将他的注意力拉回来。

那林根人将驾驶舱上上下下环顾一番。“这是我头一次从里面观察一艘太暴航具，我认为也没什么了不起。紧急逃生气闸在正后方吧？而我猜推进器则环绕舰身周围。”

“的确是这样。”

“很好，这样就不会有什么麻烦。有些老式的船舰，推进器位于正后方，因此拖厢必须保持一个角度。这使重力调节变得很困难，大气中的操作灵活度则趋近于零。”

“要花多久时间，瑞尼特？”

“要不了多久，你想要多大的？”

“你能弄到多大的？”

“超级豪华型？没问题。如果独裁者这么说，就必须优先考虑。我们能找到一种本身可算太空船的拖厢，甚至还具有辅助发动机。”

“它应该有单人寝舱吧，我想。”

“给亨芮亚德小姐？比你们这里的好得多……”说到一半他突然打住了。

艾妲密西娅听见有人提到她的名字，便立刻站起来，慢慢地、毫无表情地经过他们，然后走出驾驶舱。拜伦一直目送着她离去。

瑞尼特说：“我想，我不该直呼亨芮亚德小姐。”

“不，不，没有关系，别理她。你刚才在说……”

“哦，有关那些舱房。至少有两间大的，中间有相连的淋浴设备。还有跟大型客船一样的更衣室和厕所，她会住得十分舒适。”

“很好，我们还需要食物和清水。”

“当然。水槽的贮量足够用两个月，但你若想在舰上弄个游泳池，恐怕就稍嫌不够。此外，你们会发现有好些冷冻肉类。你们现在吃的是太暴浓缩食品，对不对？”

拜伦点了点头，瑞尼特便做了个鬼脸。

“味道和木屑差不多，是吗？还需要些什么？”

“全套的女装。”拜伦说。

瑞尼特前额现出皱纹：“是的，当然。不过嘛，那是她自己的事。”

“不，老兄，不是的。我们会把必要的尺寸告诉你，由你负责把我们要的通通找来，现在流行什么就拿什么。”

瑞尼特笑了两声，然后摇了摇头：“牧主，她不会喜欢的。不是她自己挑选的衣物，她就一定不会满意。即使我们拿来的服装，刚好都是她自己会挑的，结果也将完全一样。这不是我的猜测，我领教过女人这一套。”

拜伦说：“我确信你说得对，瑞尼特，但我们必须这样做。”

“好吧，我警告过你了，反正将来麻烦的是你。还需要些什么？”

“小东西，小东西，像是一些洁身剂。哦，对啦，还有化妆品、香水，女人需要的那些东西。我们到时再安排吧，让我们先把拖厢装好。”

此时，吉尔布瑞特没打招呼就走了出去。拜伦同样目送着他，同时感到下颚的肌肉收紧。亨芮亚德！他们都是亨芮亚德！他毫无能力改变这个事实。他们都是亨芮亚德！吉尔布瑞特是一个，她又是另一个。

他说："还有，当然，需要亨芮亚德先生和我自己穿的衣服，这点倒不太重要。"

"好的，我可否借用你的无线电？我最好待在这艘舰上，直到一切安置妥当。"

当他下达命令时，拜伦在一旁耐心等候。然后坐在椅子上的瑞尼特转过身来，说道："我很不习惯见到你在这里，活生生的，又能说话，又能走动，你实在太像他了。牧主过去三天两头提到你，你在地球上求学，对不对？"

"是的，一个多星期前，我本来该毕业了，如果没发生那件意外的话。"

瑞尼特看起来很不自在。"听我说，你被那样送到洛第亚，可不能怪到我们头上，我们也不喜欢这件事。我的意思是，我们有些伙伴根本不喜欢这样做，这话绝不能让第三者听到。独裁者没有跟我们商量，这是当然的事。坦白说，这是他自己在冒险。我们有些人——我不提他们的名字了——当初甚至在想该不该去拦截那艘客船，把你救出来。还好我们没有这么做，否则会是个天大的错误。话说回来，我们真有可能采取行动，只不过深思后，我们想到独裁者一定清楚自己在做些什么。"

"能获得这样的信赖实在不错。"

"我们了解他，这点无可否认，他这里很不简单。"他伸出手指轻敲自己的额头，"没人知道他究竟是根据什么来采取行动的，但似乎总是正确无误。至少他比太暴人高明，其他人则办不到。"

"比如说，家父就是个例子。"

"其实我并没有想到他，但就某个角度而言，你说得没错，就连牧主最后也被捕了。然而，他是个不同类型的人，他的思考模式直来直往，从不考虑拐弯抹角的方式，又总是高估了别人的价值。

话说回来，这可算是我们最喜欢他的地方，他对每个人一视同仁，你知道吧。

“我虽然是个上校，但我仍是平民。我父亲是个金工匠，懂了吧，但在他眼里没有任何差别。而且，并非因为我是上校，他才对我另眼相看。如果他在走廊上遇到个实习轮机员，他不但会让路，还会亲切地寒暄一两句，实习生将因此高兴一整天，感觉自己像个轮机长，那就是他待人的方式。

“并不是说他软弱，如果你需要惩戒，你一定逃不掉，不过绝对适可而止。你受到的处罚，一定是你应得的，而你心里也很明白。处罚完毕后，他就将一切抛到脑后，不会无缘无故旧账重提，持续一两周还没完没了。这就是我们的牧主。

“至于独裁者，就大不相同。他很有头脑，但你无法和他亲近，不论你是谁都一样。比方说，他其实并没有幽默感，我跟他说话，不能像现在跟你说话这样。此时此刻，我说话就是说话，我可以完全放松，几乎是在做自由联想。而在他面前，你得将心中的话原原本本地说出来，绝不能有任何保留。而且你的措辞要很正式，否则他会骂你散漫。虽然如此，但独裁者就是独裁者，没什么好说的。”

拜伦道：“有关独裁者高明的头脑，我得完全同意你的说法。你可知道，他在登上这艘舰艇前，就已经推论出我在这里？”

“是吗？我们都不知道。好啦，你看，这就是我的意思。他当初准备单独登上这艘太暴巡弋舰，对我们而言，那无异于自杀，我们都不以为然。但我们假定他知道自己在做什么，而事实证明果真如此。他本来可以告诉我们你或许在这艘舰上。他也一定知道，牧主之子的逃脱会是个天大的好消息，但他照例不说。”

艾妲密西娅坐在寝舱的某个下铺，她必须很不自然地弯着身子，以避免上铺的床架戳到第一节胸椎。但在这个时候，那点不适根本算不了什么。

她一双手掌几乎不自觉地摩挲着衣裳，她感到又脏又累，而且非常厌倦。

她厌倦了用湿毛巾拍拭双手与脸部，厌倦了一周未曾更换服装，厌倦了现在变得潮湿黏腻的头发。

此时，她差点就要站起来，准备赶紧转过身去。她不要见他，不想再跟他面对面。

不过进来的只是吉尔布瑞特，于是她又无精打采地坐到床上：“嗨，吉尔伯伯。”

吉尔布瑞特在她对面坐下，一时之间，他瘦削的脸庞似乎显得忧虑不堪，随即又挤出一个满是皱纹的笑容：“我也觉得在这里头待上一周十分没趣，我希望你能让我开心。”

她却答道：“好啦，吉尔伯父，别在我身上施展心理学。如果你认为能够哄骗我，让我对你产生一点责任感，那你就错了，我其实更想揍你一顿。”

“如果那样会令你感到好些……”

“我再警告你一次，如果你伸出手臂让我打你，我真的会动手。如果你说：‘这样让你感到好些吗？’那我还会再打一拳。”

“不管怎么说，你显然跟拜伦吵架了。怎么回事？”

“我看不出为何需要讨论这件事，你别管我就好了。”顿了顿之后，她又说，“他认为父亲真像独裁者指控的那样，所以我恨他。”

“你父亲？”

“不！那个愚蠢、幼稚、道貌岸然的傻瓜！”

“想必是指拜伦吧，好的，你恨他。但你无法在两种情感间画出明显的界线，一种是害你像这样坐在这里的恨意，另一种，则是在我这个单身汉看来，似乎相当荒唐的炽热爱恋。”

“吉尔伯父，”她说，“他会不会真做过那件事？”

“拜伦？做什么？”

“不！我父亲。父亲会不会那样做过？会不会真出卖了牧主？”

吉尔布瑞特显得若有所思，而且神情非常严肃：“我不晓得，”他斜眼望着她，“你也知道，他的确想将拜伦交到太暴人手中。”

“因为他知道那是个陷阱，”她激动地说，“而且事实正是如此。那可怕的独裁者就是这样打算，而他也承认了。太暴人知道拜伦是谁，故意将他送到父亲那里，父亲做了他唯一能做的事。对任何人而言，那都是很明显的决定。”

“即使我们接受这一点，”他又用斜眼望着她，“他也的确曾试图说服你，要你接受那桩相当无趣的婚姻。如果亨瑞克能做出那种事……”

她打岔道：“那件事他也毫无选择余地。”

“亲爱的侄女，他为了讨好太暴人而做的每件事，如果你都要解释为不得已，哈，那么，你怎么知道他没将牧主的秘密泄露给太暴人？”

“因为我确定他不会，你对父亲的了解不像我那么深。他恨太暴人，恨之入骨，我明白这点，他不会主动帮助他们。我承认他怕他们，不敢公开反对他们，但他若有办法避免，就绝不会帮助他们。”

“你又怎么知道他能避免？”

她却猛摇着头，把头发都摇乱了，不但遮住了双眼，还稍微遮住眼中的泪水。

吉尔布瑞特望了她一会儿，然后无奈地摊开手，默默地转身离去。

拖厢以通道连接到“无情号”尾部的紧急逃生气闸，整体看起来像个细腰的大黄蜂。拖厢的容积比这艘太暴舰艇大几十倍，不成比例的程度近乎滑稽。

在做最后的检查时，独裁者加入拜伦的工作。他说：“你觉得还缺些什么吗？”

拜伦说：“没有，我想我们会相当舒适。”

“很好。顺便问一句，瑞尼特告诉我艾妲密西娅郡主不大舒服，或至少看起来如此。如果她需要医疗照护，送她到我的船舰或许是明智之举。”

“她好得很。”拜伦随口答道。

“你这么说就好。你能在十二小时内完成出发准备吗？”

“两小时就行，如果你希望。”

然后，拜伦穿过接合走廊（他得稍微弯下腰来），走进了“无情号”主体中。

他刻意以平稳的语调说：“后面有间私人套房是你的，艾妲密西娅。我不会打扰你，我大部分时间会留在这里。”

她却冷冷地答道：“你不会打扰我的，牧主，你待在哪里都与我无关。”

两艘船舰一齐迅速出发，经过一次跃迁后，便来到星云的边缘。然后他们等了数小时，好让钟狄的船舰完成最后的计算。进入星云内部后，就几乎等同于盲目航行。

拜伦闷闷不乐地盯着显像板，上面什么都没有！整整半个天球都被黑暗占据，根本不见一丝星光。生平第一次，拜伦体会到星辰是多么温暖亲切，使太空变得多么充实。

“就好像掉进太空中的一个洞口。”他喃喃地对吉尔布瑞特说。

然后他们再度跃迁，进入了星云中。

几乎在同一时刻，赛莫克·阿拉特普——大汗的行政官，十艘武装巡弋舰的指挥官——正听完了领航员的报告。他说：“那没什么关系，反正跟踪他们就对了。”

在距离“无情号”进入星云的位置不到一光年处，十艘太暴战舰进行了同样的跃迁。

第十六章
追猎者!

穿着军装的赛莫克·阿拉特普觉得不大舒服。太暴军装的质地有几分粗糙，又一律不会十分合身，但抱怨这种事绝非军人本色。事实上，轻微的不适正是太暴军事传统之一，这样做有助于维持军纪。

然而，阿拉特普却能对这种传统表示某种形式的抗议，他以懊恼的口气说:“这么紧的衣领害我的脖子很难过。”

安多斯少校的衣领一样紧，在他一生中，没有人见过他脱下军装。他说:“独处的时候，打开衣领确实合乎军规。但在任何军官或士兵面前，穿戴若有任何不合规定之处，都将造成不良的影响。”

阿拉特普嗤之以鼻。这次远征算是个准军事行动，军装便是随之而来的另一项改变。除了被迫穿上军装，他还必须听从副官的意见。而那位副官越来越自作主张，这一点，甚至在他们离开洛第亚前便已开始。

安多斯毫不客气地强调自己的主张。

当时他说:“行政官，我们需要十艘战舰。”

听到这句话，阿拉特普抬起头来，显然是被惹火了。那时他已准备妥当，要乘一艘战舰去追捕维迪莫斯少主。他随手将几个信囊放在一旁，信囊里都是他写给殖民局的报告，万一发生什么不幸，他这次远征有去无回，那些信囊便会转交大汗的殖民局。

“十艘战舰，少校？”

“是的，阁下，少一艘都不行。”

“为什么不行？”

“我打算维持一个合理的安全标准。那年轻人要到某个地方去，而你说过有个计划严密的阴谋存在，这两点想必存在着关联。”

“所以说？”

“所以说，我们必须准备面对可能的大阴谋，一艘战舰也许会被轻易消灭。”

“十艘、一百艘也有可能，安全标准的上限在哪里？”

“必须有人做出决定。而在军事行动中，那是我的职责，我建议十艘。”

在壁光的照明下，当阿拉特普扬起眉毛时，他的隐形眼镜闪耀着异样的光彩。军方实在过度膨胀，理论上来说，在如今的太平岁月，应当由文官决定一切。不过军事传统很难完全摆脱，这又是另一个例子。

他慎重地回答说：“我会考虑这个建议。”

“谢谢你，如果你决定不接受我的忠告，我的建议到此为止。我向你保证，”少校用力并拢脚跟，行了个立定礼，但动作中毫无敬意，阿拉特普心里很明白。“那是你的权利。然而你那样做，将令我没有选择的余地，我只好辞去这个职务。”

现在得由阿拉特普尽力帮自己找台阶，他说：“对于一个纯军事性问题，我绝无意阻挠你的任何决定，少校。若是遇到纯政治性事件，不知道你是否也能尊重我的决定。”

“什么样的政治性事件？”

“亨瑞克就是个问题。我建议让他跟我们同行，你昨天却坚决反对。”

少校以冷淡的口气说：“我认为没那个必要，当我军行动时，有异邦人在场将严重影响士气。”

阿拉特普用别人听不见的音量轻轻叹了一口气。安多斯算是个很能干的人，对他表现出不耐烦根本没用。

他又说：“这一点，我也同意你的说法，我只是请你考量一下当前局势的政治层面。你也知道，我们将老维迪莫斯牧主处决后，引起了政治的不安，在众王国之间引发了不必要的惊扰。不论处决多有必要，也该避免让少主的死记在我们账上。在洛第亚人民的心目中，维迪莫斯少主绑架了执政者之女。而在亨芮亚德家族的成员中，那个女孩很受民众爱戴，十足是个公众人物。所以说，让执政者领导这趟讨伐，是相当合适也相当合理的做法。

“这将是个引人注目的行动，能充分满足洛第亚人的爱国心。他自然会请求太暴人协助，并一定会欣然接受，不过那倒可以低调处理。要让一般人认为这趟远征由洛第亚主导，这并不困难，可是必须做到。如果发现了阴谋的内幕，那将是洛第亚人的功劳；如果维迪莫斯少主遭到处决，也将记在洛第亚人的头上。至少，要让其他王国都这么想。”

少校说：“准许洛第亚船舰跟随太暴远征军行动，仍会成为很坏的先例。在战斗中他们会碍手碍脚，那样一来，它就成了军事问题。”

“亲爱的少校，我可没有说亨瑞克将指挥一艘战舰。你对他想必有所了解，不至于认为他有能力、甚至有心尝试指挥战舰。他将和我们在一起，除他之外，舰上不会有任何洛第亚人。”

“这样的话，我就撤回异议，行政官。”少校说。

将近一周以来，太暴舰队一直与林根保持二光年的距离，军心变得越来越不稳定。

安多斯少校主张立即登陆林根。“林根的独裁者，”他说，“花了很大的力气作戏，想让我们认为他是大汗的朋友。但我不信任这些四处旅行的人，他们总是学来一些不安分的想法。他才刚回来，维迪莫斯少主就赶来见他，这实在是很奇怪的事。”

“他每次旅行，不论出发或归来，都从未试图掩饰。而且，我们还不知道维迪莫斯少主是不是去见他。他滞留在林根周围的轨道上，为什么他不登陆呢？”

“为什么他要滞留在轨道上？让我们探讨他所做的事，而不是他未做的事。”

“我能提出一个具有某种规律的解释。”

“我很有兴趣听听。”

阿拉特普将一根手指伸进领口，想将衣领拉开一点，结果白费力气。他说：“既然这个年轻人留在轨道上，我们就可以假设，他是在等待某件事或某个人。假如我们认为，他以如此直接而迅速的方式——事实上，仅借着一次跃迁——来到这里后，却由于迟疑不决而无所行动，那实在是很荒谬的想法。所以我说，他是在等一个或一群朋友跟他会合，等增援来到后，他就会出发往别处去。他不直接降落林根，代表他认为那并非安全的行动。这也表示林根这个世界，以及独裁者这个人，和那件阴谋并没有牵连，不过，个别的林根人还是有可能涉入其中。”

“我不确定能否一直相信那么明显的答案。”

“亲爱的少校，这不只是明显的答案，它还是个合乎逻辑的答案，具有一定的规律。”

“也许吧。即使如此，二十四小时内若没有进一步的发展，我就没有任何选择，不得不下令进军林根。”

少校走后，阿拉特普对着舱门皱起眉头。他得同时控制蠢蠢欲动的被征服者，以及眼光短浅的征服者，这实在是件令人头痛的差事。二十四小时内，有可能发生些变化，否则他也许得想其他办法制止安多斯。

叫门讯号又响了，阿拉特普恼怒地抬起头来。当然不可能又是安多斯，他想。结果的确不是，站在舱门口、弯下腰来的，是洛第亚执政者亨瑞克的高大身躯。在他身后还能瞥见一名卫兵，不论他在舰上哪个角落，那名卫兵永远形影不离。理论上，亨瑞克拥有完全的行动自由，或许他自己也这么想。至少，他从未注意到身旁的卫兵。

亨瑞克露出含糊的微笑。“我有没有打扰您，行政官？”

“一点都没有，请坐，执政者。”阿拉特普继续站着，亨瑞克却似乎没注意到。

“我有件重要的事要跟您讨论。”说到这里亨瑞克突然打住，眼光中透出几许专注的神情。然后，他改以相当不同的口吻说：“好一艘又大又俊的战舰！”

“谢谢你，执政者。”阿拉特普绷着脸笑了笑。在这支舰队中，其他九艘都是典型的小型战舰，但他们坐镇的这艘旗舰，却是根据前洛第亚舰队的设计建造而成，因而体积特别庞大。如今，有越来越多这类战舰加入太暴舰队，这也许是太暴军心逐渐疲软的最初征兆。虽然战斗体仍是两人或三人的小型巡弋舰，但有越来越多的高级将领，都找到各种不同的理由，要求将自己的指挥所设在大型战舰上。

阿拉特普倒不在意这个现象。某些老兵或许会觉得这种逐渐疲软的趋势等于堕落，不过在他看来却像是越来越文明的象征。到了最后（或许还要几个世纪），太暴这个民族有可能完全消失，与他们征服的星云众王国社会融成一体。或许，就连这点也该算是一件好事。

自然，他从未将这种想法公诸于世。

“我来告诉您一件事，”亨瑞克苦苦思索了一会儿，又继续说，“今天我送了一封电讯回去，告诉我的百姓说我很好，罪犯很快会被捉到，我女儿也将平安归来。”

“很好。”对阿拉特普而言，这件事不算什么新闻，那封信其实是他亲笔写的。虽然，现在亨瑞克可能已经说服自己，相信自己才是执笔者，甚至相信这支远征军真由他率领。阿拉特普感到有些痛心，这个人显然正在迅速崩溃。

亨瑞克说：“那些组织严密的匪徒竟敢夜袭王宫，我相信，我的百姓因此深感不安。现在我做出这么迅速的应变行动，我想他们都会为执政者感到骄傲，是吗，行政官？他们将见识到亨芮亚德家族还有实力。”他似乎有点得意忘形。

“我想他们会的。”阿拉特普说。

“我们到了接敌范围没有？”

“还没有，执政者，敌人仍然留在原处，就在林根附近。”

“还在那里？我想起了我来是要跟您说什么。”他变得很激动，一口气说了一大串，“非常重要，行政官，我有件事要告诉您。舰上有人准备叛变，给我发现了。我们必须立刻采取行动，叛变……”他开始压低声音。

阿拉特普感到很不耐烦，迁就这个可怜的白痴自然有其必要，但这样做却渐渐变成浪费时间。照这样发展下去，不久之后，人人都能看出他发疯了，到时他连做傀儡的资格都没有，这实在很可怜。

他说：“没有人叛变，执政者，我们的人都既忠诚又可靠。一定是有人令你产生误解，你太累了。”

“不，不。”亨瑞克推开阿拉特普的手臂，那只手臂已在他肩头搁了一会儿，“我们现在在哪里？”

“啊，就在这里呀！”

“我的意思是这艘战舰。我看过显像板，附近一颗星也没有，我们是在深太空中。您可知道？”

“啊，当然啦。”

“林根不在附近，您知道这点吗？”

“它在两光年外。”

“啊！啊！啊！行政官，没人在偷听吧？您确定吗？”他俯身向前，凑向阿拉特普伸过来的耳朵，“那我们怎么知道敌人在林根附近？他距离我们太远，根本侦测不到。我们得到错误情报，这就表示有人叛变。”

嗯，这个人或许疯了，这句话却很有道理。阿拉特普说：“这是技术人员负责的事，执政者，不是我们这种身份的人该操心的，我自己也不清楚。”

“可是身为这支远征军的首领，我应该知道。我是首领，对不对？”他小心翼翼地环顾四周，“事实上，我感到安多斯少校有时不肯贯彻我的命令。他值得信赖吗？当然，我很少对他下命令。对一个太暴军官下命令，感觉上似乎怪怪的。话说回来，我必须找到我女儿，我女儿名叫艾妲密西娅，她被人从我身边带走，现在我率领整支舰队，要把她救回来。所以您懂了吧，我一定要知道，我的意思是，我一定要知道我们怎么知道敌人就在林根。我女儿也该在那里，您认识我女儿吗？她的名字叫艾妲密西娅。”

他抬起头来，以恳求的目光望着太暴行政官。然后又伸出手掩住双眼，含糊地说了一句，听来有点像“我很抱歉”。

阿拉特普不知不觉咬紧牙关。他几乎忘记面前这个人——这个白痴的洛第亚执政者——是个失去爱女的父亲。即使这种人也仍有父爱，自己不能让他如此痛苦。

于是他温和地说：“让我试着解释一下。你知道有一种叫做质量计的东西，可以侦测太空中的船舰。”

“是的，是的。”

“它对重力效应很敏感，你懂我的意思吗？”

“哦，当然，每样东西都有重力。”亨瑞克将身体倾向阿拉特普，双手紧张兮兮地互握着。

“那就够了。你可知道，质量计自然只能在接近某艘船舰时使用，差不多是在一万英里的范围内。此外，还需要跟任何行星保持适当距离，因为若非如此，你能侦测到的只有行星，它比船舰大多了。”

“它的重力也大多了。”

“正是这样。”阿拉特普说，而亨瑞克显得很高兴。

阿拉特普继续说：“我们太暴人拥有另一种装置，它是一种发射机，可经由超空间向四面八方辐射讯号。那种讯号并非电磁波，而是空间结构的特殊扭曲形式。换句话说，它不是光波或无线电波，甚至也不属于次以太电波，懂了吗？”

亨瑞克没有回答，他看起来一头雾水。

阿拉特普立刻接着说：“嗯，反正它不一样，怎么不一样倒无关紧要。我们可以侦测到辐射出来的那种东西，所以随时都能知道任何太暴船舰的位置。即使它远在银河另一边，或是躲在某颗恒星的另一侧。”

亨瑞克一本正经地点了点头。

“好，”阿拉特普说，“如果维迪莫斯少主驾着一艘普通船舰逃亡，想要找到他就非常困难。如今，既然他驾驶的是太暴巡弋舰，我们随时掌握他的方位，虽然他自己并不晓得这件事。我们就是利用这种方法，知道他待在林根附近，你懂了吧。此外，他绝对无法摆脱我们，所以我们一定能将令嫒救出来。”

亨瑞克微微一笑：“做得太好了。可喜可贺，行政官，这是个非常高明的策略。”

阿拉特普没有自欺欺人。他刚才说的话，亨瑞克只能理解一点点，但那并不重要。这番话的结论，是保证能将他的女儿救出来，而在他似懂非懂的理解中，也一定有了一个概念，这一切都是拜太暴科学之赐。

他告诉自己，并非全然因为对方诉诸他的同情，他才会花那么大的工夫。为了明显的政治理由，他必须防止此人完全崩溃。也许他女儿的归来会有很大帮助，他衷心希望如此。

叫门讯号再度响起，这次进来的是安多斯少校。亨瑞克的手臂僵在座椅扶手上，脸孔做出一种受迫害的神情。他努力撑起身子，开口道：“安多斯少……”

安多斯却根本不理会这个洛第亚人，立刻开始向阿拉特普报告。

“行政官，”他说，“‘无情号’改变了位置。”

“他当然没登陆林根。”阿拉特普以精明的口吻说。

“没有，”少校答道，“他跃迁到距离林根很远的地方。”

“啊，很好，也许有另一艘船舰跟他会合了。”

“也许是很多艘，但我们只能侦测到他的，这点你应该非常了解。”

“无论如何，我们继续跟踪。”

“命令已经下达。我只想指出一点，凭借那次跃迁，他抵达了马头星云边缘。”

“什么？”

“在上述方位，没有重要的行星系存在，这只能有一个合乎逻辑的结论。”

阿拉特普舔了一下嘴唇，赶紧往驾驶舱走去，少校也跟他一块走了。

在突然腾空的舱房中，只剩下亨瑞克站在正中央，盯着舱门一分钟左右。然后，他微微耸了耸肩，接着又坐下来。他的表情一片茫然，有好长一段时间，他只是坐在那里。

领航员说：“已经查过‘无情号’的太空坐标，长官，他们绝对在星云内部。”

“那没什么关系，”阿拉特普说，“反正跟踪他们就对了。”

他又转过头来，对安多斯少校说：“你明白等待的好处了吧，现在好些事都已经明朗化。除了星云本身，阴谋分子的大本营还会在哪里？除了躲在那里，别处哪里我们找不到？真是个很妙的规律。”

于是，整个分遣队随后也进入星云。

阿拉特普又不自觉地瞥向显像板，这已经是第二十次。其实，他这样做根本没用，因为显像板始终一片漆黑，什么星光也看不到。

安多斯说：“这是他们第三次停下来，可是仍旧没有登陆，我实在搞不懂。他们的目的是什么？他们究竟在找什么？他们每次都停上好几天，但他们就是不登陆。”

“也许他们得花那么长的时间，”阿拉特普说，“才能完成下个跃迁的计算，这里的能见度等于零。”

“你认为是这样吗？”

“不，他们做的跃迁太准确了。每次重返普通空间时，都非常接近一颗恒星。光靠质量计提供的数据，他们无法做得那么好，除非他们事先确知那些恒星的位置。”

“那他们为何不登陆？”

“我想，”阿拉特普说，“他们一定是在寻找可住人行星。或许他们自己不知道那个大本营的位置，或者，至少不是十分确定。”他微微一笑，“我们只要跟踪就行了。”

领航员在阿拉特普面前立定：“长官！”

“什么事？”阿拉特普抬起头来。

“敌方已在某颗行星登陆。”

阿拉特普立刻发讯召来安多斯少校。

“安多斯，”当少校进来时，阿拉特普说，“你获得通知没有？”

“有的，我已命令降落并追击。”

“慢着，你恐怕又操之过急了，就像你当初要冲向林根一样。我想，只有这艘战舰应当前进。”

“你的理由？”

“假如我们需要增援，有你在这里，还有你指挥的这些巡弋舰。倘若它的确是个强大的叛军中心，他们或许会以为，只是一艘船舰无意中碰上他们。我会设法捎信给你，那时你就能撤回太暴星。”

“撤回！”

“然后带一支完整的舰队来。”

安多斯考虑了一下：“很好，反正这是我们的战舰里最没用的一艘。它太大了。”

在他们盘旋而下的过程中，行星的画面占满了显像板。

“表面似乎相当荒凉，长官。”领航员说。

“你判断出‘无情号’精确的位置没有？”

“有的，长官。”

“那么在尽可能接近之处着陆，但不要被他们目击。”

现在他们已进入大气层，当他们掠过昼半球之际，天空正泛着明亮的紫色。阿拉特普望着越来越近的地面，心想：漫长的追猎就要结束了！

第十七章

猎物！

对未曾真正到过太空的人而言，调查某个恒星系、寻找可住人的行星，似乎是件相当令人振奋的任务，至少也算很有趣。可是对太空人而言，它却是最无聊不过的差事。

恒星是一团巨大的火球，其中的氢核不断融合成氦核，寻找这种天体太简单了，它本身就在尽力招摇。即使在黑暗的星云中，也只不过是距离的问题，在五十亿英里的范围内，恒星仍在尽力昭示自己的存在。

可是行星则另当别论，它无异于太空中一块小岩石，仅能反射恒星的光芒。即使以各种不同的角度，穿过某个恒星系达十万次，除了极少数的巧合，很有可能始终不曾接近一颗行星，因而根本无法发现它的存在。

因此想要寻找行星，必须采用一个有系统的方法。在调查某个恒星系前，首先应来到距离恒星约等于其直径一万倍之处。根据银河统计资料，行星距离主星比上述距离更远的几率不到五万分之一。此外，在与恒星的距离超过其直径一千倍的太空中，就几乎没有任何可住人的行星。

这就意味着，从船舰停驻的位置望去，可住人行星必定位于恒星周围六度以内，这大约等于整个天空面积的四百分之一。这样小的一个范围，少量的观测便可得到详尽的结果。

望远照相机经过微调后，能自动抵消船舰在轨道上的运动。在这种情况下，长时间曝光可拍出恒星周围星座的清晰影像。当然，前提是必须遮蔽太阳的烈焰，而这点很容易做到。反之，由于行星具有相当程度的自行，因此会在底片上呈现细微的条纹。

假如看不见条纹，总有可能是行星躲在主星后面。此时船舰会换到另一个位置，通常会比原先更接近恒星，然后再重复整个步骤。

这的确是个很枯燥的程序，若是连续在三个恒星系，每一个都重复做上三遍，结果每次都毫无斩获，对士气必会产生某种程度的打击。

比如说，吉尔布瑞特的士气便已消沉好一阵子。他发现某些事物“有趣”的频率，也变得越来越低了。

现在，他们正准备跃迁到独裁者列出的第四颗恒星。拜伦说：“无论如何，我们每次都遇到一颗恒星，至少钟狄的数字是正确的。”

吉尔布瑞特说：“根据统计，平均每三颗恒星中，就有一颗拥有行星系。”

拜伦点了点头。这是个老生常谈的统计数据，每个小孩都在“初级银河舆理”中学过。

吉尔布瑞特继续说：“这就代表，随机选取三颗恒星，却找不到任何行星——任何一颗行星，它的几率是三分之二的立方，也就是二十七分之八，或者说三分之一弱。”

“所以呢？”

“我们偏偏什么也没发现，这里头一定有什么错误。”

“你自己看过那些感光板，而且话说回来，统计数据有什么用？根据我们的了解，星云内部的情形很不一样，也许是粒子雾阻止了行星的形成，或者也有可能，粒子雾本身就是无法聚结的行星材料。”

“你不是说真的吧？”吉尔布瑞特吃了一惊。

“你说对啦，我只不过没话找话罢了，我完全不懂天文演化学。总之，该死的行星为何要形成？我从未听说哪颗行星上没有一大堆麻烦。”拜伦显得形容憔悴，他一面说话，一面印出一些小标签，并粘贴在控制台上。

他又说：“无论如何，我们已经把霹雳炮全搞懂了，包括测距仪、电力控制系统——所有的一切。”

想不看显像板是很困难的事。他们即将在黑墨般的太空中再度跃迁。

拜伦随口说：“你知道他们为何叫它‘马头星云’，吉尔？”

“第一个钻进来的人叫做玛头，你要说我讲错了吗？”

“也许没错，但在地球上有不同的解释。”

“哦？”

“他们声称它所以叫那个名字，是因为它看起来像马的头。”

“马是什么？”

“是地球上的一种动物。”

“这是个很有趣的想法，可是在我看来，这个星云根本不像任何动物，拜伦。”

“这取决于你观看的角度，比方说在天雾星上，它看起来像伸出三根指头的手臂。不过我曾在地球大学的天文台看过一次，看起来的确有点像马的头部。也许这个名字真是那么来的，也许根本没有什么叫玛头的人。谁知道呢？”拜伦感到这个话题已令人生厌，他仍只是没话找话而已。

沉默显然维持得太久，因为吉尔布瑞特逮到改变话题的机会。拜伦根本不想讨论那个题目，却又无法强迫自己不去想它。

吉尔布瑞特说：“艾妲在哪儿？”

拜伦马上望着他说：“反正是在拖厢里，我又没有一直跟着她。”

“独裁者则正在那样做，他巴不得住在这里。”

“她多么幸运啊。”

吉尔布瑞特满脸的皱纹变得更深，小小的五官仿佛扭成一团。“哦，别当傻瓜，拜伦。艾妲密西娅是亨芮亚德家族的一员，你那样对待她，她当然受不了。”

拜伦道：“别再说了。”

“我偏不，我一直想说这件事。你为什么要这样对她？因为亨瑞克也许得对令尊的死负责？亨瑞克是我的堂弟！你对我的态度并未改变。”

“好吧。”拜伦说，“我对你的态度并未改变，我仍像往常那样跟你说话，我也保持跟艾妲密西娅交谈。”

“仍像往常那样吗？”

拜伦哑口无言。

吉尔布瑞特又说：“你把她推向独裁者的怀抱。”

“那是她的选择。”

“不对，那是你的选择。听我说，拜伦，”吉尔布瑞特变得像是跟自家人说话，将一只手放在拜伦膝盖上，“这不是我喜欢插手的事，你该了解。只不过，如今的亨芮亚德家族，只剩下她一个好孩子。如果我说我爱她，你会不会感到有趣？我自己没有子女。”

“我不质疑你对她的爱。”

“那么为了她好，我要劝你一句，阻止独裁者，拜伦。”

“我以为你信任他，吉尔。”

“把他当成独裁者，我信任他；把他当成反太暴的领袖，我信任他。但把他当成一个女人的男人，当成艾姐密西娅的男人，我却不敢领教。”

“直接告诉她。”

“她不会听的。”

“你认为由我告诉她，她就会听吗？”

“如果你好好跟她讲。”

一时之间，拜伦似乎犹豫起来，伸出舌头轻轻舔着干燥的嘴唇。然后他转过头去，厉声道：“我不想再谈这件事。”

吉尔布瑞特以悲伤的口吻说：“你会后悔的。”

拜伦没再搭腔。吉尔布瑞特为什么要管这件事？他已经多次想到自己也许会后悔。这样做其实不容易，可是他又能怎么办？根本就没有安全的退路。

他张大嘴巴大口呼吸，想借此消除胸口的窒息感。

完成下个跃迁后，舱外的景观变得很不一样。在跃迁之前，拜伦根据独裁者的驾驶员传来的指示，已将操纵系统设定妥当，并将手动操作交由吉尔布瑞特负责，准备趁这个机会睡上一觉。此时，吉尔布瑞特却猛摇他的肩膀。

“拜伦！拜伦！”

拜伦在卧铺上打了个滚，一直滚到地板上，他趴在那里，双手握拳。“怎么回事？”

吉尔布瑞特赶紧后退一步：“喂，别紧张，这次我们发现了一个

F2。”

拜伦渐渐领会这句话的意思，他深深吸了一口气，整个人顿时松懈下来：“再也别那样叫醒我，吉尔布瑞特。一个F2，你是这么说的吗？我想你指的是现在那颗恒星。”

“当然是。它看起来最有趣不过，我这么想。”

就某个角度而言，的确可以这么说。银河中大约百分之九十五的可住人行星，环绕的恒星都属于F或G光谱型；直径在七十五到一百五十万英里之间；表面温度从摄氏五千到摄氏一万度。地球之阳属于G0型，洛第亚之阳属于F8型，林根之阳则属于G2型，而天雾之阳也一样。F2型稍微热了点，但也不能算太热。

他们先前造访过的三颗恒星，全都属于K光谱型，它们体积太小，颜色也太红。即使周围有任何行星，也很可能不适宜人类居住。

好恒星就是好恒星！在第一天的摄影观测中，便找到了五颗行星，其中位于最内围的一颗，与主星的距离为一亿五千万英里。

泰多·瑞尼特亲自带来这个消息。他跟独裁者一样，常常到“无情号”上来，他的热诚为这艘舰艇带来不少温暖。现在，他正在大口喘着气，因为他是借着金属太空索，双手轮流一路拉扯过来的。

“我不晓得独裁者是怎么做到的，他似乎从不把这当一回事。我猜，大概因为他比我年轻。”他突然又说了一句：“五颗行星！”

吉尔布瑞特说：“在这颗恒星周围？你确定吗？”

“绝对确定，只不过，其中四颗都属于木型。”

“另外那颗呢？”

“另外那颗也许还好，至少大气层含有氧气。”

吉尔布瑞特发出轻声的欢呼，但拜伦却说：“四颗都是木型，哦，没关系，我们只需要一颗。”

他了解这是个合理的比例。银河中体积庞大的行星，大多拥有含氢化物的大气层，毕竟，恒星的成分大部分是氢，而它也是组成行星的基本材料。木型行星的大气层具有甲烷或氨气，有时还有氢分子，以及为数不少的氦气。这类大气层通常都很厚，而且极为浓稠。木型行星的直径几乎一律大于三万英里，平均温度鲜有高于摄氏零下五十度，实在极不适合人类居住。

在地球的时候，他曾听过一种说法，这些行星所以称为木型，是因为“木”代表太阳系的木星，它是这类行星的典型。也许他们说得没错，毕竟，行星类别中还有一种地型，而“地”当然是代表地球。地型行星通常比较小，由于产生的重力微弱，因此无法留住氢气或含氢的气体，更重要的原因则是它们通常较接近恒星，因而温度比较高。这类行星的大气稀薄，如果上面有生命存在，通常都含有氧气与氮气，偶尔还混合着氯气，但那样可就不妙了。

“有没有氯气？”拜伦问道，“他们的大气分析做到什么程度？”

瑞尼特耸了耸肩。“如今在太空中，我们只能判别高层的大气。如果有氯气，一定集中在地表附近，我们很快就会知道。”

他伸出手来，拍向拜伦宽大的肩膀：“邀我到你的房间小酌一番如何，孩子？”

吉尔布瑞特不安地看着他们两人的背影。独裁者正在追求艾妲密西娅，他的左右手又成了拜伦的酒友，“无情号”变得越来越像一艘林根舰艇。拜伦是否知道自己在做什么？吉尔布瑞特心中嘀咕着，然后他又想到那颗新发现的行星，便将其他烦恼抛到脑后。

穿越大气层的时候，艾妲密西娅也来到驾驶舱中。她脸上挂着浅浅的微笑，似乎相当心满意足，拜伦不时会朝她的方向望去。她刚进来时（她几乎不再来驾驶舱，因此他有点不知所措），他曾经说：“你好，艾妲密西娅。”她却没有任何回应。

当时，她只是以很高兴的口气，叫了一声“吉尔伯父”，然后又说：“我们真的在降落吗？”

吉尔布瑞特猛搓双手：“看来没错，亲爱的侄女。几小时后，我们大概就能离开这艘舰艇，在坚实的地面上行走。想想可真有趣，对吗？”

“我希望它就是我们要找的行星，假如不是，就不会那么有趣了。”

“另外还有一颗恒星啊。”吉尔布瑞特虽然这样说着，额头却皱了起来。

艾妲密西娅这才转向拜伦，以冷淡的口气说：“你刚才在说话吗，法瑞尔先生？”

拜伦着实吃了一惊，再度变得不知所措。他答道：“没有，其实没说什么。”

“那么请你原谅，我以为你说了什么。”

她经过拜伦身边的时候，由于两人太过接近，她的塑质裙边刷过他的膝盖，她身上的香水也飘散在他四周围，拜伦只好使劲咬紧牙关。

瑞尼特仍跟他们在一起，装上拖厢的好处之一，就是能留客人过夜。他说：“他们现在获得了大气的详尽资料。其中有大量的氧气，大约百分之三十，此外还有氮气和惰性气体，成分相当正常，没有氯气。”他顿了一下，又发出“嗯”的一声。

吉尔布瑞特说：“怎么回事？”

“没有二氧化碳，就没有那么好了。”

“为什么？”艾妲密西娅追问。她在显像板旁占了一个有利的位置，能看到画面上以时速二千英里掠过的行星地表。

拜伦随口答道：“没有二氧化碳，就没有植物。”

“哦？”她望着他，露出亲切的微笑。

拜伦也回以一笑，虽然这有违他的本意。不料，她的表情起了难以察觉的变化，她的笑容则绕过了他，显然她故意漠视他的存在。这样一来，变成他一个人在傻笑，他赶紧将笑容敛去。

能避开她也好，跟她在一起，他绝对无法坚持下去。看得见她的时候，他的意志麻醉剂立即失效，痛苦又开始了。

吉尔布瑞特显得郁郁寡欢。此时他们正在地表上空滑翔，由于低层大气密度浓厚，“无情号”后面又加上一节拖厢，完全不符合空气动力学原理，因此变得很难控制，拜伦正在顽强地跟狂野的操纵系统奋战。

他说：“打起精神来，吉尔！”

他自己并未感到兴高采烈，直到目前为止，电波讯号没有带来任何回应。假如这里不是叛军世界，继续等下去就毫无意义。他的行动方针已定好了！

吉尔布瑞特说：“它看起来不像是叛军世界，它是满布岩石的死星，上面也没多少水分。”他转过头去，“他们有没有再测定二氧化碳，瑞尼特？”

瑞尼特拉长了他那张红润的脸庞。“有的。只有一点点，大约十万分之一。”

拜伦说：“你不能骤下断语。他们也许故意挑选这样一个世界，只因为它看起来那么不可能。”

“可是我当年见到过农场。”

“好吧。我们才绕了几圈而已，这么大的一颗行星，你认为我们能看到多少东西？你心里他妈的很明白，吉尔，不论他们是什么人，为数绝不会太多，不可能布满整颗行星。他们选择的或许是某处山谷，那里蓄积了足够的二氧化碳，比如说是由于火山的作用，而且附近又有充足的水源。我们可能在距离他们二十英里处呼啸而过，却根本没注意到。他们在调查清楚前，自然不会轻易回答我们的无线电呼叫。”

“想要蓄积够浓的二氧化碳，不是那么容易的事。”吉尔布瑞特喃喃道，却仍专心望着显像板。

拜伦突然希望这个世界并非真正的目的地，他认定自己无法再等下去。那件事必须解决，就是现在！

这是一种奇怪的感觉。

人工照明已经关掉，阳光从舷窗毫无阻碍地射进来。其实，这是比较缺乏效率的照明方式，却能带来一种令人向往的新奇感受。现在舷窗全部开启，已经可以呼吸到此地的大气。

瑞尼特曾建议别这样做，理由是空气中缺乏二氧化碳，人的呼吸循环会被搅乱，不过拜伦认为短时间不致有害。

吉尔布瑞特碰见他们两人的时候，他们正在交头接耳。看到他来了，两人赶紧抬起头，并连忙拉开距离。

吉尔布瑞特哈哈大笑。然后他从开启的舷窗向外望去，又叹了一口气，说道：“尽是岩石！”

拜伦以温和的口气说：“我们准备在高地顶端架设一个电波发射机，这样可以增加通讯的有效距离。至少，我们应该能和整个半球取得联系。要是没有任何结果，我们还能再试另一侧。”

“你和瑞尼特讨论的就是这件事？”

“正是。独裁者和我将负责这项工作，那是他的建议，运气实在不错，否则我自己也得提出同样的建议。”他一面说话，一面迅速望了瑞尼特一眼，瑞尼特则毫无表情。

拜伦站了起来：“我想，我最好把太空衣内层解下来穿在身上。”

瑞尼特表示同意。这颗行星阳光普照，空气中只有一点水蒸气，天空没有一丝云彩，但外面却相当寒冷。

独裁者来到了“无情号”的主气闸。他的外套由极薄的人工泡绵制成，重量只有一盎司的几分之一，但绝热效果近乎完美。他胸前绑着一小罐二氧化碳，渗出的速率调得很小，以在他附近维持相当程度的二氧化碳气压。

他说：“你想不想搜我的身，法瑞尔？”他举起双手等待，瘦削的脸庞带着沉稳与戏谑的表情。

“不用了，”拜伦说，“你要不要检查我是否携带武器？”

“我连想都没想过。”

两人的态度与周围的气温一样冰冷。

拜伦走到强烈的阳光下，与独裁者一左一右合力提着一只手提箱，箱子里面装的就是无线电设备。

“不太重。”说完拜伦回过头来，看到艾妲密西娅正默默站在舰艇入口。

她穿着一件白色衣裳，上面没有任何花纹图样，此时正像一面素色旗帜般随风飘扬。半透明的袖子紧贴着她的手臂，使那双手臂变成银白色。

一时之间，拜伦险些要软化了。他很想立刻折返，跑回去，跳进舰艇里面，紧紧抓住她，在她的肩头留下自己的指痕，让自己的唇接触到她的……

但他没有那样做，只是随便点了点头。她回报了一个笑容，还轻轻挥动着手指，不过对象显然是独裁者。

五分钟后，他又回过头来，在敞开的舱门处，仍能看见一团耀眼的白色。然后，地表的隆起切断他的视线，除了凹凸赤裸的岩石，地平线上什么都没有。

拜伦想到等在前面的一切，不知道自己能否再见到艾妲密西娅——也不知道自己若是一去不返，她究竟会不会在乎。

第十八章
虎口余生！

艾妲密西娅望着两个越来越小的身影，他们蹒跚地走在赤裸的花岗岩上，最后沉落地平线之下，消失得无影无踪。在他们即将消失前，其中一人转过头来，她不能确定究竟是谁。就在这一刻，她硬起了心肠。

他们离去的时候，他不曾说一句话，连一个字也没有。她转过身来，原先眼前的阳光与岩石，立刻变成舰艇内部局促的金属空间。她感到寂寞，寂寞得可怕，有生以来她从未感到如此寂寞。

或许，就是这种感觉使她忍不住打颤。但如果承认这点，而不归咎于寒冷的气候，就等于招认自己的软弱，她绝不肯那么做。

于是她没好气地说："吉尔伯父！你为什么不把舷窗关上？简直能把人冷死。"温度表的读数是摄氏七度，虽然舰艇的暖气已开到最大。

"亲爱的艾妲，"吉尔布瑞特和气地说，"你要是一直坚持这种可笑的穿着习惯，除了几块薄纱什么也不穿，你就得有心理准备，到哪儿都会冷得要死。"他虽然这么说，但还是按下几个开关，随着细微的“咔嗒”声，气闸便滑到密封的位置，舷窗也一一嵌入原位，使舰身重新成为光滑闪耀、毫无瑕疵的整体。与此同时，厚实的玻璃开始产生偏光作用，隔绝外界的阳光，舰内照明随之开启，所有的阴影立即消失。

艾妲密西娅坐进铺有厚重衬垫的驾驶座，信手抚摸着左右的扶手。他双手常常摆在那里，当她想到这点时，涌向体内的微温（她对自己说）只不过是暖气的作用，因为现在强风已被阻挡在外。

漫长的几分钟过去了，她开始感到坐立不安。她也许应该跟他去！这个叛逆的想法袭上心头后，她立刻做了必要的修正，将单数的“他”改成复数的“他们”。

她说:“他们为何非架设电波发射机不可，吉尔伯父？”

他正以纯熟的指法操纵着显像板，听到她的叫唤，他抬起头来说:“啊？”

“我们在太空中一直试图跟他们联络，”她说，“却没有接触到任何人。行星表面的发射机又会有什么特别功能？”

吉尔布瑞特显得很苦恼:“当然啦，我们必须继续尝试，亲爱的侄女，我们必须找到叛军世界。”然后，他咬牙切齿地自言自语道:“我们必须！”

过了一会儿，他又说:“我找不到他们。”

“找不到谁？”

“拜伦和独裁者。山脊切断了我的视线，我怎么调整外视镜都没用。看到没？”

除了阳光下一闪而过的岩石，她什么都没看见。

然后吉尔布瑞特将转动装置固定下来，又说:“至少，那是独裁者的船舰。”

艾妲密西娅瞥了一眼，它停在山谷更深处，大概一英里外的地方。在阳光照耀下，它发出炫目的光芒。此时此刻，她似乎感到那才是真正的敌人，是它，而不是太暴人。她心中突然冒出一个非常强烈的希望，希望他们从未到过林根，而是一直留在太空中，只有他们三个人。那些日子十分滑稽，那么不舒适，却又那么亲切温暖。如今她却不得不设法伤害他，有一股力量驱使她这么做，虽然她其实想……

吉尔布瑞特说："他要做什么啊？"

艾姐密西娅泪眼模糊地望着他，因此必须猛眨眼睛才能对准焦距。"谁？"

"瑞尼特。我想那是瑞尼特，但他显然不是朝这里走来。"

艾妲密西娅凑近显像板。"把它放大点。"她以命令的口气说。

"在这么短的距离？"吉尔布瑞特表示反对，"你会什么也看不到，那样不可能将目标保持在正中央。"

"放大一点，吉尔伯父。"

他一面喃喃抱怨，一面插进望远镜附件，岩石立刻变成鼓胀的团块，他便在这些变形的岩石中开始寻找。他以最轻快的方式触动控制键，眼睛根本跟不上岩石在画面上变换的速率。有那么一瞬间，瑞尼特庞大模糊的身影一闪而逝，而也就在这一瞬间，他的身份变得毫无疑问。吉尔布瑞特猛然将镜头拉回来，重新捕捉到他，并将画面固定住一会儿。艾妲密西娅说："他带了武器，你看到没有？"

"没有。"

"他带了一柄远距离长铳，绝对没错！"

她站起来，向贮物柜飞奔而去。

"艾妲！你在做什么？"

她正在解开另一套太空衣的内层："我要到那里去，瑞尼特在跟踪他们，你难道不了解吗？独裁者不是要去架设无线电，那是个陷害拜伦的陷阱。”她一面喘气，一面奋力钻进粗厚的太空衣内层。

“慢着！这都是你的幻想。”

她虽然瞪着吉尔布瑞特，却像是没看到他，她的脸色苍白，五官皱成一团。她早就该看出来，看出瑞尼特讨好那个呆子的方式。那个痴心的呆子！瑞尼特极力赞扬他父亲，告诉他维迪莫斯牧主是多么伟大的人，拜伦的心便立刻软化了。他的每一项行动都受到父亲的思想指挥，一个人怎能让偏执这样控制自己？

她说：“我不知道气闸控制钮是哪个，把它打开。”

“艾妲，不准离开这艘舰艇，你不知道他们在哪里。”

“我会找到他们的，把气闸打开。”

吉尔布瑞特却一直摇头。

然而，被她剥开的太空衣上挂着一个皮套。她说：“吉尔伯父，我会用它来对付你，我发誓我会。”

吉尔布瑞特发现神经鞭丑恶的发射口正对准自己，他勉强挤出一个笑容：“别乱来！”

“打开气闸！”她喘着气说。

他只好遵命，她便立刻走出去，开始在风中奔跑，转眼间奔过许多岩石，一路跑到山脊上。她跑得血气上涌，耳朵都能感觉到脉搏的跳动。过去这些天，她做得跟他一样过分，在他的面前与独裁者出双入对，这样做没有什么目的，只不过为了满足她的虚荣心，现在想来多傻啊。在她心目中，独裁者的人格突然清晰无比，这个人心机那么深，那么刻薄寡情，既冷血又毫无品味，令她厌恶得全身发抖。

她爬到山顶，前面却什么也没有。她木然地继续前进，仍将神经鞭紧紧抓在胸前。

拜伦与独裁者未曾在途中交谈半句话。现在，他们在一处平坦的地方停下来。经过几千年的风吹日晒，岩石都已出现裂纹。正前方是个古老的断层，对面的裂口已经崩塌，形成一个一百英尺深的绝壁。

拜伦小心翼翼地接近断层，探头向下望去。下面是个斜坡，由于年代久远，再加上少量雨水的侵蚀，因此在他眼力所及的范围内，全都散布着零星的圆石。

“看来，”他说，“像是个毫无指望的世界，钟狄。”

独裁者与拜伦不同，他并未对周遭环境显出任何好奇，也没走向断崖旁边。他说：“这是我们着陆前就找好的地方，就我们的目的而言，它非常理想。”

至少就你的目的而言，它非常理想，拜伦心想。他离开断崖边缘，找个地方坐了下来。他听着二氧化碳罐发出的轻微“嘶嘶”声，静静地等待片刻。

然后，他以非常沉静的语调说：“等会儿你回到你的舰上，要怎么跟他们说，钟狄？或是我该猜一猜？”

独裁者正准备打开他们带来的那只手提箱，听到这句话，他停止了动作，直起身子来说：“你在说些什么？”

拜伦感到脸部被冷风吹得麻木，便用戴着手套的手揉了揉鼻头。但他却将裹着身体的泡绵内层解开，强风立刻将它吹得四下飘扬。

他说：“我在说你来这里的目的。”

“我想赶紧架设好无线电，不想浪费时间讨论这种问题，法瑞尔。”

“你不是来架设无线电的，你为什么要那样做？我们在太空中曾试图和他们联络，却毫无回应，没有理由指望地面发射机能带来更好的结果。并非高层大气的游离层阻挡了无线电波，因为我们也试过次以太电波，结果同样一无所获。而且在我们的队伍中，我们两个也不是什么无线电专家。所以说，你来这里的真正目的是什么，钟狄？”

独裁者在拜伦对面坐下，信手轻拍着手提箱：“如果你心中有这些疑虑，为什么还要来呢？”

“为了发现真相。你的手下瑞尼特当初告诉我，说你正在筹划这趟行程，并且建议我加入你。我相信你对他所做的指示，是要他告诉我，一旦我加入你的工作，那么不论你收到任何讯息，我都不会被蒙在鼓里。这是个很合理的说法，只不过我认为你根本不会收到任何讯息。但我还是说服自己跟你来了。”

“为了发现真相？”钟狄取笑道。

“正是如此，我已经能猜到真相。”

“那么告诉我，好让我也发现真相。”

“你来此地是要杀害我。我单独跟你在这里，而我们前面是一座悬崖，掉下去必死无疑。这样做不会有蓄意动武的痕迹，不会有轰得四分五裂的肢体，或是任何能让人联想到使用过武器的证据。你回到你的船舰时，将带回一个很完美、很悲伤的故事，大意是说我不慎失足坠崖。你也许还会带一队人马来收我的尸骨，再为我举行一个风光的葬礼。这样做从头到尾都会非常动人，而我也就这样被你除掉了。”

“你相信是这样，而你仍旧前来？”

“我既然料到了，你就无法使我措手不及。我们两人都没带武器，我不信你徒手能将我逼下崖去。”一时之间，只见拜伦鼻孔翕张。他慢慢举起右臂，一副蓄势待发的架势。

钟狄却哈哈大笑：“既然你现在死不掉了，我们能否开始安装电波发射机？”

“还不行，我还没说完，我要你承认你准备杀我。”

“哦？你坚持要我在你自导自演的即兴剧中，扮演你为我写好的角色？你指望如何迫我就范？准备将我屈打成招吗？你要了解，法瑞尔，你是个年轻人，而且你的名头和地位会对我有帮助，所以我从来不愿跟你计较。然而我必须承认，直到目前为止，你带来的麻烦比你的帮助还要大。”

“我的确如此，因为我还活着，虽然你处心积虑要杀我！”

“假如你指的是你在洛第亚遇到的危险，那我已经解释过了，不准备再解释一遍。”

拜伦站了起来：“你的解释并不正确，其中有个漏洞，从一开始就很明显。”

“真的？”

“真的！站起来听我说，否则我会把你拽起来。”

独裁者起身的时候，双眼眯成两道缝：“我劝你别试图使用暴力，小伙子。”

“听好，”拜伦提高声音，他身上的泡绵内层仍敞在风中，他却毫不理会，“你说你将我送到洛第亚，让我面对死亡的威胁，只是想把执政者扯入一个反太暴的计划。”

“那仍是事实。”

“那仍是谎言，你的首要目的是要我遭到杀害。打从一开始，你就把我的身份通知了洛第亚太空船的船长，你根本没有理由相信亨瑞克会接见我。”

“假如我真想杀你，法瑞尔，我会在你的房间放一颗真的放射线弹。”

“策动太暴人当你的刽子手，显然是更方便的做法。”

“当我刚登上‘无情号’的时候，也有机会在太空中杀死你。”

“你的确有机会，你带着一柄手铳，一度曾经瞄准我。你料到我会在舰上，可是你没告诉你的手下。当瑞尼特和我们通讯，一眼看到我的时候，你就没有机会轰我了。然后你犯了一个错误，你告诉我说，你曾经跟手下讲过我可能在舰上。不久，瑞尼特却说你从未提过这件事。你在说谎后，总是懒得跟手下串通一下吗，钟狄？”

钟狄的脸原本就被冻得苍白，这时则似乎更无血色。“光凭你指控我说谎，我现在就该杀掉你。可是我问你，瑞尼特在显像板上看到你之前，又是什么使我暂时没扣扳机？”

“政治考量，钟狄。艾妲密西娅·欧思·亨芮亚德就在旁边，一时之间，她成了比我更重要的目标。我的确佩服你见风使舵的本领，倘若在她面前杀死我，便会破坏另一个更大的计划。”

“这么说，我对她一见钟情喽？”

“钟情！对方是亨芮亚德家族的一员，有何不可？你没浪费任何时间。你首先试图请她改乘你的船舰，计划失败后，你又告诉我亨瑞克出卖了我父亲。”他沉默了一下，又继续说，“因此我失去了她，毫无异议地让你接手。如今，我想她已不必纳入考量，她已坚决站在你那边。你可以着手进行杀害我的计划，不用担心因为这样做，便可能失去继承亨芮亚德家族的机会。”

钟狄叹了一口气，然后说：“法瑞尔，这里很冷，而且越来越冷，我想太阳正在下沉。你是个言语无法形容的笨蛋，你令我感到十分厌倦。在这场无意义的胡闹结束前，你能否告诉我，我究竟为什么有兴趣杀你？我是说，假如你那显然是妄想的指控能有什么理由的话。”

“跟你杀害我父亲的理由完全相同。”

“什么？”

“你以为当你说亨瑞克是个叛徒时，我曾有一时一刻相信过你吗？假如他不是一个人尽皆知的可怜懦夫，那他倒还有可能。你以为我父亲笨到那种程度吗？他有可能将亨瑞克看走眼吗？即使我父亲没听说过他的评价，在晋见他五分钟后，还看不出他是个全然无望的傀儡吗？我父亲难道那么傻，会在亨瑞克面前胡乱讲话，泄露足以用来指控他背叛的秘密？不，钟狄，真正出卖我父亲的叛徒，一定是他信得过的人。”

钟狄后退了一步，将手提箱踢到一旁，然后摆出一个准备抗辩的姿势：“我听出了你卑鄙的言外之意，我唯一的解释，就是你是个精神失常的危险人物。”

拜伦全身颤抖，却并非由于寒冷。“我父亲深受你手下的爱戴，钟狄，太受爱戴了。在领导统御方面，独裁者绝不允许有竞争对手。你千方百计使他无法再和你竞争，而你的下一步行动，就是千方百计使我无法再活下去，这样我就不能取代他，或是为他复仇。”他再度提高音量吼道：“是不是真的？”在寒冷的空气中，这几个声音呼啸而过。

“不是。”

钟狄弯下腰说：“我可以证明你错了！”他将手提箱用力拉开，“无线电设备，你检查一下，好好看看。”他将许多零件一一抛到拜伦脚下。

拜伦瞪着那些零件：“这又能证明什么？”

钟狄站了起来：“的确不能，不过现在，你仔细看看这个。”

他手中多了一柄手铳，由于抓得太紧，指节都已泛白。他以不再沉着冷静的声音说：“我给你烦透了，但是到此为止。”

拜伦以平板的语调问道："你将手铳藏在手提箱内？"

"你以为我不会吗？你真指望来到这里之后，会被我推下悬崖，而且以为我准备徒手行动，像个装卸工或煤矿工？我是林根的独裁者——"他的脸部肌肉开始抽搐，左手做了个横劈的动作，"维迪莫斯两位牧主的虚伪言行和空虚的理想主义，我已经受够了。"然后他压低声音，"往后退，退到悬崖那边。"他自己则向前走了一步。

拜伦举起双手，两眼紧盯着那柄手铳，一步一步向后退去。"那么，的确是你杀了我父亲。"

"我杀了你父亲！"独裁者说，"我告诉你，好让你在死前最后几分钟，知道那个将你父亲送进分解室轰得粉碎的人，现在也要送你去找他——还会把那个亨芮亚德姑娘据为己有，并得到随她而来的一切。想一想！我再给你一分钟想一想！但你的手不准乱动，否则我宁可冒着被部下质疑的危险，也要立刻把你轰掉。"此时此刻，他的冷面具已经碎裂，只剩下炽烈的怒火暴露在外。

"在此之前你就试图杀我，正如我所说的。"

"的确如此，你的猜测每一方面都很正确。现在你满意了吗？退后！"

"不，"拜伦放下双手，说道，"如果你准备发射，那就动手吧。"

独裁者说："你以为我不敢？"

"我说请你发射。"

"我会的。"独裁者故意瞄准拜伦的头部，在仅仅四英尺的近距离，他扣下了手铳的扳机。

第十九章
虎口！

泰多·瑞尼特小心翼翼地绕过一块小台地。目前他尚未准备现身，但在这个由光秃秃的岩石构成的世界上，想保持隐蔽是很困难的事。而这一片零星散布的晶状圆石，则能使他产生安全感，于是他奋力向前走去。他偶尔会停下来，用戴着蓬松手套的手背擦拭脸部，丝毫不觉得空气是干冷的。

现在，从两块形成锯齿状的大花岗岩之间，他终于看到那两个人，遂将长铳架在两块岩石的交叉处。太阳晒在他的背上，他感到微弱的热量逐渐渗入，令他觉得相当安心。假如他们碰巧向这边望来，阳光将占满他们的视野，自己则很不容易被看见。

他们的声音听来十分清晰。无线电通讯设备正在运作，他得意地微微一笑。直到目前为止，一切都按计划进行。当然，他的出现并不在计划内，但这样或许更好。这个计划实在太过自负，他们的猎物毕竟不是真正的傻瓜，他的武器也许能派上决定性的用场。

他默默等待。当独裁者举起手铳，而拜伦毫不畏惧地站在原处时，他仍木然地凝视着。

艾妲密西娅并未看到独裁者举起武器，也没有看到平坦岩石表面上的两个人影。五分钟前，她曾瞥见瑞尼特的轮廓镶在天空的背景中，从那时候开始，她就一直跟在他后面。

可是对她而言，他的运动速度实在太快。眼前的事物变得模糊而摇曳不定，她还两度发现自己瘫在地上，却记不得是如何跌倒的。第二次，她跌跌撞撞地站起来的时候，一只手腕已被尖锐的岩石刮伤，鲜血正从伤口流淌出来。

她终于又看到瑞尼特，只好踏着蹒跚的步履追逐他。当他消失在闪烁的圆石林时，她绝望得哭了起来。她倚着一块岩石，感到全身筋疲力尽，完全没注意到岩石的肉红色美丽色泽、如玻璃般光滑的表面，以及它其实是太古火山时期的古老遗迹。

她唯一能做的，就是跟蔓延全身的窒息感奋战。

然后，她再度发现他的踪迹，此时他正背对着她。置身两块交叉的巨岩之间，使他看起来像个侏儒。当她踉踉跄跄地奔过坚硬的地面时，仍将神经鞭抓在胸前。他正端着长铳，专心地瞄准目标，看来已经准备就绪。

她绝对来不及了。

她必须分散他的注意力，于是叫道："瑞尼特！"然后再补了一句，"瑞尼特，别发射！"

她一不小心又摔倒了，太阳立刻从她的视野中消失。不过她的意识还暂时保持清醒，足以让她听见撞向地面引起的巨响，还能按下神经鞭的按钮，也还能知道自己远在射程外，即使瞄准也无法击中目标，何况那是根本不可能的事。

不久，她感觉有双手臂抱住自己，并将她抱了起来。她想看看是什么人，但就是无法张开眼睛。

"拜伦？"她发出微弱的声音。

对方回答的语句相当模糊，但她听得出那是瑞尼特的声音。她试图再说些什么，但立刻放弃了。她失败了！

所有的一切全部消失。

独裁者维持一动不动的姿势，时间长达十几秒钟。拜伦同样一动不动地面对着他，瞪着那柄刚刚向自己直射的手铳。在他的注视下，平举的手铳渐渐垂下来。

拜伦说："你的手铳似乎没上膛，检查一下吧。"

独裁者毫无血色的脸孔轮流望着拜伦与那柄武器。刚才，他在四英尺近的距离向拜伦射击，照理说，现在一切应该结束了。他猛然挣脱了恐惧的束缚，开始以迅速的动作分解手铳。

能量囊不翼而飞。本来应该放置能量囊的地方，现在只剩一个空洞。独裁者用力将这块没用的废铁抛到一旁，同时发出充满怒意的诅咒。手铳不停向外滚去，在阳光下变成个小黑点，最后在一块岩石上撞得粉碎，并激起一阵微弱的声响。

"一对一单挑！"拜伦说，颤抖的声音听来已迫不及待。

独裁者向后退了一步，什么也没说。

拜伦则慢慢向前走出一步。"我有很多方式可以杀你，但有些不能让我泄恨。如果我将你轰掉，那代表在百万分之一秒内，就会把你从活人变成死尸，你将无法意识到死亡的来临，那样很没有意思。不过让我泄恨的方式也不少，比如说赤手空拳慢慢打死你。"

他蓄势待发，但在尚未冲出之际，动作便被一声纤弱而尖锐的叫声打断，那叫声中还充满惊恐。

"瑞尼特！"叫声传了过来，"瑞尼特，别发射！"

拜伦及时转过头来，看到百码外岩石后面的动态，以及太阳照在金属上的反光。然后，突然有人扑到他背上，突如其来的重量立刻将他压倒，令他双膝着地。

独裁者落地时，一切拿捏得恰到好处，他的膝盖紧紧扣住拜伦腰部，拳头猛力击向他的后颈。拜伦痛得拼命吐气，发出嘘嘘的呻吟声。

拜伦感到眼前发黑，但他奋力让自己保持清醒，终于挣脱了对方的压制。独裁者跳开来，拜伦还瘫在地上的时候，他已站稳了身子。

当独裁者再度冲来时，拜伦刚好来得及弯曲双腿，及时将对方踢出老远。这一次，他们同时站了起来，两人脸颊上的汗水都已变得冰凉。

他们慢慢绕着圈子。拜伦将他的二氧化碳气罐丢到一旁，独裁者也解下自己的气罐，抓着包覆着金属网的气管，然后他飞快踏前一步，将气罐甩了出去。拜伦连忙卧倒，听见并感到气罐从头顶呼啸而过。

拜伦很快站了起来，在独裁者尚未站稳前，就赶紧向他扑过去。他一只大手抓向对方的手腕，另一只手握拳击向对方脸部。独裁者应声倒地，拜伦则向后退了几步。

拜伦说："站起来，我会让你再尝尝厉害，没什么好急的。"

独裁者用戴着手套的手摸摸自己的脸，然后瞪着沾在手套上的血迹，露出阴沉无比的神情。他的嘴角扭曲着，一只手伸向被抛在地上的气罐。拜伦立刻重重踏在那只手上，独裁者马上痛得大吼大叫。

拜伦说："你距离悬崖边太近了，钟狄。别再朝那个方向移动，站起来，让我把你丢到另一边去。"

此时却响起瑞尼特的声音："慢着！"

独裁者随即尖声叫道："射击这个人，瑞尼特！立刻开火！先射他的双臂，再射他的双腿，然后我们就把他留在这里。"

瑞尼特缓缓举起武器，架在他的肩头上。

拜伦说："是谁将你的专用手铳退膛的，钟狄？"

"什么？"独裁者茫然地瞪着他。

"我可没办法接近你的手铳，钟狄，那么是谁干的呢？现在是谁用武器指着你，钟狄？不是指着我，钟狄，而是指着你！"

独裁者转向瑞尼特，尖叫道："叛徒！"

瑞尼特低声说："我不是叛徒，阁下。出卖了忠诚的维迪莫斯牧主，将他置于死地的人才是叛徒。"

"不是我干的，"独裁者吼道，"如果他那么说，就是他在说谎。"

"是你自己告诉我们的。我不但掏空你的武器，还接通你的通话器开关，因此我听到了你今天说的每一个字。每一名舰员都听到了，我们都已看清你的真面目。"

"我是你们的独裁者。"

"也是世上最大的叛徒。"

一时之间，独裁者什么话也说不出来，只是狠狠地轮流瞪着面前两个人，他们则以阴沉、愤怒的目光回瞪着他。然后，他挣扎着爬起来，重新掌控住自己的情绪，借着勇气再度振作起来。

他再开口的时候，声音几乎恢复了原有的冷静。他说："如果这都是真的，那又有什么关系？除了接受既成的事实，你们毫无选择的余地。还有最后一颗星云内恒星有待造访，叛军世界一定就在那里，而只有我才知道它的坐标。"

他竟能保持一贯的威严。由于腕部骨折，他一只手松软无力地垂下；他的上唇肿成可笑的模样，还有好些血迹凝固在脸颊上。然而，他仍散发出天生统治者的傲慢气息。

"你会告诉我们的。"拜伦说。

"别欺骗自己了，无论在任何情况下，我都不会讲出来。我已经告诉过你，平均每颗恒星占了七十立方光年的范围，若是没有我，仅仅使用尝试错误的方式，想来到任何恒星附近十亿英里的范围，只有二十五万兆分之一的几率。任何恒星！”

拜伦心中突然冒出一丝灵感。

他说：“带他回‘无情号’去！”

瑞尼特低声说：“艾妲密西娅郡主……”

拜伦打岔道：“那么真是她，她在哪里？”

“别担心，她很安全。她没带二氧化碳罐就跑出来，随着她血液中的二氧化碳逐渐流失，自动呼吸机制自然开始减缓。她试图奔跑，却不会自动自发做深呼吸，最后就昏倒了。”

拜伦皱起眉头：“可是，她究竟为什么想阻止你？确保她的男友不会受到伤害？”

瑞尼特答道：“是的，的确如此！只不过她以为我是独裁者的人，是准备射杀你的。我现在就带这个鼠辈回去，拜伦——”

“什么？”

“你也要尽快回来。他仍是独裁者，舰员也许需要开导。要挣脱有生以来便养成的服从性，是一件很困难的事……她就在那块岩石后面，赶快去找她，免得她冻死了，好吗？她不会离去的。”

她头上盖着一块头巾，几乎将脸部完全遮掩。在厚实的太空衣内层包裹下，完全看不出她身躯的曲线。当他接近她的时候，他立刻加快了脚步。

他说：“你好吗？”

她答道：“好些了，谢谢你。如果我惹了麻烦，那我很抱歉。”

他们站在那里凝望着对方，但在交谈两句后，似乎就再也找不到话题了。

然后，拜伦又说：“我知道我们无法让时光倒流，取消我们曾做过的事，收回我们曾说过的话。可是，我实在希望你能了解。”

“为什么一直强调了解？”她的眼睛拼命眨动，“这几周以来，除了了解，我什么事也没做。你要再对我说一遍我父亲的事吗？”

“不，我知道令尊是无辜的，我几乎从一开始就怀疑那个独裁者，但我必须找到确实的证据。我唯一能做的，艾妲，就是强迫他自己招认。我当初想到，只要能引诱他试图杀害我，我就可以令他招出真相。而要这样做，却只有一个办法。”

他感到羞愧，又继续说：“这样做很卑鄙，几乎和他对付家父的手段同样卑鄙，我并不指望你原谅我。”

她说：“我不懂你在说什么。”

他又说：“我知道他想要得到你，艾妲。就政治层面而言，你是个理想的结婚对象。对于他的目的，亨芮亚德的名头会比维迪莫斯更管用。因此他一旦拥有你，就再也不会需要我。我故意把你推给他，艾妲，我故意表现得那样，希望你会投向他的怀抱。当你这样做后，他便认为除掉我的时机成熟了，而瑞尼特和我便设下了我们的陷阱。”

“而你自始至终一直爱着我？”

拜伦说：“你难道不能相信这点吗，艾妲？”

“当然，为了你父亲在天之灵，以及你们家族的荣誉，你已准备牺牲你的爱。那首古老的打油诗是怎么说的？你无法好好爱我，亲爱的，只因你爱荣誉更多！”

拜伦以无奈的语调说：“拜托，艾妲！我不是高傲自大，实在是想不出其他办法。”

“你应该告诉我你的计划，让我成为你的盟友，而不是把我当成工具。”

“这不是你的战争。假使我失败了——真有这个可能——这件事将跟你毫无牵连。万一独裁者杀死我，由于你早已不在我这边，也就不会受到我的连累。你甚至可能会嫁给他，过着快乐的日子。”

“既然你赢了，我也许会因为他的失败而伤心。”

“可是你没有。”

“你又怎么知道？”

拜伦抱着最后一线希望说：“至少试着看清我的动机。就算我是个傻子——罪该万死的傻子，你难道不能了解吗？你不能试着不恨我吗？”

她轻声道：“我曾试图不再爱你，但你也看得出来，结果我失败了。”

“这么说你原谅了我？”

“为什么？因为我了解了？不！如果只是了解那么简单的事，如果只是领悟你的动机而已，我这辈子绝不会原谅你的行为。假如只是那样，而没有别的原因！可是我会原谅你，拜伦，因为我不得不这样做。我要是不原谅你，怎能让你回到我的身边？”

她投入他的怀抱，用冻得冰冷的唇向他吻去。两层厚实的外套将他俩隔开，他的双手又戴着手套，无法抚摸到紧抱着的躯体，但是至少，他的嘴唇能感受到她苍白而光润的脸颊。

最后，他以关切的语气说：“太阳快下山了，温度会越来越低。”

她却轻声道：“这可真奇怪，我似乎感到越来越温暖。”

于是两人一同走回舰艇的位置。

现在拜伦面对着他们，外表显得信心十足，心中却没有什么自信。林根的战舰相当大，上面总共有五十名舰员。这时他们都坐在他面前，五十张脸孔！这些人自出生以来，就一直被训练得无条件服从独裁者。

在他们之中，某些已被瑞尼特说服；另外有一部分，在截听到独裁者对拜伦的一番话后，也已经能明辨是非。可是，还有多少人仍抱持着迟疑的态度，甚至全然怀有敌意？

直到目前为止，拜伦的演说未有太大作用。此时，他身子向前倾，改用交心般的口吻说："你们究竟为何而战，战士们？你们甘冒生命危险，到底为了什么？我想，是为了一个自由的银河。在这样的银河中，每个世界都能自由选择最佳的道路，为自己创造最大的福祉，不做任何人的奴隶，也不做任何人的主子。我说得对不对？"

一阵低语声陆续响起，虽然可以解释为同意，可是显然缺乏热诚。

拜伦继续说："而独裁者又为何而战？为了他自己。他现在是林根的独裁者，假如他打赢了，就会成为星云众王国的独裁者，大汗的地位将被独裁者取而代之。那样做有什么好处？值得为他送命吗？"

其中一名舰员高声喊道："他至少是我们的同胞，而不是猥琐的太暴人。"

另一人则叫道："独裁者寻找叛军世界，是要助他们一臂之力，那也算是野心吗？"

"野心是否应该来自更坚决的理由？"拜伦以讽刺的口气吼了回去，"可是当他加入叛军世界时，会有一个组织做他的后盾。他可以贡献出整个林根，根据他的打算，他还能贡献出与亨芮亚德家族结盟而获得的威望。他非常肯定，叛军世界最终将成为他的，会任由他为所欲为。是的，这就是野心。

“当他的计划和行动安全起冲突时，为了遂行他的野心，他是否毫不犹豫地拿你们的性命冒险？家父当初对他构成威胁——家父是个诚实而热爱自由的人，可是由于他太受爱戴，因此被出卖了。在出卖家父的同时，独裁者有可能葬送整个大计，让你们每个人一同陪葬。只要符合他的利益，他随时会跟太暴人打交道，在这种人的手下效命，你们有谁能确保自身的安全？有谁能安然侍奉一个懦弱的叛徒？”

“好多了，”瑞尼特悄声道，“抓住这点不放，好好教训他们一顿。”

后排又响起同一个声音，说道：“独裁者知道叛军世界在哪里，你知道吗？”

“这点我们等下再讨论。此时此刻，让我们先来考虑其他问题。在独裁者的领导下，我们全被引向毁灭之途；但我们还有时间自救，那就是唾弃他的领导，改走另一条更正确、更高贵的路；我们还有机会反败为胜，重新——”

“——只会败不会胜，亲爱的年轻人。”一个轻柔的声音打断了拜伦，他立刻满怀恐惧地转过头去。

五十名舰员吵吵嚷嚷地站起来，一时之间，他们似乎准备向前冲，可是来开会之前，瑞尼特严令大家一律缴械。现在，一小队太暴卫兵从数道舱门鱼贯而入，每一名都手持武器。

赛莫克·阿拉特普双手各握着一柄手铳，站在拜伦与瑞尼特的身后。

第二十章
在哪里？

赛莫克·阿拉特普仔细衡量着面前四个人的个性，感到某种兴奋之情油然而生。这将是一次很大的赌博，规律眼看就要拼凑成功了。安多斯少校已然不在他身旁，其他太暴巡弋舰也已经离去，这两点令他相当欣慰。

如今，只剩下他的旗舰、他的舰员，以及他自己。这就足够了，他讨厌大而无当的阵仗。

他以温和的口吻说："让我向诸位报告一下最新状况，郡主、各位先生。独裁者的战舰正由接收人员驾驶，在安多斯少校护送下驶向太暴星。独裁者的手下将依法接受审判，他们若被判有罪，就会受到叛乱罪的惩处。他们是平常的阴谋分子，因此将以平常的方式处理。可是我该怎么发落你们呢？"

洛第亚的执政者亨瑞克坐在旁边，脸孔罩着厚厚一层愁云惨雾。他说："别忘了我女儿是个年轻少女，她卷入这一切并非自愿。艾妲密西娅，告诉他们你当初是……"

"令千金，"阿拉特普插嘴道，"也许将被释放。她是位居要津的一位太暴贵族结婚的对象。我一定会把这件事放在心上。”

艾妲密西娅说：“我会嫁给他，只要你把其他人放了。”

拜伦刚要起身，阿拉特普却挥手示意他坐下。这位太暴行政官微微一笑，然后说：“郡主，拜托！我可以谈条件，我承认。然而，我不是大汗，只不过是他的仆人之一。因此，我谈妥的任何条件，都需要母星彻底的认可。所以说，你的提议内容究竟如何？”

“我同意那桩婚事。”

“那不是你的筹码，令尊早已同意，这就足够了。你还有任何其他提议吗？”

阿拉特普耐心地等着他们的反抗意志逐渐消融，虽然并不喜欢自己扮演的角色，他仍做得非常称职。比如说，此时此刻，那个女孩也许会开始哭泣，对那个年轻男子而言，这将是个正面影响。这两人显然是一对情侣，他怀疑在这种情况下，老波汉还会不会要她，最后断定他可能还是会。虽然如此，那老家伙仍将占尽便宜。一时之间，他突然隐约想到，这女孩的确非常迷人。

而她依旧维持着心情的平静，并没有崩溃。很好，阿拉特普想。她的意志力也很坚强，波汉根本占不了什么便宜。

他对亨瑞克说：“你想不想顺便帮你堂兄求情？”

亨瑞克的嘴唇无声地嚅动着。

吉尔布瑞特大喊：“谁都不要为我求情，我不要任何太暴人施舍我任何东西。来啊，下令射杀我吧。”

“你别那么歇斯底里，”阿拉特普说，“你知道在审判前，我不能下令射杀你。”

“他是我的堂兄啊。”亨瑞克悄声道。

“这点也会纳入考量。你们这些贵族，总有一天得明白不可高估自己对我们的重要性。我怀疑，你堂兄至今尚未学到这个教训。”

他对吉尔布瑞特的反应很满意，那个老家伙至少是真心求死，生命中的挫折他实在够受了。那么，只要让他活下去，就能使他精神崩溃。

然后，他在瑞尼特面前若有所思地站定。这位是独裁者的手下之一，想到这里他就感到有点脸红。在这趟追猎刚开始时，他完全将独裁者这个因素摒除在外，他有近乎铁一般的事实根据。没关系，偶尔失算未尝不是一件好事，这样刚好能平衡过度的自信，而不使自己变得傲慢自大。

他说：“你是个傻瓜，竟然侍奉一个叛徒，你跟着我们其实会更好。”

瑞尼特的脸涨得通红。

阿拉特普继续说：“假如你曾经有任何军功，只怕如今也要毁了。你不是一名贵族，政治的考量不会在你身上发挥作用。你将接受公开审判，让大家知道你只是工具的工具，这实在太糟了。”

瑞尼特说：“然而，你准备提出一项交换条件，是吗？”

“交换条件？”

“比如说，做大汗的线人？你只逮到一艘战舰，难道你不想知道其他的革命机关？”

阿拉特普轻轻摇了摇头：“不，我们已经有独裁者，他可以成为情报来源。即使没有任何情报，我们需要做的也只是对林根开战。然后，我确信，革命活动就会所剩无几，这种事没什么条件好谈。”

说完，他来到这个年轻人面前。阿拉特普故意将他留在最后，因为他是这些人中最聪明的一位。不过他还年轻，而年轻人通常都不危险，他们普遍缺乏耐心。

拜伦抢先开口，说道：“你是如何跟踪我们的？是不是他在通风报信？”

“独裁者？这回没有。我相信，那可怜的家伙想要来个吃里扒外，通常这种事外行人是不会成功的。”

亨瑞克突然插嘴，幼稚的热心显得很不搭调。他说：“太暴人有种发明，能经由超空间追踪船舰。”

阿拉特普猛然转身：“假如殿下能避免打岔，我将感激不尽。”亨瑞克立刻噤若寒蝉。

其实根本没关系，这四个人今后都不会再构成威胁。不过，他无意降低这年轻人心中的疑虑，连一点也不愿意。

拜伦说：“喂，听好，告诉我们实情，否则什么也别说。你不是因为喜爱我们，才把我们带来这里。为何不把我们跟其他人一起送回太暴星？因为你不知道该怎样杀我们。我们之间，有两个人属于亨芮亚德家族，而我是维迪莫斯家族的人，瑞尼特则是林根舰队著名的军官。此外，你手中还有一个人，就是你宠爱的那个懦夫兼叛徒，他仍是林根的独裁者。假使你杀死我们任何一人，恶名都会从太暴星一直传到星云各王国。你必须试图跟我们交换某种条件，因为你根本没有别的办法。”

阿拉特普说：“你并非全然错误。让我为你理出一个规律：我们一直在跟踪你们，姑且别管我们如何做到，我认为，你大可不必理会执政者的夸张幻想。你们在三颗恒星附近暂停，未曾登陆任何行星，然后你们来到第四颗恒星，找到一颗行星登陆。我们立刻跟随你们降落，一面监视，一面等待。我们认为应该有什么值得等待的，而我们猜对了。你和独裁者起了争执，两人都毫不保留地互揭疮疤。那是你为了自己的目的而安排的行动，这点我知道，但它也有助于达到我们的目的，我们始终都在监听。

“独裁者曾说，还剩最后一颗星云内恒星未曾探访，叛军世界可能就在那里。这点很有意思，懂了吧。嗯，叛军世界。你知道吗，我的好奇心被挑了起来。这第五颗，也就是最后一颗恒星，究竟会在哪里呢？”

他让沉默持续一阵子，自己则坐下来，面无表情地看着他们，一个接一个看过去。

拜伦说：“根本没有叛军世界。”

“那么，你们没在寻找什么？”

“我们没在寻找什么。”

“你的话简直荒谬。”

拜伦耸了耸肩，显得十分厌倦。“假如你指望得到什么答案，那你自己才荒谬。”

阿拉特普说：“有鉴于这个叛军世界一定是叛乱活动的大本营，我让你们活着的唯一目的，就是为了要找到它。你们每个人都能从我这里得到好处。郡主，我应该能帮你取消那桩婚事。侯爷，我们应该能为你建一间实验室，让你不受打扰地专心工作。没错，我们对你的了解超出你的想象。”（阿拉特普赶快别过头去，那老者的面容已开始抽动，他可能会掉泪，那会是件令人不快的事。）“瑞尼特上校，你将免于军法审判的羞辱，以及必然随之而来的定罪、名誉扫地、沦为笑柄等等。而你，拜伦·法瑞尔，则能重新成为维迪莫斯牧主。此外，你若跟我们合作，我们甚至愿意为令尊平反。”

“并且让他死而复生？”

“并且恢复他的名誉。”

“他的名誉，”拜伦说，“建立在他的英勇行动上，正是那些行动导致他被定罪和处死。凭你这点权力，还没法对他的名誉做任何增减。”

阿拉特普说：“你们四个人当中，总有一个会告诉我哪里能找到这个世界。你们之中那个识时务的人，将会得到我许诺的不管是哪一项报酬。其他三人则将被嫁掉、入狱、处决，总之一定是最坏的下场。我警告你们，有必要的时候，我能变得非常残酷。”

他等了一下，又说：“究竟是哪位？如果你不说，旁边的人还是会说。你将丧失一切，而我仍能获得想要的情报。”

拜伦说：“没有用的。你虽然精心安排这一切，但它对你毫无帮助，因为根本就没有叛军世界。”

“独裁者说有。”

“那就拿你的问题去问独裁者。”

阿拉特普皱起眉头，这个年轻人，唬人唬到超乎常理的程度。

他说：“我自己倾向于跟你们其中之一打交道。”

“然而，你以前曾和独裁者打过交道，那就再来一次吧。你无法向我们推销任何东西，你推销的东西我们都没兴趣。”拜伦向两旁看了看，“对吗？”

艾妲密西娅悄悄凑近拜伦，一只手慢慢握紧他的手肘。瑞尼特随便点了点头，吉尔布瑞特则像喘不过气来，喃喃道：“对！”

“既然你们心意已决。”阿拉特普说完，便按下一个按钮。

独裁者的右手腕被轻金属护套固定，护套则借着磁力粘在他腹际的金属环带上。他的左边脸颊浮肿，由于瘀血而呈蓝色，只有一道凹凸不平、由力场缝合的伤疤是鲜红的。他来到众人面前后，挣开被武装卫兵抓着的左手，就一动不动地站在那里。

“你到底要什么？”

“我很快就会告诉你。”阿拉特普说，“首先，我要你打量一下诸位观众，看看今天有哪些人在场。比如说那位年轻人，你曾设计取他性命，他却活到现在，还把你打成残废，并破坏了你的计划——虽然你是独裁者，而他只是一名流亡人士。”

独裁者鼻青脸肿，很难看出他究竟有没有涨红脸，但他脸上并没有任何表情。

阿拉特普并未细究他的反应，继续以沉稳的、几乎毫不关心的口气说：“这位是吉尔布瑞特·欧思·亨芮亚德，他救了那年轻人的性命，并带他去找你。这位是艾妲密西娅郡主，有人告诉我，你曾用最具魅力的方式追求她，不料她背叛了你，因为她爱的仍是那个年轻人。这位是瑞尼特上校，你最信任的一位副官，他最后也背叛了你。你对这些人有没有任何亏欠，独裁者？”

独裁者再度问道：“你到底要什么？”

“情报。只要你告诉我，你便仍是独裁者。你原先和我们打的交道，我们会在大汗的法庭上为你争取。否则——”

“否则怎样？”

“否则我将从这些人口中问出来，你懂了吧。他们会因此保住性命，你却将遭到处决。所以我才会问你，是否对他们有任何亏欠。假如答案是肯定的，你就应该故作顽强，以便给他们一个自救的机会。”

独裁者的脸孔痛苦地挤出一个笑容：“他们无法牺牲我来拯救自己，他们不知道你要找的那个世界在哪里，只有我知道。”

“我没说我要的是什么情报，独裁者。”

“你会要的只有一样东西。”他的声音嘶哑，令人几乎无法听懂，“如果我的决定是招出来，就能保留我的独裁权，你是这么说的？”

“当然，还会受到更严密的保护。”阿拉特普客气地纠正他。

瑞尼特高声吼道：“要是相信他，你只会罪上加罪，最后仍将因此遭到杀害。”

一名卫兵向前走来，但拜伦已经料到，他赶紧冲向瑞尼特，奋力将他向后拉。

“别当傻瓜，”他喃喃道，“你什么都做不到。”

独裁者说：“我不在乎我的独裁权或我自己，瑞尼特。”他转向阿拉特普，“这些人会被杀掉吗？这一点，你至少一定得答应我。”他那可怕的变色脸孔粗野地扭曲着，“尤其，是那一个。”他的手指猛然指向拜伦。

“如果那是你要求的代价，一言为定。”

“要是我能当他的行刑者，我不会向你索取其他报酬。如果我的手指能控制处决他的按钮，那也算是让我报了仇。如果不行，至少我会把他不想让你知道的情报告诉你。我现在就告诉你它的 ρ 、θ 、ϕ，单位是秒差距和弧度——7352.43，1.7836，5.2112。这三个数字即可决定那个世界在银河中的位置，现在你已经知道了。”

“我知道了。”阿拉特普一面说，一面赶紧写下来。

此时瑞尼特突然挣脱，高声喊道：“叛徒！叛徒！”

拜伦冷不防地被那林根人逃掉，由于重心不稳，他单膝着地摔在地上。“瑞尼特！”他只好拼命大喊。

瑞尼特面露凶光，跟一名卫兵扭打了一阵。其他卫兵很快蜂拥而上，但瑞尼特已经抢到手铳。他拳打脚踢，跟周围的太暴卫兵奋战。拜伦突破重重人墙后，也加入混战中，他抓住瑞尼特的脖子，紧紧地勒住，同时使劲向后拉他。

“叛徒。”瑞尼特气喘吁吁，仍奋力用手铳瞄准独裁者，独裁者则拼命东躲西藏。他开火了！然后卫兵立刻将他缴械，把他压在地板上。

但独裁者的右肩与半边胸部已被轰掉，右臂兀自诡异地挂在磁性护套上，手指、手腕与手肘都成了焦黑的一团。有好一阵子，当独裁者的身子还勉强保持平衡时，他的双眼仍放出光芒。最后，他的眼神终于变得呆滞，整个人倒了下去，成为地板上的一团焦炭。

艾妲密西娅吓得哑然失声，将头紧紧埋在拜伦怀中。拜伦则强迫自己，以坚定而毫不畏缩的目光，看了杀父仇人的尸首一眼，然后才赶紧转移视线。亨瑞克躲在一个遥远的角落，喃喃地自言自语，还在咯咯地傻笑。

只有阿拉特普一个人冷静如常，他说：“把尸体移走。”

卫兵立刻遵命照办，并用软热线喷向地板，总共喷了好几分钟，以除去沾在上面的血迹。最后，地板上只剩下少许零星的焦黑痕迹。

接着，卫兵扶起瑞尼特。他用双手刷了刷衣服，然后恶狠狠地转向拜伦。“你刚才在干什么？我几乎让那个杂种逃掉了。”

拜伦以困倦的口气说：“你中了阿拉特普的圈套，瑞尼特。”

“圈套？我杀了那杂种，不是吗？”

“那就是圈套，你帮了他一个大忙。”

瑞尼特并未回答。阿拉特普也没有插嘴，他带着几分兴味聆听他们的对话，这年轻小伙子的头脑果然灵光。

拜伦又说：“假如阿拉特普窃听到他所声称的一切，那么他就应该知道，只有钟狄拥有他需要的情报。在那场格斗后，钟狄面对我们的时候，他曾经提到这一点，而且特别强调。阿拉特普首先盘问我们，显然是要扰乱我们的心智，让我们在适当时机做出不经大脑的举动。对于他期望的那种失去理智的冲动，我早已做好心理准备，可是你没有。”

“我本来以为，”阿拉特普轻声打岔道，“做出这个举动的会是你。”

“要是我的话，”拜伦说，“我会瞄准你。”他又转向瑞尼特，“他不想让独裁者活着，你难道看不出来吗？太暴人都是蛇一般阴险的人物。他想要独裁者的情报，却不愿付出代价，但他不能冒险杀掉他，所以你就做了他的帮凶。”

“正确，”阿拉特普说，“而我也得到情报了。”

此时，某处的警铃突然响起。

瑞尼特开口道：“好吧，就算我帮了他一个大忙，我同时也为自己做了一件大事。”

“并不尽然，”行政官说，“因为我们这位年轻朋友的分析并不彻底。你看，你又犯了一桩新的罪行。当初你的罪名只是反叛太暴，对你的处置将是一桩微妙的政治案件。可是现在，林根的独裁者被你杀害，就能根据林根的法律审判你，定你的罪，将你处决，太暴人从头到尾不必出头。这将是很方便……”

此时他皱起眉头，没有再说下去。他也听到了叮叮当当的铃声，于是他走到门口，一脚踢开舱门。

“怎么回事？”

一名士兵向他敬礼，答道：“一般警报，长官，在贮物舱。”

“火警吗？”

“还不知道，长官。”

阿拉特普心中暗自叹道：银河啊！便赶紧走回舱房：“吉尔布瑞特在哪里？”

直到现在，大家才发现他不见了。

阿拉特普说：“我们会找到他的。”

结果，他们发现他躲在轮机室，蜷缩在巨大的机器中拼命发抖，立刻半拖半抱地将他带回行政官的房间。

行政官以冷漠的口气说：“在船舰上是跑不掉的，侯爷。你弄响一般警报也没用，即使那样做，引起混乱的时间也极有限。”

他继续说：“我想这就够了。法瑞尔，你偷走的那艘巡弋舰——我的巡弋舰——我们已把它装在这艘战舰上，它将用来探索那个叛军世界。一旦完成跃迁计算，我们就要向已故独裁者所提供的坐标前进。在我们这个安逸的世代，这样的冒险还真是难得。”

他心中突然浮现他父亲指挥一支分遣舰队，征服各个世界的景象。他很高兴安多斯已经离去，这次的探险将由他一人独享。

然后他便令众人解散。艾妲密西娅与父亲待在一起，瑞尼特与拜伦则分别朝不同方向走去。吉尔布瑞特一面挣扎，一面尖叫道：“我不要一个人留在这里，我不要独处。”

阿拉特普叹了一口气。此人的祖父是位伟大的统治者，历史书上这么说的。目睹这种场面实在令人没面子，他带着嫌恶的情绪说：“把侯爷跟其中一个关在一起。”

于是吉尔布瑞特与拜伦关在同一间囚室。在战舰的“夜晚”来临，照明光线变成昏暗的紫色前，他们一直没有交谈。这种紫光还算亮，足以让轮班的卫兵透过闭路电视系统监视他们，但亮度绝不会干扰睡眠。

可是吉尔布瑞特却没睡。

“拜伦，”他悄声唤道，“拜伦。”

拜伦从蒙眬的半昏睡状态中被叫醒，他说：“你要干什么？”

“拜伦，我做到了。没有关系，拜伦。”

拜伦说：“设法睡一会儿吧。”

吉尔布瑞特却继续说：“可是我做到了，拜伦。阿拉特普也许聪明，但我比他还聪明，这是不是很有趣？你不必担心，拜伦。拜伦，不必担心，我已经弄好了。”他再度摇晃着拜伦的身子，显得兴奋异常。

拜伦坐起来。“你究竟是怎么了？”

“没什么，没什么，没有关系，但我的确弄好了。”吉尔布瑞特正在微笑，那是个狡狯的笑容，小男孩做了什么恶作剧，就会露出那样的笑容。

“你到底弄好了什么？”拜伦站起来，抓住对方的肩头，把他向上拉，“回答我。”

“他们在轮机室发现我，”他一口气答道，“他们以为我在躲藏，其实并非如此。我弄响贮藏室的一般警铃，是因为我必须独处几分钟——两三分钟就好。拜伦，我把超原子线路短路了。”

“什么？”

“那很简单，只花了我一分钟时间。他们不会知道的，我做得很高明。在他们准备跃迁前，他们绝不会发现。等到跃迁的时候，所有的燃料将在链锁反应中变为能量，这艘战舰、我们、阿拉特普，以及有关叛军世界的所有情报，全都会化成一团稀薄的蒸气。”

拜伦立刻向后退了几步，双眼张得老大：“你做了这种事？”

“是的，”吉尔布瑞特将头埋在双手之中，前后不停地摇晃，“我们都会死，拜伦，我不怕死，但我不要孤独死去，不要孤独死去！我一定要跟什么人在一起，而我很高兴是跟你在一起。当我死去的时候，我要跟某个人在一起。可是不会有痛苦，一切很快就会结束。不会有痛苦，不会……痛苦。”

拜伦说：“笨蛋！疯子！你不这样做，我们仍有可能渡过难关。”

吉尔布瑞特没听到这句话，他耳中充满了自己发出的呻吟，拜伦只好猛然冲向门口。

“卫兵，”他喊道，“卫兵！”还有几小时，或是只剩下几分钟？

第二十一章
在这里?

随着一阵急忙的脚步声，一名士兵沿着走廊冲过来。“回到里面去。”他的声音既凶狠又严厉。

拜伦与他面对面站着。充作囚室的小舱房都位于最底层，一律没有舱门，门口却被一道力场从左到右、从上到下封死。拜伦用手便能感到它的存在。它摸起来有微弱的弹性，像是橡皮膜拉到接近极限的状态，但它的形变很快中止，仿佛一下轻压就使它变成无形的钢铁。

拜伦的手指微微刺痛。他很明白，虽然它能完全阻挡物质的出入，但对神经鞭的能束而言，它却与真空一样透明，而那名卫兵手中正有一柄神经鞭。

拜伦说:“我必须见阿拉特普行政官。”

“这就是你大呼小叫的原因吗？”卫兵的心情不太好，值夜并非受欢迎的差事，何况他刚才打牌又输了，“等到亮灯后，我会帮你提一提。”

“这件事不能等，”拜伦感到绝望，“它非常重要。”

“这件事必须等。你是要退回去，还是想吃一记鞭击？”

“听好，”拜伦说，“跟我在一起的人是吉尔布瑞特·欧思·亨芮亚德。他生病了，也许已经奄奄一息。假如只因为你不让我见负责人，竟使亨芮亚德家族的人死在太暴战舰上，你就不会有好日子过了。”

“他有什么不对劲？”

“我不知道，请你快点好吗，还是你活得不耐烦了？”

卫兵一面咕哝，一面转身离去。

借着暗紫色的光线，拜伦极目望着卫兵的背影。他又竖起耳朵，试图捕捉发动机的节奏。能量密度升到跃迁前的峰值时，发动机的脉动会陡然增强，幸好现在他什么也没听到。

他走向吉尔布瑞特，抓住他的头发，将他的头轻轻向后拉。吉尔布瑞特的脸孔扭曲，双眼紧盯着拜伦的眼睛，但他的目光只透出恐惧，根本认不出面前是什么人。

“你是谁？”

“这里只有我——拜伦，你感觉如何？”

过了一阵子，这句话才钻进他的脑海。吉尔布瑞特茫然道：“拜伦？”然后，他突然清醒一点，“拜伦！他们就要跃迁了吗？死亡不会有痛苦的，拜伦。”

拜伦让他的头再垂下去。对吉尔布瑞特生气毫无意义，就他所知的情势而言，或者应该说，就他自以为所知的情势而言，他的所做所为是一项伟大的举动。尤其在濒临崩溃之际，他能这样做更是难得。

可是拜伦心中充满挫折感。他们为何不让他见阿拉特普？为何不让他出去？他来到一面墙壁前面，开始用力挥拳猛击。银河在上，如果有一扇门，他可以把它打烂；如果有一道栏杆，他可以扯开来，或者连根拔起。但门口却是一道力场把关，任何东西都奈何不了它。

他再度大吼大叫。

脚步声又传了过来，他赶紧冲向那道似开非开的门。但他无法探头出去，看看究竟是谁沿着走廊走来，他唯一能做的只有等待。

来人又是那名卫兵："离力场远一点，"他吼道，"退回去，双手举在前面。"卫兵身边还站着一名军官。

拜伦向后退去，对方的神经鞭坚定不移地指着他。拜伦说："跟你来的人不是阿拉特普。我要见行政官。"

那军官开口道："假如吉尔布瑞特·欧思·亨芮亚德生病了，你不应该找行政官，你该找的是医生。"

力场降了下来，当开关切断时，还冒出些许暗淡的蓝色火花。那名军官走进来后，拜伦看到他的制服上绣着医疗队徽。

拜伦走到他面前："好吧，你听我说。这艘战舰绝对不可跃迁，行政官是唯一能做主的人，所以我必须见他。你了解这点吗？你是一名军官，你可以叫醒他。"

医官伸出手臂想推开拜伦，却被拜伦猛力打退。他立刻发出厉声的吼叫，并说："卫兵，把这个人带到外面去。"

卫兵向前走来，拜伦马上冲过去，两人一起重重摔倒。拜伦沿着卫兵的身体向上抓，先抓到他的肩膀，再抓住他握着神经鞭、正要发动攻击的那只手。

一时之间，两人扭在一起，保持一动不动的僵持状态。然后，拜伦眼角瞥见那医官的行动，他正跃过他们两人，想要按下警铃。

拜伦一只手仍用力抓着卫兵的手腕，另一只手及时伸出去，捉住医官的脚踝。卫兵眼看就要挣脱，医官则疯狂地踢他。拜伦使出浑身力气，两只手拼命抓住不放，颈部与太阳穴的血管都因此暴胀。

那医官终于摔倒，随即发出嘶哑的嚎叫。卫兵的神经鞭也掉到地板上，激起了一声巨响。

拜伦扑到神经鞭上打了个滚，随即用双膝与单手撑起身子，神经鞭已握在另一只手上。

“不准出声，”他喘着气说，“一点声音都不准，把其他武器通通丢掉。”

卫兵摇摇晃晃地站起来，将一柄镶有金属的塑质短棒丢到一旁。他的短袖紧身衣已被扯破，双眼射出愤恨的目光。那名医官则未携带任何武器。

拜伦捡起短棒，然后说：“抱歉，我没有东西捆绑你们，也根本没有时间。”

神经鞭闪出暗淡的光芒，一下、两下。卫兵与医官两人立刻僵住，痛苦万分却动弹不得，两人一前一后硬邦邦地倒下，手脚都扭曲成奇形怪状，这正是他们挨鞭前所摆的姿势。

拜伦转身面对吉尔布瑞特，后者正出神地默默看着这突兀的变化。

“抱歉，”拜伦说，“但你也一样，吉尔布瑞特。”神经鞭再度发射。吉尔布瑞特侧身倒下时，出神的表情依旧僵凝在他脸上。

力场仍未升起，拜伦顺利地走出去。走廊上没有任何人；现在是战舰的“夜晚”，除了值夜与巡逻人员，其他的人都在睡觉。

没时间去找阿拉特普了，他得直接前往轮机室。于是他立刻出发，当然，应该朝舰首方向走去。

一个穿着轮机员制服的人，匆匆经过他身边。

“下次跃迁是什么时候？”拜伦大声问道。

“大约半小时后。”轮机员转过头来回答。

“轮机室在正前方吗？”

“在坡道上面。”此时，那人突然转过身来，“你是谁？”

拜伦没有回答，神经鞭第四度射出闪光。他跃过地上的躯体继续前进，只剩半个小时了。

他快步走在坡道上的时候，便听见一些嘈杂的人声。前方的光线不再是暗淡的紫色，而是明亮的白光。他迟疑了一下，然后将神经鞭塞进口袋。那些人都很忙，不会有时间检查他。

他很快走进去。在巨大的质能转换器附近跑来跑去的人，个个看起来都像侏儒。轮机室挂满仪表，像是有十万只会说话的眼睛，让人一目了然。这艘战舰十分巨大，几乎跟大型太空客船同一等级，与拜伦熟悉的小型太暴巡弋舰有很大差异。在小型巡弋舰上，发动机几乎是全自动的，而这里的几台发动机足以提供整个城市的动力，自然需要许多人监控。

他来到一个围着栏杆、沿着轮机室四周绕行一圈的悬空走廊。在某个转角有一间小房间，里面有两个人用十指飞快地操作电脑。

他赶紧向那个方向前进，有许多轮机员经过他身边，却都未曾看他一眼。最后，他走进那扇门内。

操作电脑的两个人向他望去。

“什么事？”其中一人问道，“你来这里干什么？回到你的岗位去。”这个人戴着中尉的臂章。

拜伦道：“听我说，超原子线路已经短路，必须立刻修理。”

“慢着，”另一个人说，“我见过这个人，他就是俘虏之一。抓住他，蓝西。”

那人跳了起来，想从另一道门逃走。拜伦跃过办公桌，又跳过电脑，一把抓住那个主管的短袖衣腰带，把他向后拉回来。

“没错，”他说，“我是俘虏之一，我是维迪莫斯的拜伦。但我说的都是事实，超原子线路的确短路了。假如你不相信我，那就赶快派人检查。”

那名中尉望着指向自己的神经鞭，小心翼翼地说：“办不到，先生，没有值日官或行政官的命令，这是办不到的事。这表示要改变跃迁计算，使我们耽误好几个小时。”

“那么叫负责人来，叫行政官来。”

“我能使用通话器吗？”

“赶快。”

中尉伸手去取通话器的喇叭状话筒，却在半途猛然敲向桌缘的一排按钮，舰上各个角落立刻警铃大作。

拜伦的棒子来得太迟。它重重落在中尉手腕上，中尉连忙抽回手来，一面搓揉一面呻吟，可是警报讯号已经响了。

众多卫兵从各个入口出现，一举冲上悬空走廊。拜伦从控制室跑出来，用力关上门，前后看了看，便赶紧从栏杆往下跳。

他垂直下落，着地时双膝弯曲，随即滚向一旁。他尽可能快速翻滚，避免使自己成为活靶，但耳旁仍传来针枪发出的轻微“嘶嘶”声。最后，他滚到一台发动机旁。

他躲在发动机的弧形底部，低着头、弯着腰站起来，右腿感到针扎般的疼痛。此地与舰身非常接近，因此重力特别强，他又是从高处落下，膝盖严重扭伤。这表示他逃不了了。假如他要扭转局势，必须就在原地进行。

他高声叫道：“停止射击！我放下武器。”他从卫兵手中夺来的棒子与鞭子先后滚出来，双双滚向轮机室中央。谁都看得出来，它们再也无法发挥作用。

拜伦又吼道：“我来是要警告你们的。超原子线路已经短路，只要进行一次跃迁，我们全都会送命。我只要求你们检查一下发动机，假如我说错了，你们也许会损失几小时；但我要是说对了，你们便能救自己一命。”

有人叫道：“下去捉他。”

拜伦喊道：“你们宁愿拿性命打赌，也不愿听我的劝告吗？”

他听见许多谨慎的脚步声，便又向内退了一点。然后，上面响起轻微的响声，一名士兵顺着发动机滑下，他抱着发动机微温的表面，就像拥抱新娘一样。拜伦守株待兔，他仍能赤手空拳搏斗。

此时，上方突然传来说话声，穿透了巨大的轮机室每一个角落，音量高得很不自然：“回到你们的岗位，暂停跃迁准备，检查超原子线路。”

那是阿拉特普透过公众演说系统说的话。他又命令道：“带那个年轻人来见我。”

拜伦束手就擒，没做任何抵抗。两侧各有两名士兵抓住他，仿佛提防他随时可能的爆发。他试图勉强走得自然些，但仍然跛得很厉害。

阿拉特普衣衫不整，双眼看起来似乎跟平常不一样：失去光泽、目光僵滞、焦距不准。拜伦突然想起来，他平时都戴着隐形眼镜。

阿拉特普说：“你制造了一场不小的骚动，法瑞尔。”

“要拯救这艘战舰就必须如此。叫这些卫兵走开，只要你们肯检查发动机，我就不会再有什么行动。”

“他们得再待一会儿。至少，直到我接到轮机人员的报告为止。”

他们静静地等待，时间一分一秒慢慢过去。终于，亮着“轮机室”三个字上方的一圈毛玻璃，发出了红色的闪光。

阿拉特普按下开关：“开始报告！”

传来的声音利落而急促：“丙组超原子线路完全短路，正在抢修中。”

阿拉特普说：“重新计算跃迁，顺延六个小时。”

他转向拜伦，以泰然的口吻说：“你对了。”

他做了个手势，卫兵立刻敬礼、转身，然后一个接一个很有秩序地离去。

阿拉特普说：“请说说详细经过。”

“吉尔布瑞特·欧思·亨芮亚德待在轮机室的时候，想到让机件短路会是个好主意。他不该为这项行动负责，一定不能因此处罚他。”

阿拉特普点了点头：“多年来，没有人认为他该负什么责任，这件事将是你我之间的秘密。然而，我的好奇心被撩了起来，我想知道你为何要拯救这艘战舰。假如有个很好的理由，你绝不会贪生怕死，是吗？”

“根本没有任何理由，”拜伦说，“根本没有叛军世界。我已经告诉过你，现在我再重复一遍。林根就是革命活动的中心，这点已经证实了。我的目的只是要追捕杀父凶手，艾妲密西娅郡主只是要逃避一桩不情愿的婚事。至于吉尔布瑞特，他早就疯了。”

“独裁者却相信这颗神秘的行星的确存在，他明明给了我一组坐标！”

“他的信念建立在一个疯子的梦想上。二十年前，吉尔布瑞特梦想到一件事，独裁者便以它为根据，试图寻找那个梦想中的世界，结果总共算出五颗可能的恒星，这完全是无稽之谈。”

行政官又说：“可是有件事困扰着我。”

“什么事？”

“你花了太大的力气劝阻我。一旦我完成跃迁，我自己当然就能发现一切。如此想来，你们走投无路之下，并非没有可能由其中一人破坏战舰，然后另一个人出来解救，想要用这种迂回的方法，让我相信不必再找什么叛军世界。这样一来，我就会对自己说：假如真有这样一个世界，小法瑞尔必定会让这艘战舰气化，因为他是个年轻人，而且有足够的浪漫情怀，能为他心目中的壮烈行动英勇牺牲。既然他冒着生命的危险，阻止将要发生的惨剧，那就代表吉尔布瑞特疯了，根本没有什么叛军世界。而我便会立刻折返，不再继续探索下去。我这样说会不会太复杂了？”

“不会，我了解你的意思。”

“既然你拯救了我们的性命，在大汗的法庭中，你便会得到适度的减刑。你不但能保住性命，还能保住你的秘密。不，年轻的先生，我还不准备相信这么明显的事实，我们仍将进行跃迁。”

“我不反对。”拜伦道。

“你很有胆识，”阿拉特普说，“真可惜你不是我们的同胞。”他这样说颇有恭维之意。他继续说：“我们现在要带你回囚室去，并把力场升起来，这只是以防万一。”

拜伦点了点头。

他们回到囚室时，被拜伦打昏的卫兵已经不见了。不过那名医官还在，他正俯身检视仍不省人事的吉尔布瑞特。

阿拉特普说：“他仍旧昏迷不醒吗？”

听到他的声音，医官赶紧立定站好。“报告行政官，神经鞭的效应已经消退。可是这个人年纪大了，又处于身心俱疲的状况下，我不知道他能否恢复。”

拜伦感到恐惧感充斥全身，他不顾扭伤的疼痛，双脚跪在床前，伸出一只手轻按着吉尔布瑞特的肩头。

“吉尔。”他悄声唤道，同时以焦切的目光望着那张潮湿、苍白的脸孔。

“走开，你这家伙。”医官一面凶巴巴地吼着，一面从内层口袋掏出一个黑色诊疗袋。

“幸好皮下注射器没撞坏。”他喃喃抱怨道。然后他俯身凑向吉尔布瑞特，举起充满无色液体的注射器。等到针头深深扎了进去，针筒内管便自动下压。注射完毕后，医官将注射器丢到一旁，在场三个人便开始等待。

吉尔布瑞特的眼皮眨动几下，然后张了开。有好一阵子，他的眼睛只是茫然地张着。当他终于开口的时候，发出的声音则近乎耳语：“我看不见，拜伦，我看不见。”

拜伦再度俯身凑到他面前：“没有关系，吉尔，好好休息。”

“我不想休息。”他挣扎着要坐起来，“拜伦，他们什么时候跃迁？”

“快了，快了！”

“那么，留在我身边，我不想孤独地死去。”他的手指无力地抓着拜伦，但不久便松开，他的头同时向后垂下。

医官弯下腰看了看，随即站了起来。“我们的动作太迟，他已经死了。”

拜伦顿时热泪盈眶。“对不起，吉尔，”他说，“可是你不知道，你不了解。”另外两个人并未听见他在说什么。

接下来几个小时，拜伦感到万分难熬。阿拉特普拒绝让他参加太空葬礼，不过他也知道，在这艘战舰的某个角落，吉尔布瑞特的尸体将在分解炉中被轰成无数原子，然后排放到太空去，与稀疏的星际物质永远混在一起。

艾妲密西娅与亨瑞克一定会在场，他们会不会了解呢？她会不会了解，他做的只是他必须做的事？

医官曾为拜伦注射软骨质，它有助于加速韧带撕裂伤的复原。膝盖的疼痛已经几乎消失，但那毕竟只是肉体的痛楚，根本算不了什么。

体内突然出现一种异样的感觉，他知道这代表战舰已经完成跃迁。接着，最难熬的时刻来临了。

早先的时候，他感到自己的分析完全正确，一定错不了。可是万一他猜错了呢？万一他们现在来到叛军的大本营，那该怎么办？这个消息将火速传回太暴星，特遣舰队会立刻集结。如此他将含恨而逝，知道他原本能拯救叛军，却冒着生命危险破坏了那个机会。

在这段最黑暗的时光，他又想到了那份文件，那份他当初未能寻获的文件。

那份文件的热潮大起大落，显得十分诡异。它有时会被提及，又很快遭到遗忘。太暴人疯狂地、密集地寻找叛军世界，却完全不理会那份神秘失踪的文件。

这样做是否本末倒置？

拜伦突然间想到，阿拉特普竟以一艘战舰独闯叛军世界，他到底有什么自信？他敢以一艘战舰挑战一颗行星吗？

独裁者曾说，那份文件许多年前就不见了，可是它究竟落在了谁的手上？

说不定就是太暴人，他们可能已经得到那份文件。而它上面记载的秘密，足以让一艘战舰毁灭整个世界。

假如真是这样，那么叛军世界在哪里，甚至是否真正存在，又有什么关系呢？

时间一分一秒过去，阿拉特普终于走进囚室，拜伦赶紧站起来。

阿拉特普说："我们抵达了那颗恒星的可能位置，那里果真有一颗恒星，独裁者给我们的坐标是正确的。"

"怎么样？"

“不过没必要再寻找什么行星，我的星际领航员告诉我，在不到一百万年前，那颗恒星曾经变成一颗新星。当时即使有什么行星，也都已经尽数毁灭。它现在是一颗白矮星，周围不可能有任何行星。”

拜伦说：“那么——”

阿拉特普说：“所以你是对的，根本就没有叛军世界。”

第二十二章
在那里！

阿拉特普即使再豁达，也无法完全扫除此时心中的遗憾。曾经有一阵子，他不再是他自己，而成了他父亲的化身。过去这几周，他也曾率领一支分遣舰队，向大汗的敌人英勇进军。

但在如今这个衰败的时代，本来可能存在叛军世界的地方，却什么也找不到。大汗再也没有任何敌人，再也没有世界需要征服。他只能继续担任一名行政官，注定只能抚平一些微不足道的麻烦，不可能再有更大的作为。

然而，遗憾是一种徒然的情绪，它没有任何实质帮助。

他说：“所以你是对的，根本就没有叛军世界。”

他坐了下来，同时示意拜伦坐在另一张椅子上：“我要跟你谈谈。”

年轻人以严肃的目光瞪着他。阿拉特普想起来，距离他们首次见面其实还不到一个月，这令他有点讶异。这个男孩现在长大了，远比一个月前成熟，而且也不再恐惧。阿拉特普暗自想道：我变得很颓废了。我们有多少人开始喜欢藩属世界的子民？又有多少人开始关心他们了？

他说："我准备释放执政者和他女儿。自然，这样做是一种政治智慧。事实上，就政治角度而言，这也是一个必然的结果。不过，我想现在就释放他们，将他们送回'无情号'。你愿不愿意担任他们的驾驶？"

拜伦说："你也要还我自由？"

"是的。"

"为什么？"

"你拯救了我的战舰，也拯救了我的性命。"

"我不信个人的感激会影响你对公事的决策。"

阿拉特普差点就要哈哈大笑，他实在喜欢这孩子："那么让我给你另一个理由。只要我还在追查一个反抗大汗的巨大阴谋，你就是一名危险人物。当那个巨大阴谋成了梦幻泡影，当我找到的只是一小撮林根匪徒，而且他们的首领已经伏法，这时你对我就不再构成威胁。事实上，不论是审判你，或是审判那些林根俘虏，两者都是危险的行动。

"审判必将在林根法庭举行，因此无法在我们完全的掌握中。审判时又必然会提到所谓的叛军世界，虽然它根本不存在，但在太暴的子民中，至少有一半会认为也许真有这回事，因为无风不起浪，事出必有因。这样一来，我们等于给他们一个团结起来的念头、一个革命的理由、一个对未来的希望。在本世纪结束前，太暴领域中的叛乱活动将不会平息。"

"那么你要将我们全部释放？"

"并非给你们绝对的自由，因为你们没有一个绝对忠诚。从今以后，我们将以自己的方式处理林根的问题，下届独裁者将发现自己被大汗管束得更紧。它将不再只是个联合势力，这样一来，就不一定要在林根的法庭审判林根的人民。跟这次的阴谋有牵连的人，包括已经落在我们手中那些，都会被放逐到接近太暴星的世界，在那里他们构成不了威胁。你自己则无法回到天雾星，也不必指望收回你的牧地。你将留在洛第亚，瑞尼特上校也一样。”

“够好了，”拜伦说，“可是艾妲密西娅郡主的婚事呢？”

“你希望它叫停？”

“你一定知道我们两人希望结合，你曾说过，也许有办法阻止那个太暴人。”

“当我那样说的时候，我其实是想达到某种目的。那句古老谚语是怎么说的？‘恋人与外交官的谎言都值得原谅。’”

“可是明明有办法，行政官。你只要对大汗指出，一个有权的廷臣想跟藩属世界的重要家族联姻，便有可能是受到野心驱策的结果。藩属世界的革命不一定得由野心勃勃的林根人领导，由野心勃勃的太暴人领导同样容易。”

阿拉特普这回真的大笑了起来。“你的推理方式跟我们真像，但这不会奏效。你想听听我的忠告吗？”

“什么样的忠告？”

“你自己娶她，尽快行动。在如今的情况下，这种事一旦成为既成事实，就很难再挽回了。我们会帮波汉再找个女人。”

拜伦犹豫了一下，然后伸出手来：“谢谢你，阁下。”

阿拉特普握住他的手：“反正，我对波汉也没什么特别的好感。话说回来，还有一件事你要牢记在心。不要被野心迷惑，你虽然娶了执政者的女儿，却绝不可能成为执政者，你不是我们要的那种人。”

阿拉特普望着显像板上逐渐缩小的“无情号”，对自己迅速做成的决定感到高兴。那个年轻人自由了，一道电讯已通过次以太传回太暴星。安多斯少校无疑将会气得中风，而在宫廷中，请求召回他这个行政官的人绝少不了。

假如有必要，他将亲自返回太暴星。他会设法面见大汗，让他听听自己的解释。将一切事实表明后，那位万王之王将明白地看出来，根本没有其他可能的解决方案，因此，他有办法击退任何敌人的联合攻击。他们已双双飞出星云。“无情号”现在成了一个小光点，群星逐渐包围在它四周，彼此几乎无法分辨。

瑞尼特望着显像板上逐渐缩小的太暴旗舰，说道：“所以那个人真放了我们！你知道吗，要是每个太暴人都像他一样，我不加入他们的舰队才有鬼。这不禁使我有点困惑，我对太暴人的德行有明确的概念，而他却不符合。你想现在他能听到我们说些什么吗？”

拜伦设定好自动操纵系统，在驾驶座上转过身来。“不，当然不能。他虽然还能像以前那样，经由超空间来追踪我们，但我想他无法以间谍波束进行监听。你应该记得，他刚抓到我们的时候，他对我们的一切了解，都只是他在那颗行星上窃听到的，没有超出那个范围。”

艾妲密西娅踏进驾驶舱，将手指放在嘴唇上：“别太大声，”她说，“我想我父亲正在睡觉。我们回到洛第亚要不了多久吧，对不对，拜伦？”

“我们能以一次跃迁完成，艾妲，阿拉特普已经帮我们计算好了。”

瑞尼特说：“我得去洗洗手。”

两人目送他离去，然后她就投入拜伦怀中。他轻吻着她的额头与双眼，当他的手臂收紧时，他吻到了她的樱唇。热吻持续了很长的时间，结束时两人都几乎窒息。她说：“我好爱你。”而他说：

“我对你的爱胜过千言万语。”接下来的对话同样了无新意，但两人心中同样感到十分甜蜜。

过了一会儿，拜伦说：“在我们着陆前，他会不会为我们主持婚礼？”

艾妲密西娅微微皱起眉头。“我试图向他解释，说他是执政者，又是这艘舰艇的舰长，而且这里根本没有太暴人。我也不知道他会不会，他相当心烦意乱，简直是六神无主，拜伦。等他休息够了，我会再去试试。”

拜伦轻声笑了笑：“别担心，他会被说服的。”

瑞尼特踏着重重的步伐回来。他说：“我希望我们还有那个拖厢，这里挤得甚至没法做深呼吸。”

拜伦说：“要不了几小时，我们便能回到洛第亚，我们很快就要进行跃迁。”

“我知道。”瑞尼特面露不悦之色，“而我们将待在洛第亚，直到老死为止。不是我在拼命抱怨，我很高兴我还活着，但这是个毫无意义的结局。”

“事情根本尚未结束。”拜伦轻声道。

瑞尼特抬起头来：“你是说我们能重新来过？不，我可不这么想。你也许可以，但我不能。我太老了，已经不能有什么作为。林根将被纳入太暴势力范围，而我再也见不到它。我想，这是令我最难过的一点。我生在那里，一辈子住在那里，到了其他地方我只能算半个人。你还年轻，你会忘掉天雾星。”

“母星并非生命中唯一重要的事，泰多。过去数世纪以来，我们最大的弱点就是无法认清这个事实。所有的行星，都是我们的母星。”

“也许吧，也许吧。如果曾有个叛军世界，啊，那么也许能这么说。”

“叛军世界的确存在，泰多。”

瑞尼特厉声道：“我可没心情开玩笑，拜伦。”

“我不是乱讲，的确有这样一个世界存在，我还知道它的位置。我在几周前就该知道，我们每个人都一样。一切事实俱在，一直在向我揭示，却始终徒劳无功。直到在第四颗恒星的行星上，当你我联手击败钟狄后，我才恍然大悟。你记不记得他站在那里，告诉我们说，要是没有他的帮助，我们永远无法找到第五颗恒星？你记得他说的那些话吗？”

“确切的字句？不记得。”

“我想我还记得，他说：‘平均每颗恒星占了七十立方光年的范围，若是没有我，仅仅使用尝试错误的方式，想来到任何恒星附近十亿英里的范围，只有二十五万兆分之一的几率。任何恒星！’就是在那一刻，我想，那些事实终于钻进我的脑海，我能感到那道灵光。”

“我心中则毫无灵光，”瑞尼特说，“请你稍作解释。”

艾妲密西娅说：“我想不通你是什么意思，拜伦。”

拜伦说：“你们难道看不出来，那么微乎其微的几率，正是理论上吉尔布瑞特应该遇到的？你们都记得他的故事：流星撞上战舰，令战舰的航向偏移，等它完成所有的跃迁后，竟然来到某恒星系的范围内。那种事根本是巧合中的巧合，简直令人无法置信。”

“那么，它就是个疯子说的故事，其实没有什么叛军世界。”

“除非在某种情况下，他抵达某个恒星系的几率并非低得难以置信，而这种情况的确存在。事实上，有那么一组条件，而且是唯一的一组，使他必定会抵达某个恒星系，因为那是必然的结果。”

“所以呢？”

“你该记得独裁者作的推论。吉尔布瑞特那艘战舰的发动机未受影响，因此超原子推力未曾改变，换句话说，也就是跃迁的总长度没有变化，改变的只是跃迁的方向。而在大到不可思议的星云中，仅有五颗恒星是可能的终点。像这样的解释，表面上看起来就很牵强。”

“但是还有什么其他可能呢？”

“哈，就是推力和方向都没发生变化。我们并没有真正的理由，假设航行的方向的确受到影响，那只是一项假设罢了。假如战舰仍循原来的路径航行呢？它原本就瞄准一个恒星系，因此最后来到那个恒星系，其间根本没有几率介入。”

“可是它瞄准的那个恒星系——”

“——就是洛第亚，所以他来到洛第亚。这会不会明显得难以理解？”

艾姮密西娅道：“但是这样一来，叛军世界必定在我家乡！那是不可能的。”

“为什么不可能？它就在洛第亚星系的某个角落。藏匿一样东西共有两种方式，你可以把它放在没人找得到的地方，比如说藏在马头星云内；但你也能把它放在没人想得到的地方，清清楚楚地摆在众人面前。

“想想吉尔布瑞特在叛军世界着陆后的际遇，他毫发无损地被送回洛第亚。根据他自己的理论，这是为了避免太暴人大规模搜索那艘战舰，因而过于接近那个世界。可他们为什么要让他活着？假如战舰送回来的时候，吉尔布瑞特死在上面，也能达到同样的目的，但吉尔布瑞特就没有泄露秘密的机会。他们没有那样做，而他最后果然泄露了秘密。

“这一点，也唯有假设叛军世界位于洛第亚星系才解释得通。

吉尔布瑞特是亨芮亚德家族的一员，除了洛第亚，还有哪里对亨芮亚德家族的生命那样尊重？”

艾妲密西娅激动得双手颤抖。“但你说的若是实情，拜伦，那么父亲正处于可怕的危险中。”

“而且历时已有二十年，”拜伦表示同意，“但或许并非你想象的那种情况。吉尔布瑞特曾经告诉我，装成一个半调子、一个没用的废物，是一件多么困难的事。为了做戏做到十足，甚至在朋友面前，甚至在独处的时候，也都不能摘下面具。当然，就这个可怜的家伙而言，他主要是演给自己看。他并未真正改变自己的生活，跟你在一起的时候，艾妲，他的真实自我很容易就跑出来。他也对独裁者露出过真面目，甚至跟我才刚相识，他就感到有必要以真面目见我。

“可是我想，过着百分之百做戏的生活仍有可能，只要你的理由足够重要。一个人甚至可能瞒骗亲生女儿一辈子，情愿眼睁睁看着她接受一桩可怕的婚姻，也不愿危及他努力一生的成果，因为那是建立在太暴人完全的信任上。他甘愿假扮近乎疯子的角色……”

艾妲密西娅终于能开口了，她以沙哑的声音说：“你绝不会是那个意思！”

“不可能再有别的意思，艾妲。他担任执政者已超过二十年，这段时期中，在太暴人的许可下，洛第亚的疆域不断扩充，因为他们对他放心。二十年来，他一直在组织起义的叛军，却没有受到他们的干预，因为他的无能看起来那么明显。”

“你是在猜测，拜伦，”瑞尼特说，“这种猜测和我们以前做的那些同样危险。”

拜伦说：“这不是猜测。我和钟狄在做最后一次讨论时，我曾经告诉他，谋害家父的叛徒是他，而不是执政者，因为家父绝不至于笨到那种程度，会将招致死罪的情报托付给执政者。不过事实上——当时我已经知道——那正是家父所做的事。吉尔布瑞特就是从窃听家父和执政者的讨论中，获悉了钟狄的秘密角色。除此之外，他没有别的途径能知道这件事。

“可是凡事总有正反两面，我们都认为家父当初为钟狄工作，去见执政者是为了争取他的支持。但还有一种同样可能的情形，甚至更可能的情形，就是他原本便为执政者工作，他在钟狄的组织中，担任的角色其实是叛军世界的特务，他的任务是预防林根过早发难，以免二十年的努力经营毁于一旦。这难道不能成立吗?

“当吉尔布瑞特让发动机短路后，我拼了命也要拯救阿拉特普的战舰，你们以为是为了什么？不是为我自己，那个时候，我无论如何想不到阿拉特普会释放我。甚至也不能算为了你，艾妲。我的目的是要拯救执政者，在我们这些人当中，他才是最重要的角色，可怜的吉尔布瑞特并不了解这点。”

瑞尼特连连摇头：“很抱歉，我就是无法相信这一切。”

此时，突然有另一个声音响起：“你还是相信的好，这是真的。”执政者站在舱门口，身形高大而目光严肃。刚才说话的就是他，但那又不太像他的话。那句话听来简捷有力，而且充满自信。

艾妲密西娅跑到他面前：“父亲！拜伦说……”

“我听到拜伦说了什么。”他以温柔的动作来回抚摸着她的秀发，“那都是真的，我甚至会让你的婚事如期举行。”

她连忙向后退去，几乎像是感到尴尬：“你的话听来好奇怪，听来简直好像……”

“好像我不是你的父亲，”他以悲伤的口吻说，“这不会持续太久的，艾妲。我们回到洛第亚后，我就会变回你所熟悉的我，而你必须接受这个事实。”

瑞尼特睁大眼睛瞪着他，平时红润的脸庞变得跟他的头发一般灰白，拜伦则屏住了气息。

亨瑞克说："过来这里，拜伦。"

他将一只手放在拜伦的肩上："过去曾有那么一次，年轻人，我准备牺牲你的性命。未来这种情况仍有可能发生，到那一天，我再也无法保护你们两人。除了扮演过去那个角色，我什么也不能做。你了解这点吗？"

每个人都点了点头。

"不幸的是，"亨瑞克又说，"危害已经造成了。二十年前，我不像今天这样，对我扮演的角色如此坚定。当初我应该下令杀死吉尔布瑞特，可是我做不到。因为我的一念之仁，现在许多人都知道有个叛军世界，而我是它的领导者。"

"只有我们知道而已。"拜伦说。

亨瑞克露出苦笑："你会这样想，是因为你还年轻。你认为阿拉特普不如你聪明吗？你推论出叛军世界的位置和领导者，所根据的事实他全知道，而他的推理能力绝不在你之下。唯一的差别是他较年长，较谨慎，而且担负的责任重大，所以必须百分之百确定。

"你以为他释放你，是因为感情用事吗？我相信你如今获得自由，跟你上回获得自由的原因完全一样。这只是放长线钓大鱼，想通过你而找到我。"

拜伦面如死灰。"那我必须离开洛第亚？"

"不，那样才会要命。除了真正的原因，你似乎没有理由离去。留在我身边，他们始终会捉摸不定。我的筹划即将完成，大概再一年吧，或许更短。"

"可是执政者，还有些您也许不清楚的因素。有那么一份文件……"

“令尊当初寻找的那份文件？”

“是的。”

“亲爱的孩子，令尊并不知道全部内情，让任何人掌握一切事实都是危险的事。老牧主独自在我的图书馆里，从相关资料中发现那份文件的存在，这点令我十分佩服，而他也看出了它的重要性。但他若能先跟我商量一下，我就会告诉他，那份文件早已不在地球上。”

“正是如此，阁下，我确定它落到太暴人手中。”

“当然不是这样，因为它在我这里，我已经保存了二十年。叛军世界便是它催生的，因为直到我得到这份文件，我才知道当我们胜利后，我们能永保胜利的果实。”

“那么，它是一种武器喽？”

“它是宇宙间最具威力的武器，会毁灭太暴人，也能将我们一并毁灭。但它能拯救星云众王国。没有它的话，我们或许仍能击败太暴人，却无法改变封建专制政体；正如我们密谋推翻太暴人一样，也将有人密谋推翻我们。我们和他们，都得送进过时政体的垃圾桶中。如今时机已经成熟，就像当年在地球上那样，我们将有一个新型的政府，一种在银河中从未尝试的形式。从此再也没有大汗，也没有独裁者、执政者或牧主。”

“看在太空的份上，”瑞尼特突然吼道，“那还剩下什么？”

“人民。”

“人民？他们怎能治理政府？必须有某个人做出决策。”

“有办法解决的。我掌握的那个蓝图，原本是为一颗行星的一小部分地区设计的，但它不难推广到整个银河。”

执政者微微一笑，“来吧，孩子们，还是让我为你们主持婚礼吧。现在，这样做不会再有什么害处。”

拜伦紧紧握着艾妲密西娅的手，她则对他露出浅浅的笑容。此时，“无情号”进行了事先计算好的单一跃迁，众人体内都生出一阵异样的感觉。

拜伦说：“在您开始前，阁下，能否对我说说您提到的那个蓝图？我的好奇心满足后，才能把心思专注在艾妲身上。”

艾妲密西娅笑出声来，她说：“你最好那样做，父亲，我可受不了一个心不在焉的新郎。”

亨瑞克微微一笑。“我将那份文件谨记在心，听好了。”

当洛第亚之阳在显像板闪闪发光之际，亨瑞克开始背诵那些古老的字句。在整个银河中，只有一颗行星的历史比这些字句更为古老。

“我们合众国的人民，为了形成更完善的联邦，树立公义，确保境内安宁，提供共同防卫，增进大众福祉，保障我们及后世子孙永享自由，特此制定并确立这部《美利坚合众国宪法》……”

后　记

《繁星若尘》的创作与首度发表，都是早在一九五〇年的事。在那个时代，我们对行星大气知道得不如今天这样多。在第十七章中，我描述一颗没有生命的行星，它的大气层含有氮与氧，却独缺二氧化碳。现在我们似乎可以肯定，一个没有生命的“地型”世界（像地球这种由岩石构成的小型行星，与它的恒星距离相当近），如果拥有大气层，它可以没有氧气，而只有氮气与二氧化碳。

若想对第十七章做适当的修改，我必须重写本书很大一部分。因此我请各位读者不要追究，姑且根据本书的逻辑来欣赏（假设您的确欣赏）这个故事。

艾萨克·阿西莫夫

读客®
科幻文库

跟着读客读科幻，经典科幻全看遍。

太空歌剧、赛博朋克、奇幻史诗……

中国、美国、英国、俄罗斯、波兰、加拿大、日本、牙买加……

读客汇聚雨果奖、星云奖、轨迹奖获奖作品，

精挑细选顶尖的科幻奇幻经典，

陪伴读者一起探索人类文明的过去、现在和未来，

亿亿万万年，直至宇宙尽头。

读客科幻文库

读客®

阿西莫夫
银河帝国系列

基地系列

银河帝国：基地（Foundation）

银河帝国2：基地与帝国（Foundation and Empire）

银河帝国3：第二基地（Second Foundation）

银河帝国4：基地前奏（Prelude to Foundation）

银河帝国5：迈向基地（Forward the Foundation）

银河帝国6：基地边缘（Foundation's Edge）

银河帝国7：基地与地球（Foundation and Earth）

机器人系列

银河帝国8：我，机器人（I, Robot）

银河帝国9：钢穴（The Caves of Steel）

银河帝国10：裸阳（The Naked Sun）

银河帝国11：曙光中的机器人（The Robots of Dawn）

银河帝国12：机器人与帝国（Robots and Empire）

帝国系列

银河帝国13：繁星若尘（The Stars, Like Dust）

银河帝国14：星空暗流（The Currents of Space）

银河帝国15：苍穹一粟（Pebble in the Sky）

图书在版编目（CIP）数据

繁星若尘 /（美）阿西莫夫 (Asimov,I.) 著 ; 叶李华译 . -- 南京 : 江苏凤凰文艺出版社 , 2015（2025.11 重印）
（银河帝国 . 帝国三部曲）
书名原文 : The Stars, Like Dust
ISBN 978-7-5399-8334-9

Ⅰ . ①繁… Ⅱ . ①阿… ②叶… Ⅲ . ①长篇小说 – 美国 – 现代 Ⅳ . ① I712.45

中国版本图书馆 CIP 数据核字 (2015) 第 096926 号

繁星若尘

［美］艾萨克 · 阿西莫夫 著　　叶李华 译

责任编辑	丁小卉
特约编辑	杨菊蓉　许姗姗
封面设计	李子琪
责任印制	刘　巍
出版发行	江苏凤凰文艺出版社
	南京市中央路 165 号，邮编：210009
网　址	http://www.jswenyi.com
印　刷	三河市龙大印装有限公司
开　本	890 毫米 ×1270 毫米 1/32
印　张	8
字　数	184 千字
版　次	2015 年 9 月第 1 版
印　次	2025 年 11 月第 47 次印刷
标准书号	ISBN 978 – 7 – 5399 – 8334 – 9
定　价	140.00 元（全 3 册）

江苏凤凰文艺版图书凡印刷、装订错误，可向出版社调换，联系电话：010–87681002。

读客科幻文库

跟着读客读科幻，经典科幻全看遍。

THE CURRENTS OF SPACE

银河帝国

⑭ 星空暗流

[美]艾萨克·阿西莫夫 著

叶李华 译

江苏凤凰文艺出版社
JIANGSU PHOENIX LITERATURE AND ART PUBLISHING

图书在版编目（CIP）数据

星空暗流 /（美）阿西莫夫 (Asimov,I.) 著；叶李华译．-- 南京：江苏凤凰文艺出版社，2015（2025.11 重印）
（银河帝国．帝国三部曲）
书名原文：The Currents of Space
ISBN 978-7-5399-8334-9

Ⅰ．①星… Ⅱ．①阿… ②叶… Ⅲ．①长篇小说－美国－现代 Ⅳ．① I712.45

中国版本图书馆 CIP 数据核字 (2015) 第 097198 号

星空暗流

［美］艾萨克·阿西莫夫 著　　叶李华 译

责任编辑	丁小卉
特约编辑	杨菊蓉　许姗姗
封面设计	李子琪
责任印制	刘　巍
出版发行	江苏凤凰文艺出版社
	南京市中央路 165 号，邮编：210009
网　　址	http://www.jswenyi.com
印　　刷	三河市龙大印装有限公司
开　　本	890 毫米 ×1270 毫米 1/32
印　　张	7.75
字　　数	183 千字
版　　次	2015 年 9 月第 1 版
印　　次	2025 年 11 月第 47 次印刷
标准书号	ISBN 978 – 7 – 5399 – 8334 – 9
定　　价	140.00 元（全 3 册）

江苏凤凰文艺版图书凡印刷、装订错误，可向出版社调换，联系电话：010-87681002。

目　录

序　幕
一年前

来自地球那人有了决定，虽然过程漫长，但终究还是决定了。

自从他离开太空船中令人感到心安的甲板，以及周围冰冷、黑暗的太空，已有数周的时间了。当初，他只打算到“星际太空分析局”的当地办事处做一次简短的报告，再以迅速的动作撤回太空。不料，他却被留置此地。

这里简直像个监狱。

他将杯中的茶水一饮而尽，然后望着桌子对面那个人，对他说：“我不要再等下去了。”

另外那人有了决定，虽然过程漫长，但终究还是决定了。他需要时间，更多更多的时间。第一批信件未有任何回应，像是尽数掉进恒星腹中，一点也没有达到目的。

这并未超出他的预期，或者应该说没有低于他的预期，话说回来，毕竟那只是第一步的行动。

在接下来的行动中，他绝对不能让这个来自地球的人脱离掌握。想到这里，他摸了摸口袋中那根光滑的黑棒。

他说："你不明白问题的微妙处。"

那地球人说："一颗行星的毁灭有什么微妙的？我要你向整个萨克公布详情，把这件事告诉那颗行星上的每一个人。"

"我们不能那样做。你该知道那将引起大恐慌。"

"你原本说你会那样做。"

"我仔细考虑过了，那样做绝不实际。"

地球人转而开始抱怨另一件事。"分析局的代表还没来。"

"我知道。他们正忙着为这次危机筹划解决方案，再等一两天吧。"

"再等一两天！总是叫我再等一两天！他们忙到不能抽空见我一面吗？他们甚至还没看过我的计算。"

"我曾想要把你的计算给他们送去，你却不要我那么做。"

"现在我还是不要。他们可以来见我，我也可以去见他们。"他又激昂地补充道："我认为你不相信我，你不相信弗罗伦纳会毁灭。"

"我相信你。"

"不，我明明知道你不相信，我看得出来，你只是在应付我。你无法理解我的数据，你不是个太空分析员。我甚至觉得你自称的身份也是假的。你究竟是谁？"

"你越来越激动了。"

"是的，没错。这令你惊讶吗？或者你只是在想，这个可怜虫是不是着了太空的魔；你认为我发疯了。"

"胡说八道。"

"你当然这么想，所以我才要见分析局的代表。他们会明白我有没有发疯，他们会明白的。"

另外那人记起了自己的决定，他说：“你看上去不太舒服，让我好好照顾你。”

“不，你做不到，”地球人歇斯底里地吼道，“因为我这就要走出去。如果你要阻止我，就把我杀掉吧，只不过你不敢。假使你那样做，你的双手会沾满那整个世界每个人身上的鲜血。”

另外那人也开始吼叫，好让对方重视他的话：“我不会杀你。听我说，我不会杀你，没有那个必要。”

那地球人说：“你要把我绑起来，你要把我关在这里，你心里是这样想的吗？当分析局开始找我的时候，你又要怎么办？你也知道，我该定期提出例行报告。”

“分析局知道你平安地和我在一起。”

“是吗？我根本怀疑他们并不知道我已抵达这颗行星。我也怀疑他们是否收到我最初那封电讯。”地球人忽然一阵头晕眼花，开始感到四肢僵硬。

另外那人站了起来。他心里非常明白，自己的决定下得一点也不早。他沿着长桌，慢慢向那地球人走去。

他以安慰的口吻说道：“这都是为了你好。”他从口袋里掏出那根黑棒。

地球人用沙哑的声音说：“心灵改造器。”他吐出的字句含糊不清，而当他试图起身时，双臂与双腿只能微微发抖。

他从使劲咬紧的牙关蹦出几个字：“你下了药！”

“我下了药！”另外那人承认，“现在听好，我不会伤害你。你在如此激动而焦虑的情况下，难以了解这件事真正的敏感之处。我只是要除去那份焦虑，只有焦虑而已。”

地球人再也说不出话来。他只能坐在那里麻木地想：太空啊，我被下药了。他想要大喊大叫、拔腿就跑，可是他做不到。

此时，另外那人来到地球人面前。他站在那里，低头望着他。地球人则扬起目光，他的眼球还能转动。

心灵改造器是个自足式的仪器，只需将它的电线固定在头颅的适当位置。地球人惊惶地望着这一切动作，直到他的眼部肌肉僵硬为止。当尖锐而纤细的导线探入皮肉，与他的颅骨骨缝进行接触时，他连轻微的刺痛都感觉不到。他在心中发出一遍又一遍无声的呐喊，大叫道：不，你不了解，那是一颗住满人类的行星。难道你看不出来，你不能拿几亿活人的生命冒险吗？

另外那人的声音逐渐模糊，逐渐远离，像是从强风涌动的深长隧道另一端传来。“这不会对你造成伤害。一小时后你就会恢复了，真正恢复了；你会跟我一起嘲笑这一切。”

地球人感到头颅中有微弱的振动，不久这个感觉也消失了。

黑暗的帷幕越来越厚，将他紧紧罩在下面。有些部分再也没有升起，其他部分也要一年之后才渐渐揭开。

第一章
弃儿

愚可放下手中的食具，猛然跳了起来。他全身颤抖得如此猛烈，必须倚着乳白色的墙壁才能站稳。

他大吼道：“我记起来啦！”

大家都向他望来，午餐中嘈杂的交头接耳多少消停了些。望向他的脸庞都不怎么清洁，也刮得不怎么干净，在三流的壁光照耀下，个个略显苍白并泛着油光。那些目光并不算太好奇，任何突如其来的叫喊都会造成这种反射性的注目。

愚可又喊道：“我记起了我的工作，我曾有一份工作！”

有人咆哮道：“闭嘴！”还有人叫道：“坐下！”

众人纷纷转开脸，交头接耳声再度响起。愚可茫然望着餐桌，听到有人骂他“疯愚可”，同时猛力耸了耸肩；他还看到有人伸出手指在太阳穴旁转了几转。对他而言这一切都不算什么，全都没有往他心里去。

他慢慢坐下来，重新抓起他的食具。那是个像汤匙的东西，具有锋利的边缘，凹处的前端还有微小的尖齿，因此可用来切肉、舀汤或叉取食物。每一项功能都同样笨拙，不过一个厂工无法要求更多。他将食具转过来，瞪着手柄背面那几个字出神，但并未注意具体内容，因为他早就背熟了自己的号码。其他人跟他一样，也都有个登记号码；但其他人还有个名字，而他却没有。他们叫他愚可，因为在蓟蒿加工厂的俚语中，这个称呼代表低能、心智鲁钝的意思。非但如此，他们还常常管他叫“疯愚可”。

不过从现在开始，他或许会记起越来越多的往事。自从来到加工厂后，这是他第一次真正记起从前的事情。只要他努力回想！只要他全心全意回想！

他突然感到不饿了，一点也不饿。他猛然将食具插在面前的菜肉胶冻上，再将那盘食物推到一旁。他用双手的掌根按住双眼，十指插入头发用力拉扯。他使尽全身力气，试图跟随心灵进入一个迷离的境界——他的心灵曾经从那里抽出一段记忆，一段混沌而无法解读的记忆。

然后他开始哭泣，此时叮当的钟声刚好响起，宣布午餐休息时间结束了。

当天傍晚，他正要离开加工厂的时候，瓦罗娜·玛区来到他身边。起初他几乎没有察觉，至少没有察觉到是她，只是误以为自己的脚步有了回声。于是他停下来向她望去——她的头发介于金黄与褐色之间，扎成两条粗辫子，再用几根小型磁性绿石扣针夹在一起。那些扣针非常廉价，而且看来已经褪色。她穿着一套简单的棉质套装，在这种温和的气候下，这样一套就足够了；正如愚可自己所需要的，只是一件轻薄的无袖衬衫，以及一条宽松的棉裤。

她说：“我听说午餐时出了一点问题。”

不出所料，她说的是尖锐的乡下口音。愚可自己的语言充满不卷舌的“平母音”，而且带有一点鼻音。大家因此嘲笑他，并且模仿他的说话方式，可是瓦罗娜总会告诉他，那只能代表他们自己的无知。

愚可咕哝道："没出什么问题，罗娜。"

她却相当坚持。"我听说，你说你记起了什么事。对不对，愚可？"

她也叫他愚可，除此之外找不到什么适当的称呼，因为他记不起自己的真实姓名。他曾经拼命试图回忆，瓦罗娜也陪着他一起努力。有一天，她设法找到一本破旧的市区名录，将上面所有的名字念给他听，结果他对每一个名字都同样陌生。

他正视着她的脸庞，对她说："我得辞掉加工厂的工作。"

颧骨高耸的瓦罗娜皱起眉头，又宽又圆的脸庞现出为难的表情。"我认为你不能那样做，那是不对的。"

"我必须尽力查出自己的身世。"

瓦罗娜舔了舔嘴唇。"我认为你不该那样做。"

愚可转过身去，他知道她的关怀是真诚的。当初，就是她帮自己找到这份加工厂的工作。他对操作加工厂的机器毫无经验，或者也许有，只是不记得了。反正，罗娜强调他的个子太小，无法胜任体力劳动，于是他们答应免费提供技术训练。而在此之前，在他几乎无法发出声音，不知道食物是什么的噩梦般日子里，一直是她在看顾他、喂养他——是她让他活了下来。

他说："我一定要。"

"是不是头痛又犯了，愚可？"

"不，我的确记起一件事。我记起了我以前的工作是什么——以前的工作！"

他不确定自己是否想告诉她，于是将目光转到别处去。温暖可人的太阳至少在地平线上两小时之处。加工厂里里外外都是一排排单调的工作间，令人多看两眼就会生厌，不过愚可知道，一旦他们爬到坡顶，大片田野便会呈现在他们面前，鲜红与金黄的美丽色彩将尽收眼底。

他喜欢望着田野。打从一开始，那样的景色就使他感到安慰与喜悦。甚至在他知道那些色彩叫做鲜红与金黄之前；在他知道有色彩这个概念之前；在他只能轻轻发出喉音表达喜悦之前，置身田野头痛便会消失得较快。在那些日子里，瓦罗娜总会借来一辆反磁滑板车，每当休工日就带他离开小镇。他们会在路面一英尺之上风驰电掣，滑行在反重力场构成的平滑衬垫上，直到他们来到人迹罕至处，只剩下拂过面颊的微风，以及蓟苘花的阵阵芳香。

然后，在明媚的阳光照耀下，他们会坐在路旁，沐浴在色彩与香气中，两人共享一块胶冻，一直待到不得不回去的时候。

这些记忆打动了愚可，他说："我们到田野去，罗娜。"

"时候不早了。"

"拜托，走出小镇就好。"

她摸索着贴身收藏的薄薄钱袋。钱袋塞在她腰间一条柔软的蓝色皮带内，那条皮带是她身上唯一的奢侈品。

愚可一把抓住她的手臂："我们走吧。"

半小时后，他们离开公路，走向一条蜿蜒的、砂石压成的无尘小径。两人之间维持着凝重的沉默，瓦罗娜感到正被一股熟悉的恐惧攫获。她不知如何表达对他的感情，所以从来未曾尝试过。

若是他竟然离开她，那该怎么办？他是个小个子，与她身高相仿，而体重还不如她。在许多方面，他仍是个无助的孩子。可是在他们将他的心灵关闭之前，他定是个受过教育的人，是个非常重要的知识分子。

至于瓦罗娜自己，除了读写，以及让她能操作工厂机器的职校训练之外，再也没有受过任何教育。不过她有足够的知识，知道并非所有的人都那么浅薄。镇长当然就是个例外，他的广博知识对大家有莫大的帮助。还有偶尔前来巡视的那些大亨，她从未在近处看过他们，不过有一回，在某个假日，她进城去的时候，曾在远处见到一群穿着华丽无比的人。有些时候，厂工会获准听听受过教育的人怎么说话。他们说话的方式不太一样，表达得比较流畅，词汇较丰富，而声调较轻软。随着愚可的记忆逐渐恢复，他说话的方式越来越像那样。

他第一次开口说话时，她着实吓了一跳。那是他在因头痛而啜泣许久之后，突然间冒出来的。他的发音很奇怪，她曾试图矫正他，他却不愿改过来。

早在那个时候，她已经在担心他会记起太多，然后就会离开她。她只是瓦罗娜·玛区，大家都叫她大块头罗娜。她从未结婚，也永远不会。像她这样壮硕的女孩——有着大脚板以及辛苦工作而磨红的手掌——是永远嫁不出去的。每次休工日的晚宴，当男士对她不闻不问时，她总是以憎恨的目光默默望着他们，那是她唯一能做的事。她的块头实在太大，根本没法冲着他们吃吃笑或抛媚眼。

她永远不能生个小孩来抱抱哄哄。其他女孩一个接一个做了母亲，而她只能挤在一旁，瞥一眼她们怀中的宝宝。宝宝们一律全身红通通、头上光秃秃，有着一对歪扭的双眼，一张湿答答的小嘴，两只小手无力地握着……

“下次轮到你了，罗娜。”

“你什么时候会有宝宝，罗娜？”

她只能把脸别过去。

可是当愚可出现时，他就像个宝宝一样。她得喂他吃东西，照顾他的生活，带他去晒太阳。当头痛折磨他的时候，还得设法哄他入睡。

孩子们总是追在她后面，一面肆意大笑，一面喊道："罗娜有了个男朋友，大块头罗娜有了个疯男朋友，罗娜的男朋友愚不可及。"

后来，当愚可能自行走动时（他迈出第一步那天，她感到万分骄傲，好像他真的只有一岁大，而不是更像三十一岁），他一个人出去，走到镇内的街上，孩子们立刻把他围起来，冲着他嘻嘻哈哈，大声冷嘲热讽，为的是看一个大人在恐惧中遮起眼睛，畏缩成一团，只能以啜泣回应他们。她有好几十次从屋里冲出来，挥舞着一双巨大的拳头，并对他们大吼大叫。

就连成年男子都惧怕那双拳头。她带愚可到加工厂上工的第一天，工头在背后对他俩的粗鄙评语刚好被她听见，她一记重拳就把工头打趴了。加工厂评议会因此罚扣她一周的薪资，要不是镇长出面替她讲情，指出她曾受到挑衅，他们可能还会送她进城，让她在大亨的法庭中接受进一步审判。

所以她想要愚可停止回忆。她知道自己无法给他什么，而希望他永远维持心灵空白的无助状态，实在是一种自私的想法。只不过从没有人对她如此百般依靠，只不过她害怕再过那种寂寞孤独的日子。

她说："你确定自己记起来了，愚可？"

"是的。"

他们在田野间停下脚步，太阳将周围的一切都染上火红的色彩。轻柔、幽香的晚风即将吹起，棋盘般的灌溉渠道已开始化成一片紫色。

他说："当我的记忆重现时，我信得过这些记忆。罗娜，你知道我信得过。比方说，你并没有教我说话，是我自己记起那些字句的。对不对？对不对？"

她勉强答道：“是的。”

“我甚至记得在我能说话之前，你带我到田野间的那些往事。我一直不断记起新的事物，昨天，我想起你曾经为我抓来一只蓟苿蝇。你用两只手把它罩起来，要我将眼睛凑到你的两根拇指之间，好让我能看见它在黑暗中闪耀紫色和橘色的光芒。我哈哈大笑，硬要伸手从你手中把它抓来，结果让它飞走了，害我哭了一场。当时我不知道那是蓟苿蝇，也不知道跟它有关的任何事，可是现在想来一清二楚。你从来没有告诉我这件事情吧，罗娜？”

她摇了摇头。

“但它的确发生过，是吗？我的记忆是真实的吧？”

“是的，愚可。”

“而现在，我记起了自己过去的一件事。一定曾经有个‘过去’，罗娜。”

一定曾经有个“过去”。每当她想到这里，心头就感到一阵沉重。那是个不一样的过去，与他们现在的生活完全不同。那是在另一个世界上，这点她明白，因为蓟苿这个名称他始终想不起来。她必须教他认识这个名称，那代表弗罗伦纳这个世界上最重要的一样东西。

“你到底记起了什么？”她问。

面对这个问题，愚可的兴奋似乎突然消失无踪。他犹豫不决地说：“没有多大的意义，罗娜。只不过我曾经有份工作，而我知道那是什么工作，或多或少知道些。”

“是什么工作呢？”

“我分析‘一场空’。”

她猛然转过头来，凝视着他的双眼，还将手掌按在他的前额一阵子，直到他不悦地将头撇开。她说：“不是又犯头痛了吧，愚可？

你有好几个星期没头痛了。”

“我很好，你不要烦我。”

看到她垂下眼睑，他立刻补充道：“我不是那个意思，罗娜。只是我感觉很好，我不希望你为我担心。”

她随即精神一振。“‘分析’是什么意思？”他知道一些她不懂的词汇。想到他曾是个多么有学问的人，她就感到非常自卑。

他想了一下。“意思就是……意思就是‘拆开来’。你知道的，就像我们会拆开一个分类器，以便找出扫描光束对不准的原因。”

“哦。可是，愚可，怎么有什么也不分析这种工作呢？这根本不算工作。”

“我没有说我什么也不分析，我说我分析‘一场空’，有引号的。”

“那不是同一回事吗？”开始啦，她想。她开始说傻话了，他很快就会受不了而把她甩掉。

“不，当然不是。”他深深吸了一口气，“不过，只怕我自己也无法解释，我记得的只有这么多。但在我的感觉中，那必定是一份重要的工作。我以前不可能是罪犯。”

瓦罗娜心虚了，她实在不该把那件事告诉他。她曾经安慰自己，警告他的目的只是为了保护他；现在她却觉得自己所以那样做，真正的用意是为了将他绑得更紧。

那是他刚开始说话的时候。变化来得太突然，害她吓了一大跳，她甚至不敢把这件事告诉镇长。下一个休工日，她从一生积蓄中取出五个信用点（永远不会有任何男子要她的嫁妆，所以根本没有关系），带愚可去看一个城中医生。她握着一张纸片，上面有医生的姓名与地址。不过即使如此，她还是战战兢兢找了两个小时，才在支撑“上城”的巨柱之间找到那座建筑物。

她坚持要陪在愚可身边，结果看到医生用许多奇怪的仪器，做出各种恐怖的事情。当他将愚可的头放在两块金属中间，使它像晚间的蓟蒿蝇一样发出光芒时，她赶紧跳起来试图阻止。医生叫来两个人，费了好大力气才把她拖出去。

医生在半小时后走出来，面对着高大而眉头深锁的她。她在他面前感到坐立不安，因为他是一名大亨，尽管他在“下城”拥有一间诊所。不过他的眼光相当和善，甚至可算是亲切。他正在用一条小毛巾擦手，擦完就丢进垃圾桶里，虽然在她眼中那条毛巾干净得很。

他说：“你是在哪里遇到这个人的？”

她谨慎地把经过情形告诉他，只透露了最基本的梗概，完全没有提到镇长与巡警。

“这么说，你对他一无所知？”

她摇了摇头。“以前的事都不知道。”

他又说：“这个人接受过心灵改造。你知道那是什么吗？”

起初她又摇了摇头，但随即压低声音，生硬地说：“对疯人做的那种事吗，医生？”

“还有罪犯。改造他们的心灵是为了他们好，那样能让他们的心灵恢复健康，或是改变使他们想要偷窃、杀人的那些部分。你了解吗？”

她听懂了。她涨红了脸，对医生说：“愚可从没偷过任何东西，或是伤害任何人。”

“你管他叫愚可？”他似乎觉得挺有意思，“听我说，在你遇到他之前，他曾经做过什么，你又怎么知道呢？从他的心灵目前的状况，我们很难判断。那次改造很彻底、很残酷。我不敢说他的心智有多少被真正除去，又有多少是由于震撼而暂时丧失。我的意思是说，一些时日之后，有些部分会恢复过来，就像他的语言能力，可是并非全部。他应该受到严密监视。”

“不，不，他一定得跟我在一起。我一直把他照顾得很好，医生。”

他皱了皱眉，然后声音变得更温和。“好吧，我是为你着想，姑娘。并非所有的坏心眼都能除去，你不会希望哪天他伤害你吧？”

这个时候，一位护士把愚可带了出来。她还发出一些声音哄他安静下来，就像对待婴儿一样。愚可将一只手放在头上，茫然瞪着前方，直到他的目光聚焦在瓦罗娜身上。然后他伸出双手，虚弱地喊道：“罗娜——”

她一个箭步向他冲去，把他的头搁在自己肩膀上，紧紧地抱住他。她对医生说：“无论如何，他绝不会伤害我。”

医生语重心长地说：“他的病历当然必须报上去。照这种情况看来，他原本必定在有关当局监管之下，我不知道他是怎么逃出来的。”

“这是不是意味着他们会把他带走，医生？”

“只怕就是这样。”

“拜托，医生，别那样做。”她解开手帕，露出五枚亮晶晶的合金信用币。“你可以全部拿去，医生。我会好好照顾他，他不会伤害任何人。”

医生看了看送到他手中的信用币。“你是个厂工，对吗？”

她点了点头。

“他们付你一周多少钱？”

“二点八个信用点。”

他轻轻抛起那些硬币，又把它们攥在手中，激起一下清脆的叮当声。然后，他把硬币送到她面前。“拿去，姑娘，我不收钱。”

她以惊喜的心情收下来。“你不会告诉任何人吧，医生？”

不料他却答道：“只怕我必须那么做，这是法律。”

在回去的路上，她拼命紧紧抓住愚可，带着沉重的心情，驾车横冲直撞。

一周后，超视新闻幕上有一则新闻，说本地某条运输电力束暂时故障时，有位医生在回旋机坠毁的意外中丧生。她觉得死者的名字很眼熟，当天晚上回到家，她取出那张纸片来，结果发现是同一个名字。

她很伤心，因为他是个好人。很久以前，另一名工人向她提到这个名字，说他是个大亨医生，而且对厂工们很好。于是她将纸片收起来，以备紧急时可向他求助。而当紧急情况发生之际，他的确对她很好。但她的喜悦盖过了悲伤，因为他还没有时间告发愚可。至少，从未有人到村镇来进行调查。

后来，当愚可的理解力恢复许多时，她曾经告诉他医生的那番话，好让他乖乖留在镇里，以免被人抓走。

愚可摇着她的身子，将她从冥想中拉回来。

他说：“你没听到我说什么吗？如果我原来有一份重要的工作，我就不可能是个罪犯。”

“难道你不可能做错事吗？”这句话她说得有些迟疑，“即使你以前是个大人物，你也有可能犯错，甚至大亨们……”

“我确定自己没有。可是我必须找出真相，好让别人也能明白，难道你不了解吗？除此之外没有别的办法。我必须离开加工厂和小镇，去发掘自己更多的过去。”

她觉得惊恐感提升了。“愚可！那很危险，你为什么要那样做？即使你以前分析一场空，但找出更多真相为何那么重要？”

"因为我记起了另一件事。"

"另一件什么事？"

他悄声道："我不想告诉你。"

"你总得告诉什么人，你可能再次忘记。"

他一把抓住她的手臂。"没错。你不会告诉任何人，是吗，罗娜？你只是我的备份记忆，以防万一我又忘掉。"

"当然啦，愚可。"

愚可四下张望一番。这个世界非常美丽，瓦罗娜曾告诉他，在上城有块闪烁的巨大招牌，挂在比上城还要高好几英里的地方，上面写着："在整个银河中，弗罗伦纳是最美丽的行星。"

当他环顾四周时，他的确相信这一点。

他说："这是一件可怕的记忆，可是当我的记忆恢复时，我记得的事总是正确无误。它是今天下午浮现的。"

"什么事？"

他凝望着她，脸上布满惊恐的表情。"这个世界上每个人都会死去——弗罗伦纳上每一个人。"

第二章
镇 长

叫门讯号响起时，米尔林·泰伦斯正从书架上取下一册胶卷书。他浑圆的脸庞原本一副深思状，现在则换成较普通的、看起来带有适度谨慎的表情。他用一只手梳过日渐稀疏的红发，同时喊道："给我一分钟。"

他将胶卷书放回去，按下一个开关，让伪装外壳弹回原位，使得书架与墙壁其他部分无法区分。在他治理的那些单纯的厂工与农工心目中，他们的同胞之一（至少就出身而言）竟然拥有胶卷书，多少是一件值得骄傲的事。这照亮了他们自己贫乏的心灵暗角。然而，他不可以公开展示这些胶卷。

让它们曝光将弄糟许多事，会使他们绝非能言善道的舌头打结。他们平时可能会吹嘘镇长的藏书，但是这些书籍倘若真正呈现在他们眼前，则会使泰伦斯似乎太像一名大亨。

此外，当然还得顾虑那些大亨。要说他们有哪位会到他家来拜访他，那是极其不可能的事。可是万一任何一位闯进来，让他见到一列胶卷书就是不智之举。他是个镇长，依据惯例拥有若干特权，可是他绝不能对人炫耀。

他又喊道："我来啦！"

这回他一面走向大门，一面压下短袖衣上端的接缝。就连他的服装也有几分大亨模样，有时他几乎忘记自己出生在弗罗伦纳。

瓦罗娜·玛区站在门前的阶梯上，对他尊敬地屈膝、低头打招呼。

泰伦斯推开门。"进来，瓦罗娜，坐下来。宵禁已经开始，我希望巡警没看到你。"

"我想应该没有，镇长。"

"好吧，但愿如此。你的记录不佳，这你是知道的。"

"是的，镇长。您过去对我所做的一切，我非常感激。"

"别放在心上。来，坐下来。你想不想吃点或喝点什么？"

她在一张椅子的边缘坐下，背部挺得笔直。然后她摇了摇头，答道："不了，谢谢您，镇长，我吃过了。"

招待客人茶点是镇民的礼貌，接受主人的款待却是不礼貌的。泰伦斯知道这一点，因此并未勉强她。

他说："好吧，有什么麻烦，瓦罗娜？又是愚可吗？"

瓦罗娜点了点头，但似乎难以解释下去。

泰伦斯又问："他在加工厂有麻烦吗？"

"不是的，镇长。"

"又犯头痛了？"

"不是的，镇长。"

泰伦斯等了一会儿，他淡色的眼睛渐渐眯起来，眼神变得更加锐利。"好啦，瓦罗娜，你总不会要我来猜你的麻烦吧，是吗？来吧，说出来，否则我无法帮助你。我想，你的确需要帮助。"

她先说："是的，镇长。"然后又脱口而出，"要我怎么告诉您呢，镇长？这听来几乎是疯话。”

泰伦斯有一股拍拍她肩膀的冲动，但他知道她会缩回身子，不让自己碰到她。她像平常那样坐着，将一双大手尽可能埋进衣服里。他注意到她粗短强壮的十指交缠着，缓缓扭来扭去。

他说：“不论是什么事，我都会听。”

“您还记不记得，镇长，我曾经告诉您城中医生的事，还有他说的话？”

“我没忘记，瓦罗娜。而且我还记得特别嘱咐过你，今后再也不要背着我做任何像那样的事。你还记不记得？”

她张大了眼睛。不需任何提醒，她便能想起他的愤怒。“我再也不会做那样的事，镇长。只不过我想提醒您，您曾说过会尽一切力量帮我保住愚可。”

“我会这样做的。好啦，那么，巡警有没有问起他？”

“没有。哦，镇长，您认为他们可能会吗？”

“我确定他们不会。”他渐渐失去耐心，“来吧，瓦罗娜，告诉我出了什么问题。”

她现出忧郁的眼神。“镇长，他说他将要离开我，我要您阻止他。”

“他为什么要离开你？”

“他说他开始记起一些事。”

泰伦斯立刻显得有了兴趣。他倾身向前，几乎要伸手抓住她的手。“记起一些事？什么事？”

泰伦斯还记得愚可最初被发现的经过。那天，他看到许多小孩聚在镇外一条灌溉渠附近。他们扬起尖锐的声音，高声叫唤他。

“镇长！镇长！”

他马上跑过去。“怎么回事，拉西？”他来到镇上后，就把熟记小孩的名字当成一件公事。这样能给母亲们带来好感，使他头一两个月的工作顺利些。

拉西露出一副恶心状："看这里，镇长。"

他指着一团缓缓蠕动的白色物体，那正是愚可。其他男孩立刻扯开喉咙，七嘴八舌试图解释。泰伦斯勉强听懂了，他们刚才在玩一种躲藏与追逐的游戏。他们热心地告诉他游戏的名称、经过情形，以及他们是在哪个阶段被打断的。其中还夹杂着少许口角，争论究竟哪个人或哪一方"领先"。当然，这些全都不重要。

那个叫拉西的十二岁大的黑发男孩最先听到有呜咽声，于是小心地朝那个方向走去。他原本以为是一只动物，或许是只田鼠，那就可以好好捕猎一番。结果他发现了愚可。

面对这个奇异的景象，每个男孩都怔住了，这实在很恶心，但又实在十分有趣。那是个成年人，几乎全身赤裸，下巴淌着口水，正在无力地啜泣，双手双脚则毫无目的地扯动。他脸上长满胡楂，一对失去光泽的蓝眼珠胡乱溜来溜去。有那么一会儿，那双眼睛捕捉到泰伦斯的目光，便似乎开始聚焦。然后，那男子缓缓举起拇指，塞进自己的嘴巴。

其中一个小孩哈哈大笑："看看他，镇长，他在吸手指头。"

突如其来的叫喊吓坏了这个趴在地上的人。他的脸开始涨红，五官扭成一团。接着传来一阵微弱的、并未伴随着眼泪的哀鸣，但他的拇指还留在嘴里。他举起的手掌沾满污泥，只有那根湿润的拇指呈粉红色。

泰伦斯从惊呆状态中回过神来，开口道："好啦，听着，孩子们。你们不该在蓟芾田里乱跑，这样会弄坏作物。要是给农工抓到，你们知道会有什么后果。走吧，不要宣扬这件事。听好，拉西，你跑去找坚卡斯先生，要他赶紧到这里来。"

兀尔·坚卡斯是镇上最接近医生的人物。他曾在城中一位医生的诊所里当过一段时期学徒，由于这份经验，免除了他在田地或加工厂的工作义务。这项安排还不错，他会量体温、开药方、打针；而最重要的是，他能判断什么毛病够严重，需要送到城中的医院去。若是没有这样一个半专业的后盾，那些不幸罹患脊髓膜炎或急性阑尾炎的人，可能就有苦头吃了，只是通常时间不会太久。事实上，领班们都对坚卡斯议论纷纷，就差没正式指控他是装病怠工的共犯。

坚卡斯帮泰伦斯把那人抬到一辆滑板推车上，两人再以尽可能谨慎的行动将他带回镇里。

他们一起动手，洗掉粘在那人身上的干硬污垢。他的头发并不需要特别处理，在进行身体检查时，坚卡斯顺便将那人全身的毛发剃掉，并且做了他能做的每一件事。

坚卡斯说："我看不出有什么感染，镇长。他未曾断粮，肋骨没有突出多少。本人想不通这究竟是怎么回事。他是怎么到那里去的，你说呢，镇长？"

他以悲观的语调提出那个问题，仿佛并不指望泰伦斯能给出任何回答。泰伦斯以达观的态度接受这个事实，镇民刚刚失去相处近五十年的老镇长，一个年轻的新人必定会经历一段过渡期。他们当然会怀疑他、对他缺乏信心，但这绝非冲着他个人而来。

泰伦斯说："只怕我也不晓得。"

"他无法走动，你该知道，一步也不能走，一定是被别人放在那里的。根据我的最佳判断，他简直像个婴儿，其他一切能力似乎都消失了。"

"有什么疾病会导致这种现象？"

"据我所知没有。虽说心智障碍可能就会，但我对这方面一窍不通。真是心智障碍的话，我得把他送到城里。你见过这个人吗，镇长？”

泰伦斯微微一笑，柔声答道：“我到这里才一个月。”

坚卡斯叹了一口气，伸手去取手帕：“是啊。老镇长是个好人，他让我们过好日子。本人在此地将近六十年了，从来没见过这家伙。一定是从别的村镇来的。”

坚卡斯是个胖子，看来像是一出生就那么胖，再加上他一生从事室内工作，不难理解他为何说几个字就得呼一口气，还频频用红色的大手帕猛擦光润的额头。

他说：“不知道到底该对巡警怎么解释。”

不久巡警果然来了，这是不可能避免的事。孩子们会告诉他们的父母，父母会再告诉其他人。小镇的生活十分平静，即使这种小事也很不寻常，值得大家互相转告。而在它传遍大街小巷之际，巡警们想不听到也难。

所谓的巡警就是弗罗伦纳巡逻队的成员。他们并非弗罗伦纳当地人，却也不是那些萨克大亨的同胞。他们不过是一群佣兵，只要有薪水就会服从命令。这些外籍佣兵与弗罗伦纳人没有任何血缘关系，因此绝不会受到不当影响而对他们产生同情。

前来调查的巡警有两名，他们是由加工厂的一名领班陪同前来的。那领班把自己一丁点的权威发挥得淋漓尽致。

两名巡警显得既不耐烦又漠不关心。一个失心的白痴或许是当天工作的一环，却并非有趣的一环。其中一名巡警对领班说：“好啦，你做个指认要花多少时间？这名男子是谁？”

领班使劲摇头。“我从没见过他，长官。他不是这里的人！”

那名巡警转向坚卡斯：“他身上有任何证件吗？”

“没有，长官。他原来只围着一块破布，为了预防感染，已经把它烧了。”

“他有什么问题？”

“心智丧失，我能做的最佳判断。”

泰伦斯这时把两名巡警带到一边。由于他们相当不耐烦，因此相当好讲话。发问的那名巡警把笔记簿收起来，说道：“好啦，这甚至不值得做成记录。事情和我们毫无关系，你们自己设法解决。”

然后他们就离开了。

那个领班没有跟着走。此人脸上有些雀斑，头发是火红色，留着两撇又粗又硬的八字胡。在严苛的规定下，他已经当了五年的领班，这意味着他肩头的责任重大，要保证加工厂的产量每季都达到定额。

“听好，”他以粗暴的口气说，“这件事该怎么办？那些混账工人忙着议论纷纷，他们都没在工作。”

“送他到城中医院去，我能做的最佳判断。”坚卡斯一面说，一面奋力挥动手帕，“我束手无策。”

“送进城去！”领班吃了一惊，“谁来付钱？谁该负担费用？他不是我们的人，对不对？”

“据我所知不是。”坚卡斯承认。

“那我们为什么该付钱？找出他是谁的人，让他的村镇来付。”

“我们要怎么找出来？你告诉我。”

领班一面思索，一面伸出舌头舔弄粗糙而红润的上唇。“那么我们只需要把他解决掉，像那名巡警说的那样。”

泰伦斯插嘴道：“给我听好，你这话是什么意思？”

领班答道：“他还不如死了的好，那算是他的运气。”

泰伦斯说：“你不能杀害一个活生生的人。”

“那么请你告诉我该怎么做。”

“难道不能找个镇民照顾他吗？”

“谁要干？你要吗？”

泰伦斯并未理会这个公然无礼的态度：“我还有别的工作。”

“其他人也都一样。我不能让任何人放下加工厂的工作，来照顾这个疯子。”

泰伦斯叹了一声，不带任何火气地说：“好了，领班，让我们讲讲理。如果你这一季没能达到定额，我或许会假设是因为你手下一名工人在照顾这个可怜家伙，而我会帮你向那些大亨解释。否则的话，万一你真没达到，我会说我不知道你有任何理由。”

领班气得瞪大眼睛。这位镇长来到此地才一个月，已经开始干涉住在镇上一辈子的人。话说回来，他手中握有大亨这张王牌，与他公然作对太久是不智之举。

于是他说：“可是谁要照顾他呢？”一阵恐怖的疑虑突然袭向他，“我可不能。我自己有三个小孩，而且我老婆身体不太好。”

“我没说该由你负责。”

泰伦斯向窗外望去。巡警离开之后，挤来挤去、窃窃私语的人群便凑近镇长的住宅。他们大都是小孩子，尚未达到工作年龄；其他几人则是附近农地的农工，以及一些轮休的厂工。

泰伦斯看到站在人群边缘的那个大个子女孩。过去一个月来，他常常注意她——结实、能干而勤奋，在不讨人喜欢的外表下隐藏着天生的聪慧。假使她是个男子，有可能获选接受镇长养成训练，可惜她是个女的。父母双亡的她外表过于平庸，因而无法享受浪漫。换句话说，她是个孤独寂寞的女子，而今后很可能始终如此。

他说：“她怎么样？”

领班看了一眼，随即咆哮道：“妈的，她现在应该上工。”

“没有关系。”泰伦斯劝道，“她叫什么名字？”

“瓦罗娜·玛区。”

“对啦，现在我想起来了。把她叫进来。”

从那一刻开始，泰伦斯成了他俩的非正式监护人。他尽可能为她提供超额的口粮、布票，以及靠一份收入维生的两个成人（其中之一没有登记）所需的一切。他还尽力帮助她，让她能送愚可接受蓟荒加工厂的训练；瓦罗娜与一名工头冲突之际，他也出面使她避免受到更大的惩罚。由于城中医生意外死亡，让他不必采取更进一步的行动，不过当时他已做好准备。

无论瓦罗娜遇到任何麻烦，前来向他求助都是很自然的事。现在，他正等着她回答自己的问题。

瓦罗娜仍在犹豫。最后她终于说：“他说这个世界上每个人都会死。”

泰伦斯看来吃了一惊：“他有没有说为什么？”

“他说他也不知道为什么；只说他是从他变成，您知道的，变成这样之前的记忆中想起的。他还说记得自己曾有一份重要的工作，可是我不了解那是什么。”

“他怎样形容那份工作？”

“他说他分……分析‘一场空’，有引号的。”

瓦罗娜等待对方发表意见，又连忙解释：“分析的意思是把什么东西拆开来，就像……”

“我知道那是什么意思，姑娘。”

瓦罗娜焦急地望着他。“您知道他是什么意思吗，镇长？”

“也许吧，瓦罗娜。”

“可是，镇长，一个人怎能对一场空做些什么呢？”

泰伦斯站了起来，露出短暂的笑容。“啊，瓦罗娜，你不知道整个银河万事万物主要都是一场空吗？”

看来瓦罗娜并没有开窍，但是她接受了这个说法，因为镇长是个非常有学问的人。她突然确信她的愚可甚至更有学问，这为她带来一阵意想不到的骄傲。

“来吧。”泰伦斯对她伸出手。

她问道：“我们要到哪儿去？”

“嗯，愚可在哪里？”

“家里，”她说，“在睡觉。”

“很好，我送你回去。你想要巡警发现你一个人在街上吗？”

小镇在夜间似乎毫无生气。将工寮区一分为二的唯一一条街，沿途的路灯只发出微弱的光芒。空中飘着少许雨滴，但那只是几乎每晚都会下的温暖细雨，没必要做特别的预防措施。

上工日的夜间，瓦罗娜从未这么晚出来过，这种气氛十分吓人。她尝试着尽量压低自己的脚步声，同时注意倾听远处可能出现的巡警的脚步声。

泰伦斯说：“别再试图蹑手蹑脚，有我跟你在一起。”

他的声音在一片静寂中隆隆作响，害得瓦罗娜吓了一跳。在他的催促下，她赶紧向前走去。

瓦罗娜的小屋与其他房舍同样黑暗，他们必须小心翼翼地走进去。泰伦斯就是在这种小屋出生、长大的，虽然他后来在萨克上住过，如今的住宅也拥有三个房间与卫浴设备，但是对于这种家徒四壁的小屋，他仍有一份怀旧的情感。一个房间就能满足一切需要：一张床、一个五斗柜、两把椅子；脚下是灌水泥的平滑地面，墙角处还有一个衣橱。

屋里没有必要装置烹饪设备，因为三餐都在加工厂解决；也没有必要建造浴室，因为这些屋子后面有一排公用厕所与淋浴间。此地气候温和，没有四季变化，窗户不是用来阻挡寒气或风雨的。四面墙壁都有装着纱窗的孔洞，而上方的屋檐足以屏蔽夜晚无风的绵绵细雨。

泰伦斯握着一支小型电筒，在它的光芒照耀下，他看到一扇破烂屏风将房间的一角围起来。他记得那是不久前，当愚可变得不再像小孩，或者说更像成人时，他特地为瓦罗娜张罗来的。此时，他能听见屏风后面传来均匀的鼾声。

他朝那个方向点了点头。“把他叫醒，瓦罗娜。”

瓦罗娜轻轻敲了敲屏风。“愚可！愚可，宝宝！”

回应她的是轻微的惊叫声。

“是我，罗娜。”瓦罗娜说完，两人就绕过屏风。泰伦斯用小电筒照了照他们自己的脸，然后又照向愚可。

愚可举起一只手臂挡住强光。“怎么回事？”

泰伦斯坐到床沿，他注意到愚可睡在工寮原有的床上。当初，他帮瓦罗娜弄来一张破旧且有些摇晃的小床给愚可，可是她把那张小床留给了自己。

“愚可，”他道，“瓦罗娜说你开始记起过去的事。”

“是的，镇长。”愚可在镇长面前总是非常谦卑，此人是他见过的最重要的人物，即使加工厂的监工也对镇长客客气气。于是，愚可将这天想起的零星记忆重复了一遍。

泰伦斯说：“你把这些告诉瓦罗娜之后，还有没有记起其他任何事？”

“没有了，镇长。”

泰伦斯双手的手指互相搓揉：“好吧，愚可，继续睡觉。”

瓦罗娜跟他走到屋外。她尽可能不让自己的脸孔扭曲，只是用粗糙的手背拭过双眼。“他必须离开我吗，镇长？”

泰伦斯抓住她的双手，严肃地说：“你一定要像个成年人，瓦罗娜。他必须跟我离开一阵子，但是我会带他回来的。”

“然后呢？”

“我不知道。你必须了解，瓦罗娜，如今世界上最重要的一件事，就是找出愚可更多的记忆。”

瓦罗娜突然说：“您的意思是弗罗伦纳上每个人都可能死去，像他说的那样？”

泰伦斯双手抓得更紧：“千万别对任何人说，瓦罗娜，否则巡警真有可能把愚可抓走，让你再也见不到他，我是说真的。”

说完他便转身，慢慢地、若有所思地走回宿舍，并未注意到他的双手正在发抖。他辗转反侧无法成眠，一小时后，他开始调整“昏迷场”。那是当初他从萨克回到弗罗伦纳就任镇长时，随身携带的几件物品之一。它刚好罩住他的头颅，就像一顶薄的黑毡帽。他将控制钮调到五小时，并按下了开关。

在延迟数秒的响应出现之前，他还有时间在床上好好调整睡姿。然后，昏迷场便使大脑的意识中枢短路，瞬间将他带进一场无梦的睡眠。

第三章
图书馆员

他们将反磁滑板车寄存在城外的一个停车间。这种滑板车在城中很少见，泰伦斯不希望吸引不必要的注意。他忿忿地想到上城的那些居民，还有他们的反磁地面车与反重力回旋机。不过那是上城，一切都不一样。

愚可等着泰伦斯锁起停车间并加上指纹封。他穿着全新的单件外套，感觉有点不舒服。然后，他不大情愿地跟着镇长向前走，穿过了第一座支撑上城的高大桥状建筑。

在弗罗伦纳上，其他的城市都有名字，唯独这座城就叫做“城”。在整个行星其他居民的心目中，住在城里与近郊的工人与农人是幸运儿。城里有较好的医生与医院，较多的工厂与较多的贩酒商店，甚至多了些最普通的奢侈。此地居民自己却不认为有多了不起，因为他们生活在上城的阴影下。

上城完全名副其实，因为这座城有上下两层，被一层水平结构硬生生一分为二。这层五十平方英里的结构由水泥合金制成，架在大约二万根钢梁支柱上。阴影底下住的是“当地人”，在上面享受阳光的则是大亨。置身上城时，很难相信它位于弗罗伦纳这颗行星上。上城的居民几乎一律是道地的萨克人，此外还有稀稀落落的巡警，他们是不折不扣的上层阶级。

泰伦斯认识路，他走得很快，避开了路人的目光。那些人都带着嫉恨交织的心情，打量着他的镇长制服。愚可的腿比较短，他只顾得不要落后，因此步伐没那么威严。以前他只来过城里一次，但是没有留下太多记忆。现在一切似乎相当不同，上次是个阴天，这回有了太阳。阳光从上面水泥合金的间隔孔洞射下来，在下面形成一条条的亮带，而两两亮带之间也就更加阴暗了。他们以节奏性的、几乎具有催眠效应的步调，穿过一个又一个明亮地带。

许多老年人坐在轮椅上，在亮带里享受温暖的阳光，并随着亮带逐渐移动。有时他们会沉沉睡去，因而滞留于阴影中，直到轮椅自动变换位置的噪音将他们吵醒。还有些母亲推宝宝出来晒太阳，她们的婴儿车偶尔会将亮带几乎挤满。

泰伦斯说："听着，愚可，站好，我们要上去了。"

他们站在一座方形建筑之前，它占满四根支柱之间的空间，向上一直延伸到上城。

愚可说："我怕。"

愚可猜得出这座建筑是什么，它是一座直达上层的升降机。

这些升降机当然是必要的设备。生产在底下进行，而消费则在上层。基本的化学原料与食品原料运到下城，制成的塑质器皿与精致餐点则供上城享用。下面负责孕育过剩的人口；女佣、园丁、司机、建筑工人则为上面服务。

泰伦斯毫不理会愚可表现出的恐惧，他惊讶的是自己的心脏跳得如此猛烈。那当然不代表恐惧，而是一种强烈的满足感，因为他就要上去了。他将踩遍整片神圣的水泥合金，在它上面用力跺脚，把鞋底的泥土刮在上面。身为一位镇长，他可以那样做。当然，在大亨的眼中，他仍然只是个弗罗伦纳当地人。不过他是镇长，因此可以随时踩到那片水泥合金上。

银河啊，他可真恨他们！

他停下脚步，坚定地吸了一口气，然后按下按钮召唤升降机。恨意于事无补——他曾在萨克待了好多年；在萨克本土——大亨的聚集中心与他们的发源地。他学会了忍气吞声，现在他不该忘记学到的教训。任何时候都好，现在绝不可忘。

他听到升降机的嗡嗡声抵达下层，面前的整面墙便沉到地底的凹槽中。操作升降机的当地人一副厌恶的表情。“只有你们两人吧？”

“只有两位。”泰伦斯一面说，一面走进去，愚可跟在他后面。

操作员并未准备将墙壁升到原先的位置。他说：“我看你俩可以等等两点钟的货物，和它一起升上去。我不该为两个人就让这东西上上下下。”他仔细吐了一口痰，以便确定落点是下层的混凝土，而不是升降机的地板。

他继续说：“你的工作证在哪里？”

泰伦斯说：“我是个镇长，你从我的制服看不出来吗？”

“制服没有任何意义。听着，你以为我会因为可能是你在哪里捡来的一套制服，就冒着丢掉工作的危险？你的证件卡呢？”

泰伦斯二话不说，便出示了所有当地人必须随时携带的证件夹，里面有登记号码、工作证书、税务收据等等。他翻到插着深红的镇长执照那一页，操作员很快瞄了一眼。

“好吧，这或许也是你捡来的，但这不关我的事。你有证明，我就让你过关，虽然在我看来，镇长只是当地人的一项虚衔。另外那家伙又是什么人？”

“他由我负责，”泰伦斯说，“他可以跟着我。我们要不要叫个巡警来，查一查法规究竟如何？”

泰伦斯绝不愿这样做，但他却以适度的傲慢如此建议。

“好啦！你犯不着生气。”升降机的舱壁向上升起，在一下晃动之后，升降机就开始爬升。操作员还阴狠地低声咒骂不停。

泰伦斯露出生硬的笑容。这几乎是无可避免的事，那些直接在大亨手下办事的人，非常喜欢将自己视同统治者。而他们补偿自卑感的方法，就是比主子更加坚持隔离法规，并以严苛且高傲的态度对待自己的同胞。他们是所谓的“上层人”，其他的弗罗伦纳人对他们有一股特别的恨意，这与仔细调教出来的对大亨的敬畏毫无关系。

两层之间的垂直距离只有三十英尺，但是当升降机门再度开启时，眼前却是一个新世界。上城与萨克本土的城市一样，其设计特别着眼于色彩。每一座建筑物，不论是住宅或公用大楼，外表都镶嵌着色彩繁复的拼嵌画。这些图案近看是毫无意义、乱七八糟的一团，但是在一百码外，就能看出许多组柔和的色调，而且会随着观看角度融解与重组。

“来吧，愚可。”泰伦斯说。

愚可睁大眼睛东张西望，看不见任何活生生的东西！只有一大堆五颜六色的巨石，他从来不知道房屋可以有这么大。愚可心中突然抽动一下，前后有一秒钟的时间，这些庞然大物不再那么陌生……然后，那段记忆便再度封闭起来。

一辆地面车疾驰而过。

“那些是大亨吗？”愚可悄声问。

他们只有瞥一眼的时间。那些人的头发修剪得很仔细；衣服有蓝有紫，都是光泽的单一色彩，袖子宽大而过分抢眼；灯笼裤的质料看来是天鹅绒；半透明的长袜闪闪发亮，仿佛是细铜线织成的。

他们甚至懒得看愚可与泰伦斯一眼。

“是年轻的大亨。”泰伦斯答道。自从离开萨克后，他从未与他们有如此近距离的接触。他们在萨克上已经够坏了，但至少不会无法无天。这里只比地狱高三十英尺，不是适合天使居住的地方。他再度扭动了一下，试图压抑恨意引起的颤抖。

一部双人平底车来到他们身后，发出一阵嘶嘶声。那是一部新型的平底车，拥有内建的气流控制器。此刻，它正在离地表两英寸之处平稳地掠过。它闪亮的平底边缘全部向上卷，以便减少空气阻力。即使如此，它的下侧切过空气时，仍会发出特有的嘶嘶声，足以代表上面坐的是巡警。

像所有的巡警一样，他们块头很大，拥有宽阔的脸庞、平板的脸颊、长直的黑发、淡褐的肤色。对当地人而言，每位巡警看起来都一模一样。他们穿着乌黑光亮的制服，衬托着皮带环与各处饰扣的耀眼银光，令他们的面部特征相形失色，且加深了一个模子塑出来的印象。

其中一名巡警坐在驾驶台上，另一名从车子的边缘轻巧地跳下来。

他说：“证件夹！”他以机械化的动作很快看了看，立刻将它交还泰伦斯，“你到这里有何公干？”

“我准备去图书馆查资料，长官。我拥有这项特权。”

那名巡警转向愚可。“那么你呢？”

“我……”愚可吞吞吐吐。

“他是我的助手。”泰伦斯抢着回答。

“他没有镇长的特权。”那名巡警说。

“我会对他负责。”

巡警耸了耸肩。“那就是你的责任了。镇长拥有特权，但他们不是大亨，记住这一点，小子。”

“是的，长官。对了，能否指点我如何到图书馆去？”

巡警用细长、可怕的针枪枪管为他指点方向。从他们现在站的角度看来，图书馆是个闪耀的朱红斑块，越高的楼层色彩越深越红。当他们逐渐接近时，深红色的部分便逐渐下降。

愚可突然激动地说：“我认为它很丑。”

泰伦斯立刻对他投以讶异的目光。他在萨克时对这一切已习以为常，但他也觉得上城这种夺目的色彩有些庸俗。话说回来，上城比萨克更像萨克。在萨克上，并非所有的人都是贵族。甚至也有贫穷的萨克人，有些几乎不比普通的弗罗伦纳人好多少。

而这里住的都是人上人，图书馆便将这点表露无遗。它甚至比萨克上大多数图书馆还大，远超过上城的需要，这显示了廉价劳工的好处。泰伦斯在通向正门的弯曲坡道前驻足。坡道的色彩结构让人产生阶梯的错觉，使愚可有些困惑，差点摔了一跤。不过它为图书馆带来古色古香的氛围，学术性建筑物习惯上都是这样。

主厅是个巨大而严肃的建筑，几乎空无一人。里面只有一张办公桌，坐在后面的图书馆员看来好像鼓胀的豆荚中一粒又小又皱的豌豆。她抬起头来并微微起身。

泰伦斯随即道：“我是个镇长，拥有特权，我对这个当地人负责。”他已经准备好证件，将它们一一放在面前。

图书馆员重新坐下，露出一副严肃的表情。她从一个槽孔中取出一张金属片，递给了泰伦斯。镇长用右手拇指使劲按了一下，馆员便将金属片收回去，放进另一个槽孔，引起了一阵短暂的暗淡紫光。

她说：“二四二室。”

“谢谢你。”

正如任何无尽的长链一样，二楼整排小隔间显得冰冷而缺乏个性。有些隔间已有人使用，它们的玻璃门变成不透明的毛玻璃；但大多数都是空的。

“二、四、二。”愚可的声音有些尖锐。

“怎么回事，愚可？”

“我不知道，我感到非常兴奋。”

“曾经来过图书馆吗？”

“我不知道。”

泰伦斯将拇指按在一个铝质圆盘上，五分钟以前，这个圆盘刚接受过他的指纹资料。晶莹的玻璃门随即转开，等到他们走进去之后，那扇门又悄悄关上，而且仿佛拉下一重帷幕，整块玻璃立即变作不透明。

房间的长宽都是六英尺，由漫射的屋顶灯光负责照明，还有抽风设备负责送风。里面没有任何窗户或装饰，有的只是一张两端顶住两道墙的书桌，以及书桌前一把有布套而无椅背的长椅。书桌上有三台“阅读机”，它们的正面是一块毛玻璃，一律向后倾斜三十度角。每台阅读机前都有各式各样的控制盘。

“你知道这是什么吗？”泰伦斯坐下来，将柔软而胖嘟嘟的手放在其中一台阅读机上。

愚可也坐了下来。

“书吗？”他热切地问道。

“嗯，”泰伦斯似乎并不确定，“这里是图书馆，所以你的猜测没有多大意义。你知道如何操作阅读机吗？”

“不，我想不会，镇长。”

“你确定吗？稍微再想一想。”

愚可认真地试了试。“很抱歉，镇长。”

“那么我来教你。注意听！首先，你看，这里有个标示着‘目录’的旋钮，上面还印着字母。因为我们最先要查的是百科全书，所以我们把旋钮转到E，然后向下按。”

立刻有好几件事同时发生。毛玻璃亮了起来，上面还出现字迹。随着屋顶灯光逐渐变暗，字迹成了显现在黄色背景上的黑色字体。每台阅读机前方都伸出一块光滑的平板，好像是吐出来的舌头，每块平板正中都有一条紧致的光束。

泰伦斯拍向一个捺跳开关，那些平板便缩回原来的凹槽中。

他说：“我们不要做笔记。”

接着他又继续说：“现在我们可以旋转这个钮，浏览所有E字头的书单。”

一长串按照字母排列的资料开始向上挪动，其中包括书名、作者、编目号码，最后停在列有许多册百科全书的部分。

愚可突然说：“你想要哪本书，就用这些小按钮按下号码和字母，屏幕上便会显现出来。”

泰伦斯转向他：“你怎么知道？你记得吗？”

“我也许记得，但我不确定，只是似乎这么做才对。”

“好吧，就算是个聪明的猜测。”

他敲下一组字母与数字的组合。玻璃上的光芒随即转暗，接着又大放光明，上面映着：“萨克百科全书，第五十四册。”

泰伦斯说：“现在听好，愚可，我不想把任何想法灌输给你，所以我不会告诉你我在想什么。我只要你把这一册浏览一遍，碰到似乎熟悉的东西就停下来。你了解吗？”

“了解。”

“很好，慢慢来吧。”

几分钟之后，愚可突然喘了一口气，同时将控制盘向后转。

当他停手的时候，泰伦斯看了看标题，显得很高兴。“现在你记起来了？这不是猜的吧？你记得吗？”

愚可使劲点了点头：“我突然想到的，镇长，非常突然。”

那是讨论“太空分析”的文章。

“我知道它说些什么，”愚可道，“你等着看，你等着看。”他激动得无法正常呼吸，而泰伦斯几乎同样兴奋。

“看，”愚可又说，“总是有这么一段。”

他将文章高声朗读出来，口气有些迟疑，但可算是相当娴熟。虽然瓦罗娜曾教过他一些粗浅的阅读，却绝对无法使他达到这个水准。那篇文章说：

“我们不难了解，太空分析员就气质而言，都是内向而且通常适应不良的人。将成年的大部分时光都花在记录星际间可怕的虚无上，这种孤独不是全然正常的人能忍受的。或许由于对这一点有些体认，太空分析学院才会采用稍带挖苦的一句话——‘我们分析一场空’——作为它的正式口号。”

愚可读完之后，几乎发出一声尖叫。

泰伦斯说：“你了解刚才读些什么吗？”

小个子愚可抬起头来，双眼射出炽烈的光芒：“上面提到‘我们分析一场空’，那正是我记得的，我曾是他们的一分子。”

“你以前是个太空分析员？”

“是的。”愚可叫道，然后又低声说，“我头痛。”

“因为你一直在回忆？”

“我想是吧。”他抬起头来，眉头皱成一团，“我一定得记起更多的事。有一场危机，天大的危机！我不知道该怎么办。”

“图书馆任我们使用，愚可。”泰伦斯一面仔细张望，一面衡量着要说的话，“你自己利用目录，查一查有关太空分析的文章，看看能引导你想到些什么。”

愚可冲到阅读机前面，身子明显在发抖。泰伦斯赶紧站开，为他腾出位子来。

“瑞吉特的《太空分析仪器专论》如何？”愚可问道，“听来合不合适？”

“一切由你决定，愚可。”

愚可敲下编目号码，屏幕立刻亮起一行稳定的字迹：“请向图书馆员查询本书。”

泰伦斯迅速伸出手，消掉屏幕上的字迹：“最好试试另一本，愚可。”

“可是……”愚可犹豫了一下，便服从了命令。他又在目录中搜寻一番，最后选择的是恩宁的《太空组成成分》。

屏幕再度亮起向图书馆员查询的要求。泰伦斯骂道：“妈的！”又将屏幕上的字迹消去。

愚可说：“怎么回事？”

泰伦斯说：“没什么，没什么。你不要惊慌，愚可。我只是不大了解……”

阅读机的侧面有个罩着网格的小型扬声器，图书馆员细弱、冷淡的声音突然从那里传来，把他们两人吓了一跳。

“二四二室！二四二室有没有人？”

泰伦斯粗声答道：“你有什么事？”

那声音说：“你究竟要哪本书？”

“都不要，谢谢你，我们只是在测试阅读机。”

接下来是短暂的沉默，仿佛在进行一场无形的商议。然后，那个声音以更尖锐的口气说：“记录显示有人索阅瑞吉特的《太空分析仪器专论》，以及恩宁的《太空组成成分》。是否正确？”

"我们刚才随便敲了几个编目号码。"泰伦斯说。

"我能否请问你们索阅这些书的理由？"那个声音咄咄逼人。

"我告诉你我们不要……你别这样。"后面半句是气呼呼地对愚可说的，他已经开始低声啜泣。

又顿了一下之后，那声音再说："如果你们下楼，到柜台这里来，就能取得这两本书。它们列在限阅清单上，你们需要填一份表格。"

泰伦斯伸手抓起愚可。"我们走。"

"也许我们违反了什么规定。"愚可颤声道。

"胡说，愚可，我们走了。"

"我们不要填表了吗？"

"不了，我们改天再来取那些书。"

泰伦斯匆匆离去，拉着愚可跟他一块走。当他大步走到主厅时，图书馆员抬起头来。

"喂，喂。"她一面叫，一面起身绕过办公桌，"等一下，等一下！"

他们没有停下来。

不料一名巡警突然拦住他们的去路："你们走得可真匆忙，小伙子。"

图书馆员追上他们，有点上气不接下气："你们是二四二室，对不对？"

"我问你，"泰伦斯以坚定的口气说："为什么要拦住我们？"

"你们不是索阅几本书吗？我们想要拿给你们。"

"时间太晚了，改天吧。你难道不明白我不想要那些书了吗？我明天再来。"

"这间图书馆，"女馆员一本正经地说，"随时尽力满足使用者的需要，那两本书马上会为你们准备好。”说到这里，她的面颊浮现两朵红晕。她一个转身，便向一扇小门冲去，那扇门随即自动开启。

泰伦斯说：“长官，可否请你……”

那名巡警却举起长度适中但重量加大了的神经鞭。它能当做十分称手的警棍，同时也是令敌人麻痹的中距离武器。他说：“好啦，小伙子，你为何不安静地坐着，等着那位女士回来？这样做才有礼貌。”

那名巡警年纪已经不轻，身材也不再苗条。他看来接近退休年龄，也许为了混完最后几年，才会当个轻松悠闲的图书馆警卫。可是他仍有武器，而且黝黑脸孔上的开朗带着虚伪的成分。

泰伦斯的额头湿了，他还能感到汗水累积在脊柱底端。反正他是低估了情势——他曾十分肯定自己对这一切的分析，现在却遇到这种局面。他当初不该如此鲁莽；坏就坏在那该死的欲望，令他想要侵入上城，像个萨克人那样大摇大摆走过图书馆的回廊……

在走投无路之下，他正准备对巡警发动攻击。然后，完全出乎意料之外，他已经没有必要那样做。

那只是电光石火的一瞬间。巡警转头的动作晚了点，由于上了年纪，他的反应不再那么迅速。他紧握的神经鞭被扭下来，重重打在他的太阳穴上。他只来得及发出半声嘶哑的惨叫，便立即应声倒地。

愚可发出喜悦的尖叫，泰伦斯则叹道：“瓦罗娜！萨克的魔鬼有灵，竟然是瓦罗娜！”

第四章
叛逆

泰伦斯几乎立刻恢复过来。

他说:“出去，快啊！”说完便迈开脚步。

他曾有片刻的冲动，想要将那个不省人事的巡警拖到主厅一列柱子后面藏起来，可是显然没有时间。

他们来到坡道上，午后的太阳为整个世界带来光明与温暖，上城的色彩已转为橘红色系。

瓦罗娜焦急地说:“赶快！”泰伦斯却抓住她的手肘。

他面露微笑，但他的声音生硬而低沉。“不要跑，自自然然跟着我走。抓住愚可，也别让他跑。”

最初的几步，他们仿佛是在黏胶中前进。身后图书馆有声音传来吗？是他的想象吗？泰伦斯不敢向后望。

“这边走。”他指着一条小径的路标说。在午后阳光的照耀下，那个路标发出些微闪光，比不上弗罗伦纳的太阳那般明亮。上面写着:“救护车入口”。

他们走进去，穿过一个侧门，来到白得不可思议的两道墙之间。在无菌的玻璃走廊中，他们成了几个微小的异物。

远处有位穿制服的女子望着他们。她迟疑了一下，皱了皱眉头，开始朝他们走来。泰伦斯未等她来到近前，便赶紧转身钻进一条走廊，然后又换到另一条。沿途遇到不少穿制服的人，泰伦斯可以想象他们心中的疑惑。在一家医院的上层，竟然有当地人自由来去，这应该是前所未有的事。该拿他们怎么办呢?

当然，他们终究会被拦住。

因此，当他看到一扇不起眼的门上写着“通当地人楼层”，泰伦斯马上感到心跳加剧。升降机刚好停在他们那一层，他赶紧将愚可与瓦罗娜推了进去。当升降机开始下降时，那一下轻微的摇晃是当天最美好的体验。

城中共有三种建筑物。大多是整个建在下城的下层建筑，例如三层楼高的工人宿舍、工厂、面包厂、废物处理厂。上层建筑则是萨克人的住宅、戏院、图书馆、运动竞技场等等。不过也有少数是双层建筑，在上城与下城皆有楼层与入口，例如巡警局与医院。

因此，他们可以利用医院从上城来到下城，这样就不必乘坐动作缓慢的大型货运升降机，也就能避免遇到过度认真的操作员。当然，当地人这样做绝不合法，但是对于攻击巡警的罪犯而言，罪上加罪已经无关痛痒。

他们走出升降机，来到了下层。那里同样有完全无菌的墙壁，可是表面看来有点残旧，似乎不常擦洗。然而，上层走廊中那些铺着椅套的长椅都不见了。这里最显著的特征，是一间候诊室传出阵阵不安的聒噪，里面挤满了疲倦的男士与惊慌的女士。候诊室中仅有一个接待员，她正试图为乱糟糟的场面理出一点头绪，可是显然成果欠佳。

她正对一个短发的老头大吼大叫。那老头穿着一条开线的裤子，不停将膝盖的皱褶部分拉平又弄皱、弄皱又拉平。对于每个问题，他一律以同样歉然的口气回答。

“你到底哪里不舒服？……这样的疼痛持续多久了？……以前有没有来过医院？……听好，你们不能指望每件小事都麻烦我们。你坐在这里，医生会来看你，再多开点药给你吃。”

她尖声叫道：“下一个！”说完她一面看着挂在墙上的大钟，一面喃喃自语了几句。

泰伦斯、瓦罗娜与愚可小心翼翼地在人群中挪动。一旦遇到弗罗伦纳的同胞，瓦罗娜的舌头似乎就不再麻痹，她开始悄声说个不停。

“我不得不来，镇长，我多么担心愚可。我以为你不会把他带回来，而……”

“不管这些，你是怎么到上城的？”泰伦斯一面推开毫不反抗的当地人，一面转过头来追问。

“我跟着你们，看到你们上了货运升降机。升降机再下来的时候，我说我是跟你们一道的，他就把我带上去了。”

“就这样吗？”

“我恐吓了他一下。”

“萨克的走狗。”泰伦斯不屑地说。

“我不得不这样。”瓦罗娜可怜兮兮地解释，“后来，我看见巡警为你们指出了一座建筑的方向。等到他们离开后，我就也往那里走。只是我不敢进去，我不知道该怎么办，所以只好躲躲藏藏。直到我看见你们出来，被一名巡警拦住……”

“你们几个人！”这个尖锐而不耐烦的声音是接待员发出的。现在她站了起来，用金属笔猛敲水泥合金的桌面，震慑了在场的每一个人，令他们大气都不敢喘一下。“那几个想走掉的人，过来这里。你们不能还没检查就离开，休想装病来逃避工作。回来这里！”

不过他们三人还是跑了出来，来到下城的阴影中。周围充满萨克人所谓“当地区”的气味与噪音，上层再度成为一个屋顶而已。能够脱离迫人窒息的萨克人环境，瓦罗娜与愚可不知松了多大一口气，可是泰伦斯内心的焦虑并未消失。他们做得太过分了，从今以后，可能再也找不到安全的容身之地。

他忐忑的心中还在想这回事的时候，愚可忽然叫道：“看！”

泰伦斯感到喉头一阵苦涩。

下城的当地人大概再也不会见到比这更可怕的景象。就像一只巨鸟穿过上层孔洞由天而降，使得天昏地暗、日月无光，加深了下城不祥的幽暗气氛。不过那并非一只鸟，而是一辆巡警专用的地面车。

当地人大呼小叫，拔腿就跑。他们或许没有什么理由需要害怕，但还是作鸟兽散。有个人心不甘情不愿地向一旁闪开，险些被那辆车撞倒。当巨影将他笼罩时，他正匆匆向前跑，想必急着办什么事。随时环顾四周的他，仿佛荒野中一块冷静的顽石。他身高中等，双肩宽阔得近乎怪异。他的衬衫袖子一边完全裂开，上臂看起来就像普通人的大腿。

泰伦斯举棋不定，愚可与瓦罗娜则一切得听他的，这位镇长心中的矛盾达到了顶点。假如他们逃跑，他们能跑到哪里去？假如他们留在原地，他们又该怎么办？那些巡警也有可能是在抓别人，可是图书馆地板上躺着一个昏迷不醒的巡警，那种可能性是微乎其微的。

那名壮汉正以沉重的小跑步逐渐接近。他经过他们身旁之际慢下来片刻，仿佛在犹豫什么。然后，他不疾不徐地说：“柯洛夫面包店在前面第二条巷子左边，过了洗衣店就是。”

说完他掉头就走。

泰伦斯说：“来吧。”

他汗出如浆地拼命奔跑。从喧嚣声中，他听见想必是发自巡警喉咙的高声叱喝。他转头看了一眼，六名巡警从飞车中鱼贯而出，沿着弧线一字排开。他们要抓自己相当容易，这点他很明白。穿着这套该死的镇长制服，他像一根支撑上城的支柱那般显眼。

其中两名巡警朝这个方向跑来。他不知道他们是否看见自己，但那不重要。两名巡警跟刚才那位壮汉撞个正着，相撞的地点就在不远处，泰伦斯听得见壮汉嘶哑的咆哮，以及巡警尖锐的咒骂。他急忙领着瓦罗娜与愚可转到巷内。

“柯洛夫面包店”这几个字由表面几乎磨损的塑胶灯管组成，就像一条蜿蜒曲折、通体发亮的蚯蚓，数得出有五六个断裂处。美妙的香气从敞开的店门钻出来，绝不会让人认错地方。他们除了进去，根本没有第二条路可走。

内间有个老头向外望来，粉尘飞扬的房间里透出源自辐射烤炉的晦暗光芒。

老头还来不及问他们的来意，泰伦斯就赶紧说：“一位壮汉……”他展开双臂比了比，外面刚好响起“巡警！巡警！”的喊叫声。

那老头嘶哑地说：“这边！快！”

泰伦斯迟疑了一下：“那里有路吗？”

那老头说：“这是假的。”

愚可首先爬过烤炉的门，其次是瓦罗娜，最后是泰伦斯。在一下模糊的“咔嗒”声之后，烤炉的后壁稍微动了动，成了挂在上端铰链上的一扇门。他们将那扇门推开，钻进门后一个阴暗的小房间。

他们耐心地等待。此地通风不良，烤面包的香气令他们倍感饥饿，却又无法填饱肚子。瓦罗娜一直对愚可露出笑容，不时机械性地轻拍他的手心。愚可则茫然回望着她，偶尔将手放在自己涨红的脸上。

瓦罗娜刚开口说："镇长……"

他立刻悄声斥道："现在别说话，罗娜，拜托！"

他用手背抚过额头，然后瞪着指节上沾满的汗水。

此时突然传来"咔嗒"一声。由于他们藏身之处是个封闭场所，这一声听来特别响亮。泰伦斯全身紧绷，不知不觉举起了紧握的双拳。

来者是那名壮汉，他正将宽阔的肩膀挤过洞口，差点就钻不进来。

他被泰伦斯的样子逗乐了。"得了吧，老兄，我不是来打架的。"

泰伦斯看了看自己的拳头，便垂下双手。

比起他们头一次见到他，这位壮汉现在的情况显然糟得多。他的衬衫背后几乎全被扯掉，颧骨处有一条又红又紫的新鲜鞭痕。他的上下眼皮都肿起来，将双眼挤成两条细缝。

他说："他们已经停止搜索。如果你们饿了，这里的伙食并不精致，不过足够你们吃的。你们说呢？"

现在已是城中的夜晚。上城的灯火照亮了几英里外的夜空，但下城则是一片阴冷的黑暗。面包店门口的帘幕紧紧拉下，以免宵禁后的非法光芒钻出门外。

温暖的食物下肚后，愚可感觉舒服多了，头痛也开始逐渐减退。

他两眼直盯着那壮汉的面颊，怯生生地问："他们伤了你吗，先生？"

"一点点，"壮汉答道，"根本不算什么。在我的生活中，这种事每天都会发生。"他哈哈大笑，露出粗大的牙齿。"他们必须承认我什么事也没做，只是在他们追捕某人时挡了他们的去路。想叫一个当地人让开，最简单的方法就是……”他将手扬起又落下，就像抓着一柄隐形的武器，将手柄朝向前方。

愚可吓得向后退，瓦罗娜急忙伸出一只手臂保护他。

那壮汉身子向后一仰，吸了吸牙缝，从中吸出一些食物残渣。然后他说：“我叫马特·柯洛夫，不过大家都管我叫面包师。你们几位是什么人？”

泰伦斯耸了耸肩。“这个……”

面包师说：“我懂你的意思了，我知不知道没什么关系。也许吧，也许吧。不过，有一点或许足以让你们信任我。我从巡警手中把你们救出来，对不对？”

“是的，谢谢你。”泰伦斯无法从声音中硬挤出一份诚恳，“你怎么知道他们是在追我们？当时有好多人都在跑。”对方微微一笑。“其他人脸色都没你们那么难看，你们的脸可以磨碎当白粉用。”

泰伦斯试图回以一个微笑，却不怎么成功。“我不确定是否了解你为何要冒着生命的危险。不过无论如何，非常感谢你。光是口头感谢实在不算什么，可是现在除此之外，我什么也做不到。”

“你什么也不必做。”面包师将宽阔的双肩倚向墙壁，“我尽可能常这么做，其中没有个人因素。只要巡警在追什么人，我就会尽力帮助他，因为我痛恨那些巡警。”

瓦罗娜喘了一口气。“你不会惹上麻烦吗？”

“当然会，看看这里。”他将一根指头轻轻放在瘀紫的脸颊上，“可是我希望，你不会以为这点麻烦就会阻止我。这就是我建造这个假烤炉的原因，如此巡警就抓不到我，我就不会吃太多苦头。”

瓦罗娜睁大双眼，目光中交织着惊骇与崇敬。

面包师继续说："有何不对？你们知道弗罗伦纳上有多少大亨？只有一万人。你们知道有多少巡警？也许两万人。而我们当地人共有五亿之众，如果我们全部团结起来对抗他们……"他弹响一下手指。

泰伦斯说："我们要是团结起来，面包师，对抗的将是针枪和霹雳炮。"

面包师反驳道："是啊，我们自己也得弄点来。你们这些镇长和大亨走得太近，怕他们怕得要死。"

今天，瓦罗娜的世界起了天翻地覆的变化。眼前这人敢与巡警作对，而且带着轻松和自信与镇长谈话。当愚可扯她的衣袖时，她轻轻扳开他的手指，叫他赶紧睡觉，几乎没有望向他。她要仔细听听这人说些什么。

壮汉此时正在说："虽说拥有针枪和霹雳炮，那些大亨控制弗罗伦纳的唯一法门，仍是借着十万名镇长的帮助。"

泰伦斯看来生气了，但面包师继续说下去："比方说，看看你。穿得非常体面，既精致又漂亮。我敢打赌，你有个温暖的小窝，还拥有胶卷书、私人滑车，而且不受宵禁限制。如果你有兴趣，甚至能到上城去。大亨给你这些特权，绝不会是白给的。"

泰伦斯觉得实在不该发脾气，于是他说："好吧。你想要镇长们怎么做？向巡警挑衅吗？那样做有什么好处？我承认，我让我的村镇保持平静，而且生产达到定额，但我也让他们无灾无难。在法律允许的范围内，我尽力试图帮助他们，这难道不是一种贡献吗？总有一天……"

"啊，总有一天。谁能等到那一天？当你、我都死去之后，谁来统治弗罗伦纳又有什么差别？我的意思是，对我们而言。"

泰伦斯说："首先我要声明，我比你更痛恨那些大亨。话说回来……"他没再说下去，满脸涨得通红。

面包师哈哈大笑。“继续啊，再说一遍。我不会因为你痛恨巡警而告发你。你到底做了什么，惹得巡警非抓你不可？”

泰伦斯沉默不语。

面包师说：“我可以猜一猜。当那些巡警撞到我的时候，他们显得怒不可遏。我的意思是指个人的怒意，并非只因为某位大亨要他们发怒。我了解他们，我分辨得出来。所以我推测只有一种可能，你一定打倒了一名巡警，甚至可能把他杀了。”

泰伦斯仍然沉默不语。

面包师亲切的声调丝毫没有改变。“保持缄默没什么不对，可是过度谨慎也没什么好处，镇长。你将需要帮助，他们知道你是谁。”

“不，他们不知道。”泰伦斯连忙反驳。

“你在上城的时候，他们一定看过你的证件卡。”

“谁说我到过上城？”

“我猜的，我敢打赌你去过。”

“他们看过我的证件卡，但只是匆匆一瞥，来不及看清楚我的名字。”

“却来得及知道你是个镇长。他们唯一需要做的，只是找出一个不在自己镇上的，或是无法交代今日行踪的镇长。现在，弗罗伦纳所有的通讯线路也许都烧热了，我认为你惹上了大麻烦。”

“也许吧。”

“你知道没有‘也许’这回事。需要帮助吗？”

他们一直在悄声交谈。愚可蜷曲在一角，已经沉沉睡去；瓦罗娜的双眼轮流望着说话的两个人。

泰伦斯摇了摇头：“不用，谢了。我……我会设法解决。”

面包师立刻纵声大笑：“我很有兴趣看看你怎么解决。别因为我没受过教育而瞧不起我，我有其他的本事。听着，你好好想一晚上，也许你会决定接受我的帮助。”

瓦罗娜在黑暗中睁着眼睛。她的床只是铺在地上的一条毯子，但那不比她睡习惯的床差多少。愚可在对面角落的另一条毯子上睡得很沉。在头痛暂停后，他白天若是处于兴奋状态，晚上总是睡得很沉。

镇长谢绝了寝具。面包师大笑几声（他似乎对每件事都大笑一番），之后便熄灭灯火，并告诉镇长说，他大可在黑暗中待一整夜。

瓦罗娜的双眼仍睁得老大，睡眠似乎遥不可及。今后她还睡得着吗？她打倒了一名巡警！

不知怎么回事，她想到了自己的父母。

她对他们的记忆非常模糊。他们走后这些年来，她几乎已经让自己忘掉他们。可是现在，她记起了当年那些夜晚，他们以为她已经睡着时，她听到的那些压低的谈话声；还记起了黑暗中来到她家的那些人。

有一天晚上，巡警把她摇醒，问了许多她不了解的问题，而她不得不试着回答。从此，她再也未曾见过她的双亲。他们走了，大人这样告诉她。第二天，大人让她开始工作，而与她同龄的儿童还能再玩两年。她走在路上，人们总是在她后面指指点点；即使在放工后，别的小孩也不准跟她玩耍。她学会了过孤独封闭的生活，她学会了沉默不语。所以大家叫她“大块头罗娜”，而且常常嘲笑她，说她是个低能儿。

今晚的对谈为何会让她想起自己的父母？

“瓦罗娜。”

这个声音如此贴近，轻微的气息吹动了她的头发，而音量又那么低，她差点就听不见了。她紧张起来，部分是由于恐惧，部分是出于困窘。在她赤裸的身上，仅仅盖了一床被单。

那是镇长的声音，他道："什么也别说，听着就好。我要走了，门没有锁，不过我会回来的。你听到了吗？明白了吗？"

她在黑暗中伸出手去，抓住他的手，手指用力按了一下。

他满意了。"你要看着愚可，别让他离开你的视线。还有，瓦罗娜。"他停顿了许久，然后才继续说："别太信任这个面包师，我不清楚他的背景。你明白吗？"

接着传来一阵轻微的脚步声，还有一下更轻微的吱吱声，代表他已经离去。她用一只手肘撑起身子，除了愚可与她自己的呼吸声，四周是一片静寂。

她在黑暗中合上眼皮，用力闭起来，试着集中精神思考。那个面包师痛恨巡警，又曾拯救他们脱险，为什么无所不知的镇长会那么说他？为什么？

她只能想到一件事：他原来就在那里。正当一切看来坏到不能再坏的时候，面包师及时出现，迅速采取行动。这几乎像是预先安排好的，或者说，面包师仿佛在等待这一切的发生。

她摇了摇头。这似乎很奇怪，要不是镇长那么说，她永远想不到。

一句洪亮而漫不经心的问话，使静寂碎裂成无数颤动的碎片。"嗨？还在这儿吗？"

一道光束将她完全笼罩之际，她简直吓呆了。她慢慢定下神来，用被单紧紧裹住颈部。此时，那道光束也稍微移开了些。

她没有必要纳闷这句话是谁说的，手电筒向后渗出的光芒映出一个宽阔、雄壮的身躯。

面包师说："你知道吗，我以为你跟他一块走了。"

瓦罗娜以虚弱的声音说："你说谁，阁下？"

“那个镇长。你知道他走了，姑娘，别浪费时间装蒜。”

“他会回来的，阁下。”

“他说过他会回来吗？如果他说过，那他就错了，巡警会抓到他的。这个镇长，他不是个非常聪明的人，否则该知道门开着就一定有目的。你也打算离去吗？”

瓦罗娜说：“我要留在这里等镇长。”

“随你的便，你可有的等了，你想走随时可以走。”

他突然将光束从她身上移开，沿着地板向前移动，最后射到愚可苍白而瘦弱的脸孔。在光线的刺激下，愚可的眼皮自然而然收紧，但他没有醒过来。

面包师的口气变得若有所指。“可是你最好把这位留下来。我想，你该了解这一点。如果你打算走，门就在那里，但他可不行。”

“他只是个可怜的病号……”瓦罗娜以高亢而惊骇的声音说了半句，就被硬生生打断了。

“是吗？好啊，我专门搜集可怜的病号，那位得留在这里。记住了！”

光束一直没有离开愚可的睡脸。

第五章
科学家

沙姆林·琼斯博士不耐烦了整整一年，但这并不表示他已经逐渐习惯，而是正好相反。然而，这一年使他学到一件事，那就是萨克国务院催促不得。尤其因为那些官员大多是来自弗罗伦纳的移民，因此对自身的尊严看得比什么都要重。

有一次，他曾经问川陀大使老阿贝尔——他在萨克住了很久，甚至靴底都已经生根——萨克人既然那么轻视这些人，为何允许自己的政府部门由他们掌管？

阿贝尔透过盛着绿酒的高脚杯，向他眨了眨眼。

“政策，琼斯，”他说，“政策。这是一种应用遗传学，配合萨克人的逻辑实行。他们的世界又小又没有价值；这些萨克人之所以重要，只因为他们控制着一个挖不完的金矿——弗罗伦纳。所以每一年，他们都在弗罗伦纳的田野和村镇寻找优秀的年轻人，把他们带回萨克接受训练。表现平平的留下来为他们处理公文、填写表格；而真正聪明的那些，就送回弗罗伦纳担任村镇的首长，也就是他们所谓的镇长。”

琼斯博士是个专业的太空分析员。他不大了解这一切有什么意义，而他说了出来。

阿贝尔伸出又老又钝的食指指着他，穿过高脚杯的绿色光线射到布满棱纹的指甲，中和了其上灰黄的色泽。

他说："你永远无法成为行政官员，可别找我推荐你。听好，弗罗伦纳上最能干的人都全心全意支持萨克的政策，因为在为萨克服务时，他们会受到良好的照顾；而他们若是反对萨克，最好的下场是重新做个普通的弗罗伦纳人，而那可不妙，朋友，那可不妙。"

他一口咽下杯中的酒，又继续说："此外，镇长和萨克上的办事员都不能生育下一代，否则就会失去他们的职位。这话的意思是，即使和弗罗伦纳女性生育也不行。当然，和萨克人婚配则是绝不可能的事。这样一来，弗罗伦纳的最佳基因不断自社会抽离，久而久之，弗罗伦纳将成为伐木工和汲水工的天下。"

"照这个态势发展下去，他们将来会找不到办事员，对不对？"

"总有那么一天。"

因此，琼斯博士如今坐在弗罗伦纳事务部的一个前厅，不耐烦地等待获准穿越一道道关卡；弗罗伦纳籍的低级官员则在官僚迷宫中不停跑来跑去。

一位年事已高、已经不太中用的弗罗伦纳人来到他面前。

"琼斯博士？"

"是的。"

"跟我来。"

其实，利用荧幕上的闪烁号码就能召唤他，而空气中的荧光甬道就足以引导他前进。可是在人力价格低廉的地方，凡事都不必以科技取代人力。琼斯博士想到的"人力"专指男性，在萨克的任何政府部门中，他都从未见过女性。弗罗伦纳的女性大都留在自己的行星上，只有某些当女佣的例外，她们同样不准生育下一代。至于萨克的妇女，正如阿贝尔说的，则是绝不可能的事。

带路的老者做个手势，要他坐在面对“次长秘书”办公桌前的一张椅子上。他会知道那人的头衔，是因为它以发光字迹蚀刻在桌面凹槽中。当然，没有任何弗罗伦纳人的职位能超过秘书，不论他实际上掌管多少事务。弗罗伦纳事务部的次长与部长一定是萨克人，虽然琼斯博士在社交场合有可能碰到他们，却明白在部里绝对见不到他们本人。

他坐在那里，仍旧很不耐烦，但至少已较为接近目标。那位秘书仔细浏览着档案，将精密编码的文件一一翻阅，仿佛其中蕴藏着宇宙的奥秘。那人相当年轻，或许是个新近的毕业生，他像所有的弗罗伦纳人一样，拥有非常白皙的皮肤与颜色很淡的头发。

琼斯博士感到源自基因记忆的激动。他自己来自利拜尔这个世界，就像所有的利拜尔人一样，他的皮肤色素很深，属于一种深浓的棕褐色。像利拜尔或弗罗伦纳这种肤色如此极端的世界，在整个银河中十分罕见。一般说来，中等色调是普遍的规律。

有些激进的年轻人类学家提出一种想法，认为诸如利拜尔这种世界上的人类，乃是源自独立发展但殊途同归的演化过程。但年长的学者则不以为然，任何主张不同物种会经由演化而汇流的想法（最后甚至能进行异种杂交，正如今日银河各世界的人类这样），都会遭到他们的大肆抨击。他们坚持，不论起源行星位于何处，其上的人类已经分化成肤色各异的许多亚种。

这只是将问题推到遥远的过去，并没有提出任何解答，所以琼斯觉得两种解释都无法令人满意。不过即使到了现在，他发觉自己偶尔还是会想到这个问题。在那些民智未开的世界，基于某种原因，一直流传着远古时代曾有一场冲突的传说。举例而言，在利拜尔的神话中，就提到不同肤色的人曾发生过大战，一群战败的棕色人种逃离家乡，据称这些人就是利拜尔的创建者。

后来琼斯博士离开利拜尔，前往大角太空科技学院就读，接着一头钻进专业领域，早将当年那些神话故事忘得一干二净。从那时到现在为止，他只有一次真正感到疑惑。那是他在执行公务的行程中，恰好来到半人马星区的古老世界之一。这些世界的历史都以千年为单位，它们的方言也极其古老，很可能就是传说中早已失落的英语。在那种语言中，对黑肤人种有个特殊的称呼。

可是，为什么要对黑肤人种有特殊的称呼呢？其他特征的人都没有特殊的称呼，例如蓝眼珠的、大耳朵的、卷头发的……

秘书严谨的声调打断了他的冥想："根据记录显示，你曾经来过这间办公室。"

琼斯博士用带点刻薄的语气说："我的确来过，阁下。"

"但不是最近。"

"没错，不是最近。"

"你还在寻找那个太空分析员，他是在——"秘书翻了翻文件，"十一个月零十三天前失踪的。"

"没错。"

"在这期间，"秘书的声音又干又脆，似乎将话里的所有汁液都仔细榨干了，"一直没有这个人的下落，也没有证据显示他曾来到萨克境内。"

"根据最后一次报告，"这位科学家说，"他在接近萨克的太空中。"

秘书抬起头，他的淡蓝眼珠盯了琼斯博士一会儿，然后迅速垂下来，"也许没错，但这无法证明他身在萨克。"

无法证明！琼斯博士紧紧抿起嘴唇。过去数个月来，星际太空分析局告诉他的也是这句话，而且他们的回复越来越迟缓。

没有证据，琼斯博士。我们觉得你的时间可以花在更有意义的方面，琼斯博士。本局保证搜寻会继续进行，琼斯博士。

他们真正的意思是：别再浪费我们的经费，琼斯！

正如秘书刚才仔细陈述的，这件事始于星际标准时间十一个月零十三天前（对于这种事件，秘书当然不会用当地时间，他不会犯这种错误）。而两天后，他在萨克着陆，到分析局的当地办事处作例行视察。不料结果却是——唉，结果就成了现在这样子。

他见到分析局的当地代表，一个纤细的年轻人。琼斯博士对他最主要的印象，是他不停嚼着萨克化工业生产的某种橡皮食品。

视察几乎告一段落的时候，那位当地代表突然想起一件事。他把嘴里的东西放到臼齿后面，开口道："有个野外人员传来一封电讯，琼斯博士。也许并不重要，你也了解那些人。"

那是表示不屑一顾的通常说法：你也了解那些人。琼斯博士抬起头来，心中闪过一丝怒意。他正准备说十五年前自己也是个"野外人员"，不过他随即想起，做了三个月之后他就再也不能忍受。但正是由于那点怒气，使他阅读电讯时分外认真。

电讯内容如下：请保持直通密码线路对分析局中央本部开放，准备传送极度重要事件的详细电讯。整个银河将受影响。我即将经由极小路径着陆。

当地代表觉得挺有趣，他的嘴巴又恢复节奏性的大力咀嚼。"想想看，长官，'整个银河将受影响'。那可真不简单，即使对一名野外人员而言。收到这封电讯后，我和他联络过一次，看看是否能从他那里问出个所以然，可是我失败了。他只是不停地说，弗罗伦纳上每个人的生命都受到威胁。你知道的，这代表有五亿人命在旦夕。他的话听来非常神经兮兮，所以坦白讲，当他着陆的时候，我可不想出面应付他。你有什么建议？”

琼斯博士说：“你有没有你们的谈话记录？”

“有的，长官。”经过几分钟的寻找，他终于找到一段胶卷。

琼斯博士用阅读机放了一遍，皱起了眉头。“这是副本，对不对？”

“我将原件送给萨克的行星间运输局。我想他们最好能开辆救护车去着陆场接他，他的状况也许很糟。”

琼斯博士心中很同意这个年轻人的话。处于太空深处的孤独分析员终于完成任务时，他们的精神很可能已严重错乱。

然后他说：“慢着，听你的口气，似乎他尚未着陆。”

当地代表露出一副惊讶的表情：“我想他已经到了，只是没有人通知我。”

“好吧，联络运输局，取得详细资料。不论他有没有精神病，我们的记录中一定有详细资料。”

第二天，这位太空分析员在离开萨克行星的前一刻，又到办事处来作最后巡视。他还要去其他世界办些公事，行程有些匆忙。在几乎走到门口时，他又回头问：“我们的那位野外人员还好吗？”

当地代表答道：“哦，这个——我正打算告诉你，运输局没有他的消息。我将他的超原子发动机能量型样送过去，他们说他的太空船根本不在近太空。那家伙一定改变了着陆的主意。”

琼斯博士决定将出发时间延后二十四小时。第二天，他来到位于该行星的首府萨克市的行星间运输局。那是他第一次遇到弗罗伦纳籍官僚，而他们一律对他摇头。他们收到过分析局的一位分析员将要着陆的电讯。哦，没错，不过并没有太空船着陆。

但琼斯博士坚持这件事很重要，因为那个人病得很重。难道他们没收到分析局当地代表与他的通话记录吗？他们张大眼睛望着他。通话记录？找不到任何人记得收到过。假如这个人真有病，他们只能表示遗憾，可是既没有分析局的太空船降落此地，也没有这样的太空船在近太空任何一处。

琼斯博士回到旅馆，左思右想考虑良久。延后的出发时间又过了，他索性打电话给旅馆柜台，要求搬到一间较适合长住的套房。然后，他与川陀大使路迪根·阿贝尔订了一个约会。

第二天，他整日都在阅读萨克历史。到了他与阿贝尔约好的时刻，他的心跳变成了愤怒的鼓声。他不会轻易放弃，他心里很明白。

年老的大使将这次会面视为社交性拜访，抓着他的手上下摇了半天。然后又把机械酒保叫进来，还不准他在头两杯酒没喝完前讨论任何公事。琼斯利用这个机会闲谈了些有用的话题，包括问及满是弗罗伦纳人的国务院，结果听到一席对萨克实用遗传学的精辟解释，令他更为火冒三丈。

在琼斯后来的记忆中，阿贝尔总是那天那个样子。深陷的双眼半闭在凸出的白眉下，鹰钩鼻不时徘徊在高脚杯上方，凹陷的面颊更加凸显了面部与身躯的瘦削，一根瘦骨嶙峋的指头缓缓打着拍子，好像和着一首无声的音乐。

琼斯开始叙述他的故事，他没有添油加醋，讲得并不生动。阿贝尔细心聆听，一直没有插嘴打断。

琼斯讲完之后，阿贝尔轻拍着自己的嘴唇，问道："我问你，你认识这个失踪的人吗？"

"不认识。"

"也没见过他？"

"我们的野外人员都不容易见到。"

"他在此之前有过妄想吗？"

"根据中央分析局办公室的记录，如果那些真是妄想，这是他的第一次。"

"如果？"大使并未追究这一点，他改问道，"你找我又是为了什么？"

"寻求协助。"

"显然如此，不过是怎样的协助呢？我能做些什么？"

"让我解释一下。萨克的行星间运输局曾检查过近太空，寻找我们那艘太空船的发动机能量型样，结果没有发现任何踪迹。这件事他们不会说谎——我不是说萨克人绝对诚实，但是他们绝不会说无用的谎言；而且他们一定知道，我能在两三个小时内查清真相。"

"的确如此，然后呢？"

"在两种情况下，能量型样追踪注定失败。第一，那艘太空船已不在近太空，因为它经由超空间跃迁到了银河另一处。第二，它根本不在太空中，因为它已经在某颗行星着陆。我不相信我们的人做过跃迁，如果他提到的弗罗伦纳的危机，以及攸关银河的重大事件，只是夸大狂的一种妄想，他无论如何会来到萨克提出报告，而不会改变主意匆匆离去。我对这种事有十五年的经验。如果说，万一他的头脑没问题，他的叙述千真万确，那么这件事就太严重了，绝不允许他改变主意而离开近太空。"

川陀老者举起一根指头，轻轻摆了摆。"那么你的结论是他在萨克上。"

"正是如此，而这又有两种可能。第一，如果他的确患了精神病，他不一定会选在太空航站着陆，有可能降落在这颗行星任何一处。现在他或许处于半失忆状态，抱病在四处游荡。即使对野外人员而言，这种事也非常罕见，但以前的确发生过。通常，在这种情况下，失忆只是暂时性的。等到发作完后，病人会最先想起有关工作的细节，而不是任何个人的记忆。毕竟，太空分析员的工作就是他的生命。很常见的一种情形，是失忆症患者游荡到一所公共图书馆，查看有关太空分析的资料，然后就被人找到了。”

“我懂啦。这么说，你要我帮你和图书馆员管理局打个招呼，要是遇到这种情况就向你报告。”

“不，因为我料想这件事不会有什么麻烦。我会要求把几本太空分析的标准参考书列为限阅书籍，任何询问这些书籍的人，若无法证明自己是萨克本地人，就把他们留下来问话。他们会同意这样做，因为他们会知道，或是他们的某些上司会知道，这样一个计划根本徒劳无功。”

“为什么？”

“因为，”现在琼斯说得很快，像是陷入一团颤抖的怒火，“我确定我们的人降落在萨克市太空航站，完全依照他的计划行事。他可能随即遭到萨克当局的监禁甚至杀害，无论他是否神智健全。不过这方面我也会追查。”

阿贝尔将几乎饮尽的酒杯放下来：“你在开玩笑吗？遭到杀害？”

“我看来像是开玩笑吗？不过半小时前，你对我怎样描述萨克人？他们的生活、繁荣与权力，全都仰赖他们对弗罗伦纳的控制。过去二十四小时，我读的那些书又告诉我些什么？弗罗伦纳的蓟莆田是萨克的财富。如今却出现一个人，姑且不论精神正不正常，总之他声称有个攸关整个银河的重大事件，使弗罗伦纳上男男女女都有生命危险。看看我们的人最后一次的通话记录。”

阿贝尔拿起琼斯扔到他膝盖上的那段胶卷，又接过琼斯举到他面前的阅读机。他慢慢地看下去，衰老的双眼凑在目镜上，一面凝视，一面眨眼。

“里面没有多少资料。”

“当然没有。上面写着有一场危机，还说那是十万火急，如此而已。可是当初绝不该把它送到萨克人手中。即使这个人错了，萨克政府怎能允许他到处宣扬心中的疯狂想法，而弄得银河尽人皆知？即使不考虑在弗罗伦纳上可能引起的恐慌，以及对蓟莆纤维的产量造成的影响，至少还要顾虑萨克—弗罗伦纳政治关系的肮脏内幕，将全部暴露在全银河的目光下。想想看，他们只需要解决一个人，就能避免这一切后果，因为我不能光凭这个通话记录就采取行动，而他们知道这点。在这种情况下，萨克会下不了这个毒手吗？你口中的这样一群遗传学实验者，是绝对不会犹豫不决的。”

“而你要我做什么呢？我必须承认，我仍然不清楚。”阿贝尔似乎不为所动。

“查出他们是否杀了他。”琼斯绷着脸说，“你在这里一定有个谍报组织，这点我们不用争辩。我在银河中闯荡够久了，早就过了政治青春期。在我利用图书馆做诱饵分散他们注意力的同时，你帮我追根究底查个清楚。而当你查明他们是真凶后，我要川陀做到一件事，那就是让银河任何一处的政府都了解，杀害分析局的人员绝对会遭到制裁。”

他与阿贝尔的首度会面就此结束。

琼斯说对了一件事。在安排图书馆配合这方面，萨克官员十分合作，甚至相当赞同这个做法。

可是，他似乎只说对了这件事。几个月过去了，阿贝尔的情报员在萨克上到处都找不到失踪者的踪迹，更不知道他是死是活。

十一个多月以来，情况一直没有改变。琼斯开始觉得该罢手了；他几乎已经决定，最多再等最后这一个月。就在这个时候，事情有了突破性的发展。那并非阿贝尔的功劳，而是来自他自己设置的、如今几乎已经遗忘的稻草人。萨克公共图书馆送来的一份报告，导致琼斯如今来到弗罗伦纳事务部，坐在一位弗罗伦纳籍官员对面。

那位秘书对这个案子做好了打算，已经合上最后一页公文。

他抬起头来："好，我能为你做些什么？"

琼斯精准地陈述："昨天下午四点二十二分，我接到一份通知，萨克公共图书馆的弗罗伦纳分馆为我留置了一个人，那人想要查询两本太空分析的标准参考书，而他并非萨克本地人。从那时候开始，我就没有听到进一步的消息。"

他提高音量，压下秘书试图做出的回应，继续说下去："我下榻的旅馆有个公共接收器，能够收到超视新闻报道。报道提到昨天下午五点零五分，在萨克公共图书馆的弗罗伦纳分馆中，有个弗罗伦纳巡逻队员被打昏了，涉嫌这桩暴行的三个弗罗伦纳人已被通缉。在后来的新闻提要中，没有再重复这项报道。

"而我十分肯定，这两条消息有连带关系；我也十分肯定，我要的那个人已遭巡逻队逮捕。我曾要求批准我前往弗罗伦纳，可是被拒绝了。我曾用次乙太联络弗罗伦纳当局，要他们将那个人送到萨克，结果没有收到答复。现在我亲自来到弗罗伦纳事务部，要求你们对这件事采取行动。要不就让我去，要不就让他来。"

秘书以毫无生气的声音说："萨克政府无法接受分析局官员的最后通牒。我的上司曾警告我，说你或许会问起这些事，还指示了哪些事实是我该让你知道的。那个据报曾经查询限阅书籍的人，还有他的两个同伴——一位镇长和一位弗罗伦纳女子，的确犯下你提到的罪行，并遭到巡逻队的追缉。然而，他们并没有被逮捕。"

琼斯突然感到一阵痛苦的失望，但他根本懒得掩饰。“他们逃掉了？”

“并不尽然，他们躲进某个叫马特·柯洛夫的人开的面包店。”

琼斯瞪大眼睛。“竟然让他们留在里面？”

“最近，你有没有会晤过尊贵的路迪根·阿贝尔阁下？”

“这和他有什么……”

“根据我们的情报，你常常出现在川陀大使馆。”

“我有一个星期没见到大使了。”

“那么我建议你去见见他。我们允许那些罪犯安然躲在柯洛夫的店里，是出于尊重我们和川陀的微妙星际关系。我接到上司的指示，若是有必要就告诉你，那个柯洛夫——你或许不会感到惊奇——”说到这里，那张白皙的脸孔露出像是冷笑的罕见表情，“我们的国家安全部早就知道他是一名川陀间谍。”

第六章
大使

在琼斯会晤那位秘书十小时之前，泰伦斯离开了柯洛夫的面包店。

泰伦斯沿着城中的巷道，小心翼翼地向前走，一只手始终摸着路旁工人住的小屋的粗糙表面。除了上城间歇性射下的苍白光芒，他置身全然的黑暗中。下城如果有光线，就是巡警射出的珍珠色闪光，他们总是两三人一组在城中巡逻。

下城像是一只沉睡的毒妖，盘旋着油滑的身躯，躲在光辉灿烂的上城之下。其中某些部分或许还有朦胧的生气，例如农产品的批发集散地，但绝不是在这里，不是这个贫民窟。

当远处铮铮的脚步声接近时，泰伦斯退到一条满是灰尘的巷内（就连弗罗伦纳每晚的阵雨，也几乎无法穿透水泥合金，来到下层的幽暗区域）。百码外出现了几道光束，它们逐渐移动，最后消失无踪。

整个夜晚，巡警们不停走来走去，他们只需要这样做。他们激起的恐惧感足以维持秩序，几乎不必再展示什么武力。虽然没有路灯，无数偷鸡摸狗之辈大可借着黑暗作掩护，但即使没有巡警这个潜在的威胁，这种危险也不至于有多严重。食品店与工厂有严密的守卫；豪华的上城高高在上；而若想互相偷窃，寄生于彼此的困境中，则显然是徒劳无功的举动。

其他世界上所谓的罪恶，在此地的黑暗中根本不存在。穷人可以手到擒来，可是早已一贫如洗，而富人则遥不可及。

泰伦斯轻快地向前走，每当经过上方水泥合金的开口处，苍白的光芒就映在他脸上，而他总会忍不住抬头向上望。

遥不可及！

他们真的遥不可及吗？在他一生中，对萨克大亨的态度曾有多少转变？小的时候，他和每个小孩一样。巡警是银黑相间的怪物，任何人不论有没有做错事，看到他们一律拔腿就跑。大亨则是神秘莫测的超人，是至善的象征，他们住在名叫萨克的天堂上，细心地、耐心地沉思着弗罗伦纳上愚夫愚妇的福祉。

在学校里，他每天都会重复一遍：愿银河圣灵看顾大亨们，有如他们看顾我们一般。没错，他现在想，就是这样，一点也没错！但愿圣灵对待他们的方式，与他们对待我们一模一样。他的拳头使劲握紧，在阴影中仿佛冒出火来。

十岁的时候，他曾在学校里写了一篇作文，内容是他想象中萨克上的生活。那纯粹是凭空想象的创作，为的只是表现他的文采。他还记得的部分非常少，其实只有一段而已。其中，他描写每位大亨都有二十英尺高，形象庄严壮丽。每天早上，大亨们聚在一个色彩有如蓟莆花般缤纷的大厅中，目的是辩论弗罗伦纳人的罪过，并沉痛检讨是否有必要协助他们改过迁善。

老师读了之后非常高兴。那一年年底，当其他小朋友继续上读写与道德课程时，他升到一个特别班，开始学习算术、银河舆理与萨克历史。十六岁那年，他被送到了萨克。

他仍然记得那个伟大的日子，但他猛然抽回记忆，想到这件事令他感到羞耻。

现在，泰伦斯已经接近城市的近郊。偶然袭来的阵阵微风，为他带来蓟芾花在夜晚散发的浓郁香气。再过几分钟，他就会来到相当安全的田野。那里没有巡警的定期巡逻，而且他能透过夜空的残云，重新见到天上的星光。甚至包括萨克的太阳——那颗坚实、明亮的黄色恒星。

在他一生的一半岁月中，那颗恒星都是他的太阳。当他从太空船的舷窗，首次在近距离望见它时，他真想当场跪下来。它不再是一颗星，而是一个耀眼到无法直视的小圆球。一想到自己正在接近天堂，连第一次太空飞行的恐惧感也消失无踪。

他终于在心目中的天堂着陆，随即被送到一位年老的弗罗伦纳人家中。那老者照顾他沐浴更衣，然后带他前往一座庞大的建筑。途中，老者曾向经过的一个人弯腰鞠躬。

“鞠躬！”老者气呼呼地对年轻的泰伦斯低声道。

泰伦斯照做了，可是一头雾水。“那是什么人？”

“一位大亨，你这个无知的农工。”

“他！一位大亨？”

他立即僵在路上，直到老者催促他向前走。这是泰伦斯生平见到的第一位大亨，他根本没有二十英尺高，只是个普通人罢了。其他弗罗伦纳少年可能会从这种幻灭的震撼中恢复，但是泰伦斯从来没有。他的内心某处起了变化，起了永久的变化。

虽然他接受了各种训练，而且各种课程都名列前茅，他却从未忘记大亨只是普通人。

他花了十年的岁月求学。而在课余时间，除了吃饭睡觉之外，他被教导在许多小事上做个有用的人。他学会了跑腿送信、倒垃圾、大亨经过时要弯腰鞠躬、大亨夫人经过时要恭敬地转过头去面向墙壁。

后来，他又在国务院工作了五年。他的职位一换再换，以便在各种不同的环境下，让他的能力受到最佳的测试。

有一次，一位和蔼可亲的弗罗伦纳胖子来拜访他。这人将友谊表现在笑脸上，轻轻掐着他的肩头，然后问他对大亨有什么看法。

泰伦斯压下掉头就跑的念头。他不禁怀疑，自己的想法是否转化成了某种密码印在脸部的皱纹上。他摇了摇头，喃喃说了一串赞美大亨的陈腔滥调。

那个胖子却咧了咧嘴："你言不由衷，今晚到这里来。"他递给泰伦斯一张小卡片，几分钟后，那张卡片自动碎裂烧毁。

泰伦斯依约前往，他虽然害怕，却非常好奇。他在那里遇到好些自己的朋友，他们望着他的眼神都透着神秘；后来，他们在工作场合再遇到他，却只对他投以漠然的一瞥。在那次聚会中，他倾听他们的言论，发觉许多人似乎也都相信他深藏在自己内心的想法。他本以为那是自己的创见，从来没有别人想到过。

他了解到，至少有一些弗罗伦纳人认为大亨都是卑鄙的禽兽——他们为了自私的理由而榨取弗罗伦纳的财富，却让辛苦工作的当地人困在愚昧与贫困的泥沼中。他还了解到，一场反抗萨克人的大暴动即将来临，成功之后，弗罗伦纳所有的财富将重归真正的主人之手。

怎么做？泰伦斯问道，问了一遍又一遍。毕竟，大亨与巡警都拥有武器。

于是他们告诉他川陀的存在，过去数世纪以来，这个庞大的帝国不断膨胀，如今涵盖了银河中一半的住人世界。他们说，借着弗罗伦纳人的帮助，川陀将摧毁萨克。

可是——泰伦斯先对自己说，然后又公开发表这个想法——既然川陀这么大，而弗罗伦纳这么小，难道川陀不会取代萨克，成为更大、更暴虐的主宰？如果那是唯一的出路，他宁可选择忍受萨克的统治。熟悉的主宰总比不熟悉的主宰要好。

他被嘲笑一番，然后被赶出去。他们还以性命威胁他，不准他提起当天听到的一切。

可是过些时日后，他注意到那些谋反者一个接一个失踪，最后只剩下原来那个胖子。

有些时候，他还会看到胖子在各处跟新来的人交头接耳。他明知道那些人正在接受试探与测验，却不敢向他们提出警告。他们必须自己找出活路，正如泰伦斯当初那样。

泰伦斯甚至在国家安全部待了一些日子，只有少数弗罗伦纳人能指望有这种殊荣。那段时间很短，因为安全部的官员拥有太大的权力，任何人在那里的时间都要比在其他单位更短。

可是在那里，泰伦斯发现真有阴谋需要对付，这令他不禁十分惊讶。弗罗伦纳上有些人设法互通声息，计划着叛变行动。通常这些行动都有川陀的经费暗中资助，不过有些时候，那些自命的反叛者真以为弗罗伦纳可以独力成功。

泰伦斯默默想着这件事。他的话很少，他的举止正常，可是他的思想不受限制。他痛恨那些大亨，一来他们并非二十英尺高；二来他不能望向他们的女人；三来他曾经鞠躬哈腰服侍过几个，结果发现他们虽然傲慢无比，骨子里却是一群愚蠢的家伙，他们受的教育并不比他自己好，而且通常笨得多。

然而，这种奴隶生活有什么解脱之道？把愚蠢的萨克大亨换成愚蠢的川陀皇族根本毫无意义；指望弗罗伦纳农民自己做点什么则是痴心妄想。所以说，简直就是一筹莫展。

从学生时代，到做个小小的官员，直到如今成为镇长，这个问题在他心中萦绕了许多年。

突然间，出现了一个特殊的机缘，将一个意想不到的答案送到他手上。答案就是那个其貌不扬的人，他曾经是个太空分析员，现在则拼命强调弗罗伦纳上男男女女都有生命危险。

此时泰伦斯已来到田野，那里的夜雨快停了，云朵间的星光显得湿答答的。他深深吸了一口蓟芾的香气，想到蓟芾既是弗罗伦纳的财富，又是这颗行星的诅咒。

他并未试图逃避现实。他已经不再是镇长，甚至不是一个自由的弗罗伦纳农民。他只是个逃亡的罪犯，从此必须躲躲藏藏。

但是他心中燃烧着希望之火。过去的二十四小时，他掌握着有史以来对抗萨克最厉害的武器。这点毫无疑问，他知道愚可的记忆正确无误——他曾经是个太空分析员；他接受过心灵改造，脑海几乎一片空白；而他记得的事是真实的、可怕的，而且是威力无穷的。

他确定这一点。

现在，这个愚可在另一个人的掌心里。那人假扮成弗罗伦纳志士，实际上是一名川陀间谍。

泰伦斯感到怒火的苦涩冲向喉头。这个面包师当然是一名川陀间谍，从一开始他就认定了这一点。在下城所有的居民中，谁还有钱建造一个假的辐射烤炉？

他不能让愚可落入川陀的手中，他不会让愚可落入川陀的手中。他准备进行的计划险恶无比，可是危险又有什么关系？他已经背负了一项死罪。

天空一角出现暗淡的光芒，他将等待天亮后再行动。当然，各地的巡警局都会接到他的图像，可是他们得花几分钟的时间，才会认出他这个人。

而在这几分钟里，他仍然是个镇长。他将有时间去做一件事，而即使是现在，即使是现在，他还不敢让自己考虑到这件事。

琼斯会晤那位秘书之后十小时，他与路迪根·阿贝尔再度见面。

大使照常以表面上的热络迎接琼斯，但带着一份明确而心虚的罪恶感。在他们第一次见面时（那是很久以前的事，已过了将近一个银河标准年），他对此人说的故事并未留意。他唯一想到的是：这件事会不会，或是能不能帮助川陀？

川陀！他总是最先想到川陀。但他与那些笨蛋不一样，他不会崇拜一群星星，也不崇拜川陀军人佩挂的“星舰与太阳”黄色徽章。简言之，他不是个普通的爱国者，川陀本身对他毫无意义。

可是他崇尚和平；更何况他年事渐长，陶醉于杯中的美酒、充满柔和音乐与香气的环境、午后的小歇，以及宁静安详的余生。在他的想象中，每个人都应该有这种享受；然而事实上，每个人都遭到战争的摧残。他们在虚空的太空里冻毙，在原子能爆炸中气化，或在遭到包围与轰击的行星上饿死。

那要如何力行和平呢？当然不是靠说理，也不是靠教育。如果一个人了解和平的真谛与战争的本质，却无法选择和平而摒弃战争，还有什么道理可以说服他呢？除了战争本身，还有什么是对战争更强而有力的谴责？不论是多么精妙的辩证技巧，比得上一艘满载尸骨、百孔千疮的残破战舰十分之一的威力吗？

所以说，想要终止武力的滥用，只剩下一个解决之道，那就是武力本身。

阿贝尔的书房里有一套川陀的舆图，专门设计来显示那种武力的成就。它是个晶莹剔透的卵形体，呈现出银河透镜的三维结构。

其中星辰是白色的钻石粉末，星云是带状的光芒或暗淡的云雾，而在接近中心处，则有几个红色斑点，那就是过去的川陀共和国。

不是“现在的”，而是“过去的”。五百年前的川陀共和国，仅由五个世界组成。

不过这是一套历史舆图，只有在时间归零之际，那个阶段的共和国才会显现。将时间向前拨一格，画面中的银河便前进五十年，川陀的边缘就多出一圈变红的星辰。

在十个阶段中，时间总共过去五百年，深红色像大摊血迹一样不断扩张，直到银河大半的区域都变成一片血红。

红色就是血的颜色，这不仅是一种意象而已。在川陀共和国变成川陀联邦，再变成川陀帝国的过程中，它的扩展埋葬了无数残缺的人体、残缺的船舰，以及残缺的世界。然而经由这些蜕变，整个川陀变得强大无比，红色范围内终能享有和平。

如今，川陀正在另一个蜕变的边缘跃跃欲试：从川陀帝国跃升至银河帝国，然后红色将吞没所有的星辰，而银河将从此天下太平——川陀治下的太平。

阿贝尔想望这种结果。若是在五百年前、四百年前，甚至二百年前，他都会反对川陀上这群险恶的、唯物主义的、侵略成性的人。他们贪得无厌、不顾他人的权利，自家的民主尚未健全，却对其他世界的轻度奴役极其敏感。可是尽管如此，那些都已经是过去式。

他不是为了川陀，而是为了川陀代表的统一结局。所以原来的问题“这事如何有助于银河的和平？”自然转变成“这事如何有助于川陀？”

问题是对于这个特殊事件，他也不知道答案是什么。对琼斯而言，解决之道显然直截了当：川陀必须支持分析局，并且必须惩罚萨克。

假如能找到什么确定对萨克不利的因素，或许这样做是好的。即使如此，或许答案还是否定的。而倘若无法找到这样的因素，那就绝对是否定的。但无论如何，川陀绝不能轻举妄动。整个银河都看得出来，不久川陀即将一统银河，不过那些尚未归属川陀的行星，仍有可能团结起来反抗到底。川陀甚至也能赢得这样一场战争，可是将要付出的代价，会让胜利变为惨败的一个动听的代名词而已。

因此，在这场游戏的最后阶段，川陀绝不能做出任何轻率的举动。基于这个原因，阿贝尔慢慢进行这项工作。他将网轻轻撒向国务院的迷宫，以及萨克大亨的豪华生活圈；他利用笑容作探针，在不知不觉间打探消息。此外，他也没忘让川陀的特务机关盯住琼斯本人，以免这个愤怒的利拜尔人一时之间造成的破坏，使阿贝尔在一年之内都无法修补。

对于这位利拜尔人持续不懈的愤怒，阿贝尔感到十分惊讶。他曾经问他：“一名成员为何让你那么关切？”

他指望听到的一番话，是对分析局的完整性所作的论述，以及大家都有责任支持该局，因为它不是某个世界的工具，而是为全体人类服务的组织。结果，他并未听到这样的话。

反之，琼斯皱着眉头说：“因为在这一切表面问题之下，隐藏着萨克与弗罗伦纳的关系，我要揭发并摧毁那重关系。”

阿贝尔只觉得一阵反胃。不论何时何地，总是由于有人过分关注某个世界，而使人们的心力无法集中在银河统一的问题上，这种事一而再、再而三地发生。当然，各处都有社会性的不公，有时似乎令人难以忍受。但是谁能想象得到，这样的不公能在小于银河的尺度上解决？首先，必须终止战争以及国与国的对抗，唯有在那个时候，才能设法解决内在的困境，毕竟外在的冲突是它们的主因。

而且琼斯并不是弗罗伦纳人，他并不该有情绪化的短视作风。

阿贝尔又问："弗罗伦纳对你有何意义？"

琼斯犹豫了一下，答道："有一种亲切感。"

"但你是个利拜尔人，至少在我的印象中如此。"

"我的确是，但这正是亲切感的来源，我们都是银河中的极端人种。"

"极端？我不明白。"

琼斯说："我指的是肤色。他们过分白，而我们过分深，这就代表了某种意义。这种极端将我们联系在一起，使我们拥有一个共通点。我觉得我们的祖先必定有过一段身为异类的长久历史，甚至遭到社会主流的排斥。我们是不幸的白种人与褐种人，在与众不同这方面同病相怜。"

当时，在阿贝尔惊异的瞪视下，琼斯吞吞吐吐了一阵，终于说不出话来了。从此这个话题再也未曾出现。

如今，过了将近一年，没有任何警告，没有任何预兆，就在整个不幸事件看来即将悄悄告终之际，甚至琼斯都已显现热诚渐减的时候，它突然一发不可收拾。

他现在面对着一个不同的琼斯，这个琼斯的愤怒不只冲着萨克，而且波及了阿贝尔。

"我会这么愤慨，"这位利拜尔人透露了一部分，"不是因为你的情报员一直跟在我后头。想必你行事谨慎，对任何事、任何人都不敢信赖。就这一点而言，我能接受。可是找到我们的人之后，为什么我没有立即接到通知？"

阿贝尔一只手轻抚着座椅扶手的暖和布料："事态很复杂，一向很复杂。我当初做好安排，若有任何未经授权的人查询太空分析资料，除了通知你之外，也要向我手下某些情报员报告；我甚至想到你可能需要保护。可是在弗罗伦纳……”

琼斯以苦涩的口吻说：“没错。我们都是笨蛋，没考虑到这点。我们花了将近一年的时间，证明我们在萨克上到处都找不到他。他必定一直在弗罗伦纳，而我们却从未想到。无论如何，现在我们找到他了，或者该说给你找到了。想必你会安排我见他一面？”

阿贝尔没有直接回答，他说：“你说他们告诉你，这个叫柯洛夫的人是川陀的情报员？”

“不是吗？他们为什么要说谎？或是他们的情报错误？”

“他们没有说谎，情报也没有错误，他担任我们的情报员已有十年之久。他们竟然早就知道，这点令我相当忧心。这使我不禁怀疑，他们对我们还知道多少，以及我们的组织究竟有多松散。可是他们为什么急于告诉你他是我们的人，难道你不觉得奇怪吗？”

“我猜因为那是实情，而且这样一来，我就再也不会为难他们。否则我将提出进一步请求，而这只会引起他们与川陀之间的麻烦。”

“实情是外交官之间的毒药。比起让我们知道他们对我们的了解程度，让我们及时掌握机会，收回破损的网，补好之后重新张开，他们还能为自己制造什么更大的麻烦？”

“请回答你自己提出的问题。”

“我说，他们告诉你柯洛夫的真实身份在他们掌握中，是为了摆出一种胜利的姿态。他们知道不论保密或是透露这项事实，都不会对他们有任何帮助或伤害，因为早在十二小时之前，我就获悉他们知道柯洛夫是我们的人。”

“但你是怎么知道的？”

“借着最不可能弄错的一项线索。听着！十二小时之前，川陀的情报员马特·柯洛夫，已遭弗罗伦纳巡逻队的一名成员射杀。他当时掌握的两个弗罗伦纳人，一男一女，男的八成就是你在寻找的那个野外人员。两人都不见了，消失了，想必他俩已落入那些大亨的手中。”

琼斯大叫一声，差点从座位中站起来。

阿贝尔冷静地将一杯酒举到唇边。“我无法采取任何正式行动。那名死者是个弗罗伦纳人，而那两个消失的人同样也是，即使我们能够提出反证。所以你看，我们受到严重挫败，现在更是被愚弄了一番。”

第七章
巡 警

愚可亲眼目睹面包师惨遭杀害。他看见一柄手铳悄悄一推，面包师立刻瘫倒在地，没有发出任何声音；他的胸部向内凹陷，烧成焦黑的一团。对愚可而言，事前大多数及事后所有的记忆，都被这个景象淹没了。

他依稀记得巡警最初接近的经过，以及他们悄悄地、满怀杀机地拔出武器的动作。面包师曾抬起头来，正准备开口，却来不及吐出一生最后一个字。然后一切就发生了，愚可立刻听见血液的喷溅声，还有来自四面八方的尖锐喧哗，就像是一条泛滥的河流。

愚可经过数小时睡眠而恢复的神智，片刻间烟消云散。那名巡警曾试图冲向愚可，他在呐喊的男男女女间拼命向前挤，仿佛人群是一团黏滞的泥泞，他必须拖着沉重的脚步迈进。愚可与瓦罗娜随着人潮旋转，逐渐被带离原地。他们是一团小漩涡，当巡警的飞车开始在头顶盘旋时，两人不停地打转、不停地摇摆。瓦罗娜催促愚可向前走，向城市的近郊前进。一时之间，他又成了昨天那个受惊的儿童，而不是今晨那个准成人。

今天清晨，他在灰蒙蒙的晨曦中醒来，但在那间没有窗户的房间里，他无法看见那道曙光。他在原地躺了许久，检视着自己的心灵。经过这一夜，有些旧创愈合了，有些结构重新接好，成了完整的一部分。两天以前，在他开始“记起”的那一刻，这一切就蓄势待发。昨天整整一天，这个过程都在进行。前往上城与图书馆的行程，对巡警的攻击与其后的逃亡，和面包师的巧遇——对他而言，这些事都扮演着催化剂的角色。他心灵中的纤丝已蜷曲着静止多时，今天终于被猛力拉直，强迫投入痛苦的活动。而现在，睡了一觉之后，它们开始产生微弱的搏动。

他想到了太空与星辰，想到了一大片孤独的空间与极度的静寂。

最后，他将头转向一侧，开口道：“罗娜。”

她随即惊醒，用一只手肘撑起身子，向他这边望来。

“愚可？”

“我在这里，罗娜。”

“你好吗？”

“当然。”他无法压抑内心的兴奋，“我感觉很好，罗娜。听着！我记起了更多的事。我曾在一艘太空船上，而且我知道确切的……”

可是她没有在听他讲话。她迅速套上套装，背对着他压平接缝，拉上前胸的拉链，接着又紧张兮兮地摸索皮带。

然后，她才蹑手蹑脚地走向他：“我没打算睡觉，愚可，我试着保持清醒。”

愚可感到被她的神经质传染了：“有什么不对吗？”

“嘘，别说得那么大声，一切都很好。”

“镇长在哪里？”

“他不在这里，他……他不得不走。你何不再睡一觉，愚可？”

她伸出手臂想搂搂他，却被一把推开。他说：“我很好，我不想睡觉，我想要把太空船的事告诉镇长。”

可是镇长不在那里，而瓦罗娜又不愿意听。愚可终于平静下来，第一次对瓦罗娜感到不耐烦。她把他当小孩一样对待，而他已开始感到自己像个大人。

此时一束光线钻进室内，跟在后面的是面包师的硕大身形。愚可对他猛眨眼睛，心惊胆战了一阵子。瓦罗娜的臂膀悄悄来到他的肩头时，他并没有完全排拒。

面包师的厚嘴唇扯出一个微笑。“你们起得真早。”

两人皆未答腔。

面包师又说：“这样也好，你们今天要离开这里。”

瓦罗娜感到口干舌燥，她说：“你不会把我们交给巡警吧？”

她记得在镇长离去后，他望向愚可的那种神情。现在他仍然望向愚可，只望着他一个人。

“不是交给巡警。”他说，“我已经通知该通知的人，你们会很安全。”

说完他掉头就走，但不久便回来，并带来了食物、衣服与两盆水。那些衣服都是新的，而且看来怪异无比。

他一面看着他们进食，一面说：“我要给你们两个新的名字和新的身份。你们好好听着，我可不希望你们忘记。你们不是弗罗伦纳人，明白吗？你俩是来自渥特克斯行星的兄妹，你们来到弗罗伦纳……”

他继续说下去，补充了许多细节，又反过来问他们，听听他们如何回答。

愚可很高兴有机会表现他的记忆力与高超的学习能力，可是瓦罗娜的双眼透着深沉的忧虑。

面包师当然不是瞎子，他对女孩说："你只要给我添一点点麻烦，我就把他单独送走，把你留下来。"

瓦罗娜强壮的双手如痉挛般紧紧攥着。"我不会给你添任何麻烦。"

等到上午过了将近一半，面包师站起来，说了一句："我们走！"

他最后的一项行动，是将柔软假皮制成的黑色卡片塞进他们前胸口袋中。

一走出室外，愚可看清自己的模样，不禁大吃一惊，他没想到衣服竟然能这么复杂。刚才有面包师帮他穿上，可是谁会帮他脱下来呢？瓦罗娜现在看来根本不像农村女子，她连双腿也罩上轻薄的布料，还垫高了鞋跟，所以她走路时得小心保持平衡。

路人聚在四周，痴痴望着他们，还叫来更多的人。他们主要是儿童、购物的妇人，以及衣衫褴褛、游手好闲的混混。面包师似乎对他们视若无睹，他带着一根粗棍子，偶尔有人凑得太近，那根棍子就会来到那人两腿之间，好像只是凑巧一样。

当他们离开面包店仅一百码远，才刚转一个弯的时候，围观群众的外围开始骚动，愚可随即认出一名巡警的银黑相间制服。

变故就是在那时发生的。巡警亮出武器轰击面包师，接着出现狂乱的逃亡。从此可有任何一刻恐惧不在他的心中，而那巡警的阴影不在他的背后？

他们来到城市外缘一个肮脏的地区。瓦罗娜猛喘着气，她的新衣服透出了好几块汗渍。

愚可边喘边说："我再也跑不动了。"

"我们非跑不可。"

“不是像这样。听着，”他坚决地抽回被她用力抓住的手，“听我说。”

恐惧与惊慌正离他远去。

他说：“我们何不继续做面包师要我们做的事？”

她反问：“你怎么知道他本想要我们做什么？”她十分焦虑，只想继续逃跑。

他说：“他要我们假装自己是从另一个世界来的，还给了我们这个。”愚可越说越兴奋，并从口袋里掏出那个小卡片，翻来覆去打量一番，还试图把它打开，仿佛那是一本小册子。

他无法做到，里面并没有夹页，于是他开始摸索边缘。当他的手指按到某一角时，他听到，或者该说感觉到有东西下凹，朝他的一面随即变成惊人的乳白色。上面映出的密密麻麻的文字不容易看懂，不过他还是仔细辨认那些字迹。

最后他说：“这是一本护照。”

“那是什么？”

“让我们能到别处去的东西。”他确定这一点，“护照”这个词是忽然在他脑海浮现的，“你看不出来吗？他打算让我们离开弗罗伦纳，搭乘一艘太空船离去。我们就照原定计划行事。”

她说：“不，他们阻止了他，他们杀了他。我们不能那么做，愚可，我们不能。”

他对这点相当坚持，喋喋不休地说：“但这将是最好的办法，他们料不到我们会那样做。而且，我们不要登上他要我们登上的那艘太空船，他们会监视那一艘。我们登上另一艘船，其他任何一艘。”

一艘太空船，任何一艘，这些字眼在他耳中回荡。这究竟是不是个好主意，其实他不在乎。他要登上太空船，他想要到太空去。

“拜托，罗娜！”

她说：“好吧，如果你真那样想。我知道太空航站在哪里，当我还小的时候，我们有时会在休工日到那里去，在远处观看太空船升空。”

他们又开始赶路。有一种轻微的不安搔抓着愚可的意识入口，却不得其门而入。那是不太遥远、属于相当晚近的记忆，是他应该记得却不记得的一件事。

他一心想着那艘等待他们的太空船，心中这件事遂被盖过。

把守入口关卡的那个弗罗伦纳人，今天感到兴奋无比，不过兴奋的原因和他自己没什么关系。他听到一些私下流传的故事，内容是昨天傍晚有人攻击巡警，然后逃之夭夭。到了今天早上，那些传言又自动膨胀，甚至有耳语说好些巡警遭到杀害。

他不敢离开工作岗位，但他伸长脖子看着空中飞车经过面前，以及面容冷酷的巡警一个个离开。太空航站的巡警分遣队一再裁员，直到什么人都没再剩下。

他们正在城中布满巡警，他想，而且同时感到恐惧与酩酊的快意。想到巡警被人杀害，为什么会使他高兴呢？他们从来不找他麻烦，至少几乎没有。他有一份好工作，跟那些愚蠢的农民不一样。

可是他仍然高兴。

他几乎没时间检查面前的两个人。他们满身大汗，看来令人生厌；穿着一身古怪的服装，让人一眼就能看出是外国人。此时，那个女的正把护照送进窗口。

他看了她一眼，再看看护照，又看了看限制出境名单。然后他按下一个按钮，两条半透明胶带便跳到他们面前。

“走吧。”他不耐烦地说，“把它戴在手腕上，继续向前走。”

“我们的太空船是哪一艘？”那女的礼貌地悄声问道。

这句话让他很开心。外国人不常来弗罗伦纳太空航站，最近几年甚至变得越来越罕见。不过，真正来到的外国人既不是巡警也不是大亨，他们似乎不晓得你只是个弗罗伦纳人，因而对你说话客客气气。

这使他觉得自己高了两英寸。“女士，你到十七号泊口就能看到，祝你前往渥特克斯的旅程愉快。”他以气派大方的口吻说。

然后他又埋头于原先的工作，包括偷偷打电话给城中的朋友，探听进一步的消息，以及以更谨慎的方式，试图窃听上城的私人能束通话。

直到数小时后，他才发觉自己犯了一个可怕的错误。

愚可说：“罗娜！”

他拉扯她的手肘，向前迅速指了指，又悄声道：“那艘！”

瓦罗娜狐疑地望着他指的那艘太空船。它比他们应该搭乘的十七号泊口处那艘小很多，不过看来更加耀眼。那四个气闸张大了口，主舷门则裂开一条缝，一道斜梯从那里直通地面，就像一条伸得长长的舌头。

愚可说：“他们在换空气。通常都在起飞前帮太空客船换气，排掉循环使用的罐装氧气累积的气味。”

瓦罗娜瞪着他说：“你怎么知道？”

愚可觉得虚荣心油然而生：“我就是知道。你看，现在不会有任何人在里面。通风设备开着的时候，待在里面可不舒服。”

他不安地四下望了望。“不过，我不知道为什么附近没什么人。你以前来看热闹的时候，是不是就像这样？”

瓦罗娜并不这么想，可是她几乎记不得了，儿时的记忆早已变得遥不可及。

当两人拖着颤抖的双腿爬上斜梯的时候，四周不见任何一名巡警。他们看到的只有平民雇员，他们全都在专心做着自己的工作，由于距离遥远，每个身形都显得很小。

他们走进舱内的那一瞬间，流动的空气迎面而来，将瓦罗娜的套装吹胀。她不得不用双手压住，裙摆才不至于飞起来。

“一直都像这样吗？”她问道。她从未上过太空船，也从没有这种梦想。她的嘴唇紧紧抿起，心脏怦怦跳个不停。

愚可说：“不，只有在换气的时候。”

他欢喜地走在金属材质的通道上，急切地检视着每一间空舱房。

“这里。”他说——那是一间厨舱。

他又很快地说：“食物不算顶重要，没有食物我们也能撑一阵子，重要的是水。”

他在摆得整齐、叠得紧密的器皿间到处翻寻，找到一个有盖的大型容器。他又四下寻找水栓，还一面喃喃祈祷，祈望他们没忘把水槽加满。当汲水的轻柔声音传来、稳定的水流涌出之际，他不禁咧嘴一笑，总算松了一口气。

“好，拿一些罐头，别拿太多，我们可不想让他们注意到。”

愚可绞尽脑汁设想不被发现的方法，再次探索着记不太清楚的事物。偶尔，他仍会撞到思想中那些断层，而他总是怯懦地避开，拒绝承认它们的存在。

最后他找到一间小舱房，里面存放着救火设备、熔接设备，以及紧急医疗与外科必需品。

他以不太有自信的口吻说：“除非有紧急事件，他们不会来这里。你害怕吗，罗娜？”

“跟你在一起我就不怕，愚可。”她谦卑地答道。两天以前，不，十二小时以前，情况还刚好相反。可是登上太空船后，两人的性格同时起了变化，这点她毫无疑问。结果愚可成了大人，而她则变成一个孩子。

他说："我们不能开灯，否则他们会注意到电力流失。我们必须等到休息期间才能上厕所，而且出去一定要避开值夜人员。"

通风设备突然停止运转。不再有冰凉的空气吹到他们脸上，远处轻柔、稳定的嗡嗡声也消失了，取而代之的是无所不在的静寂。

愚可说："他们很快就要登船，然后我们便会进入太空。"

瓦罗娜从未在愚可脸上见到这般喜悦，他好像是个热恋中的少年，正准备去会见情人。

如果说，当天清晨醒来的时候，愚可感到自己像个大人，他现在就是个巨人，伸开双臂能够拥抱整个银河。群星成了一粒粒的弹珠，星云则是有待扫除的蜘蛛网。

他在一艘太空船上！那些记忆像一股不断冲回的洪流，其他的记忆只好赶紧让位。他很快忘掉了蓟蒿田、加工厂，以及瓦罗娜晚上对他轻哼的歌曲。在记忆织锦中，那些只是暂时的补缀，如今织锦松断的边缘开始缓缓织合。

都是太空船的功劳！

如果他们早就把他放在一艘太空船上，他不需要花那么久等待烧坏的脑细胞自动愈合。

他在黑暗中轻声对瓦罗娜说："别担心。你将感到几下振动，听到一阵噪音，不过那只是发动机引起的。还会有很大的重量压到你身上，那是加速度。"

弗罗伦纳的普通词汇无法描述这个概念，他用的是个突然浮现心头的词汇，瓦罗娜根本听不懂。

她问："会痛吗？"

他答道："会非常不舒服，因为我们没有抗加速衣来吸收压力，不过不会持续太久。只要靠着这面舱壁站好，当你感到有股力量将你推向它的时候，把全身放松。看，已经开始了。”

他选的舱壁果然正确。当超原子推进发动机的噪音逐渐增强时，感觉上重力开始转向，原本垂直的舱壁似乎变得越来越倾斜。

瓦罗娜抽噎了一下，然后呼吸不知不觉变得困难，再也发不出任何声音。他们的胸腔没有液压吸收器的保护，当他们试图吸入一点点空气，以纾解窒息的肺脏时，喉咙便感到好似被锉刀锉过。

愚可设法吐出几个字，任何字句都好，只要能让瓦罗娜知道他在身边，并能缓和她对未知的极度恐惧——他知道那是必然的。这只是一艘太空船，只是一艘极佳的太空船，可是她以前从未登上任何太空船。

他说：“等会儿当然还有跃迁，我们将进入超空间，在一瞬间穿越两星之间大部分的距离。那一点也不会让你难过，你甚至不会知道它发生了。跟现在比起来，跃迁简直不算什么，只是体内会感到轻微抽动，然后就结束了。”他一个字一个字咕噜咕噜地吐出来，花了好长时间才说完。

他们胸口的重量慢慢离去，将他们绑缚在墙壁上的隐形铁链也逐渐松开，最后终于消失。这时，他们喘着气跌在地板上。

过了好久，瓦罗娜才终于开口：“你受伤了吗，愚可？”

“我，受伤？”他勉强笑了笑。他尚未调匀呼吸，但是听到他竟会在太空船上受伤这种说法，他仍然忍不住笑出声来。

他说：“我曾在一艘太空船上住了许多年，每次都有好几个月不曾降落任何行星。”

“为什么？”她问。她已经爬到他身边，将一只手放在他脸颊上，以确定他仍在那里。

他用手臂搂住她的肩膀，她则安静地靠在他臂弯里，接受着如同反哺的安慰。

“为什么？”她又问了一遍。

愚可记不得为什么。他就是那么做过，他厌恨在任何行星着陆。基于某种原因，他必须留在太空，可是他记不得为什么。

他再度避开这道记忆的断层。“我曾有一份工作。”

“没错，”她说，“你分析一场空。”

“对啊，”他很高兴，“那正是我的工作。你知道那是什么意思吗？”

“不知道。”

他并未指望她听得懂，但是他必须说下去。他一定要沉湎在记忆中，要纵情庆祝自己能在瞬间召回过去的记忆。

他说：“你可知道，宇宙中所有的物质都是由一百多种原料构成，我们将这些原料称为元素。例如铁和铜都是元素。”

“我以为它们是金属。”

“它们是金属，但也是元素。此外，氧、氮、碳与钯也都是。而最重要的则是氢与氦，这两者是最简单、最普遍的元素。”

“我从来没听说过这些。”瓦罗娜若有所思地说。

“宇宙中百分之七十五的元素是氢，其他大部分是氦，甚至太空中也一样。”

“有人告诉过我，”瓦罗娜说，“太空是一种真空。他们说这就代表里面什么也没有，这样说有错吗？”

“并不尽然，应该说‘几乎什么也没有’。可是你知道，我是个太空分析员，这意味着我在太空中飞来飞去，收集并分析其中极微量的元素。我的意思是，我负责判断氢有多少，氦有多少，其他元素又有多少。”

“为什么？”

“这个嘛，这很复杂。你可知道，太空中元素的分布并非处处相同。在某些区域，氦的比例比正常值高些；而在其他地方，则是钠的比例高于正常值；其他元素也一样。这些组成特殊的区域蔓延在太空中，好像许多条暗流，它们叫做太空原子流。了解这些原子流如何分布是很重要的事，因为这有助于解释宇宙如何创生、如何演化。”

“它怎么解释呢？”

愚可迟疑了一下：“没有人知道确切的答案。”

他匆匆打住，感到很不好意思。他的心灵终于寻获的巨大知识宝库，竟然这么容易就出现标示着“未知”的尽头，而发问者却是……却是……他突然觉悟到，毕竟瓦罗娜只是个弗罗伦纳的农家女。

他说：“此外，我们在银河各处找出这个太空气体的密度，你知道吧，也就是浓度。它在各处都不一样，而我们必须知道它的确切本质，太空船才能做出超空间跃迁的精确计算。这就像……”他的声音逐渐消失。

瓦罗娜吓呆了，不安地等待他讲下去，可是接下来只有一片沉默。

在全然黑暗中，传来她嘶哑的声音：“愚可？有什么不对劲，愚可？”

仍旧是一片沉默。她的双手摸到他的肩头，再使劲摇晃他。“愚可！愚可！”

不料，回答的声音属于原先那个愚可。声音中充满虚弱与恐惧，刚才的喜悦与信心全消失了。

“罗娜，我们做错了一件事。”

“怎么回事？我们做错了什么？”

巡警射杀面包师的景象浮现在他心头，既深刻又清晰，仿佛是被其他许多明确的记忆召唤回来的。

他说："我们不该逃走，我们不该登上这艘太空船。"

他拼命发抖，无法控制自己。瓦罗娜试图用手拭去他额头上的汗水，结果只是白忙一场。

"为什么？"她追问，"为什么？"

"因为我们应该知道，如果面包师愿意大白天带我们出来，他就该料定不会有巡警来找麻烦。你记得那名巡警吗？射杀面包师的那名巡警？"

"记得。"

"你记得他的面孔吗？"

"我没敢看。"

"我看到了，有件事很奇怪，可是我没有细想，我没有细想。罗娜，那根本不是什么巡警。那是我们的镇长，罗娜，那是装扮成巡警的镇长。"

第八章
贵妇

莎米雅·发孚身高刚好五英尺，此时，她全身六十英寸都处于颤抖的盛怒状态。她平均每英寸重一磅半，而在此刻，她九十磅的体重每磅都代表着十六盎司的怒意。

她在房间中快步走来走去。她的一头黑发高高盘起，高跟鞋为她添了几分高挑，而她那显眼的尖下巴正在打颤。

她说："哦，不。他不会这样对我，他不能这样对我。船长！"

她的声音尖锐，而且带着权威的分量。瑞斯提船长应声鞠了一躬："大小姐？"

对任何弗罗伦纳人而言，瑞斯提船长当然是个"大亨"。理由很简单，对任何弗罗伦纳人而言，所有的萨克人都是大亨。可是在萨克人眼中，则有大亨与真正的大亨之分。船长只是个大亨，莎米雅·发孚则是真正的大亨，或者说是完全等同于这个头衔的女性。

"大小姐？"他又问。

她说："我不该再受别人操纵。我已经成年，是我自己的主人，我选择留在这里。"

船长小心翼翼地说："请您了解，大小姐，这个决定与我无关，没有人征求过我的意见。我接到明确而直截了当的指示，告诉我该怎么做。"

他摸索着命令的副本，动作不怎么带劲。早先，他曾两度试图向她提出这项证据，她却拒绝接受，仿佛只要没看见，她就能继续心安理得地否认他肩负的责任。

她又将先前的话照说了一遍："我对你的命令毫无兴趣。"

她转过身去，脚跟带起"叮"的一声，便迅速与他拉开距离。

他跟在她后面，轻声道："这份命令包括如下的指示：如果您不愿意跟我走，请恕我直言，我就得把您押到太空船上。"

她猛然转身："你不敢做这种事。"

"只要我考虑到，"船长说，"命令我这样做的是谁，我就什么都敢做。"

她试着来软的："不用说，船长，根本没有真正的危险。这相当荒唐，简直就是疯了。这个城是和平的，要说发生了什么事，不过是昨天下午有个巡警在图书馆被打昏了。真的！"

"今天清晨，另一名巡警遭到杀害，又是来自弗罗伦纳人的攻击。"

这使她动摇了，但她淡褐色的脸庞变得阴沉，一双黑眼睛眨了一下。"这跟我有什么关系？我又不是巡警。"

"大小姐，太空船正在做升空准备，很快就要离去，而您一定要在上面。"

"那我的工作呢？我的研究呢？你可了解……不，你不会了解。"

船长什么也没说，而她已经转过头去。她身上那件铜色蓟茼织成的闪亮套装，还有其中乳白银色的织线，将她的肩头与上臂衬托得格外温暖柔滑。瑞斯提船长望着她，除了普通萨克人对一名贵妇应有的礼貌与谦卑，他的目光中还多了些东西。他暗自纳闷，这样一个秀色可餐的可人儿，怎会将时间花在模仿大学研究员的学术研究上。

莎米雅自己也很明白，她对学术的认真态度使她成为众人嘲笑的对象，可是她不在乎。那些人总是认为，萨克的贵妇应该全心全意投入豪华的社交生活，最后当一个孵卵器，孵出不多不少刚好两个未来的萨克大亨。

女性朋友总是来问她："你真的在写书吗，莎米雅？"然后要求看看手稿，再吃吃笑成一团。

至于男性则更糟，他们总是难掩高傲的态度，而且怀着显然的成见，认为他们只要瞥她一眼，或者伸手搂搂她的腰，就能治愈她的妄想，将她的心思转到真正重要的事情上。

这种事几乎从她懂事时就已经开始，因为她一向对蓟莆情有独钟，而大多数人只将它视为理所当然。蓟莆！织品之王，织品之皇，织品之神——根本没有任何比喻足以形容。

就化学成分而言，它不过是一些纤维素，这点化学家可以发誓。不过，虽然动用了所有的仪器与理论，他们始终无法解释为什么在弗罗伦纳上，而且整个银河中也只有在弗罗伦纳上，纤维素会变成蓟莆。那是一种物理状态的差异，他们这么说。但若是问他们，那究竟是与普通纤维素如何不同的物理状态，他们便会哑口无言。

最初，她是从保姆那里了解到人们的无知。

"它为什么闪闪发光，阿姨？"

"因为它是蓟莆，米雅亲亲。"

"别的东西为什么不会这样闪闪发光，阿姨？"

"别的东西不是蓟莆，米雅亲亲。"

这就足以说明一切。不过直到三年前，才有人就这个题目写成两巨册的专著。她曾仔细读过一遍，发现所有内容都能归纳成保姆所做的解释。蓟蒂之所以是蓟蒂，就因为它是蓟蒂；而其他东西不是蓟蒂，则因为它们不是蓟蒂。

当然，蓟蒂本身不会闪闪发光，但是经过适当的纺织，便会在阳光下发出金属般的光芒，同时呈现多种色彩甚至所有的色彩。而另一种处理形式，则能使它的纤维具有钻石的光彩。此外只要稍微加工，它就能在摄氏六百度高温下丝毫无损，而且几乎不与任何化学品产生作用。用它的纤维纺成的纱，能比最精巧的合成丝更纤细，而同样的纤维所具有的抗拉强度，则使任何已知的合金钢望尘莫及。

它比人类已知的任何物质用途更广，而且更为千变万化。假如不是因为过于昂贵，那么在无数的工业用途上，它都可以取代玻璃、金属或塑胶。即使如此，在光学设备中，它是十字标线的唯一材料；在制造超原子发动机的流程中，它被用作铸造液钟的铸模；而在金属过脆或过重或两者兼具的场合，它是一种质量轻、寿命长的代用品。

但是前面提到过，这些都只是小规模的用途，因为无法做到大量使用。实际上，弗罗伦纳的蓟蒂收成大都制成布料，然后剪裁成银河历史上最美妙的服装。弗罗伦纳为百万世界的贵族生产衣裳，因此，单单一个世界——弗罗伦纳的蓟蒂收成，理所当然成为一种稀有珍品。平均在一个世界上，仅仅二十名女性可能拥有几套蓟蒂质料的套装；另有两千人也许拥有那种质料的休闲夹克，或是一双手套；而其他两千万名妇女则在远处眼巴巴地观望。

银河中百万个世界，对于炫耀成性的人有个共同的通俗说法。在银河标准语中，它是各地都容易理解并毫无误解的唯一一句成语。那就是：“你可想象她会用蓟芾擤鼻涕！”

莎米雅长大一点后，曾向她的父亲求教。

“蓟芾是什么，爸爸？”

“它是你的面包和奶油，米雅。”

“我的？”

“不只是你的，米雅，它是整个萨克的面包和奶油。”

当然如此！她很容易就了解到其中的缘由。放眼银河，没有一个世界未曾试图在自己的土壤种植蓟芾。起初，任何人若将蓟芾种子走私运出那颗行星，不论是当地人或外国人，只要被抓到，一律会被处以死刑。即使如此，也从未阻止那些成功的走私活动。直到数个世纪后，萨克人才逐渐了解真相，从而废止了那条法律。如今，任何地方的人都欢迎购买蓟芾种子，价钱当然与织好的蓟芾布料一样（根据重量计算）。

他们可以拿去，因为结果证明除了弗罗伦纳之外，银河其他各处长出的蓟芾都只是纤维素。苍白、平淡、脆弱、无用，甚至算不上棉花。

是不是土壤里有些什么？还是弗罗伦纳的太阳具有某种特殊的辐射？抑或是因为弗罗伦纳生物圈中的菌落结构？所有的可能都试验过。有人取得弗罗伦纳土壤的样本；有人制造出人工弧光，可完全模拟弗罗伦纳之阳的已知光谱；还有人让外星土壤感染上弗罗伦纳的细菌。但蓟芾总是长成苍白、平淡、脆弱、无用的植物。

有关蓟芾的故事简直说不完，永远挂一漏万。此外还有好些资料藏在科技报道、研究论文，甚至旅行指南里面。五年以来，莎米雅一直梦想写出一本真正讲述蓟芾的书籍，内容包括生长它的土地，以及种植它的人民。

那是个广受嘲笑的梦想，但她的决心从未动摇。她坚持要到弗罗伦纳旅行一趟，她要在那些田野待上一季，并且在加工厂待几个月。她还要……

不过，重要的是她现在准备怎么做？她奉命得立刻回去。

借着一股向来支配她每项行动的冲动，她突然有了决定。她可以在萨克上继续奋战；她暗自向自己保证，要在一周之内重返弗罗伦纳。

她转向船长，以冷淡的口气说："我们什么时候出发，船长？"

莎米雅一直留在观景舷窗旁，望着依稀可见的弗罗伦纳星。它是个四季如春的绿色世界，就气候而言比萨克可爱得多。她一直期待研究那些当地人；她不喜欢萨克上的弗罗伦纳人，那是一群无趣的男性，当她经过这些人的时候，他们从来不敢望她一眼，总是立刻背对着她，因为法律是这样规定的。然而，在他们自己的世界上，根据各方一致的报道，那些当地人个个快快乐乐、无忧无虑。他们想当然地没有责任感，而且像小孩子一样不懂事，不过他们很有魅力。

瑞斯提船长打断了她的思绪。他说："大小姐，您是否该回房休息了？"

她抬起头来，两眼间挤出细微的垂直皱纹："你又接到什么新的命令，船长？我是囚犯吗？"

"当然不是，这只是预防措施。在我们起飞前，发射场通常都是空的。但似乎发生了另一桩凶杀案，而且又是弗罗伦纳人干的，航站的巡警分遣队都进入城中，加入了追捕凶手的行列。"

"这事和我有什么关系？"

"只不过是在这种情况下，连我都该派个警卫在自己身边——我承认自己会不高兴——可能会有未经许可的人员登上太空船。"

"为了什么？"

“我不敢说，但不会是令人愉快的事。”

“你在胡思乱想，船长。”

“只怕并非如此，大小姐。当我们和弗罗伦纳的太阳只有行星级的距离时，我们的能量计当然没用，可是现在情况不同了。只怕在紧急设备储藏室中，有明确的过量热辐射。”

“你这话当真吗？”

船长瘦削、毫无表情的脸孔漠然面对她一会儿。然后他说：“它和两个普通人放出的热辐射等量。”

“或许是某人忘记关的一个热源。”

“我们的电源没有流失，大小姐。我们即将展开调查，大小姐，只求您先回房休息。”

她默默点了点头，便离开那间舱房。两分钟后，船长以冷静的声音，透过通话管从容不迫地说：“有人闯进紧急设备储藏室。”

假使米尔林·泰伦斯曾将紧绷的神经稍微放松一些，就会很容易、甚至感到万幸地进入歇斯底里的状态。他赶回面包店的时间晚了一点，那时他们已经离去。纯粹是由于运气，才让他在街上遇见他们。他下一个行动早已注定，毫无自由选择的余地。于是面包师倒在他面前，死状甚为恐怖。

接下来，在群众的团团转中，愚可与瓦罗娜消失在人潮里，而巡警的空中飞车，里面载着真正的巡警，开始像秃鹰般在上空出现。他能怎么办？

他的第一个冲动是去追愚可，但他很快打消了这个念头。那样做没有好处，他永远找不到他们，而且巡警抓到他的机会太大。于是他朝另一个方向匆匆跑开，向面包店前进。

他唯一的机会系于巡警组织本身。平静的日子已经过了几代，至少有两个世纪，弗罗伦纳人没有值得一提的叛乱活动。镇长的制度极其成功（想到这里，他狠狠地咧嘴一笑），从有镇长以来，巡警就只剩下例行的警察勤务。他们缺乏优秀的团队默契，那要在更艰困的情况下才培养得出来。

因此，他才有可能在清晨走进一所巡警局。他的图像一定已经送到那里，不过显然无人多加注意。单独值班的巡警一副冷淡兼悻悻然的表情，要泰伦斯说出来此的目的。可是泰伦斯的目的包括送来一根截面二乘四英寸的塑胶棍，那是他从近郊一间破屋墙上扭下来的。

他用塑胶棍击向那名巡警的头颅，然后取走巡警的制服与武器。他的犯罪记录已如此骇人，要是发现那名巡警已经气绝，而并非只是昏迷，也不会令他有一点点不安。

他仍旧逍遥法外，生锈的巡警司法机器徒然发出吱吱怪声，目前为止还没有追上他。

泰伦斯来到面包店。那位年老的助手原本站在门口，试图看清楚骚乱究竟是怎么回事，不过只是白费工夫。当他见到那身可怕的银黑相间制服时，立刻发出一小声怪叫，同时退进面包店内。

镇长向他冲过去，用他的胖手掌扭住那人沾着面粉的宽松领子："面包师正往哪里去？"

那老人张大嘴巴，可是没有发出声音。

镇长又说："我在两分钟前杀了一个人，我不在乎再杀一个。"

"拜托，拜托。我不知道，长官。"

"你不知道就得死。"

"可是他没告诉我，他好像订了什么票。"

"你偷听到的，是吗？你还偷听到些什么？"

"他提到一次渥特克斯，我想他订的是太空船的票。"

泰伦斯一把将他推开。

他必须等待，必须等到外面激烈的情势好转些。这就是说，他必须冒着真正的巡警来到面包店的危险。

不过要不了多久，要不了多久。他能猜到当初的伙伴会怎么做，愚可当然不可预测，但瓦罗娜是个聪明的女孩。从他们逃跑的方式看来，他们一定把他当成真正的巡警，而瓦罗娜作出的判断，当然是唯有继续沿着面包师安排的路线逃亡，才能确保他们的安全。

面包师帮他们订好票，一艘太空船正在等待，想必他们会去那里。

而他必须赶在他们前面。

如今的情况已经没有退路，其他一切都不重要了。假如他失去愚可，假如他失去这个对付萨克暴君的潜在武器，他自己送命只是小小的损失。

所以他在离去时，心中没有任何忧惧。虽然那是大白天；虽然两辆空中飞车近在眼前；虽然巡警现在一定知道，他们寻找的是个穿着巡警制服的男子。

泰伦斯知道应该前往哪座太空航站。在这颗行星上，这种太空航站只有一座。上城有十几座供私人太空游艇起降的小型航站；此外整个行星还有数百座货运航站，专供丑陋的太空货船载运大捆蓟芾布料前往萨克，并载回机器与简单的消费品。可是在这么多太空航站中，只有一座对普通旅客开放，包括较穷的萨克人、弗罗伦纳籍官员，以及设法获准来访弗罗伦纳的少数外国人。

站在入口关卡的那个弗罗伦纳人，带着十分浓厚的兴味目迎着泰伦斯，周围的真空已逐渐令他无法忍受。

“您好，长官。”他说，声音中带着狡猾的热切。毕竟，已经有好几名巡警遭到杀害。“城中可真热闹，是吗？”

泰伦斯没有上钩。他早已将弧形帽檐拉低，并且扣上短袖制服最上面的扣子。

他粗声叱喝道：“刚才有没有两个前往渥特克斯的人进入航站，一男一女？”

那海关人员看来吃了一惊。他吞吞吐吐了一会儿，然后以严肃许多的声调说：“有的，长官。大约半小时以前，或许没那么久。”他突然涨红了脸，“他们和那些事有任何关联吗……长官，他们的旅票毫无问题，我不会让没有合法凭据的外国人通过。”

泰伦斯没有答腔。合法凭据！面包师在一夜之间就设法弄到这一切。银河啊，他不禁纳闷，萨克行政部门究竟被川陀谍报组织渗透了多深？

“他们用什么名字？”

“贾瑞斯·巴尼和涵莎·巴尼。”

“他们的太空船走了没有？快回答！”

“没——有，长官。”

“哪个泊口？”

“十七号。”

泰伦斯强迫自己不可奔跑，但他的步伐与奔跑相差无几。假如附近有一名真正的巡警，那么这段匆匆忙忙、威严尽失的小跑步将是他的最后一程自由行动。

在那艘太空船的主气闸处，站着一名穿着高级船员制服的太空人。

泰伦斯微微喘息。“贾瑞斯·巴尼和涵莎·巴尼有没有登船？”

“没有，他们没来。”那名太空人泰然自若地说。他是个萨克人，因此对他而言，巡警只是穿上制服的普通人。“你有口信给他们吗？”

泰伦斯的耐性终于决堤，他说：“他们没有登船！”

“我是这么说的没错。而且我们不会等他们，我们将按时离去，不论有没有他们两人。”

泰伦斯掉头就走。

他再度回到关卡亭。“他们是不是走掉了？”

“走掉了？谁啊，长官？”

“巴尼兄妹，前往渥特克斯那两位，他们没在那艘太空船上。他们是不是走了？”

“没有，长官，据我所知没有。”

“会不会从其他关卡走掉？”

“那些都不是出口，长官，这里是唯一的出口。”

“赶紧查，你这可怜的白痴。”

海关人员在惊慌状态中举起通话管。从没有巡警这样怒气冲冲地对他说话，他深恐后患无穷。

两分钟后，他放下通话管：“没有人离去，长官。”

泰伦斯瞪着对方。在他的黑色警帽下面，沙色的头发已经湿透，正紧贴着他的头皮，他的两颊则滚下了微微发亮的汗珠。

他说：“他们进来之后，有没有任何太空船离开航站？”

海关查了查时间表。“有一艘，”他说，“定期太空客船努力号。”

他滔滔不绝地讲下去，急欲借着自动提供的情报，博取这个生气巡警的好感。“努力号在从事一趟特殊任务，将莎米雅·发孚贵妇从弗罗伦纳接回萨克。”

至于他是用什么精密的窃听方式探知这个“机密报告”的，他并没有作详细的解释。

可是对泰伦斯而言，现在一切都不重要了。

他慢慢向后退去。排除一切不可能的情况后，剩下的不论多么难以置信，却必定就是事实。愚可与瓦罗娜曾经进入太空航站，他们没有遭到逮捕，否则海关一定知道；他们并非在航站中游荡，否则他们现在一定已经被捕；他们也没有登上前往渥特克斯的太空船，那艘船尚未离开发射场。唯一离去的太空船是努力号，因此，不论是偷渡或是成了俘虏，愚可与瓦罗娜一定在那上面。

而这两个可能并无二致。假如他们试图偷渡，他们将很快成为俘虏。只有弗罗伦纳的农家女与心智被毁的白痴，才会不了解现代太空船根本不能当偷渡工具。

那么多太空船，他们偏偏选中载送发乎大亨之女的那一艘。

发乎大亨！

第九章
大 亨

发孚大亨是萨克上最重要的一个人，基于这个缘故，他不愿意让人见到他的站姿。他与女儿一样个子很矮，但她的身材十分匀称，而他则不然，因为他双腿太短了。他的身躯相当壮硕，脖子以上可谓相貌堂堂，可是他的身子安在了一双粗短的腿上，走起路来不得不笨重地摇摇摆摆。

所以他总是坐在一张办公桌后面。除了他的女儿、贴身的仆人，以及已经过世的妻子，其他人从未见过他有别的姿势。

此时他坐在那里。在他硕大的头颅上，长着几乎不见嘴唇的大嘴、鼻孔很大的宽阔鼻子，以及中间有条凹痕的尖削下巴。这样的一副尊容，同时能给人仁厚与顽固的双重印象。他的头发一律向后梳，几乎垂到肩膀，丝毫不重视发型；每根头发都是青黑色，没有夹杂一点灰白。他的两颊、唇边以及下巴附近隐约泛着青色，那是弗罗伦纳籍理容师与顽强生长的胡须一日奋战两次的成果。

这位大亨喜欢装模作样，这点他自己很明白。他拥有一副训练有素的表情，一双十指粗短的大手放在桌面上，双手轻轻交握着。

平滑光亮的桌面空无一物，没有一张纸，没有通话管，也没有任何装饰。借着这份单纯，凸显了大亨本身的存在。

他正在对面色惨白的秘书说话。他的声音有气无力，那是他对机械装置与弗罗伦纳籍官员说话时的专用声调。“我想全都接受了吧？”

他对答案早已胸有成竹。

他的秘书以同样有气无力的声调回答：“玻特大亨表示，由于正有要事缠身，使他无法比其他三位更早与会。”

“你告诉他了吗？”

“我说目前这件要事非同小可，任何延迟都是不智之举。”

“结果呢？”

“他会出现的，阁下。其他人则毫无保留地答应了。”

发孚微微一笑。早半小时、晚半小时不会有什么差别，重要的是这牵涉到一个新的原则。五大大亨对于自身的独立性太过敏感，这种敏感心理必须去除。

现在他正在等待。这个房间很大，其他人的位置都已备妥。时间是两点二十一分，这是那座大型精密时计显示的。一千年来，它的微放射性能源从未故障，也从来没有丝毫衰减。

这两天的变故是多大的一场震撼！或许在过去，这座古老的时计从未目睹类似规模的事件。

然而，在千年岁月中，这座时计曾经见过太多的事物。它开始计时之际，萨克还是个新世界，由数座人力建造的城市组成，与其他那些较古老的世界几乎没有接触。当时，这座时计挂在一座古老砖造建筑的墙壁上，如今那座建筑早已化为尘土。在三个短命的萨克“帝国”期间，毫无纪律的萨克军人统治着周围五六个世界，统治时间或长或短。这段日子里，它无动于衷地默默报时。而在邻近世界的舰队两度控制萨克期间，它的放射性原子仍按精准的统计规律逐一衰变。

五百年前，萨克发现与它最近的世界——弗罗伦纳——土壤中蕴藏着不可胜数的宝藏。打了两场胜仗之后，萨克人以征服者的身份建立起和平。从此萨克放弃了它的帝国，唯独拥抱弗罗伦纳，很快就成为银河的强权，崛起的速度连川陀都望尘莫及。这一切经过，这座时计都严肃地记录下来。

川陀觊觎弗罗伦纳，其他的强权也虎视眈眈。过去数世纪以来，太空各处曾有许多贪婪的手掌伸向弗罗伦纳，亟欲将它据为己有。可是萨克紧紧抓住它，宁愿发动银河战争也不愿放手。

川陀心知肚明！川陀心知肚明！

仿佛是这座时计的无声节奏，将这个单调的声音送进大亨的脑海。

时间是两点二十三分。

将近一年前，萨克的五大大亨有过一次聚会。那次聚会与今天一样，是在他的大厅中举行。而那次也像今天一样，散布在萨克表面各处的大亨们，每位都在自己的大陆上，借着三维化身齐聚一堂。

就基本功能而言，三维化身等于是实物大小的三维电视，具有一切声光效果。在萨克上，任何小康的普通人家都拥有三维电视，但三维化身的不同之处在于没有任何可见的接收器。除了发孚之外，其他的大亨虽然与真人无异，却并非以真身出席。他们能将身后的墙壁遮住，他们的身形不会闪烁，可是伸手便能穿过他们的身体。

鲁内大亨的真实身躯坐在行星的另一端，此时此刻，唯有他的大陆为黑暗所笼罩。在发孚的大厅中，他的影像四周泛着人工照明的白色寒光，在周围的日光下显得分外暗淡。

不论是真人还是影像，聚在这间大厅的人代表了整个萨克。这个古怪而貌不惊人的组合，正是这颗行星的化身。鲁内秃头、红润、肥胖；巴里一头灰发、皮肤又干又皱；斯汀搽脂抹粉，带着风烛残年的笑容，强装出早已消失的生命力；玻特则显得漠视物质生活享受，甚至过分到两天不刮胡子，指甲也脏得令人憎厌。

然而，他们就是五大大亨。

他们位于萨克三级统治阶层的最顶端。其中最低的一级，当然就是国务院的弗罗伦纳籍官员；在萨克各豪门世族的兴衰起落中，他们的地位始终不变；真正推动政府机器的也是他们这群人。在他们之上，是由世袭的（而且无害的）国家领袖所任命的部会首长。需要写上他们的名字，以及国家领袖本人的名字，政府的公文才能生效，不过他们唯一的责任也只是签字而已。

最高一级则由他们五人把持，在其他四人的默许下，每人占据一个大陆。他们是五大家族的家长，而五大家族控制着蓟蒂的所有贸易，以及从中获得的财富。金钱是权力的后盾，有了权力便能控制萨克的政策，而金钱掌握在他们手里。在这五个人当中，又数发孚最为富有。

将近一年前那一天，发孚大亨面对银河第二富有的行星上其他四位主人（第一富有的是川陀，毕竟川陀拥有百万个世界，而他们只有两个），说道：“我收到一封奇怪的信。”

他们什么也没说，都在默默等待。

发孚将一张带有金属光泽的薄片递给秘书，秘书依次走过座位上的四个人形，举起薄片让他们看个清楚，时间刚好让每个人都能读出其上的字句。

对另外四位参加这场会议的人而言，他自己是真实的，而包括发孚在内的其他人只是幻影。那个带有金属光泽的薄片同样是幻影，他们只能坐在那里，凝望着聚焦在眼前的光线。那些光线从发孚的大陆出发，跨越广大的距离，分别送到巴里、玻特、斯汀的大陆，以及鲁内的大陆岛上。他们读到的字迹，则是幻影中的幻影。

只有玻特，由于是个直肠子，而且用不惯精巧的设备，一时之间忘了这个事实，伸出手来想要拿那封信。

他的手伸向影像接收器的矩形边缘，立刻被切掉一截，那只手臂成了只剩一半的断肢。发孚知道，玻特在他自己的房间里什么也没抓到，只是贯穿那封写在薄片上的信。他微微一笑，其他人也露出笑容，斯汀甚至发出吃吃的笑声。

玻特面红耳赤，赶紧抽回手臂，他的手掌便重新出现。

发孚说："好，你们每个人都看过了。如果你们不介意，我现在要把它朗读一遍，好让你们思考一下它的含意。"

他将手一抬，秘书便快步走来，刚好将那张薄片举在恰当的位置，让发孚的手毫不费力便能抓到。

发孚开始以柔和的声调朗读，让一字一句都透出戏剧性，仿佛那封信是他自己写的，他十分乐意与众人分享。

他说："信件内容如下：'你是萨克的五大大亨之一，你的权力与财富无人能敌。然而，那些权力与财富奠立在薄弱的基础上。你也许会认为，弗罗伦纳整个行星上的蓟莆，绝对不能算是薄弱的基础。可是问问你自己，弗罗伦纳将存在多久？永远吗？

"'不！弗罗伦纳或许明天就被摧毁。虽然它也可能存续一千年，但是比较之下，它在明天就被摧毁的可能性更大。老实说，将毁掉它的不是我，而是一种你无法预测或预见的力量。请正视这场毁灭，也正视你已经失去权力与财富的事实，因为我将索求其中的大部分。你会有时间考虑，可是时间并不多。

"'你若试图花太多时间，我将对全银河，尤其是对弗罗伦纳宣布这场即将来临的毁灭。这样一来，就再也没有什么蓟莆，什么财富，什么权力。我得不到这一切，但我早已习惯；你将失去这一切，那却是极其严重的问题，因为你生来即拥有极大的财富。

“‘按照我将在近期指定的数量与方式，将你的财产大部分转让给我，你将安然保有剩余的一切。就你目前的标准而言，老实说，你所剩不会太多，但是总比什么都没留下要好。同时，别瞧不起你将保有的残余。弗罗伦纳有可能比你还长命，你至少将过着舒适的生活，虽然谈不上豪奢。’”

发孚读完之后，双手来回翻转那张薄片，然后慢慢把它卷成半透明的银色圆柱，其中刻印的字迹遂混成一团模糊的红色。

他改用普通的声调说：“这是一封蛮有意思的信。信末没有签名，而信中的口气，你们都听到了，显得做作而傲慢。你们认为如何，诸位大亨？”

鲁内红润的脸孔现出不悦的表情。他说：“这显然出自一个近乎精神错乱的人之手，他好像在写历史小说。坦白讲，发孚，我认为绝不值得为了这种垃圾而把我们聚在一起，破坏了各洲自治的悠久传统。我也不喜欢在你的秘书面前讨论这一切。”

“我的秘书？因为他是弗罗伦纳人？你怕他会因为这封信而心神不宁吗？荒谬。”他的声调从温和的打趣转变成毫无抑扬的命令，说道，“转向鲁内大亨。”

那位秘书立刻照做。他的双眼谨慎地垂下；苍白的脸孔没有任何皱纹，也未显露任何表情，看起来几乎毫无生气。

“这个弗罗伦纳人，”发孚当他不存在似的，毫无顾忌地说，“是我的贴身仆人。他从不离开我身边，从不和他的同类接触。但并非由于这个原因，而使他绝对值得信赖。看看他，看看他的眼睛。你们难道看不出来，他显然受过心灵改造吗？他不能有任何对我稍微不忠的想法。说句不怕你们生气的话，和你们任何一位比起来，我倒是宁可信任他。”

玻特轻声笑了笑。“我不怪你，我们对你的忠心当然比不上一个改造过的弗罗伦纳仆人。”

斯汀又吃吃笑了几声，还不安地挪动了一下，仿佛他的座椅温度逐渐升高。

对于发孚用心灵改造器对付贴身仆人这件事，他们全都不予置评。假使他们真有反应，发孚才会惊讶万分。心灵改造器只能用来矫正精神异常，或是除去犯罪冲动，除此之外禁止用在其他任何方面。严格说来，甚至五大大亨也不能例外。

但发孚只要觉得有必要，就会动用心灵改造器，尤其当改造对象是弗罗伦纳人的时候；至于改造萨克人则是敏感得多的一件事。发孚并没有忽略，自己在提到心灵改造时，斯汀大亨显得有些坐立不安。这是因为人尽皆知，他总是利用受过改造的弗罗伦纳男女，做些远比秘书工作更私密的事。

“好了，”发孚合起粗钝的十指，“我把你们大家聚在一起，不是为了听我朗读一封狂人的信件。这一点，我希望各位都了解。事实上，只怕我们面临着一个严重的问题。首先，我问我自己，为什么只找到我头上来？老实说，我的确是大亨中最富有的，可是我一个人，只控制着蓟芾总贸易的三分之一。而我们五个人加起来，则掌控了全部的贸易。将一封信复制五份是很容易的事，和写一封信一样容易。”

“你的话太多了，”玻特喃喃抱怨，“你究竟想说什么？”

在巴里阴沉的灰脸上，皱缩而无色的嘴唇开始嚅动：“他想要知道，玻特大人，我们有没有收到同样的一封信。”

“那就让他自己说。”

“我以为我刚才讲过了。”发孚平静地说，“怎么样？”

他们互相望了望，随着各人个性的不同，分别露出了迟疑或抗拒的表情。

鲁内首先开口。他的粉红额头挂着好多颗汗珠，他举起一张柔软的蓟芾方巾，沿着两耳间的半圆形区域，擦拭着藏在肥肉皱褶内的汗水。

他说：“我可不知道，发孚。我可以问问我的秘书，顺便提一句，他们都是萨克人。毕竟，即使真有这样一封信送到我的办公室，也会被视为——我们刚才叫它什么来着？——被视为狂想者的来信。我绝不会看到，这点可以肯定。只有你自己那种特殊的行政系统，才会使你无法避免接触这类垃圾。”

他环顾四周，微微一笑，露出湿润而闪亮的牙龈，以及上下两排铬钢打造的义齿。每颗义齿都深深埋进牙龈中，与颚骨紧密接合，比任何珐琅质的牙齿更为强固。因此，他的微笑比眉头深锁还要恐怖。

巴里耸了耸肩。“我想鲁内刚才说的可以代表我们大家。”

斯汀吃吃笑了笑。“我从来不看信。真的！我从来不看。那是多么无聊、多么繁重的工作，我根本没有任何时间。”他热切地四下张望，仿佛确有必要说服众人相信这个重要的事实。

玻特说：“怪了，你们都是怎么搞的？畏惧发孚吗？听我说，发孚，我没有养任何秘书，因为我不需要任何人帮我打点我的生意。我收到了同样的信，而我确信这三位也一样。想知道我怎样处置那封信吗？我将它投进了废物处理槽，我奉劝你们也都这样做。让我们散会吧，我累了。”

他抬起手来，准备按下捺跳开关。只要轻轻一按，他的影像就会从发孚的大厅消失。

“慢着，玻特。”发孚以刺耳的声音吼道，“别那样做，我还没说完。你不会希望我们在你缺席的情况下，达成任何决议或采取任何行动吧？你当然不会。”

“让我们再待会儿，玻特大亨。”鲁内以较轻柔的声调劝道，虽然他一双深陷肥肉中的小眼睛并不显得特别和气，“发孚大亨为何对一件小事显得这么担心，我还真是纳闷。”

“这个嘛，”巴里冰冷的声音搔刮着众人的耳膜，“或许发孚认为这位写信给我们的朋友，拥有川陀攻击弗罗伦纳的情报。”

“呸！”发孚轻蔑地啐了一声，“不论他是谁，他又怎么会知道呢？我们的特务机关足够管用，我向你保证。再说，假如我们真拿财产贿赂他，他又要如何阻止这场攻击？不对，不对。他所说的弗罗伦纳的毁灭，好像是指实质的毁灭，而不是政治上的毁灭。”

“这实在太疯狂了。”斯汀说。

“是吗？”发孚道，“这么说的话，你没注意到过去两周那些事件的重大意义。”

“哪些特别的事件？”玻特问。

“似乎有个太空分析员失踪了，你肯定听说过。”

玻特看来相当气恼，根本没办法平息：“我从川陀的阿贝尔那里听到过。究竟是怎么回事？我对太空分析员一无所知。”

“他在失踪之前，曾送出一封电讯给他们在萨克上的基地，你至少读过它的副本吧？”

“阿贝尔给我看过，我根本没有留意。”

“你们其他人呢？”发孚用目光轮流向众人挑战，“你们的记忆能回到一周前吗？”

“我读过，”鲁内说，“我也记得。当然！那上面同样提到了毁灭。这就是你要指出的吗？”

“听我说，”斯汀尖声道，“这里头充满丑恶的暗示，根本毫无意义。真的！我真希望我们现在别讨论这件事。那回我几乎无法摆脱阿贝尔，而且正在晚餐时间之前。实在恼人不过，真的。”

“我们别无选择，斯汀。”发孚以颇不耐烦的口气说（与斯汀这种人能做成什么事？），“我们必须继续讨论。那个太空分析员曾经提到弗罗伦纳的毁灭，而在他失踪的同时，我们收到一封以弗罗伦纳的毁灭作威胁的勒索信。这是巧合吗？”

“你是在说勒索信是那个太空分析员写的？”老巴里悄声道。

“不太可能。他为什么先公开宣布，然后匿名再来一次？”

“他最初宣布的时候，”巴里说，“他联络的是他们的当地办事处，而不是我们。”

“即使如此，还是一样。除非万不得已，勒索者总是只跟他的受害者接触。”

“所以说呢？”

“他失踪了。就算这个太空分析员是好人，可是他散播了危险的讯息。现在他落入另一批人的手中，那些人可不是好人，他们就是勒索者。”

“什么另一批人？”

发孚绷着脸靠向椅背，嘴唇几乎动也不动地说：“你当真问我吗？答案就是川陀。”

斯汀打了个寒颤。“川陀！”他失声尖叫。

“有何不可？还有什么更好的办法能取得弗罗伦纳的控制权？那是他们对外政策的主要目标之一。如果他们不必动武就能达到目的，对他们而言当然更好。听我说，假使我们依从这个欺人太甚的最后通牒，弗罗伦纳就会成了他们的。他们准许我们保留一点，”他将两根手指搭在一起，放到自己面前，“可是就连这一点，我们又能保有多久？

“反之，假设我们不闻不问——其实我们别无选择——那川陀会怎么做呢？哈，他们会对弗罗伦纳农民散布谣言，说那个世界的末日即将来临。等到他们的谣言传开，便会引起农民的恐慌，然后除了灾祸还会有什么？如果一个人认为明天就是世界末日，还有什么力量能驱使他工作？到时收成都会烂掉，而仓库将空空如也。”

斯汀举起一根指头抹匀一侧面颊上的化妆，他正照着自己寓所中的一面镜子，只不过它在接收范围外。

他说：“我不认为那会对我们造成太大伤害。如果收成减少，难道价格不会上涨吗？一段时间之后，结果将证明弗罗伦纳仍好端端在那里，那时农民便会回到工作岗位。此外，我们总是能以束紧出口作威胁。真的！我不知道任何文明世界没有蓟蔳如何能活下去。哦，那可是王者蓟蔳啊，我认为这简直是小题大做。”

他表露出厌烦的态度，一根指头优雅地放在脸颊上。

巴里的一对老眼早已闭起来。此时他说：“现在没有涨价的空间了，我们已经把它卖到天价。”

“正是如此，”发孚说，“反正不会造成严重的缺货。川陀一向在等待弗罗伦纳上出现动乱迹象；假如他们能让整个银河认为萨克将无法保证蓟蔳的出口，那么他们登陆弗罗伦纳、维持他们所谓的秩序，并保持蓟蔳的固定产量，就是宇宙间最自然的一件事。而危险的是，银河中的自由世界或许会为了蓟蔳，而跟他们站在一条阵线上。尤其是当川陀同意打破垄断、增加产量并降低售价的时候。事后他们可能是另一副嘴脸，但在这个节骨眼上，他们会得到其他世界的支持。

“川陀若想攫取弗罗伦纳，这是唯一合乎逻辑的做法。假如只是单纯使用武力，即使为了自保，川陀势力范围外的自由银河也将加入我们的行列。”

鲁内说："那个太空分析员又扮演什么角色？他是必要的角色吗？如果你的理论足够充分，就应该能解释这一点。"

"我认为可以。这些太空分析员多半心理不平衡，而这一位，则发展出某种——"发孚动了动手指，仿佛在玩弄一堆隐形的积木，"某种疯狂的理论。是什么理论并不重要，川陀不能让它公诸于世，否则太空分析局会加以否定。然而，把那个人抓起来，打探出详细内容，他们得到的情报或许就足以唬住普通人。他们可以利用它，让它听来像是真的。分析局是川陀的傀儡，一旦这个故事借着科学化的谣言散布出去，不论他们如何否认，力量都不足以压倒那个谎言。"

"听来实在太复杂。"玻特说，"怪了，他们不能让它公诸于世，可是偏偏又要让它公诸于世。"

"他们不能让它以严肃的科学声明公诸于世，甚至不能让分析局收到这种声明。"发孚耐心地说，"但他们可以把它当成谣言流传出去，你看不出来吗？"

"那么，老阿贝尔为何还要浪费自己的时间，寻找那个太空分析员呢？"

"你指望他到处宣传那人在他的手里？阿贝尔真正做的事情，和他似乎正在做些什么，完全是不相干的两码事。"

"好吧，"鲁内说，"如果你说对了，我们要怎么做？"

发孚说："我们认识到了这个危险性，这点就非常重要。如果有可能，我们要把那个太空分析员找出来。我们必须将所有已知的川陀间谍置于严密监视之下，但不可真正干涉他们的行动。从他们的行动中，我们便有可能了解事态的发展。至于弗罗伦纳即将毁灭的宣传，我们必须在该行星上彻底压制。对于第一波的窃窃私语，就一定要及时以最严厉的手段对付。

“最重要的一点，我们必须保持团结。在我看来，本次会议唯一的目的，就是形成一个共同阵线。我们都知道各洲自治的重要，而我确信没人比我更坚持这点。然而，那是在普通状况下，现在则不是普通状况。各位看出来了吗？”

多少有些勉强，因为各洲自治不是能轻易放弃的一件事，他们都看得出来。

“那么，”发孚说，“让我们等待第二波行动。”

那是一年前的事。众人离去后，发孚大亨遭到一生中最离奇、最彻底的惨败。在他相当长而相当不凡的奋斗史中，从来未曾有过这种经验。

根本没有第二波行动，他们都没有再收到来信。那名太空分析员始终未曾寻获，而川陀一直保持断断续续的搜寻。弗罗伦纳上没有任何末日谣言的蛛丝马迹，蓟莆的收成与加工维持着平稳的进度。

鲁内大亨开始每周打电话给发孚。

“发孚，”他通常都这么说，“有任何新发展吗？”他的肥肉总是因得意而颤动，喉咙里总是冒出嘶哑的咯咯笑声。

发孚垂头丧气、无动于衷地接受他的嘲笑。他能怎么办？他一而再、再而三地过滤线索，可是根本没用。少了一项因素，一项极其重要的因素遗漏了。

然后，一切突然同时爆发，让他终于得到答案。他知道自己得到了答案，而谜底则是他始料未及的。

他再度召集了一次会议。现在，精密时计显示的时间，是两点二十九分。

他们开始一一出现。第一个是玻特，他紧抿着嘴唇，用一根长着倒刺的指头搔刮长着灰色短须的面颊。接着是斯汀，他刚刚将脸上的化妆品洗净，露出一副苍白、病弱的面容。巴里带着倦意，显得漠不关心；他的双颊凹陷，扶手椅上铺着厚实的衬垫，旁边放着一杯热牛奶。最后出现的是鲁内，比其他人迟了两分钟；他的嘴唇湿答答的，一脸闷闷不乐的表情。他的所在地又是黑夜，这次他的灯光十分暗淡，使他像是坐在立方阴影中的朦胧身形，即使发孚的灯光拥有萨克之阳的威力，也无法照亮他周围的区域。

发孚开口道："诸位大亨！去年我推测有个距离遥远而背景复杂的危机，我那样做是掉进了陷阱。危机的确存在，但不是来自远方。它和我们很近，非常接近。你们其中之一已经知道我的意思，其他人也很快就会知道。"

"你究竟是什么意思？"玻特不耐烦地问。

"有人叛变！"发孚顶了回去。

第十章
亡命之徒

米尔林·泰伦斯不是个行动派。他拿这点当做自我安慰的借口，因为现在，离开太空航站之后，他发觉自己的心神陷入了瘫痪。

他必须谨慎选择走路的速度。不可以太慢，否则会像是无所事事；也不可以太快，否则会像在奔跑。只要轻快就好，像个巡警走路的模样，像个正要出勤、正准备钻进地面车的巡警。

他要是能钻进一辆地面车该多好！遗憾的是，弗罗伦纳人受的教育并未包括驾驶地面车，甚至弗罗伦纳镇长也不例外，因此他一面步行一面试图思考，可是始终无法做到。他需要宁静的环境与悠闲的时间。

而且他觉得虚弱得几乎无法行走。他或许不是个行动派，可是如今，他已经迅速行动了一天一夜再加半个白天，已经消耗掉他一生的气力。

但他不敢停下来。

假如现在是夜晚，他或许有几小时的时间用于思考，可是此时刚过正午。

假如他会驾驶地面车，他就能远离城市，前往城外数英里之处，在决定下个步骤前稍微想一想。可是他的交通工具只有双腿。

假如他能思考，这是关键，假如他能思考就好了。假如他能暂停一切动作、一切行动；假如他能在时间之流中抓住宇宙，命令它暂停，他就能将许多事好好思考一番。一定有什么办法可以做到。

他急匆匆冲进下城的阴处，迈着僵硬的步伐，模仿着记忆中巡警走路的方式。他紧抓着电击棒，在半空画着圈圈。街上空无一人，当地人都挤在简陋的房舍里——这样更好。

镇长仔细选择他的目标。最好选一个较高级的住宅，拥有彩色塑胶砖与偏光玻璃窗的那种。低下阶级都死气沉沉，他们不在乎失去什么；“上层人”则会争先恐后提供一切协助。

他沿着一条短径，走向这样的一栋住宅。它与街道有段距离，这是富裕的另一个象征。他知道自己不需要敲门，也不需要硬闯进去。当他走上坡道时，住宅里的人会注意到窗外有动静（世世代代的经验，使弗罗伦纳人闻得出巡警到来的气息），大门会自动打开的。果然打开了。

开门的是个少女，两眼睁得犹如铜环。她的服装令她看来相当笨拙，从衣服的褶边可以看出，她的父母决心要维持高人一等的地位，不愿与普通的“弗罗伦纳废物”为伍。她站到一旁让他进去，急促的气息从她微张的嘴巴冒出来。

镇长作势要她关起门来：“你的父亲在家吗，姑娘？”

她尖声叫道：“爸！”然后喘着气说，“在家，长官！”

“爸”从另一个房间心虚地走出来，动作相当迟缓。他并非不知道有位巡警来到家门口，只是让一位少女应门比较安全。假如巡警刚好在气头上，出手将她打倒在地的机会将比较小。

“你的名字？”镇长问。

“贾可夫，希望这能令您满意，长官。”

巡警制服的某个口袋中有本薄页笔记簿，镇长将它打开，很快看了看，打了一个利落的钩：“贾可夫！没错！我要看看家中每个成员。快！”

若非他心中除了无望的沮丧再也容不下其他的情绪，泰伦斯几乎肯定会过过干瘾。他并不是对权威的诱惑完全无动于衷。

他们一个个走了进来。首先是个瘦小的妇人，带着一脸忧愁的表情，有个两岁左右的孩子在她怀里蠕动。然后是那个应门的少女与她的弟弟。

“都在这里？”

“全都来了，长官。”贾可夫低声下气地说。

“我能照顾宝宝吗？”那妇人焦急地问，“现在是她的午睡时间，我正要把她放到床上。”她将手中的婴儿向前举，仿佛天真无邪的宝宝有可能融化巡警的铁石心肠。

镇长没有望向她。巡警应该连心肠都没有，他这么想，而他现在就是一名巡警。他说：“把她放下来，给她一根棒棒糖堵住嘴。喂，你！贾可夫！”

“是的，长官。”

“你是个奉公守法的小子，对不对？”当地人不论年纪多大，当然都是个“小子”。

“是的，长官。”贾可夫眼睛发亮，双肩微微耸起，“我是食物处理中心的办事员。我学过数学，会长除法，我也会做对数。”

是啊，镇长心想，他们曾经教你如何使用对数表，还告诉你“对数表”这几个字怎么念。

泰伦斯了解这种人。他对自己的对数引以为傲，更甚于大亨对私家游艇的自傲。他的偏光玻璃窗是他的对数换来的，屋外的彩色砖则吹嘘着他的长除法。他轻视未受过教育的当地人，正如一般大亨轻视所有的当地人；而他的恨意更为强烈，因为他不得不跟他们住在一起，而且被大亨视为他们的一分子。

“你信任法律，对不对，小子，并且信任慈善的大亨？”镇长继续装模作样，翻查着他的笔记簿。

“我的丈夫是个好人，”那妇人突然滔滔不绝地说，“他从来不惹麻烦，不和那些废物来往。而我也一样，还有我的孩子。我们总是……”

泰伦斯挥手令她住口。“好了，好了。现在听着，小子，我要你就坐在这里，照我的话去做。我要一张清单，上面列出这条街上你认识的每一个人。包括他们的名字、地址、做些什么，还有他们是怎样的小子。最后一项尤其重要，如果这里有什么捣蛋鬼，我一定要知道。我们准备清掉他们，明白吗？”

“明白，长官。明白，长官。最坏的就是郝斯亭，他住在下一条街。他……”

“不是像这样，小子。你，帮他拿一张纸来。现在你坐在那里，把它通通写下来。慢慢写，因为我看不懂当地人的狗扒字。”

“我练得一手好字，长官。”

“那我们等着看。”

贾可夫开始埋首工作，一笔一画写得很慢。他的妻子则站在他身后观望。

泰伦斯又对帮他开门的少女说：“到窗户旁边去，如果有其他巡警朝这边走来，立刻让我知道，我要跟他们说话。你可别喊他们，只要告诉我就好。”

然后，他终于能放松了。在危险的环境中，他为自己筑起一个暂时安全的窝。

除了角落处那个婴儿的吸吮声，四周相当安静。假如有任何敌人迫近，他将及时接到警告，至少还有逃脱的机会。

现在，他可以开始思考了。

首先，他的巡警角色扮演即将结束。城中所有可能的出口无疑都设有路障，而且他们知道，他不会驾驶比反磁滑板车更复杂的交通工具。这些对搜索十分生疏的巡警，要不了多久就会恍然大悟，明白只要有系统地搜寻全城，一条街接着一条街，一栋房子接着一栋房子，就一定能逮到他们的猎物。

等到他们终于决定那样做的时候，他们无疑将从近郊开始，逐渐向内缩小范围。若是这样，这个住宅将属于第一批搜查的对象，所以他的时间极其有限。

直到目前为止，这套巡警制服十分有用，尽管银黑相间的色彩相当显眼。当地人对它都毫不怀疑，他们没注意到他苍白的弗罗伦纳脸孔；他们未曾端详他的长相，这套制服足以说明一切。

不久之后，那些猎犬将明了这件事实。他们会想到对所有当地人发布指示，要他们留住任何无法出示身份证明的巡警，尤其要注意一个白色皮肤、沙色头发的。临时性证件将发给每一位真正的巡警，悬赏公告将四处散发。或许在一百个当地人中，只有一个有勇气对付一套制服，不论穿制服的人是多明显的冒牌货，但是百分之一就足够了。

所以，他一定不能再假扮巡警。

这是一件事，现在再来想另一件。从现在起，他在弗罗伦纳找不到任何安全的藏身之地。杀害巡警罪大恶极，今后五十年间，即使他逃得了那么久，对他的追缉都不会放松。因此他必须离开弗罗伦纳。

怎么做?

嗯，他假设自己还能再活一天。这是个乐观的估计，它假定巡警全都笨到极点，自己的运气则好到极点。

就某个角度而言，这可算是个好处。仅仅二十四小时的生命，没什么值得珍惜的。这就意味着，正常人所不敢冒的险，他都敢碰碰运气。

他一跃而起。

贾可夫抬起头来。“我还没写完，长官，我写得非常仔细。”

“让我看看你写了些什么。”

他看了看递给他的那张纸。“这就够了。万一有其他巡警来，别浪费他们的时间，别说你已经列过一张清单。他们很忙，也许会有别的工作指派给你，照他们说的做就好。有没有任何巡警走来？”

站在窗边的少女说：“没有，长官。要不要我到街上看看？”

“没有这个必要。好，我问你们，最近的一座升降机在哪里？”

“您出去之后向左转，长官，差不多离这里四分之一英里。您可以……”

“好啦，好啦，让我出去。”

升降机的门在镇长身后关上的同时，一队巡警转进这条街上。他能感到自己的心在怦怦跳，有系统的搜索大概已经展开了，他们就紧跟在自己后面。

一分钟后，他走出升降机来到上城，心跳声仍咚咚作响。这里不再有任何掩护，身旁没有支柱，头顶也没有水泥合金的遮掩。

在鲜艳的建筑群发出的闪光中，他觉得自己像个移动的黑点。他还觉得暴露在方圆两英里内的地表，以及离地五英里内的天空中。在这个范围里，似乎有好多巨大的箭头指向他。

附近看不到其他巡警，路过的大亨都把他当成透明人。如果说巡警是弗罗伦纳人畏惧的对象，他们就是大亨视而不见的对象。如果说有什么能救他一命，那么就是这一点了。

他对上城的地理稍有概念，知道“城中公园”就在此区某处。最合逻辑的做法是找个人问路，其次是走进任何一座够高的大楼，从几个高层的阳台向外眺望。第一个办法绝不可行，任何巡警都不可能需要他人指点方向。第二个办法又太危险，在一座大楼中，一名巡警将更为显眼，简直是太显眼了。

于是，他根据上城地图在脑海中留下的印象，朝着自认正确的方向走去。他的记忆果然很管用，五分钟之后，他来到了如假包换的城中公园。

城中公园是个占地约一百亩的人工绿地。在萨克本土，这座公园拥有许多过分渲染的特色，从田园的宁静到夜间的狂欢应有尽有。而在弗罗伦纳，那些对它稍有耳闻的人，则将它的范围想象成实际的十倍到百倍，将它的华美想象成实际的百倍到千倍。

实际的面貌已足够赏心悦目。在弗罗伦纳的温和气候中，它常年是绿油油的一片，里面有许多草坪、林地与岩穴。此外还有个小池塘，养着美观的鱼类，以及一个较大的池塘，供儿童戏水之用。每天晚上，在细雨开始前，彩色的灯光照耀出缤纷灿烂的夜景。在薄暮与落雨之间，是公园里最热闹的一段时间。总是有舞蹈表演、三维电影，以及陶醉在蜿蜒小径中的情侣。

泰伦斯从未真正到过这座公园。当他进去之后，人工化的环境令他起了一阵反感。他心里很明白，脚下的土壤与岩石、周围的池塘与树木，全都建在平板的水泥合金之上，这使他感到厌烦。他想到了绵长平坦的蓟茼田，以及南方那些山脉。在壮丽的自然景观中，这些异国人偏要建造一堆玩具，他实在瞧不起他们。

接下来半个小时，泰伦斯毫无目的地踏着沉重的步伐。他一定要做的那件事，必须在城中公园才能进行。即使在这里，他的计划或许也没有可能实现；不过在别处，则是绝对没有可能。

没人看到他，也没人察觉他，这点他可以确定。经过他身边的大亨与小大亨，若是被人问起："昨天你在公园见过一名巡警吗？"他们只会目瞪口呆。

问他们这个问题，好似问他们是否看见一只蚊子飞过小径。

这座公园太过沉闷，他感到惊慌的情绪开始上涨。他登上小圆石间的一道阶梯，再向下走到一片杯状的洼地。洼地周围有许多小洞穴，为晚间来此的情侣提供一个避雨的地方（不过，他们被细雨困在里面的机会似乎太大了）。

然后，他看见了正在寻找的目标。

一名男子！或者该说一名大亨。他正快步走来走去，还不时看看怀表。他猛吸一口手中的香烟，将烟蒂塞进烟灰槽中，烟蒂在里面平静地待了一会儿，随即在一阵火花中消失无踪。

洼地里面没有其他人，这里是傍晚与夜间的活动场所。

那名大亨正在等什么人，这点相当明显。泰伦斯四下望了望，没有人跟着他走上台阶。

或许还有其他的阶梯，一定还会有。但无论如何，他不能放过这个机会。

他向那名大亨走去。在他说一声"恕我打扰您？"之前，大亨当然没有看见他。

这句话敬意十足，可是任何大亨都不习惯让巡警碰触他的臂弯，不论是以多么尊重的方式。

"搞什么鬼？"他说。

泰伦斯保持着语气中的敬意与急迫（让他继续说话，让他望着你的眼睛半分钟就好！），又说：“这边请，阁下，这是和追捕当地凶手的全城搜索相关的行动。”

“你到底在说些什么？”

“只要一会儿就好。”

泰伦斯早已悄悄抽出神经鞭，那名大亨始终没有看到。神经鞭发出一下嗡嗡声，大亨立刻全身僵硬，随即仆倒在地。

镇长以前从未对付过一名大亨，心中升起的恶心与内疚令他自己十分惊讶。

四下仍然见不到任何人。他将这个硬邦邦的身体拖进最近的洞穴，那人呆滞的眼睛一直瞪着他。他一路向前拖，将它拖到了洞穴的低浅尽头。

他动手将大亨剥光，费了很大的力气，才从僵硬的手脚上把衣服扯下来。然后他脱掉那套沾满灰尘、浸透汗水的巡警制服，套上大亨的内衣裤。过去他只用手指摸过蓟茼织品，身体其他部分今天是第一次接触这种布料。

接下来是其他的衣物，以及大亨头上的无边帽，后者绝对有必要。在年轻一辈中，无边帽并非十分流行，不过还是有人戴。幸运的是，这名大亨是其中之一。它对泰伦斯而言是必需品，否则他的浅色头发会让这个化装舞会玩不下去。他使劲拉下那顶帽子，遮住自己的耳朵。

然后，他开始进行必要的善后工作。他突然了解到，杀害一名巡警根本不算罪大恶极。

他将手铳调到最大弥散度，再转向昏迷不醒的大亨。十秒钟后，地上只剩下一团烧焦的尸骨。这将延缓认尸的工作，令追捕者摸不着头绪。

他又举起手铳，将巡警制服化成一团粉末状的白灰，再从里面扒出烧黑的银质饰扣与皮带环。这样一来，也会使得追捕更加困难。或许他只赚到一个小时，不过这也是值得的。

现在他必须立即离去，一刻也耽误不得。他在洞口处停了一下，仔细闻了闻。尸体火化得很干净，只有一点点骨肉烧焦的味道，几分钟之内，微风就会将它吹散。

他在走下阶梯时，一名年轻女子迎面向上走来。一时之间，他习惯性地垂下目光，因为她是一位贵妇。他及时扬起头来，还来得及看出她年轻貌美，并发现她十分匆忙。

他拉长了脸。她当然找不到那个他，不过她迟到了，否则那人刚才不会频频看表。她可能会以为他等得不耐烦了，已经先行离去。于是泰伦斯稍微走快一点，他不希望她折返，气喘吁吁地追过来，问自己是否看见一位年轻男子。

他离开了公园，漫无目标地走着，半小时又匆匆过去。

现在怎么办？他不再是一名巡警，他成了一名大亨。

可是现在怎么办？

他来到一个小型广场，其中一块草坪中央有个喷泉。水中加了少量清洁剂，因而冒出许多泛着晕彩的泡沫，看来俗不可耐。

他倚着栏杆，背对着偏西的太阳，将烧黑的银片一点一点慢慢地投进喷泉里。

他想到在阶梯上与他擦身而过的那名少女，她实在非常年轻。然后他又想到下城，瞬间的悔意随即离他远去。

银质残片丢光后，他的双手空了出来。他开始缓缓搜着自己的口袋，尽可能做得像不经意的动作。

口袋里没什么特别不寻常的东西。一叠钥匙条、几枚硬币，以及一张证件卡（萨克在上！就连大亨也带着这玩意。不过话说回来，他们不必对迎面而来的每一名巡警出示）。

显然，他的新名字叫艾斯塔尔·狄蒙，他希望自己不必用到它。上城的男女老幼总共只有一万人，他遇到一个熟识狄蒙者的机会不大，却也不是小到足可忽略。

那人二十九岁。当他想到留在洞穴里的是什么，他又感到一阵反胃，赶紧试图压制。大亨就是大亨，在他们手中或在他们指示下，有多少二十九岁的弗罗伦纳人惨遭杀害？又有多少九岁的弗罗伦纳人遭到同样命运？

他身上也有地址，但对他而言毫无意义，他对上城的地理只有最基本的概念。

嘿！

那是一个小男孩的彩色拟三维肖像，大概只有三岁。当他抽出来的时候，上面的彩色开始闪烁，放回去时彩色又逐渐褪去。他的小儿子？还是侄子？从公园里那位少女看来，这不可能是他的儿子，不是吗？

或是他已经结婚？这次会面是他们所谓的“偷情”？这种事会在大白天进行吗？在某种情况下，又有何不可呢？

泰伦斯希望如此。如果那少女是来会见一位已婚男子，她不会立刻为他的失踪报案；她会假定他未能从妻子身边溜出来。这将给他一些时间。

不，不会的。下一瞬间，沮丧的情绪又将他攫获。捉迷藏的小孩会撞见那堆骨灰，会尖叫着跑出来。二十四小时内，这种事一定会发生。

他再度检视口袋里的物件，又找到一张游艇驾照的袖珍副本，但他未加留意。较富有的大亨都拥有太空游艇，而且都亲自驾驶，这是本世纪的风尚。最后，是几张萨克信用条卡，这些倒可能暂时派上用场。

他这才想到，自从昨晚离开面包店后，他就一直未曾进食。一个人意识到饥饿的速度可真快。

他的心思忽然回到那张游艇驾照。慢着，现在那艘游艇无人使用，因为主人死了，它已经成了他的游艇。它停在九号航站，棚库号码是二十六。嗯……

九号航站在哪里？他一点概念也没有。

他将额头靠向喷泉周围的平滑栏杆，感到一阵冰凉。现在怎么办？现在怎么办？

一个声音吓了他一大跳。

“喂，”那声音说，“没不舒服吧？”

泰伦斯抬起头来，那是个年长的大亨。他抽着一根含有香叶的长型香烟，金腕链上挂着某种绿色的宝石。他的表情十分亲切，一时之间，泰伦斯惊讶得说不出话。然后他才想起来，现在自己也是他们的一分子。在他们之间，大亨当然是高尚的人类。

于是镇长说：“只是在休息。原本决定散散步，结果时间没算好，现在只怕我要迟到了。”

他挥挥手，做了一个自嘲的手势。由于长期与萨克人为伍，他能将萨克口音模仿得惟妙惟肖，但他不会试图过分夸张，他不会犯那种错误。比起味道不足，夸张反倒更容易被识破。

那人说：“没有火箭车代步，是吗？”他是一位长者，年轻人的愚蠢把他逗乐了。“没有火箭车。”泰伦斯承认。

“用我的吧。”那人立刻慷慨地提议，“它就停在外面。等你用完之后，你可以设定控制系统，让它自己回到这里。未来一小时左右我都用不到。”

对泰伦斯而言，这几乎是个理想的主意。火箭车像闪电一样迅疾轻巧，它的速度与灵活度胜过任何一辆巡警地面车。唯一不尽理想的是，泰伦斯根本不会驾驶火箭车，正如同他无法腾空飞行一样。

“从这儿到萨克。”他知道这句代表“谢谢”的萨克俚语，便随口搬出来，“我想我还是步行吧，到九号航站并不远。”

“是啊，不远。”那人表示同意。

这句话没有为泰伦斯带来任何提示，于是他继续试探：“当然，我希望距离更近些。步行到蓟萧公路，本身就很有益健康。”

“蓟萧公路？那和你的目的地有什么关系？”

他是否以古怪的眼光望着泰伦斯？镇长突然想到，身上的衣服或许没穿妥当。他赶紧说：“等等！我搞混了，我走路走糊涂了。让我想想看……”他胡乱四处张望。

“听好，你正在芮企特路上。你该做的只是走到崔菲斯大道，向左转，再一直向前走，就会走进那座航站。”他自然而然伸手指了指。

泰伦斯微微一笑。“你说得对。我不能再做白日梦，必须开始动动脑筋。从这儿到萨克，阁下。”

“你还是可以用我的火箭车。”

“你真好心，可是……”

泰伦斯一面挥手，一面起身离去，走得稍嫌快了点。大亨只好望着他逐渐远去的身影。

也许明天，当他们在岩洞中发现尸体，展开搜查之际，那位大亨可能会想起今天这件事。他大概会说：“他有点古怪，你该知道我的意思。他的措辞怪里怪气，而且似乎不知身在何处。我敢发誓他从未听过崔菲斯大道。”

不过那是明天的事。

他朝那位大亨所指的方向走去，不久便见到闪闪发亮的“崔菲斯大道”路标。在泛着晕彩的橙色建筑物之前，那个路标几乎显得有些单调。

他立刻向左转。

九号航站有好些穿着游艇装的年轻人，看起来十分热闹。那种服装的特色，似乎在于高顶帽与紧贴臀部的短裤。泰伦斯觉得自己很显眼，可是根本没人注意他。空气中充满高谈阔论，夹杂着一些他听不懂的词汇。

他找到二十六号棚库，但等了几分钟才凑近。他不要有任何大亨在这附近徘徊不去，不要碰到刚好将游艇停在旁边棚库的大亨，后者一眼就能认出真的艾斯塔尔·狄蒙，会纳闷一个陌生人在他的游艇旁干什么。

最后，等到棚库周围显然安全无虑时，他才走了过去。那艘游艇的鼻尖钻出棚库，置身其他棚库之间，他伸长脖子望了几眼。

现在怎么办?

过去十二小时中，他已经杀了三个人。他从弗罗伦纳镇长升格为巡警，又从巡警升格为大亨。他从下城来到上城，又从上城来到一座太空航站。不论从哪方面来说，他都已经拥有一艘太空游艇，足以将他带到银河这一区任何住人世界的安全地带。

只不过还有一个问题。

他不会驾驶太空游艇。

他的困倦钻入骨髓，饥饿直透靴尖。他已经走到这里，却再也不能向前走。他就在太空的边缘，可是没有办法越过这个边界。

然而此时，巡警一定研判他已不在下城。一旦他们的笨脑袋想通，一个弗罗伦纳人也有胆上来，他们会立刻转而搜索上城。然后他们会发现那具尸体，进而沿着一个新的方向，开始寻找一名冒牌的大亨。

而他就在这里。他爬到了一条死巷的最深处，背靠着封死的尽头。他只能等着模糊的追捕声越来越响亮，最后那些猎犬终将来到面前。

三十六小时之前，他一生最大的机会在自己的手心。现在机会已经溜走，他的性命亦将很快随之而去。

第十一章

船长

真的，这是瑞斯提船长头一次无法将他的意志加诸一名乘客身上。即使那名乘客是五大大亨之一，他或许仍能指望对方合作。在他们自己的大陆上，五大大亨也许是全能的，可是在一艘太空船上，他们会明白主人只能有一个，那就是船长。

女性乘客则不同，任何女性都一样。而她若是五大大亨之一的女儿，更是绝不可能指望她明白这个道理。

他说："大小姐，我怎能准许您私自会晤他们？"

莎米雅·发孚猛眨着一对黑眼睛。"有何不可？他们有武器吗，船长？"

"当然没有，但那不是重点。"

"任何人都看得出来，他们只是一对陷入强烈恐惧的男女，他们简直吓得半死。"

"陷入恐惧的人有可能非常危险，大小姐，他们的行动不能以常理判断。"

"那你为什么要让他们恐惧呢？"她生气的时候有一点点口

吃，“你让三个大块头船员举着手铳站在他们面前，两个可怜的家伙。船长，我不会忘记这件事。”

是啊，她不会忘记，船长心想。他能感到自己准备让步了。

“假如大小姐乐意，能否告诉我您究竟要做什么？”

“很简单。我告诉过你，我要和他们谈谈。如果他们是弗罗伦纳人，正如你说的那样，我就能从他们那里，为我的书收集到极珍贵的资料。不过，如果他们吓得说不出话来，我可做不到这一点。我要是能跟他们单独相处，那就没有问题。单独，船长！你能了解一个简单的词汇吗？单独！”

“假如给令尊发现，我准许您在没有警卫的情况下，和两名走投无路的罪犯待在一起，大小姐，叫我怎样向他交代？”

“走投无路的罪犯！哦，太空啊！不过是两个可怜的傻瓜，试图逃离他们的行星，一心只想登上一艘前往萨克的太空船！还有，我父亲又怎么会知道？”

“如果他们伤害您，他就会知道了。”

“他们为什么要伤害我？”她举起娇小的拳头来回摆动，并在声音中注入她能找到的每一分力量。“我要求这样做，船长。”

瑞斯提船长说：“那么这样好不好，让我在场，大小姐？我不是那三个举着手铳的船员，我只有一个人，也不会亮出手铳。否则的话——”这回，轮到他将所有的决心注入自己的声音，“我必须拒绝您的要求。”

“这样很好，”她气喘吁吁，“很好。但如果因为你在场，害得我无法让他们开口，我一定要亲自想办法，让你再也当不成船长。”

莎米雅走进禁闭室时，瓦罗娜赶紧用一只手遮住愚可的眼睛。

“怎么回事，姑娘？”莎米雅厉声问道，这才想起她是准备好言好语跟他们谈谈。

瓦罗娜勉强开口说："他不怎么聪明，大小姐，他不会知道您是位贵妇。他可能会望着您，我是指没有任何恶意地望着，大小姐。"

"哦，天啊。"莎米雅说，"让他看吧。"

然后她又说："他们一定要待在这儿吗，船长？"

"您认为头等舱比较合适吗，大小姐？"

莎米雅说："你一定能找一间不这么阴森的小舱房。"

"阴森是对您而言，大小姐；对他们而言，我确定这里相当豪华。这里有自来水，问问他们弗罗伦纳上的房舍里有没有。"

"好吧，叫这些人离开。"

船长对三人做个手势，他们立刻转身，以敏捷的步伐走出去。

船长将带来的一张轻型铝质折椅打开，莎米雅坐了下来。

他突然对愚可与瓦罗娜冒出一句："站起来。"

莎米雅随即抢着说："不！让他们坐着。你不该干涉，船长。"

她转向他们两人："姑娘，你是个弗罗伦纳人吧。"

瓦罗娜摇了摇头："我们是从渥特克斯斯来的。"

"你不必害怕，你是弗罗伦纳人也没有关系，没人会伤害你。"

"我们是从渥特克斯斯来的。"

"可是难道你不明白吗，姑娘？你实际上已经承认你是弗罗伦纳人。你为什么要遮住那小子的眼睛？"

"他不准望向一位贵妇。"

"即使他来自渥特克斯斯？"

瓦罗娜哑口无言。

莎米雅让她静静想一想，同时试图露出友善的笑容。然后她说："只有弗罗伦纳人才不准望向贵妇。所以你看，你已经承认你是弗罗伦纳人。"

瓦罗娜猛然叫道："他不是。"

"你呢？"

"没错，我是，但他不是。别对他怎么样，他真的不是弗罗伦纳人，他只是某一天忽然出现的。我不知道他从哪里来，但绝不是弗罗伦纳。"她突然说得几乎滔滔不绝。

莎米雅带着几分惊讶望着她："好吧，我来跟他说。你叫什么名字，小子？"

愚可瞪大眼睛。这就是女大亨的模样吗？这么娇小，这么友善，而且带着一股很好闻的味道。他非常高兴她准许自己望着她。

莎米雅又说一遍："你叫什么名字，小子？"

愚可回过神来，但试图发出声音时，舌头却打结了。

"愚可，"然后他想到，啊，那不是我的名字，于是又说，"我想是愚可吧。"

"你不知道吗？"

一脸愁容的瓦罗娜想要开口，莎米雅却举起一只手，做出严格禁止的手势。

愚可摇了摇头："我不知道。"

"你是弗罗伦纳人吗？"

这点愚可相当肯定："不，我原来在一艘太空船上，我从别的地方来到这里。"他无法将视线从莎米雅身上移开，但他似乎看到那艘太空船与她的身影叠在一起。那是一艘小型、非常亲切、如家一般温暖的太空船。他说："我搭乘一艘太空船来到弗罗伦纳，在此之前，我住在一颗行星上。"

"哪颗行星？"

一股思绪仿佛要强行穿越过窄的精神甬道。愚可随即想了起来，他吐出的声音令自己雀跃万分，那是个遗忘许久的声音。

“地球！我来自地球！”

“地球？”

愚可点了点头。

莎米雅转向船长。“地球这颗行星在哪里？”

瑞斯提船长浅浅一笑。“我从来没听过。别把这小子的话当真，大小姐。当地人说谎像呼吸一样，自然而然就吐出来；他最先想到什么就说什么。”

“听他说话不像个当地人。”她又转向愚可，“地球在哪里，愚可？”

“我……”他用颤抖的手按住额头，又说：“它在天狼星区。”这句话的语调有一半像疑问句。

莎米雅对船长说：“的确有个天狼星区，是吗？”

“是的，的确有，我很惊讶他这回说对了。话说回来，这不能代表地球也是真实的。”

愚可激动地说：“但它是真实的。我告诉你，我记起来了。我忘记了好长一段时间，现在我不可能错，不可能。”

他转身抓住瓦罗娜的手肘，拉扯着她的袖子。“罗娜，告诉他们我来自地球。真的，真的。”

瓦罗娜睁大的双眼透着焦虑。“我们是在某一天发现他的，大小姐，他当时一点心智也没有。他不能自己穿衣服，也不会说话和走路，他是一片空白。从那时候开始，他一点一滴记起往事。目前为止，他记起的每件事都是这么来的。”她向船长厌烦的脸孔投以迅速而恐惧的一瞥，“他可能真是来自地球，大亨，这么说并无意反驳您。”

最后一句是个历史悠久的惯用语。任何叙述若有可能与长者有所抵触，就一定会加上这一句。

瑞斯提船长咕哝道：“照这么说下去，他可能来自萨克行星的中心，大小姐。”

“也许吧，可是这一切有古怪之处。”莎米雅坚持道。她断然作出了女性特有的判断，往传奇事迹那方面想。“我确定这一点……当你发现他的时候，他的情况为什么那么糟，姑娘？他受伤了吗？”

瓦罗娜起初什么也没说。她的眼睛无助地来回游移，最先望向扯着头发的愚可，然后是皮笑肉不笑的船长，最后是等待答案的莎米雅。

“回答我，姑娘。”莎米雅说。

瓦罗娜难以做出决定，可是此时此地，她想不出能够替代真话的谎言。于是她说：“有位医生检查过他，他说我……我的愚可接受过心灵改造。”

“心灵改造！”一股轻微的嫌恶感袭向莎米雅。她将椅子向后推，在金属地板上刮得吱吱响。“你的意思是他有精神病？”

“我不知道那是什么意思，大小姐。”瓦罗娜低声下气地说。

“不是您想象中那样，大小姐。”船长几乎同时开口，“当地人都没有精神病，他们的需要与欲望都太简单，我这辈子从未听过哪个当地人有精神病。”

“可是那……”

“那很简单，大小姐。假如我们接受这姑娘所说的奇幻故事，我们只能得到一个结论，就是这小子曾经是个罪犯，我想，那也算精神病的一种。若是如此，必定有哪个替当地人治病的庸医治疗过他，差点把他害死，于是将他抛在某个无人的角落，以逃避侦查和起诉。”

“但那一定是个拥有心灵改造器的人。”莎米雅反驳道，“不用说，你不会认为当地人能用这种仪器吧？”

“也许不能。可是，您不会认为一位合格的医疗人员，会做出这么外行的事吧？我们既然推出这个矛盾，就证明这个故事从头到尾都是谎言。假如您愿意接受我的建议，大小姐，您就把这两个家伙交给我们处理。您看到了，根本别指望从他们嘴里问出什么来。”

莎米雅犹豫了一下。“或许你说得对。”

她站起来，以迟疑的目光望着愚可。船长跟在她后面，举起那张小折椅，“啪”的一声折了起来。

愚可纵身而起。“慢着！”

“假如您不反对，大小姐，”船长一面为她拉着门，一面说，“我的人会让他安静下来。”

莎米雅在门槛处停下脚步。“他们不会伤害他吧？”

“我不信他会让我们采取极端手段，他会很容易对付。”

“大小姐！大小姐！”愚可喊道，“我可以证明我来自地球。”

莎米雅踌躇不定地站了一会儿。“让我们听听他怎么说。”

船长冷冷地答道：“遵照您的意思，大小姐。”

她走了回来，不过没走几步，与舱门仍然只有一步的距离。

愚可涨红了脸。他极力试图回忆，嘴唇抿成一个滑稽的笑容。“我记得地球，它带有放射性。我记得那些禁区，以及夜晚泛蓝的地平线；土壤会发光，长不出任何作物；只有少数几个地点能住人。这就是我成为太空分析员的原因，这就是我不在乎待在太空的原因，我的世界是个死去的世界。”

莎米雅耸了耸肩。“来吧，船长，他只是在胡说八道。”

这回却轮到瑞斯提船长站在那里，连嘴巴都合不拢。他喃喃道：“一个带有放射性的世界！”

她说：“你的意思是说真有这种东西？”

“没错。”他将惊奇的目光转向她，“他又是从哪里听来这件事的？”

“一个世界怎能又有放射性又可住人？”

“可是的确有个这样的世界，而它的确在天狼星区。我不记得它的名字，它甚至可能真叫地球。”

“它就是地球。”愚可以既骄傲又自信的口吻说，“它是银河中最古老的行星，是全体人类的发源地。”

船长轻声道：“那就没错！”

莎米雅感到思绪一片混乱：“你的意思是人类发源自这个地球？”

“不，不。”船长心不在焉地答道，“那是迷信。只不过我就是从这个传说中，听说有个带放射性的行星。这颗行星据称是全体人类的故乡。”

“我不知道我们该有个故乡行星。”

“我想我们确是从某处发源的，大小姐，可是我不信有什么人能知道是哪颗行星。”

他突然有了决定，快步走向愚可。“你还记得些什么？”

他差点加上“小子”两字，但没有说出口。

“主要是那艘太空船，”愚可说，“还有太空分析。”

莎米雅来到船长身边。两人站在愚可面前，莎米雅感到兴奋的情绪去而复返。“那么这全是真的？但若是这样，他怎么会受到心灵改造呢？”

“心灵改造！”瑞斯提船长若有所思地说，“我们来问问他。喂，你，不管你是当地人或外星人士或其他东西，你怎么会受到心灵改造？”

愚可显得困惑不已。“你们都这样说，就连罗娜也是，但我不知道那是什么意思。”

“那么，你从什么时候开始失去记忆？”

“我不确定，”他再度开口，口气相当绝望，“我本来在一艘太空船上。”

“这点我们知道，说下去。”

莎米雅说：“大吼大叫没有用，船长，你会把他剩余的一点智力也赶出去。”

愚可全心全意拉扯着心灵的暗角，这份努力使他无法容纳其他的情绪。“我不怕他，大小姐，我在试着回忆。有一个危机，我确定这一点。弗罗伦纳有很大的危险，可是我记不起详细的情况。”说完这段话之后，连他自己也惊讶不已。

“整个行星都有危险？”莎米雅迅速向船长瞥了一眼。

“是的，是原子流带来的。”

“什么原子流？”船长问道。

“太空原子流。”

船长双手一摊。“这是疯话。”

“不，不，让他说下去。”现在信心又回到莎米雅这边。她的嘴唇微张，黑眼珠闪着光芒，当她微笑时，浅浅的酒窝浮现在两颊与下巴之间。“太空原子流是什么？”

“许多不同的元素。”愚可含糊地说。他已经对瓦罗娜解释过，不愿重头再说一遍。

他说得很快，几乎没有条理，想到哪里说到哪里，像是被那些想法驱动一样。“我送了一封电讯给萨克上的办事处，这点我记得非常清楚。我必须很小心，那不只是弗罗伦纳的危机。没错，绝不只是弗罗伦纳。它的范围和银河一样广，必须小心翼翼处理。”

他似乎和在场其他人不再有任何实质联系，似乎活在过去的一个世界，而遮盖这个世界的帷幕正逐渐消失。瓦罗娜试图安慰他，将一只手放在他的肩头，并且说：“好了！”但他甚至对这些也无动于衷。

“不知怎么搞的，”他喘着气继续说，“萨克上某位官员截收到我的电讯。那是个错误，我不知道怎么会发生这种事。”

他皱起眉头。“我确定我是用分析局专用的波长，将它传给当地办事处。你们认为次乙太电讯能被窃听吗？”“次乙太”这个名词那么容易就脱口而出，他甚至未曾感到惊讶。

他或许是在等待答案，但他的眼睛仍视而不见。“反正，当我在萨克着陆的时候，他们已经在等我。”

他又顿了一顿，这回时间很长，显然是在沉思。船长完全没有打断他，他自己似乎也在沉思。

然而，莎米雅却说：“谁在等你？谁？”

愚可说：“我……我不知道，我不记得。不是办事处来的，是个萨克人。我记得跟他谈过，他知道这个危机，他提到过，我确定他提到过。我们坐在一张桌子旁边，我记得那张桌子，他坐在我对面，这段记忆就像太空一样澄澈。我们谈了好一阵子，我似乎不急于提供详情，我确定这一点，我必须先对办事处的人说。然后他……”

“怎么样？”莎米雅催促道。

“他做了一件什么事。他……不，再也想不起来了，想不起来了！”

他尖叫几声，接着是一片静寂。最后，竟是船长的手腕通话器发出的单调嗡嗡声，打破了这一片静寂。

他说：“什么事？”

回答的声音又尖又细，而且带着恰到好处的敬意。“来自萨克致船长的电讯，要求船长亲自接收。”

“很好，我现在就去次乙太通讯室。”

他转向莎米雅：“大小姐，我能否提醒您，无论如何，现在已经是晚餐时间。”

他看到这女孩正要推说她毫无胃口，并催促自己离去，叫自己别再打扰她。于是，他又以更圆滑的方式说：“现在也是喂这两个家伙吃饭的时候，他们也许已经又饿又累。”

莎米雅没有理由反对。“我一定要再来见他们，船长。”

船长默默一鞠躬。这或许代表默从，也或许不是。

莎米雅·发孚情绪亢奋。她对弗罗伦纳所做的研究，满足了那个知性自我的某种抱负。但是这个“某地球人受心灵改造的神秘事件”（这几个字在她心中加上了引号），却挑逗着原始得多、贪婪得多的那个自我，唤起了她心中纯粹动物性的好奇。

这是个疑案！

吸引她的共有三大疑点，其中不包括（在这种情况下）或许最合理的一个问题：此人的故事是否并非实情，而只是妄想或蓄意的谎言。若怀疑这件事的真实性，会破坏了它的神秘性，莎米雅不能允许这种结果出现。

因此，那三个疑点如下：（一）威胁弗罗伦纳，或者说威胁整个银河的危机是什么？（二）改造那个地球人的是谁？（三）那人为何要使用心灵改造器？

她决心抽丝剥茧，直到自己彻底满意为止。没有人会谦虚到不相信自己能当个称职的业余侦探，况且莎米雅绝不是个谦虚的人。

她以不失礼的最快速度吃完晚餐，随即匆匆跑到那间禁闭室。

她对守卫说：“把门打开！”

那名船员依然站得笔直，以毫无感情但充满敬意的眼神望着前方。“启禀大小姐，这门不能打开。”

莎米雅喘了几口气。“你竟敢这么说？如果你不立即把门打开，我就要去报告船长。”

“启禀大小姐，这门不能打开，这是船长下达的严格命令。”

她又狂奔到上层甲板，闯进船长的舱房，像是一阵压缩成六十英寸的龙卷风。

“船长！”

“大小姐？”

“你有没有下令，不准我见那个地球人和那个当地女子？”

“我相信，大小姐，我们曾经达成协议，只有当我在场的时候，您才能够会见他们。”

“那是指晚餐之前。可是你看不出他们不会害人吗？”

“我看出他们似乎不会害人。”

莎米雅强忍住心中的怒气：“这样的话，我命令你现在就跟我来。”

“我无法从命，大小姐，情况有所改变。”

“怎样改变？”

“他们必须由萨克有关当局来问话，在此之前，我认为他们不该接触任何人。”

莎米雅拉长下巴，但几乎立刻纠正了这个不端庄的表情：“不用说，你不会把他们送交弗罗伦纳事务部吧？”

“这个，”船长虚与委蛇，“那当然是最初的打算。他们未经许可就离开他们的村镇；事实上，他们未经许可就离开他们的行星。此外，他们还利用一艘萨克航具偷渡。”

“最后一点是个错误。”

“是吗？”

“无论如何，在上次面谈之前，你就知道他们所有的罪状。”

“但是直到那次面谈，我才听到这个所谓的地球人要说些什么。”

“所谓的？你自己说地球这颗行星的确存在。”

“我是说它可能存在。可是，大小姐，我能否斗胆请问，您究竟希望看到我们如何处置这两个人？”

“我认为应该详加调查那个地球人的经历。他提到弗罗伦纳有危险，还提到萨克上有人企图对有关当局隐瞒事实。我甚至还认为这件案子该交给家父处理。在适当的时候，我真的要带他去见我父亲。”

船长说：“实在高明啊！”

“你在讽刺我吗，船长？”

船长马上涨红了脸。“请您原谅，大小姐，我是在说我们的囚犯。能否准许我稍作说明？”

“我不知道你的‘稍作说明’是什么意思，”她气呼呼地回嘴，“但是我想你可以开始。”

“谢谢您。首先，大小姐，我希望您不会小看弗罗伦纳上的动乱。”

“什么动乱？”

“您不可能忘记图书馆的案子吧？”

“一名巡警被杀！是啊，船长！”

“今天早上又有另一名巡警被杀，大小姐，此外还有一个当地人。当地人杀害巡警并不寻常，这回有人连犯两案，却仍然逍遥法外。他是独自作案吗？这是偶发事件吗？或者全部属于一个谨慎策划的阴谋？”

“显然你相信后者。”

“是的，没错。那个当地人凶手有两个共犯，他们的形容颇像我们抓到的这两个偷渡者。”

“你从来没这样说！”

“我不希望惊吓大小姐。然而，您该记得，我一再告诉您他们可能是危险人物。”

“很好，这一切又能推出什么结论？”

“弗罗伦纳上发生的几桩凶杀案，会不会只是个障眼法，目的是为了分散巡警队的注意力，好让这两个人偷偷登上我们的太空船？”

“听来多么愚蠢。”

“是吗？他们为什么要逃离弗罗伦纳？我们还没问他们。让我们假定他们是要躲避巡警的追捕，因为那绝对是最合理的假设。他们为什么偏偏要逃到萨克去？还刚好上了来接大小姐的太空船？而且他声称自己是个太空分析员。”

莎米雅皱起眉头。“那又怎样？”

“一年前，据报有个太空分析员失踪，这个消息从未对外公布。我当然知道，因为我的太空船曾参与那次近太空搜寻任务。弗罗伦纳上的混乱不论是谁主使的，那人无疑利用了这一点。光是从他们知道有个太空分析员失踪，就能看出他们是个多么严密、效率高到多么不可思议的组织。”

“有可能这个地球人和那个失踪的太空分析员毫无关系。”

“没有直接的关系，大小姐，这点绝无疑问。但若认为毫无关系，就等于承认有太多的巧合。我们遇到的是个冒牌货，那就是他声称受过心灵改造的原因。”

“哦？”

“我们怎样才能证明他不是个太空分析员？除了放射性这个明显的事实，他对地球这颗行星没有更深的认识。他不会驾驶太空船，他对太空分析一无所知。他坚持自己受过心灵改造，企图以此掩饰一切。您看出来了吗，大小姐？”

莎米雅无法直接回答。“可是为了什么目的呢？”她追问道。

“好让您进行您刚才提到打算进行的事，大小姐。”

“调查这桩疑案？”

“不，大小姐，是带那个男的去见令尊。”

“我还是不懂。”

“有几种可能性。最好的情况，他可能是个企图刺探令尊的间谍，若不是为弗罗伦纳工作，那么就是为川陀工作。我猜想川陀的老阿贝尔一定会出面，指认他是个地球人。即使不为其他理由，也能借着质问这件虚构的心灵改造案，把萨克好好羞辱一番。最坏的情况，他是行刺令尊的刺客。”

“船长！”

“大小姐？”

“这简直荒唐！”

“也许吧，大小姐。但若是这样，那么国家安全部同样荒唐。您该记得就在晚餐前，我被召去接收一封来自萨克的电讯。”

“没错。”

“就是这封。”

莎米雅接过那个半透明的箔片，上面的红色字迹写着：“据报两名弗罗伦纳人利用阁下太空船偷渡。立即将他们逮捕。其中之一可能声称是太空分析员而不是弗罗伦纳当地人。阁下对此事勿采取任何行动。阁下要对这两人的安全负绝对责任。将他们扣留直到押送至国安部。绝对机密。绝对紧急。”

莎米雅目瞪口呆。“国安部，”她说，“国家安全部。”

“绝对机密。”船长说，“我破例向您透露此事，可是您让我毫无选择余地，大小姐。”

她说：“他们会怎样对他？”

“我不敢确定，”船长说，“可以肯定的是，一名有着间谍和刺客双重嫌疑的人无法指望获得良好的待遇。搞不好他会弄假成真，会知道心灵改造器真正长得什么样子。”

第十二章
侦探

五大大亨其他四位，各自以不同的方式凝视着发乎大亨。玻特怒气冲冲，鲁内觉得有趣，巴里感到厌烦，而斯汀则心生畏惧。

鲁内首先开口，他说：“有人叛变？你试图用这句话来吓唬我们吗？那是什么意思？背叛你？背叛玻特？还是背叛我？是谁叛变，又如何叛变？看在萨克的份上，发乎，这些会议妨碍了我的正常睡眠。”

“这些问题的答案，”发乎说，“可能妨碍许多人的正常睡眠。我不是指背叛我们之中哪一位，鲁内，我是指背叛萨克。”

玻特说：“萨克？无论如何，如果不是我们，它又是什么？”

“称之为神话吧，称之为普通萨克人相信的任何东西。”

“我搞不懂。”斯汀悲叹道，“你们这些人好像总是对驳倒对方最感兴趣。真是的！我希望你们赶紧结束这一切。”

巴里说：“我同意斯汀的话。”斯汀显得很满意。

发乎说：“我万分乐意立刻做出解释。我想，你们都已经风闻弗罗伦纳最近发生的动乱。”

鲁内说："国安部特遣员提到有几名巡警被杀，你指的是那件事吗？"

玻特气呼呼地插嘴："奉萨克之名，如果我们非得开会不可，就让我们讨论一下这件事。几名巡警被杀！他们活该被杀！你是要说当地人可以随随便便走到巡警面前，用一根棍子把他的头打烂？为什么巡警会让手上持有棍子的当地人接近？为什么不在二十步之外就把那个当地人轰掉？

"奉萨克之名，我要好好教训巡警团一顿，从团长到新兵都不放过，把每个蠢材都调到太空去。整个巡警团只是一堆肥肉，他们在那里的日子过得太容易。我说我们应该每隔五年就在弗罗伦纳戒严一次，把上面的捣蛋鬼通通清掉。这样可以让当地人安分，而且让我们的人保持机警。"

"你说完了吗？"发孚问道。

"是的，暂时说完了，不过我还会再提出来。那里也有我的投资，你该知道。也许不如你的那么大，发孚，却也大到足以让我担心。"

发孚耸了耸肩，突然转向斯汀。"你究竟有没有听说那些动乱？"

斯汀吓了一跳。"我听说了。我的意思是，我听到你刚才说……"

"你没读过国安部的公告？"

"这个，真是的！"斯汀突然对自己又尖又长的指甲起了很大的兴趣，它们全都仔细涂上铜色指甲油，"我不会总是有时间阅读所有的公告，我不知道那是我的必读文件。事实上，"他将所有的勇气聚集在两只手里，同时正视着发孚，"我不知道你已为我定了规矩。真的！"

“我没有。”发孚道，“话说回来，既然至少有你对详情一无所知，就让我为你做个摘要。其他诸位可能也会发觉这很有意思。”

令人惊讶的是，四十八小时内发生的事几句话就能讲完，而且听来十分无趣。首先，有人意外地查询太空分析参考书。然后，一名半退休的巡警头部受到重击，两小时后死于头骨碎裂。然后是一场追捕，追到一名川陀间谍的巢穴就追不下去了。然后又有一名巡警在清晨被杀，凶手穿走那名巡警的制服，而数小时后，那名川陀间谍也遭到杀害。

“假如你希望知道最新消息，”发孚最后说，“可以在这个琐事目录中加上以下内容。几小时前，弗罗伦纳的城中公园里发现一具尸体，或者该说一副骸骨。”

“谁的尸体？”鲁内问道。

“别着急，拜托。在它旁边有一堆灰烬，似乎是一堆烧焦的衣服。所有的金属附件都被仔细取走，但灰烬分析证明它本是一件巡警制服。

“那位假冒巡警的朋友？”巴里问道。

“不太可能。”发孚说，“谁会秘密将他杀害？”

“自杀，”玻特以恶毒的口吻说，“那个沾满鲜血的混蛋能指望逍遥法外多久？我想让他这样死是便宜了他。在我看来，我真想找出巡警团中谁该为他的自杀负责，再把装了一发能丸的手铳交到他们手中。”

“不太可能。”发孚又说，“如果是那个人自杀，他只有两种选择。一是先杀死自己，再脱掉他的制服，将它轰成灰烬，取出皮带环和饰扣，然后把它们丢掉。二是他先脱去身上的制服，化为灰烬，取出皮带环和饰扣，裸体走出洞穴，也可能是穿着内衣裤，将它们丢弃，再回到洞里，最后把自己杀掉。”

“那尸体在一个洞穴中？”玻特问道。

“在公园的一个装饰性洞穴中，没错。”

“那么他有充分的时间，还有充分的隐秘性。”玻特斗志高昂，他不喜欢轻易放弃一个理论。“他也可能先摘掉皮带环和饰扣，然后再……”

“试过从完好的巡警制服上摘掉饰扣吗？”发孚以讽刺的口吻问，“假使尸体属于自杀身亡的冒牌巡警，你能提出一个动机吗？此外，我从验尸官那里得到一份报告。他们研究过尸体的骨骼结构，发现那副骸骨既不属于任何巡警，也不属于任何弗罗伦纳人，它是一名萨克人的骸骨。”

斯汀高声叫道：“真的！”巴里的一双老眼张得老大。鲁内猛然闭上嘴巴，金属义齿随即不见了，它们原本不时闪闪发光，为他周围的幽暗空间增添一点生气。就连玻特也愣在那里，一句话都说不出来。

“你们听懂了吗？”发孚问道，“现在你们了解，制服的金属部分为什么要取走。杀害那个萨克人的凶手，希望我们将灰烬误认为是那萨克人自己的衣服，是在动手之前先被除下来化为灰烬。这样我们可能就会以为那是自杀，或是一件私人仇怨导致的结果，和那位假冒巡警的朋友扯不上关系。他不知道的是，灰烬分析可以分辨萨克服装中的蓟蒂和巡警制服中的纤维，即使没有皮带环和饰扣也一样。

“根据一个被害的萨克人，以及一堆巡警制服的灰烬，我们唯一能做的假设，就是在上城某个角落，有个活生生的镇长穿着萨克服装行动。我们那位弗罗伦纳朋友，在假扮巡警够久之后，发觉那样风险太大，而且越来越大，于是决定变成一个萨克人，而他采用的是他唯一能用的办法。”

“他被抓到了吗？”玻特嘶哑地追问。

“不，他没被抓到。”

“为什么？奉萨克之名，为什么没被抓到？”

“他会被抓到的。”发孚淡然道，“此时此刻，还有更重要的事值得我们伤脑筋。比较之下，上述的暴行根本微不足道。”

“有话直说！”鲁内随即催促。

“耐心点！首先，让我问各位一件事，你们是否还记得去年那个失踪的太空分析员？”

斯汀吃吃笑了起来。

玻特以无比轻蔑的口气说：“又来了？”

斯汀问道：“两者有关联吗？或者我们只是要从头再提一遍去年那个可怕的事件？我烦了。”

发孚不为所动，他说：“昨天和前天的爆炸性发展，始于有人在弗罗伦纳图书馆查询有关太空分析的参考书。对我而言，这就是足够的关联。让我们看看，我是否能让你们几位也接受这个关联。我要从涉及图书馆案件的三个人开始说起，拜托，不要打断我，让我好好说几句话。

“第一个人是个镇长，他是三人中最危险的一个。当初在萨克上，他拥有极佳的记录，是个聪明而且忠诚的人才。不幸的是，现在他拿这些能力转而对付我们。他无疑要对这四件凶杀案负责，对任何人而言，这都是个不简单的记录。想到四人之中包括两名巡警，以及一名萨克人，对一个当地人来说，实在令人不敢置信。而且他还没有被抓到。

“第二个牵涉本案的人是个当地女子。她没受过教育，而且完全无足轻重。然而，过去两天以来，对这个案子在各方面展开广泛调查的结果，使我们知道了她的背景。她的双亲是‘蓟芾灵魂’的成员，不晓得你们还有没有人记得，那是差不多二十年前，一个颇为可笑的农民谋反组织，后来毫不费力就扫平了。

“而这就引出了第三个人，他是三人之中最不寻常的。这第三个人是个普通的厂工，而且是个白痴。”

玻特深深吐出一口气，同时斯汀发出尖锐的吃吃笑声。巴里的双眼依然紧闭，鲁内则坐在黑暗中一动不动。

发孚说：“‘白痴’这两个字不是比喻。国安部已经无所不用其极，可是他的背景只能追查到十个半月之前。那个时候，他在弗罗伦纳最大的都会附近一个村镇被人发现，处于心智完全空白的状态。他不能走路也不能说话，甚至不能自己进食。

“现在请注意，他首度出现时，正是那个太空分析员失踪几周之后。此外还请注意，在几个月之内，他就学会了说话，甚至在蓟芾加工厂找到一份工作。什么样的白痴能学得那么快？”

斯汀近乎热切地接口道：“哦，真的，如果他是受到适当的心灵改造，就可以做到这样……”他的声音越来越小。

发孚以讽刺的口吻说：“在这一方面，我想不出更伟大的权威。然而，即使没有斯汀的专家意见，我也早有同样的想法，那是唯一的可能解释。

“而心灵改造只能在萨克或弗罗伦纳的上城进行。为了做到万无一失，我们清查过上城每一间诊所，却没找到任何非法使用心灵改造器的迹象。然后，我们的一位调查员想到，应该查查那白痴出现后才去世的医生所保有的记录。冲着他能想到这点，我就一定要给他升职。

“在那些诊所中某一家，果然发现那个白痴的一份记录。大约六个月前，有个农家女，就是上述三人之一，曾带他去做身体检查。这显然是个秘密行动，因为她那天休工，用的根本是另一个借口。医生为那个白痴做了检查，记录下心灵遭到改造的确切证据。

“这里有个很有趣的一点。那位医生的诊所属于那种双层的，同时对上城和下城营业。他是个理想主义者，这种人认为当地人也该享有一流的医疗。他还是个有条不紊的人，一切记录都有完整的两份，分别放在两间诊所内，以避免不必要的上上下下。他不将萨克人和弗罗伦纳人的档案隔离，在我看来，这也能满足他的理想主义。可是那个白痴的记录只有一份，而且是唯一没有副本的记录。

“为什么会这样呢？假如基于某种原因，他主动决定不要复制这个特殊的记录，它为什么偏偏夹在上城的记录中？为什么不和下城的记录放在一起？毕竟，那人是个弗罗伦纳人，带他去求医的也是个弗罗伦纳人，而且是在下城诊所接受检查的。这一切，都明明白白记录在我们找到的那份记录中。

“这个奇特的谜题，可能的答案只有一个。那个记录本来的确有两份，可是某人毁掉了下城档案中那一份，而他却不知道上城诊所还有一份。现在让我们继续讨论下去。

“在那个白痴的检查记录中，附有一个明确的注记，写明在下次呈交国安部的例行报告里，要把这个病历中的发现包括在内。那是完全正确的，任何与心灵改造有关的病历，都可能牵涉到罪犯甚至颠覆分子。可是这个报告一直没有做出来，因为不到一个星期，他就死于一场交通意外。

“这么多巧合堆在一起，简直令人忍无可忍，对不对？”

巴里张开眼睛：“你告诉我们的是个侦探惊悚故事。”

“没错。”发乎以满意的口气喊道，“是个侦探惊悚故事。此时此刻，我就是那名侦探。”

“那么谁是被告？”巴里疲倦地悄声问道。

“还没出场，让我再多扮一会儿侦探。”

在这场他视为萨克前所未有的危机当中，发孚突然发觉自己玩得开心极了。

他说：“让我们再从另一头来探讨这个故事。我们暂且忘掉那个白痴，记起那个太空分析员来。我们第一次听说这个人，是他对运输局发出通知，说他的太空船很快就要着陆。他在早些时候发出的一封电讯，其中包括了这个通知。

“那个太空分析员始终未曾抵达，我们在近太空到处都找不到他。非但如此，太空分析员发出的那封电讯，后来转交运输局保存，结果竟然不见了。分析局声称是我们蓄意隐藏这封电讯，国安部则相信分析局是为了宣传而捏造出一封虚构的电讯。现在我才明白，我们两方都错了。那封电讯确实曾经送达，但并非被萨克政府隐藏起来。

“让我们创造一个人物，暂且称他为X。X有办法接触运输局的记录，因此获悉那个太空分析员的存在，也知晓了他所发的电讯。而且他有足够的头脑和能力，足以采取迅速的行动。他设法将一封秘密的次乙太电报送到太空分析员的船上，引导那人降落在某个小型私人着陆场。太空分析员照做了，而X就在那里等他。

“太空分析员那封有关劫数的电讯，X把它带在身上。这样做也许有两个理由。第一，借着消灭这份证据，使得可能展开的侦查摸不着头绪；第二，或许带着它，就能赢得那个疯狂太空分析员的信任。假如那个太空分析员觉得只能对自己的上司报告，而他很可能真的有这种感觉，X可以通过证明自己已经掌握事实的梗概，让太空分析员逐渐把他当成自己人。

“那个太空分析员一定说了，这点毫无疑问。不论说得多么语无伦次，多么疯狂，听来多么不可能。X意识到它可作为极佳的宣传武器，于是寄出勒索信给五大大亨，也就是我们。他的行事步骤，照他当初的计划，大概正是我以前怀疑川陀将采取的行动。假使我们无法与他达成协议，他就打算利用末日即将来临的谣言，使弗罗伦纳的生产陷于瘫痪，直到我们被迫投降为止。

“可是不久之后，出现了他的第一次失算。有件事把他吓到了，我们待会儿再讨论究竟是什么。无论如何，他研判必须等一阵子才能继续。然而，等待牵涉到一个麻烦。X不相信那个太空分析员的故事，可是太空分析员自己无疑极其认真。X必须做出妥善的安排，好让太空分析员愿意让他的‘劫数’等一等。

“这点太空分析员绝对做不到，除非他执迷不悟的心灵停止运作。X或许杀了他，不过在我看来，他需要那个太空分析员提供进一步的资料（毕竟，他自己对太空分析一窍不通，不能靠吓唬人就进行一次成功的勒索）。此外，万一X彻底失败，或许还能拿他换回自己的性命。反正，他动用了心灵改造器。经过改造之后，他掌握的不再是个太空分析员，而是个没有心智的白痴，一时之间不会带给他任何麻烦。而在一段时日之后，他的意识会逐渐恢复。

“下个步骤呢？那就是要确定，在这一年的等待中，那个太空分析员不会被人找到；没有任何重要人物会看到他，即使他只是个白痴。所以他采取一个高明的简单方法，把那人带到了弗罗伦纳。而在将近一年的时间中，那个太空分析员只是个心智鲁钝的当地人，乖乖地在薊茼加工厂工作。

“我猜想在这一年间，他或者他亲信的部下，曾不止一次造访他‘安置’那个白痴的村镇，看看他是否安全，身体是否还算健康。在某次造访期间，他不知如何获悉那个白痴曾去看过医生，那个医生一眼就能看出心灵改造的手术。于是那个医生死了，他的记录也不翼而飞，至少下城诊所那一份如此。这就是X的第一次失算，他从未想到上城的诊所可能有份副本。

“然后又出现了他的第二次失算。那个白痴恢复意识的速度太快了点，那个镇长又有足够的头脑，看得出问题没那么简单。或许照顾白痴的那个女孩，将心灵改造的事告诉过那个镇长，这点只是猜测。

“这就是我要讲的故事。”

发孚强壮的双手互相紧握，等待着其他人的反应。

鲁内最先做出回应。他身旁的区域已经大放光明，此时他坐在那里，一面眨眼一面微笑。“这是个中等沉闷的故事，发孚。要是在黑暗中再待一会儿，我就会睡着了。”

“在我看来，”巴里缓缓说道，“你创造的这个故事，和去年那个一样无稽，有九成都是臆测。”

“无聊透顶！”玻特说。

“无论如何，X到底是谁？”斯汀问，“如果你不知道X是谁，那一切都毫无意义。”他优雅地打了一个呵欠，用弯曲的食指盖住他一口小白牙。

发孚说：“至少我们其中之一看出了关键，X的身份是整个事件的核心。让我们考虑一下，假如我的分析正确，那么X必定拥有哪些特征。

“首先，X这个人在国务院有内应。此外，这个人能下令使用心灵改造器，这个人自认能安排一次强有力的勒索行动，这个人能将太空分析员毫无困难地从萨克带到弗罗伦纳，这个人有办法害死弗罗伦纳上一名医生。当然，他绝不是无名小卒。

“事实上，他百分之百是个有头有脸的大人物。他一定是五大大亨之一，你们不这样认为吗？”

玻特从座位上一跃而起，头部立刻不见了，只好赶紧坐回去；

斯汀冒出尖锐、歇斯底里的笑声；鲁内的眼睛半埋在周围的肥肉里，此时正射出狂放的精光；巴里则缓缓摇着头。

玻特呐喊道："到底是谁受到指控，发孚？"

"目前还没有，"发孚保持镇定的态度，"没有特定的人。让我们这么说吧，疑犯就是我们五人。在萨克上，没有其他人能做到X做到的事。只有我们五个人，这点毋庸置疑。问题是，究竟是五人中哪一位？首先我要说，不是我自己。"

"我们可以相信你的话，不是吗？"鲁内发出冷笑。

"你们不必相信我的话。"发孚顶回去，"我是唯一没有动机的人，X的动机是想控制蓟芾产业，而我已经在控制它。我足足拥有弗罗伦纳土地的三分之一，我的加工厂、机械工厂以及货运船队具有压倒性优势，只要我愿意，足以把你们任何一人或是全部淘汰出局。我不必诉诸复杂的勒索手段。"

他大吼大叫，盖过其他四人加在一起的声音："听我说！你们其他人都有动机。鲁内的大陆最小，占有率也最小。我知道他不满意，他无法假装对此满意。巴里拥有最古老的世系，过去有一段时间，他的家族曾统治整个萨克，他大概还没忘记。玻特在审议会中总是遭到否决，因此不能在他的领土上，照他自己喜欢的方式，以神经鞭和手铳经营事业，他对这点一直怀恨在心。斯汀有许多奢侈的嗜好，他的财务状况很糟，债务把他逼得很紧。所有可能的动机都在这里，嫉妒、觊觎权力、觊觎财富、渴求威望。好了，你们究竟哪个是X？"

巴里一双老眼陡然射出怨毒的光芒："你不知道？"

"这没有关系。现在听着，我说过在我们收到他第一封信之后，有件事吓着了X（让我们还是叫他X）。你们知道是什么事吗？就是我在第一次会议中，鼓吹一致行动的必要性。X当时在场，X一直是我们的一员。他知道一致行动代表了他的失败。他原本指望赢过我们大家，因为他知道我们对各洲自治有顽固的理想，会让我们死到临头还互不相容。他发觉自己错了，于是决定按兵不动，等急迫感消失后，他可以再继续进行。

“但他还是错了，我们仍会采取一致行动。既然X是我们其中之一，想要确实做到这点只有一个办法。各洲自治不能再继续，它已是我们无法承担的一项奢侈。因为倘若X的计谋得逞，要不就是我们其他人通通破产，要不就是导致川陀的介入。我，我自己，是我唯一能信任的人。所以从现在起，由我领导一个统一的萨克。你们同意吗？”

其他人纷纷起身，拼命大喊大叫。玻特挥舞着拳头，他的嘴角冒出少许唾沫。

实际上，他们什么都做不到。发乎不禁微笑，每个人都隔着洲际距离，他大可坐在办公桌后面，看着他们龇牙咧嘴、口沫横飞。

他说：“你们没有选择。自从我们召开第一次会议后，这一年以来，我也在做自己的准备工作。当你们四位静静地开会的时候，听我说，忠于我的军官已经接掌了舰队。”

“叛变！”众人咆哮道。

“对各洲自治的叛变，”发乎反驳，“对萨克的忠诚行为。”

斯汀的手指神经质地互相缠绕，红润、铜色的指尖是他全身皮肤唯一有色彩的部分。“但元凶是X。即使X是我们其中之一，另外三人却是清白的。我不是X，”他以狠毒的眼光环顾四周，“X是其他三人之一。”

“你们之中那些清白的，若是愿意的话，可以加入我的政府，根本没有任何损失。”

“可是你不会说谁是清白的，”玻特怒吼道，“根据这个X的故事，你会将我们全部拒于门外。根据这个……根据这个……”他喘不过气来，只好就此打住。

“我不会那样做。二十四小时后，我就会知道X是谁。我还没告诉你们，我们一直在讨论的那个太空分析员已经在我手中。”

其他人沉默下来，以保留与怀疑的目光互相凝望。

发孚咯咯笑了几声。“你们在纳闷哪位会是X。其中一个人知道，这点可以确定。而二十四小时后，我们大家都会知道。现在牢牢记住，诸位，你们全都无能为力，能作战的船舰都是我的。再见！”

他做了一个解散的手势。

众人的影像一个个消失，就好像显像板上远方的星光突然被一艘遇难的船舰所遮掩。

斯汀是最后一个离开的。“发孚。”他以颤抖的声音说。

发孚抬起头来。“什么事？现在只剩我们两人，你准备招认了？你就是X？”

斯汀的脸孔扭曲，露出极度惊骇的表情。“不，不，真的。我只是想问问，你是否真是认真的。我是指各洲自治和其他的一切。真的吗？”

发孚望着墙上的古老精密时计。“再见。”

斯汀轻声啜泣，抬起手来按下开关，他的身影随即消失。

发孚面无表情、一动不动地坐在原处。会议业已结束，危机的最高潮已成过去，沮丧的情绪遂将他攫获。在他宽大的脸庞上，不见嘴唇的嘴巴像一道深深的伤口。

所有的计算都源自一项事实：那个太空分析员是个疯子，根本没有什么劫数。可是在一个疯子周围，却已经发生那么多事。分析局的琼斯会花一年时间寻找一个疯子吗？他会如此锲而不舍地追查一个无稽的故事吗？

这点发孚从未告诉任何人，他自己也几乎不敢面对。假如那个太空分析员根本没有疯，那该怎么办？假如蓟芾的世界危在旦夕，那又该怎么办？

弗罗伦纳籍秘书悄然来到发孚大亨面前，他的声音细微而干涩。

“阁下！”

“什么事？”

“接贵千金的太空船已经着陆。”

“太空分析员和那个当地女子没事吧？”

“是的，阁下。”

“我不在的时候，不要进行任何问话。在我抵达之前，不准他们见任何人……有没有弗罗伦纳来的消息？”

“有的，阁下。那个镇长已被拘捕，目前正送往萨克。”

第十三章
游艇玩家

随着暮色渐深，航站的灯光逐渐明亮。无论在任何时刻，整体照明都保持在黄昏时分的亮度。九号航站像上城其他游艇航站一样，终日维持白昼的状态，与弗罗伦纳的自转无关。在正午阳光的照耀下，光度或许有明显的增强，不过那只是唯一的变化。

马其斯·坚若之所以知晓白天已成过去，是因为当他走进航站时，城中的七彩光芒通通被留在外面。在渐深的夜幕背景中，那些光芒也相当明亮，但它并未试图制造白昼的假相。

坚若在航站大门内侧停下脚步。马蹄形航站内有三十六个棚库，以及五个发射眼，但他似乎都没有放在眼里。航站是他的一部分，是任何经验丰富的游艇玩家的一部分。

他取出一根长条形香烟塞进嘴里，那根香烟外表呈紫色，尖端贴着极薄的银色蓟苘。他用双手罩住裸露烟草的尖端，深深吸了一口，看着它发出绿色的光焰。这种香烟燃烧很慢，而且没有烟灰。不久，一股翠绿色的烟雾从他鼻孔钻出来。

他喃喃道：“一切如常！”

一名游艇委员会的成员快步向坚若走来，刻意避免显得慌慌张张。那人穿着游艇装，只有短袖上衣某颗扣子的上方，绣着几个既得体又高雅的字，以显示他是委员会的成员。

“啊，坚若。为何不该一切如常呢？”

“嗨，多提。我只是在想，现在外面乱七八糟，可能哪个聪明人会想到把航站通通关闭。感谢萨克，幸好没有。”

那名委员正色道：“你可知道，真有可能会这样。你有没有听说最新的消息？”

坚若咧嘴笑了笑。“你怎能分辨最新的和次新的消息？”

“嗯，你有没有听说那个当地人此时此刻的动向？那个凶手？”

“你是说他们抓到他了？我没听说这件事。”

“不，他们还没抓到他。可是他们知道他不在下城！”

“不在下城？那他在哪里？”

“哈，在上城，在这里。”

“得了吧。”坚若张大眼睛，然后又眯起来，露出深疑的目光。

“不，真的。”那委员显得有点难过，“我有事实为证。好些巡警奔驰在蓟蒂公路上，他们包围了城中公园，还用中央竞技场当调度中心。这些都是有根有据的。”

“好吧，也许没错。”坚若的目光在各棚库中的游艇间来回游移。“我想，我有两个月没来九号航站了。这里有没有什么新的游艇？”

“没有。嗯，有的，希欧第西的‘焰矢号’。”

坚若摇了摇头：“我看过那艘。全是铬金属，没有其他东西。我真不愿想象最后我得自己设计一艘。”

“你要卖掉‘彗星五号’吗？”

“卖掉或丢掉都行。我厌倦了这些新型游艇，它们太过自动。有了自动继动器和轨道电脑，等于毁了这项运动。”

“你可知道，我听一些人说过同样的话。”那委员表示同意，“告诉你怎么办，要是听到有人出售状况良好的旧型游艇，我立刻通知你。”

“谢了。介不介意我到处逛逛？”

“当然不会，请吧。”那委员咧嘴一笑，挥挥手，便快步走了开。

坚若慢慢四下巡视，剩下一半的香烟垂在一侧嘴角。他在每个使用中的棚库前驻足良久，以精明的眼光评估着其中的游艇。

在二十六号棚库前，他表现出高度的兴趣。他从低矮的栅栏外向内望，同时喊道：“大亨？”

这是一声很礼貌的询问，可是等了一阵子没有回音，他就不得不再叫一声。这回口气比较坚决，也比较没礼貌。

应声而出的那位大亨，外貌实在令人不敢恭维。一来他没穿游艇装；二来他需要刮脸了。而且他那顶相当惹人厌的无边帽往下猛拉，似乎盖住他一半脸孔，那是最过时的一种戴法。此外，他的态度过分谨慎，使人忍不住生疑。

坚若说：“我叫马其斯·坚若。这是你的船吗，阁下？”

“是的，没错。”这是个既缓慢又紧张的回答。

坚若没有理会。他将头向后仰，仔细打量这艘游艇的外形。接着他从嘴角取下烟蒂，随手弹到半空中。烟蒂尚未达到抛物线最高点时，就在一闪之后消失无踪。

坚若说：“不知道你介不介意让我进去？”对方犹豫了一下，然后让到一边，坚若便进了棚库。

他说：“这艘船用什么种类的发动机，阁下？”

“你为何要问？”

坚若个子很高，皮肤与眼珠的颜色相当深，一头卷发剪得很短。他比对方高出半个头，微笑时露出洁白整齐的牙齿。他说：“非常坦白地讲，我准备买一艘新游艇。”

“你的意思是，你对这艘有兴趣？”

“我不知道。或许是像这样的一艘，如果价钱合适。不过，不知道你介不介意让我看看控制台和发动机？”

那位大亨站在那里默然不语。

坚若的声音变得有点冰冷。“当然，随你的便。”

他转身准备离去。

那位大亨说：“我也许会卖。”他在口袋中摸了摸，“这是驾照！”

坚若以经验丰富的目光，迅速看了看驾照正反两面，然后还了回去。“你是狄蒙？”

那位大亨点了点头。“如果有兴趣，你可以进来。”

坚若瞥了一眼航站的大型时计，现在是日落后第二个小时的开始。这种时计的指针能放出冷光，即使在白昼下也会闪闪发亮。

“谢谢你，你不带路吗？”

那位大亨又在口袋里乱翻一阵，最后掏出一叠钥匙条。“你先请，阁下。”

坚若接过那叠钥匙条。他一条条翻过去，寻找着印有“艇身印记”小型标志的那条。对方没有试图帮他的意思。

最后他终于说：“我想是这条？”

他顺着短小的斜梯走到气闸口，开始细心地检视气闸右侧的细缝。“我找不到……哦，在这里。”他走向气闸另一侧。

闸门慢慢地、无声地敞开，坚若便走进一团黑暗中。随着闸门在他们身后关上，红色的气闸自动开启。接着内门打了开，而在他们进入艇身后，整条游艇全都亮起白色的光芒。

米尔林·泰伦斯毫无选择的余地，他早已忘记所谓的“选择”何时存在过。在漫长、难熬的三个小时中，他一直在狄蒙的游艇附近等待，根本不知道该怎么办。这样做未能导致情势发生任何改变；而他看不出除了被捕，这样做还能导致其他任何结局。

后来这个人来了，看上了这艘游艇。跟他打交道根本是疯狂，在这么近的距离，自己的冒牌身份不可能不被拆穿。话说回来，他也不可能一直待在原地。

至少游艇内可能有食物，奇怪的是他竟然未曾想到这点。

的确有。

泰伦斯说：“快到晚餐时间了，你想不想吃点什么？”

对方几乎没有回过头来。“啊，或许待会儿吧，谢谢你。”

泰伦斯没有勉强他，随他在游艇中四处参观。他自己颇感欣慰地吃了些罐装肉类，以及玻璃纸包的一份水果，并且牛饮了一番。厨舱对面的走廊尽头有间浴室，他锁起门来冲了一个澡。能除掉紧箍的无边帽实在愉快，至少暂时如此。他甚至找到一个浅壁柜，可以从中拣些干净的衣服。

坚若走回来的时候，他已经恢复了许多信心。

坚若说：“嘿，你介不介意我试飞这艘游艇？”

“我不反对。你会驾驶这种型号吗？”泰伦斯装出一种十足无所谓的口气。

“我想没问题，”对方露出浅浅的微笑，“我总是自夸会驾驶任何正规的型号。无论如何，我已经自作主张联络了控制塔，有个发射眼是空的。这是我的游艇驾照，在我接手前，也许你想看看。”

泰伦斯草草望了一眼，就像坚若刚才所做的那样。“控制台交给你了。”他说。

游艇缓缓滑出棚库，好像半空中的一条鲸鱼，反磁艇身飘浮在发射场的厚实土壤上方三英寸处。

泰伦斯望着坚若以精准的动作操纵控制台。在他的触摸下，游艇成了活物。随着每一下细微的开关动作，显像板上具体而微的发射场不断挪移与变化。

游艇终于停下来，对准一个发射眼的顶端。艇首逐步加强反磁磁场，开始转向正上方。驾驶舱开启万用水平自由平衡环，以平衡逐渐改变方向的重力，使泰伦斯幸免于感受到这个令人难过的变化。接着，游艇后缘庄严地卡进发射眼的沟槽。现在游艇站得笔直，艇首指向天空。

发射眼底部的铝合金罩滑进凹槽中，露出一百码深的中和衬层，它将吸收超原子发动机的第一波推进能量。

坚若与控制塔一直交换着不知什么内容的资料。最后，他终于说:“十秒钟后升空。”

一根石英管内逐渐上升的红色条纹，标示着时间一秒一秒流逝。十秒钟之后，发射开关自动开启，第一股动力涌浪向后喷出。

泰伦斯感到体重增加，有股力量将自己压向座椅；一阵惊慌的情绪向他袭来。

他咕哝道:“好不好驾驶？”

坚若似乎对加速度无动于衷，他的声音几乎保持自然的音色。“还算好。”

泰伦斯靠向椅背，一面试图在压力下放松，一面望着显像板。随着上方的大气层越来越薄，显像板上的星辰越来越清晰明亮。紧贴皮肤的蓟�传来冰冷与潮湿的感觉。

现在他们来到太空，坚若正以各种速度试验游艇的性能。泰伦斯无法做出第一手判断，但他能看到，随着这位游艇玩家细长的手指在控制台上来回游移，仿佛演奏某种乐器，群星便以稳定的步伐列队通过显像板。最后，一个庞大的橘色弧形体占满显像板的澄澈表面。

“不坏，”坚若说，“你把游艇保养得很好，狄蒙。它虽然小，可是自有优点。”

泰伦斯谨慎地说：“我想，你会希望测试它的速度和跃迁能力。如果你有兴趣，那就请便，我不反对。”

坚若点了点头。“很好。你建议我们飞到哪儿去？比如说——”他迟疑了一下，又继续说：“嗯，何不到萨克去？”

泰伦斯的呼吸变得急促些，他原本就指望如此。他几乎要相信自己住在一个魔幻世界，一连串事件驱策着他的行动，他甚至不必表示意见。现在不难说服他相信，促使这些行动的并非什么“事件”，而是注定的命运。他的童年浸淫在大亨灌输给当地人的重重迷信中，这种东西在长大后也难以尽除。在萨克上，有可能遇见逐渐恢复记忆的愚可，这场游戏还没有结束。

他粗暴地说：“有何不可，坚若？”

坚若说：“那么就是萨克。”

随着游艇速度的增加，弗罗伦纳这个球体从显像板的画面中滑落，远方的群星再度出现。

“你从弗罗伦纳到萨克最快飞了多久？”坚若问道。

“没有破纪录的表现，”泰伦斯说，“普通而已。”

“那么我想，你曾有低于六小时的纪录？”

“没错，偶尔。”

“反不反对我试图逼近五小时？”

“绝不反对。”泰伦斯说。

数小时之后，他们才远离受到恒星质量扭曲的空间结构，终于能进行跃迁了。

泰伦斯发觉无法成眠是一种折磨。这是他几乎或完全没睡的第三个晚上，而几天来的紧张更使他的困倦加倍。

坚若瞟了他一眼。“你何不上床睡一会儿？”

泰伦斯在松弛的脸部肌肉上硬挤出一个精神的表情。“这没什么，没什么。”

他打了一个长长的呵欠，又露出歉然的微笑。那位游艇玩家转过身去操作仪器，泰伦斯的双眼再度变得呆滞无神。

太空游艇的座椅必须非常舒适；它必须提供适当的衬垫，帮助乘客抵抗加速度。即使不是特别疲倦的人，坐在上面也很容易进入甜美的梦乡。此时此刻的泰伦斯，甚至躺在碎玻璃上也睡得着，根本不知道他是什么时候失去神智的。

他睡了好几个小时。在他一生中，从没有睡得这么沉，甚至连一场梦也没有。

他始终未曾惊醒。当那顶无边帽从他头上摘下时，除了均匀的呼吸，他没有显现任何生命迹象。

泰伦斯迷迷糊糊地、慢慢地醒过来。有好几分钟的时间，他对身在何处没有一点概念，还以为回到了那间镇长住宅。真实的情状一步步逐渐浮现，最后，他终于能对仍在控制台上的坚若露出笑容，说道：“我猜我是睡着了。”

“我猜你的确如此，萨克就在前面。”坚若对显像板上巨大的白色新月形点了点头。

“我们什么时候着陆？”

“大约一小时后。”

现在泰伦斯已足够清醒，能意识到对方的态度起了微妙的变化。然后他才发现，坚若手中那个青灰色物体竟是一柄针枪的枪筒，他有如冷水浇头，不禁大吃一惊。

“怎么搞的……”泰伦斯一面说，一面站了起来。

“坐下。”坚若以谨慎的口吻说，他另一只手握着一顶无边帽。

泰伦斯抬手摸向头部，手指却抓到沙色的头发。

“没错，”坚若说，“这相当明显，你是个当地人。”

泰伦斯瞪大眼睛，一句话也说不出来。

坚若说：“在我还没登上可怜的狄蒙这艘游艇时，我就知道你是个当地人。”

泰伦斯的嘴巴像塞着棉花那么干，他的双眼冒出熊熊烈火。他望着那个要命的细小枪口，等待一下突然的无声闪光。他已经走到这一步，这一步，却终归输掉这场赌博。

坚若似乎不慌不忙，他稳稳地握着针枪，他的话语平静而缓慢。

“你所犯的基本错误，镇长，是以为你真能永远智胜组织化的警力。即使如此，若非你不幸选择了狄蒙作你的目标，你的表现还会更好。”

“我没有刻意选择他。”泰伦斯以低哑的声音说。

“那就称之为运气吧。艾斯塔尔·狄蒙，大约十二小时以前，站在城中公园等他的妻子。他偏偏选在那里和她会面，除了情趣没有其他理由。他们最初就是在该处邂逅的，从此以后，每年的那一天他们都在那里约会。在年轻夫妻之间，这种仪式没什么特别新奇的地方，但对他们而言似乎很重要。当然，狄蒙从未想到，由于那个地点相当偏僻，而使他成为一名凶手的合适目标。在上城，谁会想到这种事呢？

“一般情况下，这种谋杀或许要好几天才会被发现。然而，那桩罪行发生后半小时内，狄蒙的妻子就抵达现场，丈夫不在那里令她十分惊讶。他不是那种人，她后来解释，不会因为她迟到一会儿就忿忿离去。她经常迟到，他多少会预料到这种事。她忽然想到，她的丈夫可能正在‘他们的’洞穴中等她。

“当然，狄蒙原本等在‘他们的’洞穴外。因此，那是距离案发现场最近的一个洞穴，他自然就被拖到那里头去。他的妻子走进那个洞穴，结果发现——嗯，你也知道她发现了什么。她设法透过我们国安部的办公室，将这个消息通知巡警团，虽然她由于惊吓过度、歇斯底里，说话几乎语无伦次。

“以冷血的手段杀死一个人，让他的妻子在充满他俩美好回忆的地方发现他的尸体，镇长，这种感觉怎么样？”

泰伦斯险些窒息，他奋力喘过一口气，吐出满腔的愤怒与挫折。“你们萨克人杀害了数百万弗罗伦纳人，包括妇女和儿童。你们靠我们致富，这艘游艇……”这是他唯一能说的话。

“狄蒙出生时就是这种情况，他不该对此负责。”坚若说，“假使你生为萨克人，你会怎么做？放弃你的财产，去蓟莆田里工作？”

“好，那么发射吧。”泰伦斯一面扭动一面喊道，“你还在等什么？”

“没什么好急的，我有充分的时间讲完我的故事。我们本来对死者和凶手的身份都不确定，但猜想两者极可能分别是狄蒙和你。根据尸体旁边有堆巡警制服的灰烬这个事实，我们认为你显然扮成了一名大亨。我们进一步推测，你大概会前往狄蒙的游艇。不要把我们想得太愚蠢，镇长。

“事情仍旧相当复杂。你是个走投无路的人，光是追查到你于事无补。你拥有武器，假如身陷重围，你无疑会自我了断。自杀不是我们希望出现的结果；他们要在萨克上见到你，而且他们要见活口。

“对我而言，这是特别棘手的难题。我一定得说服国安部相信我能单独处理；我能不动声色而且毫无困难地把你送到萨克去。你必须承认，此时我正在这么做。

“告诉你一句实话，起初我还怀疑你究竟是不是我们要的人。你在游艇航站穿着普通的正式服装，这是不可思议的粗俗品味。在我看来，假扮游艇玩家而不穿游艇装，是任何人做梦都不会梦见的事。我以为你是故意送来的诱饵，你试图让自己遭到逮捕，而我们要的人则从另一个方向逃跑。

“我犹豫不决，于是用其他方法测验你。首先，我在错误的位置寻找钥匙孔。从来没有游艇的气闸设计成从右侧打开，钥匙孔一成不变地始终位于左侧。对于我犯的错误，你从未显现任何惊讶，一点都没有。后来我又问你，你的游艇有没有过在六小时内从弗罗伦纳飞到萨克。你说有过——偶尔。这实在不简单，最佳纪录也超过九小时。

“我判断你不可能是个诱饵，这种无知也太过头了。你一定不是装出来的，多半就是正确的目标。我只要等到你睡着了——从你脸上能明显看出你亟需睡眠——解除你的武装，悄悄地用适当的武器指着你。我拿掉你的帽子，最主要是出于好奇。我想看看萨克服装上冒出个红发头颅是什么样子。”

泰伦斯的眼睛紧盯着神经鞭。而坚若或许看到他的颚部肌肉隆起，也或许只是猜到泰伦斯在想什么。

他说：“当然我绝不能杀死你，即使你向我扑来，我也不能为了自卫而杀了你。别以为这会给你任何优势，只要动一动，我就会射掉你一条腿。”

泰伦斯的斗志瞬间消失了。他用双手的掌根按住额头，呆呆地坐在原处。

坚若轻声说:“你知道我为什么告诉你这些吗?”

泰伦斯没有回答。

“第一,”坚若说,“我相当乐于看你受折磨。我不喜欢凶手,尤其不喜欢杀害萨克人的当地人。我奉命将你活着送到萨克,但在给我的命令中从未提到我得让你有个愉快的旅程。第二,你需要对情势有全盘的了解,因为我们在萨克着陆后,下面的发展就全看你的了。”

泰伦斯抬起头来:“什么!”

“国安部知道你即将抵达。这艘船离开弗罗伦纳的大气层后,当地办公室立刻送出消息,这点你不必怀疑。可是我说过,我一定得说服国安部相信我能单独处理,而我的确做到了,这就改变了一切。”

“我不明白你在说什么。”泰伦斯绝望地说。

坚若以沉稳的态度答道:“我说‘他们’要在萨克上见到你,‘他们’要见活口。我指的‘他们’不是国安部,我指的是川陀!”

第十四章
变节者

沙姆林·琼斯从不属于冷静稳重型，一年来的挫折未曾使这点有任何改进。倘若将他的心摆放在不时震颤的平台上，他就无法细心品尝美酒。简言之，他不是路迪根·阿贝尔。

此时，琼斯刚结束一场愤怒的咆哮。他说不论川陀谍报网的情况如何，都绝不该允许萨克绑架并监禁分析局的成员。阿贝尔只是说:“我想今晚你最好在这儿过夜，博士。”

琼斯冷淡地答道:“我有更好的安排。”

阿贝尔说:“当然，老兄，当然。话说回来，如果我的人都会被轰死，萨克一定胆大包天。在今晚结束前，你很有可能发生什么意外。所以让我们等上一晚，看看新的一天会有什么发展。”

琼斯的抗议没有任何效果。阿贝尔仍保持冷静且近乎漠然的态度，却突然开始装聋作哑。琼斯只好从命，让使馆人员礼貌而坚决地护送他到一间寝室。

他躺在床上，瞪着微微发光、映着图画的屋顶（那是冷哈登所绘“大角卫星之战”的复制品，临摹的功力还不赖），明白自己将无法成眠。然后，他就闻到一阵微弱的催眠气，遂在瞬间进入梦乡。五分钟后，强力抽风机将室内的麻醉剂清除干净，此时他所吸入的剂量，已足以维持八小时有益健康的睡眠。

琼斯在寒冷的清晨醒来，天色还是灰蒙蒙一片。

他冲着阿贝尔猛眨眼睛，问道："现在几点钟？"

"六点。"

"太空啊。"他四下望了望，并将一双细瘦的腿从被单中伸出来，"你起得真早。"

"我一直没睡。"

"什么？"

"我的确感到睡眠不足，相信我。催醒剂对我的效力已经不能和年轻时相提并论。"

琼斯低声道："请稍待一下。"

他果然一下子就完成了今天早上的梳洗工作。不久他就回到房间，一面束紧短袖上衣的腰带，一面调整磁力接缝。

"好啦？"他问，"不用说，你一定有什么事要告诉我。否则你不会整夜没睡，又在六点就把我叫醒。"

"你说得对，你说得对。"阿贝尔坐在琼斯睡的那张床上，仰头哈哈大笑，笑声尖锐但相当自制。他的牙齿露出来，在萎缩的牙龈上，那些坚固、微黄的塑胶假牙显得很不相称。

"请你原谅，琼斯。"他说，"我有点不对劲，药物导致的清醒让我有些头昏眼花。我几乎想要劝川陀派个较年轻的大使来取代我。"

琼斯问道："你发现他们终究没抓到那名太空分析员？"他的语气在讥讽中夹杂着一点乍现的希望。

"不，他们做到了。我很抱歉，但事实如此。只怕我的好心情完全是因为我们的情报网安然无事。”

琼斯很想说一句：“去你妈的情报网。”但总算忍住了。

阿贝尔继续说：“毫无疑问，他们知道柯洛夫是我们的情报员，他们可能还知道我们派到弗罗伦纳上的其他同志。那些都是小角色，萨克人知道这点，一向认为只要监视他们就好，根本不值得有进一步的行动。”

“他们杀了一个。”琼斯立即指出。

“他们没有，”阿贝尔反驳道，“是那名太空分析员的同伴之一化装成巡警干的。”

琼斯瞪大眼睛。“我不明白。”

“这是个相当复杂的故事。陪我吃早餐好吗？我饿坏了。”

喝咖啡的时候，阿贝尔开始叙述过去三十六小时所发生的事。

琼斯听得目瞪口呆。他放下自己的咖啡杯，虽然只喝了一半，却再也没有拿起来：“就算他们偏偏选上那艘太空船偷渡，他们仍然可能没被发现。如果在它着陆时，你派些人去接应……”

“唉，你自己明明知道，现代太空船一律能侦测出超额的人体热量。”

“可能会被忽略。仪器或许万无一失，但人可不一样。”

“一厢情愿的想法。听我说，在那艘太空船航向萨克的同时，根据数份极可靠的报告，发乎大亨正和五大大亨其他几位在开会。这些洲际会议通常极少召开，相隔得像银河间的恒星那么遥远。这是巧合吗？”

“为讨论一名太空分析员而召开洲际会议？”

“没错，这个题目本身并不重要，可是我们使它身价百倍。分析局以锲而不舍的态度，花了将近一年的时间寻找他。”

“不是分析局，”琼斯坚持道，“是我自己，我一直以几乎非正式的方式进行。”

“那些大亨不知道这一点，即使你告诉他们，他们也不会相信。此外，川陀也表示了兴趣。”

“在我的要求之下。”

“他们同样不了解这一点，而且不会相信。”

琼斯站了起来，他的椅子立刻自动从餐桌前移开。他将双手紧握在背后，在地毯上大步踱步。他走来走去，走来走去，不时以严厉的目光瞥向阿贝尔。

阿贝尔面无表情，开始喝他的第二杯咖啡。

琼斯说："你是怎么知道这一切的？"

“一切什么？”

“每一件事。那名太空分析员何时与如何偷渡；那位镇长以什么方式逃脱追捕。你的目的难道是要欺骗我吗？”

“亲爱的琼斯博士。”

“你已经承认，除了帮助我之外，你还派另一批手下注意那名太空分析员的下落。昨天晚上，你设法让我安全地置身事外，不容有任何闪失。”琼斯突然想到那一阵催眠气。

“我花了一个晚上，博士，不断和我的一些情报员联络。我所做的和我所获悉的，我们可以说，都是属于机密事件。你必须置身事外，但要安全无虑。我刚才告诉你的，都是我的情报员昨晚告诉我的。”

“想要获悉那些事，你需要有间谍在萨克政府里工作。”

“嗯，自然如此。”

琼斯猛然转向大使："唉，得了吧。"

“你觉得惊讶？说实在话，萨克政府的稳定，以及萨克人民的忠诚，在银河都是有口皆碑。理由相当简单，因为即使最穷的萨克人，和弗罗伦纳人比较之下也是贵族，而且可以自认是统治阶级的一员，不论这种想法多么牵强。

“不过，你想想看，萨克并非如银河大多数人想象中那样，是个由亿万富翁组成的世界。你在萨克上住了一年，一定已经对这点了然于胸。有百分之八十的人口，他们的生活水准和其他世界不相上下，而且不比弗罗伦纳的水准高多少。总是有些萨克人，在吃不饱的情况下，会厌恶那些显然享尽富贵的少数人口，而情愿为我所用。

“数世纪以来，萨克政府只将叛变视为弗罗伦纳的专利，这是他们最大的弱点，他们忘记注意自己的内部。”

琼斯说：“这些微不足道的萨克人，就算他们存在，也无法对你有多大贡献。”

“若是单打独斗，的确没什么用；但对我方更重要的成员而言，将他们统合起来，就会成为有用的工具。甚至在真正的统治阶级中，也有些成员将过去两个世纪的教训铭记在心。他们深信川陀终将统治整个银河，而我相信，这个信念十分正确。他们甚至觉得在他们有生之年，就有可能见到银河的统一，因此宁愿预先倒向赢家这边。”

琼斯做了个鬼脸。“你把星际政治说成一场非常龌龊的游戏。”

“正是如此，可是反对龌龊并不能去除龌龊，而且并非每个层面都是一成不变的龌龊。想想那些理想主义者；想想在萨克政府卧底的那几位，他们效命川陀既不为钱也不是为将来的权力，只是因为他们真心相信，一个统一的银河政府能为人类带来最大的福祉，而唯有川陀才能建立这样的政府。萨克的国家安全部就有个这样的人，是我手下最优秀的一员。此时此刻，他正把那位镇长带到这儿来。”

琼斯说："你是说他被捕了。"

"被国安部逮捕，没错。但那人既是国安部的人，同时也是我的手下。"一时之间，阿贝尔皱起眉头，变得暴躁起来，"从今以后，他的用处将大不如前。一旦他让那位镇长逃脱，最好的情况是降级处分，最坏的情况是成为阶下囚。唉！"

"你现在打算如何？"

"我没什么概念。首先，我们必须获得那位镇长。我只能确定他会抵达太空航站，之后会发生什么……"阿贝尔耸了耸肩，在他的颧骨上，衰老、焦黄的皮肤像羊皮纸般撑开。

然后他补充道："五大大亨也在等那位镇长，他们以为他已经在他们手中。在我们其中一方掌握他之前，不会再发生什么事。"

但是这句话没有说对。

严格说来，在银河各个角落，所有外国大使馆都拥有治外法权，范围涵盖大使馆所在地与邻近区域。在一般情况下，这无异于痴心妄想，除非母星的力量足够强大。而实际上，这代表只有川陀能真正维持其使节的独立自主。

川陀大使馆占地将近一平方英里，在这个范围内，随时都有穿着川陀制服、佩戴川陀徽章的武装人员四处巡逻。除非受到邀请，任何萨克人不得进入；带武器的萨克人则一律不准入内。老实说，在一支萨克装甲兵团的全力进攻下，馆内的人员与武器顶多只能抵抗两三小时，可是在这支小小的军队后面，藏有百万世界的正规军随时能发动的报复力量。

因此它从未受到侵犯。

它甚至能与川陀保持直接的实质联系，无须借用萨克的航站进出。"行星太空"与"自由太空"的交界是与地表距离一百英里的球面，一艘川陀的母舰始终徘徊在边界外不远处。母舰上载着许多小型回旋飞船，它们备有推进叶片，可用最少的动力在大气内飞翔。这些回旋飞船随时能出现在萨克上空，再对准使馆内的小型航站俯冲（一半顺势而下，一半靠动力驱动）。

然而，如今出现在使馆航站上空的回旋飞船，既不是川陀的飞行器，也没有列在时间表上。馆内的小型军队立即毫不留情地展开备战，一尊针炮将喇叭状的炮口对准天空，力场屏幕也升了起来。

无线电讯急速往返，顽强的警告乘着脉冲向上传递，惶急的回答则顺波而下。

卡姆朗中尉从仪表板上回过头来。“我不明白。他声称如果我们不让他降落，在两分钟内就会被射下天空。他声称请求政治庇护。”

伊利奥队长刚走进来，他说：“当然。然后萨克就会宣称我们干涉内政，而如果川陀决定让事件扩大，你我就成了牺牲品。他到底是谁？”

“不肯讲。”中尉相当愤怒地答道，“说他必须和大使通话。请你告诉我该怎么做，队长。”

短波接收机匆匆响起，一个近乎歇斯底里的声音说：“有人在吗？我马上就要降落，就是这样。真的！我告诉你们，我不能再多等一刻。”通话在一阵吱吱声中结束。

那队长说：“太空啊，我认得那个声音。让他下来！我负全责！”

命令送了出去。那艘回旋飞船垂直下降，比正常的最大速度更快，那是驾驶员既不熟练又惊慌失措的结果。

针炮始终瞄准着目标。

队长与阿贝尔取得直接联络，大使馆立刻进入全面紧急状态。那艘回旋飞船降落后不到十分钟，一队萨克飞船就来到大使馆上空，虎视眈眈地盘旋了两小时才终于离去。

此时他们正在共进晚餐，包括阿贝尔、琼斯与那位不速之客。在这种情况下，阿贝尔仍表现出令人敬佩的泰然，扮演一位毫无好奇心的主人。几小时以来，他一直未曾问起，五大大亨之一为何也需要政治庇护。

琼斯的耐性差得多，他压低声音对阿贝尔说："太空啊！你准备拿他怎么办？"

阿贝尔回敬他一个微笑。"什么也不做，至少得等我确定自己是否已掌握那位镇长。在我将筹码丢到桌上之前，我先要知道拿的是怎样一副牌。而且既然是他来找我，等待将使他比我们更沉不住气。"

他说得没错。那位大亨两度准备打开话匣子，阿贝尔每次只是说："亲爱的大亨！空着肚子谈论严肃的题目当然不会愉快。"他文雅地微微一笑，并命令手下准备晚餐。

喝饭后酒的时候，那位大亨又试了一次。他说："你会想知道我为何要离开斯汀大陆。"

"我无法想象任何理由，"阿贝尔承认，"会让斯汀大亨成了萨克飞船的猎物。"

斯汀谨慎地望着他们。他心中正在盘算，细小的身子与瘦削、苍白的脸孔都随之绷紧。他的长发仔细扎成许多束，用好些小型发夹夹起来，每当他转头的时候，那些发夹就会互相摩擦，发出沙沙的声音，仿佛要人注意他对萨克目前流行的发型不屑一顾。此外，他的皮肤与衣裳都散发出淡淡的香气。

阿贝尔并未忽略琼斯稍微收紧的嘴唇，以及这位太空分析员轻抚自己蓬乱短发的快速动作。他心想，假使斯汀以更典型的面貌出现，脸颊搽上胭脂，指甲涂成铜色，不知道琼斯的反应会多么有趣。

斯汀说:“今天召开了一次洲际会议。”

“真的吗?”阿贝尔说。

阿贝尔仔细聆听那场会议的经过,表情未曾显露丝毫变化。

“我们本有二十四小时,”斯汀愤慨地说,“现在剩下十六小时了。真的!”

“而你就是X,”在斯汀讲述的时候,琼斯变得越来越坐立不安,现在终于喊出来,“你就是X。你会来这里,是因为他抓到了你。嗯,这样也好。阿贝尔,他可以证明那名太空分析员的身份,我们能利用他迫使对方交出那个人。”

在琼斯雄厚的男中音掩盖下,斯汀细弱的声音让人难以听得清楚。

“真是的,我说,真是的,你疯了。停止!让我说话,我告诉你……尊贵的阁下,我记不得这人的名字。”

“沙姆林·琼斯博士,大亨。”

“好吧,沙姆林·琼斯博士。我这辈子从没见过那个人,不管他是白痴或太空分析员或其他任何东西。真的!我从来没听过这么荒唐的事。我当然不是X,真的!如果你能不用那个愚蠢的字眼,我会很感激你。想想看,怎么会有人相信发孚的三流荒诞剧!真是的!”

琼斯坚持自己的想法。“那你为什么要逃跑?”

“萨克啊,这不是很明显吗?哦,我会窒息,真的!听我说,你看不出发孚在做什么吗?”

阿贝尔轻声打岔道:“如果你要解释,大亨,没有人会打断你的话。”

“嗯,至少我谢谢你。”他带着尊严受损的神态,继续说,“其他人不把我放在眼里,因为我看不出把时间浪费在文件、统计图表，以及所有那些无聊的细节上有什么意义。可是，真的，我倒想知道，五大大亨如果不能做真正的大亨，又要国务院做什么用？

“话说回来，虽然我好逸恶劳，你该知道，并不表示我是个傻子。真的！也许其他人都瞎了，但我看得出来，发孚对那个太空分析员其实毫不关心。我甚至认为他根本不存在；发孚只是一年前想到这个主意，从那时候开始，他就一直在策划这件事。

“他把我们当傻瓜和白痴耍。真的！而其他人正是那样，令人作呕的傻瓜！什么白痴和太空分析那些百分之百荒唐的事，全都是他一手安排的。那个据说杀了十几个巡警的当地人，假使只是发孚的特务戴着红色假发冒充的，我也绝对不会惊讶。而如果他是真正的当地人，我想就是发孚花钱雇他干的。

“我不会认为发孚做不出这种事，真的！他会利用当地人对付自己的同胞，他就是那种人。

“总之，显然他只是利用这件事作借口，想要毁掉我们几个，使他自己成为萨克的独裁者。你们不认为这很明显吗？

“根本没有什么X，到了明天，除非有人阻止他，否则他会利用次乙太将一切阴谋散布开来，并宣布进入紧急状况，然后他就会自立为领袖。在我们萨克上，已经五百年没有领袖了，但这点不会阻止发孚。他会毫不犹豫地葬送这个制度，真的！

“只有我意图阻止他，这就是我必须离去的原因。假使我仍待在斯汀大陆，我注定会遭到软禁。

“今天会议结束后，我马上查了查我的私人航站，结果你可知道，竟然已被他的人接管。这明明是不把各洲自治当一回事，这是无赖的行为。真的！可是他虽然阴险，却不怎么聪明。他以为我们有人或许会试图离开这颗行星，因此派人监视各个太空航站。然而——”说到这里，他露出狡猾的笑容，并发出微弱的吃吃笑声，

“他没想到监视回旋飞船航站。

“或许他以为，在这颗行星上，我们逃到哪里都不会安全。但我想到了川陀大使馆，这就比其他人高明。他们真令我厌烦，尤其是玻特。你认识玻特吗？他粗野得可怕，实际上可以说是肮脏。他总是对我冷嘲热讽，好像保持清洁、散发香气有什么不对似的。”

他将指尖放在鼻端，轻轻吸了一下。

当琼斯在座位上不安地挪动时，阿贝尔将一只手轻放在他的手腕上：“你把一家人都抛下了，有没有想过发孚仍能拿着武器威胁你？”阿贝尔说。

“我无法把所有的美人儿都送进我的回旋机，”他稍微涨红了脸，“发孚不敢碰她们。何况，我明天就会回到斯汀大陆。”

“怎么回去？”阿贝尔问。

斯汀万分惊讶地望着他，两片薄唇张了开来：“我是在提出同盟的提议，尊贵的阁下。你不能假装川陀对萨克毫无兴趣；你当然会告诉发孚，任何想要改变萨克体制的企图，都必将导致川陀的介入。”

“我简直看不出如何能做到这点，即使我觉得我的政府会支持我。”阿贝尔说。

“怎么会做不到这点？”斯汀愤慨地问道，“假如他控制了整个的蓟芾贸易，他会提高价格，要求租借地以加速货运，还会提出其他各种要求。”

“价格不是由你们五人控制吗？”

斯汀猛然靠向椅背：“唉，真是的！我可不知道每一项细节。下一步你就会问我数据，天啊，你和玻特一样坏。”他随即恢复正常，吃吃笑了笑。“当然，我只是在逗你。我的意思是，没有发孚从中作梗，川陀就可能和我们其他人达成协议。为了回报你们的帮助，我们会让川陀获得特惠的待遇，甚至贸易中的小小利润。”

“我们又要如何避免让这种干涉发展成银河级战争？”

“哦，真是的，你看不出来吗？那简直和光天化日一样明白。你们不是侵略者，你们只是在预防萨克发生内战，以免蓟茼贸易中断。我会宣称是我向你们求助的，那简直和侵略天差地远，整个银河都会站在你们这一边。当然，如果川陀事后因此获利，哈，别人根本就管不着。真的！”

阿贝尔将瘦骨嶙峋的手指放在一起，仔细审视了一番：“我无法相信你真心加入川陀的阵营。”

在斯汀微带笑容的脸上，迅速掠过一个恨意十足的表情。他说：“宁要川陀不要发孚。”

阿贝尔说：“我不喜欢以动武作威胁，我们不能等一等，让事态再发展一点……”

“不，不。”斯汀叫道，“一天都不能等。真的！现在，就是现在，如果你们不强硬，那就太迟了。一旦过了期限，他将骑虎难下，再要收手会把老脸丢尽。如果你们现在帮我，斯汀大陆的人民都会支持，五大大亨其他三位也会加入我的行列。即使你只等一天，发孚的宣传工厂也会开始运转，我会被抹黑成变节者。真的！我！我呀！一个变节者！他会利用他能煽动的一切反川陀的偏见，你可知道，我无意冒犯，但那种成见可大着哪。”

“假如我们要求他，让我们见一见那名太空分析员，有没有这个可能？”

“那样做有什么好处？他会玩弄两手策略。他会告诉我们那个弗罗伦纳白痴是个太空分析员，但也会告诉你那个太空分析员是个弗罗伦纳白痴。你不了解这个人，他太厉害了！”

阿贝尔一面思量这一点，一面低声哼着歌，手指还轻轻打着拍子。然后他说：“你可知道，我们得到了那位镇长。”

“什么镇长？”

“杀了数名巡警和一名萨克人的那位。”

“哦！真是的！发孚眼看就要接收整个萨克，你以为他会关心那件事吗？”

“我认为他会。重点并非那位镇长在我们手中，而是他被捕时的经过，你懂了吧。我想，大亨，发孚会听我的话，而且会表现得非常谦逊。”

琼斯认识阿贝尔那么久，头一回觉得这位老者声音中的沉着冷静减少了些，取而代之的是心满意足，几乎可说是胜利的喜悦。

第十五章
俘虏

对莎米雅·发乎这位贵妇而言，感到挫折不是十分寻常的事。如今她的挫折感持续了好几小时，这简直史无前例，甚至令人无法想象。

这座太空航站的指挥官还是瑞斯提船长。他表现得非常客气，几乎有点谄媚；他露出凝重的表情，一面表示他的遗憾，一面否认有任何反对她的意思。但是对她明白提出的期望，他则一丝一毫也不通融。

最后，她被迫撤回她的期望，改以普通萨克人的身份要求她的权利。她说：“我想身为一位公民，只要我有这个意愿，就有权迎接任何一艘船舰。”

她其实很讨厌这么说。

指挥官清了清喉咙，皱脸上的痛苦表情似乎变得更清楚、更明显。最后他终于说：“事实上，大小姐，我们绝没有不准您进来的意思。只不过我们接到大亨，也就是令尊的特殊命令，禁止您迎接那艘太空船。”

莎米雅以冰冷的口吻说："那么，你是在命令我离开这座航站？"

"不，大小姐。"指挥官十分乐意妥协，"我们并未奉命将您拒于航站之外，如果您希望留在这里，您大可这样做。可是，启禀大小姐，您不能再向那些着陆眼接近一点，否则我们必须阻止您。"

说完他就走了，留下莎米雅坐在华而不实的私家地面车中。那辆车停在航站里面，距离最外围入口只有一百英尺。他们原本就在等待她、监视她，多半还会继续监视下去。只要她再向前推进一个轮距，她忿忿地想，他们或许就会将她的传动装置切断。

她咬牙切齿。父亲这样做实在不公平；这是他们对待她的一贯方式，总是把她当成什么都不懂的小孩。然而她当初却以为他已经懂了。

他走下座椅迎接她，自从母亲过世后，已没有其他人能获得这种礼遇。他紧紧拥抱她，让她几乎喘不过气，而且还为她暂停一切工作。他甚至把秘书赶到别的房间，因为他知道当地人僵硬、苍白的面容会引起她的反感。

几乎像是回到了旧日时光，当时祖父仍然健在，父亲尚未成为五大大亨之一。

他说："米雅，孩子，我一小时一小时算着时间，我从不知道弗罗伦纳离这儿那么远。当我听到那些当地人躲在你的太空船上——就是我为了确保你的安全，特别派去接你的那一艘，那时我几乎要发狂了。"

"爸爸！根本没什么好担心的。"

"没有吗？我险些派出整个舰队到半途接你，再以全面备战的警戒把你带回来。"

说到这里，父女两人笑成一团。好几分钟后，莎米雅才能把话题转回她满脑子在想的那件事。

她以不经意的口吻说："您要怎么处置那两个偷渡者，爸爸？"

"你为什么想知道，米雅？"

"您不会认为他们计划要行刺您，或是诸如此类的事吧？"

发孚微微一笑。"你不该有这种令人毛骨悚然的想法。"

"您不会这么认为，对不对？"她坚持问道。

"当然不会。"

"太好了！因为我和他们谈过，爸爸。我就是不相信，他们如果不是两个可怜而无辜的人，还能是什么。我不管瑞斯提船长怎么说。"

"这两个'可怜而无辜的人'触犯了好多条法律，米雅。"

"您不能把他们当成普通的罪犯，爸爸。"她的声音在惊慌中逐渐升高。

"那该怎么办？"

"那个男的不是当地人，他来自一颗叫做地球的行星。他曾受过心灵改造，他不该对那些事负责。"

"好吧，亲爱的，国安部会了解这一点，你该把这件事交给他们处理。"

"不，这件事太重要，不能交给他们了事。他们搞不懂，除了我以外，谁都搞不懂！"

"整个世界上只有你，米雅？"他以溺爱的口气问道，同时伸出一根指头轻抚一束垂到她额头的卷发。

莎米雅中气十足地说："只有我！只有我！其他人都会认为他是疯子，但我确定他不是。他说弗罗伦纳和整个银河有个很大的危机；他是个太空分析员，您知道他们专精宇宙学，他会知道这种事！”

“你怎么晓得他是个太空分析员，米雅？”

“他这么说的。”

“那个危机的详细情形如何？”

“他也不知道。他受过心灵改造，难道您看不出来，那就是最佳的证据吗？他知道得太多，有人却希望一切保密。”她的声音本能地压低，变得沙哑而神秘兮兮。她按捺住回头望一望的冲动，又说：“如果他的理论是假的，难道您看不出来，就根本不需要用心灵改造器对付他。”

“他们为什么不杀掉他，假如真是这样的话？”发孚立刻后悔提出这个问题，捉弄这个女孩根本没意义。

莎米雅想了一下，没想出任何结果。然后她说：“如果您命令国安部让我跟他谈，我就会查出来。他信任我，我知道他信任我。我能比国安部问出更多内情，请告诉国安部让我见他，爸爸，这事非常重要。”

发孚轻轻捏着她握紧的拳头，对她微微一笑。“现在不行，米雅，现在不行。几小时之后，第三个人就会落到我们手中。那个时候，也许可以。”

“第三个人？犯下所有凶杀案的那个当地人？”

“正是他。再过一小时左右，载着他的太空船就会着陆。”

“在此之前，您不会对那个当地女子和那个太空分析员怎样吧？”

“绝对不会。”

“太好了！我去迎接那艘太空船。”她站了起来。

“你要去哪里，米雅？”

“到航站去，父亲，我有好多话要问另外那个当地人。”她笑了几声，“我会向您证明，您的女儿可以是个相当不错的侦探。”

可是发孚并未回应她的笑声，他说：“我希望你别去。”

“为什么？”

“这个人抵达的时候，航站不可以有任何不寻常，这点极为重要。你在那里会太显眼了。”

“这是什么道理？”

“我不能对你解释国家大事，米雅。”

“国家大事，呸。”她向他倚过去，在他的额头正中很快啄了一下，然后掉头就走。

如今她在航站内，一筹莫展地坐在车里。而在天空中，出现了一个越来越大的斑点，在接近黄昏的阳光下，它看来是黑色的一团。

她按下开启车内用品隔间的按钮，掏出她的观赛眼镜。这种眼镜的普通用途，是追望参加平流层球赛的单人高速飞车所做的回转动作，不过也能用在更严肃的场合。她戴起这副眼镜，坠落的黑点就变成一艘具体而微的太空船，连船尾冒出的红光都看得清清楚楚。

当太空船内的人离去时，她至少看得见他们，可借着视觉尽可能收集有用的情报。事后总有办法，总有办法，再来安排一次会晤。

萨克占满了显像板，包括一块大陆与半个海洋。由于下方有些棉絮般死寂的白云，画面并不十分清晰。

坚若说：“太空航站不会有重重警卫，这也是因为我的建议。我说这艘太空船抵达时，若有任何不寻常的准备，就可能使川陀警觉到发生了什么事。我还说这次行动的成功，全靠川陀从头到尾都蒙在鼓里，直到一切变作既成事实。好啦，别管这些。”他的语气稍有不稳，显示他大部分的心思都放在面前的控制台上。

泰伦斯绷着脸耸了耸肩。“有什么差别？”

“太多了，对你而言。我将使用最靠近东门的着陆眼，一旦着陆后，你立刻从后面的安全门出去，然后快步走向那个大门，但也别走得太快。我这里有些证件，或许可以让你通行无阻，也或许不行。如果发生任何问题，你得自行采取必要的行动。根据过去的记录，我判断这点我能信任你。有辆车等在大门外，会把你载到大使馆去，就是这样。”

“你怎么办？”

萨克从一个毫无特征，只是闪耀着褐色、绿色、蓝色与云白色的巨大圆球，逐渐转变成了比较有生气的地表，上面有蜿蜒的河流与皱褶的山脉。

坚若露出沉稳而冰冷的笑容。“你担心的事可由你自己解决。当他们发现你跑掉时，也许会把我当成叛徒射杀；可是如果发现我完全无能为力，根本无法以行动阻止你，他们也许只会把我当成笨蛋降级了事。我想，后者是比较好的结果。所以我拜托你，在你离开之前，给我一记神经鞭。”

镇长说：“你知道挨神经鞭是什么滋味吗？”

“相当了解。”他两侧太阳穴冒出许多细小的汗珠。

“你怎么知道我不会趁机杀了你？我是杀害大亨的凶手，你知道的。”

“我知道，可是杀掉我对你没有帮助，只会浪费你的时间。这点风险对我而言是家常便饭。”

在显像板上，萨克的表面正逐渐扩大，边缘冲出了显像板的范围；而中心处继续越变越大，新的边缘再度冲出画面。某座城市中，一个类似彩虹的结构已清晰可见。

“我希望，”坚若说，“你没打算单枪匹马闯出去，萨克不是那种地方。等着你的不是川陀就是大亨，记住了。”

现在，画面上明显是一座城市。近郊一块绿褐相间的区域渐渐扩展，变成一座太空航站。在他们看来，它正以缓慢的节奏向上飘浮。

坚若说：“如果一小时内川陀没接到你，那么在今天结束之前，你将落入那些大亨的手中。我不能保证川陀会给你什么待遇，但我可以保证萨克会怎样对付你。”

泰伦斯曾在国务院待过，他知道萨克会怎样对付杀害大亨的凶手。

航站的画面稳稳映在显像板上，但坚若再也不望一眼。他转而操作飞行仪器，让脉动束指向下方。太空船在一英里高的空中慢慢转身，最后变成尾部朝下。

在距离着陆眼一百码的上空，发动机发出隆隆巨响。坐在液压弹簧上，泰伦斯能感到它们正在打颤，遂开始觉得头晕眼花。

坚若说：“拿起神经鞭，赶快行动，每一秒钟都很重要。紧急闸门会在你离去后关上；他们会花五分钟纳闷我为何不开主闸门，再花五分钟硬闯进来，然后还要五分钟才能找到你。你有十五分钟的时间走出大门，坐上那辆车子。”

震颤陡然停止，在凝重的静寂中，泰伦斯知道他们已经登陆萨克。

控制改由转向反磁磁场接管，游艇庄严地倾身向下，侧面缓缓贴向地表。

坚若说：“动手！”汗水湿透了他的制服。

泰伦斯仍旧头昏脑涨，双眼几乎无法聚焦，但他还是举起神经鞭……

泰伦斯感到了萨克秋季的寒意。他曾在这种恶劣的秋冬待了许多年，直到几乎忘记弗罗伦纳上四季如夏的气候。此时，国务院那些日子瞬间涌回脑海，仿佛他从未离开这个大亨世界。

只不过现在他成了亡命之徒，身上背着罪大恶极的罪状——谋杀一名大亨。

他随着心跳的节奏迈开步伐。那艘太空船在他身后，闸门于他离去后已轻轻关上；坚若仍在太空船内，在剧痛中动弹不得。他走在一条宽广的柏油路上，周围有许多劳工与机工，每位都有自己的工作与自己的问题。他们不会停下来盯着某人的脸，他们没有理由那样做。

有没有任何人确实看到他走出太空船?

他告诉自己答案是否定的，否则现在早已传来追捕的喧嚣。

他摸了摸自己的帽子，它仍拉到遮住耳朵的程度。现在帽子上多出一枚圆形小徽章，摸起来相当光滑。坚若说它是个辨识标志，那些为川陀工作的人，只会注意这枚在阳光下闪闪发光的徽章。

他可以摘掉它，自己找路溜走，设法寻找另一艘太空船——总有办法的；设法离开萨克——总有办法的；设法逃脱追捕——总有办法的。

太多的“总有办法”！在他心中，他明白自己已走到终点，正如坚若所说的，不是川陀就是萨克。他痛恨且畏惧川陀，但他知道不论如何选择，都不可能也不可以选择萨克。

“你！就是你！”

泰伦斯僵住了，惊骇之余缓缓抬起头来。大门还在一百英尺外，假如他拔腿就跑……但他们不会让一个狂奔的人通过。那是他不敢做的事，他一定不能跑。

叫他的年轻女子坐在一辆车里，正从打开的车窗向外望。泰伦斯虽然在萨克待过十五年，却从没见过那样的车辆，它同时闪耀着金属与半透明珠宝的光泽。

她说：“过来这里。”

泰伦斯的双腿将他慢慢带向那辆车。坚若曾说川陀派来的车子会等在航站外，他真这样说过吗？他们会派一名女子执行这种任务吗？事实上，她只是个女孩，一位肤色颇深、容貌美丽的女孩。

她说：“你是搭那艘刚着陆的太空船来的，对不对？”

他没有回答。

她变得不耐烦：“别装了，我看到你离开那艘太空船！”她拍了拍那副观赛眼镜，他认得那是什么东西。

泰伦斯喃喃答道：“是的，是的。”

“那么上车吧。”

她为他打开车门。车内的装潢甚至比外表更豪华，座位非常柔软，散发着香气与新车特有的味道，而且那女孩十分美丽。

她说：“你是那艘太空船的组员吗？”

她在试探他，泰伦斯猜想。他说：“你知道我是谁。”他举起手来，指了指那枚徽章。

没有听见任何驱动的声音，那辆车就开始倒车与转向。

到了大门口，泰伦斯蜷缩在椅背上，紧贴着柔软冰凉的蓟莆椅套。但他根本没有必要这么小心，女孩以蛮横的口吻说了一句，他们就顺利通过。

她说的是：“这人跟我一起，我是莎米雅・发孚。”

疲惫的泰伦斯花了几秒钟，才听见并听懂这句话。当他狼狈地从座位上探出头来，车子正以时速一百英里奔驰在快速车道上。

在航站内一座建筑外，一名工人抬起头来，对着他的翻领喃喃说了几句，然后便走进那座建筑，回到他的工作岗位。他的监工皱了皱眉头，暗自决定要在上司面前告他一状，说他每次出去抽烟都会逗留半小时之久。

停在航站外的一辆车里坐着两个人，其中一人困惑不解地说：

"跟一个女孩上了车？什么车？什么女孩？"尽管他穿着萨克服装，他的口音却明明属于川陀帝国的大角众世界。

他的同伴是个萨克人，对各类新闻都如数家珍。当那辆车通过大门、在加速中开始转弯、冲上快速车道的时候，他几乎从座位上站起来，大叫道："那是莎米雅贵妇的车子，绝对没有第二辆。银河啊，我们该怎么办？"

"跟上去。"另外那人简短有力地说。

"可是莎米雅贵妇……"

"她对我没有任何意义，对你也不该有任何意义。否则你在这里干什么？"

他们的车子也转了个弯，爬上宽广而几乎空旷的车道，上面只准许最快速的地面车行驶。

那萨克人咕哝道："我们无法追上那辆车。一旦她发现我们，她就会踢开阻速挡，那辆车能开到时速二百五十。"

"她目前保持时速一百。"那大角人应道。

过了一会儿，他说："她不是要去国安部，这点可以确定。"

又过了一会儿，他又说："她也不是要去发孚宫。"

再过了一会儿，他再说："如果我知道她要去哪里，我会被射到太空里打转，她马上又要开出城去。"

那萨克人说："我们怎么知道杀害大亨的凶手真在里面？我猜这是个调虎离山之计。她并未试图摆脱我们，而她若是不想被人跟踪，就不会用这样一辆车，你在两英里外都不会跟丢。"

"我知道，可是发孚不会派他的女儿引开我们，一队巡警能做得更好。"

"也许贵妇其实不在里面。"

"我们会查出来，老兄。她正在慢下来。加速超过她，停在一条弯路上！”

“我要跟你谈谈。”那女孩说。

泰伦斯判定这不是他最初想象的那种常见的陷阱。她的确是发乎贵妇，她一定就是，她似乎未曾想到有任何人可以或可能妨碍她。

她从未向后望一眼，看看是否被人跟踪。他们在转弯时，他前后三次注意到同一辆车跟在后面，与他们保持固定的距离，既不靠近，也不落后。

那肯定不是一辆普通的车。它可能是川陀派来的，如此甚好；它也可能属于萨克政府，果真如此的话，这位贵妇就是上好的人质。

他说：“请开始吧。”

她说：“你搭的那艘太空船，就是把那个当地人从弗罗伦纳带来的那艘吗？那个犯下所有凶案的通缉犯？”

“我说过没错。”

“很好。我把你带到这里，是为了避免受到任何打扰。在前来萨克的途中，那个当地人接受过审讯吗？”

泰伦斯想，这般天真不可能是装出来的；她的确不知道自己是什么人。他谨慎地答道：“有的。”

“审讯时你在场吗？”

“是的。”

“很好，我就知道。对了，你为什么离开那艘太空船？”

这一点，泰伦斯想，其实该是她提出的第一个问题。

他说：“我是要送一份特别报告给……”他故意犹豫了一下。

她迫不及待地帮他接下去。“给我父亲？别担心这件事，我会好好保护你，我会说是我命令你跟我走的。”

他说：“这样就好，大小姐。”

“大小姐”这几个字撞击着他的意识深处。她是一名贵妇，是世上最尊贵的女子，而他只是个弗罗伦纳人。一个能够杀害巡警的人，很容易学会如何杀害大亨；同理，一个杀害大亨的凶手，可以毫无顾忌地面对一位贵妇。

他望着她，目光严厉而尖锐。接着他又把头抬高俯视着她。

她非常美丽。

由于身为世上最尊贵的贵妇，她并未察觉他凌厉的目光。她说："我要你把审讯的内容一五一十告诉我，我要知道那个当地人告诉你的一切，这点非常重要。"

"我能否请问您为何对那个当地人有兴趣，大小姐？"

"不可以。"她断然答道。

"遵命，大小姐。"

他不知道自己要说些什么。他一半的意识在等待那辆跟踪的车子追上来，另一半则越来越注意身旁这位美丽女子的脸蛋与身躯。

在国务院工作以及身为镇长的弗罗伦纳人，理论上而言，每一位都是独身。实际上，在可能的情况下，大多数人都会规避这条禁令。而在他的胆量范围内，以及条件许可时，泰伦斯也做过这方面的尝试。然而，那些经验从来未曾令他满足。

基于上述理由，此时此刻意义尤其重大。过去他从未在如此隔绝的情况下，在如此豪华的车辆中，与一位美丽的女子如此接近。

她正在等他开口，一双黑眼睛（如此美丽的黑眼睛）闪烁着浓厚的好奇，丰满红润的双唇因期待而微微张开，蓟苘衣裳将她的身形衬托得更加美丽。她完全没有意识到任何人——任何人——可能胆敢对发乎贵妇心存歹念。

他等待跟踪者的那一半意识逐渐淡去。

他突然了解到，杀害一名大亨根本不算罪大恶极。

他不太清楚自己已经采取行动，只知道自己的双臂抱住了她娇小的身躯，只知道她全身僵硬，刚喊出半声，他就用嘴唇将她的叫声封住……

他感到一双手搭上他的肩膀，车门被打开，寒冷的空气吹到他的背上。他摸索身上的武器，不过太迟了，到手的武器立刻被扯脱。

莎米雅发出无言的喘息。

那萨克人以憎恶的口气说："你看到他的手段了？"

那大角人说："别管了！"

他将一个小型黑色物件放进口袋，再用手将袋缝压合。"带他走。"他说。

那萨克人化悲愤为力量，用力将泰伦斯拉出车来。"而她竟然让他那样做，"他喃喃道，"她竟然让他那样做。"

"你是什么人？"莎米雅突然有力地叫道，"是我父亲派你来的吗？"

那大角人说："别问任何问题，拜托。"

"你是个外国人。"莎米雅气呼呼地说。

那萨克人说："奉萨克之名，我该把他的脑袋打进脖子里。"他竖起拳头。

"住手！"那大角人一面说，一面抓住那萨克人的手腕，硬把他的拳头拉开。

那萨克人沉着脸咆哮道："凡事都有限度。我可以接受杀害大亨的行为，我甚至自己也想杀几个，但是站在一旁，眼睁睁看着一个当地人做那种事，却超过了我能忍受的极限。"

莎米雅以不自然的尖锐声调说："当地人？"

那萨克人弯下腰来，不怀好意地扯掉泰伦斯的帽子。镇长脸色发青，却一动也没动。他仍以坚定的目光望着那个女孩，微风将他沙色的头发微微吹动。

莎米雅无助地向后退，尽可能退到车座另一端。然后，她迅速用双手掩住脸庞，在十指的压力下，她的肌肤开始泛白。

那萨克人说："我们要拿她怎么办？"

"什么也不做。"

"她看到我们了。我们还没走出一英里，她就会叫整个行星捉拿我们。"

"你准备杀掉发孚贵妇吗？"那大角人以讽刺的口吻问。

"这个嘛，不是啦。但我们可以弄坏她的车，等她找到无线电话的时候，我们已经远走高飞。"

"没有这个必要，"那大角人弯下腰，上半身凑进车里，"大小姐，我的时间不多。您能听我几句话吗？"

她一动不动。

那大角人说："你最好给我听着。很抱歉在这么温柔的时刻打扰你，但幸好我善用了这一刻。我当机立断，用三维照相机录下了这场戏。不是吓唬你，我离开这儿几分钟后，就会把底片送到安全的地方。今后，你要是妨碍到我们，我只好对你不客气，我确信你了解我的意思。"

他转过身来。"今天的事她一个字也不会说，一个字也不会。跟我来吧，镇长。"

泰伦斯跟他们走了，他无法回头望向车里那张藏在十指后面的苍白脸孔。

不论接下来发生什么事，至少他已经完成一项奇迹。曾有那么片刻，他亲吻了萨克上最高傲的贵妇，浅尝到她柔软、芬芳的双唇。

第十六章
被 告

外交工作拥有自家的一套语言与态度。主权独立国家的代表们，假如严格遵照外交礼节行事，彼此间的关系将流于形式化与僵化。例如“不愉快的结果”变成“战争”的同义词，而“适当的调整”则代表“投降”的意思。

在他能做主的场合，阿贝尔宁愿将外交辞令抛到脑后。当他用密封私人波束与发乎联络时，他好像只是个普通的老者，一面喝酒一面亲切地闲谈。

他说:“你可真难找，发乎。”

发乎微微一笑，他似乎轻松自在而心平气和。“这是忙碌的一天，阿贝尔。”

“是啊，我也听说了一点。”

“斯汀吗？”发乎随口问道。

“一部分来自他，斯汀在我们这里差不多七个小时了。”

“我知道，这也是我自己的错。你在考虑将他交还给我们吗？”

"只怕没有。"

"他是一名罪犯。"

阿贝尔一面咯咯笑，一面转动手中的高脚杯，凝望着缓缓上升的气泡："我想我们可以设法使他成为政治难民，星际法会保护他在川陀疆域内安然无事。"

"你的政府会支持你吗？"

"我想它会的，发乎。我在外交领域干了三十年，不会不知道川陀支持什么和不支持什么。"

"我能让萨克要求将你召回。"

"那样做有什么好处？我是个爱好和平的人，而且你对我非常熟悉，我的继任者可能是任何人。"

顿了一下之后，发乎那张狮子般的脸皱了起来。"我想你心中有个提议。"

"我的确有，你手中有个我们的人。"

"你们的什么人？"

"一名太空分析员，他原籍地球。顺便提一句，那颗行星是川陀疆域的一部分。"

"斯汀告诉你的？"

"他告诉我的还不止这点。"

"他有没有见过这个地球人？"

"他没说他见过。"

"好，他没见过。在这种情况下，我怀疑你是否能相信他的话。"

阿贝尔放下酒杯，双手放在膝部轻轻交握着。"还是可以，我确定真有这个地球人。我告诉你，发乎，我们应该为这件事碰个面。我手中有斯汀，而你有那个地球人，就某种意义而言，我们势均力敌。在你继续目前各个计划之前，在你的最后通牒期限来临、你的军事政变发动之前，何不就蓟芇的一般情势召开一场会议？”

“我看不出有这个必要。如今萨克上所发生的事，全然是个内部问题。我个人十分愿意保证，此地发生的这些政治事件不会干扰到蓟芇的贸易。我想，这就应该能阻止川陀用这个名义来染指。”

阿贝尔呷着酒，似乎是在动脑筋。然后他说：“我们似乎又有了第二个政治难民，一个奇特的个案。顺便告诉你，他是你们的弗罗伦纳子民；是一位镇长，他自称米尔林·泰伦斯。”

发孚突然眼露凶光。“我们原本就在怀疑。奉萨克之名，阿贝尔，川陀对这颗行星的公开干预该有个限度。你绑架的这个人是一名凶手，你不能把他当成政治难民。”

“好吧，你想要这个人吗？”

“你心中有个交换条件？是吗？”

“我刚才提到的会议。”

“只为一个弗罗伦纳籍凶手，当然办不到。”

“可是这位镇长设法逃到我们这边的方式，却是相当不寻常的。你也许会有兴趣……”

琼斯一面在地板上踱步，一面使劲摇头。夜已经相当深，他很希望能睡一觉，可是他知道，今晚又需要催眠剂才能入睡。

阿贝尔说：“我原本可能必须威胁要动武，正如斯汀所建议的。那样做是下策，风险非常大，而结果不可预期。但在那位镇长抵达之前，我想不到其他办法，除非什么都不做。”

琼斯猛力摇了摇头：“不，必须做点什么，但那样做无异于勒索。”

“技术上而言，我想是的。当初你会要我怎么做？”

“正是你所做的。我不是伪君子，阿贝尔，或者说我试着不做伪君子。当我打算充分利用你的成果时，我不会谴责你的方法。话说回来，那女孩怎么样？”

“只要发孚信守承诺，她就不会受到伤害。”

“我为她感到难过。了解到萨克贵族在弗罗伦纳上的所作所为，我就越来越不喜欢他们，但我仍忍不住为她感到难过。”

“就她个人而言，没错，可是真正的责任在萨克本身。我问你，老朋友，你曾在地面车里亲吻过女孩子吗？”

琼斯的嘴角微微绽出一丝笑容。“有的。”

“我也是，不过我想，我得比你多回忆好些年才能想起来。此时此刻，我最小的孙女大概正在这么做，我不会怀疑的。无论如何，除了表达银河中最自然的情感，地面车中的偷吻还能有什么目的？

“听我说，老友。我们讨论的那个女孩，公认拥有极高的社会地位，由于阴错阳差，她竟然和——让我们这么说——和一名罪犯同处一辆车中。他趁机吻了她，那是由于一时冲动，而且未经她的同意。她该有什么感受？她的父亲又该有什么感受？愤恨？也许吧；懊恼？当然；生气？不悦？羞辱？所有这些反应都有可能。可是丢脸呢？不！因为感到十分丢脸，为了不使此事曝光，而甘愿危及重要的局势？简直荒唐。

“但那正是目前的情形，这种事只可能发生在萨克上。莎米雅贵妇的过错顶多是任性和有点天真。我确定她以前曾被人吻过，假如她再跟某人接吻，假如她跟某人接吻无数次，只要对方不是弗罗伦纳人，就没有人会说半句话。可是她的确吻了一个弗罗伦纳人。

“当初她不知道他是弗罗伦纳人，可是这点并不重要；当初是他强吻她的，这点同样不重要。我们要是把莎米雅贵妇在那个弗罗伦纳人臂弯中的照片公开，将使她和她的父亲以后没法做人。当发孚瞪着那个再生影像时，我看到了他的表情。其实，根本无法确认那位镇长是个弗罗伦纳人，他当时身穿萨克服装，一顶帽子遮住他的头发。他的肤色很淡，可是那算不上什么证据。话说回来，发孚十分了解，许多对丑闻和号外有兴趣的人会乐于相信这个谣言，而那张照片会被视为一项铁证。而且他也知道，他的政敌将尽一切可能利用这个机会。你可以称之为勒索，琼斯，它也许的确是，可是在银河其他任何一颗行星上，这种勒索都不能生效。是他们自己的病态社会系统，为我们制造出这个武器，我这样做心中毫无愧疚。”

琼斯叹了一口气。“最后是如何决定的？”

“我们将于明天中午会面。”

“那么，他的最后通牒押后了？”

“无限期押后，我将亲自到他的办公室去。”

“那是必要的冒险吗？”

“不能算什么冒险，会有许多目击者。而且你找了那么久的那名太空分析员，我也急着要以真身亲自见见他。”

“我会出席吗？”琼斯焦急地问。

“哦，对。还有那位镇长，我们需要他指认那名太空分析员。此外，当然少不了斯汀。你们其他人都将以三维化身出席。”

“谢谢你。”

这位川陀大使忍住一个呵欠，又对琼斯眨了眨水汪汪的眼睛。“现在，如果你不介意，我已经有两天一夜没合眼了。只怕我的老骨头再也不能承受催醒剂，我必须睡一会儿。”

随着三维化身技术日趋完美，重要的会议已经很少面对面召开。以真身出现在老大使面前，令发孚强烈地感到尊严受损。他浅褐色的面容谈不上阴沉下来，但其上的皱纹都蕴含着沉默的怒意。

他必须沉默，他什么也不能说。他只能沉着脸，瞪着这些面对自己的人。

阿贝尔！一个衣衫褴褛的老糊涂，身后却有百万个世界做后盾。

琼斯！一个皮肤黝黑、头发卷曲的搅局者，他用自己的毅力催化了这场危机。

斯汀！这个叛徒！不敢接触他的目光！

那个镇长！望向他是最困难的一件事。他就是用身体玷污自己宝贝女儿的那个当地人，但躲在川陀大使馆的围墙内，他却仍能安然无事。现在若是单独一人，发孚定会咬牙切齿，并且猛敲他的办公桌。他的面部肌肉每一条都不敢动，虽然它们已经悄悄拉到了极限。

假如莎米雅没有……他抛开了那个念头。是他自己的疏忽养成了她的任性，现在他不能因此责怪她。事后，她并未试图辩解或为自己脱罪。她把所有的真相告诉了他，包括她私下想扮演星际间谍的企图，以及结局如何可怕。羞愧且痛不欲生的她如今完全仰赖他的谅解，而他不会令她失望。他不会令她失望，即使那代表他的苦心经营将毁于一旦。

他说：“我被迫出席这场会议，看不出有什么好说的，我在这里是要当个听众。”

阿贝尔说：“我相信斯汀希望首先发言。”

发孚以充满轻蔑的目光射向斯汀。

斯汀以呐喊回应，他说：“你逼我倒向川陀，发孚。你违反了自治原则，你不能指望我乖乖就范。真的！”

发孚保持沉默，阿贝尔说：“言归正传，斯汀。你曾说你有话要说，说啊。”他的口气也多少带点轻蔑的成分。

斯汀原本苍白的面颊，此时未涂胭脂也红起来。“我会的，现在就说。当然，我不像发孚大亨那样自称是侦探，可是我能思考，真的！而我一直都在思考。发孚昨天讲了一个故事，全是有关一个他称之为X的神秘叛徒。我看得出那只是一大堆借口，目的是让他能宣布进入紧急状况，我一分钟也没被唬到。”

“没有X吗？”发孚心平气和地问，“那你为什么要逃跑？没有其他指控值得一个人逃跑。”

“是吗？真的？”斯汀叫道，“嗯，即使放火的不是我自己，我也会从一座失火的建筑中跑出来。”

“说下去，斯汀。”阿贝尔说。

斯汀舔了舔嘴唇，又对自己的指甲仔细审视一番。然后他一面轻抚着指甲，一面说：“但我随后想到，他为什么要编造那样一个故事，所有复杂的情节都巨细靡遗？那不是他的行事方法，真的！那不是发孚的行事方法。我了解他，我们都了解他，他根本没有想象力。尊贵的阁下，他是个可憎的人！几乎和玻特一样坏。”

发孚脸色大变。“他在论述什么吗，阿贝尔？还是在胡言乱语？”

“说下去，斯汀。”阿贝尔说。

“我会的，只要你还让我说。我的天啊！你到底站在哪一边？后来我对自己说——那是在晚餐后——我说，像发孚这样的一个人，为什么会编造像那样的一个故事？答案只有一个，他编不出来，他的脑袋没这个本事。所以那是真的，一定是真的。当然啦，确有几名巡警被杀，不过发孚颇有办法安排那种事。”

发孚耸了耸肩。

斯汀继续进逼：“问题是X是谁？不是我，真的！我知道不是我！而我也会承认，X只能是五大大亨之一。但无论如何，五大大亨中哪位对这件事知道得最多？一年以来，哪位一直试图利用那个太空分析员的故事，恐吓其他四位接受他所谓的‘一致行动’，也就是我所谓的向发乎独裁政权投降?

“我会告诉你们X是谁，”斯汀猛然站起来，头顶擦到接收范围的边缘，最上面的一英寸立即被削掉。他伸出一根颤抖的手指，继续说:“X就是他，就是发乎大亨。当初那个太空分析员就是他发现的。在我们的第一次会议中，他发觉其他人对他愚蠢的言论都无动于衷，于是让他销声匿迹。而在他完成一场军事政变的准备之后，又把他搬了出来。”

发乎转向阿贝尔，露出厌倦的神情。“他说完了吗?如果说完了，就把他给请走。对任何一位高尚的人而言，他都是个令人无法忍受的侮辱。”

阿贝尔说:“对于他所说的，你有没有任何评论?”

“当然没有，根本不值得评论。这人已经走投无路，他什么话都说得出来。”

“你不能这样推得一干二净，发乎。”斯汀喊道。他的眼睛眯起来，鼻头因紧张而泛白。他四下望了望其他人，然后继续站着发言。“听好。他说，他的调查员在某位医生的诊所找到一些记录。他说，该医生在诊断出那个太空分析员受到心灵改造后，就在一场意外中丧生。他还说，那是X下的毒手，好让那个太空分析员的身份继续保密。这些都是他说的，问问他，问问他这些是不是他说的。”

“如果我承认呢?”发乎问道。

“那么问问他，除非他始终保有那些记录，否则那名医生死了、埋了好几个月，他怎能从他的诊所拿到那些记录。真是的!”

发乎说:“简直愚不可及，照这样下去，我们可以浪费无限多的时间。另一名医生接下那个死人的业务，连同他原有的记录。难道你们有任何人认为，医疗记录会跟死去的医生合葬?”

阿贝尔说："不会，当然不会。"

斯汀结结巴巴说了几句，然后坐了下来。

发孚说："下一位是谁？你们哪一位还有话要说？还有指控吗？还有任何花样吗？"他的声音低沉，透出恶毒的口气。

阿贝尔说："好，以上是斯汀的发言，我们暂且搁下。现在轮到琼斯和我，我们是为另一件事来的，我们想见见那名太空分析员。"

发孚的双手原本放在办公桌上，现在那两只手举起再放下，抓住桌子的边缘。他的两道黑眉毛则靠到了一块儿。

他说："我们拘留着一个弱智的男子，他自称是个太空分析员。我这就派人把他带进来！"

在瓦罗娜·玛区的一生中，她从未、从未梦想到世上竟有许多这么不可思议的事物。自从她降落这颗名叫萨克的行星，一天以来，每件事物都显得神奇无比。就连分别关着她与愚可的那两间牢房，也似乎如梦幻般华丽。例如只要按一个钮，就有水从一根管子的尽头流出来。虽然外面的空气冷得超乎她的想象，但室内的墙壁会冒出热气。此外，每个跟她说话的人都穿着十分美丽的衣裳。

她前后待过几个房间，里面各种东西都是她前所未见的。现在这间比先前的都要大，可是几乎空无一物。不过房里倒是有不少人，包括一位坐在办公桌后面、表情严肃的男士；一位坐在椅子上、年纪很大且满脸皱纹的老者，此外还有三个人……

其中之一是镇长！

她一跃而起，向他冲过去："镇长！镇长！"

但他并不在那里！

他站了起来，拼命对她挥手："别过来，罗娜，别过来！"

她整个人穿过了他。她原本伸出手，想要抓他的衣袖，他却避开了。于是她向前猛冲，脚步踉跄，整个人就穿过他的身体。一时之间，她就像个泄了气的皮球。镇长已经转过身来，再度面对她，但她只能低头瞪着自己的双腿。

她两条腿都刺入镇长座椅的厚重扶手，她看得清清楚楚，它的颜色与质感都像真的一样。那个扶手环绕着她的双腿，可是她感觉不到。她伸出一只颤抖的手，五根手指沉入椅套足足一英寸，却同样没有任何感觉，而且每根指头依然清晰可见。

她尖叫一声，随即跌倒在地。她最后意识到的，是镇长自然而然地向她伸出手，但她从他的臂弯中跌了出去，仿佛那双手臂是两块肉色的空气。

等到她恢复知觉时，她又坐在一张椅子上。愚可紧紧抓住她一只手，那位满脸皱纹的老者则倾身凑向她。

他正在说："别害怕，亲爱的小姐。那只是个影像，你该知道，就是一种相片。"

瓦罗娜环顾四周，镇长仍然坐在那里，不过并未向她望来。

她伸手指了指。"他不在那里吗？"

愚可突然说："那是个三维化身，罗娜。他在别的地方，但我们可以在这儿看到他。"

瓦罗娜摇了摇头。如果愚可这样说，那就错不了。但她还是垂下眼睑，她不敢望向又在那里又不在那里的那些人。

阿贝尔对愚可说："所以你知道三维化身是什么，年轻人？"

"是的，阁下。"对愚可而言，这也是非比寻常的一天。不同的是瓦罗娜觉得越来越眼花缭乱，他则发现许多事物越来越熟悉、越来越容易理解。

"你从哪里听来的？"

“我也不知道，我是在……在我遗忘之前就晓得的。”

在瓦罗娜·玛区发狂似的冲向镇长的过程中，发孚始终坐在办公桌后面，未曾移动半步。

他板着脸说：“很抱歉我不得不把这个歇斯底里的当地女子带进来，以致打扰了这场聚会。那个所谓的太空分析员坚持要她在场。”

“没关系，”阿贝尔说，“但我注意到，你那位弱智的弗罗伦纳人，似乎对三维化身相当熟悉。”

“我猜，他曾受过良好的训练。”发孚说。

阿贝尔问：“他来到萨克后，有没有接受过审讯？”

“当然有。”

“结果如何？”

“没有新的资料。”

阿贝尔转向愚可。“你叫什么名字？”

“愚可是我唯一记得的名字。”愚可平静地说。

“你认识这里哪些人？”

愚可毫无畏惧地一一打量众人的脸孔：“只有镇长，当然还有罗娜。”

“这位，”阿贝尔一面说，一面对发孚做个手势，“是有史以来最伟大的大亨。他拥有这整个世界，你对他有什么看法？”

愚可大胆地说：“我是个地球人，他管不着我。”

阿贝尔转头对发孚说：“我认为一个成年的弗罗伦纳当地人，不会没有教养到这般藐视你。”

“即使动用心灵改造器？”发孚轻蔑地反驳。

“你认识这位先生吗？”阿贝尔再度询问愚可。

“不认识，阁下。”

“这位是沙姆林·琼斯博士，他是星际太空分析局的一位重要官员。”

愚可仔细望着他。“那么他该是我的长官之一。可是，”他以失望的口吻说，“我不认识他，也或许只是我记不得了。”

琼斯沮丧地摇了摇头：“我从来没见过他，阿贝尔。”

“这倒值得大书特书。”发孚喃喃道。

“现在听好，愚可，”阿贝尔说，“我准备告诉你一个故事。我要你全神贯注听我说，并且用心想一想，好好想一想！你明白我的话吗？”

愚可点了点头。

阿贝尔说得很慢，有好长一段时间，他的话语是室内唯一的声音。他说到一半时，愚可就合上眼睛，而且紧紧闭起来。他使劲抿着嘴，双手举到胸前，头部则向前倾。一看就知道，他处于巨大的痛苦中。

阿贝尔一路说下去，将发孚大亨当初报告的许多事件重组起来。他提到那封有关大难的电讯，提到它被截收，提到愚可与X相遇，提到心灵改造器，提到愚可如何被发现、如何被带到弗罗伦纳，提到那位替他做过诊断而旋即去世的医师，还提到他逐渐恢复的记忆。

他说：“这就是整个的经过，愚可。我把它原原本本告诉了你，有没有哪件事听来是熟悉的？”

愚可缓缓地、痛苦地说：“我记得最后一部分，你知道的，就是最后几天。我也记得更早的一些事，或许是那名医生，那是我刚开始说话的时候。这些记忆非常模糊……可是也只有这些了。”

阿贝尔说：“但你的确记得更早的事，你记得弗罗伦纳的危机。”

“是的，是的。那是我记起的第一件事。”

“那么你不能记起之后的事吗？你在萨克着陆，遇到一个人。”

愚可呻吟道：“我不能，我记不起来。”

“试试看！试试看！”

愚可抬起头，苍白的脸孔被汗水湿透。“我记得两个字。”

“什么字，愚可？”

“它没有意义。”

“反正告诉我们就是。”

“它和一张桌子联想在一起，那是很久、很久以前，非常模糊。我想我是坐着，也许吧，另外一个人也坐着。然后他站起来，低头望着我，就冒出了那两个字。”

阿贝尔很有耐心。“什么字？”

愚可双手握紧，悄声道：“发乎！”

除了发乎之外，每个人都站了起来。斯汀尖叫道：“我早就说过。”接着便发出尖锐的咯咯大笑。

第十七章
原告

发孚极力控制着怒火，说道：“让我们结束这场闹剧吧。”

他原本一直在等待，目光凌厉而毫无表情，直到众人在期待落空后纷纷坐下，他才终于重新开口。此时愚可垂下头来，双眼痛苦地紧闭，正在探索自己发痛的心灵。瓦罗娜将他拉向她自己，试着让他的头靠在她肩上，并轻抚着他的面颊。

阿贝尔颤声道：“你为何说这是一场闹剧？”

发孚答道：“不是吗？当初我会同意和你会面，只是因为你用特殊的手段威胁我。即使如此，倘若我早知道这个会议是打算审判我，并由变节者和凶手扮演检察官和陪审员的双重角色，那我仍会断然拒绝。”

阿贝尔皱起眉头，以流于形式的冰冷口吻说：“这不是一场审判，大亨。琼斯博士今天出席，是为了寻回分析局的一名成员，这是他的权利与义务。我今天出席，是为了在这个动荡时期保护川陀的权益。我认为这名男子，愚可，就是那名失踪的太空分析员，这点毫无疑问。假如你同意将此人交还琼斯博士，以便为他做进一步、包括生理特征的身体检查，我们可以立即结束这项讨论。我们自然会请求你提供进一步协助，帮我们找到那个心灵改造元凶，并且帮助我们建立警卫系统，以避免类似事件再度重演。毕竟，分析局是个星际机构，与区域性政治一向没有瓜葛。”

发乎道：“说得真好！但明显的事实依旧是明显的事实，你的计划太容易看透了。假如我放弃这个人，那会发生什么事呢？在我想来，分析局会设法问出它想问出的一切。它声称是个星际机构，和区域性政治没有牵扯，但它的年度预算有三分之二由川陀捐献，这是事实，对不对？我不信有哪个理性的政治观察家，会认为它在今日银河中真正中立。它从此人身上获得的发现，一定会符合川陀帝国的利益。

“而那些发现会是什么呢？那也很明显。此人的记忆将慢慢恢复，分析局会发表每日公报。他会一点一滴记起越来越多必要的细节，首先是我的名字，接着是我的样子，接着是我说的每一句话。分析局会郑重其事地宣称我有罪，会向我提出赔偿要求，而川陀将不得不暂时占领萨克，然后随便找个名义，暂时的占领就成了永久的占领。

“任何勒索都有其极限，超过这个极限勒索就自动失效。大使先生，你的勒索到此为止。假如你想要这个人，让川陀派一支舰队来要他。”

“根本谈不上动武，”阿贝尔说，“但我注意到，你一直刻意避免否认这位太空分析员最后一番话的暗示。”

“没有任何暗示需要我用否认以正视听，他记得两个字，或者声称他记得，那又怎么样？”

“这件事难道没有任何意义吗？”

“一点都没有。在萨克上，发乎这个姓氏是个大姓。即使我们假定这个所谓的太空分析员说的是真话，他也有一年的机会在弗罗伦纳上听到这个姓氏。他来到萨克时，乘坐的是接我女儿的那艘太空船，途中他更有机会听到发孚这个姓氏。这两个字渗入他薄弱的记忆，还有什么比这更自然的呢？当然，他也许并不诚实，此人一点一滴的吐露很可能是早已预演好的。”

阿贝尔想不出该说什么。他望了望其他人，琼斯眉头深锁，右手手指正慢慢搓揉着下巴；斯汀正在一面假笑，一面喃喃自语；那位弗罗伦纳镇长则茫然瞪着自己的膝盖。

接下来发言的竟是愚可，他从瓦罗娜的臂膀中挣脱，猛然站了起来。

“听着。”他苍白的面孔扭曲变形，双眼反映出内在的痛苦。

发孚说：“我看又要吐露一点了。”

愚可说：“听着！当时我们坐在一张桌子旁，茶里下了药。我们曾有争执，我不记得为什么。然后我就不能动了，只能坐在那里；我不能说话，只能思考。太空啊，我被下了药。我想要大喊大叫，拔腿逃跑，可是我做不到。然后另外那人，发孚，走了过来。他原来一直在对我吼叫，现在却停了，他已经没必要那样做。他绕过桌子向我走来，像座山那样站在我面前。我什么也不能说，什么也不能做，我只能试着抬眼向他望去。”

愚可说完，仍然沉默地站在原处。

沙姆林·琼斯说：“另外那人是发孚？”

“我记得他的名字是发孚。”

“好，他是不是那个人？”

愚可并未转头，他说：“我不记得他的样子。”

“你确定吗？”

“我一直在尝试。”他突然发作，“你不知道这有多困难。痛啊！就像烧红的尖针，深深插进来！插在这里！”他双手按在头部。

琼斯轻声说：“我知道这很困难，可是你必须尝试。你看不出来吗，你必须继续尝试。望着那个人！转过头去望着他！”

愚可转身面对发乎大亨，他凝视了片刻，然后转过头来。

琼斯说：“现在你记起来没有？”

“没有！没有！”

发乎露出冷笑。“你的人忘记台词了吗？还是如果他在下一场戏才记起我的长相，这个故事会显得更加可信？”

琼斯气急败坏地说：“我以前从未见过这个人，也从未跟他说过话，我们没有安排什么阴谋来陷害你。我烦透了你在这方面的指控，我要找的只是真相。”

“那么，我能否问他几个问题？”

“请便。”

“谢谢你的好意，这点我能确定。喂，你——愚可，不管你的真名叫什么……”

他以一名大亨的身份，对一个弗罗伦纳人说话。

愚可抬起头来，答道：“阁下。”

“你记得某人从桌子的另一侧向你走来。当时你坐在那里，被下了药而动弹不得。”

“是的，阁下。”

“你记得的最后一件事，是这个人低头望着你。”

“是的，阁下。”

“而你抬头望向他，至少试图那样做。”

“是的，阁下。”

“坐下来。”

愚可依言照做。

一时之间发孚未有任何行动。他那几乎没有嘴唇的嘴巴或许绷紧了些，两颊与下巴的肌肉在青黑色胡楂下隆起少许。然后，他从座椅上滑了下来。

滑下来！仿佛他在办公桌后面屈膝跪下。

但他随即走出来，明明是双脚着地。

琼斯感到头晕目眩。这个人在座位上如此相貌堂堂、如此威风凛凛，此时在毫无预警的情况下，突然变成一个可怜的侏儒。

发孚畸形的双腿在下面努力挪动，载着不成比例的躯干与头部向前走。他面红耳赤，但双眼依然射出原有的高傲目光。斯汀狂放地吃吃大笑，那对眼睛立即转向他，硬逼他把笑声咽下去。其他人都看呆了，全都默默坐在原处。

愚可张大眼睛，看着他一步步逼近。

发孚说："我是不是那个绕过桌子向你走来的人？"

"我不记得他的长相，阁下。"

"我不是要你记得他的长相。你能忘记这个吗？"他展开双臂，比了比自己的身形，"你能忘记我的样子，我走路的方式？"

愚可可怜兮兮地说："我似乎不该忘记，阁下，但是我不知道。"

"可是当时你坐着，他站着，而你抬头望向他。"

"是的，阁下。"

"他低下头望着你，事实上，是像座山那样站在你面前。"

"是的，阁下。"

"至少你记得这一点？你确定吗？"

"是的，阁下。"

两人现在已面对面。

"我低下头望着你吗？"

愚可说:“没有，阁下。”

“你抬起头望着我吗?”

坐着的愚可与站着的发孚面对面、直勾勾地彼此瞪视。

“没有，阁下。”

“我可能是那个人吗?”

“不可能，阁下。”

“你确定吗?”

“是的，阁下。”

“你仍说你记得的那个名字是发孚吗?”

“我记得那个名字。”愚可倔强地坚持。

“那么，不论他是谁，他拿我的名字做掩饰?”

“他……他一定是。”

发孚转过身来，以威严、缓慢而吃力的步伐走回办公桌后面，再爬上他的座椅。

他说:“我成年之后，从未允许任何外人见到我站在办公桌前面。这场会议有任何理由继续下去吗?”

阿贝尔同时感到尴尬与懊恼。目前为止，这次会议大大地弄巧成拙。不论在哪个阶段，发孚总能设法证明自己有理，而对方的指控错误。发孚已成功地将自己塑造成一个受难者，他受到川陀的勒索，被迫出席这场会议，并且成为错误指控的对象。在他的驳斥下，那些指控立刻崩溃。

发孚必定会让他自己对这场会议的回忆传遍整个银河，而他无须扭曲太多的事实，就能使它成为极佳的反川陀宣传。

阿贝尔很希望能减轻损失。如今对川陀而言，那名受到心灵改造的太空分析员已经没用了。从今以后，他的任何“记忆”不论看来多么真实，都会被人嗤之以鼻，会被视为荒诞无稽。世人将公认他是川陀帝国主义的工具，而且是个残破的工具。

但他迟疑不决，首先开口的是琼斯。

琼斯说：“在我看来，有个非常好的理由让我们不该就此休会，我们尚未确定动用心灵改造器的究竟是谁。你曾经指控斯汀大亨，而斯汀也反过来指控你。即使你们两位都搞错了，其实两人都是清白的，你俩仍旧相信作案的是五大大亨之一。那么，到底是哪位呢？”

“有什么关系吗？”发孚问，“我确定这件事跟你没有任何关系。要是川陀和分析局未曾出面干涉，现在这个问题早已解决。我终将找出那个叛徒，别忘了，那个心灵改造者不论是谁，他原本的意图是要垄断蓟芾贸易，所以我不太可能让他跑掉。一旦确认并处置了那个心灵改造者，你的人就会毫发无损地还给你。这是我唯一能做出的提议，而且是个非常合理的提议。”

“你会把那个人怎么样？”

“那纯粹是我们自家的事，与你毫无关系。”

“但它的确与我有关，”琼斯中气十足地说，“这不只是一位太空分析员受害的案子，还牵涉到一件更重大的问题，我很惊讶它到现在还没被提出来。这位愚可会受到心灵改造，并非仅仅因为他是个太空分析员。”

阿贝尔不确定琼斯的意图为何，但他决定助其一臂之力。他以温和的口吻说：“琼斯博士所指的，当然是这位太空分析员最初的警告电讯。”

发孚耸了耸肩。“据我所知，直到目前为止，没有任何人认为这点有何重要，包括追查了一年的琼斯博士在内。然而，你的人就在这里，博士，问问他那究竟是怎么回事。”

“他自然不会记得。”琼斯忿忿地反驳，“心灵改造对于记忆中偏重知性的推理过程最有效，此人也许永远无法恢复工作上这方面的记忆了。”

“这么说它消失了，”发孚道，“那我们又能做些什么呢？”

“一件非常明确的事，这就是重点所在。还有一个人知道详情，就是那个心灵改造者。他本人也许不是太空分析员，他也许不知道精确的细节，然而，愚可在心智完好时曾和他谈过。他应该打听到很多，足以让我们在正轨上迈出一大步。假使他打听得不够多，他就不敢毁掉他的资料来源。不过，为了留下记录，我还是要问愚可，你是否记得？”

“只记得有一场危机，而它和太空原子流有关。”愚可喃喃答道。

发孚说：“即使你找出答案，对你又有什么用？那些病态太空分析员不断提出的各种惊人理论，究竟又有多么可靠？他们有多少人自认了解宇宙的奥秘，实际上却病入膏肓，甚至几乎无法读取仪器数据。”

“也许你说得没错。你怕不怕让我找出答案？”

“任何可能影响蓟萧贸易的惑众传言，不论是真是假，我都一律反对。你不同意我的话吗，阿贝尔？”

阿贝尔内心七上八下。发孚正处心积虑占取最有利的位置，这样一来，由于他自己的政变而导致的蓟萧断货，可以全部归咎于川陀的行动。但阿贝尔是个很好的赌徒，他冷静地、不动声色地提高了赌注。

他说：“我不同意，我建议你听听琼斯博士怎么说。”

“谢谢你。”琼斯说，“好，你刚才说过，发孚大亨，不论谁是那个心灵改造者，一定是他杀害了检查过愚可的那名医生。这意味着愚可待在弗罗伦纳上那段时期，那人一直以某种方式在监视愚可。”

“怎么样？”

“那种监视一定有迹可寻。”

“你的意思是，你认为那些当地人会知道谁在监视他们。”

“有何不可？”

发孚说：“你不是萨克人，所以才会犯这种错误。我向你保证当地人个个安分守己；他们不会接近大亨，而如果大亨接近他们，他们明白应该两眼紧盯脚趾头。他们对于被人监视一无所知。”

琼斯气得全身明显地打颤。专制统治在这些大亨心中如此根深蒂固，竟使他们觉得公开谈论没有什么不对，也没什么好羞耻的。

他说：“普通的当地人或许如此，但我们这里有个不寻常的当地人。我想，他已经对我们相当彻底地证明，他不是个毕恭毕敬的弗罗伦纳人。目前为止，他对这场讨论未曾发表任何意见，现在是问他几个问题的时候了。”

发孚说：“那个当地人的证词毫无价值。事实上，我要趁这个机会再度提出要求，请川陀将他交给萨克法庭接受公平审判。”

“让我先跟他谈谈。”

阿贝尔和气地插嘴道：“我想，问他几个问题不会有什么害处，发孚。如果他表现得不合作或不可靠，我们也许会考虑你的引渡请求。”

在此之前，泰伦斯一直痴痴凝视着交握双手的指尖部分，此时他抬了一下头。

琼斯转向泰伦斯，对他说：“自愚可在弗罗伦纳上被发现之后，他就一直待在你的镇上，对不对？”

“是的。”

“这段时期你始终在镇上吗？我的意思是，你没作过任何长期公务旅行，是吗？”

“镇长从不作公务旅行，他们的公务就在镇上。”

“好的。放轻松点，不要激动。我想，知悉任何大亨可能到镇上来，是你们公务的一部分。”

“当然，当他们要来的时候。”

“他们来过吗？”

泰伦斯耸了耸肩。“来过一两次，纯粹是例行公事，我向你保证。大亨不会让蓟荋弄脏他们的手，我是指未经处理的蓟荋。”

“放尊重点！”发孚咆哮道。

泰伦斯望着他说：“你有本事让我做到吗？”

阿贝尔赶紧打圆场。“我们让这个人和琼斯博士谈，发孚，你我只当个旁观者。”

琼斯对镇长傲慢无礼的态度很感兴趣，但他仍说：“请回答我的问题，不要随便发表评论，镇长。我问你，过去一年间，究竟有哪些大亨造访过你的村镇？”

泰伦斯凶巴巴地说：“我怎能知道？我无法回答这个问题。大亨是大亨，当地人是当地人。我或许是个镇长，可是对他们而言，我仍是个当地人。我不会等在镇口询问他们的姓名。

“我会收到一封信，如此而已，收信人是‘镇长’。上面写着某一天会有一次大亨视察，命我做好必要的准备工作。然后，我必须确定厂工都穿上他们最好的服装；加工厂收拾整齐且正常作业；蓟荋的库存充足；每个人看来都满足和快乐；每间房舍打扫干净，并在街上部署警卫；找些舞者待命，以备大亨心血来潮，想看看有趣的当地舞蹈；也许还要几位美丽的姑……”

“别管那些了，镇长。”琼斯说。

“你从来不管，我可要管。”

有了与国务院的弗罗伦纳人接触的经验，琼斯发觉这位镇长像冰水一样令人神清气爽。他暗自下定决心，不论分析局能发挥多少影响力，都要用来阻止这位镇长落入大亨手中。

泰伦斯继续说下去，口气变得较冷静。“反正那是我的职责。当他们来到时，我和其他人排在一起。我不知道他们是谁，我也不跟他们交谈。”

“那名城中医生遇害之前一周，有没有任何这样的视察？我猜你该知道那件事发生在哪一周。”

“我想我曾经从新闻幕上听到过。我记得那时没有任何的大亨视察，但我可不敢发誓。”

“你的土地属于哪位大亨？”

泰伦斯使劲抿起嘴巴。“属于发孚大亨。”

斯汀突然改用吊儿郎当的口气发言，不禁令人有些讶异。他说：“哦，听我说。真是的！你以这种方式发问，简直正中发孚的下怀，琼斯博士。你看不出来根本问不出任何结果吗？真是的！难道你以为，倘若发孚想要看牢那边那个家伙，他会不辞辛劳、亲自前往弗罗伦纳看着他吗？巡警是干什么用的？真是的！”

琼斯显得有些狼狈。“在这种情况下，整个世界的经济，甚至可能包括它的存亡，全部系于某人脑中的资料，心灵改造者自然不想将守护的工作交给巡警。”

发孚打岔道：“即使在他将那个脑袋洗得干干净净之后？”

阿贝尔伸出下唇，同时皱起了眉头。他眼看这场赌博将与前几场一样，又要输在发孚手里。

琼斯再试了一次，以迟疑的口气说：“有没有哪位特定的巡警，或是一群巡警，总是在附近徘徊不去？”

“我从来不知道，他们在我眼中只是制服。”

琼斯转头望向瓦罗娜，大有猛然扑过去的气势。刚才她的脸色变得惨白，双眼瞪得老大，琼斯并未忽略这一点。

他说：“你怎么回事，姑娘？”

但她只是无言地摇了摇头。

阿贝尔难过地想道：没有什么能做的了，一切都已经结束。

此时瓦罗娜却站了起来，双腿还微微发颤。她以沙哑而细弱的声音说：“我要讲一件事。”

琼斯说：“讲啊，姑娘，什么事？”

瓦罗娜一面喘息一面开口，她脸上每一条皱纹、手指每一次神经质的抽动都透出明显的恐惧：“我只是个乡下女子，请不要生我的气，只不过似乎这些事只有一个解释。我的愚可真有那么重要吗？我的意思是，像你们所说的那样？”

琼斯柔声道：“我认为他当初非常、非常重要，我认为现在仍是如此。”

“那就一定像你说的那样，不论是谁把他放到弗罗伦纳上，都不敢将眼睛移开哪怕只有一分钟。对不对？我的意思是，万一愚可被加工厂的监工殴打，或是遭小孩丢石头，或是患病死去，那该怎么办。他不会被无助地留在田野，否则可能还没被发现就死了，对不对？他们不会以为光凭运气就能保他安然无事。”现在她的话说得极其流畅。

“说下去。”琼斯望着她说。

“因为有个人的确从一开始就看着愚可。他在田野间发现他，安排由我照顾他，保护他不发生意外，而且每天了解他的状况。他甚至知道有关那位医生的一切，因为我告诉过他。就是他！就是他！”

在她高亢的尖叫声中，她的手指坚定地指向米尔林·泰伦斯——那位镇长。

而这一回，就连发孚的超人定力都瓦解了。当他猛然转头望向镇长时，他的双臂硬邦邦撑在桌面上，将他粗壮的身躯从座位上足足举起一英寸。

第十八章
胜利者

一时之间，仿佛众人的发声系统全部瘫痪。就连愚可也只能木然瞪着瓦罗娜，后来又转向泰伦斯，眼中透出不敢置信的目光。

然后，传来斯汀尖锐的笑声，沉默才终于打破。

斯汀说："这话我相信，真的！我一直都这么说，我说那个当地人受雇于发乎。这就让你们认清发乎是怎样的人，他会雇用当地人去……"

"这是个恶毒的谎言。"

说话的不是发乎而是镇长。他站了起来，双眼闪烁着怒火。

阿贝尔似乎是其中最镇定的一位，他问道："哪一句？"

泰伦斯瞪了他片刻，起初没听懂他的意思，然后才激动万分地说："大亨刚才所说的——我并未受雇于任何萨克人。"

"那女孩说的呢？也是谎言吗？"

泰伦斯用舌尖舔了舔干涩的嘴唇。"不，那是真的，我就是那个心灵改造者。"他又赶紧说，"别那样望着我，罗娜。我没有打算伤害他，后来发生的事都不是我的本意。"说完他再度坐下。

发乎说："这是某种奸计。我不知道你图的究竟是什么，阿贝尔，可是从表面看来，这名罪犯没办法把这项特殊罪状算在自己的账上。只有五大大亨才能拥有必要的情报和管道，这点可以确定。还是你急着要替你的斯汀脱罪，才会安排这个假口供？"

泰伦斯双手紧紧交握，在座椅中倾身向前。"我同样没有拿川陀的钱。"

发乎不理会他。

琼斯是最后一个回过神的。前后有好几分钟，他都无法调整心态，接受镇长并非真正与他同在一个房间，而是在大使馆中另一个角落；他能见到的只是他的影像，那其实不比发乎更为真实，而后者远在二十英里外。他想要走到镇长面前，抓住他的肩膀，单独与他交谈，可是他做不到。他说："在我们让这个人自白之前，争论根本毫无意义。让我们听听细节如何，假如他就是心灵改造者，我们亟须知道那些细节；假如他不是，他试图提供的细节会证明这一点。"

"如果你们想知道事情的经过，"泰伦斯叫道，"我会告诉你们。隐瞒事实再也不会对我有任何好处，毕竟赢家不是萨克就是川陀，所以去你妈的太空吧。这样做，至少给我一个机会把一两件事公诸于世。"

他轻蔑地指着发乎。"这是五大大亨之一。只有五大大亨，正如其中这位大亨说的，才能拥有必要的情报和管道，做到那个心灵改造者所做的事。而且，他真心相信这点。可是他知道些什么？任何一个萨克人又知道些什么？

"经营政府的不是他们，而是弗罗伦纳人！是国务院里那些弗罗伦纳人。他们领取文件，他们填写文件，他们收存文件，是那些文件在治理萨克。当然，我们大多数都温驯得甚至不敢啜泣，但你们可知道，如果我们要做的话，即使在那些该死的大亨面前，我们也能做到什么吗？嗯，你们看到我做到了什么。

“一年前，我在太空航站充当临时交通管制员。那是我接受的训练之一，这有记录可查。不过你们得花点工夫才挖得到，因为台面上的交通管制员是个萨克人。他拥有那个头衔，但由我执行实际工作。在标示着‘当地人员’那个部分，可以找到我的名字。萨克人都不想看那一部分，免得污染了他们的眼睛。

“那天，当地分析局将那个太空分析员的电讯送到航站，并且建议我们派辆救护车去接他的太空船，收到那封电讯的是我。我把安全的部分转告有关单位，关于弗罗伦纳的毁灭则秘而不宣。

“我安排那个太空分析员在郊外的小型航站着陆，并且亲自去接他。我能轻易做到这件事，操纵萨克的绳索都系在我的指尖。别忘了，当时我在国务院。我所做的这些事情，五大大亨哪个也休想办到，除非他命令某个弗罗伦纳人替他执行；而我不需任何人帮助就能独力完成。有关情报和管道的问题，我的解释到此为止。

“我接到了那个太空分析员，将他藏在萨克和分析局都找不到的地方。我尽可能从他口中套出有关的资料，并开始利用这些资料帮助弗罗伦纳对抗萨克。”

发孚勉强吐出几个字。“第一封信是你写的？”

“第一封信是我写的，大亨。”泰伦斯平静地说，“我以为能逼你们将大部分蓟茼田交到我手中，好让我有足够的筹码和川陀打交道，把你们赶出那颗行星。”

“你疯了。”

“也许吧，反正没有成功。我曾经告诉那个太空分析员，说我就是发孚大亨。我必须那样做，因为他知道发孚是该行星上最有影响力的人；而且只要他以为我是发孚，他就会愿意言无不尽。他还以为发乎渴望尽一切力量帮助弗罗伦纳，我知道后忍不住哈哈大笑。

“不幸的是，他比我更没耐性。他坚称损失一天就是一场大祸，而我却明白，我和萨克打交道比任何事更需要时间。我发觉难以控制他，最后不得不动用心灵改造器。我有办法弄到一台，我曾在医院中看过怎样使用，我对这种仪器有些了解，遗憾的是了解得不够。

“我设定好改造器，准备消除他心灵表层的焦虑。那是个简单的手术，我至今不明白发生了什么事。我想那些焦虑一定藏得很深、很深，改造器自然而然追了下去，将大部分意识层一起挖出来，剩下的就是个心智全无的白痴……我很抱歉，愚可。”

愚可一直在专心聆听，此时他悲伤地说：“你不该那样对我，镇长，但我十分了解你的感受。”

“没错，”泰伦斯说，“你在那颗行星上住过，你了解巡警和大亨，以及下城和上城的区别。”

他继续述说他的故事。“所以在我手中的，是个完全丧失心智的太空分析员。我不能让任何可能查到他身份的人发现他；我也不能杀掉他，我确信他的记忆将会恢复，而我仍然需要他的知识，更遑论杀了他便无法获得川陀与分析局的善意回应，那是我终将需要的。此外，在那个时候，我还下不了这种毒手。

“我安排自己调回弗罗伦纳去当镇长，我利用伪造的文件带着那个太空分析员同行。我安排他被人发现，我挑选瓦罗娜照顾他。从此没有任何危险，例外的只有被那名医生发现的那次。为此我不得不闯进上城的电厂，这并非不可能，那些工程师虽然是萨克人，不过守卫都是弗罗伦纳人。在萨克的时候，我学到足够的电机工程知识，懂得如何令一条输电线短路。我花了整整三天，才找出破坏输电线路的正确时间。从此以后，我杀人就容易多了。不过，我从来不知道，那名医生在上下两间诊所各保存一份记录，我真希望未曾疏忽。”

泰伦斯能从他的座位看到发乎的精密时计：“后来，一百小时之前——似乎就像一百年前——愚可开始恢复记忆。整个故事就是这样，现在你们都知道了。”

“不，”琼斯说，“还没有。这位太空分析员说的有关行星毁灭的故事，它的细节究竟如何？”

“你以为我了解他说的那些细节吗？那是一种——对不起，愚可——疯话。”

“不是，”愚可火了，“不可能是疯话。”

“这位太空分析员有艘太空船，”琼斯说，“现在它在哪里？”

“早就送到废物堆去了。”泰伦斯说，“遵照一道命令办的，命令由我的上司签署。当然，萨克人从来不读公文，我毫无困难就把它报废了。”

“那么愚可的文件呢？你说他给你看过一些文件！”

“把那个人交给我们，”发乎突然说，“我们会问出他知道的一切。”

“不，”琼斯说，“他最初的罪行是与分析局为敌。他绑架一名太空分析员，并且损伤他的心灵，他应该是我们的。”

阿贝尔说：“琼斯说得对。”

泰伦斯道：“给我听好。要是没有安全保证，我一个字也不会说。我知道愚可的文件在哪里，不论萨克人或川陀人都永远找不到。如果你想得到那些文件，你必须承认我是个政治难民。我所做的都是出于爱国心，出于我们行星的需要。萨克人或川陀人都能自称是爱国者，弗罗伦纳人又为何不可？”

“大使曾经说过，”琼斯道，“会把你交给分析局。但我向你保证，我们不会将你移交萨克。由于你曾经迫害这位太空分析员，你将因此受到审判。我无法保证结果如何，但如果你现在跟我们合作，我们就会从轻发落。”

泰伦斯以凌厉的目光望向琼斯，然后说：“我愿在你身上碰碰运气，博士……根据那个太空分析员的说法，弗罗伦纳的太阳正处于爆前新星阶段。”

“什么！”除了瓦罗娜，其他人都发出这声或类似的惊叹。

“它就快要‘砰’的一声炸成灰烬了。”泰伦斯以讥讽的口吻说，“当这件事发生的时候，弗罗伦纳上所有的一切将被气化，像是化作一缕轻烟。”

阿贝尔说：“我不是个太空分析员，但我曾经听说，根本没有办法预测一颗恒星何时会爆炸。”

“那是事实，至少直到目前为止。愚可有没有解释他为何会这么认为？”琼斯问道。

“我想他在文件中有所说明，我能记得的只是它跟碳原子流有关。”

“什么？”

“他当时一直在说：‘太空碳原子流，太空碳原子流’，此外还有‘催化效应’，就是这些了。”

斯汀吃吃傻笑，发孚皱起眉头，琼斯睁大双眼。

然后琼斯低声道：“失陪一下，我马上就回来。”他走出接收空间的范围，随即消失无踪。

十五分钟后，他又回到原位。

琼斯回来之后，立刻慌慌张张四下张望。除了阿贝尔与发孚，其他人都不见了。

他说:“他们到……”

阿贝尔立刻打断他的话:“我们两人在等你，琼斯博士。那位太空分析员和那个女孩正在前往大使馆的途中，这场会议已经结束。”

“结束！银河啊，我们才刚开始呢。我一定得解释一下新星形成的可能性。”

阿贝尔在座位上不安地来回挪动。“没有必要那样做，博士。”

“非常有必要，有绝对的必要，给我五分钟的时间。”

“让他说吧。”发乎一面说，一面露出微笑。

于是琼斯说:“我得从头说起。在银河文明最早有案可查的科学文献中，人类已经知道恒星的能量来自它们内部的核反应。此外人类还知道，在已知的恒星内部物理条件下，刚好只有两种核反应可能产生必需的能量，两者的结果都是氢核转化为氦核。第一种是直接的反应：两个氢核和两个中子结合，形成一个氦原子核。第二种是间接的反应，包括数个步骤，最后的结果仍是氢核变为氦核，但在几个中间步骤有碳核参与。这些碳原子核不会被用掉，在反应进行中会重新产生，因此微量的碳核可一用再用，而将大量的氢核转化成氦核。换句话说，碳原子核扮演一种催化剂的角色。这些理论都可以追溯到史前时代，追溯到人类局限于一颗行星的时期，倘若真有这样一个时期的话。”

“如果这些大家都知道，”发乎说，“我就要说你这番话毫无用处，只是在浪费时间而已。”

“但我们知道的就只有这些。恒星究竟使用哪一种核反应，或是两者同时使用，这点从来没人能够确定。长久以来，支持两种可能性的学派都一直存在。通常大多数意见偏向直接的氢—氦转化，因为它是两者中较简单的一种。

“好，愚可的理论一定是这样：氢—氦直接转化是恒星能量的正常来源，但是在某些情况下，碳核催化作用的重要性增加，加速了间接转化过程，使恒星的温度升高。

“太空中有许多原子流，这点你们都很清楚，而其中有些是碳原子流。通过这些原子流的恒星会吸取无数原子，然而恒星所吸引的原子总质量，与恒星本身的质量简直无法相比，根本不会造成任何影响。只有碳原子例外！要是通过一道含碳浓度非比寻常的原子流，恒星就会变得不稳定。我不知道需要经过多少年、多少世纪，或是需要几百万年，碳原子才能扩散到恒星内部，不过大概需要很长一段时间。这就意味着碳原子流必须够宽，而恒星的轨迹与它的交角必须够小。总之，一旦浸透至恒星内部的碳原子超过某个临界值，恒星的辐射量就会突然暴涨。在不可思议的剧烈爆炸中，恒星的外层将尽数崩溃，这就形成了新星。

“你们明白了吗？”

琼斯等着他们的反应。

发孚说：“根据镇长记忆中那个太空分析员一年前讲的几句空话，你就在两分钟内想通这一切？”

“是的，没错，这根本没什么好惊讶的。太空分析已累积了足够的知识，即使愚可没有提出这个理论，也很快会有别人提出来。事实上，以前就有类似的理论出现，可是从未受到正视。那些理论是在太空分析技术发展之前提出来的，当时无人能解释那些恒星如何突然获得过量的碳核。

“可是现在我们知道太空中有碳原子流，我们可以画出它们的路径，找出过去一万年来有哪些恒星与这些路径相交，再用我们的新星形成及辐射变化记录核对这些结果。愚可做的一定就是这项研究，他试图对镇长说明的一定是他的计算与观测。不过这些全都不是眼前的重点。

“现在必须安排的是立即开始疏散弗罗伦纳。”

“我就知道结论会是这样。”发孚神色自若地说。

“我很抱歉，琼斯，”阿贝尔道，“但那几乎是不可能的。”

“为什么不可能？”

“弗罗伦纳的太阳什么时候会爆炸？”

“我不知道。愚可一年前就急得不得了，所以我想我们没有多少时间。”

“但你不能定出一个日期？”

“当然不能。”

“你什么时候能定出一个日期？”

“根本无法保证。即使我们拿到愚可的计算，还需要从头到尾检查一遍。”

“你能保证结果将证明那位太空分析员的理论正确无误？”

琼斯皱起眉头。“我本人十分确定，但是没有科学家能预先为任何理论担保。”

“那么就是说，你要我们疏散弗罗伦纳，纯粹是根据一项臆测。”

“我认为整个行星的人命不是可以拿来冒险的。”

“假使弗罗伦纳是个普通的行星，我会同意你的话。可是弗罗伦纳是整个银河的蓟葿来源，所以这件事办不到。”

琼斯气呼呼地说：“这就是我不在的时候，你和发孚达成的协议吗？”

发孚加入讨论，他说：“让我来为你解释，琼斯博士。萨克政府绝不会同意疏散弗罗伦纳，哪怕分析局声称拥有这个新星理论的确实证据。而川陀也无法强迫我们，整个银河虽有可能为维持蓟芾贸易而支持对萨克开战，却绝对不会支持一场结束蓟芾贸易的战争。”

“正是如此，”阿贝尔说，“只怕我们自己的同胞也不会支持这样一场战争。”

琼斯觉得内心泛起一阵强烈的反感。与经济的必要性比较之下，整个行星的人命根本不算什么！

他说：“听我解释，这并非一颗行星的问题，而是攸关整个银河。如今银河每年足足产生二十颗新星；此外在银河千亿颗恒星中，约有两千颗的辐射特征会出现极大变异，使周围的可住人行星变得不适于人类居住。人类目前分散在银河内一百万个恒星系中，这就代表平均每五十年，某处一颗住人行星就会变得太热而无法再维持生命，历史记录中这种事例比比皆是。而平均每五千年，某颗住人行星就有一半的机会在新星爆炸中化为气体。

“假如川陀对弗罗伦纳不闻不问，让上面的居民和它一起气化，那等于对银河全体人类发出一道讯息：当他们自己大难临头时，如果救援他们会阻挠少数权贵的经济利益，他们就休想指望有人会伸援手。你能冒这个险吗，阿贝尔？

“反之，如果对弗罗伦纳伸出援手，你就证明了川陀将它对银河黎民的责任置于维护财产之上，川陀将赢得武力绝对无法赢得的人心。”

阿贝尔低下头来，又以困倦的动作摇了摇头。“不行，琼斯。你说的话令我心动，可是它不切实际。任何终止蓟芾贸易的企图所必将引发的政治效应，我不能指望靠情感来化解。事实上，我认为避免调查这个理论或许才是聪明的。光是想到它可能是真的，便足以造成莫大的伤害。”

“但如果它的确是真的呢？”

“我们必须根据否定的假设行事。我猜，刚才你离开一下，是去和分析局联络。”

“是的。”

“无论如何，我想川陀会有足够的影响力终止他们的调查。”

“只怕未必，这些调查不会终止。两位先生，我们很快就会得到廉价蓟茼的秘密。在一年内，不论是否真有新星存在，蓟茼的垄断将不复存在。”

“你是什么意思？”

“这场会议现在才讨论到真正的重点，发孚。在所有的住人行星中，蓟茼只在弗罗伦纳生长。在其他各处，它的种子只能产生普通的纤维素。就几率而言，在所有的住人星系中，目前或许只有弗罗伦纳的太阳处于爆前新星阶段。而且，或许在它刚进入碳原子流的时候，大概在好几千年前，它就变成了一颗爆前新星，只要两者的交角足够小。如此看来，蓟茼与爆前新星阶段似乎很可能同出一源。”

“胡说八道。”发孚说。

“是吗？为什么蓟茼在弗罗伦纳上是蓟茼，而在别处就是棉花，这点必有个中缘由。科学家在其他的行星，试了很多人工生产蓟茼的方法，但那些试验都是盲目的，所以他们总是失败。现在，他们将知道爆前新星是关键因素。”

发孚以轻蔑的口吻说：“他们曾经试过复制弗罗伦纳之阳的辐射性质。”

“利用特制的弧光，没错，但那只能复制可见光与紫外线光谱。红外线和更远端的辐射又如何呢？磁场又如何呢？电子发射又如何呢？宇宙线效应又如何呢？我不是物理生化学家，所以可能还有我根本不知道的因素。可是全银河的物理生化学家马上会开始研究，不出一年，我向你们保证，他们就会找到答案。

“现在，经济情势站到了人道这一边。全银河的人都想要廉价的蓟莆，要是他们找到了，甚至只是猜想不久便能找到，他们就会希望弗罗伦纳疏散一空。这并非只是出于人道考量，也是由于他们亟欲扳倒靠蓟莆敛财的萨克人，这一天终于给他们等到了。”

“你别吓唬人！”发孚咆哮道。

“你这样想吗，阿贝尔？”琼斯追问，“假如你帮助那些大亨，那么在世人眼中，川陀不会是蓟莆贸易的救主，反而是垄断蓟莆的帮凶。你能冒这个险吗？”

“川陀能冒着战争的危险吗？”发孚反问。

“战争？荒唐！大亨，一年之内，不论有没有新星，你在弗罗伦纳上的产业都将一文不值。卖掉吧，卖掉整个弗罗伦纳，川陀买得起。”

“买下一颗行星？”阿贝尔惊慌失措地说。

“有何不可？川陀有这个钱，而且因此赢得的天下人心，将值回上千倍的代价。如果告诉他们你在拯救数亿生灵还不够，那么再告诉他们你会为他们带来廉价的蓟莆，那就一定行了。”

“我会考虑考虑。”阿贝尔说。

阿贝尔望向发孚，这位大亨垂下了眼睑。

顿了好一阵子，他也说了一句：“我会考虑考虑。”

琼斯发出刺耳的笑声。“别考虑得太久。蓟莆的秘密很快就会传开，没有任何办法挡得住。到了那个时候，你们两人不会再有行动的自由，现在两位还能谈个较好的买卖。”

镇长似乎泄了气。“确定是真的吗？”他不断重复，“确定是真的？弗罗伦纳要消失了？”

“这是真的。”琼斯说。

泰伦斯展开双臂再垂下来：“如果你想要愚可的那些文件，它们藏在我的镇上，和人口统计资料放在一起。我特别选了一批尘封的档案，是至少一世纪前的记录，没有人会因为任何理由翻查那些资料。”

“听我说，”琼斯道，“我确定我们能和分析局达成一项协定。我们在弗罗伦纳将需要一个人，他必须了解弗罗伦纳的同胞，必须能告诉我们如何向他们解释这些事，如何以最佳的方式进行疏散，如何挑选最合适的避难行星。你愿意帮我们吗？”

“你的意思是要我这样将功赎罪？谋杀罪就这么一笔勾销？我会不答应吗？”镇长双眼突然涌出泪水，“但我终究是输了。我将失去我的世界，失去我的家园。我们全都输了，弗罗伦纳人输掉他们的世界，萨克人输掉他们的财富，川陀人输掉他们得到那笔财富的机会，根本没有任何赢家。”

“除非你了解，”琼斯柔声道，“在一个新的银河中——一个不受恒星不稳定性威胁的银河，一个人人都有葡萧的银河，一个政治统一近在眼前的银河——终归会有许多赢家。一千兆个赢家，整个银河的人民，他们全都是胜利者。”

尾　声

一年后

“愚可！愚可！”沙姆林·琼斯跑过航站着陆场，快步奔向太空船，他的双臂同时张开，“还有罗娜！我真认不出你们两人了。你们好吗？你们好吗？”

“我们好得不能再好了。我看得出来，你收到我们发的信了。”愚可说。

“当然。告诉我，你们对这一切有何感想？”他们一同向琼斯的办公室走去。

瓦罗娜悲伤地说：“今天上午我们回到镇上，田野间空空荡荡。”现在她穿着帝国妇女的衣裳，不再像个弗罗伦纳的农妇。

“没错，对于在这儿生活过的人来说，看来一定十分荒凉。甚至连我也觉得越来越荒凉，但我会尽可能待久一点，弗罗伦纳之阳的辐射数据有极重大的理论价值。”

“不到一年的时间，就完成这么大规模的疏散！这显示了极佳的组织能力。”

“我们全力以赴，愚可。哦，我想我该用你的真名称呼你。”

“请别那样做，我再也不会习惯。我就是愚可，这仍是我唯一记得的一个名字。”

琼斯说：“你有没有决定是否要继续太空分析的工作？”

愚可摇了摇头。“我已下定决心，但我的决定是，不。我再也无法唤回足够的知识，那部分已经永远消失。不过，这不会对我造成任何困扰。我准备回地球去……对了，我希望能够见到镇长。”

“恐怕办不到，他决定今天休一天假。我想他宁愿不跟你见面，他有罪恶感，我这么想。你对他不会怀恨在心吗？”

愚可说：“不会，他本无恶意，而且在许多方面，他都使我的生活变得更好。比方说，让我遇到了罗娜。”他用一只手臂搂住她的肩膀。

瓦罗娜望着他微微一笑。

“此外，”愚可继续说，“他帮我治好一个毛病。我弄懂了自己为何要当太空分析员，也了解了为何将近三分之一的太空分析员招募自同一颗行星——地球。住在一个带有放射性的世界上，任何人必定都在恐惧与不安全感中成长。一失足就可能丧命，我们那颗行星的地表成了我们最大的敌人。

“这就在我们心中形成一种焦虑，琼斯博士，一种对行星的恐惧。我们只有在太空中才会快乐，那是我们唯一能感到安全的地方。”

“现在你不再有那种感觉了，愚可？”

“我当然不会了，我甚至不记得曾有那种感觉。你看，这就对了。镇长当初设定那具心灵改造器，是为了除去我的焦虑，但他却忘了设定强度。他以为要对付的是个最近的、表面的问题，却根本不知道这个焦虑已经根深蒂固，于是被他一股脑都给清掉了。就某个角度而言，的确值得把它清掉，即使许多其他的东西也会随之而去。如今我不必待在太空，我可以回到地球，我可以在那里工作。而地球需要人手，它永远需要。”

“你知道吗，”琼斯说，“我们为何不能像帮助弗罗伦纳那样帮助地球？没有必要让地球人在那种恐惧与不安全感中成长，银河大得很。”

“不，”愚可激动地说，“这是两种不同的情况。地球有它的过去，琼斯博士。很多人也许不相信，但我们地球人都知道，地球是人类的起源行星。”

“嗯，或许吧，我不敢说是对是错。”

“绝对没错。它是一颗不能离弃的行星，一定不能离弃它。总有一天我们会令它改变，将它的表面变回过去必曾拥有的面貌。在此之前——我们要留下来。”

瓦罗娜轻声道：“而我现在是个地球女子。”

愚可正望向地平线，上城鲜艳夺目依旧，可是居民都走光了。

他问：“还有多少人留在弗罗伦纳？”

“大约两千万。”琼斯说，“我们将进展逐步放慢，我们的撤离必须保持平衡。还没撤走的那些人，在这几个月里，必须始终维持一个完整的经济体。当然，重新安顿的工作还在最初阶段。撤离者大多仍住在邻近世界的临时收容营，会有一段无可避免的艰苦日子。”

“最后一个人将在何时离开？”

“永远不会，真的。”

“我不了解。”

“镇长非正式地申请留下来，他的申请已被批准，同样是非正式地。这件事不会留下公开记录。”

“留下来？”愚可十分震惊，“可是看在整个银河的份上，为什么呢？”

“我本来不知道，”琼斯说，“可是我想你自己在谈到地球的时候提出了合理的解释。而他的感觉和你一样，他说他不忍心让弗罗伦纳孤独地死去。”

后　记

《星空暗流》创作于一九五一年，于一九五二年首度发表。在那个时代，有关新星形成的天体物理学相当粗浅，因而我对“碳原子流”的臆测还算合理。天文学现在已有长足的进步，似乎已能肯定太空原子流的本质与新星形成毫无瓜葛（然而，事实上，如今星际气体尘埃云的分析变得更有趣，远超过我在一九五一年的想象）。这实在太糟了，因为我对太空原子流的臆测是如此巧妙（在我看来），我觉得它应该就是真理。话说回来，宇宙自有其行事方式，不会只为了对我的巧思致敬而改变心意。因此我只好请各位读者不要追究新星形成的真相，姑且依据本书的逻辑来欣赏（假设您的确欣赏）这个故事。

艾萨克·阿西莫夫

阿西莫夫
银河帝国系列

基地系列

银河帝国：基地（Foundation）

银河帝国2：基地与帝国（Foundation and Empire）

银河帝国3：第二基地（Second Foundation）

银河帝国4：基地前奏（Prelude to Foundation）

银河帝国5：迈向基地（Forward the Foundation）

银河帝国6：基地边缘（Foundation's Edge）

银河帝国7：基地与地球（Foundation and Earth）

机器人系列

银河帝国8：我，机器人（I, Robot）

银河帝国9：钢穴（The Caves of Steel）

银河帝国10：裸阳（The Naked Sun）

银河帝国11：曙光中的机器人（The Robots of Dawn）

银河帝国12：机器人与帝国（Robots and Empire）

帝国系列

银河帝国13：繁星若尘（The Stars, Like Dust）

银河帝国14：星空暗流（The Currents of Space）

银河帝国15：苍穹一粟（Pebble in the Sky）

读客科幻文库

跟着读客读科幻，经典科幻全看遍。

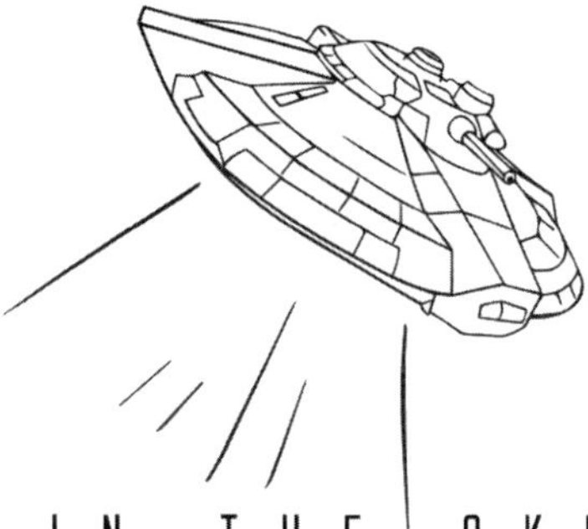

PEBBLE IN THE SKY

银河帝国

⑮苍穹一粟

[美]艾萨克·阿西莫夫 著
叶李华 译

江苏凤凰文艺出版社
JIANGSU PHOENIX LITERATURE AND ART PUBLISHING

医疗预防

目　录

第一章
两步之间

约瑟夫·史瓦兹从他熟悉的地球上永远消失之前两分钟，正在芝加哥市郊赏心悦目的街道上闲逛，心中默念着伯朗宁的诗句。

这可以说是件颇为奇怪的事，因为在任何一位路过的行人看来，史瓦兹都不像那种会吟诵伯朗宁的人。他的外表与真实身份完全一致：一个退休的裁缝，从未受过当今文明人所谓的“正规教育”。然而，受到求知欲的驱策，他随兴读过许多东西。由于对知识的饥不择食，他对各种学问都稍有涉猎，且拜极佳的记忆力之赐，读过的东西都能记得一清二楚。

比如说，当他较年轻的时候，曾经读过两遍罗勃·伯朗宁的长诗《宾·以斯拉博士》，所以当然印象深刻。虽然大部分内容已模糊不清，但是过去这几年来，开头的三句却一直徘徊不去，仿佛心脏的律动一般。而今天，一九四九年的初夏，一个非常晴朗明媚的日子，他又自言自语吟哦着，深深沉浸在宁静的心湖中：

“与我共同老去！

良辰美景可期，

生命的终点，何尝不是源头的目的……”

史瓦兹能充分体会这个意境。他少年时期在欧洲吃了许多苦，成年后来到美国，又为生存奋斗了半辈子，相较之下，一个平静、安逸的晚年算是很大的福气。他住着自己的房子，口袋里有自己的积蓄，他已经可以退休，也的确这样做了。他的妻子身体健康，两个女儿婚姻美满，有个外孙陪伴他度过美好的晚年，还有什么值得他担心的？

当然，原子弹是个大问题。但史瓦兹始终深信人性本善，认为不会再有另一场大战发生，地球上也不会再出现原子怒爆所造就的炼狱。因此，他对路过的儿童投以宽容的微笑，并在心中暗自为他们祈福，愿他们能迅速顺利地度过少年期，将来的日子则是平安幸福的良辰美景。

前面走道中央躺着一个布娃娃“褴褛安妮”，正对他发出痴痴的微笑。他看到这个弃儿，便赶紧抬起脚来，不忍踩在它身上。当他的脚尚未完全着地时……

核能研究所坐落在芝加哥另一个角落，其中的成员掌握着有关人性的精粹理论，不过他们又有几分惭愧，因为直到目前为止，还没有人发明出测量人性的定量装置。每当他们想到所谓的人性时，常会祈望上天显灵，别让人性（与该死的天分）将每样无邪而有趣的发现，都转变成可怕的杀人武器。

然而，一名研究员，即使平日不会出于良知，中止足以毁灭半个地球的核能研究，在危急的时刻，他却可能冒着生命危险，去拯救一个普通同胞的性命。

最初引起史密斯博士注意的，是年轻化学家身后出现的一道蓝光。

当时他正经过那扇半掩着的门，立刻停下脚步向内望去。里面有位年轻开朗的化学家，正在一面吹着口哨，一面将量瓶中量妥的溶液倒出来。溶液中有些白色粉末，正在缓缓扩散，于某个特定时刻溶解成液体的一部分。一时之间虽看不出什么异状，但在下一刻，最初令史密斯博士驻足的直觉驱使他即时采取行动。

他急忙冲进实验室，抓起一把码尺，将实验台上的东西尽数扫落。有些熔融的金属洒在地板上，发出可怕的“嘶嘶”声。此时，史密斯博士感到一滴汗珠滑到鼻尖。

年轻化学家茫然地瞪着混凝土地板，原本飞溅开来的银色金属，这时已凝固成薄薄的斑痕，但仍辐射出极强的热量。

他含糊地问道：“怎么回事？”

史密斯博士耸了耸肩，自己也有点心神恍惚。“我不知道，你告诉我……这里发生了什么事？”

“这里什么事也没有，”年轻化学家喃喃抱怨，“那只不过是生铀的样品，我正要进行电解铜测定……我不知道能有什么事发生。”

“不管发生了什么事，年轻人，我能告诉你我看到了什么。那个白金坩埚放出一道晕光，这就代表有强烈的放射线产生。铀，你是这么说的吗？”

“是的，但只是生铀罢了，那并不危险。我的意思是，极高纯度是产生核分裂最重要的条件之一，对不对？”他很快舔了舔嘴唇，“你认为是核分裂吗，博士？它并不是钚，也没受到轰击。”

“此外，”史密斯博士深思熟虑地说，“即使它很纯，它也在临界质量之下。”他看了看皂石台，又看了看柜橱表面烧得起泡的油漆，以及混凝土地板上的银色斑纹。“可是铀大约在1130摄氏度时才会熔化，我们目前对核反应现象还不太了解，因此绝不能掉以轻心。总之，此地一定已经充满杂散的放射线。等这团金属冷却后，年轻人，你最好把它刮下来，收集在一起，进行彻底的分析。”

他若有所思地环顾四周，然后走向另一侧的墙壁。墙上有个大约与肩头同高的斑点，这又令他感到不安。

“这是什么？”他对那位化学家说，“它一直在这里吗？”

“什么，博士？”年轻人紧张兮兮地向前走去，然后盯着博士所指的斑点。其实那是个小圆孔，有可能是将一根细铁钉敲进墙壁，再拔出来后所造成的结果。不过，那根钉子必定贯穿了灰泥与红砖建成的墙壁，因为阳光能从那个小孔透进室内。

年轻化学家摇了摇头。“我从来没见过，但我也从未仔细寻找，博士。”

史密斯博士什么也没说，他缓缓向后退去，退到了恒温器旁。恒温器是薄铁皮制成的平行六面体，借着电动机带动搅拌器转个不停，使内部的水永无休止地团团打转。位于下方充作热源的电灯泡，则随着水银继电器一开一关的“咔嗒”声，发出时明时灭、令人心神涣散的闪光。

“好的，那么，这个斑点以前就有吗？”说完，史密斯博士伸出手指，轻轻刮着位于恒温器侧面、接近顶端的那个斑点。那是个钻透铁皮的完美微小圆孔，它比恒温器的水面还要高出一点。

年轻化学家睁大了眼睛。“不，博士，原来绝对没有，这点我可以保证。”

“嗯，另一侧也有一个吗？”

“哼，没有才见鬼呢。我的意思是有，博士！”

“好吧，你过来这里，从这两个小孔看出去……把恒温器关上，拜托，就维持那个姿势。”他一根手指按在墙壁的小孔上，

“你看到了什么？”他叫道。

“我看到你的手指，博士，那就是小孔的位置吗？”

史密斯博士并未回答，他故作冷静地说：“向另一个方向看去……现在你看到了什么？”

“什么也没看到。”

“可是原来盛铀的那个坩埚，刚才正好就放在那里。你看到的正是那个位置，对不对？”

“我想是吧，博士。”回答得很勉强。

实验室的门始终没关上，史密斯博士瞥了一眼门上的门牌，再以冷漠的口气说：“坚宁斯先生，这绝对是最高机密，你不可对任何人提起这件事，明白吗？”

“绝对不会，博士！”

“那么，让我们离开这里吧。我们去请放射处理人员来检查这个地方，你我都得在医务室关上一阵子。”

“你的意思是，放射线灼伤？”年轻化学家脸色发青。

“我们很快就会知道。”

结果，两人都没有遭放射线灼伤的明显迹象。红血球数量正常，发根也未显出任何异状。恶心的感觉最后被诊断为心理作用，此外也没有其他症状出现。

而在整个研究所中，不论当时或是后来，始终没有任何人提出解释——坩埚中的生铀比临界量少很多，而且没有受到中子轰击，为何会突然熔化，并辐射出可怕而影响深远的晕光。

唯一的结论是，核物理学还有古怪而危险的漏洞存在。

史密斯博士最后虽然写了一份报告，却没有完全照实叙述。他未曾提到实验室中出现的小孔，更没有提到它们的大小——最接近坩埚原来位置的小孔几乎看不见；恒温器另一侧的小孔则稍微大些；而远处墙壁上的那个小孔，却足以穿过一根铁钉。

一道循着直线扩散的光束，沿着地球表面行进数英里之后，地球的曲率才会使它充分偏离地表，而无法继续造成危害。但在此之前，它的截面已能有十英尺宽。等到偏离地球，进入虚无的太空后，它还会继续扩散，强度则不断减弱，成为宇宙结构中奇异的一环。

他从未将这个奇想告诉任何人。

他也从来没有告诉任何人，说事发后第二天，他人还在医务室中，就特地要来早报，仔细读着每一条新闻。至于想找什么消息，他心里完全有数。

可是在一个大都会中，每天都有许多民众失踪。并没有人带着一个荒诞的故事，大惊小怪地跑去找警察，说在他的眼前，有一个人（或是半个人？）突然消失。至少，报纸上没有这样的记载。

最后，史密斯博士强迫自己忘掉这件事。

对约瑟夫·史瓦兹而言，那则是发生于两步之间的变化。他当时正抬起右脚，想要跨过那个褴褛安妮，突然间却感到一阵昏眩。仿佛在这么短的时间中，一股旋风便将他举起来，使他感到内脏全部翻出体外。当右脚再度着地时，他重重吐了一大口气，感到自己正缓缓缩成一团，同时滑倒在草地上。

他闭着双眼，等了很长一段时间，才重新张开眼睛。

这是真的！他坐在一片草地上。可是在此之前，他正在混凝土道路上行走。

所有的房舍都不见了！那些白色的房子，每一栋前面都有草坪，一排一排整整齐齐，现在全部不见了！

他坐的地方不是草坪，因为这片草地太过茂密，而且未经人工修剪。此外周围有不少树木，许许多多的树木，远方地平线上还有更多。

当他看到那些树木时，他受到的惊吓达到了顶点，因为树上的叶子有些已经变成红色，而他的掌缘则摸到又干又脆的落叶。他虽然是城里人，秋天的景致还是不会看走眼的。

秋天！可是，他刚才举起右脚时还是六月，四周都是充满生气的绿油油一片。

他刚想到这点，便自然而然望向双脚。接着他发出一声尖叫，伸手向前抓去……他原本想跨过的那个布娃娃，是真实的小小象征，是……

咦，不对！他以颤抖的双手抓住布娃娃，将它翻来覆去看了半天。它已不再完好，却没有坏得一塌糊涂，而是从中一剖为二。这不是很奇怪吗！从头到脚非常整齐地切开，里面填充的线头完全没有弄乱。只是每条线头都被切断，而且断口十分平整。

此时，左脚鞋子上的亮光吸引了史瓦兹的注意。他勉力将左脚抬到右膝上，双手仍抓着那个布娃娃。结果他发现鞋底的最前端，也就是比鞋帮还要突出的部位，同样被整整齐齐切掉。那样光滑的断口，世上没有任何鞋匠手中的刀割得出来。从这个难以置信的光滑切口上，闪耀出几乎可谓澄澈的光芒。

史瓦兹的困惑沿着脊髓上升，一直达到大脑，终于使他吓得全身僵硬起来。

最后，他开始大声说话，因为即使是自己的声音，也能为他带来安慰。除此之外，周围的世界已是全然的疯狂。他所听到的，则是低沉、紧张而带着喘息的声音。

他说："首先我能确定，我没有发疯。我的感觉和过去一模一样……当然，假如我真疯了，我也不会知道，不是吗？不——"他感到体内歇斯底里的情绪开始上升，赶紧尽力将它压下去。"一定另有可能的解释。”

他寻思了一番，又说：“一个梦，也许吧？我又怎么知道这是不是梦呢？”他掐了自己一下，立刻感觉到疼痛，但他仍摇了摇头。“我总是能梦见自己感到被捏痛，这可不是什么证据。”

他绝望地四下张望。梦境能够这么清晰、这么详细、这么持久吗？他曾读过一篇文章，说大多数梦境顶多持续五秒钟，都是由睡眠中轻微的干扰诱发的，而人们感到梦境持续很久，则完全是一种假象。

这样自我安慰，简直是弄巧成拙！他撩起衬衣的衣袖，盯着戴在腕上的手表。秒针不停地转了又转，转了又转。假如是一场梦，这五秒钟简直长得令人发疯。

他向远方望去，并伸手擦了擦额头上的冷汗。“会不会是失忆症？”

他没有回答自己的问题，只是慢慢将头埋进双手之中。

假使当他抬起脚的时候，他的心灵从熟悉的、长久以来忠实追随的轨道上滑开……假使三个月后，到了入秋时分；或是一年零三个月后；或是十年零三个月后，他来到这个陌生的地方，迈出这个脚步之际，他的心灵恰好归来……啊，那就会好像只有一步，而这一切……那么，过去这段时间，他究竟在哪里，又做过些什么事？

“不！”他高声喊出这个字。不可能是这样！史瓦兹看了看身上的衬衣，正是他今天早晨穿上的那件，或者应该说想必是今天早晨，而它现在还是一件干净的衬衣。他突然想起一件事，连忙将手伸进外套口袋中，掏出了一个苹果。

他发狂地猛咬那个苹果，它非常新鲜，而且仍带一丝凉意，因为两小时前它还在冰箱里——或者说，应该是两小时前。

而那个小布娃娃，又该如何解释呢？

他感到自己快要疯狂了，这一定只是一场梦，否则他就真的精神错乱了。

他又注意到时辰也有了变化。现在已经接近黄昏，至少影子都拉长了。突然间，周遭的死寂与荒凉涌入他的脑海，令他感到不寒而栗。

他摇摇晃晃地站起来。他得去找人，任何人都好，这很明显。他也得找到一间房子，这同样很明显。而想找到人家，最好的办法是先找到一条路。

他自然而然转向树木显得最稀疏的方向，迈步向前走去。

最后，他终于找到一条笔直、毫无特色的沥青碎石路，此时黄昏轻微的凉意已钻进他的外套，树梢则变得暗淡而模糊不清。他感动得热泪盈眶，连忙向那条路奔去，脚底下坚实的感觉实在太可爱了。

可是，前前后后都看不见任何东西，一时之间，他感到寒意再度攫获自己。他原本希望能遇到汽车，再向车中的人挥挥手，问道（他热切地大声喊了出来）：“是不是要去芝加哥？”那是再简单不过的事。

假如他根本不在芝加哥附近，那该怎么办？没关系，任何一个大城市都好，只要能找到电话。他口袋里只有四元二角七分，但警察总该到处都有……

他沿着公路向前走，故意走在正中央，而且不断向前后两方张望。他并未注意到太阳下了山，也没注意到第一批星辰已出现在天际。

没有汽车，什么都没有！四周马上就要黑得伸手不见五指。

这时，他以为原先的昏眩又回来了，因为左方的地平线竟然闪闪发光。从树林的隙缝间，可以看到蓝色的冷光。那不是森林火灾，在他的想象中，森林大火应该是跃动的红色火焰，他看到的却是幽暗、弥散的光芒。此外，脚下的碎石路似乎也微微发亮。他弯下腰摸了摸地面，感觉却很正常。但是，他的眼角的确能看见微弱的闪光。

他不知不觉开始在公路上狂奔，两脚踏出钝重而不规则的节奏。他发现手中还抓着那个破娃娃，马上奋力将它抛到身后。

生命的残躯，还对他频送秋波……

他突然慌忙停下脚步。不论它是什么，总是他神志清醒的一个证明。他绝对需要它！于是他趴在地上，在黑暗中摸索半天，终于找到了那个布娃娃。在极度昏暗的光芒中，它看来好像一团黑炭。填充物全掉了出来，他心不在焉地把它硬塞回去。

然后他再度上路。心情太坏了，根本跑不动，他对自己说。

他的肚子越来越饿，当他看见右侧出现闪光时，他实实在在感到了惊讶。

那是一栋房子，绝对错不了！

他发狂地大叫，却得不到回答，但那的确是一栋房子。经过数小时的恐惧与无以名状的茫然，他终于看到了真实的光芒。他立刻离开公路，朝那个方向奔去，跃过水沟，绕过树林，穿过矮树丛，还跨过一条小溪。

真奇怪！连小溪中也闪烁着磷光！不过，注意到这件事的，只有他心思中极小的一部分。

他总算来到那栋房舍前，伸手便能触及这座白色的坚实建筑。它的质料非砖非石，也不是由木材建成，不过他丝毫未曾留意；它看来像是平凡而结实的瓷制品，但他也毫不在乎。他唯一的目的是要找一扇门，当他终于找到时，却发现根本没有门铃。于是他使劲踢着门，同时发出恶魔般的吼叫。

他听见屋内起了一阵骚动，其中还夹杂着咒骂。那是别人发出的声音，听来多么可爱，于是他再度大叫。

“嘿，在这里！”

门打开了，伴随着一下微弱而滑润的转动声。一名女子出现在屋内，双眼闪着警戒的目光。她长得又高又壮，在她身后还有一个瘦削的身形，那是个面容严肃的男子，身上穿着工作服……不，不是工作服。事实上，那种衣服是史瓦兹从未见过的，但的确有几分像是工人穿的工作服。

史瓦兹却没心思分析这些。在他的眼中，他们以及他们的服装看来实在漂亮极了。他就像一个孤独已久的人，突然看到老朋友一般兴奋。

那女子开口说了一句话，她的声音很流畅，可是口气相当冰冷。史瓦兹连忙伸手抓住大门，撑住摇摇欲坠的身子。他开始嚅动嘴唇，却说不出任何话。突然之间，那些最骇人的恐惧感又向他袭来，掐住他的气管，捏紧他的心脏。

因为那女子说的语言，史瓦兹从来也没听过。

第二章

处置陌生人的方法

这天傍晚，天气凉爽宜人，洛雅·玛伦与木讷的丈夫亚宾正在玩牌。在房间的某个角落，一名老者坐在电动轮椅上，一面忿忿地将报纸翻得沙沙作响，一面叫道：“亚宾！”

亚宾·玛伦没有立即答应，他仍仔细抚摩着又薄又滑的长方形纸牌，考虑下一张牌该怎么打。当他终于做出决定后，他以一句漫不经心的“你要什么，格鲁”作为回答。

一头白发的格鲁将报纸拉下一点，凶巴巴地望着他的女婿，再次将报纸翻得沙沙作响。他感到那种噪音能为自己带来极大的解脱。倘若一个人精力充沛，却被迫钉在轮椅上，双腿成了两根没用的枯枝，太空在上，那么他一定能找到某种方式，来表达他心中的不满。而格鲁的道具便是报纸，他用力翻扯着，夸张地挥动着，在有必要的时候，还会拿起报纸敲敲打打一番。

格鲁知道，在地球以外的地方，家家户户都备有传讯机，它能将最新消息印在微缩胶卷上，使用标准的阅读机就能阅读。可是格鲁心中瞧不起这种东西，那是种无能而堕落的习惯！

格鲁说：“你有没有读到考古远征队要来地球的消息？”

“没有，我还没看到。”亚宾以平静的口气答道。

格鲁其实是明知故问，因为除了他自己，根本没有人看过今天的报纸，而他们家去年便已不再接收超视。不过，反正他这句话只是用来当开场白。

他说：“嗯，有支考古队要来，而且是帝国资助的。你认为怎么样？”

他开始朗读报纸的内容，语调变得有些古怪，大多数人高声朗读时，都自然而然会改用这种不自然的语调。“贝尔·艾伐丹，帝国考古研究所资深研究员，在接受银河通讯社访问时，满怀信心地说明此次考古研究可预期的重大结果。这一次，他的研究对象是地球这颗行星，它位于天狼星区外缘。参考星图。‘地球，’他说，‘它的古老文明与独一无二的环境，孕育出一个畸形文化，长久以来，我们的社会科学家一直忽视它的重要性，只将它视为当地政府的一个棘手课题。我有充分的理由相信，在未来一两年内，借着对于地球的研究，将为社会演化与人类历史的某些既有基本观念，带来革命性的改变。’等等，等等。”他以华丽的花腔结束了这段朗诵。

亚宾·玛伦没怎么注意听，他咕哝道：“他所谓的‘畸形文化’是什么意思？”

洛雅·玛伦则根本没听进去，她只是说：“轮到你了，亚宾。”

格鲁继续说：“咦，难道你不问我，为什么《论坛报》要刊登这篇报道？你知道如果没有一个好理由，即使付一百万帝国信用点，他们也不会刊登银河通讯社发布的新闻稿。”

他等了半天，却没等到任何回答，于是又说：“因为他们还附了一篇社论，整整一版的社论，把艾伐丹这家伙轰得天昏地暗。这个人想来这里进行科学研究，他们就使尽吃奶力气设法阻止。看看这种煽惑群众的言辞，看看啊！”他将报纸拿在他们面前摇晃，“读一读啊，为什么不读呢？”

洛雅·玛伦放下手中的牌，紧紧抿起薄薄的嘴唇。“父亲，”她说，“我们辛苦了一整天，现在别再谈政治了。等会儿再说好吗？拜托，父亲。”

格鲁面露不悦之色，模仿女儿的口气说：“‘拜托，父亲！拜托，父亲。’我看得出来，你一定对你这个老父亲厌烦透顶，甚至懒得随便说两句，跟他讨论一下时事。我想是我连累了你们，我坐在这个角落，让你们两个人做三人份的工作……这是谁的错？我还很强壮，我愿意工作。你也知道，我的腿只要接受治疗，就一定可以痊愈。”

他一面说话，一面拍打着那双腿。但他只能听见嘹亮的巴掌声，却丝毫感觉不到大力而粗暴的拍打。“我无法接受治疗，唯一的原因是我太老了，已经不值得他们帮我医治。难道你不认为这就是‘畸形文化’吗？一个人明明可以工作，他们却不让他工作，这种世界你还能找出别的形容词吗？众星在上，所谓的‘特殊制度’实在荒谬绝伦，我认为现在该是我们中止这些制度的时候了。它们不只是特殊，简直就是疯狂！我认为……”

他奋力挥舞双臂，由于气血上涌，他的脸孔涨得通红。

亚宾却从椅子上站起来，伸手紧紧抓住老人的肩头。他说：“有什么好心烦的呢，格鲁？等你看完报纸，我一定读一读那篇社论。”

“当然，但你会同意他们，所以这么做有什么用呢？你们这些年轻人，都是一群软骨头，只不过是那些‘古人’捏在手中的海绵。”

此时洛雅厉声道：“好啦，父亲，别提那种事。”她坐在那里，静静听了一会儿，自己也说不出为什么这样做，可是……

每次只要提到古人教团，亚宾就会感到一阵刺骨的凉意，这次也毫无例外。格鲁这样口没遮拦，实在是不安全的举动，他竟然嘲笑地球的古代文化，竟然……竟然……

啊，都是那个下贱的“同化主义”。他赶紧吞了一下口水，这个词汇实在丑恶，即使想一想都令人受不了。

当然，格鲁年轻的时候，曾经盛传一些放弃古代旧规的愚蠢言论，可是现在时代不同了。格鲁应该知道这点——他也许知道，只不过身为一名禁锢在轮椅上的囚犯，他唯一能做的就是数着日子，等待下一次普查来临，因此很难保持理性与理智。

也许三人之中，要算格鲁最能处之泰然，不过他没有再说什么。时间一点一滴地溜走，他变得越来越安静，报纸上的铅字则越来越模糊。他还没时间仔细精读体育版，原本摇摇晃晃的脑袋便缓缓垂到胸前。他发出轻微的鼾声，报纸则从他的指缝溜到地下，发出最后一下无意的沙沙声。

然后，洛雅以忧心忡忡的口气，悄声道：“我们这样对他，也许不能算是仁慈，亚宾。像父亲这样的遭遇，过着这种生活实在非常痛苦。跟他以往熟悉的生活比较起来，这样活着简直生不如死。”

“好死不如赖活着，洛雅。他现在有报纸和书籍跟他做伴，就让他闹吧！像这样一点点的激动，可令他精神振奋，他会有几天快乐安详的日子了。”

亚宾又开始研究手中那副牌，当他正要打出一张的时候，大门突然响起一阵敲击声。但随之而来的嘶哑叫喊，却听不出是在说些什么。

亚宾的手震了一下便僵住了。洛雅盯着她的丈夫，双眼透出恐惧的目光，下唇则不停在打颤。

亚宾说："把格鲁推走，快！"

当他这样说的时候，洛雅已经来到轮椅旁边。她一面推着轮椅，一面轻声哄慰着老者。

但轮椅刚刚转动，格鲁便立即惊醒。他发出一声喘息，然后坐直身子，下意识地伸手摸索着报纸。

"怎么回事？"他气呼呼地质问，声音还特别大。

"嘘，没有关系。"洛雅含糊地说了一句，便将轮椅推到隔壁房间。然后她关起门来，背靠在门上，她平坦的胸部激烈地起伏，眼睛却在寻找丈夫的目光。此时，又传来另一阵敲门声。

打开大门的时候，他们两人站得很近，几乎像是摆出一种防御的架势。而当他们面对这个矮胖的陌生男子，望着他脸上暧昧的微笑时，两人同时露出充满敌意的目光。

洛雅说："有什么我们能帮你的吗？"那纯粹只是礼貌性的问句。不料那名男子突然大口喘气，并且伸出一只手，扶住摇摇欲坠的身躯，吓得她赶紧向后跳开。

"他生病了吗？"亚宾不知所措地问，"来，帮我扶他进去。"

几小时后，在他们宁静的卧房中，洛雅与亚宾慢吞吞地准备就寝。

"亚宾——"洛雅说。

"什么事？"

"这样做安全吗？"

"安全？"他似乎故意装作听不懂。

"我的意思是，把那个人带进屋来。他是谁？"

"我怎么知道？"他没好气地答道，"可是无论如何，遇到一个病人，我们总不能见死不救。明天，如果他欠缺身份证明，我们就去通知地方安全局，那么这件事就结束了。”他转过头去，显然是想结束这段对话。

他的妻子却打破沉默，她纤细的声音听来更加焦急。“你不会认为他可能是古人教团的特务吧？格鲁的事情，你也知道。”

“你的意思是，因为他今晚说的那些话？这实在是太荒唐的想法，我不予置评。”

“我不是那个意思，你知道的。我的意思是说，我们非法收容格鲁，到现在已经两年了。而你也知道，我们这样做，触犯了最严重的‘俗例’。”

亚宾喃喃道：“我们没有危害任何人，我们达到了生产定额，对不对？即使那是三个人——三个人的工作量。既然我们做到了，他们为何还要怀疑呢？我们甚至不让他走出屋子。”

“他们可能循轮椅的线索追来，电动机和配件都是你在外面买的。”

“别再提这件事，洛雅。我已经解释过好多次，我买来拼装那个轮椅的机件，都是标准的厨房设备。此外，怀疑他是兄弟团契的间谍，根本一点道理也没有。你以为他们为了一个坐在轮椅上的可怜老头，会安排这么精心的计谋吗？他们难道不能带着搜索许可状，大白天就闯进来吗？拜托，自己推想看看。”

“好吧，那么，亚宾，”她的双眼突然亮起来，“如果你真这么想，我也一直希望你会这么想，那么他一定是个外人，他不可能是地球人。”

“你说他不可能，究竟是什么意思？这么说就更荒谬了。帝国的人哪里不好去，为什么偏偏来到地球？”

“我也不知道为什么！啊，我知道了，也许他在那边犯了罪。”她立刻陷进自己的幻想中，“有什么不对？这完全合情合理。地球是最自然的选择，谁会想到来这里找他？”

“假如他是个外人，你又有什么证据证明这一点？”

“他不会说我们的语言，对不对？这点你必须同意。你听得懂他说的任何一个字吗？所以说，他一定是来自银河某个遥远的角落，那里的方言非常奇怪。我听人家说，住在富玛浩特上的人，想要在川陀的皇宫中开口说话，等于得从头学习一种新的语言……但是，难道你看不出这代表什么吗？假如他是个陌生人，普查局里就没有他的档案，只要我们不去报告，他一定高兴都来不及。我们可以让他在农场工作，取代父亲的位置，这样一来，工作人口又成了三个，不再只有两个人，下一季的生产定额一定不成问题……甚至现在，他就可以帮忙收割。”

她焦虑地望着丈夫迟疑的脸孔。他考虑良久，然后说：“好啦，上床吧，洛雅。白天我们再继续讨论，那时候脑袋也会清醒些。”

他们的细语就此结束，灯光也全部熄灭。终于，这间卧室与这栋房子都被浓浓的睡意笼罩。

第二天早上，轮到格鲁为这个难题伤脑筋。亚宾满怀希望地去请教他，他对岳父很有信心，这种信心在他自己身上完全找不到。

格鲁说：“你们那些问题，亚宾，显然源自将我登记为工作人口，所以生产定额定成三个人的份。我恨透了为你们制造麻烦，如今我已经多活两年，实在也够本了。”

亚宾感到很尴尬。“根本不是这个问题，我没有暗示你是我们的麻烦。”

“嗯，总之，这又有什么分别？再过两年，就会有另一次普查，反正到时我也得走。”

“至少你还有两年的时间，可以安心读书，好好休息。何必连这一点都要剥夺呢？”

“因为其他人都是这样。而你和洛雅又要怎么办？当他们来抓我的时候，会把你们一并带走。我还算是人吗？为了苟延残喘多活几年，竟然要牺牲……”

“好啦，格鲁，我不要听这些戏剧性的台词。我们准备怎么做，早就告诉过你许多次了。在普查的前一个星期，我们就会把你报上去。”

“并且瞒过医生，是吗？”

“我们自然会贿赂医生。”

“哼！而这个新来的人——他会让你们罪上加罪，你们也得把他藏起来。”

“到时候我们会放他走。看在地球的份上，现在何必操这个心？还有两年的时间。现在我们该怎么处置他？”

“一个陌生人，”格鲁沉思了一番，“他来敲我们的门，不知从何而来，他说的话我们完全听不懂……我不知道该给你们什么忠告。”

亚宾答道：“他的态度很温顺，似乎吓得要死，不会对我们造成任何伤害。”

“吓得要死，啊？万一他是弱智，那又当如何？万一他的叽哩呱啦根本不是什么方言，而是精神病人说的疯话，那又当如何？”

“听来不像。”亚宾虽然这样说，却开始显得坐立不安。

“你对自己这样说，是因为你想要用他……好吧，我告诉你该怎么做，带他进城去。”

“去芝加？”亚宾吓了一大跳，“那就完蛋了。”

“绝对不会，”格鲁以平静的口吻说，“你的问题就是不看报纸，所幸在这个家里，还有我负责这档子事。刚好核能研究所研发出一种装置，据说可以增进人类的学习效率。在周末副刊中，有整整一页的详细报道。他们在征求志愿者，你就把那个人带去，让他去当志愿者。”

亚宾坚决地摇了摇头。“你疯了，我绝不能这样做，格鲁。他们问的第一件事，一定就是他的登记号码。那等于公开请人前来调查，会把一切通通搞砸。然后，他们还会发现你的事。”

“不，他们不会的，你刚好完全搞错了，亚宾。研究所之所以征求志愿者，就是因为那个机器仍在实验阶段。它或许已经害死了几个人，因此我确定他们不会问任何问题。万一那个陌生人死了，跟现在的情况比较起来，他可能也没有什么损失……来，亚宾，把图书投影机递给我，定在六号卷轴上，等到报纸送来，就马上拿给我，好不好？”

史瓦兹睁开眼睛的时候，已经是第二天的下午。他立刻感到万分难过——醒来时妻子不在身旁，一个熟悉的世界就这样消失了。而且，这股锥心的痛苦还在不断滋长。

以前，他也曾感受过这种痛苦，那段短暂的记忆此时突然重现脑海，照亮早已尘封多年的场景。那里面有他自己，当时他还是个少年，在冰雪封冻的村庄里……有一副雪橇正准备出发……雪橇之旅的尽头是一列火车……然后，是一艘巨大的轮船……

此时，对于那个熟悉世界的渴盼与忧虑，将现在的他与二十岁的他——正准备移民美国的他连到了一起。

挫折感实在太真实了，这不可能是一个梦。

当房门上方的灯光开始闪烁，男主人毫无意义的男中音传来时，他猛然从床上跳起来。接着房门便被打开，早餐送到了他面前——除了牛奶，还有一碗糊状的粥，他认不出那究竟是什么，不过味道有点像是玉米浓粥（但更为可口）。

他说了一声“谢谢”，同时猛点着头。

那个农夫回答了一些话，便从椅背上拿起史瓦兹的衬衣，从各个角度仔细检视一番，尤其对那些扣子特别留意。然后他又将衬衣挂回原处，再猛力推开一个柜橱的滑动门。直到这个时候，史瓦兹才看清墙壁呈现的温暖乳白色。

“塑胶的。”他喃喃自语，对于说不出所以然的材料，外行人最喜欢用这个万试万灵的字眼。他还注意到，整个房间内部没有任何棱角，所有的平面都以圆滑的曲面接合起来。

男主人拿出一些东西递给他，并且做了些绝不至于产生误会的手势，意思显然是要史瓦兹去盥洗更衣。

靠着主人的帮助与指导，他乖乖地完成这些工作。只不过他找不到刮脸的用具，虽然他冲着下巴拼命比画，换来的却只是一阵听不懂的声音，以及对方脸上明显的嫌恶表情。史瓦兹只好摸摸灰白的短髭，轻轻叹了一口气。

接着，主人将他带到一辆细长的小型双轮车前，比手画脚命令他上车。地面立刻迅速向后退去，两侧空旷的道路也在不断变换着景致。最后，前方终于出现一群低矮的、闪闪发光的白色建筑，而在更远的地方，则是一片蓝色的汪洋。

他热切地指着外面。“芝加哥？”

那是他最后的一线希望，因为他现在看到的一切，与那个城市显然没有半分相似之处。

那农夫却根本没有回答。

他最后的希望也破灭了。

第三章
单一世界？众多世界？

贝尔·艾伐丹刚刚举行过记者招待会，正准备前往地球进行远征。想到无远弗届的银河帝国，以及其中上亿个恒星系，他就感到无比平静。如今，问题不再是他在这个星区是否家喻户晓，只要他有关地球的理论得以证实，那么在银河系每一颗住人行星——上万年的太空开拓史中，人类曾涉足的每一颗行星——他的名声都能永葆屹立不摇。

这些可预期的名望高峰，这些纯科学成就的顶点，很早以前便属于他，不过得来可不容易。如今他才三十五岁，他的学术生涯却已充满争议性。他引起的第一个震撼，是他以史无前例的二十三岁幼龄，即自大角大学获得资深考古学者的学位，这项成就震撼了该校每个角落。而另一项震撼——虽然没有实质的重要性，却也同样引人注目——则是《银河考古学会期刊》拒绝刊登他的高级学位论文。大角大学自成立以来，学生的高级学位论文被学术期刊拒绝，这还是破天荒头一遭。此外，这也是那个老成持重的专业期刊，有史以来首度以粗鲁的字句解释拒绝刊登的理由。

在不懂考古学的人看来，这篇名为《天狼星区古代器物研究及其应用于人类起源扩散假说之探讨》只是几页难懂而枯燥的文章，它会引起这么大的火气，简直可以说是个谜。然而，这个事件的背景，是艾伐丹从一开始就接受一个离经叛道的假说：人类最初起源于某颗行星，后来才逐渐扩散到整个银河。最早提出这个理论的人，是一些隶属于神秘主义学派的学者，那些人对形而上学的关注，要比对考古学还深得多。这种说法最受当今幻想小说家喜爱，可是帝国中每一位有地位的考古学家，都将其视同洪水猛兽。

不过，即使对最有地位的考古学家而言，今日的艾伐丹也代表一股不可忽视的力量。因为在不到十年的时间内，他已成为举世公认的考古学大师，对于帝国前文化的遗迹，那些仍掩藏于银河偏远落后区域的遗物，他可算是权威中的权威。

譬如说，他曾写过一篇专题论文，探讨参宿七星区的机械文明。在那个星区中，机器人的发展创造了一个独特的文化，一直持续好几个世纪。最后，那些金属奴仆达到完美的境界，人类的进取心却因而丧失殆尽，以致一位名叫莫瑞的军阀，率领一支朝气蓬勃的舰队，便轻易征服了整个星区。

正统的考古学理论，坚信人类是在各行星上独立演化而成，至于那些特异的文化，例如“参宿七文化”，则被当做人种差异尚未被通婚消除的例子。

但艾伐丹一举推翻了这种观念，他提出有力的证据，证明参宿七产生的机器人文化只不过是当时、当地的社会经济发展导致的必然结果。

此外，还有蛇夫座的那些野蛮世界，长久以来，正统学派一致认定其上居民是原始人类的范例，亦即尚未进化至星际旅行阶段的人类。在每本考古学教科书中，都会拿那些世界当“合并说”的最佳例证。这个理论认为，在任何一个饱含水分与氧气，且温度与重力适中的世界上，人类都是生物演化的一个自然顶峰；每个独立演化出来的人种，相互间都能婚配；而在星际旅行发明后，这种通婚的情形便开始发生。

然而，艾伐丹却在蛇夫座那些已有千年历史的蛮荒世界上，发掘到更早的文明遗迹，并证明在其中某颗行星上，最早一批记录记载着星际贸易活动。而最后的临门一脚，则是他以百分之百坚实的证据，证明人类是在文明发展到一定程度后，才移民到那个星域去的。

直到这个时候，《银河考古》（这是该期刊在学术界的正式简称）才决定刊载艾伐丹的高级学位论文，距离他提出这篇论文，已经超过十个年头。

如今，为了进一步探讨他的得意理论，艾伐丹来到一颗名叫地球的行星，它或许是帝国境内最微不足道的一个世界。

艾伐丹降落的地点，是地球上唯一类似帝国领土的角落，它位于喜马拉雅山脉北方荒凉的高原上。那里不存在任何放射性，自古以来始终没有。该处耸立着一座金碧辉煌的宫殿，它并非地球式建筑，而是处处模仿那些较幸运的世界上的总督府邸。为舒适起见，周围特别建造了苍翠茂盛的庭园。碍眼的岩石全被表层土壤掩盖，并且勤加灌溉，整个庭园浸淫在人工大气与人工气候中。整整五平方英里的土地，遂被转化成一大片草坪与美丽的花园。

这项工程所花费的人力物力，就地球的标准而言实在吓人，但它有几千万颗行星上数不尽的资源作后盾。（根据估计，在银河纪元八二七年时，平均每天有五十颗行星改制为星省。想要获得这个高贵的地位，行星的人口必须达到五亿之众。）

在这个不像位于地球的角落，住着地球的行政官。有些时候，在这个人工的奢侈环境中，他会忘记管辖的是个老鼠洞般的世界，只记得自己是一名贵族，出身于一个光荣而古老的家族。

而他的夫人似乎比较不常自欺，尤其是在某些时候，例如当她站在一个布满芳草的小丘上，她能看见远方那条明显断然的分界线，将这个庭园与地球的荒凉景象分隔开来。此时，那些七彩的喷泉（在晚间会放出冷光，形成一种液态火焰的效果）、花团锦簇的小径，以及充满田园风味的小树林，都无法使她忘怀遭到放逐的事实。

因此，艾伐丹所受到的欢迎，或许超出官方礼数的要求。对行政官而言，艾伐丹毕竟代表着一丝帝国的气息，让他重新感受到帝国的广大无边。

至于艾伐丹自己，则对周遭许多事物赞誉有加。

他说："实在了不起，而且很有品味。银河中央的文化，竟然渗透到我们帝国最偏远的区域，这实在令人相当讶异，恩尼亚斯大人。"

恩尼亚斯微微一笑。"只怕对这座地球行政官邸而言，参观一下要比长期居住有趣得多。它只是虚有其表，没有什么真正的用处。除了我自己、我的家人、我的手下、此地和行星各个重要据点的帝国驻军，以及偶尔到来的访客，比如说你自己，你就再也找不出什么中央文化的气息。在我看来，这根本不够。"

现在是午后与黄昏交接时分，他们正坐在柱廊里。包围在紫色雾气中的锯齿状地平线，辉映着渐渐西斜的阳光。空气中充满植物的芳香，气流的运动仅仅像是轻声的叹息。

当然，对于一位客人的行动，即使身为行政官，显得过于好奇也不太合宜。不过有个例外，那就是行政官与帝国若隔绝得太久，即使他的问题过分了些，也该算是情有可原。

恩尼亚斯说："你打算待些时日吗，艾伐丹博士？"

“这一点，恩尼亚斯大人，我也不敢肯定。我比其他的考古队员早些抵达，是要先来熟悉一下地球的文化，并办好必要的法律手续。比方说，照例我必须得到您的正式核准，才能在必要的地点建立营地，诸如此类的事。”

“哦，批准，批准！但你准备何时开挖？在这个卑贱的碎石堆上，你能指望发现些什么呢？”

“假如一切顺利，我希望能在几个月内建好营地。至于这个世界——啊，绝不能称它为卑贱的石堆，它在银河中拥有绝对唯一的地位。”

“唯一？”行政官硬生生地说，“根本没这回事！它是个很普通的世界，简直可以说是一个猪舍、一个可怕的洞穴、一个恶臭的粪坑，你几乎可用任何下贱的字眼形容它。不过，虽然它使人厌恶至极，却连它的恶行恶状也称不上唯一，它只能算是个普通的、野蛮的乡下世界。”

这番不搭调的话竟说得如此慷慨激昂，令艾伐丹感到有些惊讶。“可是，”他说，“这个世界具有放射性。”

“嗯，那又怎么样？银河中有好几千颗行星具有放射性，有些的放射性比地球上还强得多。”

这个时候，一个活动酒柜开始轻巧地滑动，吸引了他们的注意。它一直滑到伸手可及的地方，才缓缓停下来。

恩尼亚斯指着酒柜，对他的客人说：“你喜欢喝什么？”

“没什么特别喜好，来杯莱姆鸡尾酒吧。”

“这不成问题，酒柜会有那些配方……要不要加些陈萨水？”

“一点点就好。”艾伐丹一面说，一面伸出食指与拇指比了比，两根指头几乎要碰在一起。

“一会儿就好。”

在酒柜内部（这也许是最普遍、最受欢迎的一种机械产物），一个酒保开始动作——那是个电子酒保，它调酒并非靠量杯，而是以原子为计数单位，因此每次比例都完美无缺。任何一个真人调酒师，不论技艺多么出神入化，与它比较都会相形见绌。

两人在一旁等了一会儿，酒柜中突然冒出两只高脚杯，就像是凭空出现一样。

艾伐丹拿起绿色的那杯，他先将酒杯贴在脸颊上，感受它的冰凉，才将杯缘凑向唇边，开始细细品尝。

“恰到好处。”他将酒杯放到固定于座椅扶手的杯座中，又说：“具有放射性的行星有好几千颗，行政官，正如您所说的，可是其中只有一颗有人居住。就是这一颗，行政官。”

“这个嘛，”恩尼亚斯咂着嘴唇，经过柔滑的酒液滋润，他的口气似乎缓和许多，“也许它在这方面的确是唯一的，那却不是什么值得羡慕的特点。”

“但这并非只是统计上的唯一性，”艾伐丹一面浅尝着手中的美酒，一面抽空从容不迫地说，“它还具有其他意义，潜在的重大意义。生物学家曾经证明，或声称曾经证明，假如在一颗行星的大气与海洋中，放射线强度超过某个定值，生命就无法发展……而地球的放射性，则远超过这个限度。”

“很有趣，这点我倒不知道。我想，这个事实就是个确切的证据，证明地球生命和银河其他的生命有基本的差异……这该使你满意，因为你是从天狼星区来的。”

对于自己这番话，他表现出嘲讽般的得意。接着，他又以亲昵的口气说了一大串独白：“你可知道，统治这颗行星最大的困难是什么？是得应付天狼星区普遍存在的、强烈的反地球主义。而地球人呢，则将这种情绪连本带利奉还。当然，我不是说银河其他许多地方，都没有较淡薄的反地球主义，可是没有一处像天狼星区那么激烈。”

艾伐丹的反应是激动且不耐烦。“恩尼亚斯大人，我反对这种推论，我绝不比世上任何人更偏狭。我相信人类是单一物种，这是我自己科学信仰的核心，就连地球人也包括在内。事实上，所有的生命基本上都是统一的，生命的基础一律是链状的核酸分子，以及形成胶体分散系的蛋白质结构。我刚才提到的放射性效应，不仅适用于人类的某一部分，也不仅适用于任何生命的某一部分，而是所有的生命一律适用。因为它的理论基础，是主宰蛋白质分子的量子力学。这个道理对您，对我，对地球人，对蜘蛛，甚至对细菌都成立。

“您想想看，蛋白质与核酸，也许我根本不必告诉您，分别是氨基酸与核苷酸的庞大而复杂的集合体，当然还有其他特化的化合物。它们组成繁复的三维形样，不稳定的程度就像阴天的阳光。这种不稳定性正是生命，因为它要永不止息地改变自己的位置，才得以保有自我的形态——就像要特技的人，将一根长杆顶在鼻尖一样。

“可是这些神奇的生化分子，首先得由无机物质组合，然后生命方能存在。因此，在最初的时候，太阳辐射出的能量，作用在我们所谓的海洋——那些巨量的溶液中，有机分子的复杂度才会渐渐增加。从甲烷变成甲醛，最后变成糖类和淀粉，这是一条途径；而从尿素变成核苷酸再变成核酸，又是另一条途径；此外，从尿素变成氨基酸再变成蛋白质，则是第三条可能的途径。当然，原子的这些组合与蜕变，全都是一些随机现象。在某个世界上，这个过程也许需要几百万年才能完成，而在另一个世界，也许只需要几百年的时间。当然，前者的可能性远大于后者。事实上，最可能的情形，是根本没有任何结果产生。

“如今，对于所有相关的反应链，有机物理化学家都已做出极精确的描述，尤其是其中的能量学，也就是说，每个原子转移所伴随的能量变化关系。现在我们几乎可以百分之百肯定，生命建立过程中的几个关键性步骤，必须在没有辐射能的情况下才会发生。如果这点令您感到奇怪，行政官，那我只能说，光化学——它专门研究辐射能所引发的化学反应——已经是一门极成熟的科学。在光化学中，有无数非常简单的反应，在有光子存在的情况下，会朝某个固定方向进行，而在欠缺光子的时候，反应的方向却刚好相反。

“在普通的世界上，太阳是唯一的辐射能量源，至少是最主要的来源。当乌云遮日的时候，或者在晚间，碳与氮的化合物便会组合及重组。因为在这些情况下，太阳能的量子不会撞击在它们身上——像保龄球撞向无数个无限小的球瓶那样——所以那些反应才有可能发生。

“可是在具有放射性的世界上，不论有没有太阳，每一滴水中——即使在深夜时分，即使在五英里深的地底，都迸溅着强力的伽马射线，会将碳原子踢得飞来飞去——化学家的说法，是使它们活化——迫使某些关键反应只能朝某个方向进行，就是绝不会产生生命的方向。”

说到这里，艾伐丹的酒喝完了。他将空酒杯放回面前的酒柜上，酒杯立刻被收进特殊隔间中，自动洗净并完成杀菌手续，准备随时盛装下一杯酒。

“再来一杯？”恩尼亚斯问。

“晚餐后再说吧，”艾伐丹道，“现在我已经喝得够多了。”

恩尼亚斯一面用尖细的手指轻敲座椅扶手，一面说：“听你这么讲，这个过程的确相当吸引人，但若是一切如你所说，地球上的生命又作何解释？这些生命又是怎么发展出来的？”

“啊，您看，连您都开始感到好奇了。不过，我认为，答案其实非常简单。放射性即使超过阻止生命产生的最低值，也不一定能摧毁业已形成的生命。放射线也许会改变它们，然而，除非强度实在太高，它不会毁灭既有的生命……您想想看，两者的化学反应并不相同。前者是必须防止简单分子结合起来，至于后者，则是必须破坏已经形成的复杂分子，这根本是两码子事。”

“我实在看不出这种理论能用在哪里。”恩尼亚斯说。

“这难道还不够明显吗？地球生命起源于这颗行星尚未具有放射性的时代。亲爱的行政官，既要接受地球拥有生命这个事实，又不想推翻众多的化学理论，这是唯一可能的解释。”

恩尼亚斯盯着对方，显得惊讶而难以置信。“但你不可能是认真的。”

“为什么？”

“因为一个世界怎么会‘变得’具有放射性？存在于行星地壳中的放射性元素，寿命都有好几亿年。我在大学的时候，读的虽然是法学预科，但这些我至少还学过。过去，它们一定已经存在无限久远的时间了。”

“别忘了还有所谓人工放射性，恩尼亚斯大人，即使宏观尺度上也有这种现象。已知有数千种核反应，拥有足以产生各种放射性同位素的足够能量。啊，如果我们假设，人类曾将某种核反应用于工业用途，可是没有妥善控制，甚至可能将它用在战争上——如果您能想象在一颗行星上所发生的战争，那么想必大多数的表层土壤，都会被转化成人工放射性物质。这种情形您又要怎么说？”

这时太阳已经下山，将天际染成一片血红。在残阳映照下，恩尼亚斯瘦削的脸庞显得分外红润。傍晚的微风徐徐吹来；庭园中经过仔细拣选的各种昆虫，此刻的鸣叫则特别动听，几乎有催人入眠的力量。

恩尼亚斯又说："在我听来十分牵强。举例来说，我无法想象将核反应用在战争中，或是在任何情况下，竟让它们失去控制到那种程度……"

"这是自然的事，尊驾，您很容易低估核反应的威力，因为您生长在这个时代，控制核反应已是轻而易举的事。可是如果某个人，或某支军队，在防护罩发明前使用这种武器，那又会怎么样？比方说，这就像在人类发现水或沙可以灭火前，使用燃烧弹当武器一样。"

"嗯——"恩尼亚斯说，"你这话的口气很像谢克特。"

"谢克特是谁？"艾伐丹立刻抬起头来。

"一个地球人，那种有教养的极少数——我的意思是，可以交谈的那种绅士。他是个物理学家，有一次他曾经对我说，地球也许并非一直具有放射性。"

"啊……这个嘛，也没什么好奇怪的，因为这个理论当然不是我首创的。它记载在《古人书》中，那本书收录了许多史前地球的传说或虚构历史。其实可以说，我刚才说的就是那本书的内容，只不过我将那些相当暧昧的语句，一一翻译成科学性的叙述。"

"古人书？"恩尼亚斯似乎很惊讶，而且有些坐立不安。"你从哪里找到的？"

"到处搜集的，这可不简单，我手头上的也不过是些片段。当然，一切有关无放射性的传说资料，即使完全不符合科学，对我的计划也非常重要……您为什么问呢？"

"因为那本书是地球上某个激进教派的圣典，他们严禁外人阅读。当你待在地球上的时候，我绝不会宣传这件事。曾经有些非地球人，也就是他们口中的外人，因为触犯更轻微的禁忌，而被他们处以私刑。"

“听您这么说，好像此地的帝国警力并不健全。”

“只有在发生亵渎行为的时候。这是我的忠告，艾伐丹博士！”

一阵优美的钟声突然响起，回荡的音符似乎与树木的飒飒声相互呼应。钟声久久未曾消逝，仿佛眷恋周遭的一切而流连忘返。

恩尼亚斯站起来。“我想晚餐时间应该到了。你愿意加入我们吗，博士，让住在帝国偏远角落的我们尽一点地主之谊？”

此地举行盛宴的机会实在很少，所以只要有任何名目，无论大小都不会轻易放过。因此菜肴十分丰盛，餐厅布置得极为奢华，男士刻意修饰一番，女士则打扮得艳光四射。此外必须一提的是，来自天狼星区拜隆星的贝尔·艾伐丹博士，几乎要醉倒在众人的奉承中。

宴会后半段，艾伐丹趁机抓住了出席晚宴的来宾，将刚才跟恩尼亚斯说过的话几乎重复了一遍。只不过这次，他得到的反应显然令他大失所望。

一位穿着华丽制服的上校，以军人对待学者一贯的假惺惺态度向他凑过来，说道：“假如我没弄错你的意思，艾伐丹博士，你是想告诉我们，这些地球贱种属于一个古老的种族，而这个种族有可能是所有人类的祖先？”

“上校，我不愿做这么直接的断言。不过我认为，这种有趣的可能性的确存在。一年以后，我有信心能作出明确的评断。”

“假如你发现事实的确如此，虽然我强烈质疑，博士，”上校回嘴道，“那我会被你吓得魂飞天外。如今，我在地球已经驻守四个年头，我的经验绝不算少。我发现地球人都是恶棍、无赖，没有一个例外。他们的智力绝对低我们一等；使人类征服整个银河的智慧火花，在他们脑袋里并不存在。他们懒惰、迷信、贪婪，没有一丝一毫高贵的灵魂。我向你或其他任何人挑战，谁要是能给我找个地球人来，只要他在任何方面称得上是真正的男子汉——比如说，像你或是像我——那个时候，我才会姑且相信你的话，承认他或许和我们的祖先属于同一种族。可是，在此之前，请原谅我无法作出那种假设。”

坐在桌角的一个肥胖男子，此时突然道：“人们都说只有死的地球人才是好的地球人，不过即使死了，他们通常还不忘放出恶臭。”说完便放肆地哈哈大笑。

艾伐丹对着面前的菜肴猛皱眉头，就这么低着头说：“我不想争论种族间的差异，尤其在这个问题上，它根本毫不相干，我讨论的是地球的史前史。那些人的后代，如今经过长期隔离，而且被困在最不寻常的环境中。即使如此，我仍不会太轻易妄下断语。”

他转向恩尼亚斯，又说：“大人，我相信在晚餐前，您曾经提到一个地球人。”

“有吗？我不记得了。”

“一名物理学家，谢克特。”

“哦，对，没错。”

“艾福瑞特·谢克特，是不是？”

“啊，没错，你听说过他吗？”

“我想我的确听过。由于您提到他，这顿晚餐从头到尾我都在动脑筋，不过我相信，现在我终于想了起来。他该不会是哪里的哪个核能研究所——哦，那个该死的地方叫什么名字？”他用掌根敲了一两下额头，“芝加核能研究所的那个谢克特？”

“你刚好说对了，他怎么了？”

“是这样的，八月号的《物理评论》中，刊载了他的一篇文章。我之所以会注意到，是因为我正在收集任何有关地球的资料，而在流通全银河的学术期刊上，地球人发表的文章少之又少。无论如何，我想要说明的是，那人声称发明出一种装置，他称之为突触放大器，据说能增进哺乳动物神经系统的学习能力。”

“真的吗？”恩尼亚斯的声音太尖锐了些，“我没听过这回事。”

“我能帮您找来这篇文章，它实在相当有趣。不过，当然，我不能假装了解其中的数学。然而，他只拿地球的某种原生动物做过实验——老鼠，我相信他们是这么叫的——利用突触放大器改造它们，再让它们穿越迷宫。您该知道我在说什么，就是在一个迷宫模型中，学习遵循正确的路径前进，终点处有食物做奖赏。他用未受改造的老鼠当对照组，发现在每次实验中，接受改造的老鼠走出迷宫的时间，不到正常老鼠的三分之一……您看出其中的意义了吗，上校？”

引发这场讨论的那位军人，以漠不关心的口气答道：“没有，博士，我没看出来。”

“那就让我来解释，我坚决相信，任何有能力完成这种工作的科学家，即使是个地球人，他的智力也至少和我不相上下。如果你不介意我冒昧，我要说他的智力也不会比你差。”

此时恩尼亚斯突然打岔：“对不起，艾伐丹博士，我希望能回到突触放大器这个话题。谢克特有没有拿人类做过实验？”

艾伐丹马上哈哈大笑。“我相信还没有，恩尼亚斯大人。接受突触放大器改造的老鼠，十分之九都在改造过程中死去。在没有重大进展之前，想必他不敢拿人类做实验。”

听完这番话，恩尼亚斯深深沉入座椅中，额头微微皱起来。在晚餐结束前，他没有再开口，也没有再吃任何东西。

不到午夜时分，行政官就悄悄离开众人。他只跟夫人说了一句话，便乘着他的私人飞艇，飞向两小时航程外的芝加市。他的额头始终微微皱着，心中则极其焦虑不安。

因此，那天下午，当亚宾·玛伦带着约瑟夫·史瓦兹来到芝加，想让他接受谢克特的突触放大器治疗时，谢克特本人已经跟不折不扣的地球行政官密谈了一个多小时。

第四章
捷 径

到了芝加后，亚宾浑身不自在，感到自己被不知名的恐怖包围。芝加是地球上最大的城市之一，据说人口共有五万，而在芝加的某个角落，住着伟大帝国派来的重要官员。

事实上，他从未见过来自银河的人，而在这里，在芝加，他却不停扭转脖子，唯恐自己遇上一个。若是追根究底，他也无法解释即使真的遇见外人，他又如何能从地球人中分辨出来。不过，他有个根深蒂固的观念，觉得两者总会有些区别。

走进那个研究所的时候，他还不忘转头再望一眼。他将双轮车停在一座露天广场上，并买了一张六小时的停车券。这么奢侈的大手笔，会不会引起别人的怀疑？现在每样事物都令他害怕，空气中似乎处处是眼睛与耳朵。

但愿那个陌生人记得他的嘱咐，一直安分地藏在后座底部。他曾拼命点头，可是他真的了解吗？亚宾突然对自己生起闷气，他为什么要被格鲁说服，做出这么疯狂的举动？

面前的门不知何时已经打开，一个声音突然闯进他的思绪。

那声音说："你有什么事吗？"

口气听来有些不耐烦，也许同样一个问题，那人已经问了他好几遍。

他则以嘶哑的声音回答，每个字都像从喉咙挖出来的干粉。"这里是不是可以申请突触放大器实验的地方？"

接待员猛然抬起头，说了一句："在这里签名。"

亚宾却将双手放到背后，继续以沙哑的声音说："我能在哪儿先了解一下突触放大器？"格鲁曾经告诉他那个装置的名字，但他说起来仍然很奇怪，简直就是不知所云。

那个女接待员却以强硬的声音说："除非你以访客的身份在这里签名，否则我无法帮你任何忙，这是规定。"

亚宾掉头就走，一句话也没再说。柜台后面的年轻小姐紧紧抿起嘴唇，同时猛踢座椅旁的讯号杆。

亚宾宁死不愿留下任何不良记录，可是在他看来，他的努力已遭到惨败。这名少女刚才一直盯着他，即使一千年后，她仍会记得自己。他起了一个强烈的念头，想要立刻拔腿飞奔，跑回自己的车上，逃回自己的农场……

从另一个房间中，突然有个身穿实验袍的人匆匆走出来，那名接待员立刻指着亚宾说："突触放大器的志愿者，谢克特小姐。"

然后，她又补充了一句："他不愿提供姓名。"

亚宾抬起头，看到来人是另一个年轻女子。他显得十分惶恐，问道："你就是那台机器的负责人吗，小姐？"

"不，你完全弄错了。"她露出非常友善的微笑，亚宾随即感到焦虑消退了些。

"不过，我可以带你去见他。"然后，她又以热切的口吻问道："你真的志愿接受突触放大器的实验？"

“我只想见负责人。”亚宾木然地答道。

“好吧。”对于他断然的不合作态度，她似乎一点也不在意。说完，她便消失在原来那扇门的后面。亚宾等了一会儿，然后，终于看到一根指头向他招呼……

他跟她走进了一间小型会客室，感到心脏不停怦怦乱跳。

她以轻柔的声音说：“你只要等上顶多半小时，谢克特博士就会来见你。他现在非常忙碌……如果你想要些胶卷书和阅读机打发时间，我马上帮你拿。”

亚宾却摇了摇头。小房间的四面墙壁似乎渐渐向他迫来，将他夹在中间动弹不得。他落入陷阱了吗？那些古人是不是马上要来抓他？

这是亚宾一生中最长的一次等待。

当地球的行政官恩尼亚斯大人来找谢克特博士的时候，则未遇到类似的困难。不过，他的心情几乎与亚宾同样激动。他就任行政官已有四年，但访问芝加仍算一件大事。身为遥远的皇帝陛下的直接代表，就法理而言，他能跟银河各区的总督平起平坐，哪怕那些星区的领域横跨几百立方秒差距。然而，实际上，他的处境实在与流放无异。

他困在不毛、空旷的喜马拉雅山脉，并且夹在憎恨他的群众与他代表的帝国两者的冲突中。因此，即使是一趟芝加之旅，对他而言也是一种解脱。

事实上，他的解脱都很短暂。这是无可奈何的事，因为在芝加，他必须随时穿着灌铅的服装，即使睡觉时也不能脱下。而更糟的是，他还得持续不断服用代谢促进剂。

为此，他对谢克特大吐苦水。

“代谢促进剂，”他一面说，一面拿起朱红色的药丸仔细端详，“朋友，对我来说，它或许才是你们这颗行星的真正象征。它的功能是提高所有新陈代谢过程，因为我如今坐在这里，正被四周的放射性云雾包围，而你甚至无法察觉它的存在。”

他吞下药丸，又说：“好啦！现在我的心脏会跳得更快；我的呼吸会自动加速；我的肝脏会在这些化学合成物中气化——医护人员告诉我，这会使它成为人体中最重要的工厂。而我付出的代价，则是事后剧烈的头痛和倦怠感。”

谢克特博士饶有兴味地聆听这番话。他给人一种患了近视的强烈印象，这并非因为他戴着眼镜，或是眼睛真有毛病，只是因为长久以来，他习惯下意识地仔细观察一切事物，而在开口说话之前，则会谨慎地多方权衡。他的个子很高，已快要步入晚年，细瘦的身形有点轻微的佝偻。

他对银河文化相当精通，因此比较不像一般的地球人那样，对外人怀有普遍的敌意与猜疑——甚至对恩尼亚斯这种以宇宙公民自诩的帝国人，都毫无例外地充满反感。

谢克特说：“我确定你不需要这种药丸。代谢促进剂只是你们的迷信之一，而你自己也知道这件事。假如我暗中将它们换成糖丸，你的身体绝不会因而受损。而且，你还会由于心理作用，而在服用后产生类似的头痛症状。”

“你生活在自己习惯的环境中，当然可以说这种风凉话。你能否认你的基础代谢率比我高吗？”

“我当然不能，不过这又怎么样？恩尼亚斯，我知道帝国有种迷信，认为我们地球上的人和其他人类不同，但其实根本没这回事。难道你到这儿来，是为了宣传反地球分子的教条？”

恩尼亚斯哼了一声。“我可以向皇帝陛下起誓，你们地球上的同志才是这种教条的最佳宣传家。他们住在这里，挤在这个要命的行星上，在自己的愤怒中溃烂，他们根本就是银河中的慢性溃疡。

“我是说真的，谢克特。哪颗行星有那么多日常的仪典，而且像重度受虐狂那样坚守不移？每一天，毫无例外，我都得接见些这个、那个统治团体派来的代表，要求我批准某个可怜鬼的死刑。他们唯一的罪行不过是闯入禁区、回避六十大限，或只是多吃了些不该吃的食物。”

“啊，但你总是批准这些死刑。你的理想主义衍生出来的嫌恶感，似乎并未让你严拒这些要求。”

“众星是我的见证，我极力反对这些判决。可是我能做些什么呢？皇帝陛下有旨，帝国所有成员都应保有自己的惯例，绝不可强行干扰。这是正确而明智的决定，因为唯有这样，才能防止众人支持一些傻瓜，否则，那些傻瓜会三天两头煽起叛乱活动。此外，当你们的议会、议院、议厅代表坚持死罪的时候，我要是顽固地反对，会立刻招来鬼哭神嚎，以及对帝国政府的大肆抨击。这样一来，我宁可在一群恶魔中睡上二十年，也不愿再多面对地球十分钟。”

谢克特叹了一口气，又用手摸了摸后脑稀疏的头发。“对银河其他地区来说——如果他们知晓我们的存在——地球只是天空中一颗小石子。可是对我们而言，它是我们的家乡，我们唯一的家乡。然而，我们跟你们这些外世界人士并无不同，只是较为不幸罢了。我们挤在这个几乎死亡的世界上，放射线围墙将我们禁锢起来，周围庞大的银河全都排斥我们。那些折磨着我们的挫折感，我们又要怎样发泄？行政官，你是否愿意将我们多余的人口送到外星？”

恩尼亚斯耸了耸肩。“我会在乎吗？在乎的是其他世界的民众，他们可不愿成为地球疾病的受害者。”

“地球疾病！”谢克特面露不悦之色，“这是个荒谬的想法，应该尽快根除。我们不会传染致死的疾病，你跟我们在一起那么久，难道你早就死了吗？”

“老实说，”恩尼亚斯微微一笑，“我尽一切可能预防不当的接触。”

“因为你自己对那些宣传也心存恐惧。无论如何，只有你们那些顽固分子的愚蠢头脑，才会幻想出这种事情来。”

“啊，谢克特，难道那些认为地球人带有放射性的理论，根本没有一点科学根据吗？”

“有的，他们当然有放射性，他们怎能避免？而你也一样，帝国上亿颗行星中的每个人都一样。我们所带的比较多，这点我承认，但绝不足以伤害任何人。”

“不过，只怕银河中一般人的想法刚好相反，而且不会希望通过实验证明这一点。此外……”

“此外，你要说我们与众不同。我们不是人类，拜放射线之赐，我们突变得比较快，因而在许多方面都产生了变化……这也是未经证实的理论。”

“却是大家都相信的理论。”

“只要大家一直相信，行政官，只要我们地球人一直被当成贱民，你们就能在我们身上发现那些令你们反感的特质。假如你们逼得我们走投无路，我们反弹又有什么好奇怪的？既然你们憎恨我们，能抱怨我们回过头来恨你们吗？不，不，我们是被动的受迫害者，不能算是主动的一方。”

对于自己挑起的怒火，恩尼亚斯十分懊丧。即使最优秀的地球人，他想，也具有同样的盲点，同样觉得地球是整个宇宙的公敌。

他很有技巧地说：“谢克特，原谅我的鲁莽，好吗？就算我太年轻、太无聊了。在你面前的是个可怜人，一个刚满四十岁的年轻小伙子——在职业文官生涯中，四十岁只算婴儿的年龄——他正在地球上磨练实习。也许还要好多年，外星省管理局的那些蠢材才会想起我在此地待得太久，而提拔我转任比较不太要命的职务。所以说，我们都是关在地球上的囚犯，也都是心灵世界的公民，在伟大的心灵世界中，没有任何行星或任何有形特征的区别。伸出你的手来，让我们做个朋友吧。”

谢克特脸上的皱纹消失了，更精确地说，是被象征愉悦的皱纹取代。他开怀地哈哈大笑，然后说：“这番话的内容是恳求的言语，但语气仍属于帝国的职业外交官。你是个差劲的演员，行政官。”

“那就请你扮演一名出色的教师，向我说明有关你那台突触放大器的一切。”

谢克特明显地吃了一惊，再度皱起眉头。“什么，你听说过那个装置？这么说，你不但是一名行政官员，还是个物理学家？”

“所有消息都在我的职责范围内。可是说实在的，谢克特，我真希望知道。”

物理学家仔细打量着对方，似乎有些不大相信。然后他站了起来，将枯瘦的手掌举到嘴边，若有所思地掐着嘴唇。“我几乎不知道该打哪儿说起。”

“这个嘛，众星在上，如果你在考虑要从哪个数学理论说起，我就帮你省省事吧。那些全都别提，你那些函数、张量之类的东西，我根本一窍不通。”

谢克特的眼睛闪了一下。“好的，那么，如果仅做定性的描述，它就是用来增进人类学习能力的装置。”

“人类的学习能力？真的！有效吗？”

“但愿我知道，还需要做很多实验。我会把主要的原理告诉你，行政官，你就可以自行判断。人类的神经系统，动物的也一样，都是由神经蛋白组成。这种物质含有巨量的分子，处于很不安定的电平衡状态。即使最轻微的刺激，也会扰动其中一个分子，那个分子为了回复平衡，就会将扰动传给另一个分子，如此循环不已，直到扰动到达脑部为止。

“脑部本身也是类似分子的庞大集合体，所有分子都以各种可能的方式互相联系。因为脑部差不多有十的二十次方——也就是说，一的后面加上二十个零——那么多的神经蛋白，它们可能的组合方式，数量级相当于十的二十次方阶乘。这个数目实在太大了，如果宇宙中所有的电子和质子，每个都变成另一个宇宙，而在这么多新宇宙中的电子和质子，每个又再变成另一个宇宙，那么，这样造出的宇宙中每个电子和质子加起来，跟那个数目相比仍趋近于零……你明白我的意思吗？”

“众星保佑，我一个字也不听懂。即使我只是试图理解，也会因为脑汁被榨干而像疯狗那般嗥叫。”

“嗯，好吧，总之，我们所谓的神经脉冲，只不过是渐进性的电子失衡，这种失衡状态沿着神经一直传到脑部，再从脑部传回神经系统。这个道理你懂吗？”

“懂。”

“很好，这么说，你还真是天纵英才。这种脉冲在神经细胞内传递时，行进一律相当迅速，因为神经蛋白有实质的接触。然而，神经细胞的分布有限，在两个神经细胞之间，存在着一层极薄的非神经组织间隔。换句话说，两个相邻的神经细胞实际上并不相连。”

“啊，”恩尼亚斯说，“所以神经脉冲必须跳过那道障碍。”

“正是如此！那个间隔使脉冲的强度减弱，并降低传输速率，减弱降低的程度和它的厚度平方成正比，而脑部也不例外。现在你想想看，若能找到一种方法，可以减低这种细胞间隔的介电常数。”

“什么常数？”

“这种间隔的绝缘强度，我就是这个意思。如果能令它降低，脉冲就较容易越过那道鸿沟，你的思考和学习速率便会增加。”

“好吧，那么，我回到原先那个问题，它有效吗？”

“我曾用动物做过实验。”

“结果如何？”

“啊，大多都因为脑蛋白变性而很快死去，换句话说，就是脑蛋白凝聚，好像鸡蛋被煮熟那样。”

恩尼亚斯怔了一怔。“科学有时冷血残忍得无法形容，那些没死的又如何？”

“没有什么决定性的结论，因为它们不是人类。根据数据研判，对它们而言，似乎相当乐观……可是我需要人类做实验。你想想看，每个人脑部的电子性质都不尽相同，每个脑子都会产生特定的微电流，没有任何两组完全一样。它们就好像指纹，或视网膜的血管图样。照理说，它们应该更具特色。我相信，进行改造时应将这点纳入考量。假如我是对的，就不会再有变性作用发生……问题是我找不到人类做实验，我征求志愿者，可是——”他无奈地摊开双手。

“我当然不会怪他们不敢来，老兄。”恩尼亚斯说，“可是说真的，若是这个装置研发成功了，你打算拿它来做什么？”

物理学家耸了耸肩。“这不是我能说的，当然得由大议会作决定。”

“你不考虑将这个发明献给帝国？”

“我？我一点也不反对。但只有大议会才有裁判权……”

“哦，”恩尼亚斯以不耐烦的口气说，“去他妈的大议会，我以前跟他们打过交道。在适当的时候，你愿意跟他们谈谈吗？”

“为什么，我能有什么影响力？”

“你可以告诉他们，地球上若能制造出一个适用于人类，而且百分之百安全的突触放大器，又如果这个装置能和全银河分享，那么，你们移民外星所受到的某些限制，就有可能被撤销。”

“什么，”谢克特以讽刺的口吻说，“现在又不怕我们的传染病、我们的差异，以及我们非人类的特质了？”

“你们甚至有可能，”恩尼亚斯心平气和地说，“被整个迁移到另一颗行星，考虑一下。”

此时房门突然打开，一位年轻女子走了进来，轻快地掠过放置胶卷书的书柜。她自然而然带来一股春天的气息，驱散了这间隐秘书房里的霉味。看到那个陌生人，她有点脸红，立刻转身准备离去。

“进来，宝拉，”谢克特连忙叫道，“大人，”他又对恩尼亚斯说，“我相信您从未见过我女儿。宝拉，这是恩尼亚斯大人，地球的行政官。”

她正要屈膝行礼的时候，行政官很快站起来，以相当绅士的手势示意她免礼。

“亲爱的谢克特小姐，”他说，“我真不敢相信，地球上能孕育出像你这样的明珠。其实，将你放在我想得到的任何世界上，你都会是一颗耀眼的明珠。”

他端起宝拉的手，她赶紧带点腼腆地伸手向前。一时之间，恩尼亚斯似乎准备遵循古代礼仪，低下头来亲吻那只玉手。不过即使他动过这个念头，最后也没有付诸实现。他将她的手举到一半便放开来，也许动作快了点。

宝拉微微皱着眉头说：“大人，您对一名普通地球女子的亲切，实在令我受宠若惊。您竟然不畏惧传染病，敢亲自造访我们，可真是英勇无比、胆识过人。”

谢克特清了清喉咙，打岔道：“我这个女儿，行政官，正在芝加大学攻读学位。她每周有两天的时间，在我的实验室当技术员，以取得必要的实习学分。她是个能干的女孩，虽然我是她父亲，说话难免过分捧她，但我还是要说，她有一天可能取代我的位置。”

“父亲，”宝拉柔声道，“我有件重要的消息告诉您。”她显得有些迟疑。

“我该离开吗？”恩尼亚斯客气地说。

“不，不，”谢克特说，“什么事，宝拉？”

少女随即答道：“我们有了一个志愿者，父亲。”

谢克特瞪大眼睛，几乎愣在那里。“突触放大器的志愿者？”

“他是这么说的。”

“好啊，”恩尼亚斯说，“看来，我为你带来好运。”

“似乎的确如此。”谢克特又转身对女儿说：“告诉他等一下，把他带到丙室去，我很快会去见他。”

宝拉离去后，他又转向恩尼亚斯说：“我失陪了，你不介意吧，行政官？”

“当然不介意，手术需要多久时间？”

“只怕要几小时，你想参观吗？”

“这种事光是想想都很恐怖，亲爱的谢克特。我会在国宾馆一直待到明天，你会告诉我结果吗？”

谢克特似乎松了一口气。“会的，当然。”

“很好……考虑一下我刚才有关突触放大器的提议，那是你通往知识殿堂的一条新捷径。”

说完恩尼亚斯便走了，比来的时候内心更加不安。他没打听到什么，恐惧感却增加了许多。

第五章
非自愿的志愿者

客人走后，谢克特博士轻轻地、谨慎地按下了召唤钮。一位年轻技术员很快走了进来，他穿着一身雪白的实验袍，棕色的长发仔细地扎在脑后。

谢克特博士说:“宝拉有没有告诉你——”

“有的，谢克特博士。我已经借着显像板观察过他，他无疑是一名真正的志愿者，绝非经由通常的途径送来的实验对象。”

“我应不应该通知议会一声，你想呢？”

“我不知道该做什么建议，议会不会受理普通的通讯。任何波束都能被人截听，您也知道。”然后，他又热心地说:“让我把他打发走吧。我可以告诉他，我们需要三十岁以下的人，这个对象少说也有三十五岁。”

“不，不，我最好见见他。”谢克特的思绪像是一股冰冷的漩涡。直到目前为止，每件事都处理得很明智，公开的消息刚好足以构成坦白的假象，一点也不多。而现在，却来了一个真正的志愿者，而且恰好在恩尼亚斯来访后。这其中有什么牵连吗？在这个受到诅咒的地球表面，正开始涌起相互角力的巨大暗潮，谢克特自己却只有最模糊的概念。但就某种意义而言，他也知道得够多了，多得足以令他受他们摆布，而且绝对比任何一个古人想象中还要多。

可是他能怎么办？现在他的生命受到了双重威胁。

十分钟后，谢克特博士无奈地望着面前这个粗鲁的农夫。他将帽子抓在手上，脑袋转向一侧，仿佛想要避开过分仔细的端详。谢克特认为他一定还不到四十岁，但与土地搏斗的艰苦生活容易让人满面风霜。这个人的面颊棕里透红，虽然室内温度不高，在他的发际与两侧太阳穴附近，却挂着几滴明显的汗珠，一双手则不断在互相揉搓。

“好，亲爱的先生，”谢克特亲切地说，“我知道你拒绝提供姓名。”

亚宾的反应则是盲目的固执。“我听说如果来当志愿者，什么问题都不会问。”

“嗯，好吧，那你究竟有没有什么话要说？或是你只想要立刻接受手术？”

“我？此时，此地？”他突然吓了一跳，“志愿者不是我自己，我从来没有这么说过。”

“不是你？你的意思是，志愿者另有其人？”

“当然，我怎么会想要……”

“我了解。这个实验对象，另外那个人，跟你在一块吗？”

“可以这么说。”亚宾谨慎地回答。

“好吧，听好了，那就告诉我们你愿意说的事。你说的每句话，我们都会绝对保密，我们还会尽一切可能帮助你。同意吗？”

农夫忽然垂下头来，勉强可算是个表示敬意的动作。“谢谢你，事情是这样的，先生。我们农场里有个人，一个远——啊——

远亲。他帮我们的忙，你该了解——”

亚宾困难地吞着口水，谢克特则严肃地点了点头。

亚宾继续说：“他是个非常勤奋的工人，也是个非常优秀的工人。我们曾经有个儿子，你知道吗，可是他死了，而我的好太太和我，你知道吗，我们需要帮手——她的身体不大好，没有他的话，我们几乎没法应付。”他感觉这个故事好像乱成一团。

那位瘦削的物理学家却一直在点头。“而你这位亲戚，你就是要他来接受手术？”

“啊，没错，我以为我说过了。但我如果还没说到那里，也要请你原谅我。你知道吗，那可怜的家伙脑袋不——不完全正常。”他慌慌张张地一口气说下去，“他没有生病，你了解吧。他没什么不对劲，还不至于被剔除。他只是动作迟缓，而且不说话，你懂了吧。”

“他不会说话？”谢克特似乎吃了一惊。

“哦——他会。只不过他不喜欢说，而且说得不好。”

物理学家看来有些犹豫。“而你想用突触放大器来增进他的智力，是吗？”

亚宾缓缓点了点头。“假使他多懂点事，先生，啊，他就能做些我太太干不了的活，你懂了吧。”

“他也许会死，这点你可了解？”

亚宾一筹莫展地望着对方，十根指头猛力互相缠扭。

谢克特说：“我需要他的同意。”

农夫慢慢摇着头，表情十分倔强。“他不会了解的，”然后，他以几乎听不清楚的声音，尽力劝道：“啊，你听我说，先生，我确定你会了解，你看来不像个不知道苦日子是什么的人。那个人上了年纪，不是六十大限的问题，你知道吧，可是如果说，下次普查的时候，他们认为他心智鲁钝，而——而把他带走呢？我们不想失去他，这就是我们带他来这里的原因。

“我会这样神秘兮兮，是因为也许——也许——”亚宾不由自主地冲着墙壁转眼珠，仿佛想要凭借意志力穿墙透壁，以便侦测可能藏在外面的监听者。“好吧，也许古人不会喜欢我的所作所为，也许试图拯救一个残废，会被判定是违反俗例的举动。可是生活很艰苦，先生……而且这对你也会有帮助，你们一直在征求志愿者。”

“我知道。你的亲戚在哪里？”

亚宾趁机赶紧说：“在外面我的双轮车中，只要还没被人发现。他不会照顾自己，万一什么人……”

“好吧，我们希望他平安无事。你和我现在就到外面去，把那辆车开到我们的地下停车场。除了我们两人和我的助手，我一定不让其他人知道他的存在。而且我向你保证，兄弟团契绝对不会找你麻烦。”

他伸出一只友善的手臂按在亚宾肩头。农夫咧嘴笑了笑，面颊不自主地抽动，对他而言，就像一根套在脖子上的绳索终于松开了。

谢克特低头望着躺在睡椅上那个肥胖、秃发的男子。这个病人已失去意识，呼吸深沉而规律。刚才，他说的话完全不知所云，他自己也什么都不懂，可是，又找不出任何弱智的生理征候。对一名老年人而言，他的反射机能相当正常。

老年人！嗯。

他抬头望向对面的亚宾，后者正目不转睛地盯着整个过程。

“你要不要我们做骨骼分析？”

“不！”亚宾叫道，然后又用较温和的口气说：“我不要任何能确认身份的检查。”

“那样做对我们有帮助。你懂吗，假如我们能知道他的年龄，那就会更安全。”谢克特说。

“他五十岁。”亚宾立刻回答。

物理学家耸了耸肩，这并不重要，于是他再度审视沉睡中的实验对象。刚才被带进来的时候，他显得很沮丧，完全封闭自己，对一切漠不关心，至少看来绝对如此。即使那些安眠药丸，也没有引起他的疑心。当药丸递到他面前时，他迅速露出个神经质的笑容，便一口吞了下去。

技术员正将最后一组机件推进来，这些机件看来相当粗陋，但凑在一起就成了一台突触放大器。按下某个按钮后，手术室的偏光玻璃窗便开始进行分子重排，一下子全部变成不透明，唯一的光线只有病人头上耀眼的冷光。病人已被移到手术台上，借着数十万瓦功率的反磁力场，他整个身子悬浮在手术台上方两英寸。

亚宾仍坐在黑暗的角落，他什么也看不懂，却偏偏认定只要他在场，就能阻止任何不利的行为。虽然他也明白，自己根本不知道该如何阻止。

物理学家对他视若无睹，只是细心地将电极接到病人的头颅。那是个冗长的过程，首先要利用乌斯特氏技术，仔细研究颅骨结构，将蜿蜒曲折、严丝合缝的裂隙全弄清楚。谢克特绷着脸暗自笑了笑——要定量测定一个人的年龄，颅骨裂隙虽不是无可取代的途径，但对这个手术而言，它已足够精确，这个人的年龄绝对不止五十。

过了一会儿，他就笑不出来了，反而皱起了眉头。裂隙结构有点不对劲，它们似乎很奇怪，不太……

一时之间，他已经可以发誓，这个颅骨结构相当原始，表现出一种返祖现象。可是嘛……嗯，此人的智力本就异常，又有何不可呢？

他突然惊叫道："啊，我没注意到！这个人的脸上有毛发！"他转向亚宾，"他一向都有胡须吗？"

"胡须？"

"就是他脸上的毛发！过来这里！你没看到吗？"

"有的，先生。"亚宾迅速搜寻记忆，当天上午他的确注意到了，后来却忘得一干二净。"他生来就是那样，"接着，他又有所保留地补充一句，"我这么想。"

"好吧，我们把它除去。你不想让他像个野兽般到处招摇吧，是吗？"

"不想，先生。"

技术员立刻戴上手套，小心翼翼地将脱毛软膏涂在史瓦兹脸上，那些胡须随即尽数脱落。

技术员说："他胸部也生有毛发，谢克特博士。"

"银河啊，"谢克特说，"让我看看！啊，这个人简直是一张活地毯！没关系，别管它，穿上衬衣就看不见了。我要开始安插电极，让我们在这里、这里和这里各插一根。"细如毛发的白金电极扎了进去，"这里和这里也要。"

共有十几根电极穿过皮肤刺入裂隙，透过紧密的裂隙，电极能感受到脑细胞间微电流的细微回波。

几个人仔细盯着安培计，当连接电极的电线接上再拉开时，安培计的指针出现了纤细的跳跃动作。微型的针尖记录器在绘图纸上画出不规则的波峰与波谷，最后的图形就像许多细致的蛛网。

然后，那些图形被放在发光的乳白色玻璃上，大家弯下腰来，围在图形旁边窃窃私语。

亚宾只听到断断续续的语句："……实在太规则了……看看这

个五阶峰值的高度……我想应加以分析……清楚得肉眼都能看出来……”

接着，他们似乎花了很长的时间，着手调整突触放大器。一面转动许多旋钮，一面盯着游标调节器，然后紧紧夹住，并将读数记录下来。他们一次又一次地检查各种不同的电表，每次都得重新做些调整。

然后，谢克特对亚宾微微一笑，说道：“很快就会结束了。”

巨大的机器向沉睡的病人推进，像个动作迟缓的饥饿怪兽。四条长电线悬垂在他手脚上方；一个黑色的垫子，看来像是硬橡胶制成的，仔细地垫在他的后颈，并用夹子固定在他的双肩。最后，一对像是巨大鸟嘴的电极张开来，咬在他灰白圆胖的头颅上，两极各指着两侧太阳穴。

谢克特的眼睛紧盯着精密计时器，开关则握在他手中。他的拇指突然动了一下，却未发生任何可见的变化，就连被吓得神经过敏的亚宾，也没看出什么究竟。时间仿佛又过了几小时，实际上还不到三分钟，谢克特的拇指再度动了动。

助手连忙弯下腰来，检视了一下仍在熟睡的史瓦兹，然后抬起头来，得意扬扬地说：“他还活着。”

不过这只是个开始，接下来好几个小时，记录报表逐渐堆积如山，大家几乎都兴奋得发狂。当皮下注射器将药剂打进史瓦兹体内，他的眼皮开始眨动的时候，天色早已暗了下来。

谢克特后退几步，脸色苍白但神情愉快。他一面用手背轻拍额头，一面说：“大功告成。”

他又转向亚宾，以坚决的口吻说：“他必须在这里待上几天，先生。”

亚宾眼中立刻射出万分惊慌的目光。“可是……可是……”

“不，不，你必须信任我。”他极力说服亚宾，“他会很安全，我可以拿性命担保，其实我已经把命赌进去了。将他留给我们，除了我们自己，没有人会看到他。假如你现在把他带走，他也许就活不成，这样对你又有什么好处？如果他真死了，你还得向古人解释尸体是打哪儿来的。”

最后一句话发生了作用。亚宾吞了一口口水，然后说：“可是我问你，我怎么知道什么时候回来接他？我才不要告诉你我的名字！”

无论如何，他已经屈服了。谢克特说：“我没有问你的名字。从今天算起，一个星期后，晚上十点钟的时候，你再回到这里来。我会在停车场门口等你，就是我们把你的双轮车开进来的那道门。你必须相信我，老兄，你没什么好怕的。”

亚宾驾车冲出芝加的时候，已是晚上八九点钟光景。从那个陌生人敲门算起，已经整整过了二十四小时。在这段时间中，他一再触犯俗例，可算是罪上加罪，今后他还能平安无事吗？

双轮车沿着空旷的道路飞驰，他不由自主地频频回首。会不会有什么人跟踪？一直跟到他家去？他的面容有没有被记录下来？现在，位于华盛的兄弟团契总部，是不是有人正在悠闲地比对着档案？在那里，所有活着的地球人，以及他们的统计资料全部记录在案，那主要是为了六十大限而准备的。

六十大限，所有的地球人最后都难逃这个劫数。还要再过四分之一世纪，他才会面对这一关。不过，由于格鲁的关系，他早已每天为这件事烦恼。如今，这个陌生人带来了同样的问题。

如果他再也不回芝加，会不会好一点？

不！他与洛雅无法长久持续三人的生产量。一旦他们撑不下去，他们最初的罪行——藏匿格鲁——就会被人发现。所以说，触犯俗例的罪行一旦开始，一定会像雪球一样越滚越大。

亚宾知道自己会回来，不论有任何危险。

直到午夜过后，谢克特才想到该就寝了，这还是忧虑的宝拉坚持之下的结果。即使如此，他并未入睡。枕头像是令人窒息的装置，裹在身上的床单则能使人疯狂。他站了起来，坐到靠窗的椅子上。现在整个城市一片漆黑，但在地平线上，在大湖的对岸，还映着象征死亡的暗淡蓝光。在地球表面，除了少数区域外，全都在这种蓝色光芒的笼罩下。

一整天处于兴奋状态的活动，仍在他心灵中一再重演。劝走那个受惊的农夫之后，他的第一个行动便是以影像电话联络国宾馆。恩尼亚斯一定在等他的消息，因为接电话的正是他本人，他仍套在灌铅的厚重衣物内。

“啊，谢克特，晚安。你的实验做完了？”

“我的志愿者也差点完了，可怜的家伙。”

恩尼亚斯现出嫌恶的神情。“当我想到最好别再待下去时，我的决定果然没错。你们科学家跟杀人凶手几乎没什么分别，我有这种感觉。”

“他还没死，行政官，我们也许能把他救活，不过……”说到这里，他耸了耸肩。

“我建议你，今后一律只拿老鼠做实验，谢克特……但你今天像是另一个人，朋友。至少，你对这种事一定早已麻木，虽然我做不到这一点。”

“我上了年纪，大人。”谢克特随口说。

“在地球上，这可是一种危险的游戏。”他淡淡地答道，“上床睡觉吧，谢克特。”

于是谢克特此时坐在那里，凝望着垂死世界中一个黑暗的都市。

突触放大器的测验工作已进行了两年，在这两年中，他一直是古人教团的奴隶与玩弄的对象。古人教团就是兄弟团契，后者是他们自己的称呼。

他早已写成七八篇论文，本来可以发表在《天狼星区神经生理学期刊》，真要那样的话，他就会在整个银河享有盛名，而他十分渴望这个荣誉。如今，这些论文锁在他的书桌里发霉，他却写了一篇词意晦涩又故意误导读者的文章，刊登在《物理评论》上。那就是兄弟团契的行事方法，一半的实话胜过全然的谎言。

而恩尼亚斯却认真追究起来。为什么呢？

这一点，跟他所知道的其他事情合拍吗？他所怀疑的事，难道帝国同样起了疑心？

过去两百年间，地球曾有过三次起义，每一次都打着所谓古代光荣的旗帜，以武力反抗帝国驻军。结果三次都失败了，这是当然的事。若非帝国本质上相当开明，银河议会大体而言也很有政治家风度，那么地球早被血洗一空，从住人行星的名单上除名。

不过现在情势或许有所不同……真的不同了吗？一个垂死的疯子讲的话，四分之三都语无伦次，他又能听信多少？

那又有什么用？无论如何，他什么也不敢做，唯一能做的就是等待。他已上了年纪，正如恩尼亚斯所说，在地球上，这可是一种危险的游戏。六十大限眼看就要来临，这个无所遁逃的死劫，只有极少数例外得以幸免。

即使生活在地球，在这个悲惨而不断燃烧的泥丸上，他也想要继续活下去。

想到这里，他又躺回床上，而在快要进入梦乡之际，他在心中暗自嘀咕：他打给恩尼亚斯的那通电话，不晓得有没有被古人窃听。这时，他还不知道古人另有其他情报来源。

直到第二天早上，那名年轻的技术员才完全下定决心。

他十分崇拜谢克特，可是他很明白，秘密改造一名未经认可的志愿者，是违反兄弟团契直接命令的行为。而那个命令，曾被赋予等同于俗例的法律地位，违反这样的命令就是犯了死罪。

他翻来覆去地推想，接受改造的这个人究竟是谁？征求志愿者的行动进行得很小心，那样做的目的，是为了透露一些有关突触放大器的消息，以消除帝国间谍潜在的疑心，并非真正鼓励志愿者前来。古人教团一直送他们自己人来接受改造，这已经足够了。

那么，这个人是谁派来的？是古人教团暗中派来的吗？为了测验谢克特的可靠程度？

或者，难道谢克特是一名叛徒吗？当天稍早的时候，他曾与某人密谈许久。那人穿着厚重的衣物，而外人为了防范放射线毒害，一律会穿上那种服装。

不论何者为真，谢克特皆将注定灭亡，自己为什么也要被拖进棺材呢？他还是年轻人，还有将近四十年好活，为什么要提早自己的六十大限呢？

此外，这还代表他能因此晋升……反正谢克特老了，下次普查也许就会把他除掉，所以对他而言不会有什么损失。实际上，是一点损失也没有。

技术员终于做出决定。他的手伸向通话器，按下数个密码，这样便能直接接通地球教长的私人房间。教长的地位仅次于帝国皇帝与行政官，他掌握着地球上每个人的生杀大权。

第二天晚上，由于一阵鲜明的疼痛，史瓦兹脑中迷蒙的印象才开始明朗。他记起自己沿着湖边来到一堆低矮的建筑群中，又在车子后座伏着身子等了许久。

然后呢，是什么？是什么？他的心灵用力拉扯迟钝的思绪……

对，他们来找他，将他带到一个房间，里面有许多仪器与仪表，此外还有两颗药丸……就是这些了。他们把药丸递给他，他高高兴兴接了过来。他有什么好怕的？即使是毒药，对他而言也甘之如饴。

接下来——什么都没有了。

慢着！还有些意识的片段……许多人俯下身来看他……突然间，他又记起冰冷的听诊器按在胸口的动作……还有个女孩喂过他一些食物。

他忽然恍然大悟，自己曾接受过什么手术。他感到惊慌失措，用力拉开被单，在床上坐了起来。

一名少女出现在他面前，双手按向他肩膀，坚决地将他按回枕头上。她以安抚的语气说了一些话，他却完全听不懂。他试图推开那双纤细的手臂，可是办不到，他没有一点力气。

他将两只手伸到面前，看来似乎没有异状。他又动了动双腿，立刻听见床单发出沙沙声，他的两只腿绝未被截掉。

他转向那名少女，抱着姑且一试的心情问道："你听得懂我的话吗？你知道我在哪里吗？"他几乎连自己的声音都已无法分辨。

少女微微一笑，突然以流畅的声调，吐出一大串快速的言语。史瓦兹哼了一声，感到有些失望。然后，一个年纪较大的男人走了进来，就是当初给他药丸的那个人。他跟那位少女交谈了一会儿，不久，少女又转身面对着他，并指着他的嘴唇，做出一个劝诱的小动作。

"什么？"他说。

她热切地点了点头，美丽的脸蛋露出喜悦的光彩。最后，连史瓦兹都不禁感到赏心悦目，浑然忘却其他的一切。

"你要我开口说话？"他问道。

那个男的坐到床缘，对史瓦兹做着手势，示意他张开嘴巴。他先说："啊——"然后用手指轻抚史瓦兹的喉结，于是史瓦兹也跟着说："啊——"

"怎么回事？"那人松开手后，史瓦兹不悦地说，"我能说话使你感到很惊讶吗？你把我当成了什么？"

几天后，史瓦兹知晓了一些事实。那个男的是谢克特博士——自从他跨过那个布娃娃，这还是他第一次知道某人的名字。那个少女则是他的女儿，名叫宝拉。史瓦兹还发现自己再也不必刮胡子，脸上的胡须一直没再长出来。这点令他害怕，他以前真有胡须吗？

他的体力很快恢复。现在他们准许他穿上衣服，下床走动一会儿。除了浓粥外，也开始喂他一些别的食物。

那么，他的问题是失忆症吗？他们帮他治疗的就是这个毛病吗？这个世界是否一直都很正常、很自然，而他自以为记得的那个世界，只是一个失忆的头脑产生的幻想？

但他们从不准他踏出这个房间，连到走廊上也不准。这么说，他是一名囚犯吗？他是否犯了什么罪？

再可怕的迷途经验，也比不上迷失在自己孤寂的心灵中那么可怕——在那些庞大繁复的心灵回廊里，什么也抓不到，什么也抱不住。再也没有什么人，会比一个丧失记忆的人更加无助。

宝拉以教他说话自娱。他学得很轻松，也都能记住，但他一点也不感到惊讶。他记得以前自己的记性就很好，至少，这项记忆似乎是正确的。只花了两天时间，他就能了解简单的句子，而在三天内，他就能让别人懂得自己的意思。

然而，第三天发生的事，则的确令他惊讶。谢克特开始教他算术，还出题目考他，史瓦兹每次都能说出正确答案。谢克特一面盯着计时装置，一面用铁笔迅速做成记录。接着，谢克特又对他解释"对数"的定义，并问他二的对数是多少。

史瓦兹仔细选取所用的字眼，他学到的词汇仍然太少，因此特别利用手势强调。“我——不——说，答案——不是——数字。”

谢克特兴奋地猛点着头，然后说：“不是数字，不是××，不是××；一部分××，一部分××。”

史瓦兹十分明白谢克特的意思，他是在肯定自己的说法正确。那个答案并非整数，而是个小数。因此他又说：“零点三零一零三，更——多——数字。”

“够了！”

然后他开始感到讶异，他是怎么知道答案的？史瓦兹确定自己从未学过对数，却在听到问题之后，心中立刻冒出答案。至于究竟是怎么算出来的，他一点概念也没有。仿佛他的心灵是个独立的个体，把他的身体当成传话筒而已。

或者，在他丧失记忆前，他曾经是个数学家？

他开始感到日子极难熬，觉得自己必须到外面的世界去闯一闯，想办法找出答案，而这种念头越来越强烈。这样像囚犯一样被关在房间中，只不过是个医学实验品（他突然有了这个想法），他永远无法知道真相。

到了第六天，机会终于来临。他们变得过分信任他，有一回谢克特离去后，竟然未将房门锁上。通常，房门锁得十分紧密，连门缝都看不出来。这一次，却留下四分之一英寸的空隙。

他等了一会儿，确定谢克特不会立即回来。然后，他模仿着他们开门的动作，慢慢将手按在一个小灯泡上。房门随即轻巧无声地滑开……走廊上没有人。

于是史瓦兹“逃走”了。

他又如何能知道，在这六天中，古人教团的特务一直在监视这间医院、这个房间，以及他自己？

第六章

深夜的忧虑

入夜后，行政官的府邸几乎与仙境无异。夜花（并非地球土生土长的）绽开白色肥厚的花瓣，将淡雅的清香传遍府邸各个角落。府邸建筑采用不锈铝合金做材料，巧妙地掺入人造硅酸盐纤维。在经过偏振的月光照耀下，那些纤维闪着暗淡的紫光，与周围的金属光泽相映成趣。

恩尼亚斯凝望着天上的星辰。在他看来，众星才是真正的美，因为它们代表了帝国。

地球的夜空介于两个极端之间。它不像中央世界的夜空，有着无法逼视的壮观天象——灿烂的星辰挤成一团，竞相发出耀眼的光芒，在星光爆满的情况下，几乎见不到所谓的黑夜。反之，它也不像外缘的夜空那般孤寂庄严——天球上只挂着几颗遥遥相对的暗淡孤星，勉强打破浓密的黑暗，银河则是横跨天际的乳白色透镜，也好像飘浮在天边的钻石粉末，完全看不出由无数恒星组成。

在地球上，随时能看见两千颗恒星。现在恩尼亚斯可以看到天狼星，而围绕着它的某颗行星，是帝国人口最多的十大行星之一。

他也看得到大角，那是他故乡星区的首府所在地。至于帝国首都世界川陀的太阳，则隐藏在星河某个角落，即使利用望远镜，也无法从一片光海中分辨出来。

一只柔软的手掌突然按在他肩头，他也伸出手来握住了那只手。

“芙洛拉？”他悄声道。

“最好没错，”传来的是她半开玩笑的声音，“你可知道，你从芝加回来一直没合过眼？还有你可知道，现在已经接近清晨？……要不要我叫人把早餐送到这儿来？”

“有何不可？”他爱怜地抬头望着她，在黑暗中摸索着她脸颊旁一绺棕发，然后紧紧抓在手中。“你一定要跟我一起守夜，模糊了这对银河中最美丽的眼睛？”

她拉回自己的头发，柔声答道：“而你，则想用甜言蜜语糊住我的眼睛。但我以前也看过你这个样子，你的心事一点都瞒不了我。今晚什么事让你操心，亲爱的？”

“啊，就是一向让我操心的那件事，就是我让你埋没在这里。其实，不论在银河哪个总督社会中，你都会是最出色的佳人。”

“还有别的！好啦，恩尼亚斯，我可不要被你愚弄。”

恩尼亚斯在黑暗中摇了摇头，又说：“我不知道。我想，是许多小难题累积在一起，终于使我吃不消了。谢克特和他的突触放大器是一桩；这个考古学家，艾伐丹，和他的那些理论又是一桩。还有其他的事，其他的事。哦，有什么用呢，芙洛拉，我在这里什么事都做不好。”

“今天清晨这个时候，当然不是测验自己士气的最佳时机。”

恩尼亚斯却咬牙切齿地说：“这些地球人！为何这么小的一群，会成为帝国这么大的负担？你记得吗，芙洛拉，我刚被指派接任行政官职位时，那个老法劳尔——前任的行政官——对我所做的警告，说这个职位有多难做？……他是对的。若说他说错了什么，就是他的警告还不够彻底。我当时却嘲笑他，私底下，我认为那是他年老力衰的结果。我却是个年轻、积极、勇敢的人，我会做得更好……”

说到这里他突然住口，也不知道在想什么。等他再开口的时候，显然跳到了另一个话题。“然而，有这么多互相独立的证据，似乎都显示地球人又误入歧途，再度梦想要造反了。”

他抬起头来，望着他的妻子。“你可知道，古人教团的中心教条是什么？他们认为地球曾是人类唯一的故乡，所以地球注定是人类的中心、人类真正的代表。”

“啊，前天晚上艾伐丹就是这么说的，对不对？”在这种时候，让他一吐为快总是最好的办法。

“是的，他的确说过。”恩尼亚斯以沮丧的口气说，“即使如此，他却仅提到过去，古人教团则同时谈论过去和未来。他们说，地球将再次成为人类的中心。他们甚至声称，虚幻的地球第二王国即将来临。他们发出警告，说帝国将毁于一场全面性灾难，而地球——”他的声音开始发颤，“一个落后、蛮荒、土地遭到污染的原始世界，最后将成为光荣的胜利者。过去，这种荒谬的教条曾挑起过三次叛乱，地球因此遭致的破坏，却一点也没有动摇他们的愚蠢信念。”

“他们只不过是一群可怜人，”芙洛拉说，“我是说这些地球人。除了那个信念，他们还能有什么呢？他们显然被剥夺了一切，包括像样的世界，像样的生活。他们甚至失去做人的尊严，因为银河的其他人类，都不能在平等的基础上接受他们。所以他们封闭在自己的梦想中，你能因此怪他们吗？”

“是的，我可以怪他们。”恩尼亚斯中气十足地叫道，“他们应该从梦中醒来，尽力和整个银河同化。他们不否认与众不同，但他们只想用‘较佳的’取代‘较差的’，你不能指望其他人允许他们那样做。他们应当抛弃排外意识，以及那些过时而粗野的俗例。他们自己要像个人，别人才会把他们当人看待。要是他们非当地球佬不可，就只会被视为那种东西。

“不过别管这件事了。比方说，突触放大器的进展如何？就是像这种小问题，害我一直睡不着觉。”恩尼亚斯皱着眉头，若有所思地望着东方的天际，漆黑的夜空已渐渐透出朦胧的曙光。

“突触放大器？……啊，不就是艾伐丹博士晚宴中提到的那个装置吗？你到芝加去，就是为了调查这件事？”

恩尼亚斯点了点头。

“你在那里发现了什么？”

“什么也没有发现。”恩尼亚斯说，“我认识谢克特，对他非常熟悉。我看得出他什么时候悠然自在，什么时候忧心忡忡。我告诉你，芙洛拉，他这次跟我谈话，从头到尾都忧虑得要死。当我离去时，他感激得差点痛哭流涕。这是个令人不快的谜，芙洛拉。”

“可是那个机器有效吗？”

“请问我是神经物理学家吗？谢克特说它没效。后来他打电话给我，告诉我一名志愿者差点被害死。但我可不相信，他太兴奋了！还不止如此，他简直得意万分！他的志愿者还活着，这就代表实验成功了。如果说他当时还不算快乐，我这辈子就从未见过快乐的人……好，你想他为什么要对我说谎？你认为那个突触放大器开始运转了吗？你认为它能制造一群天才了吗？”

“但若是那样，为什么还要保密呢？”

“啊！为什么？难道你看不出这很明显吗？地球的叛乱为何总是失败？他们寡不敌众，根本没有胜算，对不对？如果能将地球人的智力普遍提升，成为原来的两倍、三倍，他们的胜算又会变成多少？”

“哦，恩尼亚斯。”

“那时我们的处境，也许会像人猿和人类对敌一样。人数的多寡又有什么用？”

“你实在有点草木皆兵，他们不可能瞒得了这种事。你随时可以请外星省管理局派几个心理学家来，在地球上持续进行随机抽样测验。若有任何异常的智商增长，当然可以立即检查出来。”

“对，我想你说得没错……不过事情也许不是这样。我什么事也无法确定，芙洛拉，除了确定马上就要爆发一场叛乱。就像上次的那种叛乱，只不过也许要更糟。”

“我们有所准备吗？我的意思是，如果你这么肯定……”

“准备？”恩尼亚斯的笑声好像狗叫，“我的确做了，驻军已经完成战备，装备补给一律齐全。在我能力范围内做得到的，我全都已经做了。可是，芙洛拉，我不希望发生叛乱，我不希望历史将我记载为镇压叛乱的行政官，我不希望自己的名字和死亡、屠杀连在一块。我会因此获颁勋章，可是一个世纪后，历史课本却会称我为血腥的暴君。六世纪时那个圣塔尼的总督，难道不是最好的例子吗？他令数百万民众丧生，但除了那样做，他还有什么别的办法吗？当时他被大大表扬了一番，但现在谁还对他有一句好话？我倒宁愿让后人记得，我曾经阻止一场叛乱，拯救了两千万个傻瓜不值钱的性命。”他的口气听来相当绝望。

“你确定无法做到吗，恩尼亚斯——即使现在？”她坐到他身边，用指尖轻抚他的下颚。

他抓住她的手指，紧紧握在手中。“我怎能做得到？一切都在和我作对。管理局本身也来凑热闹，还跟那群地球狂徒站在一边，竟然把那个艾伐丹送到这里来。”

“可是，亲爱的，我看这个考古学家不会做出什么可怕的事。我承认他看来像个好奇心重的人，可是他会有什么害处呢？”

“啊，难道还不明显吗？他想证明地球的确是人类的发源地，想要为那种颠覆性的言论，提出一个科学证据。”

“那就赶紧阻止他。”

“我办不到，坦白说，你戳到痛处了。有人认为总督无所不能，事实却并非如此。那个人，艾伐丹，拥有外星省管理局发给的许可令，那是由皇上亲自批准的。面对这一纸令状，我完全无可奈何。我什么事也不能做，除非先诉请中央议会批准，那得花上好几个月……而我又能给他们什么理由？另一方面，假如我强行阻止他，就等于我自己叛变，你也知道，自从八十年代发生内战后，对于那些他们认为越界的行政官员，中央议会一律毫不犹豫地撤换。然后又会怎么样呢？会有另一个人接替我的职位，他对整个情况毫不知情，艾伐丹照样会如愿以偿。

“那还不是最糟的事，芙洛拉。你可知道，他准备如何证明地球的古老？你猜猜看。”

芙洛拉轻声笑了笑。“你是在跟我开玩笑，要我怎么猜呢？我又不是考古学家。我想，他会设法挖出古代的雕像或骨头，再用诸如放射性的方法，来测定它们的年代。”

“我倒希望真是这样。艾伐丹真正准备做的，他昨天告诉我，是进入地球的放射性地带。他想要在那里寻找人造器物，再用类似的定年方法，证明地球的土壤带有放射性前，那些器物就已经存在，因为他坚持地球的放射性是人为的结果。”

“但这跟我刚才说的几乎一样。”

“你可知道进入放射性地带代表了什么？那些地方都是禁区，

这是地球人最严格的俗例之一。没有人能进入禁区，而所有的放射性地带都属于禁区。”

“可是这样好啊，艾伐丹会被地球人自己阻止。”

“哦，好啊，他会被教长阻止！然后，我们又如何能说服他，让他相信整个计划并非政府资助，帝国并未纵容这种蓄意的亵渎行动？”

“教长不可能那么敏感。”

“他不会吗？”恩尼亚斯站起来，双眼盯着他的妻子。夜色已逐渐淡去，在灰蒙蒙的晨曦中，她的面容依稀可见。“你拥有最动人的纯真天性，他当然会那么敏感。你可知道，哦，大约五十年前，发生过一件什么事？让我告诉你，然后你可以自行判断。

“事情是这样的，地球人绝不允许在他们的世界上，出现任何帝国统治的标记。因为他们一向坚持，唯有地球才是银河的合法统治者。然而，年轻的斯达涅尔二世——就是那个有点精神错乱的娃娃皇帝，他在位两年就被暗杀了，你应该记得！——他却下令要将帝国的国徽，悬挂在位于华盛的地球议会厅中。这个命令本身不算无理要求，因为在银河各行星的议会厅中，全都悬挂有这个国徽，作为帝国一统银河的象征。可是这样做的结果如何呢？国徽挂起来的那一天，整个城市立刻发生暴动。

“华盛的那些疯狂分子拆下国徽，并武装起来和驻军对抗。斯达涅尔二世也实在够疯狂，竟然坚持贯彻他的命令，即使杀光地球人也在所不惜。不过在大屠杀展开之前，他自己就遇刺身亡，继位者厄达德取消了原来的命令，才使一切重归太平。”

“你的意思是，”芙洛拉以不敢置信的口吻说，“帝国国徽没有挂回去？”

“我正是那个意思。众星在上，在帝国亿万行星中，唯有地球议会厅内没有国徽，就是我们如今立足的这颗卑贱的行星。即使到了今天，假如我们想再试试，他们为了阻止我们，还是会奋战至最后一人。而你还问我他们是不是敏感，我告诉你，他们简直就是疯狂。”

在渐渐变作灰色的曙光中，两人维持了一阵沉默。然后芙洛拉才再度开口，她的声音细微而缺乏自信。

“恩尼亚斯？”

“嗯。”

“你所操心的事，不只是你预期中的叛乱会影响你的名誉。假使我不能读懂你一半的心思，我就不配当你的妻子。在我的感觉中，你料到某种事物会对帝国构成真正的威胁……你不该对我隐瞒任何事，恩尼亚斯。你在害怕这些地球人会赢。”

“芙洛拉，我无法谈论这件事。”他的眼中露出痛苦的神情，“那甚至不算一种预感……也许在这个世界待上四年，对任何正常人而言都太长了。可是这些地球人为何如此自信？”

“你又怎么知道？”

“哦，绝对没错，我自己也有情报来源。毕竟，他们先后已被彻底打垮三次，不可能再存有任何幻想。然而，他们面对着两亿个世界，任何一个都比地球强大，他们却仍信心十足。他们对于所谓的命运，或是某种超自然力量，某种对他们才有意义的东西，真有如此坚强的信念吗？也许……也许……也许……”

“也许什么，恩尼亚斯？”

“也许他们拥有独门武器。”

“能让一个世界打败两亿个世界的武器？你紧张过度了，没有任何武器具有这种威力。”

“我已经提到过突触放大器。”

“我也告诉了你怎么应付它。你知道他们手上还有其他形式的武器吗？”

“没有了。”回答得很勉强。

“一点都没错，根本不可能有这样的武器。让我告诉你该怎么做，亲爱的。你何不主动跟那个教长联络，以认真诚恳的态度，把艾伐丹的计划告诉他？再以旁敲侧击的方式，坚决主张不该让他获得批准。这样他们就不会——或者说应该不会——怀疑帝国政府跟这桩触犯俗例的蠢行有任何牵连。与此同时，你还得躲在幕后，不露痕迹地阻止艾伐丹的行动。然后，再让管理局派两名优秀的心理学家来——或者最好要四名，这样就能保证他们至少会派两名——让他们检查突触放大器改变智力的可能性……其他的事，我们的战士都能应付，至于未来的问题，就留给我们的后代解决吧。

“现在，你何不就在这里睡一会儿？我们可以把椅背放下，你可以用我的毛皮披肩当毯子。等你醒来后，我会叫下人把早餐推来。在阳光底下，每件事都会变得不一样。”

因此，彻夜未眠的恩尼亚斯，终于在日出前五分钟进入梦乡。

八小时后，教长第一次听到贝尔·艾伐丹这个名字，以及他身负的特殊任务，这都是行政官亲口告诉他的。

第七章
与疯子聊天？

至于艾伐丹，则只顾着尽情享受他的假期。他的飞艇“蛇夫号”至少还要一个月才能送达，也就是说，他有一个月的逍遥时光，可以想做什么就做什么。

因此，在抵达埃佛勒斯峰六天后，贝尔·艾伐丹便向东道主告别，搭乘“地球空运公司”最大的一架平流层喷射机，从埃佛勒斯峰直飞地球上人口最多的芝加市。

至于他为何舍弃恩尼亚斯提供的私人快艇，搭乘商用班机旅行，答案其实很简单，他是故意这么做的。这是基于一个陌生人兼考古学家合理的好奇心——住在像地球这样一颗行星上的普通居民，他们的生活究竟如何？

此外，还有另一个原因。

艾伐丹来自天狼星区，人人都知道，在整个银河中，该星区的反地球偏见最为强烈。然而，他总喜欢自认从未沾染这种恶习。身为一名科学家，尤其是一名考古学家，绝不允许他存有那样的心态。当然，他难免习惯成自然，将地球人想象成某些类型的漫画人物。即使到了今天，他仍觉得“地球人”是个丑恶的名词。纵然如此，他并没有什么真正的偏见。

至少，他自己不这么想。比如说，假如一个地球人希望加入他的考古队，或是为他个人工作，而且所受的训练与本身的能力都合格，那么他是不会拒绝的。不过，前提是的确要有工作机会。而且，还要考古队其他成员不致太在意，而这可就难了。通常，队员们会一致反对，那他又有什么办法呢？

他继续思索这个问题。跟一个地球人一同进餐，这种事他当然不会介意。甚至有必要的时候，分享一个卧铺也没关系——假设那个地球人足够干净，而且身体健康。事实上，不论在哪方面，他对待地球人都不会有任何差别，他这么想。但有一点不可否认，就是他总会意识到地球人就是地球人，他自己也无可奈何。这是童年浸淫在偏执气氛中的必然结果，那种气氛纯粹而彻底，使人几乎没有感觉，却会在你心中深深扎根。当你离开那个社会，再回头反省之际，才能真正看清它的本质。

可是在这里，他有了自我测验的机会。他坐在飞机上，周围全部是地球人，而他感到百分之百自然——几乎百分之百。好吧，只是有点心虚罢了。

艾伐丹看了看同行旅客的脸孔，每张脸都很普通，看不出有什么特别。这些地球人应该有所不同，但若是在人群里无意间遇到他们，他有办法将他们从普通人中分辨出来吗？他自认办不到。女性外貌并不难看……他的眉毛突然打了个结。当然，即使包容也该有明确的界线，比方说通婚就是无法想象的事。

在他的眼中，这架飞机只是个不完美的小玩具。它当然是核动力交通工具，但对核能的应用实在太欠缺效率。举例而言，动力系统的屏蔽就没做好。艾伐丹突然又想到，大气中若出现杂散伽马射线或高密度中子，一般人虽然会认为很严重，但地球人的感受很可能没有那么深刻。

这时，窗外的景观吸引了他的目光。从紫红色的平流层顶向下望去，地球呈现出难以置信的面貌。他可以望见下方广大迷蒙的陆块（映着阳光的云朵零星散布，因此视野并不清楚），看得出是沙漠独有的橘红色。朦胧模糊的昼夜界线落在他们后方，渐渐远离飞驰的平流层班机。而在夜幕中，则有放射性地带散发出的闪耀光芒。

他突然听到许多人的笑声，便将注意力从窗外收回来。那阵笑声似乎围绕着一对老夫妇——两人都体态丰满，脸上挂着愉快的笑容。

艾伐丹用手肘推了推邻座的旅客。“怎么回事？”

邻座那人止住了笑，对他说：“他们结婚满四十年了，正在进行他们的‘大旅游’。”

“大旅游？”

“你知道，就是环绕地球一周。”

老先生正兴高采烈、口若悬河地述说他的经历与观感。他的妻子偶尔会插一句嘴，细心地更正一些毫不重要的细节，两人的心情都好极了。他们说的每一句话，周围的人都听得极其专注。艾伐丹不禁感到地球人也很热情、很有人情味，与银河各个角落的人并无不同。

然后，有人问道：“你的六十大限定在什么时候？”

“差不多一个月后，”他回答得干脆而欣然，“十一月十六日。”

“很好，”刚才那人又说，“我希望你遇上一个好天气。我父亲的六十大限那天，碰到一场该死的倾盆大雨，后来我再也没见过那么大的雨。我陪他一起去——你也知道，像这种日子，谁都喜欢有个伴——他一面走一面抱怨，我们开的是敞篷双轮车，你懂了吧，两个人全身都湿透了。‘我跟你讲，’我说，‘你有什么好抱怨的，老爹？我还得回去呢。’”

机舱内掀起一阵哄堂大笑，老夫妇也毫无顾忌地随众人笑成一团。然而，艾伐丹心中却生出一种明显而不安的疑虑，令他陷入恐怖的情绪之中。

他对旁边的乘客说：“这个六十大限，他们谈论的这个话题，我想他们指的是安乐死。我的意思是，你到六十岁生日那天，就会被送到另一个世界，对不对？”

不过艾伐丹的声音越来越小，因为邻座的男子硬生生咽下最后几下笑声，猛然转过头来，以狐疑的目光瞪视他良久。最后，那人终于开口道：“嗯，你又认为他老人家是什么意思呢？”

艾伐丹做了个含糊的手势，傻傻地笑了笑。他早就听说过这个习俗，不过那只是一种学术知识，是书本上的记载，是科学论文讨论的题目。但他现在终于有了切身的感受，明白它真正用到了活人身上。根据这个习俗，周围这些男女老幼全都只能活到六十岁。

旁边那个人仍在瞪着他。“嘿，老兄，你是打哪儿来的？在你家乡那个城市，他们不知道六十大限吗？”

“我们管它叫‘时辰’，”艾伐丹有气无力地说，“我是从那里来的。”他伸出右手拇指，用力朝肩膀后面一甩。又过了十五秒钟，对方才收回质疑的锐利目光。

艾伐丹突然噘起嘴唇。这些人的疑心病可真重，至少，漫画人物的这项特征是真实的。

那位老先生又开始说话。“她要跟我一道去，”他一面说，一面冲着和蔼的老妇人点了点头。“她的期限比我大约晚三个月，但她认为等下去没什么意义，不如我们一道走还比较好。对不对，我的胖太太？”

“哦，没错。”她咯咯地笑得很开心，“我们的子女都已经结婚，有了他们自己的家庭，我只会成为他们的累赘。何况，老头不在了，我反正也没法享受剩余的时光，所以我们决定一道上路。”

于是，所有乘客似乎同时开始计算自己剩下的日子。这牵涉到了将月数转换成日数的公式，有几对夫妻还因此起了争执。

一个穿着紧身衣裳，一脸毅然表情的矮小男子，以激昂的口吻说：“我刚好还剩下十二年三个月零四天。十二年三个月零四天，一天也不多，一天也不少。”

有人对这句话加了个合理的注脚。“要是你提早死了，自然另当别论。”

“胡说八道，”那人立刻回嘴，“我绝无意提早死去，我像是那种会提早死去的人吗？我还要活十二年三个月零四天，这里谁也没有胆量否认这一点。”他的样子看来的确非常激昂。

有个瘦削的年轻男子，本来叼着一根高级的长型香烟，此时他把香烟拿在手中，以阴沉的口吻说：“能把日子算得那么清楚实在不错。有很多人活过了自己的时限。”

“啊，的确如此。”另一人附和道，大家也都点了点头，一股愤慨的气氛开始出现了。

“不过，”那年轻人一面吞云吐雾，一面以夸张的动作弹掉烟灰，“一个男人或是女人，想要活过六十岁生日，直到下个议会日来临，我倒看不出有什么好反对的，尤其是他们如果有事要交代清楚。可是某些卑鄙无耻的寄生虫，竟然想要活到下个普查日，白白消耗下一代的粮食……”对于这种事，他似乎有一肚子的牢骚。

艾伐丹轻声插嘴道：“不是每个人的年龄都登记有案吗？他们生日过后就不可能再活多久了，对不对？”

接下来是一片沉默，有些人则对这个愚蠢的理想主义言论嗤之以鼻。最后，终于有人再度开口，那人仿佛试图结束这个话题，以圆滑的外交辞令说:“反正，我想，活过六十大限也没什么意义。”

“如果你是农夫，当然没有意义。”另一个洪亮的声音回嘴道，“你在田里工作半个世纪后，要是不想结束这种生活，你就一定是疯了。可是，那些行政官员，还有生意人又如何呢?”

最后，那位老先生勇敢地提出自己的见解（这场讨论就是他结婚四十周年纪念引起的）。也许因为他的六十大限即将来临，已经没有什么顾虑，他才生出平常没有的勇气。

“这一点，”他说，“要看你认识些什么人。”他狡狯地眨了眨眼睛，显得若有所指。“我知道有个人，在八一〇年普查后年满六十，却一直活到八二〇年的普查才被抓到。他上路的时候已经六十九岁，六十九岁！想想看哪！”

“他是怎么做到的?”

“他有那么点钱，他的弟弟又是古人教团的成员。只要有这两个条件，没有什么是你做不到的。”

大家都表示颇有同感。

“我告诉你们，”抽烟的年轻人以激动的口气说，“我有个伯父就多活了一年，只不过一年而已。他就是那种自私的家伙，不想到另一个世界去，懂了吧。他可真是关心我们这些家人啊……我当初却不知道，懂了吧，否则我就会告发他，相信我。因为一个人时候到了就该上路，唯有这样对下一代才算公平。反正，最后他还是被抓到了，然后我立刻倒霉，兄弟团契马上来找我和我哥哥，想知道我们为何不告发他。我说，妈的，我对这档子事毫不知情，我的家人也都被蒙在鼓里。我还说我们有十年没见过他了，我家老头也支持我的说法。可是我们仍被罚款五百点，这就是没人照应你的结果。”

艾伐丹脸上烦乱的表情越来越深刻。难道这些人都是疯子吗？竟然如此看待死亡，还对逃避死亡的亲友恨之入骨。他会不会在无意间，搭上一架运送精神病患到收容所（或去执行安乐死）的特别班机？或者说，地球人就是这个样子？

邻座那人对他仍没有好脸色，他的声音闯进艾伐丹的思绪。“嘿，老兄，‘那里’究竟是哪里？”

“什么？”

“我说，你是从哪里来的？你刚才说‘从那里来’，‘那里’是什么意思？嘿？”

艾伐丹发现，众人的视线现在都集中在自己身上，每双眼睛都在瞬间冒出怀疑的目光。他们以为自己是古人教团的一员吗？他提出那样的问题，像是个卧底的人施展的诡计吗？

因此，他突然以坦白的态度，诚恳地回答对方的问题。“我不是从地球上什么地方来的，我是来自天狼星区拜隆星的贝尔·艾伐丹。阁下尊姓大名？”说完，他便伸出右手。

他这句话一出口，简直就像在机舱中丢下一颗微型核弹。

每张脸孔随即现出无声的恐惧，又迅速转变成气愤、痛恨、充满敌意的表情。坐在他旁边的人僵硬地站起来，挤到另一组座位去，原来坐在那里的两个人则挤成一团，以便帮他腾出空位。

众人的脸一一转开，大家都用肩膀或后背对着他。一时之间，艾伐丹感到怒火中烧。地球人竟然这样对待他！地球人哪！他对他们伸出友谊之手，他，一个天狼星区居民，纡尊降贵向他们示好，他们却悍然拒绝了。

然后，他勉力放松紧绷的情绪。根深蒂固的偏见显然不是单向的，恨意能滋生恨意！

他觉得又有人坐到他身边，于是转过头去，以愤怒的口气说：

“什么事？”

来的正是那个抽烟的年轻人，他一面开口，一面点燃另一根香烟。“嗨，”他说，“我叫可伦……别让那些蠢材把你气坏了。”

“没人惹我生气。”艾伐丹不耐烦地说。他对身旁这个人没什么好感，现在也没那种心情向一个地球人请益。

但是可伦不善于察言观色，他使劲吸了一大口烟，再将香烟伸出座椅扶手，把烟灰弹到走道上。

“乡下土包子！”他轻蔑地悄声道，“只不过是一群农人……他们欠缺银河观。别跟他们一般见识……你可以跟我做朋友，我的人生哲学不一样。将心比心，人人都有生存的权利，我常这样说。我对外人毫无成见，只要他们对我友善，我就会对他们友善。他妈的有什么分别，他们身为外人不是自己的选择，就像我身为地球人一样无可奈何。你难道不认为我说得对吗？”他亲热地拍了拍艾伐丹的手腕。

艾伐丹点了点头，被那人拍了一下，令他有一种毛毛虫爬到身上的感觉。这个人由于错失机会，未能亲自将伯父送上死路，因而感到愤恨不已，跟这种人打交道绝不是愉快的事，这跟他的星籍可说毫无关系。

可伦上身靠向椅背，又说：“要去芝加吗？你刚才说你叫什么名字？阿巴丹？”

“艾伐丹。是的，我是要去芝加。”

“那是我的故乡，是地球上最好的一个该死的城市。要待很久吗？”

“也许，我还没定好计划。”

“嗯……喂，我希望你不会怪我这么说，我一直在注意你的衬衣。介不介意我仔细看一看？天狼星区制品，是吗？”

“是的，没错。”

“这是上好的质料，在地球上找不到这种货色……嘿，兄弟，你的行李箱里，应该还有像这样的衬衣吧？如果你想卖掉，我愿意跟你买，它穿起来可真潇洒。”

艾伐丹用力摇了摇头。“抱歉，我没带太多衣物，我还打算在地球上沿途添购些。”

“我付你五十点。”一阵沉默后，可伦带着一丝愤恨的语气，补充了一句：“那是个好价钱。”

“很好的价钱，”艾伐丹说，“可是，我已经告诉过你，我没有多余的衬衣可卖。”

“好吧……”可伦耸了耸肩，“准备在地球待不少时日吧，是吗？”

“也许。”

“你是干哪行的？”

考古学家终于让心中的怒意浮出表面。“听我说，可伦先生，如果你不介意，我有点累了，想要小睡一会儿。你认为可以吗？”

可伦皱起眉头。“你怎么搞的？你们这些人不是认为对人应当文明吗？我只不过客客气气地问你一个问题，没有必要把我的耳朵咬掉。”

这段对话本来一直压低声音进行，现在突然变成近乎吼叫。许多充满敌意的面孔纷纷转向艾伐丹，考古学家则紧紧抿起嘴唇。

这是他自找的，他忿忿想道。若是他一开始就保持距离；若是他没想要夸耀自己的包容力，未曾将它强行加在不想要的人身上，他就不会惹上这种麻烦。

于是，他以平稳的口气说：“可伦先生，我没有要求你来陪我，也没有表现得不文明。我再说一遍，我有点累了，想要休息一下。

我想，这句话没什么不对劲。”

“听我说，”年轻人站了起来，以粗暴的动作丢开香烟，再伸出一根指头指着对方。“你别把我当成一条狗，或是其他什么东西。你们这些可恶的外人，带着优雅的谈吐和局外人的眼光来到这里，就以为你们有权践踏在我们身上。我们没必要吃这一套，懂了吧。假如你不喜欢这里，你大可回老家去。你只要再啰唆几句，我就会好好修理你一顿。你以为我怕你不成？”

艾伐丹别过头去，目不转睛地望着窗外。

可伦不再说什么，默默回到原先的座位。机舱四处又响起热烈的谈话声，艾伐丹却充耳不闻。他感到——而不是看到——有许多凌厉恶毒的目光投到自己身上。最后，那些目光终于渐渐消失，就像所有的事物一样。

剩下的那段旅程，他一直保持着孤独与沉默。

降落芝加机场的感觉真好。当他还在天空的时候，看到这个“地球上最好的该死城市”第一眼，艾伐丹就发出会心的微笑。他发现由于这个城市已遥遥在望，机舱内凝重而不友善的气氛顿时改善了许多。

他指挥着搬运工人卸下行李，转运到一辆双轮计程车上。在计程车中，他就是唯一的乘客了。因此，只要注意别跟司机做不必要的交谈，他就几乎不可能惹上麻烦。

“国宾馆。”他把目的地告诉司机，他们便上路了。

就这样，艾伐丹首度来到芝加市。也就在这一天，约瑟夫·史瓦兹从核能研究所逃了出来。

可伦露出皮笑肉不笑的表情，望着艾伐丹远去的背影。然后他掏出小笔记簿，一面抽着香烟，一面仔细研究其中的记载。虽然说了那个“伯父的故事”（过去他经常使用，而且成效卓著），他并未从旅客身上打探出太多情报。其实，那老家伙的确说了些，他抱怨某人活过了自己的日子，并归咎于他跟古人教团有“关系”。光是这几句话，诋毁兄弟团契的罪名就能成立。可是，反正那老头的六十大限就在一个月后，把他的名字记下来也没用。

可是这个外人完全不同。他以愉悦的心情审视着这一条：“贝尔·艾伐丹，天狼星区拜隆星——对六十大限十分好奇——自己的事守口如瓶——十月十二日，芝加时间上午十一点，搭乘商用班机来到芝加——反地球倾向非常显著。”

这回，他也许有了真正重要的收获。揪出一些口没遮拦、胡乱发表叛逆言论的小角色，实在是一件无聊的工作。不过，像今天这种事则是最好的补偿。

半小时内，兄弟团契便会收到他的报告。想到这里，他便以悠闲的步伐走出机场。

第八章
会师芝加

这是谢克特博士第二十次翻阅最近的研究笔记，当宝拉走进他的办公室时，他抬了一下头。而她刚刚套上实验袍，就立刻皱起眉头。

“哎呀，父亲，你还没吃呀？”

“啊？我当然吃过了……哦，这是什么？”

“这是午餐，或者说曾经是顿午餐，你吃掉的一定是早餐。我特地去买这些食物，再送来这里，你要是不吃，我这样做一点意义也没有，以后我赶你回家吃饭就行了。”

“别激动，我马上吃。我不能因为每次你认为我该吃饭了，就中断某个重要的实验，你知道的。”

开始吃甜点的时候，他又变得兴高采烈。“你根本想象不到，”他说，“这个史瓦兹是个什么样的人。我有没有告诉你，他的颅骨骨缝是什么样子？”

“它们很原始，你告诉过我。”

“可是还有别的。他有三十二颗牙齿，上、下、左、右各有三颗臼齿，其中一颗是假牙，而且一定是自制的。至少，我从没见过齿桥上有金属钩子，用来将假牙挂在两旁牙齿上，而不是将它融在颚骨中……可是，你看过什么人有三十二颗牙齿吗？”

“我不会无缘无故数别人的牙齿，父亲。正确的数目是多少——二十八颗？”

“当然……不过，我还没说完。昨天我们做了一次内科分析，你猜我们发现了什么？……猜猜看！”

“肠子？”

“宝拉，你故意要气我，可是我不在乎。你不必猜啦，让我来告诉你。史瓦兹有一条阑尾，长度是三英寸半，而且是开口的。银河啊，这真是史无前例！我曾向医学院查询——当然，我做得很谨慎——阑尾从来没有超过半英寸的，而且绝对没有开口。”

“这究竟代表什么意义呢？”

“啊，这是百分之百的返祖现象，他简直就是个活化石。”他从椅子上站起来，快步走到墙边，又快步走回来。“我告诉你该怎么做，宝拉，我认为我们不该放弃史瓦兹，他是个太珍贵的标本。”

“不，不，父亲。”宝拉立刻说，“你不能那样做。你答应过那个农夫，说你会把史瓦兹还给他。为了史瓦兹自己，你也一定要这么做，他在这里并不快乐。”

“不快乐！哈，我们待他有如一个富贵的外人。”

“这又有什么分别？那个可怜人习惯了他的农场，还有他的家人，他一辈子都住在那里。现在，他有了一段可怕的经验——在我看来，还是段痛苦的经验——而且他的心灵运作方式改变了。你不能指望他有办法明白，我们必须考虑到他的人权，一定要把他送回家人身边。”

“可是，宝拉，为了科学……”

“哦，得了吧！科学对我而言又值什么？万一兄弟团契听说你在进行未经批准的实验，你想他们会怎么说？你认为他们会关心科学吗？我的意思是，即使你不为史瓦兹着想，也得为你自己着想。你把他留得越久，被抓到的机会越大。明天晚上，你就把他送回家去，就用你原先计划的方式，听到没有？……我现在下楼去，看看史瓦兹在晚饭前是否需要什么。”

但她不到五分钟就回来了，她的表情沮丧，脸色惨白。“父亲，他走了！”

“谁走了？”他吃了一惊。

“史瓦兹！”她叫道，眼泪已经快掉下来。“你离开他的时候，一定忘了把门锁上。”

谢克特猛然站起来，伸出一只手稳住了身子。“多久了？”

“我不知道，但不可能太久。你最后在那里是什么时候？”

“顶多十五分钟前。你进来的时候，我在这里才待了一两分钟。”

“好吧，那么，”她突然下定决心，“我马上出去找他，也许他只是在附近乱逛。你，待在这里。如果别人发现他，绝不能让他们知道他和你有牵连。明白了吗？”

谢克特只能拼命点头。

约瑟夫·史瓦兹逃离医院的囚室来到广阔的市区后，心中的大石头并没有落下。他未曾欺骗自己，让自己相信已有一个行动计划。他明白，而且非常明白，他只是在见机行事而已。

若说有什么合理的冲动在指导他（而不是盲目地期望只要能有行动就好），那就是他希望凭借不期而遇的事件，能帮助他寻回走失的记忆。如今，他已经百分之百相信，自己是一名失忆症患者。

然而，对这个城市的匆匆一瞥，却使他感到十分气馁。现在是午后近黄昏时分，芝加市在阳光下呈现一片乳白色。建筑物采用的可能都是瓷质材料，就像他最初碰到的那间农舍一样。

在他内心深处翻腾的印象，告诉他城市的色调应该是褐色与红色。而且它们应该脏得多，这点他绝对肯定。

他慢慢向前走。不知怎么回事，他感觉不会有组织化的搜捕行动。他知道这一点，却不明白自己为什么知道。事实上，过去这几天，他觉得自己对“气氛”，以及对周遭事物的“感觉”都变得越来越敏感。这是他心灵中奇妙的变化之一，自从……自从……

他的思绪逐渐淡去。

无论如何，医院囚室中的气氛神秘兮兮，而且似乎带有惊惧的成分。所以说，他们不会大呼小叫地追捕他，他明白这点。可是他为什么明白呢？他心灵中这种奇异的活动，也是失忆症的症状之一吗？

他走过另一个十字路口。双轮车辆算是十分稀少，而行人，嗯，就是行人。他们的衣着相当可笑，没有缝线、没有扣子、五颜六色，但他自己的衣服也是一样。他感到很纳闷，不知道自己原来的衣服在哪里，然后心中又在嘀咕，记忆里的那些衣服，他真曾经穿过吗？一旦开始彻底怀疑自己的记忆，任何事都会变得难以确定。

可是他清清楚楚记得他的妻子，以及他的两个女儿，她们不可能只是幻想。他在走道中央停下脚步，想要拾回内心突然失去的平静。也许她们是由真实人物转变来的，在这个如此不真实的真实世界中，的确有这些人物存在，而他必须找到她们。

许多路人与他擦肩而过，有几个不客气地咕哝了几句。他继续前进，脑海中突然出现一个强烈的念头——他肚子饿了，或者说很快就要饿了，而他却没有钱。

他环顾四周，看不到任何像餐厅的店面。算了，他怎能明白呢？他又读不懂那些招牌。

他一面走，一面望进每家商店……不久，他发现一家店面里头，有些设在壁凹中的小桌，其中一张桌子旁坐着两个人，另一张旁边有一个人，而那些人都在进食。

至少有一件事未曾改变，人们吃东西的方式仍是咀嚼与吞咽。

他刚走进去，便停下了脚步，站在那里茫然不知所措。里面没有柜台，没有人在烹调食物，也看不见厨房的标示。他本来打的主意，是想靠洗盘子换取一顿晚饭。可是——他要跟谁打交道呢？

他怯生生地走向那两名用餐者，指了指餐桌，吃力地说："食物！哪里？拜托。"

两人抬头看了看他，显得有些惊讶。其中一人一口气说了好些话，简直听不懂是在说什么。他一面说，还一面敲着摆在餐桌靠墙那端的一样小装置。后来另外那个人也说了几句，样子显得很不耐烦。

史瓦兹低下头。正当他转身准备离去时，衣袖被人一把抓住……

葛兰兹早就注意到史瓦兹，当时后者只不过是窗外一张圆胖而巴望着的脸孔。

他说："他想要什么？"

麦斯特坐在小餐桌的对面，背对着街道。他转过头去，向外面看了一眼，又耸了耸肩，什么话也没说。

葛兰兹又说："他进来了。"

麦斯特答道："那又怎样？"

"不怎么样，只不过说说罢了。"

不料过了一会儿，那人无助地四下张望一番之后，竟然向他们走来，指着他们的炖牛肉，以古怪的口音说："食物！哪里？拜托。"

葛兰兹抬起头。“食物就在这里，兄弟。随便选一张餐桌，拉出椅子坐下，然后使用自助食物机……自助食物机！你不知道自助食物机是什么吗？……看看这个可怜的蠢材，麦斯特。他这样望着我，好像我的话他一个字也听不懂。嘿，老兄——这个东西，看到了吧，只要投下一枚硬币就行。让我继续吃饭好吗？”

“别理他，”麦斯特咕哝道，“他不过是个无业游民，想要讨些施舍。”

“嘿，等一等。”当史瓦兹转身准备离去时，葛兰兹抓住他的衣袖。然后，他转头对麦斯特说：“太空在上，让这家伙吃点东西吧。他也许很快要到六十大限了，至少我能帮他这点小忙……嘿，兄弟，有钱没有？……算啦，真是见鬼了，他还是不懂我的话。钱，兄弟，钱！这个——”他从口袋掏出一枚亮晶晶的半点硬币，将它向上一弹，半空中便出现一道闪亮的弧线。

“有没有？”他问道。

史瓦兹缓缓摇了摇头。

“好吧，那么，我这个给你！”他将半点硬币放回口袋，掏出一枚小额硬币丢过去。

史瓦兹抓住了，却不知道该怎么办。

“好啦，别净是站在那里。把它投进自助食物机里面，就是这里这个东西。”

史瓦兹突然发觉自己听懂了。自助食物机有一排投币孔，大小各不相同。此外还有一排按钮，每个按钮对面有一张乳白色的长方形卡片，但他看不懂卡片上写些什么。于是史瓦兹指了指桌上的食物，再用食指在一排按钮上晃了晃，同时扬起眉毛做询问状。

麦斯特以厌烦的口吻说：“他嫌三明治还不够好，如今这年头，我们这个城出了不少高级无业游民。他们不值得同情，葛兰兹。”

“好吧，就算我损失零点八五点。反正明天就是发薪的日子……来吧。”最后两个字是对史瓦兹说的。他又掏出几枚硬币投入自助食物机中，再从壁槽内取出一个宽大的金属容器。“现在把这个拿到另一张餐桌上……算啦，那十分之一点你留着吧，用它买杯咖啡好了。”

史瓦兹小心翼翼地将那个容器举到隔壁餐桌上。容器旁边附有一把汤匙，借着薄膜状的透明材料粘在上面。他用指甲轻轻一压，只听得一下微弱的声响，那把汤匙便掉下来。与此同时，容器的盖子一分为二，各自向一旁卷开。

他刚才看到，隔壁两人吃的是热腾腾的食物，这个容器中的食物却是冷的，不过这只是小事一桩。没想到过了一分钟左右，他便发觉里面的食物越变越热，容器本身摸起来也很烫。他停了下来，绷紧神经静观其变。

那碗牛肉浓汤先是开始冒气，然后冒了一会儿泡泡。等它变凉后，史瓦兹很快便解决了这一餐。

当他离开餐馆的时候，葛兰兹与麦斯特仍留在那里。另外一名顾客也尚未离去，史瓦兹从头到尾都没留意那个人。

此外，史瓦兹也未曾注意到，自从他离开研究所，一个瘦小的男子就以高明的手法跟踪他，一直设法与他保持目力可及的距离。

贝尔·艾伐丹沐浴更衣之后，随即根据原先的打算，准备好好观察一下“智人地球亚种”在固有栖息地的生活。天气晴朗而温和，微风使人神清气爽，而这个村落——抱歉，这个城市——则显得明朗、宁静而清洁。

还不错嘛。

芝加是第一站，他想，它是这颗行星上人口最多的城市。华盛是下一站，那是本星的首都。然后是神路！三藩！布宜诺！……他已定好旅程，将要遍游西半球各陆地（地球残存的零星人口，大多数分布在这些地方）。每个城市他都能停留两三天，这样，等他再回到芝加的时候，他的探险飞艇差不多也该到了。

这将是一趟收获颇丰的旅行。

下午即将结束的时候，他走进一家自助餐馆。当他进餐时，碰巧看到一幕真实剧。主角是两个地球人——他们紧跟在他后面进了这家餐馆——以及最后进来的那个肥胖的老者。他仅是置身局外顺便观察一下，只不过注意到，这件事与喷射机上不愉快的经验是个强烈对比。餐桌旁那两个人显然是计程飞车司机，不可能如何富有，但他们却能做出慈善义举。

那名乞丐离去后，又过了两分钟，艾伐丹也离开了这家餐馆。

街道明显拥挤了许多，因为上班时间已经接近尾声。

一名年轻女子匆匆地迎面走过来，他连忙闪到一旁，以免跟她撞个正着。

“对不起。”他说。

她穿着一身白色，那种式样一看就知道是一种制服。她似乎未曾留意差点发生的碰撞；她脸上现出焦虑的表情，不停来回猛转着头，再加上心事重重的神态，说明情况极为明显。

他伸出一根手指，轻轻按在她的肩头。“我能帮你什么吗，小姐？你有什么麻烦吗？”

她停下脚步，转过头来，以惊讶的目光望着他。艾伐丹不自觉地估计她的年龄介于十九到二十一岁，又不知不觉地仔细打量她褐色的头发、黑色的眼珠、高挺的颧骨、尖细的下巴、苗条的腰肢，以及优雅的体态。但他又突然发觉，一旦想到这个小女人是地球土生土长的，她的吸引力便立刻大打折扣。

但她仍是瞪着他，当她正要开口的时候，却好像忽然间泄了气。“哦，没有用的，请别管我。如果你想找什么人，却对他可能的去处没半点概念，竟然还期望能找到他，那只是痴心妄想罢了。”她沮丧地垂下头来，两眼泪汪汪的。但她随即抬头挺胸，做了几下深呼吸。“你有没有看到一个胖胖的男人，大约五英尺四英寸，穿着绿色和白色的衣服，没有戴帽子，头有点秃？”

艾伐丹望着她，露出讶异的神色。“什么？绿色和白色？……哦，我不敢相信……我问你，你说的这个人，他说话是不是有困难？”

“是的，是的，哦，没错。这么说，你见过他喽？”

“不到五分钟前，他还在那里面跟两个人一起吃东西……他们来了……喂，你们两位。”他向他们招了招手。

葛兰兹最先走过来。“要车吗，先生？”

“不是，但你如果告诉这位小姐，那个跟你们一起吃饭的人到哪儿去了，就值得我付你一趟车钱。”

葛兰兹顿了一下，现出懊丧的表情。“唉，我愿意帮助你们，但刚才是我这辈子第一次见到他。”

艾伐丹转向那名少女。“听好，小姐。他不可能朝你来的方向走去，否则你应该会发现他，而他也不可能走得太远。我们向北方走几步吧，如果再看到他，我能认得出来。”

他纯粹基于一时冲动，才会如此自告奋勇，而在一般情况下，艾伐丹并不是个冲动的人。现在，他发觉自己正对着她微笑。

葛兰兹突然打岔道：“他做了什么，小姐？他没有触犯什么俗例吧？”

“没有，没有，”她急忙答道，“他只不过有点小病，如此而已。”

两人离去后，麦斯特望着他们的背影说：“有点小病？”他将鸭舌帽向上一推，捏了捏下巴，一副大难临头的模样。“你吃这一套吗，葛兰兹？有点小病。”

说完，他瞟了同伴一眼。

“你是怎么了？”葛兰兹不安地问道。

“看来我也要有点小病了。那家伙一定是从医院跑出来的，那个则是出来找他的护士，而她担心得像什么似的。如果他只不过有点小病，她又何必担心呢？他几乎不能说话，也几乎听不懂别人的话。你也注意到了，对不对？”

葛兰兹的双眼突然射出惊恐的目光。“该不会是热病吧？”

“我想到的当然就是‘放射热’，而且他病得不轻。他曾经和我们距离不到一英尺，那绝不是什么好事……”

一个瘦小的男子忽然来到他们身边，他的目光凌厉且炯炯有神，说话的声音则近似鸟鸣，也不知道他是哪里冒出来的。“怎么回事，两位先生？谁得了放射热？”

两人以厌恶的眼光望着他。“你是什么人？”

“呵，”瘦小男子答道，“你想要知道，是不是？老实跟你们说，我是兄弟团契的差使。”他将翻领向外翻了一下，露出一个亮晶晶的小徽章。“现在，奉古人教团之名，所谓的放射热是怎么回事？”

麦斯特以惊恐阴沉的语调说：“我什么都不知道。有个护士在找一个病人，我疑心会不会是放射热。这样做并没有违反俗例吧？”

“呵！你想告诉我什么是俗例，是吗？你最好专心管你自己的事，俗例的问题交给我来操心。”

瘦小男子搓了搓手，迅速向四面八方观望一番，匆匆朝北方走去。

“他在那里！”宝拉得意忘形地抓住同伴的手肘。这个变化实在太快、太容易、太意外了。从全然绝望的一片空虚中，他突然间凝聚成形，出现在一家自助百货商店正门口，距那家自助餐馆还不到三条街。

“我看到他了，”艾伐丹悄声道，“你待在这里，让我去跟着他。万一他看到你，一下子冲进人群中，我们就再也找不到他了。”

他们像噩梦中的魔鬼一样紧追不舍。商店中的人潮好像流沙，可以慢慢地（或迅速地）将猎物吞噬，藏在没人找得到的地方，又会不期然地再吐出来，还会筑起牢不可破的障壁。大群人潮集结在一起，本身或许就拥有一个恶毒的意识。

此时，艾伐丹小心翼翼地绕过柜台，将史瓦兹当做一条上钩的大鱼。他伸出巨大的手掌，抓住史瓦兹的肩头。

史瓦兹迸出一堆谁也听不懂的话，惊慌失措地拼命想要挣脱。然而，即使比史瓦兹强壮许多倍的人，在艾伐丹的爪下也只能束手就擒。

艾伐丹对自己的表现很满意，露出一个会心的微笑。为了不让旁观群众感到好奇，他故意以普通的语调说：“嗨，老兄，几个月不见了，你好吗？”

这个幌子实在很容易被人看穿，他想，因为对方正在叽哩呱啦说个不停，幸好宝拉及时赶到。

“史瓦兹，”她压低声音说，“跟我们回去。”

一时之间，史瓦兹现出不肯服从的强硬态度，但不久便软化了。

他以困倦的口吻说：“我——跟——你们——走。”可是他这句话，却被商店扩音系统突然发出的巨响淹没。

“注意！注意！注意！管理处要求光临本店的所有顾客，很有秩序地由第五街出口离去。各位在经过门口时，需要向警卫出示自己的登记卡。此项疏散行动务必迅速进行。注意！注意！注意！……”

这段广播重复了三遍，最后一次播放的时候，还混杂着许多沙沙的脚步声，因为人群已开始在各个出口排队。许多人七嘴八舌地大吼大叫，以各种方式问着永远没有答案的问题，诸如“发生了什么事？怎么搞的？”

艾伐丹耸了耸肩，说道：“我们去排队吧，小姐，反正我们要走了。”

宝拉却摇了摇头。“我们不能，我们不能……”

“为什么？”考古学家皱起眉头。

少女只是不断向后退。她怎能告诉他，说史瓦兹没有登记卡？他是什么人？为什么一直在帮自己？她陷入了疑心与绝望的漩涡中。

最后，她以沙哑的声音说：“你最好自己走吧，否则你会惹上麻烦。”

每层楼的人群都从电梯中蜂拥而出，艾伐丹、宝拉与史瓦兹成了人潮中的小孤岛。

艾伐丹事后回顾，发觉自己此刻大可离开那名少女！离她而去！再也见不到她！根本没有任何愧疚！……若是那样，未来的一切都会有所不同。就连伟大的银河帝国也将崩溃，陷入一片混沌之中。

幸好他并未离开那名少女。现在她脸上布满恐惧与绝望，变得一点也不好看，谁在这种情况下也不会好看。可是艾伐丹看到她无助的神情时，却不禁感到心乱如麻。

他已经走出一步，现在又走回来。“你准备待在这里吗？”

她点了点头。

“可是为什么呢？”他追问。

“因为，”她的眼泪终于落下，“我不知道还能怎么办。”

纵使她是个不驯的地球女人，现在，她却只是个受惊的小女孩。艾伐丹以较温柔的声音说：“如果你告诉我到底有什么问题，我会试图帮助你。”

他没有得到回答。

三人僵持在原处，形成一幅静止画面。史瓦兹早已蹲在地上，感到伤心透顶，根本不想试图听懂两人的对话，也对商店突然疏散一空毫不好奇。除了将头埋在手中，绝望得欲哭无泪，他不知道还能做些什么。宝拉则一直哭泣，她只知道自己现在惊恐至极，以前从未想到一个人能害怕到这种程度。艾伐丹搞不清楚状况，只好耐心等待，并笨拙地拍着宝拉的肩膀，想给她一点鼓励，但显然没有效果。而他心中只是想到，这是他生平第一次碰触地球女子。

此时，那个瘦小的男子向他们走了过来。

第九章
大闹芝加

芝加驻军马克·柯劳第中尉望着不远处，慢吞吞地打了个呵欠，内心浮起一阵无以名状的厌倦感。他在地球服役刚刚届满两年，正急切等待被调到别处去。

在银河其他任何角落，想要维持一批驻军，都不比在这颗可怕的行星上问题那么复杂。在其他世界上，军人与平民之间，尤其是女性平民之间，总是存在着某种程度的友爱情谊。此外，也不缺乏自由自在、海阔天空的感觉。

可是在这里，驻地像一所监狱。他们住在抗放射线的营房内，呼吸着滤除放射性灰尘的大气，并穿着灌铅的服装——那种衣服又冷又重，却绝对不能脱掉，否则会为自己带来很大的危险。因此，与当地居民产生情谊根本是不可能的事（即使由于寂寞难耐，战士们会不顾一切想要跟“地球雌性”交往）。

所以说，除了短短哼上几声，长长睡个午觉，以及慢慢发疯之外，又还能做什么呢?

柯劳第中尉摇了摇头，试图使头脑清醒些，不过并没有效果。

他又打了个呵欠，坐起身来，开始慢慢套上鞋子。他看了看手表，认定现在距离晚餐时间还差一点。

然后，他突然蹦起来，虽然才穿上一只鞋，而且明明意识到头发还没梳好，他却顾不得这么多，只晓得赶紧举手敬礼。

上校以轻视的目光上下打量他，却未就此借题发挥。反之，他明快地下达命令："中尉，据报商业区发生骚动，你立刻率领污染消除队，前往当翰百货公司，并负责坐镇指挥。要确定手下人员彻底做好保护措施，绝不可让任何人感染放射热。"

"放射热！"中尉大声叫道，"对不起，长官，可是……"

"十五分钟内，你就要做好出发的准备。"上校以冷峻的口吻说。

艾伐丹最先看到那个瘦小男子，那人做了个打招呼的小动作，他就不禁感到全身僵硬。"嗨，老大，嗨，大块头，告诉这姑娘没必要泪流满面。"

宝拉猛然抬起头，深深吸了一口气。她自然而然地向艾伐丹靠去，感到他高大的身躯可以保护自己。而他也以保护者自居，伸出一只手臂搂住她。这回他倒没想到，这是他第二次接触地球女子。

他厉声问道："你要干什么？"

那个目光锐利的瘦小男子，从堆满货品的柜台后面怯生生走出来。

他的口气同时表现出逢迎与厚颜。"外面发生了怪事，"他说，"可是不劳你烦心，小姐，我会帮你把你的人带回研究所。"

"什么研究所？"宝拉心虚地明知故问。

"哦，得了吧。"瘦小男子说，"我叫纳特，在核能研究所对面街口摆水果摊的就是我，我在那里看到你好多次。"

“我问你，”艾伐丹突然说，“这到底是怎么回事？”

纳特高兴得很，瘦小的身躯不停晃动。“他们认为这个家伙得了放射热……”

“放射热？”艾伐丹与宝拉异口同声叫道。

纳特点了点头。“没错。两个计程车司机跟他一起吃过饭，他们就是那么说的。这种消息传得最快了，你该知道。”

“外面那些警卫，”宝拉追问，“只是在找一个患了热病的人？”

“没错。”

“你又为何不怕热病？”艾伐丹突然质问他，“照我看来，有关单位将这家百货商店疏散一空，就是因为害怕疾病蔓延。”

“当然，而且有关单位等在外面，根本不敢进来，他们在等外人的污染消除队。”

“而你却不怕热病，是吗？”

“我为何要怕？这家伙根本没病。看看他，他的嘴哪里生疮了？他的脸没发红，眼睛也好好的。我知道热病是什么样子的。来吧，小姐，那就让我们大步走出去吧。”

宝拉却再度惊慌失措。“不，不，我们不能。他是……他是……”她无法再说下去。

纳特拐弯抹角地说：“我可以把他带出去，不会有人问问题，也不需要看登记卡……”

宝拉不自禁地轻声叫出来，艾伐丹则以极为厌恶的口气说：“你怎么会有这种地位？”

纳特发出嘶哑的笑声，将他的翻领翻了一下。“古人教团的差使，没人会来质问我的。”

“你这样做图的是什么？”

“钱！你们走投无路，我可以帮你们，再也没有比这更公平的了。这值得你们花上，比方说，一百个信用点，也值得我赚上一百个信用点。现在先付五十点，事成之后再付另一半。”

可是宝拉吓坏了，压低声音说：“你会把他交给那些古人。”

“为了什么？他对他们根本没用，对我却值一百点。你要是等那些外人来了，他们在搞清楚这家伙没热病前，就很可能把他杀掉。你也知道那些外人，他们不会在乎杀一个地球人。事实上，他们还挺喜欢这样做。”

艾伐丹说：“你带这个小姐一块走。”

纳特却瞪着一双既尖锐又狡狯的小眼睛，答道：“哦，不成，老大，那样行不通。我冒的险都是所谓精打细算过的，我带一个人通得过，带两个也许就不行。既然我只能带一个走，就要带那个比较值得的。难道你不认为这样很合理吗？”

“假如，”艾伐丹说，“我把你抓起来，扯掉你的两条腿呢？那又会怎么样？”

纳特吓得缩头缩脑，但很快就恢复镇定，还勉强笑了一声。“啊，那么，你就是个傻蛋。他们总有法子逮到你，你会列在死亡名单上……好啦，老大，把你两只手拿开。”

“拜托，”宝拉一面拉艾伐丹的手臂，一面说，“我们必须碰碰运气。就让他照他的话去做……你会对我们守信用，对……不对，纳特先生？”

纳特撅起嘴来。“你的大块头朋友扭疼了我的手臂，他没必要那样做，我也不喜欢有人逼我做什么。为了这件事，我要再多收一百点，总共是两百点。”

“我父亲会付给你……”

“预付一百点。”他以顽强的口吻答道。

“但我没有一百点啊。”宝拉又哭起来。

“没关系，小姐。”艾伐丹硬生生地说，“我应付得了。”

他打开自己的皮夹，抽出几张钞票丢给纳特。“赶紧走吧！”

“跟他去吧，史瓦兹。”宝拉悄声道。

史瓦兹乖乖照做，什么也没有说，根本就感到无所谓。此时此刻，即使要他下地狱，他也不会有更强烈的反应。

然后，便只剩下他们两人，互相茫然瞪着对方。宝拉也许直到现在才真正望向艾伐丹，没想到他竟然身材高大，相貌堂堂，表情冷静而充满自信。在此之前，她只把他当成一个未经世事、毫无动机的见义勇为者，可是现在……她突然害羞起来，过去一两小时发生的事，在她的脑海中乱成一团，她的心跳也不知不觉加快许多。

他们甚至还不知道彼此的姓名。

她微微一笑，说道:“我叫宝拉·谢克特。”

艾伐丹一直没见她笑过，发觉自己对她的笑容十分有好感。她的脸庞似乎开始发亮，像是映着一团光辉。令他感到……但他猛然将这种想法抛到脑后。一个地球女子!

因此，他的口气也许不如本意那么诚挚。他说:“我的名字叫贝尔·艾伐丹。”他伸出一只古铜色的手掌，将她的小手抓了一会儿。

她说:“你帮了我那么多忙，我一定要好好谢你。”

艾伐丹耸了耸肩，表示不算什么。“我们是不是该走了？我的意思是，既然你的朋友已经离去，而且我相信是安然离去的。”

“我想他们要是逮到他，我们应该会听见一阵骚动，你难道不这么想吗？”她以眼光恳求他的支持，他却拒绝这个诱惑，并未因此变得更加温柔。

“我们该走了吧？”

她的口气也变得有些冰冷。“是啊，为何不走呢？”

不料空气中突然传来一阵哀鸣，那是来自地平线的一阵刺耳的呼啸。少女张大眼睛，伸出的手忽然缩了回去。

“现在又是怎么回事？”艾伐丹问。

“是帝国人。”

“你也怕他们吗？”说这句话的，是自觉并非地球人的艾伐丹——来自天狼星区的考古学家。不论有没有偏见，不论如何强词夺理，帝国军队的到来总是代表稳健与人道。现在这个机会值得对她示好，于是他变得亲切了些。

“不必担心那些外人，”他甚至不惜采用他们对非地球人的称呼，“我会应付他们，谢克特小姐。”

她突然显出关切之情。“哦，不，别试图做那种事。只要别跟他们说一句话，一切照他们的话去做，甚至别看他们一眼。”

艾伐丹笑得更灿烂了。

当两人与正门还有一段距离时，警卫便看到了他们。那些警卫立刻后退，腾出一个小空间，而且变得出奇肃静。现在，军车的鸣声几乎已经来到面前。

然后，广场上出现几辆装甲车，一队戴着球形玻璃头盔的士兵跳了出来。附近的群众惊慌地四下散去，在一团混乱中，还夹杂着清脆的吼叫，以及神经鞭手柄戳刺的动作。

领队的是柯劳第中尉，他正走向一名站在正门口的地球警卫。“好啦，你说，什么人患了热病？”

由于戴着充满纯净空气的玻璃头盔，他的脸孔看来有点扭曲。此外，他的声音则带着点金属性，那是电波放大器造成的结果。

那名警卫极恭敬地低头敬礼。“禀报尊贵的阁下，我们已将病人隔离在百货商店里面。原来跟病人在一起的两个人，现在正站在您面前那个门口。”

“他们，是吗？很好！让他们站在那里。现在——首要之务，我要这些乌合之众离开这里。中士！清理广场！”

接下来的行动冷酷而充满效率。等到群众融入变暗的空气中，夜幕已经渐渐笼罩整个芝加市，街道上开始亮起柔和的人工光芒。

柯劳第中尉用神经鞭手柄拍打着自己厚重的皮靴。“你确定那个生病的地球佬在里面？”

“他没有离去，尊贵的阁下，他一定还在里面。”

“好吧，我们就假设他还在，不要浪费任何时间。中士！彻底消毒整座建筑！”

一支身穿密封防护衣，与地球环境完全隔绝的特遣队，立刻冲进那栋建筑物。漫长的一刻钟慢慢过去，艾伐丹——一直全神贯注地观察这一切。这是相异文化互动关系的一项田野实验，基于职业上的好奇心，他绝不愿横加干预。

特遣队又纷纷跑出那栋建筑，当最后一名士兵出现时，整个百货商店已被黑夜吞没。

“封闭所有门窗！”

又过了几分钟，借由遥控装置，开启了每层楼都放上几罐的消毒剂。分散在建筑物各个角落的钢罐打开后，浓厚的烟雾立刻滚滚而出，沿着墙壁向上爬窜，每一平方英寸都不放过，并且渗入空气中，进而钻进最隐秘的隙缝。从细菌到人类，没有任何原生质在这种烟雾中得以幸存。为了消除消毒剂的污染，最后还需要动用最费事的化学药剂。

现在，中尉正向艾伐丹与宝拉走去。

“他叫什么名字？”他的声音甚至没有一丝冷酷，那只是一种彻底漠不关心的口气。杀死了一个地球人，他想。不过，刚才他还拍了一只苍蝇，所以今天总共杀了两只动物。

他没有得到回答，宝拉温顺地低着头，艾伐丹则好奇地张望着。这位帝国军官并未将视线从他们身上移开，他随便做了个手势，说道：“检查他们是否受到感染。”

一名佩戴帝国医疗队徽的军官走近他们，他的检查一点也不客气。他用戴着手套的双手，在他们腋下用力碰触，再把他们嘴角扯开，以便检查他们的面颊内侧。

“未受感染，中尉。假如他们今天下午受到感染，现在症状应该已经明显可见。”

“嗯——”柯劳第中尉仔细除下头盔。接触到“活生生”的空气是很愉快的经验，即使是地球上的空气。他将那个难看的玻璃球挟在左臂腋下，粗暴地说：“你叫什么名字，地球婆娘？”

这个称呼本身就充满侮辱，他的口气更是十足轻蔑，但宝拉没有显出任何忿恨。

“宝拉·谢克特，阁下。”她悄声答道。

“你的证件。”

她将手伸进白色外衣的小口袋中，掏出一本粉红色小册子。

他接过证件，借着手中电筒的光芒翻阅着，翻完后便将它丢回去。小册子哗啦啦地掉到地板上，宝拉立即弯腰想要捡拾。

“站起来。”军官不耐烦地命令道，同时将那本证件踢得老远。宝拉吓得脸色苍白，连忙缩回手指。

艾伐丹皱起眉头，决定现在应该插手了。他说：“喂，你听我说。”

中尉猛然转过头来，对他龇牙咧嘴。“你刚才说什么，地球佬？”

宝拉连忙站到他们中间。“禀报阁下，这个人跟今天发生的事毫无牵连。我以前从没见过他……”

中尉一把将她拉开。“我说，你刚才说什么，地球佬？”

艾伐丹以沉稳的目光回瞪他。“我说，你听我说。现在我还要说，我不喜欢你对待女士的方式，奉劝你应该改善你的态度。”

他实在太过气愤，虽然那中尉误会他的星籍，他竟然没想到纠正。

柯劳第中尉冷冷地笑了笑。“你是哪里养大的，地球佬？你跟别人交谈的时候，不晓得该称呼对方‘阁下’吗？你根本不清楚自己的身份，对不对？好吧，我已经有好一阵子，没教训过地球上的雄性大块头，我很怀念那种乐趣。来，这个怎么样——”

他猛然伸出手掌，像毒蛇吐信一般迅疾，立刻一掌打到艾伐丹脸上。他左右开弓，一下，两下。艾伐丹惊讶之余连忙后退，耳中顿时嗡嗡作响。他随即抓住那只再度袭来的手臂，只见对方的脸孔因吃惊而扭曲变形……

他肩头肌肉轻轻松松扭动了一下。

中尉马上摔倒在人行道上，随着一声砰然巨响，玻璃盔摔得粉碎。中尉躺在地上爬不起来，艾伐丹则露出凶狠的笑容，轻轻拍了拍手，作势拍掉手上的灰尘。“这里还有哪个杂种，以为他可以请我吃巴掌？”

不料一名中士已经举起神经鞭，并在下一刻按下开关。一道暗紫色光芒疾射而出，如火舌一般卷向高大的考古学家。

艾伐丹感到一阵无法忍受的痛苦，体内每条肌肉都僵住了。他慢慢跪倒在地，然后全身麻痹，眼前一片漆黑。

艾伐丹渐渐恢复神志的时候，首先意识到额头传来一阵冰凉，令他感觉舒服极了。他试图张开眼睛，却发现眼睑动弹不得，像是挂在生锈的铰链上。他只好继续闭着眼，以慢到不能再慢的动作（肌肉的每一分运动，都带给全身针扎般的痛楚），将一只手臂举到面前。

一块又软又湿的毛巾，拿在一只小手中……

他勉力睁开一只眼睛，眼前是雾茫茫的一片。

“宝拉。”他说。

立刻传来一阵惊喜的叫声。“是的，你感觉如何？”

“好像已经死了，”他以低哑的声音说，“可惜痛苦没有消失……发生了什么事？”

“军车把我们带到基地来了。有个上校来过这里，他们搜了你的身——我不知道他们准备怎么做，可是——哦，艾伐丹先生，你实在不该攻击那个中尉，我想你折断了他的手臂。”

艾伐丹脸上挤出一抹无力的笑容。“太好了！我希望折断的是他的脊骨。”

“但反抗一名帝国军官，那可是死罪一条。”她悄声道，声音中充满了恐惧。

“真的吗？我们等着瞧吧。”

“嘘，他们又回来了。”

艾伐丹闭上眼睛，全身肌肉再度放松。宝拉的叫声听来不真切，好像与他的耳朵距离很远。后来，当他感到在接受皮下注射时，根本无法牵动任何一丝肌肉。

不久，他全身的血管与神经觉得舒畅异常，所有的痛苦随即消失无踪。他的手臂肌肉不再打结，原本像一张硬弓的脊背，现在也渐渐恢复正常。他迅速掀动眼睑，接着用手肘使劲一撑，整个人便坐了起来。

那名上校正在若有所思地端详他，宝拉看来虽然忧心忡忡，却又显出几分喜色。

那上校说："嗯，艾伐丹博士，今天傍晚，城里似乎发生了一件不愉快的意外。"

艾伐丹"博士"。宝拉这才注意到，她对他的了解实在太少，甚至不知道他的职业……她从来没有像这样的惊讶感觉。

艾伐丹冷淡地笑了几声。"你说那是不愉快，我认为这个形容词还不够分量。"

"一名正在执行任务的帝国军官，被你折断了一只手臂。"

"那名军官率先攻击我，他的任务绝不包括需要粗鄙地羞辱我，言语上和肢体上的双重羞辱。他既然那样做，就不配被视为一名军官和一位绅士。身为帝国的自由公民，我完全有权对这种蛮横待遇表示愤慨，更别提那是不合法的。"

上校干咳一声，似乎不知如何回答。宝拉则张大眼睛，以无法置信的眼神望着他们两人。

最后，上校终于柔声道："好啦，我不必说我感到多么遗憾了。显然双方的痛苦和屈辱已经扯平，也许最好还是把这件事忘掉吧。"

"忘掉？我可不这么想。我是行政官的座上客，他也许会有兴趣听听，他的驻军究竟用什么方式维持地球的秩序。"

"听我说，艾伐丹博士，如果我向你保证，你会获得公开的道歉……"

"去他妈的。你打算怎样处置谢克特小姐？"

"你有什么建议？"

"你立刻释放她，归还她的证件，并且表达你的歉意——就是现在。"

上校涨红了脸，然后很勉强地说："当然，"他转向宝拉，"希望这位年轻女士，能接受我最诚挚的歉意……”

他们终于走出黑暗的基地围墙。搭乘计程飞车回到市区，只花了短短十分钟的时间，一路上两人都没开口。现在，他们站在空旷、漆黑的研究所门口，时间已经是第二天凌晨。

宝拉说：“我想我还是不太明白。你一定是很重要的人物，我真是糊涂，竟然不知道你的名字。我从来没想到，外人会如此敬重一个地球人。”

艾伐丹虽然感到万般不愿，却不得不主动拆穿这个假象。“我不是地球人，宝拉，我是来自天狼星区的考古学者。”

她迅速转过头来瞪着他，在月光下，她的脸色分外苍白。过了好长一段时间，差不多可以从一慢慢数到十，她才终于打破沉默。“那么，你胆敢和那些军人作对，是因为你根本不会有危险，你自己也很明白。而我还以为——我早就该想到。”

她的语调变作充满愤慨的讽刺。“我谦卑地请求您的宽恕，阁下。如果今天任何时候，由于我的无知，竟然对您表现出任何不敬的亲昵……”

“宝拉，”他气愤地叫道，“怎么回事？我不是地球人又怎么样？在你心目中，现在的我和五分钟以前又有什么不同？”

“您可以早点告诉我，阁下。”

“我可没有叫你称呼我阁下，别像他们其他人一样，好不好？”

“像其他什么人一样，阁下？其他那些住在地球上的恶心动物？……我欠您一百信用点。”

“忘掉吧。”艾伐丹以厌恶的口气说。

“我无法遵命。假如您将地址给我，明天我就会寄给您这个数额的汇票。”

艾伐丹突然火冒三丈。“你欠我的远不止一百点。”

宝拉咬住下唇，又以低沉的声调说：“我欠您的实在太多，阁下，但我能偿还的只有这一部分。请问您的地址？”

“国宾馆。”他头也不回地答了一句，便消失在黑夜中。

宝拉发觉自己再度泪流满面！

谢克特在他的办公室门口遇到了宝拉。

“他回来了，”他说，“一个瘦小的男子带他回来的。”

“很好！”她现在连说话都有困难。

“他跟我要两百信用点，我付给他了。”

“应该只要一百点，不过算了吧。”

她与她的父亲擦肩而过时，他心虚地说：“我担心极了。附近发生的那场骚动——我根本不敢问；我有可能为你带来危险。”

“没关系，什么事也没发生……今晚让我睡在这里吧，父亲。”

然而，她虽然精疲力尽，却久久无法成眠，因为有些事已经发生了。她遇到了一名男子，而他是个外人。

可是她有他的地址，她有他的地址。

第十章
事件的解释

这两个地球人形成强烈的对比——在这个世界，其中一人表面上拥有最大的权力，另一人则拥有最大的实权。

在地球上，教长是最重要的一个地球人。根据统治全银河的帝国皇帝直接颁布的诏令，他就是这颗行星的统治者——当然，他得听从钦命行政官的命令。至于教长秘书，则似乎真是个无足轻重的角色，只不过是古人教团的一员，理论上由教长指派，负责处理某些非特定事务，而且理论上，教长能随意解雇他。

教长是地球上无人不知、无人不晓的人物，并被奉为至高无上的俗例仲裁者。只有他可宣布豁免某人的六十大限；也只有他，才能判定何人触犯破坏仪典、违反粮食配给、不符生产日程、侵入禁地等等的罪行。反之，教长秘书默默无闻，甚至连他的名字都无人知晓。认识他的人只有古人教团的成员，当然还有教长自己。

教长口才极佳，时常对民众发表演说。他的演说充满高昂的情绪，以及丰富流畅的感情表达。他有一头留得很长的金发，仪表优雅且具贵族气质。教长秘书却有个狮子鼻与一张苦瓜脸，平时一律沉默寡言，顶多只是哼上一声，必要时才开口说一两个字，非常必要时才肯说几句话——至少在公开场合如此。

表面上拥有权力的当然是教长，拥有实权的则是教长秘书。当两人在教长办公室独处时，这种情况变得相当明显。

因为教长现在显得困惑焦躁，教长秘书则神态自若、毫不在乎。

“我看不出的是，”教长说，“你送来的这些报告究竟有什么关联。报告，报告！”他将手臂举过头顶，再狠狠砸向一堆幻想中的文件。“我没时间读那些东西。”

“正是如此，”教长秘书毫不动容地说，“这正是您雇用我的原因。由我负责阅读报告、消化报告、转达报告。”

“好吧，我的好玻契斯，那就开始办公吧。说快一点，因为这些都是小事。”

“小事？假如殿下不将判断力训练得更敏锐，总有一天会一败涂地……让我们看看这些报告有什么意义，然后我会再问您，您是否还认为它们是小事。首先，我们来讨论最初的报告，那是七天前，由谢克特的手下送来的。最初，就是由于这份文件，使我注意到事有蹊跷。”

“什么蹊跷？”

玻契斯的笑容带着些许嘲讽之意。“请准许我提醒殿下，在我们地球上，有几个重要计划已经进行了好几年。”

“嘘！”教长顿时尊严尽失，忍不住连忙四下张望一番。

“殿下，让我们赢得最后胜利的，不是紧张的神经，而是十足的信心……此外您也知道，这个计划的成功，有赖于明智地使用谢克特的小玩具，突触放大器。直到目前为止，至少据我们所知，它一直在我们监督之下使用，而且仅限于特定用途。如今，谢克特未曾知会我们，就径自改造一个来历不明的人，完全违背了我们的命令。”

“这，”教长说，“其实很简单。处分谢克特，将受改造的人拘留起来，这件事就算了结了。”

“不，不，您的想法太过直截了当，殿下。您没抓到重点，问题不是谢克特做了什么，而是他为何那样做。请注意这里头还存在一个巧合，它是一连串巧合中的第一个。同一天，地球行政官曾去拜访谢克特，而谢克特对我们表现得既忠诚又可靠，亲自向我们报告了会谈的所有内容。恩尼亚斯想让那个突触放大器为帝国所用，他似乎做出承诺，说皇上愿意提供慷慨的支援和仁慈的协助。”

“嗯——”教长答道。

“您有兴趣了？和目前的计划伴随的危险比较之下，这样的折中方案似乎很吸引人？……可是，您还记得五年前大饥荒的时候，帝国答应援助我们粮食吗？您记得吗？每个世界都拒绝出货，因为我们欠缺帝国信用点，而地球的产品又无人接受，因为它们全部遭到放射线污染。承诺中的免费粮食送来了吗？是不是连借贷都没有？结果总共饿死了十万人。所以说，您可千万别相信外人的承诺。

“不过这点不重要，重要的是，谢克特借此好好表现了一番忠诚，我们当然再也不会怀疑他。一旦对他的信赖倍增，我们不可能疑心他会在同一天叛变。然而，事实正是如此。”

“你的意思是，这个未经批准的实验是叛逆的行动，玻契斯？”

“我就是这个意思，殿下。接受改造的人是谁？我们有他的相片，谢克特的技术员还帮我们弄来了网膜图样。跟全球登记资料库比对后，我们发现根本没有他的记录。因此必然的结论是：他并非地球人，而是个外人。此外，谢克特必定知晓这点，因为登记卡无法伪造或盗用，网膜图样检查能立刻辨别真伪。所以，经过简单的推理，千真万确的事实只能让我们导出一个结论，那就是谢克特使用突触放大器，改造了一个他明知是外人的人。这是为什么呢？……

“答案也许简单得可怕，那就是谢克特并非我们理想的工具。他年轻的时候，曾是一名同化主义者；他甚至参加过选举，想入主华盛议会，他的竞选政见是主张跟帝国和解。不过，结果他被击败了。”

教长打岔道：“我不知道这件事。”

“不知道他被击败了？”

“不是，我不知道他曾经参选。为什么没有人告诉我这件事？谢克特现在所占的位置，使他成为一个很危险的人物。”

玻契斯露出温和宽容的微笑。“谢克特是突触放大器的发明者，而且仍是对它的操作真正有经验的人。他已经受到监视，今后的监视会更加严密。别忘了一件事，藏在我们之间而被我们识破的叛徒，对敌人所能构成的危害，比忠诚之士对我们的建设性更大。

“现在，让我们继续讨论那些事实。谢克特用突触放大器改造了一个外人，为什么呢？动用突触放大器的可能理由只有一个，就是增进人的心智。而这又是为什么？因为我们的科学家接受过突触放大器的改造，那个外人唯有这样做，才能超越那些科学家的心智，嗯？这就意味着，对于地球上正在进行的事，帝国至少有轻度的怀疑。这是小事吗，殿下？”

教长的额头冒出零星的汗珠。“你真这么认为吗？”

“这些事实就像拼图游戏，只能有一种拼法。接受改造的那个外人，外表看来并不起眼，甚至可以说其貌不扬。这也是高招，因为一个又秃又胖的老头，仍能是帝国最高明老练的谍报人员。哦，没错，没错。除了他，这种任务还能托付给谁？……不过我们一直在跟踪这个陌生人，顺便提一下，据我们所知，他用的化名是史瓦兹。现在，我们再来看第二份报告。”

教长向那叠文件瞥了一眼。“有关贝尔·艾伐丹的那些资料？”

“贝尔·艾伐丹博士，”玻契斯表示肯定，“杰出考古学家，来自剽悍的天狼星区，那些世界满是英勇、侠义的偏执狂。”他以不屑的口吻说出最后半句，又道：“好啦，别管那些。总之，这个人和史瓦兹形成诡异而强烈的对比，几乎是种戏剧化的对称。他并非默默无闻，恰恰相反，他是个很有名气的人物。他不是秘密的入侵者，他的到来在大众心目中卷起一阵旋风。警告我们注意他的，不是小小的技术员，而是地球行政官本人。”

“你认为其中有关联吗，玻契斯？”

“殿下可以这么想，其中一人的作用，是故意转移我们对另一个的注意力。或者，既然帝国的统治阶级都是老奸巨猾，这两人可能代表着两种不同的伪装。史瓦兹尽可能避人耳目，艾伐丹则大肆招摇。对于这两个人，我们打算探究任何真相吗？……好，关于艾伐丹，恩尼亚斯警告过我们一些什么？”

教长若有所思地摸着鼻头。“他说，艾伐丹领导了一支帝国资助的考古队，希望进入禁区从事科学研究，他还特别声明，绝不会有亵渎行为。我们若能以温和的方式阻止此人，他会在帝国议会中支持我们的行动。差不多就是这样。”

“所以说，我们会严密监视艾伐丹，可是这样做为了什么？哈，以确定他没擅闯禁区。他是个考古队的领队，却没有任何人手、船舰或装备；他是个外人，本来只该待在埃佛勒斯峰，他却偏偏不肯安分，为了某种原因在地球上东奔西跑，而第一站就跑到芝加。面对所有这些最古怪、最可疑的情状，我们的注意力是如何被转移的？哈，就是怂恿我们去监视毫无重要性的事。

“可是请注意，殿下，史瓦兹曾被藏在核能研究所六天，然后就脱逃了。这难道不奇怪吗？房门突然不再上锁，走廊突然没人守卫，多么诡异的疏忽啊。他又是在哪天脱逃的呢？哈，就是在艾伐丹抵达芝加的同一天，这是第二个奇特的巧合。”

“那么，你认为……”教长紧张兮兮地说。

“我认为史瓦兹是外人派驻地球的间谍，谢克特是此地同化主义叛徒的联络人，而艾伐丹则是帝国的联络人。看看史瓦兹和艾伐丹的会面安排得多高明：史瓦兹被故意放出来，一段适当的时间过后，他的护士——谢克特的女儿——便跑出来找他，这是另一个不太令人惊讶的巧合。万一他们的精密时间表出了任何差错，想必她就会突然找到他；他则会变成一个可怜的病人，以满足任何人的好奇心；之后他会被安然地带回研究所，等待下一个机会。事实上，她曾告诉两个过分好奇的计程车司机，说他是一名病人。讽刺得很，他们这么做反而弄巧成拙。

“现在，请仔细听我说。史瓦兹和艾伐丹最先在自助餐馆相遇，那时他们装作不知晓彼此的存在。那是个预备性会面，目的只是指出目前为止一切顺利，可以继续采取下一步行动……至少他们并未低估我们，这点值得我们欣慰。

“然后史瓦兹首先离开，几分钟后，艾伐丹也走出餐馆，而谢克特小姐便遇到他，这简直是用马表控制的日程。在刚才提到的两名计程车司机面前，他们两人演了一会儿戏，便一同前往当翰百货公司，此时三个人就凑在一起了。为什么哪不好去，偏偏要选百货商店呢？因为那是个理想的会面场所，高山中的洞穴都不比它隐秘。由于过分公开，所以不至令人起疑；由于过分拥挤，所以没人能够凑近。太妙了——太妙了——我对这个对手实在钦佩万分。”

教长在座椅中不安地扭动身子。“假如我们的对手这么值得钦佩，那他就会赢。”

“不可能，他已经失败了。而这一点，我们必须归功于杰出的纳特。”

“纳特又是谁？”

“一个微不足道的特务，不过从今以后，我们一定要好好重用他，他昨天的行动简直无懈可击。他的长期任务是负责监视谢克特，为了这项任务，他在研究所对面街口摆个水果摊。过去一周以来，他又接受了一个特别任务，那就是监视史瓦兹事件的发展。

“史瓦兹逃脱时他刚好在场。他看过史瓦兹的相片，当初他被带到研究所的时候，纳特也曾瞥见他一眼。他观察到每一项行动，自己却没被发现。就是他送来的报告，详述了昨天整个事件的经过。他以不可思议的直觉，研判出史瓦兹‘脱逃’的唯一目的，就是要设法跟艾伐丹碰一面。他明白自己单枪匹马，无法利用这次会面打探任何情报，因此决定阻止他们的计划。那两个计程车司机——就是谢克特小姐对他们说史瓦兹有病的那两个——猜想他患的是放射热。纳特立即发挥急智的天分，抓住这点大做文章。一旦发现会面将在百货商店进行，他马上向有关单位报告热病的传闻。感谢地球，芝加当局也有足够的智慧，能迅速采取合作的态度。

“百货商店随即疏散一空，他们原本指望以人群做掩护，用来掩饰他们的交谈，现在这个掩护却被撤掉。他们孤立在那里，看来非常可疑。纳特一不做、二不休，主动和他们接触，劝他们将史瓦兹交给他，由他护送回研究所。他们接受了，不然他们又能怎么办？……所以昨天从头到尾，艾伐丹和史瓦兹没交谈一句话。

“他没有做出逮捕史瓦兹的蠢事，那两个人还不知道形迹已然败露，将来还会引导我们捉到更大的猎物。

“纳特更进一步通知了帝国驻军，这个行动真令人拍案叫绝，使艾伐丹陷入一种绝未料到的情状。当时他只有两个选择：或是暴露自己外人的身份，令自己变得毫无用处，因为他在地球上，显然得扮成地球人，才能顺利展开工作。否则，他就必须保密到底，不论发生多不愉快的事，都得咬紧牙关忍耐。结果，他选择了英勇的第二条路，为了力求逼真，甚至折断了一名帝国军官的手臂。那件事，至少一定会记在他的账上。

“他所采取的这些行动，本身便有重大的意义。若非极其重要的事物遭到威胁，他，一个外人，为什么为了一个地球女子，就甘愿当神经鞭的活靶？”

教长将两只手放到面前的办公桌上。他露出凶狠的目光，脸上原本和缓的线条皱成一团，显得苦恼万分。“你做得很好，玻契斯，从那么贫乏的线索中，竟能织出一张这么复杂的蛛网。你的分析很高明，我觉得你说的都很有道理。根据逻辑研判，我们无法得出第二个结论……但这就意味着，他们已经太接近了，玻契斯。他们太接近了……而这一次，他们绝不会留情的。”

玻契斯耸了耸肩。“他们不可能太接近，否则，面对整个帝国可能毁灭的潜在危机，他们早已主动出击……而他们的时间已所剩无几。如果想有所进展，艾伐丹就必须再和史瓦兹碰面。因此，我可以为您预测未来的发展。”

“说啊——说啊。”

“现在史瓦兹一定会被送走，好让过紧的风声渐渐平息。”

“但他会被送到哪里去呢？”

“这点我们也知道。史瓦兹是另一个人带到研究所去的，那人显然是名农夫。谢克特的技术员和纳特两人，都向我们描述过那人的相貌。我们清查了芝加附近方圆六十英里每个农夫的登记资料，结果纳特认出一个名叫亚宾·玛伦的人，而技术员也支持这项指认。我们暗中调查那个人，发现他似乎在帮他的岳父——一个没希望的残废——躲避六十大限。”

教长一拳重重打在桌上。“这种案件实在层出不穷，玻契斯。今后必须从严执法……”

“现在问题不在这里，殿下。重要的是这名农夫既然违犯俗例，他就有了供人勒索的把柄。”

“哦……”

“谢克特和他的外人盟友，需要的就是这样一个工具。也就是说，史瓦兹必须找个地方隐居起来，要比在研究所中能安全地躲藏更久。这个也许无助又无辜的农夫，正是一个完美的选择。别担心，他会受到监视，史瓦兹绝不会逃出我们的视线……好，不久之后，他和艾伐丹必定会设法进行另一次会晤，而下次我们就会有所准备。现在您了解全盘状况了吗？”

“了解了。”

“好的，感谢地球，那么我要告辞了。”然后，他带着一丝讽刺的微笑，补充了一句：“当然，需要您的恩准。”

教长完全没有想到其中的讥嘲之意，只是挥了挥手，示意教长秘书退下。

教长秘书向自己的小办公室走去，此时周围没有其他人。独处的时候，他的思绪有时会逃脱严密的自我控制，跑到心灵的暗角独自嬉戏。

那些思绪与谢克特博士、史瓦兹、艾伐丹没什么关联，与教长有关的成分更少。

反之，他脑海中浮现出一颗行星——川陀，整个银河都在这个巨大环球都会统治之下。此外，还有一座皇宫的画面，那些尖塔与宏伟的拱门他从未亲眼得见；其实，没有任何地球人曾经见过。他想到了权力与荣耀的无形网络，从一颗太阳延伸到另一颗，每一根隐形的线、绳、索，最后都汇集到中央那座皇宫，以及权力的象征——那位皇帝身上，而皇帝毕竟只是个凡人。

他的心灵紧紧抓住那个念头：只有神人才配拥有的权柄，却集中在一个凡人身上。

只不过是个凡人！像他自己一样的凡人！

他也可以……

第十一章
变化的心灵

在约瑟夫·史瓦兹的感觉中，变化的过程相当模糊。有许多次，在绝对静寂的夜晚，在新鲜的静寂中，他回溯着过去。如今的夜晚变得多么宁静，以前曾有过嘈杂、明亮、热闹的夜晚，笼罩着数百万生气蓬勃的生命吗？他喜欢认为此时、此地就是“现在”。

那天，他孤单地来到这个陌生的世界，那是个充满恐惧、一团混乱的日子。如今在他的心灵中，那天与他对芝加哥的记忆同样迷蒙。后来他去了一趟芝加，结局却奇怪而复杂。他常常会想到那些经历。

好像跟一架机器有关，还有他吞服的药丸。数天的恢复期过后，他逃了出去，开始在外面游荡，最后又在百货商店发生了些令人费解的事。他无法将那段经过记得明确。然而，往后两个月，每件事都是那么鲜明，他的记忆变得多么正确无误。

即使如此，情况还是开始变得有些奇怪。当初，他忽然对周遭的气氛相当敏感，感受得到老博士与他女儿一直心神不宁，甚至恐惧不安。他当时就知道这点吗？或者说，那原本只是个飘忽的印象，如今的感觉是后见之明强化的结果？

可是，在那间百货商店，那个壮汉正要伸手抓他之际——在前一瞬间——他突然意识到即将来临的袭击。只是警告来得太晚，无法使他及时脱险，但那确是他心灵发生变化的明确指标。

接下来的变化是头痛。不，并非真正的头痛，应该说是一阵阵悸动，仿佛脑部藏着一架发电机，突然之间开始运转，由于这种动作太过陌生，使他的每片颅骨都跟着震动。在芝加哥的时候——姑且假设他幻想的芝加哥确有其事——甚至在来到真实世界的头几天，都没发生过这样的现象。

在芝加的那天，他们对他做了什么吗？那架机器？那些药丸——一定是麻醉剂，所以是一次手术吗？这是他第一百次想到这点，但他的思绪又在这里戛然而止。

在他的逃亡计划流产后，第二天就被带离芝加，现在日子则过得很轻松。

坐在轮椅上的格鲁，常常一面对着他说个不停，一面东指西指、比手画脚，就像那个叫宝拉的女孩当初一样。直到有一天，格鲁不再说些毫无意义的话，而开始说起英语。或者不是那样，而是他自己——他，约瑟夫·史瓦兹——不再使用英语，也开始说起那种毫无意义的话。只不过现在对他而言，那些话都有了意义。

那实在很简单，他在四天内便能识字，令他自己也大吃一惊。以前，在芝加哥的时候，他也拥有高人一等的记忆力，或者说他自己这么认为。然而，当时他也无法做到这种程度。

不过格鲁似乎毫不讶异，于是史瓦兹不再去想这个问题。

到了深秋，大地变成一片金黄的时候，所有事物又显得一清二楚，他也开始在田间工作。他的学习能力实在惊人，不可思议的事再度发生——他从未犯过任何错误，即使相当复杂的机器，经过一番解说，他也立刻就能毫不费力地操作。

他一直在等待寒冷的天气，却始终没真正等到。整个冬天，他们都在忙着整地、施肥，以及为春耕进行各项准备工作。

他曾问过格鲁，并试图向他解释雪是什么。但格鲁只是瞪大眼睛，答道：“冻结的水像雨点一样落下，啊？哦！它的名字叫雪！我知道在其他行星上有这种现象，可是地球上面没有。”

从那天开始，史瓦兹便细心观察温度的起伏，发现每天几乎都没什么改变——然而白昼渐渐变短，就像一个偏北的地区，例如芝加哥这种纬度的城市必然发生的变化。他不知道自己是否在地球上，一直只是半信半疑。

他曾试着阅读格鲁的一些胶卷书，但很快就放弃了。书中的人物还是普通人，可是日常生活的各种细节、各种视为理所当然的知识，以及历史与社会性的隐喻，对他而言一点意义也没有，终于令他再也读不下去了。

奇怪的事情接二连三。例如分布均匀的温雨，例如他曾受到严厉警告，说有些地区绝对不可接近……

某一天的黄昏，他望着闪亮的地平线，以及南方出现的蓝色光芒，终于再也压抑不住自己的好奇心。

晚餐后，他偷溜了出去。结果尚未走出一英里，双轮车引擎超低的噪音就从身后传来，亚宾气冲冲的喊叫在黄昏中响彻云霄。他很快遭到挡驾，被带回了农场。

亚宾在他面前来回踱步，说道：“只要是夜晚会发光的地方，你都不可接近。”

史瓦兹温和地问道：“为什么？”

回答的口气尖锐而锋利。“因为那是禁忌。”顿了好一会儿，他又说：“你真不知道那里是怎么回事，史瓦兹？”

史瓦兹摊开双手。

亚宾说："你是打哪儿来的？你是一个——一个外人吗？"

"什么是外人？"

亚宾耸了耸肩，掉头便走。

不过对史瓦兹而言，那是个极其重要的夜晚。因为就在那短短的一英里路中，他心灵中奇怪的感觉聚结成了"心灵接触"。那是他自己对它的称呼，而无论当时或是后来，他始终找不到更贴切的名称。

那时，他独自走在暗紫色的黄昏中，踩在具有弹性的车道上，连一点脚步声也没有。他并未看见任何人，并未听见任何声音，也没有接触到任何东西。

并不尽然……有一种类似接触的感觉，但并非接触到他身体的任何部分，是在他心灵中……不是真正的接触，而是一种存在——像是天鹅绒轻搔着他的心灵。

那种接触忽然变成两个——两个不同的、分别的接触。而第二个（他是怎么分辨这两者的？）变得越来越响亮（不，那不是个恰当的词汇），越来越不同，越来越明确。

然后他便知道那是亚宾。当他明白这点的时候，距离他听见双轮车声至少还有五分钟；距离他看见亚宾，则至少还有十分钟的时间。

从此以后，这种事一而再、再而三地不断发生，而且越来越频繁。

他渐渐明白了一件事，每当亚宾、洛雅或格鲁来到附近百英尺之内，自己总会立刻察觉——有时甚至没有任何察觉的理由，甚至各种迹象都要他做出相反的预测。将这种现象视为理所当然是很困难的事，但它渐渐变得似乎相当自然。

他开始进行一些实验，发现自己能知道他们每个人的确切位置，随时都能知道。他可以分辨出他们三人，因为心灵接触因人而异。不过，他从来没胆量跟其他人提起。

有时他会暗自嘀咕，很想知道自己朝闪亮的地平线走去时，感到的第一个心灵接触究竟是谁的？那既不属于亚宾或洛雅，也不是格鲁的。嗯？这又有什么关系呢？

后来，那的确有了关系。某天傍晚，当他将牛牵回去的时候，竟然再度遇到那个“接触”，正是原先那一个。于是他去找亚宾，问道：“南山后面那片林子，究竟有些什么东西，亚宾？”

“什么都没有，”亚宾板着脸答道，“那是教长地产。”

“那又是什么？”

亚宾似乎被惹恼了。“对你无关紧要，不是吗？大家都管它叫教长地产，因为它是地球教长的财产。”

“为何不耕种呢？”

“它不是做那种用途的。”亚宾的声音透着几分震惊，“在古老的日子里，它曾经是个伟大的中心。现在它仍旧非常神圣，普通人绝对不可侵扰。听好，史瓦兹，假如你想安全地待在这里，就把好奇心收起来，专心自己的工作。”

“可是如果它那么神圣，就不可能有人住在那里喽？”

“正是这样，你说对了。”

“你确定吗？”

“我确定……你绝不能闯进去，否则你会完蛋。”

“我不会的。”

史瓦兹走开了，心中仍是一团疑惑，而且有种说不出的不安。那个心灵接触就是来自那片林地，它的力量相当强。现在，它更加入了一些别的感觉，成了一个不友善的接触，一个具威胁性的接触。

为什么？为什么？

他仍不敢说出来。他们不会相信他的，万一他说了，必定会发生什么不愉快的事。这点他也知道，其实，他知道得太多了。

这些日子以来，他也变得较为年轻。不过，这主要不是指生理方面。虽然他的小腹缩了，肩膀宽了，肌肉变得更结实、更有弹性，消化机能也变得更好——这些都是他从事户外工作的结果。不过他察觉到的，主要还是另外一种变化，那就是他的思考方式有了改变。

老年人容易忘记自己年轻时是怎么想的，他们忘了当初迅捷的心灵活动、大胆的年轻直觉，以及敏捷且充满朝气的洞察力。他们会变得习惯于更沉重的思考模式，但由于经验的累积足以弥补这方面的退化，老年人还是认为自己比年轻人聪明。

然而对史瓦兹而言，改变的并不是经验，令他感到雀跃不已的，是他发现自己能在瞬间了解各种事物。他从原本必须根据亚宾的说明行事，逐渐进步到预测他会说些什么，甚至还能抢先完成。因此，让他觉得自己年轻的原因十分微妙，绝非肉体上的强健所能解释。

整整过了两个月，他才终于恍然大悟。当时，他正在凉亭中与格鲁下西洋棋。

不知是什么原因，除了棋子的名称，西洋棋完全没有变化，与他记忆中一模一样，这对他始终是一种安慰。至少，在这一方面，可怜的记忆没有捉弄他。

格鲁曾经告诉他许多新式棋戏，例如“四人西洋棋”：每个人拥有一个棋盘，四个棋盘再拼成一个正方形，中间的空隙补上第五个棋盘，当做公用的“真空地带”。此外还有“三维西洋棋”：将八个透明棋盘叠成塔状，原先在平面上行走的棋子，现在可以做三维的运动。棋子的数目则是原来的两倍，必须将对方的两个国王同时将军才算赢棋。

此外，甚至还有些普及的新式规则。例如掷骰子来决定棋子最初的位置，或是在某些棋格上，定出一些对棋子有利或有害的条件，或是引进几个具有奇特功能的新棋子。

不过，西洋棋本身——原始的西洋棋——仍旧没有任何变化。

史瓦兹与格鲁的西洋棋大赛，现在已经下完五十盘。

刚开始的时候，史瓦兹对棋艺仅有粗浅的认识，所以最初数盘连连败北。不过情势慢慢有了转变，他输棋的次数逐渐减少。格鲁的动作则越来越缓慢，越来越谨慎，在两步棋之间拼命吸着烟斗，令烟丝烧得通红。最后，他终于难挽颓势，变成个常败将军，于是牢骚也多了起来。

格鲁下的是白子，现在，他的卒子来到“国王四”的位置。

“下棋吧。”他以酸酸的口气催促对方，他的牙齿使劲咬着烟斗，眼睛已经紧盯着棋盘。

史瓦兹坐在渐浓的暮色中，不禁叹了一口气。棋戏实在变得很没意思，因为他将格鲁的心思摸得越来越清楚，甚至猜得出他下一步要怎么走，就像格鲁的头颅开了一扇朦胧的天窗。他几乎能凭直觉知道该如何下棋，这一点，与他的其他问题其实同出一源。

他们使用的是“夜间棋盘”，在黑暗中，这种棋盘会发出蓝橙相间的光芒。在阳光下看来是红色黏土捏成的棋子，晚间便会发生奇异的变化。半数棋子会沐浴在乳白色光芒中，看来好像冰冷明亮的瓷器，另一半则会闪耀着红色的微光。

开始的几步棋下得很快。史瓦兹的“王前”卒子向前挺进，正面阻挡敌方的进攻。格鲁将“王侧”骑士移往“主教三”的位置，史瓦兹则将“后侧”骑士移到“主教三”招架。然后，白主教跳到“后侧骑士五”，史瓦兹的“后侧堡前”卒子向前滑出一格，把那个主教逼回“城堡四”。接着，他又将另一个骑士移往“主教三”。

那些闪亮的棋子在棋盘上横冲直撞，好像自己拥有奇异的意志，因为操纵它们的手早已隐没在黑暗中。

史瓦兹感到十分心虚，他准备问的问题，可能会暴露出他精神失常，但他无论如何要弄明白。他突然说：“我在哪里？”

格鲁正慎重地将他的“后侧”骑士移往“主教三”，他抬起头来说：“什么？”

史瓦兹不知道“国家”或“邦”该怎么讲，于是他问：“这里是什么世界？”他一面说，一面将他的主教移往“国王二”。

格鲁简单地答了一句：“地球。”说完，他便以夸张的动作进行“入堡”，先是高大的国王向一侧移动，再让笨重的城堡从国王头上掠过，然后放到国王的另一侧。

那是个完全无法令人满意的答案。格鲁说的那个名字，史瓦兹在心中翻译成“地球”。但“地球”又是什么？居住在任何行星上的居民，都会将他们自己的世界称为“地球”。

史瓦兹将他的“后侧骑前”卒子向前移两格，再度迫使格鲁的主教撤退，这回它退到“骑士三”。接着，史瓦兹与格鲁一先一后，都将他们的“后前”卒子向前推一格，帮各自的主教开路，为即将在中央进行的大战预作准备。

史瓦兹尽可能以冷静而不经意的口气，又问：“现在是哪一年？”说完，他也开始进行“入堡”。

格鲁顿了一顿，大概是吃了一惊。“你今天不停地在唠叨些什么？你不想玩了是吗？现在是八二七年，如果这会使你高兴的话。”他又以讽刺的语气补充道：“银纪。”说完，他皱着眉头望着棋盘，然后将他的“后侧”骑士重重放到“王后五”的位置，那是它进行的首度攻击。

史瓦兹迅速闪躲，将自己的“后侧”骑士移往“城堡四”作为反击。于是前哨战便如火如荼地展开，格鲁的骑士吃掉对方的主教，那个棋子便从棋盘上飞起来，有如一道红色的火焰，然后伴随着一声清脆的响声，掉进一旁的棋盒中。它躺在那里，像是个被埋葬的战士，要等到下盘棋才能再度上场。接下来，立功的骑士立刻被史瓦兹的王后吃掉。一时之间，格鲁由于小心过度，攻势变得迟疑不定，还将另一个骑士拉回“国王一”避难，但它在那里几乎无法发挥作用。现在，史瓦兹的“后侧”骑士模仿对方的自杀攻击，先吃掉对方的主教，自己再成了“堡前”卒子的猎物。

接下来是另一次小歇，史瓦兹柔声问道：“什么是银纪？”

“什么？”格鲁不高兴地追问，“哦——你是说你仍然不知道今年是哪一年？怎么有这么笨……唉，我总是忘记你差不多一个月前才学会说话，不过你实在很聪明。你真不知道吗？好吧，现在是银河纪元八二七年，银纪就是银河纪元。懂了吧？从银河帝国的建立算起，如今已经过了八百二十七年；也就是说富兰肯一世的加冕大典，至今已有八百二十七年的历史。现在，拜托，轮到你了。”

史瓦兹却将骑士紧紧抓在手里，迟迟不肯放下，他心中充满挫折感。“等一等，”他一面说，一面把骑士放到“王后二”。“你是否听过下列名称？美洲、亚洲、合众国、俄罗斯、欧洲……”他极力想要确认身在何处。

在黑暗中，格鲁的烟斗发出暗红色光芒，而他昏暗的身影压在闪亮的棋盘上，仿佛比棋盘更欠缺生命力。他或许随便摇了摇头，但史瓦兹无法看见。他不需要看见，也能感知对方的否定，就像格鲁曾经开口一样清楚。

史瓦兹却不死心。“你知道我在哪里可以找到地图？”

“根本没有地图，”格鲁咆哮道，“除非你冒着生命危险到芝加去。我不是地理学家，也从没听过你提到的那些名字。那些是什么名字？人名吗？”

冒着生命危险？为什么？史瓦兹感到一阵寒意。他犯了什么罪吗？格鲁知道这件事吗？

他以不大肯定的口吻问道：“太阳有九颗行星，对不对？”

“十颗。”对方回答得非常坚决。

史瓦兹迟疑了一下。嗯，他们也许发现了另一颗，只是他从未听说。可是，格鲁又为什么知道呢？他扳了一下手指，又问了一句：“第六颗行星什么样子？旁边是不是有好些光环？”

格鲁将“王侧教前”卒子慢慢向前移动两格，史瓦兹随即采取相同的行动。

格鲁说：“你是说土星吧？它当然有光环。”他开始暗自盘算：他可以选择吃掉对方“教前”或“王前”的卒子，但两者的后果还看不太清楚。

“那么在火星和木星之间，是不是有小行星带？我的意思是，介于第四和第五颗行星之间。”

“没错。”格鲁喃喃答道，然后再度点燃烟斗，陷入忘我的沉思。史瓦兹捕捉到那种痛苦的不确定感，令他感到极为厌烦。对他而言，既然确定了地球的身份，棋戏就变得一点也不重要。他脑海中摆荡着许多问题，其中一个突然溜了出来。

“这么说，你那些胶卷书的内容都是真的？真有其他的世界？上面也有人类居住？”

格鲁从棋盘上收回视线，抬起头来，在黑暗中无意义地定睛凝视。“你是认真的吗？”

“有没有？”

“我向银河发誓！我、相、信、你、真、不、知、道。”

史瓦兹为自己的无知感到羞愧。“拜托——”

“当然有其他的世界，至少有好几百万！你看到的每颗恒星都拥有数个世界，而大多数恒星你根本看不见。它们都是帝国的一部分。”

当格鲁激动地答话时，史瓦兹的内心微妙地感到模糊的回声，像火花般直接跃过两人心灵间的空隙。而且，史瓦兹感到这种精神触觉变得一天比一天强。或许不久之后，即使对方不开口，他的心灵也能听见对方脑海中的话语。

直到现在，对于这整个谜团，他才终于想到精神失常之外的解释。他是否以某种方式跨越了时间？也许，是睡了一大觉？

他以沙哑的声音说：“这一切已经发生多久了，格鲁？只有一颗行星的时代，距离现在已有多久了？”

“你这话是什么意思？”他突然变得分外谨慎，“你是古人的一员吗？”

“什么的一员？我不是任何组织的成员。可是，难道地球不曾是唯一的行星吗？……嗯，不是吗？”

“古人是那么说的，”格鲁绷着脸答道，“可是谁知道呢？谁又真正知道呢？据我所知，天上那些世界有史以来就一直存在。”

“但那究竟有多久了呢？”

“好几万年吧，我想。五万，十万，我不敢说。”

好几万年！史瓦兹感到喉咙咯咯作响，连忙强压下去，心中则有说不出的惊慌。一切都只是两步之间的事？一眨眼、一次呼吸、一个瞬间，他就跃进好几万年？他发觉自己又遁入失忆症的解释，他对太阳系的错误认知，一定是受损的记忆穿透迷雾的结果。

不过格鲁继续开始下棋——他拿下对方的“教前”卒子，史瓦兹立刻注意到那是个错误选择，这个心灵反应几乎是机械式的。现在每一步棋环环相扣，根本无须多加思索。面对两个白卒子构成的前锋，他的“王侧”城堡向前冲去，攫获了最前面那一个。接着，白骑士又走到“主教三”，史瓦兹的主教则移到“骑士二”，这是投入战场的准备动作。格鲁有样学样，也将他的主教移往“王后二”。

在发动最后进攻前，史瓦兹歇了一下。他说：“地球是头儿，对吗？”

“什么的头儿？”

“当然是帝……”

不料格鲁猛然抬起头来，发出一声狂吼，令所有的棋子为之震撼。“你听好了，我对你的问题厌烦透啦。你是真正的傻子吗？地球看来像是什么东西的头儿吗？”随着一阵平缓的嗡嗡声，格鲁的轮椅绕过小桌，史瓦兹感到手臂被几根指头紧紧抓住。

“听好！你给我听好！”格鲁将粗哑的声音压得很低，“你看到地平线了吗？你看到它在闪闪发光吗？”

“看到了。”

“那就是地球——整个地球都是那样。只有东一块、西一块，像此地这样的几块土地例外。”

“我不懂。”

“地球的地壳具有放射性，土壤会发热发光，始终在发热发光，会发热发光直到永远。没有任何作物能生长，没有任何人能生存——这点你真不知道吗？你以为我们为什么要有六十大限？”

半身不遂的老者终于息怒，他操纵轮椅绕过小桌，回到原来的位置上。“轮到你走了。”

六十大限！现在的心灵接触再次带有一种无法形容的威胁。当史瓦兹以紧绷的心揣测这件事的时候，他的棋子好像自己知道该如何行动。

他的“王前”卒子吃掉对方的“教前”卒子；格鲁将他的骑士移往“王后四”；史瓦兹的城堡横向移动，攻取“骑士四”的位置；格鲁的骑士再度进攻，来到“主教三”；史瓦兹的城堡仍避免冲突，前往“骑士五”暂避。

现在，格鲁的“王侧堡前”卒子怯生生地向前走了一格，史瓦兹的城堡则向前冲锋，吃掉对方的“骑前”卒子，对敌人的国王将军。格鲁的国王随即吃掉那个城堡，但史瓦兹的王后立刻把握良机，来到“骑士四”再将一军。格鲁的国王慌忙逃往“城堡一”，史瓦兹拿起他的骑士，放到“国王四”的位置。

格鲁再将他的王后移到“国王二”，极力试图动员防御力量。而史瓦兹的应变之道，则是将他的王后向前推两格，来到“骑士六”，使战斗变成短兵相接。格鲁别无选择，只好将他的王后移往“骑士二”，这两位女性至尊终于面对面。接下来，史瓦兹的骑士继续进攻，吃掉对方位于“主教六”的骑士。白主教眼看就要受到攻击，连忙前往“主教三”，黑骑士则追到“王后五”的位置。格鲁犹豫好几分钟后，决定让遭到围攻的王后跨过长长的对角线，去吃掉史瓦兹的主教。

然后他停了一下，如释重负地吁了一口大气。狡猾的对手有个城堡岌岌可危，而且眼看就要被他将军。他自己的王后已做好准备，马上就要大肆蹂躏战场。此外，他比对方多了一座城堡，而对方却只多了一个卒子。

“该你了。”他满意地说。

史瓦兹终于开口：“什么——什么是六十大限？”

格鲁的声音明显地透着不友善的情绪。“你为何要问？你究竟想干什么？”

“拜托，”史瓦兹说得低声下气，他已经没什么斗志了，“我是个不具任何威胁性的人，我不知道自己是谁，以及在我身上发生了什么事，或许我是个失忆症患者。”

“很有可能。”格鲁轻蔑地应道，“你在逃避六十大限吗？照实回答。”

“我告诉你，我可不知道六十大限是什么！”

这句话果然生效了，接下来是很长的沉默。在史瓦兹的感觉中，格鲁的心灵接触充满不祥之兆，但他无法将它化为清晰的语句。

格鲁慢吞吞地说：“六十大限就是你的六十岁生日。地球只能供养两千万人，不能再多了。想要活下去，你必须生产；假如你不能生产，你就不能再活下去。而过了六十，你就无法从事生产。”

“所以就……”史瓦兹的嘴合不拢了。

“你就会被除掉，不会有痛苦的。”

“就会被杀掉？”

“那不是谋杀，”他硬生生地说，“一定要这样做。其他世界不肯收容我们，我们必须设法为子孙腾出空间，上一代必须让位给年轻的一代。”

“假如你不让别人知道自己六十了呢？”

“你为什么要那样做？反正过了六十，活着就没什么意思……每十年会举行一次普查，把那些笨得想要多活几年的人一网打尽。此外，你的年龄他们都记录在案。”

“我的可没有。”史瓦兹说溜了嘴，却收不回来了，“何况，我只不过五十岁——下个生日才满五十。”

“那不重要。他们可以检查你的骨骼结构，这点你不知道吗？根本没有任何方法能够掩饰。下回他们就会抓到我……喂，轮到你走了。”

史瓦兹不理会对方的催促。“你的意思是，他们会……”

“当然，我只有五十五岁，可是你看看我的两条腿。我不能工作了，对不对？我们这家人登记了三口，因此我们的生产定额以三个工作人口为准。我中风后，本该立刻向上报告，然后定额就会减少。不过这样一来，我的六十大限将提早来临，而亚宾和洛雅不愿这么做。他们两个都是傻子，因为这代表他们得累个半死——直到你来了为止。无论如何，他们明年就会抓到我……轮到你走了。”

“明年又是普查年吗？”

“是的……该你走啦。”

“慢着！”史瓦兹急切地问道，“是不是每个人过了六十都会被除掉？完全没有例外吗？”

“你我不会有例外。教长可以寿终正寝，此外还有古人教团的成员，以及一些科学家，或是某些做出重大贡献的人。没多少人合格，也许每年只有一打……轮到你啦！”

“由谁决定哪些人有资格？”

“当然是教长，你到底下不下？”

史瓦兹却站了起来。“不必下了，再五步棋你就会被将死。我的王后先吃掉你的卒子，然后将你的军，你就必须到‘骑士一’去；那我就把骑士移到‘国王二’，再将你一军，你就必须走到‘主教二’；我的王后再到‘国王六’将军，你就必须逃到‘骑士二’；接着我的王后走到‘骑士六’，当你被迫前往‘城堡一’的时候，我的王后就会在‘城堡六’把你将死。

“好棋。”他自然而然地加了一句。

格鲁瞪着棋盘愣了良久，然后发出一声怒吼，并将棋盘从桌上掀掉。闪闪发光的棋子尽数落在草地上，无精打采地滚了一阵子。

“都是你该死的喋喋不休害我分神。”格鲁高声喊道。

但史瓦兹对一切浑然不觉，只是感到无论如何也得逃避六十大限。因为，虽然伯朗宁曾说：

“与我共同老去！

良辰美景可期……”

可是那时的地球拥有几十亿人口，以及取之不尽的粮食。而如今，所谓的良辰美景则是六十大限——也就是死亡。

史瓦兹已经六十二岁。

六十二岁……

第十二章
杀人的心灵

在史瓦兹有条不紊的心灵中，已将这个问题考虑得很周到。既然他不想死，他就必须离开农场；假如他继续留在这里，普查很快会来临，死亡也会跟着敲门。

那么，离开这个农场吧。可是他要到哪儿去呢？

在芝加有一家——是什么，一家医院吗？那里的人照顾过他。但是为什么呢？因为他曾经是个医学“个案”。然而，难道现在就不是吗？而且他现在会说话了，能将症状告诉他们，这点他以前根本做不到。他甚至可以告诉他们有关心灵接触的事。

或者说，是不是每个人都具有心灵接触？他有什么办法能判断吗？……周围几个人都没有，亚宾没有，洛雅没有，格鲁也没有，他绝对可以确定。除非他们看到或听到他，否则无从判定他身在何处。哈，假如格鲁也有这种能力，他跟格鲁下棋就不会赢了……

且慢，西洋棋是种大众化的游戏。若是大家都有心灵接触，那就根本玩不成，不是真正的下棋了。

因此这点使他与众不同——一个心理学的活标本。身为标本的日子也许不会特别快活，但至少能让他活下去。

假如再考虑他刚想到的另一个可能性，假如他并非失忆症患者，而是迷失在时光中的人。啊，那么除了心灵接触，他还是个来自过去的人，也就是一个历史标本、一个考古学标本；他们绝对不能杀害他。

只要他们能相信自己。

嗯，只要他们能相信自己。

那个博士一定会相信他。亚宾带他去芝加的那一天，他还想先刮刮胡子，这件事他记得非常清楚。后来，他的胡子再也没长出来，所以他们一定对他做了些什么。这就意味着，那个博士知道他——他，史瓦兹——脸上曾经生有毛发。这难道不算意义重大吗？格鲁与亚宾从来不需要刮脸，格鲁甚至跟他说过，只有动物脸部才生有毛发。

所以他得去找那个博士。

他的名字叫什么？谢克特？……谢克特，没错。

但他对这个可怕的世界了解太少。若是在夜间离去，或是横跨乡间小径，都会令他有如坠入迷雾中，还可能闯进他一无所知的放射性危险区。因此在毫无选择的情况下，他鼓足勇气，午后便立刻跑到公路上。

在晚餐前，他们不会想要找他。可是开饭时，他已经远走高飞。而且他们都没有心灵接触，不会察觉到他早已失踪。

最初半个小时，他心中兴起一阵洋洋得意的情绪。自从变故发生以来，这是他第一次有这种感觉。他终于在做一件有意义的事，在试图对外界展开反击。这回他有明确的目标，不像上次在芝加那样，只是毫无理由地逃跑。

啊，就一个老年人而言，他的表现不坏，他自会证明给他们看。

他突然停下脚步——停在公路正中央，因为某样东西引起了他的注意，某样已被他遗忘的东西。

那是个陌生的心灵接触，一个不明的心灵接触。他首次感知这个接触，是在他试图向闪耀的地平线走去，却遭亚宾挡驾的那一天。而当天，它躲藏在教长地产内向外窥探。

现在它又出现了，在他身后监视着他。

他仔细倾听，或至少就心灵接触而言，他所做的与普通的倾听相当。它没有越来越接近，却紧紧黏住他不放。它包含了警觉与敌意，却没有想要拼命的意思。

其他的情况已经明朗，跟踪者一定不能将自己跟丢，而且他还带了武器。

史瓦兹小心翼翼，几乎自然而然地转过头去，极目朝向地平线仔细眺望。

那个心灵接触立即有所改变。

它变得多疑而谨慎，担心起自身的安危，以及这个计划的成败，姑且不论是什么计划。跟踪者拥有武装的事实变得更显著，似乎他正在思索，倘若受困就一定要动用武器。

史瓦兹明白自己的处境，他手无寸铁且孤立无援。他也明白另一件事实，那名跟踪者宁可杀了他，也不愿让他逃脱掌握；只要他做错一步，那人就会将他杀死……但他却看不见任何人。

因此史瓦兹继续向前走，十分清楚跟踪者与自己很接近，随时可以将他杀害。他不知道将会发生什么事，不禁紧张得脊背僵硬。死亡是什么感觉？……死亡是什么感觉？……这个想法与他的脚步频率一致，在他心灵中震动，在他的下意识间摆荡，直到几乎超过他的忍耐极限。

他唯一的解脱之道，是紧紧抓住跟踪者的心灵接触。假如它的紧张程度突然增加，就代表对方准备举起武器，准备按下扳机或开关，而他便能立时察觉。在那一刻，他会立即卧倒，他会立即逃跑……

可是为什么呢？若是为了六十大限，何不将自己就地处决？

时间滑移的理论在他脑海中淡去，他再度接受失忆症的解释。他可能是一名罪犯，一个危险人物，因此必须受到监视。或许他曾是一位高级官员，必须接受法律审判，不能私下将他杀害。他的失忆症也有可能是潜意识发挥的功能，避免自己发觉曾经犯下滔天大罪。

现在，他走在空旷的公路上，向一个充满问号的目的地前进，身边还有个死神做伴。

天色越来越黑，迎面而来的风越来越冷。这似乎不太对劲，就跟过去两个月的经验一样。史瓦兹判断现在是十二月，四点半的落日当然支持这一点，然而，冷风的寒意却不像中西部冬季那般刺骨。

史瓦兹早就认定气候普遍温暖的原因，是由于这颗行星（地球？）并非全然依赖太阳的热量。放射性土壤本身便会发热，虽然每平方英尺的热量很小，几百万平方英里放出的就很可观。

如今在黑暗中，跟踪者的心灵接触逐渐接近。他仍旧全神贯注，准备进行一场赌博。在漆黑的夜晚，跟踪是一件困难的事。那人曾经跟踪过他，跟着他走向闪耀的地平线。难道他就不敢再冒一次险吗？

“嘿！嘿，老兄……”

那是个鼻音浓重而高亢的声音，史瓦兹立刻站住。

他慢慢地、硬邦邦地转过身去。一个瘦小的身影向他走来，还不断挥着手，但在这个没有阳光的时段，他无法看清对方的面貌。那个身影不慌不忙地渐渐接近，他则一动不动地等在原处。

"嗨，你好，很高兴见到你。走在路上没伴可真不好玩，介不介意我跟你一道走？"

"你好。"史瓦兹生硬地说了一句。正是这个心灵接触，他就是那名跟踪者。而且他的面孔也不陌生，它属于那段懵懂的时光，是他在芝加时见过的。

跟踪者表现出一副跟他很熟的模样。"嘿，我认识你。绝对没错！……你不记得我吗？"

假使换成普通情况，换成另一个时间，史瓦兹不敢肯定是否会相信对方在讲真心话。可是现在，他能清清楚楚地看出来，在由"相识"伪装的薄薄一层外皮下，包覆着心灵接触的深层内容，它们在告诉他——对他高声呐喊——这个具有尖锐目光的瘦小男子，从一开始就认识他。不但认识他，还准备了致命的武器，必要时会置他于死地。

史瓦兹摇了摇头。

"绝对没错，"瘦小男子仍旧坚持，"在那个百货商店里，我把你从人群中救走。"他装模作样地哈哈大笑，似乎快笑弯了腰。"他们以为你染上放射热，你记得吧。"

史瓦兹的确记得，不过印象很模糊，很朦胧。先是有个像这样的男子，几分钟后，又出现另一伙人，先拦住他们两个，后来又为他们让出一条通路。

"是的，"他说，"很高兴遇到你。"这不是什么精彩的对话，但史瓦兹无法做得更好，那个瘦小男子则似乎不在意。

"我叫纳特，"他一面说，一面伸出一只软绵绵的手，"那一次，我没机会跟你说太多话——可以说是由于情况紧急，所以我忽略了——但我很高兴能有第二次的机会……让我们握个手。"

"我是史瓦兹。"说完，他轻轻握了握对方的手掌。

“你怎么会走在这里？”纳特问道，“要走到哪儿去吗？”

史瓦兹耸了耸肩。“只是随便走走。”

“健行，是吗？我也一样。我一年到头都在健行——闲来没事穷解闷儿。”

“什么？”

“你知道的，这能使你精神饱满。你能呼吸到新鲜空气，感到血液循环加速，不是吗？……这回走得太远了，我讨厌晚上孤单地回去，总喜欢找个伴。你要到哪里去？”

这已是纳特第二次问这个问题，而心灵接触明确显示这个问题的重要性。史瓦兹不知道自己能搪塞多久，在那人心中，有种急于探究事实的渴望。说谎绝对无济于事，史瓦兹对这个新世界所知不多，想说谎也无从说起。

于是他说：“我要到医院去。”

“去医院？什么医院？”

“我在芝加时，就住在那里。”

“你的意思是研究所，对不对？我上次就是带你回那里去，我的意思是，在百货商店那一次。”他的心灵显出焦虑与渐升的紧张情绪。

“我要去找谢克特博士，”史瓦兹说，“你认识他吗？”

“我听说过他，他是个大人物。你生病了吗？”

“没有，不过我得偶尔向他报到一次。”这句话听来合理吗？

“走路去？”纳特说，“他不派车来接你？”那句话听来似乎不太合理。

史瓦兹现在什么也不说了——那是令人冒冷汗的沉默。

然而，纳特却显得心情愉快。“听我说，老友，我们很快会经过一个公用通讯波台。我会从城里叫一部计程车，叫它开到这里来接我们。”

“通讯波台？”

“没错，整段公路沿途都有。看，那里就有一个。”

他刚离开史瓦兹一步，后者突然尖声叫道：“停下来！别动。”

纳特随即停下脚步，当他转身时，表情中有一种诡异的冷静。“什么东西咬到你啦，兄弟？”

“你别再作戏，我已经看腻了。我知道你的底细，也知道你要做什么。你要打电话给某人，告诉他们我要去找谢克特博士。他们就会在城里等我自投罗网，还会派一辆车来接我。假如我试图逃跑，你就会把我杀掉。”史瓦兹这番话像连珠炮般迅速，令他觉得这个新的语言几乎不够用。

纳特皱起眉头，喃喃道：“你最后那句话果然一语中的……”那不是说给史瓦兹听的，史瓦兹也没真正听到，但这些字眼都浮在他的心灵接触最表层。

反之，他大声说：“先生，你把我搞糊涂了，简直让我摸不着头脑。”但他却在渐渐后退，右手慢慢移向臀部。

史瓦兹失去了控制，疯狂而激动地挥动双臂。“别纠缠我，好不好？我哪里惹到你了？……走开！走开！”

最后他发出一声嘶哑的尖叫，他的前额挤满皱纹，对这个渐渐走近、内心充满敌意的人又恨又怕。他自己的情绪陡然提升，再用力推向那个心灵接触，试图躲避它的纠缠，与它保持距离……

然后它便消失了，突然间消失无踪。有那么一瞬间，曾经出现极其短暂、极其强烈的痛苦意识——并非源自他自己的心灵，而是对方的心灵发出的——接下来就什么也没有了。那个心灵接触再也未曾出现，好像原本握紧的拳头逐渐松开，最后终于撒手。

纳特在越来越暗的公路上瘫成一团，看来像是个黑色斑点。史瓦兹蹑手蹑脚地走近他，纳特身材瘦小，很容易就被翻过来。他脸上的痛苦表情像是深深、深深烙印上去的，那些线条仍留在他脸上，丝毫没有放松的迹象。史瓦兹想要探触他的心跳，结果根本摸不到。

他站了起来，感到一股铺天盖地的恐惧。

他杀了一个人！

接着，又是一阵铺天盖地的惊讶……

完全没有碰到他！自己只不过恨着这个人，只不过向他的心灵接触发动攻击，竟然就能杀死他。

他还拥有什么其他的威力？

他很快作出决定，开始搜纳特的口袋，结果找到了一些钱。太好了！他正好需要。然后他将尸体拖到田野间，让半人高的野草遮住它。

他继续走了两小时，并没有其他的心灵接触打扰他。

当天夜里，他睡在一片空旷的田野。第二天早上，又走了两小时，他终于来到芝加的外缘。

在史瓦兹眼中，芝加只能算一个村落，与他记忆中的芝加哥相较，人群的活动稀疏而零星。即使如此，他却第一次遇到那么多的心灵接触，令他感到既讶异又困惑。

那么多！有些轻轻飘来荡去，有些尖锐强烈。某些人从他身边经过时，带来一阵心灵中的砰然巨响；其他人头颅中却什么也没有，即使有点东西，或许也只是在回味刚吃过的早餐。

开始的时候，每当一个接触擦身而过时，史瓦兹都会转过头来，还会吓一跳，好像那些人真的在跟他打招呼。但还不到一个小时，他就学会了对它们不闻不问。

现在他能听见许多话语，虽然它们不是真正说出来的。这是种新奇的经验，他不禁听得出神。那些都是细微、奇异的只字片语，毫无连贯且时断时续，距离很远、很远……而在那些话语中，充满了活生生的七情六欲，以及其他无法形容的微妙念头。因此，这是个由沸腾的生命组成的大千世界，却只有他一个人看得见。

他发觉走在路上，竟能看穿路旁的建筑，能将自己的心灵送进去，就像它是一只拴着皮带的小狗，有办法钻到肉眼看不见的隙缝中，将他人思想最内层的“骨头”叼出来。

此时，他伫立在一座巨大的石面建筑物前，正在思索下一步的行动。他们（不管他们是谁）正在追捕他，虽然他杀了那名跟踪者，可是一定还有别人，就是那个跟踪者当初想联络的人。或许这几天他最好别采取任何行动，而想要这么做，最好的办法是什么呢？……找一份工作？……

他开始探测面前这座建筑物，其中有个隐约的心灵接触，他认为那似乎代表工作机会。他们正在招募织品工人，而他从前正是一名裁缝。

他走了进去，等到站定后，却没人对他望第二眼，于是他拍了拍某人的肩膀。

“请问，我该到哪里去申请工作？”

“从那扇门进去！”传到他心中的心灵接触充满厌烦与怀疑。

他走了进去，里面有个尖下巴的瘦削男子。那人一面向他提出一连串问题，一面敲打着分类机，将答案记录在打孔卡片上。

史瓦兹结结巴巴地回答，不论谎言还是实话，他同样没有自信。

不过，至少在刚开始的时候，那个管人事的绝对没有多加留意。他的问题一个接一个问得很快：“年龄？……五十二？嗯。健康状况？……结过婚吗？……经验？……做过织品工吗？……好的，什么种类的？……热塑性的？弹性的？……你认为全都有，那是什么意思？……你的前任雇主是谁？……拼出他的名字……你不是芝加人，对不对？……你的证件在哪里？……如果你想被录取，就得带证件来……你的登记号码是几号？……”

史瓦兹开始连连后退，当初进来的时候，他未曾预见这样的结果。面前这个人的心灵接触逐渐改变，他的疑心达到了毫无通融余地的程度，而且变得极为谨慎。表面的亲切友善是那么肤浅，底下的恨意隐约可见，这种阴险的伪善最是危险不过。

“我想，”史瓦兹紧张兮兮地说，“我不适合这份工作。”

“不，不，回来。”那人向他招手，“我们有适合你的工作，让我稍微翻一下档案。”虽然他一直面露微笑，但他的心灵接触现在非常明显，甚至变得更不友善。

他已经按下办公桌上的蜂鸣器……

史瓦兹突然惊恐万分，连忙冲向门口。

“抓住他！”那人一面大叫，一面从办公桌后面跳出来。

史瓦兹向那个心灵接触发动攻击，用自己的心灵凶狠地将它痛打一顿，立刻听到身后传来一下呻吟。他很快回过头去，只见那个管人事的坐在地板上，脸孔扭曲变形，双手紧紧按住两侧太阳穴。另一名职员俯身看了看他，便急忙向史瓦兹冲来，史瓦兹拔腿就跑。

他跑到大街上，完全明白了自己的处境，有关单位一定已经发出对他的通缉令，而且到处散发他的相关资料。至少，那个管人事的就认出了他。

他盲目地沿着街道匆匆逃跑。行人的注意力渐渐被他吸引，越来越多的人注意到他，因为街道上充满怀疑的情绪，每个角落都有——因为他在奔跑，因为他的衣服又皱又不合身……

在多重的心灵接触之间，以及他自己的恐惧与绝望交织成的混乱中，他无法认清真正的敌人——那些不只是被怀疑，而且是绝对肯定的人。因此，他丝毫未曾得到神经鞭的预警。

他感到的只是可怕的痛楚，先是好像被真正的鞭子抽了一记，然后又像被岩石压住一样无法解脱。有几秒钟的时间，他仿佛滑向痛苦的深渊，随后逐渐不省人事。

第十三章
华盛的蛛网

位于华盛的古人学院，校园最大的特色就是沉稳，而严肃是最恰当的形容词。傍晚时分，实习生三五成群在中院的树丛间漫步时，他们心中的确充满庄重的情操——除了古人，其他人严禁进入此地。

有些时候，会有穿着绿袍的资深古人越过草地，以慈祥的态度接受学生的致敬。

教长偶尔也会亲自现身，不过这种机会很少。

但他平常出现的时候，绝不会像现在这样小跑步前进，几乎汗流浃背，没看到学生举手向他敬礼，也未曾注意众人紧盯着他的目光，以及相互间茫然的对望，还有一双双略微扬起的眉毛。

他从专用入口冲进立法厅，接着开始拔腿飞奔，沿着空旷的坡道“砰砰砰”地跑下去。然后他用力敲着一扇门，里面的人踢了一下开门钮，教长立刻走了进去。

教长秘书坐在小而朴素的办公桌后面，几乎没有抬起头来。他正弯着腰，专心倾听一台袖珍的场屏蔽影像电话。他的目光偶尔会瞥向面前堆得很高的一叠纸，它们看来像是一些官方书信。

教长重重一拳敲在办公桌上。“这是怎么回事？究竟是怎么搞的？”

教长秘书以冷淡的目光看了他一眼，又将影像电话推到一旁。“向您问安，殿下。”

“口是心非，毫无敬意！”教长不耐烦地回嘴道，“我要知道究竟是怎么回事。”

“简单一句话，我们的人逃脱了。”

“你的意思是，那个被谢克特用突触放大器改造过的人——那个外人——那个间谍——那个待在芝加郊区农场的……”

若非教长秘书以一句淡然的“正是”打断教长的话，真不知道焦急的教长还会冒出多少“那个”来。

“为什么没人通知我？为什么从来没人通知我？”

“当时有必要立即采取行动，而您正在忙别的事，因此我尽力为您代劳。”

“是啊，当你希望自作主张的时候，总会发现我正在忙别的事。从现在起，我不再吃这一套，我再也不准有人僭越或代庖，我不……”

“我们在浪费时间。”听到这句普通音量的回答，教长才收起近乎咆哮的言辞。他咳嗽了一声，无法确定下一句该说些什么，最后终于温和地说：“详情究竟如何，玻契斯？”

“几乎没什么详情。经过两个月耐心的等待，在毫无征兆的情况下，史瓦兹这个人突然离开——被我们跟踪——然后跟丢了。”

“怎么会跟丢了？”

“我们不确定，不过还有进一步的发展。我们的特务，纳特，昨晚总共错过了三次定期报告，他的代理人于是前往芝加的公路寻找，终于在清晨时分找到他。他躺在公路旁一条沟渠里——死透了。”

教长的脸色发青。“那个外人杀了他？”

“想必如此，虽然我们无法百分之百肯定。除了死者脸上痛苦的表情，没有任何明显的暴力迹象。当然，我们将会验尸。也有可能，他刚好在这么不巧的时候死于中风。”

“那是令人无法置信的巧合。”

“我也这么想，”这是个轻描淡写的回答，“但假如是史瓦兹杀的，接下来的事件就难以解释。您看，殿下，根据我们先前的分析，史瓦兹显然会去芝加找谢克特，而纳特的尸体，则是在玛伦农场和芝加间的公路上发现的。因此三小时前，我们便向那个城市发出通缉令，现在那个人已经被捕。”

“史瓦兹？”教长简直不敢相信。

“当然是他。”

“你刚才为何不立刻说？”

玻契斯耸了耸肩。“殿下，还有更重要的工作要做。我刚才说史瓦兹已在我们手中，是的，他很快、很容易就被抓到。可是在我看来，这个事实似乎跟纳特的死没啥关系。他怎么会一方面聪明到能发觉纳特——一名最能干的特务——将他杀害，却又笨到第二天早上便前往芝加，还公然进入一家工厂找工作，而且根本没有化装。”

“他是那样做的吗？”

“他正是那样做的……因此，我认为有两种可能会导致这种行动。一是他已将拥有的情报传给了谢克特或艾伐丹，如今他自投罗网，只是为了分散我们的注意力；二是还有其他特务涉入这项行动，我们尚未查到那些人，而他正在试图掩护他们。不论是哪一种情况，我们都绝不能掉以轻心。”

“我不明白，”教长显得一筹莫展，英俊的脸孔扭曲出焦虑的线条。“我觉得太深不可测。”

玻契斯微微一笑，笑容中带着不少轻蔑的成分。接着，他又主动提到另一件事。“四小时后，您跟贝尔·艾伐丹教授有个约会。”

“有吗？为什么？我要跟他说些什么？我不要见他。”

“放轻松点，您必须见他，殿下。在我看来这似乎相当明显，既然他虚构的考古活动眼看就要展开，他一定得请求您批准他进入禁地进行研究，这样才能演完这出戏。恩尼亚斯曾警告我们他会这么做，而恩尼亚斯一定知道这出闹剧的所有细节。我想在这件事情上，您大可以其人之道还治其人之身，也跟他来个装疯卖傻。”

教长低下头来。“好，我会试试看。”

贝尔·艾伐丹抵达的时间恰到好处，还可以悠闲地四下观赏一番。银河各处的建筑极品他都十分熟悉，因此在他眼中看来，古人学院只能算是死气沉沉的钢骨花岗岩，刻意表现出一种古朴的风格。而以考古学家的眼光看来，它的幽暗气氛则象征着近乎野蛮的严肃，若是情愿过着阴郁而接近野蛮的生活，住在这里再恰当不过。至于它极为原始的风味，则代表着对遥远过去的回顾。

然后，艾伐丹的思绪再度滑到别处。过去这两个月，他在西半球各洲从事的旅行，并没有想象中那么——愉快。第一天的遭遇就破坏了他的兴致，他不禁又想到在芝加的那一天。

他立刻生起闷气来，气自己不该又想到那件事。她只不过是个粗野且过分无礼的普通地球女子，他为什么要感到愧疚？然而……

她后来发现他自己也是外人，跟那个侮辱她的军官一样（为了教训那军官的傲慢与野蛮，他还扭断军官的手臂），她一定感到极为震惊，他体谅过这一点吗？毕竟，他怎么知道她曾受到过外人多少欺侮？然后她竟发现，他自己也是他们的一员，在那种情况下，她受到的打击绝对不轻。

如果他当初更耐心一点……他为何那么残忍地转身就走？他甚至不记得她的名字，好像叫做宝拉什么的。真奇怪！通常他的记性没有那么差，是不是潜意识有意要让自己忘掉？

嗯，这倒说得通。忘了吧！反正有什么值得牢记的呢？一个地球女子，一个普通的地球女子。

她是一家医院的护士，他应该有办法找到那家医院。他与她在黑夜中分手的时候，那栋建筑看来只是个模糊的黑影，可是一定在那家自助餐馆附近。

他掐住这个念头，用力将它捏成一千个碎片。难道他疯了吗？这样做有什么好处？她是一名地球女子，长得又甜又漂亮，带着几分诱惑……

一名地球女子！

此时教长走了进来，艾伐丹很高兴，这等于让他从芝加的那一天解脱出来。可是，在他内心深处，他知道它们还会回来，它们——那些想法——总是如此。

至于面前这位教长，他穿着崭新的长袍，看来熠熠生辉。他的额头并未显现任何急躁或疑虑，仿佛那里从来没有冒过汗珠。

而交谈的气氛确实相当友好。艾伐丹极力强调帝国某些重要人物对地球居民的问候，教长则谨慎地表示，对于帝国政府的宽大与开明，整个地球一定都会感到心满意足。

接着，艾伐丹开始说明考古学对帝国精神的重要性，它能导出一个伟大的结论：银河中各世界的居民都是手足兄弟。教长则爽快地表示同意，还指出地球一向抱持这种见解，并深切期望银河其他各处的人类，也能早日将理论化为实际。

对于这种说法，艾伐丹露出极其短暂的笑容，然后说："殿下，我这次前来拜见您，正是为了这个目的。地球和邻近某些帝国领域之间的差异，或许主要在于思考模式的不同。然而，假如能证明就人种而言，地球人和银河其他公民没有两样，那么许多摩擦都能消弭于无形。"

"你又准备如何做到这一点呢，阁下？"

"这不是一句话就能解释清楚的。殿下或许也知道，当今考古学的两大主流思想，一般称为'合并说'与'扩散说'。"

"两者我都有普通的认识。"

"很好。其中合并说当然牵涉到一个基本主张，就是有许多种类不同而独立演化出来的人类，在很早的时候——几乎没有记录的原始太空航行时代——就已经开始通婚。想要解释如今人类为何彼此非常相似，这样一个概念是绝对必要的。"

"是的，"教长以讽刺的口气，加了一句注脚，"而这样的概念想要成立，还需要这几百或几千种独立演化出来的、多少类似人类的高等动物，在化学和生物学上的特征都足够接近，这样通婚才有可能。"

"的确如此。"艾伐丹满意地答道，"您戳到一个致命的弱点。但大多数考古学家都忽略它，仍坚信合并说的正确性。当然，这个理论意味着一个可能性，那就是在银河某些孤立的部分，可能存在着一些人类的亚种，他们一直与众不同，由于未曾通婚……"

"你是指地球。"教长又加了另一句注脚。

"地球一向被视为一个范例。反之，扩散说……"

"认为我们全部源自同一颗行星。"

"正是如此。"

"而我的人民，"教长道，"由于在我们自己的历史，以及一些我们视为非常神圣、无法对外人展示的著作中，找到许多可靠的证据，因此相信地球正是人类的发祥地。"

"而我也同样相信，所以我请求您帮助我，向全银河证明这一点。"

"你实在很乐观，到底要做些什么呢？"

"我坚决相信，殿下，在你们这个世界上，那些不幸被放射线遮蔽的地区，也许封藏着许多原始器物和建筑遗址。通过放射衰变的测定比较，就能准确计算出那些遗迹的年代……"

教长却开始摇头。"这是绝对办不到的事。"

"为什么？"艾伐丹皱起眉头，他着实大吃一惊。

"原因之一，"教长心平气和地开始说理，"你指望达成什么目标？假如你证明了你的观点，即使所有的世界都愿意接受，那只能证明百万年前你们都是地球人，而这又有什么关系呢？毕竟两千万年前，我们全都是猿猴，但我们绝不承认和今天的猿猴有亲戚关系。"

"得了吧，殿下，这个类比并不合理。"

"绝无此事，阁下。假如我说，地球人在长期孤立中，变得和移民别处的同胞相当不同，尤其是在放射线影响下，以致现在成为一个新的人种，这难道不是合理的假设吗？"

艾伐丹紧咬下唇，又勉强答道："您这一番偏向敌人的言论相当精彩。"

"因为我不断自问，我的敌人到底会说些什么。所以你无法达成任何目标，阁下，只有可能加深他人对我们的仇恨。"

"可是除此之外，"艾伐丹说，"还有纯科学的目的，对知识的追求……”

教长严肃地点了点头。“我很抱歉必须这样从中作梗。现在，阁下，我是以一名帝国绅士的身份，跟另一名帝国绅士沟通。我个人很乐意帮助你，但我的人民是顽固而倔强的族群，他们已经自我封闭好几世纪，这都是源于——呃——整个银河对他们采取的卑劣态度。他们有一些禁忌，一些一成不变的俗例，连我自己也不敢触犯。”

“而那些放射性地带……”

“就是最严重的禁忌之一。即使我批准你的请求——当然我确有这种冲动——那样做却只会挑起暴动和混乱，不但会危及你的生命，以及考古队所有成员的安全，而且，最后必将导致地球遭到帝国的惩罚。假如我准许这种事情发生，我就是背叛了我的职位，辜负了同胞对我的信赖。”

“但我愿意采取一切合理的预防措施。假如您希望派观察员和我同去——或者，当然，我可以答应您，在发表任何结果前，都会先来征求您的意见。”

教长又说：“你在引诱我，阁下，这的确是个很有意思的计划。不过你高估了我的权力，即使我们完全将人民置之度外。我并非专制的统治者，事实上，我的权力有严格的限制。一切问题都必须送交古人教团研议，然后才有可能得到最后的结论。”

艾伐丹摇了摇头。“这实在太令人遗憾了。行政官警告过我有多么困难，但我却希望——您什么时候能咨询您的立法机构，殿下？”

“古人教团的主席团将在三天后开议，我没有权力更改议程。所以开议后，大概得再等上几天才能讨论这个问题，差不多一周吧。”

艾伐丹心不在焉地点了点头。“好吧，也只有这样了……对啦，殿下……”

“什么事？”

“你们这颗行星上有位科学家，芝加的谢克特博士，我想去见见他。没错，我去过芝加，可是我来去匆匆，没能办妥太多事情，所以我想弥补这个缺憾。既然我确定他是个大忙人，不知可否麻烦您写封介绍信？”

教长僵硬地愣了好一阵子，什么话也没说。然后他才答道：“我能否请问，你见他的目的是什么？”

“当然可以。我读到他研发出的一种装置，我记得他称之为突触放大器。它和人脑的神经化学有关，这跟我的另一个计划有着非常有趣的关联。我正在进行根据脑电图分类人类的研究，就是根据大脑电流来做分类，您了解吧。”

“嗯……我对这个装置也稍有所闻，我好像记得它并不成功。”

“嗯，或许的确如此，但他是这方面的专家，也许能提供我一些宝贵的意见。”

“我懂了。这样的话，我会立刻帮你准备好介绍信。当然，我一定不能提到你正在打禁地的主意。”

“我了解这点，殿下。”他站起身来，“我对您的款待和您的亲切态度深表感谢。现在我只能希望，古人议会对我的计划能从宽审议。”

艾伐丹离去后，教长秘书才走进来，他的嘴角又扯出冰冷而无礼的独特笑容。

“很好，”他说，“您表现得很好，殿下。”

教长用阴沉的目光望了他一眼，然后说：“最后有关谢克特的事情，究竟是怎么回事？”

“您感到困惑不解吗？大可不必，所有的事都会顺利解决。当您否决他的计划时，您注意到他并未表现得如何失望。一个科学家将全副心思放在一件事情上，却发现在没有明确理由的情况下被强行取消，他的反应会是那样吗？反之，他的表现像不像是在演一出戏，现在终于感到如释重负？

“此外，我们又有了一个诡异的巧合。史瓦兹昨晚逃脱，来到了芝加；就在第二天，艾伐丹便在此地出现。对于他的考古活动，他讲了一大串不痛不痒的废话，接着就随口提到他要到芝加去见谢克特。”

“可是他为什么要提呢，玻契斯？这似乎是有勇无谋的举动。”

“因为您是个直肠子。您让自己站在他的处境想一想：既然他猜想我们毫不怀疑，在这种情况下，只要胆大便能胜利。他要去见谢克特，很好！他坦白地提到这件事，甚至请求您写介绍信。还有什么比这样做更能保证他的诚实和单纯？这便引到了另一个问题上，史瓦兹当初也许发现自己已被监视，也许纳特就是他杀的，可是他已经没时间警告其他人，否则这场闹剧不会演成这个样子。”

教长秘书半眯起眼睛，继续专心编织这张蛛网。“我们无法判断，在史瓦兹失踪多久后，他们才会开始起疑，但至少还有足够的时间让艾伐丹去见谢克特。然后我们再把他们一网打尽，那时他们就再也无法抵赖。”

“我们有多少时间？”教长追问。

玻契斯若有所思地抬起头来。“现在日程还说不准，自从我们发现谢克特叛变后，他们便以三班制日夜赶工，而一切进行得很顺利，我们只是在等必要轨道的数学计算结果。使我们无法迅速完成的原因，在于我们的电脑能力不足。所以嘛……也许只要几天吧。”

“几天！”这句话的口气夹杂着得意与恐惧，听来十分诡异。

“几天！”教长秘书重复了一遍。“可是别忘了——即使在倒数到两秒的时候，一颗炸弹还是足以阻止我们。就算计划开始执行后，未来一个月到六个月的时间中，对方仍能采取报复行动。所以说，我们现在并未百分之百安全。”

几天！然后，银河便会发生有史以来最不可思议的以寡敌众之战，地球将要进攻整个银河。

教长的双手正在微微发颤。

艾伐丹再度坐上平流层飞机，现在，他的思绪有如脱缰野马。他似乎没有理由相信，教长与他那些精神错乱的臣民，会允许放射性地带遭正式入侵。

他早已做好心理准备，甚至不觉得有什么遗憾。假如他更关心一点，他会更加尽力争取他们的许可。

事实上，银河在上，至少还有非法进入一途。假如有必要，他可以武装起他的飞艇，他宁可那样做。

那些满手血腥的傻瓜！

可恶，他们究竟以为自己是什么人？

没错，没错，他知道。他们以为自己是最初的一批人类，是唯一的行星上唯一的居民……

更糟的是，他知道他们是对的。

唉……飞机正在起飞，他感到自己沉向柔软的衬垫中。他心中十分清楚，不到一小时便能看见芝加市。

他告诉自己并非他急于看到芝加，而是那个突触放大器有可能很重要，若是他不趁机见识一下，他待在地球上就毫无意义。一旦离去，他绝对不打算再回来。

老鼠洞！

恩尼亚斯说得的确没错。

然而，这个谢克特博士……他摸了摸那封介绍信，由于它是正式公文，因此相当有分量……

他陡然坐直身子，或者说试图这么做，痛苦地对抗着压向自己的惯性力，因为地球此时仍在向下沉去，原本青色的天空已经变作深紫色。

他记起了那个少女的全名，她叫做宝拉·谢克特。

他原来怎么会忘记呢？他非常生气，感到被自己欺骗了。他的心灵在阴谋造反，将她的姓氏隐藏起来，而现在已经太迟了。

不过，在他内心深处，却有个角落感到相当高兴。

第十四章
再次相遇

谢克特博士利用突触放大器改造约瑟夫·史瓦兹，已经是两个月以前的事。在这段时间中，这位物理学家有了彻底的改变。其实，他外表的变化不算大，也许只是稍微驼背一些，稍微消瘦一点。主要的变化来自他的言行举止——变得心不在焉、充满恐惧。他活在自己的内心世界，甚至连最亲密的同事也不再打交道。即使是最不会察言观色的人，也能看出他处处显得很不情愿。

他只能对宝拉一个人吐露心事，或许因为过去这两个月，她也莫名其妙地自闭起来。

“他们一直在监视我，”他常这么说，“我就是感觉得到。你知道这是一种什么感觉？……过去这一个多月，研究所有了很大的人事变动，离开的那些人，都是我喜欢和觉得可信的……我从来不能独处一分钟，总是有人在我身旁，他们甚至不让我写报告。”

宝拉有时对他感到同情，有时则会嘲笑他一番。她一而再、再而三地说：“可是你做的这些，他们又有什么好反对的？即使你在史瓦兹身上做实验，也不是什么了不起的大罪，他们顶多只会把你叫去训斥一番。”

他的脸色却变得焦黄憔悴，他喃喃道：“他们不会让我活下去，我的六十大限就要到了，他们不会让我活下去。”

“在你做出这样的贡献之后——胡说！”

“我知道得太多，宝拉，而他们不信任我。”

“知道太多什么？”

那天晚上他感到身心俱疲，亟欲卸下心头的重担，于是对她一五一十地说了。起初她根本不相信，最后，当她终于接受事实的时候，她只能坐在那里，陷入冰冷的恐惧中。

第二天，宝拉来到城市的另一端，使用公共通讯波与国宾馆联络。她故意用手帕掩住话筒，表示想找贝尔·艾伐丹博士讲话。

他并不在那里。他们猜想他可能在布宜诺，离此地六千英里远的一座城市，不过话说回来，他一直没有严格遵循既定的行程。是的，他们的确认为他最后会回到芝加，可是不知道确切的时间。她愿不愿意留下姓名？他们会帮她打听出来。

她连忙切断通话，将柔嫩的面颊贴在玻璃隔板上，感到一阵舒适的凉意。她的双眼泪花乱转，看来是那么失望。

傻瓜，傻瓜！

他曾经帮助她，她却凶巴巴地将他赶走。他勇敢地面对神经鞭，以及更可怕的威胁，目的只是要争回一个小小地球女子的尊严，让她免于受到一个外人的侮辱，最后她竟然弃他而去。

事发后次日上午，她立刻寄了一百点到国宾馆，却被原封不动地退回来，没有附上只字片语。当时她曾想去找他，亲自向他道歉，但又不敢那么做。国宾馆是只有外人才能涉足的地方，她怎么能闯进去？她甚至从未仔细看过那栋建筑，一向只是在远远的地方瞄上一眼。

而现在，她甚至愿意到行政官府邸，去……去……

事到如今，只有他才能帮助他们。他是个能平等对待地球人的外人，在他亲口承认前，她一直没猜到他的真实身份。他是那么高大，那么有自信，他会知道该怎么做。

必须有人知道该怎么做，否则整个银河即将成为一片废墟。

当然有很多外人罪有应得，可是难道没有例外吗？那些老弱妇孺呢？那些心地善良的人呢？那些像艾伐丹一样的呢？那些从没听过地球的呢？毕竟，他们都是人类。如此可怕的报复行动，不论地球有——不，曾经有过——什么正当理由，也将永远淹没在满是腐肉的无尽血海之中。

然后，艾伐丹的电话竟从天而降。谢克特博士摇了摇头，说道："我不能告诉他。"

"你必须告诉他。"宝拉以粗暴的口气说。

"在这里？那是不可能的，否则我们彼此都要完蛋。"

"那就打发他走，我会处理这件事。"

她的内心涌现一阵狂喜，当然，那只是因为无数众生有了一线生机。她记得他开怀的英俊笑容，记得他如何冷静地迫使一名皇军上校屈服，而不得不向她低头赔罪——向她，一个地球女子。她竟然能站在那里，接受那名上校的道歉。

贝尔·艾伐丹能做到任何事！

当然，艾伐丹对这个安排毫不知情。他只以为谢克特的态度果真如此——既粗鲁又无礼，跟他在地球上遇到的其他人如出一辙。

他被带到一间毫无生气的会客室，这令他起了很大的反感，显然自己是个不受欢迎的不速之客。

他谨慎地选择言辞，说道："博士，若非我对您的突触放大器有着职业上的兴趣，我做梦也不会强人所难，一定要您亲自接见我。我听人家说，您跟其他的地球人很不一样，对于来自银河的人并无敌意。”

这句话显然弄巧成拙，因为谢克特博士立刻反驳：“听着，不论是谁这样告诉你，他实在大错特错，他不该以为一个陌生人会表现得特别友善。我心中没有什么好恶，我是个地球人……”

艾伐丹紧抿着嘴唇，半转过身去。

“请你了解，艾伐丹博士，”他急忙悄声道，“如果我表现得无礼，那我实在很抱歉，但我真的不能……”

“我相当了解。”考古学家以冰冷的口气说，虽然他其实一点也不了解，“告辞了，博士。”

谢克特博士淡淡一笑。“我的工作压力……”

“我也非常忙碌，谢克特博士。”

他走到门口，内心充满对地球族类的愤怒。在不知不觉间，他想到母星上四处流传的一些说法，例如“礼貌之于地球有如干燥之于大海”“只有不值一文而且毫无价值的东西，地球人才会慷慨地送给你”等等谚语。

当他听到身后传来一阵急促的脚步声，以及“嘘”的一下警告之际，他的手臂已切断光电波束，前门也已经打开。他手中突然多了一张纸片，可是当他转过头去，却只见红影一闪，一个身影就消失了。

一直等他进了租来的地面车，他才打开手中的纸片。那上面写着些潦草的字迹：

“今晚八时，设法找到大剧场去，要确定没被人跟踪。”

他对着纸片拼命皱眉，前后读了五遍，又对着整张纸瞪了半天，仿佛期待隐形墨水的字迹陡然跃现。他不知不觉回头看了看，街道上却空无一人。然后他举起手来，准备将这张糊里糊涂的纸片丢到窗外，但迟疑一下之后，却将它塞进背心口袋中。

假使当晚他有任何一件小事，而未能依照那个潦草字迹的指示赴会，那么毫无疑问，整件事就会到此结束，同时，几兆人的性命或许也会跟着结束。然而，他正巧什么事也没有。

而且，他心中正巧还在嘀咕，不知道送这封信的是不是……

八点钟的时候，在沿着弯弯曲曲的道路排成长龙的车阵中，他驾着车缓缓前进，那些车辆显然都是前往大剧场的。他曾问了一次路，那个路人则用怀疑的目光瞪着他（显然没有一个地球人不是成天疑神疑鬼的），随便答了一句:“你跟着其他车子就行。”

看来其他车辆的确都是前往剧场的，因为当他到达目的地后，发现所有车辆都一一被地下停车场吞没。于是他离开队伍，慢慢驶过剧场，开始等待一件他毫无概念的事物。

从人行坡道上，突然冲出个纤细的身影，一路冲到他的车窗旁。他吓了一跳，定睛向那人望去，那人却以利落的动作打开车门坐了进来。

“对不起，”他说，“可是……”

“嘘！”那人在座位上弯下腰，“你有没有被人跟踪？”

“我该被跟踪吗？”

“不要说笑，一直往前开，等我说转弯的时候再转……我的天，你还在等什么？”

他认得出这个声音。然后，那人又将兜帽拉下，露出淡褐色的头发，一双黑眼珠紧紧凝视着他。

“你最好开始行动。”她柔声道。

他依言而行，其后十五分钟，她除了偶尔压低声音，吐出几个字指示方向，其他什么也没有说。他偷偷望向她，暗自想道：她比自己记忆中还要美丽，因而心中迸出一阵欢喜。说来真奇怪，现在他一点也不感到忿恨。

他们停了下来，或者应该说，根据少女的指示，艾伐丹将车子停下。他们停在某个住宅区的一角，附近不见任何人影。小心翼翼地等了一阵子，少女再度做出向前走的手势，他们便在一条车道中缓缓前进。车道尽头是一个缓坡，最后，他们进了缓坡上的私人车库。

车库的门在他们的身后关上，现在，车中的小灯成为了唯一的照明光源。

宝拉以严肃的目光瞪着他，然后说:“艾伐丹博士，我很抱歉必须这样做，以便和你私下交谈。我知道，我在你心中的地位已跌到谷底……”

“别那么想。”他笨拙地说。

“我必须那么想。我要你相信，我完全了解那天晚上自己有多么小心眼、口气有多么恶毒。我根本不知道该怎样道歉……”

“请别这样，”他将目光从她身上移开，“我当天也许有点过于滑头。”

“这个……”宝拉顿了好一会儿，才重新恢复最基本的镇定。“我带你来这里，不是为了那件事。在我遇到的外人当中，只有你称得上仁慈高尚——我需要你的帮助。”

艾伐丹突然感到全身冰凉。如此大费周章，难道只是为了这个原因吗？他将这种想法凝聚成一个冷淡的“哦？”

“不，”她回敬一声大叫，“不是为了我，艾伐丹博士，而是为了整个银河。丝毫不是为了我自己，丝毫不是！”

“究竟是什么事？”

“首先——我想不会有什么人跟踪我们，可是万一你听见什么风吹草动，你能否……能否……”她垂下眼睑，“伸出手臂搂住我，然后……然后……你知道的。”

他点了点头，以打趣的口吻说：“我相信我能随机应变，不会有任何困难。一定需要等到有什么风吹草动吗？”

宝拉立刻涨红了脸。“请别拿这件事开玩笑，或是误会我的意思。只有那样做，别人才不会对我们真正的意图起疑，只有这样才瞒得过别人。”

艾伐丹柔声道：“事情真有那么严重吗？”

他以不解的眼光望向她，她看来那么年轻，那么柔弱。或许可以说，他感到不太对劲。在他一生中，他从未有过任何非理性的行动，为此他感到十分骄傲。他是个具有强烈感情的人，但一向都能以理智战胜感情。然而如今，仅仅只是因为这个女孩看似娇弱，他就有了保护她的非理性冲动。

她说：“事情的确很严重。我要告诉你一件事，乍听之下你绝不会相信，但我要你试着相信它。我要你决心相信我是真诚的，最重要的是，我要你决定站在我们这边，和我们一起奋战到底。你愿意试试看吗？我给你十五分钟的时间，然后，如果你还是认为我不值得信任，或是不值得你费心，我就立刻离去，这件事就此作罢。”

“十五分钟？”他突然撅起嘴唇，不知不觉露出一抹笑容，又将腕表除下放在面前。“好吧。”

她双手交叠放在膝盖上，两眼紧紧盯着前方。但从挡风玻璃望出去，只能看到车库中一面空洞的墙壁。

他若有所思地瞪着她——她的下巴线条圆滑柔和，淡化了她极力表现的坚决；她的鼻子直挺，带着细细的皱纹；她的皮肤有着特殊的色泽——这些都是多么典型的地球人特征。

他发现她用眼角瞥向自己，随即又连忙收回目光。

“怎么回事？”他说。

她又转过头来面对着他，两排牙齿咬住下唇。“我刚才在观察你。”

“没错，我看得出来，我鼻子上有灰吗？”

“没有。”她露出浅浅的笑容，自从上车后，这还是她第一次微笑。他毫无来由地渐渐察觉她的许多细节，例如她每次摇头的时候，头发似乎都会在半空轻柔地飘荡。“只不过自从——那天晚上，我就一直在纳闷，想不通你如果是外人，为什么不穿灌铅的衣服。当初就是这点唬到我的，通常外人看起来都像一袋马铃薯。”

“而我不像吗？”

“哦，不像。”她的声音突然透出一丝热情，“你看起来——看起来好像一座古代大理石雕像，但你是活生生的、有体温的……很抱歉，我说话太莽撞了。”

“你的意思是，你想我会认为你是个不知分寸的地球女子。你该停止这样的猜忌，否则我们不能友善地……我不相信有关放射性的迷信，我测量过地球大气的放射性，也在实验室进行过动物实验。我几乎可以确信，在正常情况下，那些放射线不会对我造成伤害。我来到此地已经两个月，至今尚未感到有什么不舒服。我的头发没有松脱，”他顺手拉了一下，“我的胃部没有绞痛。我也不信它会伤害我的生育力，不过我承认在这方面，我做了点防御措施。可是灌铅的内裤，你瞧，从外面看不出来。”

他以严肃的口吻说完这番话，她却再度露出微笑。“你有点疯了，我想。”她说。

“真的吗？你一定不会相信，有多少非常聪明、非常有名的考古学家曾经这样说——而且是长篇大论。”

她突然言归正传，说道：“现在你愿意听我说吗？十五分钟已经到了。”

"你认为呢？"

"啊，我想你八成疯了。你要是没疯，在我做了这些之后，你不会还坐在这里。"

他柔声道："你是否有一种印象，以为我得费很大的力气，才能强迫自己坐在你身旁？假如你这么想，那你就错了……你可知道，宝拉，我从来没见过，我真的确信，自己从未见过像你这么美丽的女子。"

她迅速抬起头，双眼充满惊惧。"请别这样说，我不是想要那样。难道你不相信我吗？"

"我相信你，宝拉。不论你想要什么，都尽管告诉我。我会相信你，还会帮助你。"他对自己这番话深信不疑，此时此刻，就算要他去推翻皇帝，艾伐丹也会欣然从命。他以前从未爱过任何人，想到这里他猛然煞住思绪，他从来也没用过"爱"这个字眼。

恋爱？跟一名地球女子？

"你见过我父亲吧，艾伐丹博士？"

"谢克特博士是你父亲？……请称呼我贝尔，我会叫你宝拉。"

"如果你希望，我会试着这样做。我猜，你一定很生他的气。"

"他对我不怎么客气。"

"他不能那么做，他一直受到监视。事实上，是他和我预先安排好，由他把你打发走，而我晚上再来见你。这里是我们的住所，你可知道……你可知道，"她的声音忽然压得很低，"地球就要造反了。"

艾伐丹不禁感到一阵好笑。

"不！"他将双眼睁得老大，"所有的地球人？"

不料宝拉勃然大怒。“别嘲笑我。你说过你会认真听我说，而且会相信我的话。地球即将造反，这件事很严重，因为地球能毁掉整个帝国。”

“地球能做到这一点？”艾伐丹将一阵狂笑尽力压制下来，又柔声道：“宝拉，你的银河舆理读得怎么样？”

“不输给任何人，老师，可是这两者又有什么关系？”

“这两者当然有关系。银河的体积有几百万立方光年，包含了两亿颗住人行星，总人口大约有五十万兆之众。对吗？”

“既然你这么说，我想就没错。”

“就是这样，相信我。而地球只是一颗行星，人口仅两千万，而且没有什么资源。换句话说，每个地球人得对付两百五十亿个银河公民。好啦，面对两百五十亿比一的悬殊比数，地球又能造成什么样的危害？”

一时之间，少女似乎在疑惑的漩涡中沉没，但她随即浮起来。“贝尔，”她以坚定的口吻说，“我无法回答这个问题，但我父亲一定可以。他并未告诉我关键细节，因为他说那样会威胁到我的生命。但他现在会说出来，只要你跟我一起去见他。他曾经提到，说地球掌握着某种方法，能将地球以外的生命尽数消灭。他的话一定正确，他说的话一向都是对的。”

她激动得两颊透红，艾伐丹很想伸手摸一摸（他以前难道没碰过她，没有因此而感到恐惧吗？他到底是怎么回事？）

“十点过了吗？”宝拉问。

“过了。”他答道。

“那他现在应该在楼上——只要他们还没逮捕他。”她四下张望一番，不知不觉打了个冷颤。“现在，我们可以从车库直接进屋去，请你跟着我……”

她刚摸到控制车门的按钮，突然间全身僵住，以沙哑的耳语说：“有人走近了……哦，快……”

下面的话她未能说出来。艾伐丹毫不费力便记起她先前的指示，随即利落地伸出双臂。下一瞬间，她就成了他怀中的温香软玉。她发颤的嘴唇紧吻着他，让他仿佛徜徉在无边无际的甜蜜海洋中。

起初，大约有十秒钟的时间，他尽可能四下转动眼珠，试图看到门缝中射入的第一道光线，同时也在用心倾听，想要听到渐渐接近的脚步声。但不久后，他就被强烈的兴奋淹没，眼前只有无数闪烁的星光，耳中只能听到自己的心跳。

她的嘴唇离开了他，他却大大方方追过去。他的手臂渐渐收紧，令她在他的怀中融化，最后，连两人的心跳都合而为一。

过了好一阵子，这个长吻才终于结束。他们休息了一会儿，脸颊仍旧贴在一起。

艾伐丹从未坠入情网，而这一次，他对这个念头却毫不惊讶。

地球女子又怎么样？整个银河也比不上她。

他带着梦幻般的喜悦说：“一定是路人经过发出的声响。”

“不是，”她悄声道，“其实我没有听到任何声音。”

他将她推开一臂之遥，但她的目光并未畏缩。“你这鬼灵精，你是认真的吗？”他问道。

她双眼闪出灿烂的光芒。“我就是要你吻我，我不后悔。”

“你认为我会吗？那就再吻我一次吧，这次不为什么，就为了我要。”

又是长长的一吻，然后她忽然挣脱他的拥抱，以正经而细心的动作开始整理头发，并调整她的衣领。“我想我们现在最好进屋去吧。把车灯关掉，我有一支笔形手电筒。”

于是他跟着她下了车。在一片黑暗中，只有她的手电筒发出如豆的光芒，她成了模糊无比的黑影。

她说："你最好握住我的手，我们得爬一段楼梯。"

他在她身后悄声道："我爱你，宝拉。"这话是那么容易出口，听来又是那么贴切。他再说了一遍："我爱你，宝拉。"

她却柔声答道："你只不过刚认识我。"

"不，我等了一辈子，我发誓！我已经等了一辈子。宝拉，过去两个月，我一直在念着你、梦见你，我发誓。"

"我是个地球女子，先生。"

"那我就做个地球男子，你看我能不能做到。"

他拉住她，轻柔地将她的手腕向上弯，好让手电筒的光芒照在她脸上。只见她满脸通红，泪流满面。

"你为什么哭？"

"因为等到父亲将他知道的告诉你，你就会知道不能爱一个地球女子。"

"这一点，你也看我能不能做到。"

第十五章
悬殊不再

艾伐丹与谢克特在二楼后方的某个房间会面，那里每扇窗户都细心调成完全不透明。宝拉则坐在楼下一张扶手椅上，以警觉敏锐的目光望着空旷黑暗的街道。

与艾伐丹十多小时前的印象比较起来，谢克特佝偻的身形呈现一种不同的神态。这位物理学家的脸孔憔悴依旧，而且现出无穷的倦意，但原先看来迟疑而胆怯的表情，如今显得几乎要不顾一切反抗到底。

“艾伐丹博士，”他以坚决的口吻说，“我必须为今天上午对你的态度道歉，我当初希望你会了解……”

“我必须承认当时我不了解，博士，不过我相信我现在懂了。”

谢克特在桌旁坐下来，向一瓶酒指了指，艾伐丹挥挥手表示婉拒。“假如你不介意，我倒想吃点水果……这是什么？我应该从没见过像这样的东西。”

“那是一种柳橙，”谢克特答道，“我相信它只能在地球生长，果皮很容易剥下来。”他示范了一下，艾伐丹好奇地闻了闻，便一口咬向散发着酒香的果肉。

他立刻发出一声赞叹。“哇，实在可口，谢克特博士！地球有没有尝试外销这种东西？”

“那些古人，”这位生物物理学家绷着脸说，“不喜欢跟外人通商。而附近星空的世界，也没有兴趣跟我们进行贸易。这不过是我们面临的困难之一。”

艾伐丹心中突然兴起一阵厌烦的情绪。“这是最愚蠢不过的事。我告诉你，当我发现人心竟然存有那么愚蠢的念头时，我对人类的智力简直感到绝望。”

谢克特以一贯的宽容态度耸了耸肩。“只怕，它只是反地球主义的一部分，那是个几乎无解的问题。”

“然而，使它几乎无解的，”考古学家高声喊道，“是似乎没有人真想得到答案！面对这样的情势，多少地球人所做的回应，是一视同仁地仇恨所有的银河公民？这几乎是一种普遍的病症，以牙还牙，恨来恨去。你们的人民真想要平等和相互包容吗？不！他们大多只是想换自己当老大。”

“也许你说的都有道理，”谢克特以悲伤的口吻说，“这点我无法否认。不过那并非全部的事实，只要给我们机会，新一代的地球人就会变得成熟，会扬弃偏狭的劣根性，全心全意相信人类一家。那些具有包容雅量、坚信良性妥协的同化主义者，曾不止一次在地球掌权。我就是其中之一，至少，我曾经是其中一分子。但今天的地球却由狂热派领导，他们是极端的民族主义者，成天梦想着过去的和未来的统治地位。就是为了对抗他们，我们才必须保护帝国。”

艾伐丹皱起眉头。“你指的是宝拉提到的造反行动？”

"艾伐丹博士，"谢克特又绷着脸说，"地球眼看就要征服银河，这件事听来好像荒谬绝伦，不容易使任何人相信，但它是千真万确的。我不是个英勇的斗士，而且我最贪生怕死，所以说，你可以想象得到，一定是存在着巨大的危机，才会迫使我采取这种冒险行动。地方行政官员已经注意到我，在他们眼中，我现在的所作所为无异于叛变。"

"好吧，"艾伐丹说，"如果真那么严重，那我最好立刻声明一件事。我会尽可能帮你，但我的能力仅限于一个银河公民。我在此地没有官方身份，而在宫廷中，甚至在行政官的府邸，我都没什么特殊的影响力。我的真实背景就是你看到的——一名正在从事科学研究的考古学家，这个研究只和我的学术兴趣有关。既然你准备冒着叛变的危险，你是不是最好见见行政官？他才是真正能做点事的人。"

"那正是我无法做到的事，艾伐丹博士。古人就是因为担心发生这种变故，才会派人监视我。今天上午，你走进我的办公室时，我甚至想到你可能是一名密使，我以为恩尼亚斯已经起疑。"

"他或许起疑了——我可不能回答这个问题。但我不是什么密使，我很抱歉。假如你坚持要对我推心置腹，我能保证一定代你去见他。"

"谢谢你，我要求的就是这个。而——通过你从中为地球求情，可使地球免于受到太严重的报复。"

"当然。"艾伐丹感到很不自在，此时此刻，他已确信自己面对的人，是个年老乖戾的妄想症患者——他也许没什么危险，但已经彻底崩溃。而他却没有选择的余地，只好耐心听下去，并试图缓和这种轻度的精神失常——这都是为了宝拉。

谢克特又说："艾伐丹博士，你听说过突触放大器是吗？今天上午你提到过。”

“是的，我的确知道。我读过你在《物理评论》上发表的原始论文，也曾和行政官以及教长讨论过这个装置。”

“跟教长讨论过？”

“啊，当然。在我请求他写介绍信的时候，就是那封你——嗯——拒绝拆看的介绍信。”

“这点我很抱歉，但我希望你不曾那样做——对于突触放大器，你究竟知道多少？”

“它是个令人啼笑皆非的失败尝试。它的目的是要增进学习能力，结果它在老鼠身上有些成绩，在人类身上却彻底失败。”

谢克特显得十分懊恼。“没错，你从那篇文章中看不出所以然。我们故意对外公布失败的结果，优秀的成功案例都故意隐藏起来。”

“哦，这可是种相当不寻常的科学伦理，谢克特博士。”

“我承认。可是我已经五十六岁，先生。只要你听说过地球的俗例，就一定知道我活不了多久了。”

“你是指六十大限，是的，我听说过——事实上，比我希望听到的还多。”他不禁想起在地球上首次乘坐平流层班机的旅程，“我也听说过，还是有些人得到特赦，例如著名的科学家。”

“当然，不过决定权在教长和古人议会，没人能变更他们的决定，就算皇上也不行。当初他们告诉我，活下去的代价就是严守突触放大器的秘密，并且尽全力增进它的功效。”老者无可奈何地摊开双手，“所以说，我能泄露这部机器真正的用途，以及真正的效用吗？”

“它的用途究竟是什么？”艾伐丹从衬衣口袋取出一根香烟，作势要递给对方，却被婉拒了。

“请你耐心听下去。当我的实验一一进展到某个程度，我感到能安全应用在人类身上之后，曾用这个装置改造过一些地球的生物学家。我发现每个前来接受改造的，都是跟狂热派，也就是极端分子，一个鼻孔出气的人。他们都活了下来，不过若干时日后，继发效应便显现了。其中有个人，最后不得不送回来接受治疗。我虽然救不了他，可是，从他死前的呓语，我发现了事实的真相。”

此时已接近午夜，这是漫长的一天，其间发生了太多的事。不过现在，艾伐丹内心感到一阵骚动，他以悍然的口气说：“我希望你一针见血。”

谢克特说：“我拜托你少安毋躁。你若愿意相信我，我就必须详加解释。你当然了解地球的特殊环境，它的放射性……”

“没错，我对这点有很深的认识。”

“还有放射性对于地球，以及其中社会结构的影响？”

“是的。”

“那我就不在这方面多费唇舌。我只需要告诉你，地球上发生突变的机会比银河其他各处都高。我们的敌人认为地球人与众不同，其实的确有某种事实根据。说实在的，那些突变都很轻微，而且大多没有存在的价值。若说地球人产生了什么永久性变化，那只在于体内化学结构的改变，使他们对特殊环境表现出更大的耐力。因此，地球人对放射性效应的抵抗力特别强，组织遭灼伤时也复原得特别快……”

“谢克特博士，你说的这些我都很了解。”

“那么我问你，你是否想到过，除了地球人之外，这些突变过程也会发生在其他地球生物身上？”

短暂的沉默后，艾伐丹回答说：“啊，没有。不过，当然，经你这么一说，我想这几乎是免不了的。”

“正是如此，的确有这种现象。与其他住人世界的动物比较之下，我们地球的动物种类多得多。你刚才吃的柳橙就是个突变品种，其他地方都找不到。这些柳橙根本就没办法外销，这也是原因之一。外人对它们的疑虑，跟他们对我们的疑虑一样——我们自己却将它视为珍贵的财产。当然，适用于动物和植物的原则，也同样适用于微生物。”

此时，艾伐丹的的确确感到一股刺骨的惧意。

他说：“你的意思是——细菌？”

“我是指所有的原生生物，包括原生动物、细菌，以及能自我复制的核蛋白，也就是某些人所谓的病毒。”

“你想说的又是什么？”

“我想你应该已经有点概念了，艾伐丹博士，你的兴趣似乎突然来了。你该知道，你们外人有种深信不疑的观念，认为地球人是死亡的使者；跟地球人接触等于找死；地球人会带来不幸，会带来某种恶兆……”

“这些我都知道，它们只不过是迷信罢了。”

“并非全然迷信，这正是可怕的地方。就像所有的民间信仰一样，不论有多少迷信、扭曲和误解的成分，最下面还是沉淀着些微的真实性。有些时候，你知道吗，地球人体内会带着某些微寄生物的突变种，它们跟其他各处的品种不尽相同，而有时外人对它们没什么抵抗力。接下来会发生什么，只是简单的生物学常识，艾伐丹博士。”

艾伐丹沉默不语。

谢克特继续说：“当然，我们自己有时也会感染。在放射性浓雾中，新品种的细菌会自然产生，然后一种新流行病就会横扫整颗行星。但大体上说来，地球人一直应付得了。对于每一种新的细菌和病毒，我们在几代内就会建立起防御机制，因此我们并未被消灭。可是，外人却没有这样的机会。”

“你的意思是，”艾伐丹带着一种诡异而模糊的感觉说，“我现在跟你接触……”他连忙将椅子向后推，还想到了今晚的两次长吻。

谢克特摇了摇头。“当然不会。我们并不会制造疾病，只不过是媒介而已，而且就连这种现象也极少发生。假使我住在你们的世界上，我携带的细菌不会比你多，我对它们没有特殊的亲和力。即使在此地，有危险的细菌也只有千兆分之一，或千兆分之一的千兆分之一。你现在受感染的概率，比一颗陨石穿破屋顶砸到你脑袋的概率更低。除非，有人刻意寻找特定的细菌，再将它们分离浓缩。”

又是一阵沉默，这次持续得更久。然后，艾伐丹像是被人勒住脖子似的，以古怪的声音说：“地球人这么做了吗？”

他不再认为对方患了妄想症，他已经准备相信这一切。

“是的，不过最初的动机相当单纯。对于地球生物的特殊性，我们的生物学家当然特别感兴趣。不久前，他们分离出了普通热的病毒。”

“什么是普通热？”

“地球上的一种地方病，也就是说，它一直在我们身边流行。大多数地球人童年时都感染过，它的症状不很严重，只是轻微的发热、暂时性的疹子，还有关节和嘴唇发炎，此外就是恼人的口渴。它的发病期大约四到六天，患者从此终生免疫。我曾经罹患过，宝拉也一样。偶尔，这种疾病会出现较猛烈的病例——想必是源自一种稍有不同的病毒——那时它就称为放射热。”

“放射热，我听说过。”艾伐丹说。

“哦，真的吗？它所以被称为放射热，是因为一般人有一种错误观念，认为它是暴露在放射性地带而感染的疾病。事实上，暴露在放射性地带的确常会导致放射热，因为在充满放射线的地方，那些病毒最容易突变成危险品种。不过，真正的病源是病毒，而不是放射线。若是患了放射热，两小时内就会出现症状，嘴唇会严重发炎，患者几乎无法开口说话，而在几天内就可能丧命。

“现在，艾伐丹博士，我们终于说到关键了。地球人对普通热习以为常，而外人则没有抵抗力。偶尔，难免会有帝国驻军接触到那种病毒，这个时候，他产生的症状就像地球人患了放射热一样。通常他会在十二小时内死去，然后尸体会被火化——由地球人执行——因为别的士兵若是接近，同样必死无疑。

“我刚才提到过，那种病毒在十年前被分离出来。它是一种核蛋白，正像大多数滤过性病毒一样。然而，它有一种不寻常的特质，就是具有极高浓度的放射性碳、硫、磷。我所谓的极高浓度，是指它体内百分之五十的碳、硫、磷都具有放射性。目前公认的理论，认为这种微生物对寄主造成的影响，主要即来自它的放射性，而不是它产生的毒素。地球人既然习惯了伽马辐射，就不会产生严重的症状，这自然是合乎逻辑的推论。

“开始的时候，对这种病毒的最初研究，集中于它聚集放射性同位素的方法。你也知道，若想用化学方法分离同位素，必须经过十分冗长且繁复的过程。而且除了这种病毒，再也没有任何已知生物能做到这一点。可是接下来，研究方向就有了转变。

“我会长话短说，艾伐丹博士，我想你已经猜到后面的故事。有关这方面的实验，可以在非地球的动物身上进行，却不能直接拿外人做实验。地球上的外人数目实在太少，无故失踪几个必会引起注意。而且，他们的计划绝不允许过早曝光。所以一批细菌学家被送到这里，来接受突触放大器的改造，使他们的洞察力增长千百倍。就是他们这些人，发展出了研究蛋白化学与免疫学的崭新数学工具。最后，他们终于以人工方法培养出一种新病毒，它只会侵袭银河帝国的人类，也就是外人。如今，好几吨的结晶化病毒已准备好了。”

艾伐丹形容憔悴。他感到汗珠缓缓流过太阳穴，再沿着面颊渐渐滑下来。

“所以你是在告诉我，”他喘着气说，“地球准备将这些病毒释放到银河中，他们将发动一场史无前例的细菌战……”

“正是如此。这场战争我们绝不会输，而你们绝不会赢。一旦疾病开始流行，每天会有几百万人死亡，没有任何方法能够阻止。惊慌失措的难民将逃向太空，病毒便可借此到处散播。即使你将许多行星完全炸毁，它也会在其他世界重新流行起来。不会有人想到这件事跟地球有关。当我们安然无恙的事实显得可疑时，银河的浩劫已经无法挽救，外人的绝望已经太深，不会再关心任何事情。”

“所有的人都会死吗？”令人毛骨悚然的恐惧并未渗透内心——根本穿不透。

“也许不会。我们的细菌学研究同时朝两个方向进行，我们也发展出了抗毒素，以及大量生产的方法。假如敌人提早投降，它就可以派上用场。此外，银河某些偏远地区也许能逃过一劫，甚至可能出现少数自然免疫的例子。”

对艾伐丹而言，接下来是一阵恐怖的茫然，谢克特的声音则显得微弱而疲倦。此时，艾伐丹再也不想怀疑那些话的真实性。这个恐怖的真相，一举推翻了两百五十亿比一的悬殊比例。

“并非整个地球想要这样做。由于遭受极大的压力，少数的领导者被排拒在银河之外，因此逐渐心理扭曲，开始憎恨那些不肯接纳他们的人，想要不惜任何代价报仇雪恨，而且是以疯狂的激烈手段……

“一旦他们开始，整个地球只好跟着行动。除此之外，其他人又能怎么办？既然犯下了滔天大罪，必须一不做、二不休。他们能冒着遭受惩罚的危险，允许银河中存活太多人吗？

“我虽然是个地球人，但我更是人类的一分子。难道为了千万人，就要害死几兆人吗？难道为了一颗行星想要雪耻，不论理由多么正当，就要使一个遍布银河的文明崩溃吗？即使那样做了，我们的处境就会变得更好吗？银河霸权仍将由拥有必要资源的世界掌握——而我们什么也没有。这一代的地球人甚至可能统治川陀，但他们的子女会变成川陀人，等他们长大后，又会反过来歧视留在地球上的同胞。

“此外，对全人类而言，将帝国的专制转变成地球的专制，究竟又有什么好处？不——不——一定另有办法解决全人类的矛盾，另有达到正义与自由的途径。”

他不知不觉双手捂住脸部，在十根枯瘦的手指后面，他的头轻轻地来回摇晃。

听到这里，艾伐丹像是僵立在迷雾中。他喃喃道：“你做的事绝不是叛变，谢克特博士。我会立刻前往埃佛勒斯峰，行政官会相信我的话，他一定要相信我。”

一阵急促的脚步声突然传来，接着，满脸惊恐的宝拉跑进这个房间，连房门都来不及关上。

“父亲——门口来了许多人。”

谢克特博士面若死灰。“快，艾伐丹博士，从车库走。”他粗暴地推着艾伐丹，“带宝拉一块走，不用担心我，我会挡住他们。”

不料他们转身的时候，已经有个身穿绿袍的人等在门口。他脸上带着淡淡的笑容，手上拿着一柄神经鞭。与此同时，大门响起一阵猛烈的敲击声，接着是一下轰然巨响，以及乒乒乓乓的脚步声。

“你是什么人？”艾伐丹以不太理直气壮的口气质问，他早已挡在宝拉身前。

“我？”那个穿绿袍的人粗声答道，“我只是教长殿下卑微的秘书，”他向前走了几步，“我简直等得太久了，不过还好。嗯，还带着一名女子。真不聪明……”

艾伐丹以平静的口吻说：“我是银河帝国公民，未经合法的程序，我不认为你有权拘捕我。此外，你也无权闯进这栋住宅。”

“我，”教长秘书用另一只手轻拍着胸膛，“就代表这颗行星的一切权力。要不了多久，我还会代表整个银河的一切权力。我们已将你们一网打尽，你知道吗——甚至包括史瓦兹在内。”

“史瓦兹！”谢克特博士与宝拉几乎同时喊道。

“你们惊讶吗？来，我带你们去见他。”

艾伐丹意识到的最后一件事，是对方笑得越来越得意，然后神经鞭就冒出闪光。他感到一阵火辣的剧痛，随即仆倒在地，不省人事。

第十六章

选择你的阵营！

这个时候，史瓦兹正在“芝加矫正所”地下第二层的一间囚室中。他躺在一张坚硬的长椅上，心中感到忐忑不安。

这个通称“矫所”的地方是个巨大的象征，象征着教长与他身边的人在地球上掌握的权力。它是一座高大、有棱有角的石质建筑，其幽暗的气氛压倒附近驻军的军营，正如同它的阴影紧紧笼罩地球上的罪犯，远比帝国使不上力的权威更加有效。

过去数世纪以来，有许多地球人关在这里等候审判。这些人或是伪造、逃避生产定额，或是活过自己的时限，或是姑息他人的这种罪行，或是犯了意图推翻地方政府的大罪。有些时候，过分开明且通常闲着没事的帝国政府，会对地球司法的些微偏见不表赞同，此时行政官有可能取消某项判决。不过这么一来，就代表革命即将爆发，或者至少会引起暴动。

通常，当古人议会要求判处死刑时，行政官总会让步。反正倒霉的只是地球人……

这一切的历史背景，约瑟夫·史瓦兹自然一概不知。对他而言，直接的视觉仅能看到一间小囚室，四周的墙壁只透出暗淡的光芒，家具只有两张硬长椅与一张桌子，此外就是一处充作盥洗室兼卫生间的小壁凹。没有任何可见天日的窗户，通风孔送来的空气则相当微弱。

他摸着秃顶周围的一圈头发，满怀悲伤地坐起来。这场毫无目的地的逃亡（他在地球哪个角落能安然无事？）很快夭折，过程并不愉快，最后将他带到这里来。

至少，他还可拿心灵接触解闷。

不过，这到底是好是坏呢?

当初在农场的时候，它是一种奇异而令人不安的能力，他不知道它的本质，也未曾想过可能的应用。现在，它却是个潜力无限的能力，值得好好研究一番。

若是一天二十四小时无所事事，只能默想自己遭到监禁的事实，那是很容易使人发疯的。事实上，他可以接触到来往的狱卒，并将心灵纤丝伸向隔壁走廊的警卫，最远甚至能延伸到远处的所长办公室。

他巧妙地将那些心灵翻来覆去，在他的检视下，它们像胡桃一样碎裂——从干燥的外壳中，稀里哗啦落下无数的情感与观念。

在这个过程中，他学到许多地球与帝国的现况，比他在农场两个月的时间学到的（或者说可能学到的）还要多。

当然，在他获知的各个事项中，有一点一而再、再而三地重复，绝不会有丝毫误解，那就是：

他注定要命丧于此！

根本没有任何机会，没有疑问，也没有保留。

可能就是今天，也可能是明天，反正他死定了！

这种想法不知不觉变得根深蒂固了，他却几乎怀着感激接受了这个事实。

囚室的门打开了，他立刻紧张兮兮地站起来。一个人或许能理智地接受死亡，意识每一部分都已坦然接受，但身体就像一头原始的猛兽，根本不知道什么叫理智。时候终于到了！

不——不是。进来的这个心灵接触不含任何杀机。他只是一名警卫，手中紧握着一支金属棒，史瓦兹知道那是什么东西。

“跟我来。”他厉声道。

史瓦兹一面跟他走，一面思索着自己的奇异力量。在警卫能使用武器前，在他能察觉到该动武前，自己早就能无声无息、毫无预警地发动攻击。他的心灵已经抓在史瓦兹的精神手掌中，只要轻轻一捏，它就会立刻报销。

但为何要那么做？必定会有其他警卫赶来，他一次能对付多少人？在他的心灵中，究竟有几双无形的手掌？

因此，他一直乖乖跟着警卫走。

他被带到一间很大、很大的房间。已经有两男一女在里面，他们都像死尸一样摊开四肢，躺在三个很高、很高的平台上。但他们不是死人，因为三个活跃的心灵显而易见。

麻痹了！熟人吗？……他们是熟人吗？

他停下脚步向三人望去，警卫却用力一拍他的肩头。“上去。”

室内还有个空置的平台。警卫心中毫无杀机，因此史瓦兹爬了上去，他知道将会发生什么事。

警卫用金属棒一一碰触他的四肢，一阵刺痛后，手脚便仿佛脱离了他的身体。他现在只剩下一颗头颅，不知道悬挂在什么上面。

他开始转头。

“宝拉，”他叫道，“你是宝拉，对不对？就是那个女孩……”

她点了点头。他未曾认出她的心灵接触，因为两个月前，他尚未察觉它的存在。那个时候，他的精神力量只发展到对“气氛”敏感的阶段。如今回想起来，他记得一清二楚。

但从她的心灵内容中，他能获悉很多事。躺在少女旁边的是谢克特博士，最远的那位则是贝尔·艾伐丹博士。从这名年轻女子的心灵中，他能窃取他们的名字，感知他们的绝望，品尝到每一分恐怖与惊惧。

一时之间，他对他们十分同情。接着，他想起他们是谁，以及他们三人的身份，于是他硬起了心肠。

让他们去死吧！

他们三人躺在那里已经将近一个小时。这间大厅显然是供几百人集会之用，他们几个囚犯被关在一角，几乎就像不存在，显得相当冷清孤单，彼此间也没什么好说的。艾伐丹感到喉咙好像在冒火，他不停来回转头，那是他全身唯一还能动的部分，但那样做毫无作用。

谢克特闭着双眼，苍白的嘴唇紧紧抿着。

艾伐丹拼命悄声唤道：“谢克特，谢克特，我在叫你！”

“什么？……什么？”那顶多只能算是微弱的耳语。

“你在干什么？要睡着了吗？想一想，老兄，好好想一想！”

“什么？有什么好想的？”

“这个约瑟夫·史瓦兹到底是什么人？”

此时响起了宝拉的声音，听来细弱而疲倦。“你不记得吗，贝尔？当初在百货商店的时候，就是我第一次遇见你——好久以前。”

艾伐丹猛力扭动颈部，发觉能痛苦地将头抬起两英寸，刚好看得见宝拉脸孔的一小部分。

“宝拉！宝拉！”假使他能向她走去，那该多好。过去两个月他都能那样做，却让机会白白溜走。她也正在望着他，她的微笑那么孱弱，好像一尊雕像脸上的笑容。他说：“我们一定能渡过难关，你等着瞧。”

她却开始摇头。然后他的颈子撑不住了，颈部肌腱感到一阵剧痛。

“谢克特，”他又道，“听我说。你是怎么遇到这个史瓦兹的？他为什么会是你的病人？”

“因为突触放大器，他是一名志愿者。”

“他接受了改造？”

“是的。”

艾伐丹在心中反复思量这件事。“他为什么会来找你？”

“我不知道。”

“可是——他也许是一名帝国间谍。”

（史瓦兹将他的思绪看得很透彻，不禁暗自笑了笑。他什么也没说，决心继续保持沉默。）

谢克特将头摇来摇去。“一名帝国间谍？你的意思是，因为教长秘书那么说。哦，胡说八道。而现在又有什么分别呢？他现在跟我们一样无助……听我说，艾伐丹，或许，如果我们先串通好口供，他们就可能迟些下手。最后我们就有可能……”

考古学家发出空洞的笑声，由于气流的摩擦，令他的喉咙感到火烧般的疼痛。“你的意思是，我们可能活下去。在整个银河灭亡，一切文明变为废墟之后？活下去？我还不如死了的好！”

“我是考虑到宝拉。”谢克特喃喃道。

“我也一样。”对方答道，“问她……宝拉，我们该不该投降？我们该不该偷生？”

宝拉的声音非常坚决，她说：“我已经决定要站在哪一边。虽然我不想死，但我这边的人如果都会死，那我也不要苟活。”

艾伐丹不禁感到几分骄傲。当他带她回到天狼星区，他们也许会叫她地球女子，可是她绝不比他们逊色。若有人敢啰唆，他一定会兴高采烈地打碎对方的牙齿……

他忽然又想到，自己不太可能带她回天狼星区——不太可能带任何人回天狼星区，天狼星区很可能即将消失。

然后，他仿佛想要逃避这种念头，不论逃到哪里都好。他大叫道：“你！你叫什么来着！史瓦兹！”

史瓦兹抬了一下头，向对方稍微瞥了一眼，但他仍旧没有开口。

“你究竟是什么人？”艾伐丹质问，“你怎么会卷入这桩事件？你扮演的是什么角色？”

面对这些问题，史瓦兹一股脑想到所有的委屈。过去那些平安的日子，以及如今无穷无尽的恐惧，在同一瞬间涌上心头，他忿忿不平地说：“我？我是怎么卷进来的？听好，我以前只是个小人物，一个诚实的人，一个勤奋的裁缝。我从不伤害任何人，从不麻烦任何人，我全心全意照顾自己的家。然后，毫无来由，毫无来由——我就来到这里。”

“来到芝加？”艾伐丹问道，他没有听得很懂。

“不，不是芝加！”史瓦兹以讥嘲的口气高声叫道，“我来到这个完全疯狂的世界……哦，我何必在乎你相不相信我？我的世界在过去，我的世界有土地、有粮食、有数十亿人口，而且它是唯一的世界。”

这一阵唇枪舌剑轰得艾伐丹哑口无言，他转向谢克特，问道：“你听得懂他的话吗？”

“你可知道，”谢克特以略带惊异的口吻说，“他有一条三英寸半长的阑尾？你记不记得，宝拉？他还有智齿，他的脸上还有毛发。”

“没错，没错，”史瓦兹高声挑衅道，“我希望还有条尾巴，好让你能大开眼界。我是从过去来的，我穿越了时光，但我不知道如何做到的，也不明白究竟是什么原因。好了，别再打扰我。”

他突然又补充一句：“他们很快就会回来。让我们在此等待，只是为了削弱我们的意志。”

艾伐丹立刻问道：“你知道这一点吗？是谁告诉你的？”

史瓦兹没有回答。

“是不是教长秘书？矮矮胖胖，有个狮子鼻的那个人？”

仅仅借着心灵接触，史瓦兹无法看出任何人的外貌。不过——教长秘书？他的确瞥见过这样一个心灵接触，它很有力量，属于一个很有权力的人，那人似乎就是一名秘书。

“玻契斯？”他好奇地问道。

“什么？”艾伐丹反问。谢克特却插嘴道：“那正是教长秘书的名字。”

“哦——他怎么说？”

“他没说什么，”史瓦兹答道，“是我自己知道的。我们都会被处死，根本没有任何希望。”

艾伐丹压低声音说：“他疯了，你说是不是？”

“我不敢说……可是，他的颅骨骨缝，它们非常原始，非常原始。”

艾伐丹吃了一惊。“你的意思是——哦，得了吧，那是不可能的。”

“我一向这么认为。”一时之间，谢克特的声音像是恢复正常，仿佛科学问题一出现，他的心灵便转移到超然客观的轨道上，个人的问题则被抛到脑后。“有人计算过将物质沿时间轴平移所需的能量，得到的数值大于无穷大，因此这种计划向来被视为不可能。然而，你可知道，另外有人提出过‘时间断层’的可能性，借用地质学的断层作类比。举例来说，曾有太空船几乎在众目睽睽之下消失；古代还有个著名的‘霍尔·德伐娄事件’，有一天他走进自己家里，从此就没有出来，可是也不在里面……此外，有一颗行星，你能在上个世纪的银河舆理书籍找到记载，曾经有三个探险队造访过，带回了完整的记录资料——后来再也没有人见到。

“还有，核化学的某些研究结果，似乎否定了质能守恒定律。为了解释这个现象，有人假设某些质量沿着时间轴逃逸。比如说，铀原子核和微量但比例固定的铜与钡混合之后，在轻度伽马辐照的影响下，会产生一个共振系统……”

“父亲，”宝拉道，“别说了！没有用的……”

艾伐丹却蛮横地打断她的话。“慢着，让我想一想。我是解决这个问题的最佳人选，还有谁比我更适合？让我问他一些问题……听我说，史瓦兹。”

史瓦兹再度抬起头来。

“你们的世界是银河中唯一的住人世界？”

史瓦兹点了点头，勉强答了一句：“是的。”

“不过你们只是以为如此。我的意思是，你们并未具备太空旅行能力，所以根本无法查证。当年，也许就有许多其他的住人世界。”

“我没办法确定那一点。”

“没错，当然，真是遗憾。原子能的发展又怎么样？”

“我们已经有原子弹。使用铀原子，还有钚原子——我猜就是这种武器，为现在这个世界带来了放射性。总之，在我离开后，一定又有另外一场战争……原子弹。”史瓦兹好像回到了芝加哥，回到了原先的世界，原子弹爆炸前的世界。他感到万分遗憾，并非为了自己，而是痛惜这个美丽的世界……

艾伐丹却在喃喃自语，然后又说：“好的，你们想必拥有某种语言。”

“地球上？有很多种语言。”

“你自己说的呢？”

“英语——在我成年后。”

“好，说几句让我听听。”

已有两个多月的时间，史瓦兹没说过半句英语。现在，他以充满感情的语气，慢慢地说：“我渴望回到故乡，跟我的同胞团聚。”

艾伐丹对谢克特说：“他在接受突触放大器改造时，用的就是这种语言吗，谢克特？”

“我无法判断，”谢克特显得十分困惑，“当时听到的是一些奇怪的声音，现在也是一些奇怪的声音。我怎能分辨两者的异同？”

“好吧，别管了……在你们的语言中，‘母亲’怎么讲，史瓦兹？”

史瓦兹马上告诉他。

“哦——呼，‘父亲’又怎么讲……‘兄弟’……‘一’，我是指数字……‘二’……‘三’……‘房子’……‘人’……‘妻子’……”

两人一问一答好一阵子，等艾伐丹停下来喘口气的时候，他的表情显得惊愕不已。

“谢克特，”他说，“这个人要不是真来自过去，我就是陷在一个最最疯狂的噩梦中。他说的那种语言，相当于从万年地层中挖掘出的碑文。有二十几个恒星系都发现过那种碑文，包括天狼星、大角、南门二等等。而他竟然会说！这种文字上一代才解译出来，在整个银河中，除了我自己，懂得这种语言的顶多只有十个人。”

“你确定这点吗？”

“我确定吗？我当然确定。我是个考古学家，这是我的本行知识。”

有那么一刹那，史瓦兹感到自己用疏离打造的面具出现裂痕。自从来到这个世界，他第一次感到拾回失落的自我。谜底终于揭晓，他是个来自过去的人，而他们居然接受了这一点。这证明他的精神正常，挥不去的疑虑从此远去。他内心十分感激，但他仍然保持疏离的态度。

“我一定要得到他。”那又是艾伐丹的声音，他的精神仿佛在专业的圣火中燃烧。“谢克特，你绝对无法想象，这对考古学有多么重大的意义——一个来自过去的人。哦，伟大的太空！……听我说，我们可以跟他们谈个条件。他正是地球想要寻找的证据，他们可以利用他，他们可以……”

史瓦兹以讽刺的口吻插嘴道：“我知道你在想什么。你是在想，地球可通过我证明它是文明的源头，这样他们就会心存感激。我告诉你，不可能！我想到过这一点，要是行得通，我早就用这种办法换回自己的性命。可是他们不会相信我——或是你。”

“我们有绝对的证据。”

“他们不会听的。你知道为什么吗？因为对于过去的历史，他们有些一成不变的观念。在他们眼中看来，任何的改变都是亵渎，即使你提出的是真理。他们不要相信真理，他们只要相信自己的传统。”

“贝尔，”宝拉道，“我想他说得对。”

艾伐丹咬牙切齿。“我们可以试试看。”

“我们一定会失败。”史瓦兹坚持。

“你怎么知道？”

“我就是知道！”这句话说得如先知般斩钉截铁，艾伐丹甚至不知如何反驳。

现在轮到谢克特望着史瓦兹，他疲倦的眼神透出一种奇异的光芒。

他柔声问道：“经过突触放大器改造后，你有没有感到什么不良的副作用？”

史瓦兹听不懂“突触放大器”这个名词，却也体会到其中的含意。他们对他动过手术，改造过他的心灵。他一下子明白了多少事情！

他说：“没什么副作用。”

“但我发觉你很快就学会了我们的语言。现在你说得非常好，事实上，你简直就像个本地人。这难道不令你惊讶吗？”

“我的记忆力一向很好。”回答的口气很冷淡。

“所以说，跟接受改造前比较起来，你现在并未感到任何不同？”

“正是如此。”

谢克特博士的目光变得很严厉，他说：“这又是何苦呢？你明明知道，我确定你知道我在想什么。”

史瓦兹干笑一声。“你是指我能透视他人的心灵？好吧，那又怎么样？”

谢克特却不再理会他，将苍白无助的脸孔转向艾伐丹。“他能感知他人的心灵，艾伐丹。我能从他身上研究出多少东西！而我们却困在这里，无能为力……”

“什么——什么——什么——”艾伐丹急急忙忙喊道。

就连宝拉的脸孔也显出几分兴趣。“你真能吗？”她问史瓦兹。

他对她点了点头。她曾照顾过他，现在他们却要杀死她。话说回来，她也是一名叛徒。

谢克特又说：“艾伐丹，可记得我提到过的那个细菌学家，死于突触放大器副作用的那个？他精神崩溃的早期症状之一，就是声称能透视他人的心灵，而他真做得到。我在他死前发现这一点，它一直是我心中的秘密，我没有告诉过任何人——但那是可能的，艾伐丹，那是可能的。你想想看，在脑细胞电阻降低后，脑部或许便能拾到他人思想的微电流所感应出的磁场，再将它还原成类似的振荡，和普通录音机的原理完全一样。它根本就是不折不扣的精神感应力……”

当艾伐丹的头缓缓转过来的时候，史瓦兹维持着倔强且带有敌意的沉默。

“假如真是这样，谢克特，我们也许就能利用他。”考古学家心念电转，设法在绝境中找出一条生路。“现在也许能有办法，一定得有办法。为了我们自己，以及整个银河。”

史瓦兹虽然清楚地感知对方的心灵接触激动异常，但他一点也不为所动。他说：“你的意思是，要我透视他们的心灵？那样做有什么帮助？我除了能透视心灵，当然还能做到别的。比方说，这怎么样？”

那只是轻轻一推，艾伐丹却突然感到一阵剧痛，他不禁大叫一声。

“是我做的，”史瓦兹说，“还想尝尝吗？”

艾伐丹喘着气说：“你能对警卫那样做吗？还有教长秘书？既然这样，你当初为何让他们把你带到这儿来？银河啊，谢克特，不会有什么问题的。现在，听我说，史瓦兹——”

“不，”史瓦兹道，“你听我说。我为什么要逃出去？我又能去哪里？仍是在这个垂死的世界上。我想要回家，可是我回不去；我想要我的同胞和我的世界，可是我得不到，所以现在我只想死。”

“但这是整个银河的危机，史瓦兹，你不能只想到自己。”

“我不能吗？为何不能？我一定要担心你们的银河吗？我希望你们的银河烂死。我知道地球在计划做什么，而我很高兴。那位小姐刚才说，她已经决定了站在哪一边。好，我也决定了站在哪一边，我要站在地球这边。”

“什么？”

“有何不可？我是个地球人！”

第十七章
改变你的立场！

艾伐丹从无意识的状态沉沉醒来，发现自己像一块牛肉一样，躺在平台上等着任人宰割，已经有一个小时了。在此期间，什么事也没发生，只有这番激动、狂热却毫无结果的对话，消磨这段令人难以忍受的时光。

一切并非毫无目的，这点他至少知道。让他们一筹莫展地躺在那里，甚至不屑派一名警卫看守，甚至不信可能发生任何危险，就是要使他们意识到自己的力量多么薄弱，这足以摧毁任何顽强的心灵。等到审讯人员终于来到，他就不会表现得怎么强硬，甚至会完全失去反抗的意志。

艾伐丹需要静静休息一下，因此他说："我想这个地方有间谍波束监听，我们应该少讲几句。"

"没有，"史瓦兹以冷淡的声调说，"没有任何人在监听。"

考古学家差点自然而然冒出一句："你怎么知道？"但他始终没说出口。

因为那样的能力的确存在！拥有这种力量的不是他自己，而是个来自过去的人。这个人自称是地球人，而他一心求死！

仰着头的时候，他的目光只能扫到一小片屋顶。转过头去，可以看到谢克特瘦削的侧影；转到另一边，则是一面空洞的墙壁。如果他抬起头来，则能瞥见宝拉苍白困倦的表情。

偶尔，他心中会兴起一股炽烈的想法，想到他是帝国的一分子——帝国啊，众星在上——一名银河公民。现在他却遭到监禁，这简直是无法无天。地球人这样对待他，实在是穷凶极恶的罪行。

而这种想法也逐渐淡去。

他们或许应该把他放在宝拉旁边……不，还是这样的好，他现在的样子可无法令人恭维。

“贝尔？”这个名字化为声波传到他耳中，在这个迫近死亡的漩涡中，艾伐丹感到一种说不出的甜蜜。

“什么事，宝拉？”

“你认为他们会等很久吗？”

“也许不会，亲爱的……太可惜了。我们浪费了两个月，对不对？”

“是我的错，”她悄声道，“是我的错。不过，我们本来也许能把握最后几分钟。这实在是——没有必要了。”

艾伐丹无法回答，他心中的念头飞快转动，像是上了油的轮子一样停不下来。突然间，僵直的身子似乎感觉到了底下的硬质塑料，那究竟是不是他的幻觉？麻痹的状态会持续多久？

一定要争取到史瓦兹的帮助。他试图紧守自己的思绪——明知道根本无效。

他说：“史瓦兹——”

史瓦兹同样无助地躺在平台上，而他更受到另一重意想不到的折磨，他同时感受到四个痛苦的心灵。

假如只有他一个人，他应该能束缚任何渴望，在无限平和中等待宁静的死亡，并将最后一点对生命的热爱压制下去。仅仅两天之前——还是三天？由于对生命尚有眷恋，他还仓皇地逃离那个农场。

可是，现在他做得到吗？谢克特对死亡充满可怜、虚弱的恐惧，就像被一幅裹尸布笼罩一样；而在艾伐丹刚强健壮的心灵中，充满了强烈的懊悔与反抗的意图；至于那位年轻女子心中，则充满深沉悲痛的失望。

他应该封闭起自己的心灵。他为何需要知道别人的痛苦？生命是他自己的生命，死亡也是他自己的死亡。

但那些情绪轻轻地、不停地敲击着他，从他的心灵隙缝钻探进来。

然后，艾伐丹叫了一声："史瓦兹。"史瓦兹便知道他们想要自己搭救。他为何要那么做？他为何要那么做？

"史瓦兹，"艾伐丹又旁敲侧击地说，"你可以活着做个英雄，这里没什么值得你殉身的——不值得为外面那些人这么做。"

史瓦兹却回想起自己的早年，并将那些记忆拼命抓在颤抖的心灵中。这种过去与现实的古怪组合终于令他满腔怒火。

不过他的口气还是很冷静、很克制。"没错，我可以活着做个英雄——以及一名叛徒。他们想要杀我，外面那些人。你管他们叫'那些人'，那只是你口中的称呼，他们在你心中另有名称，虽然我不清楚，也知道那是卑劣的字眼。而这并非因为他们本身的卑劣，只因为他们是地球人。"

"你胡说。"艾伐丹以激烈的口气抗议。

"我没有胡说，"他以同样激烈的口气答道，"在场每个人都知道这点。没错，他们想杀掉我，但那是由于他们以为我是你们这种人——可以一举判定一颗行星的生死，在它身上吐满轻蔑的唾沫，用令人无法忍受的优越感令它慢慢窒息。好啦，现在这些虫豸竟威胁到天神般的太上皇，你们准备自卫吧。我是他们的一分子，不要找我帮你的忙。”

“你的口气活像是那些狂热派。”艾伐丹显得难以置信，“为什么呢？你受到过迫害吗？你的世界是一颗广阔而独立的行星，是你自己说的。虽然你是地球人，你的地球却是唯一的生命园地。你是我们的一员，老兄，是统治者的一员。为何要认同一个绝望的废墟？这里不是你记忆中的行星，跟这个病入膏肓的世界比起来，我的行星更像那个古老的地球。”

史瓦兹哈哈大笑。“我是统治者的一员，你这么说是吗？好啦，我们别深究这一点，这不值得多费唇舌。让我们来谈谈你吧，你是银河为我们送来的一个极佳样本。你有很大的度量，有一颗异常宽容的心，并为你能平等对待谢克特博士而沾沾自喜。可是在你内心深处——却未深到我看不清楚的地方——你其实无法接受他。你不喜欢他说话的方式，也不喜欢他的模样。事实上，你根本不喜欢他这个人，即使他甘愿背叛地球……对啦，最近你还亲吻了一个地球女子，现在回想起来，你认为那是个遗憾。你为此感到羞耻……”

“众星在上，我没有……宝拉，”他拼命辩解，“别相信他，别听他乱讲。”

宝拉则以平静的口吻说：“你不要否认，也不必因此不高兴，贝尔。他看透了你童年残留的思想，要是他检视我的内心，也会看到相同的内容。假如他以同样小人的方式反观他自己的心灵，那他也会发现类似的想法。”

史瓦兹感到涨红了脸。

当宝拉直接对史瓦兹说话时，她的声调并未提高，语气也没有变得更激烈。“史瓦兹，如果你能感知他人的心灵，那就来检查我的吧。告诉我，我是不是意图叛变。再检查一下我父亲的心灵，你自己看一看，倘若他肯跟那些准备毁掉银河的疯子合作，是不是就能轻易避掉六十大限。他叛变又能得到什么好处？……然后你再检查一下，看看我们哪个人想危害地球，或是地球人。

“你说曾经瞥见玻契斯的心灵，我不知道你有没有机会深入那些渣滓中。不过等他再来的时候，等到一切都太迟的时候，钻进去看一看，用力拨开他的心灵。你就会发现他是个疯子——然后，等死吧！”

史瓦兹沉默不语。

艾伐丹急忙插嘴道：“好吧，史瓦兹，来研究我的心灵，随便你怎样深入都可以。我生在天狼星区的拜隆星，在反地球主义的气氛中长大成人，因此在我的下意识深处，无可避免存有一些缺陷和蠢念。可是你再看看我的心灵表层，然后告诉我，在我成年后，我有没有跟自己的偏执奋战过。不是跟别人，那要容易得多，而是跟我自己，并且不遗余力。

“史瓦兹，你不了解我们的历史！你不知道人类开拓银河的上万年期间中，那些战争和那些惨难。你也不知道，帝国建立之初那几个世纪，都只是专制和暴乱轮番更替的混乱状态。唯有过去两百年间，我们的帝国政府才真正具有代表性。在它的统治下，各个世界都能拥有文化自治权，得以自己当家做主，并在共治政体中有发言的机会。

“在人类过去的历史上，从未像今天这样免于战争与贫困；银河的体制从来没有如此和谐；未来的展望从来没有这么光明。你想要毁掉这一切，然后重新开始吗？凭什么呢？一个充满猜疑和仇恨的专制神权政体？

“地球的冤屈真有其事，只要这个银河存在，总有一天会解决的。可是他们的计划不是解决之道，你可知道他们打算怎么做吗？”

假如艾伐丹也拥有史瓦兹如今的异能，他就能侦知史瓦兹内心的挣扎。然而，仅仅凭借直觉，他也知道现在应该暂停一下。

史瓦兹的确被打动了。让这么多世界灭亡，在可怕的疾病中溃烂销蚀……他究竟是不是地球人？只是一个地球人吗？年轻的时候，他从欧洲来到美洲，纵使如此，难道他就不再是原来那个人吗？假如后世的人类离开了满目疮痍的地球，移民到天外各个世界，难道他们就不再算地球人吗？整个银河难道不都属于他吗？他们难道不是全部——全部——都是他的后裔、他的同胞吗？

他以沉重的口吻说：“好吧，我站在你们这边。我该怎样帮助你们？”

“你能接触到多远的心灵？”艾伐丹热切地问道。他说得很急促，仿佛担心对方再度改变心意。

“我不知道，外面有些心灵，我猜想是警卫。我想我甚至能伸到街上去，可是伸得越远，它就变得越不敏锐。”

“自然如此。”艾伐丹说，“可是教长秘书呢？你能认得出他的心灵吗？”

“我不清楚。”史瓦兹喃喃答道。

静默了一会儿……这几分钟简直令人难以忍受。

然后史瓦兹说：“你们的心灵妨碍到我了。别看着我，想点什么别的。”

其他人试着这么做，再过了一会儿，史瓦兹又说：“不——我不能——我不能。”

艾伐丹突然激动地说：“我可以挪动一点了——银河啊，我的两只脚可以摆动……哦！”每个动作都伴随着剧烈的痛楚。

他说：“你对他人能造成多大伤害，史瓦兹？我的意思是，能比你刚才对付我还厉害吗？”

“我杀死过一个人。”

“真的吗？你怎么做到的？”

“我也不知道，反正就是做到了。那是……那是……”史瓦兹试图将无法形容的事物化成语言，无能为力的表情看起来简直滑稽。

“好，你能同时对付几个人吗？”

“我从来没试过，可是我想不行，我就不能同时透视两个心灵。”

宝拉打岔道：“你不能让他杀掉教长秘书，贝尔，那样行不通。”

“为什么行不通？”

“那我们又怎么出去呢？即使我们找到教长秘书，立刻杀死他，外面还有好几百人等着我们。你没想到这点吗？”

史瓦兹却突然插嘴，以沙哑的声音说：“我找到他了。”

“谁？”另外三人同时发问，连谢克特也急切地望着他。

“教长秘书，我想那就是他的心灵接触。”

“千万别让他跑掉。”为了提出严厉警告，艾伐丹几乎打个滚。然后，他从平台上跌了下来，一条半麻痹的腿“砰”的一声撞到地板上。他想用那条腿慢慢撑起身躯，但几乎做不到。

宝拉大叫道：“你受伤了！”当她试图举起手肘时，竟发觉手臂关节开始松动。

“没有，没关系。把他吸干，史瓦兹，尽可能吸取所有的讯息。”

史瓦兹尽力射出精神力量，直至头痛欲裂。他以心灵的卷须盲目地、笨拙地抓扯着，就像一个婴儿伸出尚未运用自如的手指，想抓住一样几乎够不着的东西。在此之前，他接触的对象全都未经选择，现在他却要寻找……寻找……

他吃力地捕捉到一点东西。“胜利的喜悦！他对结果有绝对的信心……有关太空子弹什么的。他将它们启动……不，不是启动，是别的事……他正准备启动它们。”

谢克特呻吟了一声。“那是载送病毒的自动导向飞弹，艾伐丹，分别瞄准各颗行星。”

“可是它们存放在哪里呢，史瓦兹？”艾伐丹坚持要得到答案，“听我说，老兄，听我说——”

“有座建筑物，我……无法……看……清楚……五个点……一颗星……一个名字，也许是‘申路’……”

谢克特又插嘴道：“就是那里，我向全银河众星发誓，就是那里。那是位于神路的圣殿，四面八方都被放射性矿囊包围，除了那些古人，没人能到那里去。它是不是在两条大河的交汇点附近，史瓦兹？”

“我不能……没错……没错……没错……”

“什么时候，史瓦兹，什么时候？它们会在什么时候发射？”

“我看不到日期，不过很快……很快。他的心灵充满那种……很快就会开始。”他自己的心灵则似乎用尽所有的气力。

当艾伐丹终于以双手双膝撑起身子时，他感到口干舌燥，全身发热，他的四肢则仍旧摇摇晃晃，根本没办法伸直。“他正朝这里走来吗？”

“是的，他就在门口。”

他的声音越来越低，等大门打开后，他便立刻住口。

玻契斯以胜利与得意的姿态出现，他的口气是一种冷酷的嘲讽。“艾伐丹博士！你回到座位上是不是比较好？”

艾伐丹抬起头望着他，意识到那句话对此时的自己是极大的侮辱，但他不知如何回答才好，因此根本没开口。他忍受着剧痛，慢慢弯曲四肢，重新趴到地板上。他发出浓重的呼吸声，默默地等待。若是手脚的力气能恢复一点，若是能发出致命的一击，若是有办法夺取对方的武器……

教长秘书系着一条闪闪发光的韧塑腰带，用以固定身上的长袍。但轻巧地悬在腰带上的并非神经鞭，而是一把大型手铳，能在瞬间将一个人轰成无数原子。

教长秘书带着粗野的满足感，望着面前的四个人。他根本不想考虑那名少女，反正现在是一网打尽了。一个是地球的叛徒，一个是帝国的间谍，另一个则是监视了两个月的神秘人物。除此之外，还有其他什么人吗？

说实在的，还有恩尼亚斯，而他背后还有帝国。这些间谍与叛徒是他们的拳头，现在拳头虽然被绑起来，但活跃的头脑仍躲在某处，也许还会再派出其他的拳头。

教长秘书悠闲地站着，双手交叠胸前，表示根本不将这些人放在眼里，因而没有必要保持警戒状态。他平静而温和地说：“现在有必要把事情彻底澄清一下。地球与帝国正在进行一场战争，虽然尚未宣战，可是，这的确是一场战争。你们是我们的俘虏，在这种情况下，一定会接受必要的处置。而对间谍和叛徒来说，公认的惩罚自然就是死罪——”

“只有在经过宣战的合法战争中。”艾伐丹凶巴巴地插嘴道。

“合法的战争？”教长秘书带着几分讥嘲反问，“什么是合法的战争？地球一直跟银河处于交战状态，不论我们是否出于礼貌而提到这个事实。”

“别跟他啰唆，”宝拉轻声对艾伐丹说，“让他尽快把话说完算了。”

艾伐丹冲着她微微一笑，那是个诡异而飘忽的笑容，因为他正用尽全力摇摇晃晃站起来，还在不停地喘着气。

玻契斯轻声笑了笑。他从容不迫地向前走了几步，来到那位天狼星区考古学家的面前。接着，他又以同样从容不迫的动作，将一只手轻轻放在对方宽阔的胸膛上，然后向前一推。

艾伐丹的手臂仍处于四分五裂的状态，无法听从主人的命令伸手格挡。他的躯干肌肉则处于停滞状态，仅能以蜗牛般的速度调整身体平衡。因此，艾伐丹直挺挺地倒了下去。

宝拉吓得喘不过气。她拼命拉扯不听话的肌肉与骨骼，从她置身的平台上慢吞吞、慢吞吞地爬下来。

玻契斯并未阻止，看着她朝艾伐丹爬去。

“你的爱人，”他说，“你那强壮的外星爱人。跑到他身边去啊，姑娘！你还在等什么？紧紧抱住你的英雄，倒在他的臂弯里，忘掉他是十亿个地球烈士的血汗培养出来的。现在他躺在那里，英勇无双、胆识过人——被一个地球人用手轻轻一推，就投向了地球的怀抱。”

现在，宝拉跪在艾伐丹身边，伸手探向他的后脑，想摸摸看有没有出血或可怕的碎骨。艾伐丹缓缓张开眼睛，做了个“没关系”的嘴型。

“他是个懦夫，”宝拉说，“只敢欺负一个四肢麻痹的人，还有脸夸耀他的胜利。相信我，亲爱的，没有几个地球人像他那样。”

“我知道，否则你就不会是地球女子。”

教长秘书的态度转趋强硬。“正如我刚才所说，这里每个人的性命都已被没收。不过嘛，还是可以赎得回去。你们有兴趣知道代价吗？”

宝拉以傲然的口吻说：“处在我们的情况下，我确定你就会这样做。”

“嘘，宝拉。”艾伐丹的呼吸尚未完全恢复正常，“你有什么提议？”

“哦，”玻契斯说，“你愿意出卖自己吗？比方说，就像我一样？我，一个卑贱的地球人？”

“你自己最清楚自己是什么东西。”艾伐丹反唇相讥，“至于另一个问题，我不是要出卖自己，我是要把她赎回来。”

“我拒绝被赎回去。”宝拉道。

“真感人。”教长秘书咬牙切齿地说，“他染指我们的妇女，我们的地球婆娘，却还扮出一副牺牲者的嘴脸。”

“你到底有什么提议？”艾伐丹追问。

“这个嘛，我们的计划显然走漏了风声。它怎么会传到谢克特博士耳中，这倒不难想象，但帝国又怎么会知道，却是相当令人费解的一件事。因此，我们想知道帝国究竟知道多少。不是你自己打探到什么，艾伐丹，而是帝国了解到什么程度。”

“我是一名考古学家，不是什么间谍。”艾伐丹一字一顿地说，“至于帝国究竟知道多少，我根本毫无概念，但我希望他们知道他妈的很多。”

“我也这么猜想。没关系，你还可以改变主意。想一想，你们全都想一想。”

从头到尾，史瓦兹没说过半句话，甚至没有扬起眼睛……

教长秘书等了半天，然后，改用似乎较凶暴的口气说：“那么，让我向你们简单说明一下不合作的代价。不会让你们一死了之，因为我相当确定，你们全都做好了心理准备，准备接受这个不愉快且不可避免的结局。谢克特博士和这名女子，他的女儿——她实在很不幸，跟这件事有太深的牵连。这两人是地球公民，在目前这种情况下，最适合用突触放大器处置这两个人。你明白吗，谢克特博士？”

物理学家的眼中充满纯然的恐惧。

“是的，我看得出你明白。”玻契斯说，“我们当然可以把突触放大器调得恰到好处，让它对脑部组织所做的破坏，刚好足以产生一个没有大脑的白痴。这是一种最令人作呕的状态：必须有人喂你吃饭，否则你就要挨饿；必须有人帮你清洗，否则你就要活在粪坑中；必须有人把你关起来，否则你就成了众人围观的怪物。在即将来临的伟大时代中，这也许能当做其他人的一个教训。”

“至于你，”教长秘书转向艾伐丹，“还有你的朋友史瓦兹，你们两个是帝国公民，因此适合用来做个有趣的实验。我们制成的热病浓缩病毒，从未在你们这些银河畜牲身上试过。用两位来证明一下我们的计算无误，会是一件很有趣的事。只用很少的剂量，懂吗，这样就不会很快病死。只要我们充分稀释注射液，要经过整整一周的时间，病毒才会夺走你们的生命，那将是非常痛苦的经验。”

他顿了一下，眯起眼来望着他们。“这些下场，”他又说，“都是因为你们现在不肯乖乖说几句话。帝国究竟知道了多少？此时有没有其他间谍还在活动？假如他们准备进行反制，他们的计划又是什么？”

谢克特博士喃喃道：“一旦我们将你想知道的事告诉你，我们怎么知道你不会马上把我们杀掉？”

“我向你保证，你要是拒绝，就一定会死得很惨。你必须赌一赌另一条路，怎么样？”

“不能给我们一点时间吗？”

“我不是正在给你们吗？从我进来到现在为止，已经过了十分钟，而我仍在耐心等待……好啦，你们可有什么要说的吗？怎么，没有？时间不会永远等下去，你们必须了解这点。艾伐丹，你仍绷紧肌肉，你认为也许我来不及掏出手铳，你就能冲到我面前。好吧，就算你能又怎么样？外面还有好几百人，即使没有我，我的计划仍将继续执行。甚至你们各人不同的刑罚，也不需要由我监督。

“或者也许是你，史瓦兹。你曾经杀死我们的特务，是你干的，对不对？或许你认为现在能杀死我？”

这是史瓦兹第一次望向玻契斯，他以冰冷的口气说：“我能，但我不会这么做。”

“你可真仁慈。”

“一点也不，我可真残忍。你自己说过，有些事比一死了之还要可怕。”

艾伐丹突然瞪着史瓦兹，心中不自觉地升起无穷的希望。

第十八章
决斗！

史瓦兹心中的念头此起彼落。他感到一种诡异而狂热的心安；他的少数自我似乎绝对控制了局面，但大部分的他无法相信这个事实。他进入麻痹状态比其他三人迟了些，现在连谢克特博士都快坐起来了，他却顶多只有一只手臂稍能动弹。

此时，他瞪着教长秘书凶狠的心灵，里面有着无穷的卑鄙、无穷的邪恶，开始了他的决斗。

他说："我本来站在你这边，虽然你准备杀害我。我想我了解你的感受和你的意图……可是比较起来，在场其他人的心灵相当纯真善良，你的心灵却不堪形容。你甚至不是为地球人而战，而是为你个人的权势。在你心中，我看不到对自由的憧憬，只看到一个重新遭到奴役的地球；在你的心中，我看不到帝国势力的瓦解，只看到个人独裁取而代之。"

"你都看到了，是不是？"玻契斯说，"好吧，想看什么就看吧。反正我不需要你的情报，你知道吗，没有那么需要，不值得我忍受这种无礼态度。我们已将攻击时间提前，你曾预见这点吗？压力的效果真是惊人，即使对那些发誓不可能再快的人也有效。你看到了吗，神奇的超感应大师？”

史瓦兹说：“我没看到。我并未寻找那个思想，所以没有注意到……不过我可以马上开始找。两天……不到……让我看看……星期二……早上六点钟……芝加时间。”

手铳终于到了教长秘书手中。他突然急忙向前走去，峙立在史瓦兹软弱无力的身躯前。

“你怎么知道的？”

史瓦兹丝毫不为所动。他的精神卷须逐渐聚拢，并向外发动攻击。外表看来，他下颚的肌肉猛力收紧，眉毛弯成两道钩，但那些变化根本毫不相干，只是伴随而生的不自觉动作。在他大脑中，他感到一股力量送了出去，紧紧抓住对方的心灵接触。

对艾伐丹而言，这是千载难逢却白白浪费的几秒钟。在他看来，眼前的变化毫无意义，也不明白教长秘书为何突然僵住。

史瓦兹一面喘气，一面喃喃道：“我抓到他了……把他的枪拿开。我无法支持太……”后面的话只在他的喉咙里打转。

艾伐丹随即醒悟，歪歪斜斜地以四肢撑起身子，然后使出全身力气，缓慢地、痛苦地、颤巍巍地站起来。宝拉想跟他一同起身，最后没有成功。谢克特则顺着平台边缘滑下，跪到地板上。现在只剩史瓦兹躺在那里，面孔不停地抽动。

教长秘书仿佛见到了希腊神话中的美杜莎，因而化作一尊石像。汗珠渐渐聚集在他光滑而不见皱纹的额头上，毫无表情的脸孔并未表露任何情绪。只有仍握着手铳的右手，显现一点生命的迹象。假如仔细观察，能看见那只手在轻轻扯动，还能观察到手指向扳机施加的诡异压力：非常轻微的压力，不足以构成威胁，但一而再、再而三地重复……

“紧紧抓住他。”艾伐丹感到无比兴奋，喘着气说。他借着一张椅子稳住自己的身体，试图调匀呼吸。“让我来收拾他。”

他拖着脚步向前走去，好像置身一场噩梦，正在涉过一团蜜糖，游过一池焦油。他用力拉扯着快要撕裂的肌肉，慢慢地、慢慢地走。

他没有——也不能——察觉到在他面前进行的殊死决斗。

教长秘书只有一个目标，就是向拇指再多加一丝力道，准确地说是三盎司，因为那是触发手铳所需的压力。想要做到这点，他的心灵只要命令颤抖不已、已经收缩一半的肌腱，再……再……

史瓦兹也只有一个目标，就是抑制那个压力。然而，对方的心灵接触是一团毫不熟悉的感觉，他无法知道哪个特定区域控制那根拇指。因此他竭力制造一种停滞状态，完全的停滞状态……

教长秘书的心灵接触如巨浪般陡然升高，试图挣脱加诸其上的束缚。史瓦兹毫无经验的控制术，面对的是个敏锐且聪明得可怕的心灵。它会按兵不动好几秒钟，只是静静等待——然后，它会猛然一鼓作气，拼命拉动这条或那条肌肉……

对史瓦兹而言，就像在进行一场角力，而且已经抓住对手，必须不计一切代价保持战果，虽然对手将他疯狂地甩来甩去。

然而外表上什么也看不出来。旁人能见到的，只有史瓦兹的下颚神经质地一收一松，他的嘴唇则颤动不已，还被牙齿咬出血痕。此外，教长秘书的拇指偶尔也会有轻微的动作，收紧——收紧。

艾伐丹停下来休息了一会儿，他不想这么做，可是他别无选择。他伸出的手指刚好碰到教长秘书的长袍，他却感到再也无法向前伸。他的肺部剧烈疼痛，不能为僵死的四肢供应足够的氧气。由于用力过度，他的双眼充满泪水，因此视线一片模糊，他的心灵则陷在痛苦的迷雾中。

他喘着气说：“只要再撑几分钟，史瓦兹。抓住他，抓住他——”

史瓦兹缓缓地，缓缓地摇着头。“我不能……我不能……”

事实上，在史瓦兹看来，整个世界都变成模糊朦胧的一团混沌，他的心灵卷须渐渐变得僵硬而毫无弹性。

教长秘书的拇指再度按向开关。它仍未松动，压力却一点一点在增加中。

史瓦兹能感到自己的眼球鼓凸出来，额头的血管也扭曲胀大。此外，他还能感知对方心灵中渐渐升起可怕的胜利感……

然后艾伐丹终于发动攻击。他僵硬且不听使唤的身体向前扑去，同时伸出双手抓向对方。

心灵受制的教长秘书跟他一块摔倒，那柄手铳飞向一旁，沿着地板叮叮当当滑了老远。

教长秘书的心灵几乎在同一瞬间挣脱。史瓦兹被猛力甩开，自己的头脑一团混乱。

玻契斯被艾伐丹沉重的身体压在下面，正在拼命挣扎。他握紧拳头，一拳击向艾伐丹的颧骨，同时抬起膝盖，猛力踢向对方的腹股沟。然后他站起来，用力一推，艾伐丹便在剧痛中缩成一团滚到一旁。

教长秘书摇摇晃晃地站在那里，气喘吁吁，披头散发。

他突然间又僵住了，面对他的是半坐在地上的谢克特。他用颤抖的双手抓着那柄手铳，虽然手铳跟着抖动，发射端却对准教长秘书。

“你们是一群傻瓜，”教长秘书激动得胡乱尖叫，“你们指望能得到什么？我只要提高音量……”

“而你，至少，”谢克特虚弱地答道，“会死。”

“你杀了我根本没用，”教长秘书以苦涩的口吻说，“你自己也知道这点。你救不了你所投靠的帝国，你甚至救不了你自己。把枪给我，我就放你自由。”

他伸出一只手，谢克特却生硬地大笑几声。“我不会相信的，我还没有疯到那种程度。”

“也许没有，但你还处于半麻痹状态。”说完，教长秘书猛然冲向右方。

他的动作十分迅速，物理学家虚弱的手腕根本来不及将手铳转向。

玻契斯为了准备那判定生死的一跃，将全副心神放在那柄手铳上。史瓦兹趁机再度伸展他的心灵，发出致命的一击。教长秘书立刻倒地不起，仿佛挨了一记闷棍。

艾伐丹痛苦地站起来，他的脸颊又红又肿，走起路来一跛一跛。他说：“你能动吗，史瓦兹？”

“一点点。”史瓦兹一面以疲倦的声音回答，一面从平台上滑下。

“有其他人向这里走来吗，嗯？”

“我没侦测到。”

艾伐丹低下头去，对宝拉露出生硬的笑容。他将一只手放在她柔软的褐发上，她则以盈满泪水的双眼抬头望向他。在过去两小时间，他曾有好几次确定自己再也不能——再也不能抚摸她的秀发，或是接触她的目光。

“也许还会有将来，宝拉？”

她却只能轻摇着头，答道：“我们没多少时间，顶多只到周二早上六点。”

“没多少时间？好，我们等着瞧。”艾伐丹俯身凑向趴在地上的古人，将他的头往后拉，动作绝不客气。

“他还活着吗？”他用仍旧麻痹的指尖探寻脉搏，摸了半天毫无感觉，于是将一只手掌伸进绿袍中。然后他说：“无论如何，他的心脏还在跳动……你拥有一种危险的力量，史瓦兹。你为何最初不这么做呢？”

“因为我想让他动弹不得。”由史瓦兹现在的表情，明显地看得出他正经受的痛苦。“我想如果我能制住他，就可以让他走在我们前面，拿他当幌子，躲在他后头蒙混过关。”

谢克特突然精神振奋地说：“我们或许可以，附近的狄伯恩要塞有帝国驻军，距离此地不到半英里。我们一旦到达那里就安全了，还可以传话给恩尼亚斯。”

“一旦到达那里！外面一定有一百名警卫，周围各处一定还有好几百名。我们又要怎样处置这个绿袍僵尸？背着他？用小车推着他走？”说完，艾伐丹发出几声干笑。

“此外，”史瓦兹以沮丧的口吻说，“我无法制住他太久，你们刚才看到——我失败了。”

谢克特一本正经地说：“那是因为你还不习惯。听我说，史瓦兹，你的心灵究竟是怎么运作的，我倒有个粗浅的概念。它就像大脑的一个电磁场接收站，我想你应该也能发送。你明白吗？”

史瓦兹似乎不确定，显得相当懊恼。

“你一定要明白，”谢克特坚持道，“你得集中精神想象你要他做的事。首先，我们要把他的手铳还给他。”

“什么！”其他三人异口同声发出怒吼。

谢克特提高音量说：“一定要由他带我们出去，否则我们根本出不去，对不对？除了让他明显地持有武器，还有什么更不让人起疑的做法？”

“可是我制不住他，我告诉你我办不到。”史瓦兹将手臂一缩一伸，再轮流使劲拍打，试图使感觉恢复正常。“我不在乎你有什么理论，谢克特博士。你不知道实际的状况，这么做既吃力又靠不住，而且绝不简单。”

“我知道，但我们必须冒险。现在试试看，史瓦兹，等他醒来后，让他挪动他的手臂。”谢克特的声音带有恳求的意味。

躺在地上的教长秘书开始呻吟，史瓦兹感到心灵接触正慢慢恢复。他默默地，几乎怀着恐惧的心情，让它的力量逐渐增强，然后开始对它说话。

那是一种没有语言的沟通方式，就像你想要运动手臂时，对手臂“说”的那种无声的言语。由于这种言语太过沉默，所以你从未察觉。

史瓦兹的手臂并没有动作，动的是教长秘书的手臂。这位来自过去的地球人抬起头，露出狂放的笑容，其他三人则目不转睛地望着玻契斯。玻契斯，这个躺在地上的身躯，他的头缓缓抬起来，原本无意识的呆滞眼神逐渐消失。接着，他一只手臂突然毫无来由地伸出去，与身体形成九十度角，看来十分诡异。

史瓦兹专心地发出命令。

教长秘书以极不利落的方式站起来，差点就失去平衡。然后，他以一种并非自愿的古怪动作开始跳舞。

他的舞姿缺乏韵律，缺乏美感，然而三个望着这个躯体的人，以及同时盯着躯体与心灵的史瓦兹，都兴起一股无法形容的敬畏之情。因为这个时候，教长秘书的身体不属于自己，而是受到一个与他没有直接联系的心灵控制。

谢克特慢慢地、谨慎地接近机器人般的教长秘书，然后伸出右手。对于这个行动，连他自己也并非毫无疑虑。手铳躺在他摊开的手掌中，铳柄朝向对方。

“让他来拿，史瓦兹。”谢克特说。

玻契斯的手掌向前伸，笨拙地抓起那柄武器。一时之间，他眼中透出奸猾、贪婪的光芒，但迅速消失无踪。他慢慢地，慢慢地将手铳挂回腰带，那只手随即垂下来。

史瓦兹发出几下高亢的笑声。“好险，几乎被他挣脱了。”此时他却脸色惨白。

“怎么样？你能制住他吗？”

“他像恶魔一样挣扎，但不再像刚才那么糟。”

“因为你现在知道自己在做什么。”谢克特的话中带有鼓励的成分，连他自己也没完全察觉。“现在，开始发送。别试图制住他，假装是你自己在做那件事。”

艾伐丹插嘴道：“你能让他开口说话吗？”

顿了一下之后，教长秘书发出一声低沉刺耳的咆哮。然后又顿了一下，接着又是一声咆哮。

“只能这样了。”史瓦兹喘着气说。

“可是为何不灵呢？”宝拉显得忧心忡忡。

谢克特耸了耸肩。“想要开口说话，必须牵动某些十分精巧复杂的肌肉，不像拉扯四肢的肌肉那么简单。别管了，史瓦兹，我们也许照样能过关。”

对于其后两小时的记忆，参与这场奇异冒险的人各有不同。譬如说，谢克特博士不知如何变得十分刚强，所有的恐惧似乎完全消失，取而代之的是他对史瓦兹的同情。他担心得透不过气来，却对史瓦兹内心的奋战无能为力。从头到尾，他的眼睛一直盯着那个圆圆的脸庞，目睹着它慢慢挤出皱纹，进而扭曲变形。对其他人，他顶多随便瞥一眼。

当教长秘书出现在门口时，他的绿袍立刻令人联想到官位与权势，门口的警卫随即向他行礼致敬，教长秘书则以粗笨呆板的动作回礼。然后，他们便平安无事地通过了。

直到他们离开这个矫正所，艾伐丹才意识到整个行动多么疯狂。银河正处于无法想象的险境，而跨越深渊的桥梁只是一根脆弱的芦苇。然而，即使在那个时候，那个时候！艾伐丹仍感到自己淹没在宝拉的目光中。不论是否因为自己眼看就要丧命，或是未来即将遭到毁灭，还是以为他再也无法尝到那种甜蜜——不论是什么原因，反正从来没人让他这样深深地、痴心地迷恋过。

今后，她就是他所有记忆的总和。只有这个女孩……

而在宝拉的记忆中，上午耀眼的阳光照在她脸上，因此艾伐丹俯下的脸庞显得模糊不清。她对他微微一笑，察觉自己的手臂轻轻栖在一只强健的臂弯中。平坦结实的肌肉罩在光滑的塑质布料下，平滑凉爽的感觉传到她的手腕……这就是事后一直徘徊不去的记忆。

史瓦兹则在艰苦的境况中奋斗。他们从侧门走出建筑物之后，发现前方弯曲的车道几乎空无一人。他感到谢天谢地，大大吁了一口气。

唯有史瓦兹才知道失败的代价多高。在他控制的这个心灵中，他能感到无法忍受的屈辱，以及一股更深的恨意，还有可怕至极的决心。为了引导他们找到出路，他必须在这个心灵中搜寻讯息，包括专车停放的位置、正确的路线等等。而在搜寻的过程中，他体会到对方复仇的决心有多么炽烈，只要他的控制动摇十分之一秒，教长秘书就一定会挣脱他的掌握。

当他被迫在那个心灵中四下翻寻时，他发现的那些根深蒂固的秘密念头，从此永远烙印在他的心版上。此后，在许多安详平静的黎明，他总会从梦中惊醒，以为自己仍在敌人的大本营中，操纵着一个疯子的脚步，走向危险的逃亡之路。

他们走到那辆专车旁边时，史瓦兹喘着气说了几个字。他再也不敢松懈，因此无法说出连贯的字句，只能很快吐出几个关键字眼：“不能……驾车……不能……让他……驾车……复杂……不能……”

谢克特则以轻柔的话语安慰他，却不敢碰触他；不敢以普通方式与他说话；不敢让他稍有一秒钟的分心。

他悄声道：“只要让他坐到后座去，史瓦兹。我来开车，我知道如何驾驶。从现在开始，让他固定不动就行了，我会把手铳拿开。”

教长秘书的专车式样非常特殊，由于它很特殊，所以与众不同，因而吸引了许多目光。它的车头灯能以富韵律的节奏左右摇摆，翠绿色的灯光忽明忽暗。行人全都驻足观看，迎面而来的车辆则连忙恭敬地闪到一旁。

若非这辆车那么引人注目，若非它那么抢眼，也许某些路人就会有时间注意到，后座坐着一个脸色苍白、一动不动的古人——也许会感到怀疑——也许会嗅到危险的气息——

可是他们注意到的只有这辆车，因此时间就这么过去……

在一道闪闪发光的铬质大门前，一名卫兵挡住他们的去路。那道门是帝国建筑的象征，气势恢宏绝伦，与地球上低矮沉重的建筑形成强烈对比。卫兵将巨大的力线枪横向推出，做出拦阻的架势，于是车子停了下来。

艾伐丹从车中探头出去。“卫兵，我是帝国的公民，我想见你们的指挥官。”

“我必须查看您的证件，先生。”

“我的证件被人夺走了。我是天狼星区拜隆星的贝尔·艾伐丹，我正在为行政官办事，而且是紧急事件。”

卫兵将手腕凑向嘴边，对着发射器轻声说了几句。不一会儿，他就得到指示。他随即放下长枪，退到一旁，接着大门便缓缓打开。

第十九章
时限迫近

其后几小时，狄伯恩要塞内外都发生了骚动。而芝加本身的骚动，则或许有过之而无不及。

中午时分，位于华盛的教长透过通讯波与他的秘书联络，结果一直没找到他。教长感到很不高兴，矫正所的低级官员则提心吊胆。

调查很快展开，守在集会厅外的警卫确定，教长秘书于上午十点半与囚犯一同离去……不，他没留下任何指示。他们说不出他到哪里去了，那当然不是他们该问的。

另一组警卫同样未曾得到指示，也同样说不出所以然来。一股普遍的焦虑急速升高，像漩涡一样不停打转。

下午二时，第一份报告送达。当天上午有人看到教长秘书的专车——谁也没看到教长秘书是否在里面——有些人认为是由他本人驾驶的，结果证明只是猜测罢了……

两点半的时候，已经可以确定那辆车开进了狄伯恩要塞。

将近三点时分，教长终于做出决定，派人打电话给要塞的指挥官。

接电话的是一名中尉。他们得到的答案是，目前无法提供有关此事件的任何讯息。

然而，皇军军官要求他们暂时维持秩序，并进而要求他们，在得到进一步通知前，别将一名古人教团成员失踪的消息流传出去。

不过，那足以导致与帝国的期望截然相反的结果。

在起事四十八小时前，密谋的主要成员之一竟落在敌人手中，其他参与叛变的人绝不能冒这种险。这就代表只有两种可能，若非事迹败露，就是有人叛变。而这两者只是一体的两面，不论何者为真，都是死路一条。

因此谣言迅速传播……

芝加的群众开始骚动……

职业群众煽动家走上街头；秘密军械库被打开来，众人纷纷捡拾武器；人潮向要塞进发，宛如一条蜿蜒的长龙。到了下午六时，另一封信送达指挥官，这次是由私人信使送来的。

与此同时，要塞内也发生了一场规模较小的骚动。它的序幕极为戏剧化，当专车开进去后，一名年轻军官迎了上来，伸手向教长秘书索取手铳。

“交给我吧。”他随口说。

谢克特说：“让他拿去，史瓦兹。”

教长秘书便举起手铳，递了出去，手铳立刻被军官取走。史瓦兹这才收回心灵卷须，同时长长吁了一口气，放松了紧绷的神经。

艾伐丹早已做好准备，当教长秘书挣脱控制，像一根压扁的弹簧疯狂地弹开时，考古学家立刻对他发动攻击，重拳如雨点般落在他身上。

军官大声发出命令，马上有许多士兵跑来。当士兵粗暴地扯住艾伐丹的衬衣衣领，将他拖出车子的时候，教长秘书已瘫痪在座椅上，乌血从他一侧嘴角缓缓流下。而艾伐丹原本被打伤的脸颊，此时则再度皮开肉绽。

他用颤抖的手整了一下头发，然后伸出一根硬邦邦的手指，以坚定的口气说："我指控这个人阴谋推翻帝国政府，我必须立即与指挥官见面。"

"我们会安排的，先生。"那名军官彬彬有礼地说，"如果您不介意，请您跟我走——你们都跟我走。"

然后，几小时过去了，什么事也没发生。他们被安置在一间独立的套房，内部相当清洁。十二个小时以来，他们第一次有机会进食，虽然心事重重，也暂时顾不了那么多，每个人都狼吞虎咽，将食物一扫而光。他们甚至有机会享受文明人的另一项必需品——沐浴。

可是房间外面却有警卫站岗，几小时后，艾伐丹终于发起脾气，大声吼道："我们只不过换了牢房而已。"

军营中继续着既无聊又无意义的作息，完全忽视他们的存在。此时史瓦兹正在睡觉，艾伐丹的眼光落到他身上，谢克特却摇了摇头。

"我们不能，"他说，"那样做不人道，这个人累坏了，让他睡吧。"

"可是只剩下三十九小时。"

"我知道——但再等等吧。"

此时，响起了一个冷淡且稍带讽刺的声音。"你们哪个自称是帝国的公民？"

艾伐丹一跃而起。"是我。我……"

他的声音陡然中断，因为他认出了说话的是什么人。那人露出硬邦邦的笑容，左臂显得有点僵硬，那正是他们上次会面留下的纪念。

宝拉在他身后细声道："贝尔，就是那个军官，去百货商店的那个。”

“被他扭断手臂的那个。”那军官厉声补充道，“我的名字是柯劳第中尉，没错，你就是那个人。所以说你是天狼世界来的，对不对？而你却跟他们混在一起。银河啊，一个人竟能堕落到这种程度！而这姑娘仍旧黏在你身边。”他等了一会儿，又慢慢地、不慌不忙地说：“地球婆娘！”

艾伐丹火冒三丈，又随即息怒。他不能——还不能——

他勉强低声下气地说：“我可以见上校吗，中尉？”

“上校，只怕现在并不在值班。”

“你的意思是他不在此地？”

“我没那样说。还是可以找得到他——只要事态足够紧急。”

“正是如此……我能见值日官吗？”

“此时此刻，我就是值日官。”

“那么赶快跟上校联络。”

中尉缓缓摇了摇头。“除非我确信情况真的很严重，否则我根本不能那样做。”

艾伐丹急得全身发抖。“看在银河的分上，别再闪烁其词！这是生死攸关的大事。”

“真的？”柯劳第中尉甩着一根指挥杖，故作潇洒状。“你可以恳求我接见你。”

“好吧……好，我在等着。”

“我是说——你可以恳求。”

“你能接见我吗，中尉？”

中尉的脸上却毫无笑容。“我是说，恳求。在这个姑娘面前，谦卑地恳求。”

艾伐丹咽了一下口水，开始向后退。宝拉的手却抓住他的衣袖，她说：“拜托，贝尔，你绝不能惹他生气。”

于是，考古学家以沙哑的声音吼道：“天狼星区的贝尔·艾伐丹，谦卑地恳求值日官接见。”

柯劳第中尉说：“这得视情况而定。”

他向艾伐丹跨出一步，接着迅速伸出手掌，在艾伐丹面颊的绷带上狠狠掴了一记。

艾伐丹猛喘着气，硬生生压住一声尖叫。

中尉又说：“你上次愤恨不已，这次也会吗？”

艾伐丹没有吭声。

中尉终于说：“求见获准。”

四名士兵立刻进来，两前两后将艾伐丹押出去，柯劳第中尉则走在前面带路。

现在，只剩下谢克特与宝拉伴着沉睡的史瓦兹。谢克特说：“我没有再听到他的声音，你呢？”

宝拉摇了摇头。“我也没听到，有好一会儿了。可是，父亲，你认为他会对贝尔怎么样吗？”

“他能吗？”老人以沉静的口吻说，“你忘了，他并非真的是我们的一分子。他是帝国的公民，不可能轻易受到侵犯……我猜你爱上他了，是吗？”

“哦，爱得很深，父亲。这很傻，我知道。”

“当然很傻。”谢克特露出苦笑，“他是个正人君子，我没有说他不是。可是他又能怎么办？他能和我们住在这个世界上吗？他能带你回家乡吗？将一名地球女子引见给他的朋友？他的家人？”

她哭了起来。“我知道，可是也许不会有这些事了。”

谢克特再度站起身来，仿佛刚才那句话提醒了他。他又说：“我听不到他的声音了。”

他指的是教长秘书的声音。玻契斯被安置在隔壁房间，一直像一头困兽般踱来踱去，不祥的脚步声听来相当真切，只不过现在却消失了。

这只是件小事，可是事到如今，教长秘书的肉体与心灵却集中着、象征着所有的邪恶力量，正要将疾病与毁灭传播到每个住人恒星系。于是，谢克特轻唤史瓦兹："起来吧。"

史瓦兹随即惊醒。"怎么回事？"他几乎没有休息过的感觉。疲倦钻得太深，甚至穿透他的身体，在另一侧如锯齿般冒出来。

"玻契斯在哪里？"谢克特催促道。

"哦——哦，对了。"史瓦兹先是胡乱四下张望，然后才想起来，他的眼睛不是看得最清楚的感官。于是他再度送出心灵卷须，让它们蜿蜒地延伸，尽力侦测一个它们非常熟悉的心灵。

他终于找到了，却避免与它有实际接触。他虽然在那个心灵上花了许多苦工，但对那些病态的卑鄙念头并未增加任何好感，根本不想与之亲近。

史瓦兹喃喃道："他在另一层楼，正在跟某人谈话。"

"跟谁？"

"那人的心灵我没接触过。慢着——让我听一听，也许教长秘书会——有了，他称呼对方上校。"

谢克特与宝拉很快互望一眼。

"不可能是叛变吧？"宝拉悄声道，"我的意思是，帝国军官当然不会跟反叛皇上的地球人勾结，对不对？"

"我不知道，"谢克特以悲伤的口吻说，"如今，我愿意相信任何事。"

柯劳第中尉发出会心的微笑。他坐在一张办公桌后面，手中握着一把手铳，还有四名士兵站在他背后。他的口气带有绝对的权威，因为如今情势正是如此。

“我不喜欢地球佬，”他说，“我从不喜欢他们，他们是银河中的渣滓。他们带有疾病，迷信，懒惰；他们既堕落又愚蠢。可是，众星在上，他们大多还知道分寸。

“就某个角度而言，我能了解他们。他们生来就是如此，自己也无可奈何。当然，假使我是皇上，我可不会忍受皇上忍受的那些——我的意思是，他们那些该死的俗例和传统。不过这没关系，总有一天我们会学到……”

艾伐丹终于爆发。“你现在给我听好，我不是来这里听……”

“你会听下去的，因为我还没说完。我正要说，我不了解的是某些地球迷的心灵。一个男子汉——想必是个真正的男子汉——竟然可以那么自贬身价，跟他们厮混在一起，还紧咬着他们的妇女不放，那我对他就毫无敬意。他比他们还要糟糕……”

“那么，你和你那可怜、肮脏的借口一起滚到太空去吧！”艾伐丹凶狠地说，“你可知道一个颠覆帝国的阴谋正在进行？你可知道情况多么危急？你多耽误一分钟，都会更危及全银河万兆人口的安全……”

“哦，我可不知道，艾伐丹博士。是博士，对吗？我绝不能忘记你的尊衔。你知道吗，我自己有个推论：你是他们的一分子。你或许生在天狼星区，可是你有地球人那样的黑心，利用银河公民的身份帮他们达到目的。你绑架了他们的官员，那个古人——话说回来，这本身是件好事，我不在乎帮他掐断他的喉咙。可是现在有许多地球人在找他，他们还送了一封信到要塞来。”

“真的？他们已经这样做了？那我们为什么还在这里废话？我必须见上校才行……”

“你指望有一场暴动，或任何形式的麻烦吗？甚至你也许早有计划，以此作为预谋叛变的第一步，有没有？”

“你疯了吗？我为什么要那样做？”

“好吧，那么，如果我们释放那个古人，你该不会介意吧？”

“你不能那样做。”艾伐丹猛然站起来，一时之间，他像是想要跳过桌子扑向对方。

但手铳握在柯劳第中尉手中。“哦，我们不能吗？现在你听我说，我自己也有个小小的目的。我打了你一巴掌，又让你在那些地球佬同伙面前屈膝。我再让你坐在这里，乖乖听我教训你，说你是一条多么下贱的虫。而现在，我好想有个借口，让我能轰掉你一条手臂，以报复你对我的伤害。你再动一动试试看。”

艾伐丹僵住了。

柯劳第中尉哈哈大笑，将手铳放到一旁。“真是遗憾，我得把你留给上校，他会在五点十五分见你。”

“你早就知道——你一直都知道。”挫折感将他的喉咙撕成粗糙的砂纸。

“当然啦。”

“若是由于我们浪费这些时间，柯劳第中尉，因而延误了宝贵的时机，那么你我都没有多久可活。”他的语气冰冷，令他的声音听来十分骇人。“但你会比我早死，因为我将用最后几分钟的时间，把你的头骨打得稀烂，把你的脑浆也榨出来。”

“我会等着你，地球迷，随时候教！”

狄伯恩要塞的指挥官已为帝国效命多年，一年比一年更老练世故。在过去几代的太平岁月中，几乎没什么军官有机会获得“勋荣”，而上校也不例外，他未曾立过任何战功。但从一名候补军官一路漫长爬升，他的足迹也已踏遍银河各个角落。因此，即使在地球这种神经病世界上担任驻军指挥官，对他而言也不过是另一项杂务。他不求有功，但求无过，因此总是委曲求全——甚至在必要的时候，肯向一名地球女子郑重道歉。

艾伐丹进来的时候，他似乎显得很疲倦。他的衬衣领口敞开，那件配有金光闪闪的“星舰与太阳”标志的短军装，则随随便便挂在椅背上。当他以严肃的目光望着艾伐丹时，还心不在焉地将右手指节按得劈啪作响。

“非常混乱的一件事，这一切经过，”他说，“都非常混乱。我对你印象深刻，年轻人。你是拜隆星的贝尔·艾伐丹，上次那件令人相当尴尬的事也是由你领衔。你不能少惹点麻烦吗？”

“这次不只是我自己有麻烦，上校，而是整个银河都有麻烦了。”

“是的，我知道。”上校带着不耐烦的口气说，“或者说，至少我知道你声称如此。我接到了报告，说你的身份证明已不在身边。”

“证件被夺走了，不过埃佛勒斯峰当局认识我。行政官本人可以证明我的身份，而我希望，他在日落前就能给你答复。”

“我们会安排的。”上校双手抱胸，上身靠着椅背前后摇晃。“请对我说说你们这边的看法。”

“我获悉了一个危险的阴谋，一小撮地球人准备以武力推翻帝国政府。若不立即通知有关当局，他们不但很有可能毁掉政府，还会对帝国造成重大的伤害。”

“你太夸张了，年轻人，竟然提出这么轻率而牵强的说法。地球上的人，有能力发动扰人的暴动，有能力围攻这个要塞，有能力造成相当的破坏，这些我都愿意承认。但我从来没想到过，他们有能耐将帝国军队赶出这颗行星，更别说摧毁帝国政府。不过，我会听听这个——嗯——阴谋的详情。”

“遗憾的是，由于事态过于严重，我感到有必要向行政官本人当面报告详情。因此，假如你不介意，我请求立刻跟他联络。”

“嗯……我们行事不要太过匆忙。你可知道，你带进来的那个人是地球教长的秘书，是他们的古人之一，一个在他们眼中非常重要的人物？”

“一清二楚！”

“而你却说，在你提到的这场阴谋中，他是主要的策动者。”

“他正是。”

“你的证据呢？”

“我说过除了行政官之外，我不能跟任何人讨论这件事，我确定你了解我的意思。”

上校皱起眉头，审视着自己的指甲。“你怀疑我处理这个事件的能力？”

“绝对没有，长官。只不过这是个特殊事件，唯有行政官才有权采取决定性行动。”

“你所谓决定性行动是什么？”

“必须在三十小时内轰炸地球上某座建筑，彻底将它摧毁。否则帝国大部分——甚至全部居民的生命都会被夺走。”

“什么建筑？”上校以困倦的口气问道。

艾伐丹却随即反问：“我能否跟行政官联络，拜托？”

两人僵持了一下，然后上校以强硬的口气说：“你可明白，你强行绑架一个地球人，已足以使你受到地球当局的审判和惩处？通常，政府原则上都会保护帝国的公民，因此会坚持交由银河法庭审理。然而，地球上的事务十分敏感，我曾接到严格指示，能避免冲突时绝对不要冒险。因此，除非你对我的问题有问必答，否则我将被迫把你和你的同伴交给本地警方。”

“但那样做等于判我们死刑。你自己也一样！……上校，我是帝国的公民，我要求晋见行政……”

办公桌上的蜂鸣器突然打断对话，上校转过身去，按下一个开关。“什么事？”

“长官，”传来一个清晰的声音，“大群本地人已将要塞包围，他们应该拥有武器。”

“有没有任何暴力行动？”

“没有，长官。”

上校的脸孔并未显现任何表情，这一点，至少是一名职业军人的基本素养。“炮兵与航空部队随时待命——所有人员进入战斗岗位，除了自卫切记不要开火。明白了吗？”

“明白了，长官。一个举着停战旗的地球人求见。”

“送他进来，同时将教长的秘书再送到这里来。”

现在，上校以冷峻的目光瞪着考古学家。“我相信你也了解，你闯的这个祸有多可怕。”

“我要求出席这场会谈，”艾伐丹大叫，由于气愤而几乎语无伦次，“此外，我要求你做出解释，你为何让我在这里被关上几小时，而你自己却跟一个本地的叛徒密谈。我告诉你，我知道你在见我之前先见过他，我可没有被蒙在鼓里。”

“你在进行任何指控吗，先生？”上校追问道，他自己的声音也提高了，“如果是这样，那就坦白说吧。”

“我没有做任何指控。可是我要提醒你，以后你要为今天的行动负责。而在将来，假如你还有将来，由于你的顽固，你很可能被认定是自己同胞的毁灭者。”

“安静！无论如何，我不需要对你负责。从现在起，我们将依照我的意思行事。你明白吗？”

第二十章
时限到来

教长秘书从士兵打开的门走进来。在他瘀紫肿胀的嘴唇上，挂着一个短暂冷漠的笑容。他向上校鞠了一躬，可是不论从哪方面看来，他都完全未曾察觉艾伐丹的存在。

“阁下，”上校对这位地球人说，“我已经跟教长联络过，把一切详情都告诉他了，包括你人在此地，以及整个事件的经过。你现在留置在这里，当然完全是——嗯——非正式的，我本该尽可能让你尽快恢复自由。然而，我这里有一位先生，你或许也知道，对你提出一项非常严重的指控。在如今的情况下，我们必须调查……”

“我完全了解，上校。”教长秘书冷静地答道，“可是，我刚才已经向你解释过，此人在地球上应该只待了两个月左右，所以对我们的内政可以说一无所知。不论他做任何指控，他的根据都很脆弱。”

艾伐丹气冲冲地回嘴道：“我是个职业考古学家，近年来专门研究地球与它的风俗，我对此地的政治局势绝非一无所知。而且无论如何，提出指控的不止我一个人。”

教长秘书自始至终未望向考古学家，而是一直对着上校说话。他说：“我们本地的一位科学家也牵扯在内，这个人正常的六十年寿命即将结束，已经开始产生被迫害妄想。此外还有个人，他的来历不明，有过痴呆的病史。这三个人加在一起，也根本不能提出值得重视的指控。”

艾伐丹猛然跳起来。“我要求发言……”

“坐下，”上校以冷漠无情的口吻说，“你刚才拒绝跟我讨论这件事，现在继续拒绝吧。把那个举停战旗的带进来。”

那人是古人教团的另一名成员，当他望见教长秘书时，眼睛几乎眨也不眨一下，一点都没有泄露心中的情绪。上校从座椅中站起来，说道：“你代表外面的人发言吗？”

“是的，长官。”

“那么，我想，这场暴乱的非法集会，目的就是要我们释放一名你们的同胞？”

“是的，长官，一定要立刻还他自由。”

“的确没错！然而，为了维持法律尊严，为了维持社会秩序，为了尊重皇帝陛下派驻在这个世界的代表，在群众以武装叛乱威胁我们的情况下，我们绝不可能讨论这个问题。你必须将你的人马解散。”

教长秘书和颜悦色地说：“上校的话完全正确，寇里兄弟，请让情势冷却下来。我在这里百分之百安全，而且，任何人都没有危险。你了解吗？任何人都没有危险，我以古人的人格担保。”

“太好了，兄弟。谢天谢地，你平安无事。”

于是他被带了出去。

上校简略地说：“一旦城里的局势恢复正常，我们保证立刻护送你平安离去。感谢你的合作，让这次事件终于结束。”

艾伐丹又站起来。“我不允许你这样做，你准备将这个明日的人类刽子手放走，却禁止我跟行政官会面。身为银河帝国的公民，那是我的基本权利。”然后，由于强烈的挫折感，他口不择言地说：“你对一条地球狗的关注，竟会比对我还多吗？”

最后那句近乎语无伦次的怒吼，被教长秘书的高声压了下去。“上校，我心甘情愿留在这里，直到行政官获悉我的案子为止，如果那就是这个人的要求。叛变是极为严重的指控，沾上这种嫌疑——不论理由多么牵强——也足以毁掉我为同胞服务的资格。我真心期望能有个机会，向行政官证明没人比我对帝国更忠心。”

上校以生硬的口吻说：“我敬佩你的情操，阁下。我坦白承认，换成我处在你今日的处境，我的态度会相当不同。你是你们族人的光荣，阁下。我马上试着联络行政官。”

艾伐丹被带回房间之前，没有再说任何一句话。

他避开其他人的目光。有好长一段时间，他只是一动不动地坐在那里，使劲咬着手指的指节。

最后，谢克特终于问道：“怎么样？”

艾伐丹摇了摇头。“我几乎把所有的事都弄砸了。”

“你做了什么？”

“我发了脾气，惹恼了上校，结果一事无成。我不是个有外交手腕的人，谢克特。”

他感到伤心欲绝，突然又兴起为自己辩护的冲动。“我能怎么办？”他大叫道，“上校先跟玻契斯见了一面，所以我不能再相信他。万一他被收买了，代价是饶他一命呢？万一他始终都是这个阴谋的一分子呢？我知道这是个疯狂的想法，但我不能冒这种险。一切都太可疑了，我要见恩尼亚斯本人。”

物理学家站了起来，枯瘦的双手背在背后。“好吧，那么——恩尼亚斯会来吗？”

“我想会的。但那是因为玻契斯自己提出要求，我不明白这是怎么回事。”

“玻契斯自己提出要求？那么史瓦兹一定说对了。”

“是吗？史瓦兹说了些什么？”

那位胖嘟嘟的地球人正坐在小床上，当众人的目光转向他时，他耸了耸肩，摊开双手，做出个无能为力的手势。“刚才教长秘书被带走，经过我们房间的时候，我捕捉到他的心灵接触，他跟你提到的那个军官绝对做过长谈。”

“我知道。”

“可是那位军官的心灵中，没有任何反叛的念头。”

“好吧，”艾伐丹可怜兮兮地说，“那么算我猜错啦。等到恩尼亚斯来了，我就会找个地洞钻进去。玻契斯又怎么样？”

“他的心灵中没有任何担忧或恐惧，有的只是仇恨。现在他主要是在恨我们，因为我们俘虏了他，把他拖到这里来。我们深深伤害了他的虚荣心，他打算连本带利奉还。我在他的心灵中，看到些白日梦的画面：他自己一个人，独力阻止整个银河对他做出任何反制，虽然我们这些获悉内情的人全力对抗他。他现在给我们一些胜算、几张王牌，但他仍会粉碎我们，赢得最后胜利。”

“你的意思是，只为了发泄对我们的小小怨恨，他就会拿他的计划、他的帝国梦冒险？那简直是疯了。”

“我知道，”史瓦兹斩钉截铁地说，“他的确疯了。”

“而他认为他会成功？”

“一点都没错。”

“那我们不得不借重你了，史瓦兹。我们需要你的心灵，听我说……”

谢克特却连连摇头。“不，艾伐丹，我们不能那样做。当你不在的时候，我叫醒史瓦兹，我们讨论过这件事。对于他自己也说不清楚的精神力量，他显然无法好好控制。他可以令人昏迷，或者使人瘫痪，甚至能够杀人。而在积极的方面，他能控制较大的随意肌，让对方做出违背意志的举动，但这已经是极限。就拿教长秘书做例子，他无法让那人开口说话，牵动声带的小肌肉超出他的能力范围。他也无法妥善协调受制者的动作，因此不能命令他驾车；甚至在教长秘书走路的时候，让他维持平衡都有困难。所以，显然我们不能控制恩尼亚斯到，比方说，让他发布或写下一道命令的程度。我也想过这一点，你知道吗……”谢克特不停地摇头，声音则越来越小。

艾伐丹觉得一阵无力感猛然袭来。然后，他又忽然感到一阵焦虑不安。“宝拉在哪里？”

“她在壁凹里睡觉。”

他多么渴望叫醒她——渴望——哦，渴望许许多多的事。

艾伐丹看了看腕表，现在已经接近午夜，只剩下三十个小时了。

后来他也睡了一会儿，快天亮的时候，又醒来过一阵子。没有任何人走近，他整个人变得憔悴而苍白。

艾伐丹看了看腕表，现在又已经接近午夜，只剩下六个小时了。

他以茫然无助的眼光环顾四周，现在大家聚集一堂，就连行政官也终于赶到。宝拉坐在他身旁，温暖纤细的手指绕着他的手腕，而她满脸的恐惧与倦容，则是他憎恨整个银河的最主要原因。

也许他们都该死，这些笨蛋，笨蛋——笨蛋——

谢克特与史瓦兹两人坐在他的左侧，他几乎没有向他们望过一眼。此外还有玻契斯，那个该下地狱的玻契斯，他的嘴唇仍旧肿大，半边脸颊发青，因此说话一定痛得死去活来。想到这里，艾伐丹自己的嘴唇扯出一个愤怒而痛苦的笑容，双手紧握成拳，还在不停地扭动。这么一来，他自己绑着绷带的脸颊也就不再那么疼痛。

面对这些人的是恩尼亚斯，他眉头深锁，显得迟疑不定，看来简直可笑。此外，他照例穿着一套厚重而毫无身段的灌铅服装。

而他也一样愚蠢。想到这些银河的骑墙派，想到他们求的只是和平与安逸，艾伐丹感到强烈的恨意贯穿全身。三世纪前的征服者都到哪里去了？哪里去了？……

还剩下六个小时……

大约在十八小时前，恩尼亚斯接到芝加驻军的电话，立即自半个地球外风驰电掣而来。让他那样做的动机并不明显，但十分强而有力。他告诉自己，本质上这只不过是一桩令人遗憾的绑架案，受害者是充满迷信、噩梦缠身的地球特产的绿袍怪物之一。除此之外，就是这些疯狂而毫无证据的指控。当然，没一件事不是当地的上校无法处理的。

然而还有谢克特——谢克特也牵扯在内。他竟然不是被告，而是原告之一，这实在令人费解。

如今他坐在那里，面对着众人，默默地思量。他相当清楚，自己对此事所做的决定，有可能导致一场叛乱，也许还会削弱他在宫中的地位，毁掉他今后晋升的机会。至于艾伐丹刚才做的冗长演说，提到各种病毒，还有无法控制的流行病等等，他应该抱持多认真的态度？毕竟，假如他根据这番话采取行动，上司们对整个事件又会相信几成？

然而，艾伐丹是个著名的考古学家。

因此他将这个问题暂时压在心中，转而对教长秘书说：“对于这件事，你当然也有话要说。”

“少得可怜，”教长秘书带着轻松的自信道，“我只想问问，支持这项指控的证据在哪里？”

“尊驾，”艾伐丹忍不住抢着说，“我已经告诉过您，前天我们遭到拘禁的时候，那个人对我们承认了每个细节。”

“也许，”教长秘书说，“您会愿意采信他的话，尊驾，但那只不过是另一项没有证据的陈述。其实，外面的人唯一能作证的事实是：被强行掳走的人，是我而不是他们；生命受到威胁的人，也是我而不是他们。现在，我想请我的原告解释一下，他在这颗行星不过九周的时间，怎么有办法发现这一切；而您，行政官，在此地已服务数年，却未曾发现任何对我不利的证据？”

“这位兄弟说的话有道理，”恩尼亚斯严肃地表示同意，“你怎么会知道？”

艾伐丹生硬地答道：“在被告自己招认前，我就从谢克特博士那里获悉了这个阴谋。”

“是这样吗，谢克特博士？”行政官的目光转移到物理学家身上。

“是这样的，尊驾。”

“你又是如何发现的呢？”

谢克特说：“艾伐丹博士对突触放大器用途的描述，以及他对那个细菌学家，法・司密特寇的临终遗言所做的论断，都极为透彻、极为正确。这个司密特寇也是个阴谋分子，他的话都有录音，随时可以取来。”

“可是，谢克特博士，一个人临终的胡言乱语——假如艾伐丹博士的说法正确无误——不可能有多大的分量。你没有其他的证据吗？”

艾伐丹一拳击向座椅扶手，高声打岔道：“这是法庭吗？有人违反了交通法规吗？我们没时间在分析天平上衡量证据的分量，或是用测微计量度它的大小。我告诉您，我们在明晨六时以前，换句话说，在五个半小时内，一定要铲平那个巨大的威胁……在此之前，您早已认识谢克特博士，尊驾，您认为他是个说谎的人吗？”

教长秘书立即插嘴道：“没人指控谢克特博士蓄意说谎，尊驾。只不过这位好博士年事渐长，最近这些日子，他对六十大寿的迫近极为忧心。只怕高龄再加上忧惧，引发了他的轻微妄想倾向，这在地球上普遍得很……看看他！您看他像是很正常吗？”

他当然不像，现在他神色凝重，神经紧绷，已经发生的及将要发生的事，将他折磨得心力交瘁。

谢克特却勉力使自己的声音恢复正常，甚至变得相当冷静。“我也许应该说，过去两个月来，我都在古人连续不断的监视下；我的信件被人拆阅，我的回复遭到检查。不过所有这样的控诉，显然都能归咎于刚才提到的妄想症。然而，我还有约瑟夫·史瓦兹为证，就是您来研究所找我的那天，志愿接受突触放大器改造的那个人。”

“我还记得，”恩尼亚斯心中感到有点庆幸，话题至少暂时转开了。“就是这个人吗？”

“是的。”

“经过这番改造后，他看来没什么不好嘛。”

“他比以前还要好得多。突触放大器改造的结果分外成功，因为他原本就有过目不忘的记忆力，这点我当时并不晓得。总之，现在他的心灵对他人的思想极为敏感。”

恩尼亚斯上身从座椅中向前倾，以惊愕的声调叫道：“什么？你是告诉我说他能透视心灵？”

“这点可以当场示范，尊驾。不过我想，这位兄弟愿意证实我的说法。”

教长秘书向史瓦兹射出一道充满恨意的目光，当这道目光闪电般掠过他的脸孔时，恨意达到了最高点。然后他才开口说话，声音中仅带有几乎无法察觉的颤抖。“那的确是真的，尊驾。他们身边的这个人，拥有某些催眠能力，至于是不是突触放大器造成的，我倒是不清楚。我也许该补充一点，此人接受突触放大器改造的经过没有留下任何记录，您一定也会同意，这点显得极为可疑。”

“没有留下记录的原因，”谢克特平静地说，“是由于我坚守教长下达的命令。”对于这个回答，教长秘书的反应却只是耸耸肩。

恩尼亚斯断然道：“让我们继续讨论问题，别再为小事发生口角……这个史瓦兹究竟如何？他的心灵透视能力，或者催眠的本领，不管它究竟是什么，跟这个案子又有什么关系？”

“谢克特是打算说，”教长秘书抢着答道，“史瓦兹能看透我的心灵。”

“是这样的吗？好吧，他在想什么？”行政官问道，这是他第一次对史瓦兹讲话。

“他正在想，”史瓦兹回答说，“对于您所谓的这个案子，我们无法使您相信我方所说的是实情。”

“相当正确，”教长秘书嘲笑道，“不过要做出这种推论，几乎不必动用什么精神力量。”

“此外，”史瓦兹继续说，“他还认为您是个可怜的笨蛋，不敢采取行动，一心只求太平，希望凭借您的公正无私赢得地球人的心。而您竟会抱持这种希望，更加显示您是个笨蛋。”

教长秘书涨红了脸。“我否认这一切，这显然是企图使您对我产生偏见，尊驾。”

恩尼亚斯却说：“我没那么容易产生偏见。”然后，他又转向史瓦兹。“我又在想些什么呢？”

史瓦兹答道：“您在想，即使我能看清某人脑中的思想，我也没必要把见到的照实说出来。”

行政官扬起眉毛，显得十分惊讶。“你说得对，相当正确。你支持艾伐丹和谢克特两位博士所做的指控吗？”

“每个字都千真万确。”

“好！然而，除非能找到另一个像你这样的人，而他跟这件案子毫无牵扯，否则你的证词不具法律效力，即使我们一致相信你具有精神感应力。”

“但这不是法律问题，”艾伐丹大吼道，“而是关系到整个银河的安全。”

“尊驾，”教长秘书从座位上站起来，“我想提出一个请求，我希望将这位约瑟夫·史瓦兹请出这个房间。”

“为什么要这样？”

“这个人除了能透视心灵，还具有某些精神力量。我就是被这个史瓦兹弄得全身麻痹，才会成为他们的俘虏。我怕他现在会试图对我做类似的攻击，或者甚至对您下手，尊驾，因此我不得不提出这个请求。”

艾伐丹也站了起来，但教长秘书先声夺人地说：“假如一个人具有公认的精神异禀，有可能以微妙的手法影响查案者的心灵，那么只要有他在场，审讯绝不可能公平。”

恩尼亚斯很快做出决定，随即召来一名传令兵。史瓦兹未做任何抵抗，满月般的脸庞也没显露一丝不安，就这么乖乖地被带了出去。

对艾伐丹而言，这是最后的致命一击。

教长秘书没有立即坐下，仍维持着原来的站姿——一个矮胖、阴森的身躯套在绿袍内，一副充满自信的模样。

他以严肃而正式的口吻开始说："尊驾，艾伐丹博士所有的信念与陈述，都建立在谢克特博士的证词上；至于谢克特博士的信念，则建立在一个临死之人的呓语上。而这一切，尊驾，这一切，在约瑟夫·史瓦兹接受突触放大器改造前，竟然一直未曾浮上台面。

"那么，约瑟夫·史瓦兹又是什么人？在约瑟夫·史瓦兹登场前，谢克特博士是个正常且无忧无虑的人。您自己，尊驾，在史瓦兹被送去接受改造那天，曾跟博士相处一个下午。那时他显得不正常吗？他曾向您揭发反叛帝国的阴谋吗？提到了一名生化学家临死前的胡言乱语吗？他看起来忧心忡忡，或疑神疑鬼吗？他现在竟然说，教长曾指示他伪造突触放大器的测验结果，并且不准记录接受改造者的姓名。他当时跟您讲过这些吗？或者，他直到现在才这么说，在史瓦兹出现之后？

"问题又转回来了，约瑟夫·史瓦兹到底是什么人？当他被送到研究所的时候，他说的语言没人听得懂。这些都是后来我们开始怀疑谢克特博士心智不稳定时，我们自己调查所得的结果。他是被一个农夫送去的，那人对他的身份一无所知，事实上，对他的一切背景都毫无概念，后来也始终没有发现什么问题。

"然而此人拥有奇异的精神力量，他能仅借着意念，就在百码之外令人昏迷不醒——在近距离甚至能杀人。我自己就曾经被他麻痹，当时我的双臂、双腿都被他操纵，假如他希望，他当时也能操纵我的心灵。

"我绝对相信，史瓦兹操纵过其他人的心灵。他们说我俘虏了他们，以死威胁他们，说我招认意图叛变，妄想控制整个帝国。但请您问他们一个问题，尊驾，他们是否曾经彻底暴露在史瓦兹——一个能控制他们心灵的人——的影响之下？

"史瓦兹难道不可能是叛徒吗？如果不是的话，史瓦兹又是什么人？”

教长秘书坐了下来，他显得心平气和，看来几乎和蔼可亲。

艾伐丹感到他的大脑像是放进了回旋加速器，以越来越快的速率拼命向外盘旋。

他能怎么回答呢？说史瓦兹来自过去？有什么证据能证明？说这个人所说的是真正原始的语言？可是只有他自己，艾伐丹，可以为这点作证。而他，艾伐丹，也很可能拥有一个遭到操纵的心灵。无论如何，他又怎能确定自己的心灵未曾遭受操纵？史瓦兹是什么人？对这个征服银河帝国的大计划，自己为何深信不疑？

他再度陷入沉思，对于这个阴谋的真实性，他的坚定信念究竟从何而来？他是一名考古学家，凡事都抱持怀疑的态度，可是如今——是因为某人的一番话？少女的一个吻？或是因为约瑟夫·史瓦兹？

他不能再想下去！他不能再想下去！

“怎么样？”恩尼亚斯的声音听来很不耐烦，“你有什么话要说吗，谢克特博士？或是你，艾伐丹博士？”

不料宝拉的声音突然打破沉默。“您为什么要问他们？您难道看不出那全是谎言吗？您难道看不出他想用说谎的舌头绑死我们吗？哦，我们都快要丧命了，我再也不在乎什么——可是我们能够阻止，我们能够阻止。而我们却只是坐在这里，在……在……耍嘴皮子……”说到这里，她哇哇大哭起来。

教长秘书道：“所以说，我们的结论只是一个歇斯底里的女孩发出的尖叫……尊驾，我有个提议。我的原告说这一切，包括所谓的病毒，以及他们心中幻想的所有事物，都定在某个特定时间发动——我相信，是在清晨六点。现在，我自愿让您拘留一个星期，倘若他们所言属实，有关银河发生流行病的消息，应该在几天内就会传到地球。如果真有这种事情，帝国军队仍控制着地球……”

“拿地球交换整个银河的人类，这实在很划算。”脸色惨白的谢克特咕哝道。

“我珍惜自己的性命，也珍惜我同胞的性命。我们以自己做人质，以证明我们的无辜。此时此刻，我已经准备好通知古人教团，说我出于自由意志，甘愿在此地停留一周，借此预防任何可能的骚动。”

他双手抱在胸前。

恩尼亚斯抬起头来，脸上布满忧虑的神情。“我看不出这个人有什么问题……”

艾伐丹再也忍不住。他一言不发、凶狠无比地站起来，向行政官快步走去。谁也不晓得他究竟想做什么，事后连他自己也记不起来。反正没有什么分别，恩尼亚斯手边有一柄神经鞭，他毫不犹豫便立刻发射。

自从来到地球，这是艾伐丹第三度感到周遭的一切燃烧成剧痛，在一阵天旋地转中消失无踪。

在艾伐丹失去知觉的数个小时中，清晨六点的时限到了……

第二十一章
时限已过

然后过了！

光线……

朦胧的光线，模糊的暗影——两者开始融合，互相缠绕，接着逐渐聚焦。

一张脸孔——两只眼睛在他正上方——

“宝拉！”这一瞬间，艾伐丹感到一切突然变得鲜明清晰。“现在是什么时候？”

他的手指用力抓着她的手腕，令她不由自主缩回了手。

“七点多了，”她悄声道，“时限已经过了。”

他从便床上坐起来，疯狂地四下张望，完全不顾全身关节火烧般的疼痛。谢克特瘦削的身躯缩在一张椅子上，此时他抬起头来，悲伤地点了点头。

“全都完了，艾伐丹。”

“那么恩尼亚斯……”

“恩尼亚斯，”谢克特说，“不愿冒那个险，这是不是很奇怪？”他发出一阵诡异而刺耳的笑声，“我们三个人，独力发现了一桩毁灭人类的大阴谋；独力俘虏了罪魁祸首，并将他绳之以法。这好像是个超视剧集，所向无敌的大英雄在紧要关头获得最后胜利，对不对？通常的结局都是那样。只不过这一回，剧情继续发展下去，我们却发现没人相信我们。这种事不会发生在超视剧集中，不是吗？超视的故事总有圆满的结局，不是吗？实在可笑……”后面的话都化成嘶哑的抽噎。

艾伐丹别过头去，感到万分难过。宝拉的双眼像是两个漆黑的宇宙，此时已热泪盈眶。突然间，他竟迷失在里面——它们真成了布满星辰的宇宙。有许多闪亮的金属小盒子，循着事先计算好的可怕路径穿越超空间，瞬间吞没无数光年的距离，一路风驰电掣向那些星辰逼近。要不了多久——或许已经——它们就会刺入各行星的大气层，碎裂成隐形的、致命的病毒雨……

唉，一切都完了。

再也无法阻止。

“史瓦兹在哪里？”他以虚弱的声音问道。

宝拉却只能摇摇头。“他们一直没把他带回来。”

房门突然打开，艾伐丹虽然已在等死，却还没有万念俱灰，他立刻抬起头来，脸上闪过一丝希望的光芒。

但来人是恩尼亚斯，艾伐丹随即脸色一沉，并且转过头去。

恩尼亚斯朝他们走近，向那对父女望了一眼。不过即使此时此刻，谢克特与宝拉仍算是地球人，对行政官根本无话可说。尽管他们知道自己未来的生命多么短暂、多么悲惨，却明白行政官的生命会更短暂、更悲惨。

恩尼亚斯拍了拍艾伐丹的肩膀。“艾伐丹博士？”

“尊驾？”艾伐丹以生疏而挖苦的口气模仿着对方的语调。

“清晨六点已经过了。”恩尼亚斯彻夜未眠，虽然他将玻契斯正式开释，却无法绝对肯定原告完全疯了，抑或处于精神受制的状态下。他一直盯着冰冷的精密计时器，仿佛在嘀嗒嘀嗒声中，整个银河的生命会逐渐消失无踪。

“没错，”艾伐丹说，“六点过了，而星辰仍在闪耀。”

“但你仍然认为自己是对的？”

“尊驾，”艾伐丹说，“在几小时内，第一批受害者就会死去。不会有人注意到这件事，因为每天都有人去世。在一周后，死亡人数将达到数十万人，复原的百分比将趋近于零，没人知道如何医治这种疾病。有些行星会送出紧急求救讯号，请求其他世界伸出援手。两周后，数十颗行星都会发出这种讯号，邻近星区会宣布进入紧急状况。一个月后，整个银河都将成为病毒肆虐的疫区；两个月后，顶多不到二十颗行星未受波及。过了六个月，整个银河都会死亡……等第一批报告送来的时候，您又准备怎么做?

“让我同样做些预测吧。您会向帝国政府送出报告，说那些流行病源自地球，这样做却无法挽救任何性命。您会对地球上的古人宣战，这样做也无法挽救任何性命。您会让地球人从他们的行星表面消失，这样做仍无法挽救任何性命……或者，您会成为一位使者，负责为您的朋友玻契斯和银河议会，或者说其中的残存者穿针引线。这样一来，您或许有幸完成一项光荣使命，将劫后余生的帝国残骸交到玻契斯手中，以换取救命的抗毒素。不过即使那样做，也不一定有足够的时间，能将足够的药量送达足够多的世界，搞不好白忙一场，连一个人也救不回来。”

恩尼亚斯微微一笑，完全不信对方的话。“难道你不认为这些戏剧性的台词夸张得过分，简直荒谬可笑吗？”

“哦，是啊。我是个死人，而您是一具尸体。可是让我们好好冷静下来，以帝国的角度考虑一下，您明白吗？”

“假如你怨恨我动用神经鞭……”

“一点也不，”他以讽刺的口吻答道，“我习惯了，几乎再也没有什么感觉。”

“那么我尽可能以合乎逻辑的方式向你解释。这件事真是一团糟，很难有条有理地报告上去，而想无缘无故地压下去也同样困难。听我说，其他的原告都是地球人，你的声音是唯一具有分量的。假使你愿意签署一份声明，表示当你进行指控时，你并非处于——嗯，我们会想出某种说词，可以涵盖那个意思，又不必提到精神控制这种现象。”

“那还不简单，就说我发疯了，喝醉了，被人催眠，或吃了迷幻药，随便怎么说都成。”

“你能不能讲理一点？现在听好，我告诉你，你的心智被干扰了。”他严肃地悄声道，“你是来自天狼星区的人，为何会跟一个地球女子坠入情网？”

“什么？”

“不要大吼大叫，我说——你在正常状况下，有可能跟本地人混在一起吗？你会考虑那种事情吗？”他朝宝拉的方向略微点了点头。

有那么一眨眼的时间，艾伐丹惊愕地望着对方。然后，他猛然伸出右手，用力掐住帝国驻地球最高官员的喉咙。恩尼亚斯双手拼命扭扯，却根本无法挣脱。

艾伐丹说：“那种事情，啊？您是指谢克特小姐？假如答案是肯定的，我希望听到足够尊重的称呼，好吗？啊，走开吧，反正您死定了。”

恩尼亚斯喘着气说："艾伐丹博士，你现在等于已经被捕……"

此时房门再度打开，上校很快走了进来。

"尊驾，那些地球暴民又回来了。"

"什么？那个玻契斯没跟他的官员说吗？他准备在这里待上一周啊。"

"他说过了，而他仍在这里，可是暴民也在这里。我们已经做好开火准备，身为军事指挥官，我的忠告是我们立刻那样做。您有任何建议吗，尊驾？"

"在我见到玻契斯前不准开火，把他送到这里来。"他又转过头去，"艾伐丹博士，我待会儿再来收拾你。"

玻契斯面带笑容地被带进来。他向恩尼亚斯行了一个正式的鞠躬礼，后者只是稍微点了点头。

"听好，"行政官开门见山地说，"我接到报告，说你的人正向狄伯恩要塞集结。这可不是我们协议的一部分……我告诉你，我们不愿引发流血事件，但我们的耐心不是用不完的。你能否让他们和平解散？"

"假如我愿意，尊驾。"

"假如你愿意？你最好愿意，而且立刻去做。"

"门都没有，尊驾！"教长秘书面露微笑，并猛然伸出一只手臂。"傻瓜！你等得太久了，现在只好去死！或者活着做个奴隶，如果你喜欢的话。可是你要记住，那样活着并不容易。"他的声音变成放肆的辱骂——压抑得太久，如今终于得到解脱，令他简直得意忘形。

这番粗暴激烈的言辞未将恩尼亚斯击倒。此时此刻，恩尼亚斯无疑受到公职生涯中最沉重的打击，但他仍保持了帝国职业外交官的冷静镇定。唯一的变化是他的倦容变得更深，脸色更加灰白，眼眶更加凹陷。

“所以说，我虽处处小心，却仍一败涂地？有关病毒的说法——竟然是真的？”他的声音几乎带着抽离而冷漠的惊异，“可是地球，你自己——你们都是我的人质。”

“门都没有，”教长秘书立刻以胜利者的姿态吼道，“你和你的手下才是我们的人质。如今病毒已遍布整个宇宙，连地球也不例外。而在这颗行星上的病毒，足以渗透每片驻地上空的大气，包括你的埃佛勒斯峰在内。我们这些地球居民完全免疫，可是你现在有什么感觉呢，行政官？感到虚弱吗？口干舌燥吗？额头发烫吗？这要不了多久时间，你该知道。而只有从我们这里，你才能得到解毒剂。”

恩尼亚斯有好长一段时间沉默不语，他的脸色苍白，却又突然现出不可思议的高傲神情。

然后他转身面向艾伐丹，以沉着冷静、极富修养的语调说：“艾伐丹博士，我觉得必须恳求你的原谅，因为我竟然怀疑你的话。谢克特博士，谢克特小姐——我郑重道歉。”

艾伐丹咧嘴冷笑。“感谢您向我们道歉，这对每个人都有莫大的帮助。”

“你的讽刺是我罪有应得。”行政官说，“抱歉我失陪了，我要回到埃佛勒斯峰，和我的家人一起等死。想要我跟这个——人妥协，当然，是绝对不可能的事。而地球行政官府邸的战士们，我相信，他们在死前一定会忠于职守。在我们走向阴间的途中，保证会有不少地球人为我们照路……告辞了。”

“等一等，等一等，别走。”听到这个新的声音，恩尼亚斯慢慢地，慢慢地抬起头来。

约瑟夫·史瓦兹慢慢地，慢慢地跨过门槛，他稍稍皱着眉头，身体轻微摇晃，一副精疲力竭的样子。

教长秘书立刻紧张起来，向后跳了一步。他突然起了警觉的疑虑，目不转睛地望着这个来自过去的人。

“不，”他咬牙切齿地说，“你不能从我这里得到解毒剂的秘密。只有少数几个人知道配方，受过使用训练的则是另外几个人，他们如今都在安全的地方。在毒素发挥作用前，你无论如何无法窃取这些秘密。”

“现在我的确无法窃取这些秘密，”史瓦兹表示同意，“但现在也不是毒素发挥作用的时候。你知道吗，根本没有什么毒素，也没什么病毒需要扑灭。”

这番话不算很明白。艾伐丹突然感到心中钻进一个令人窒息的念头：他的心灵是否早就受到干扰？难道一切都是个巨大的骗局，教长秘书跟自己一样受了骗？假如真是这样，那又是为什么？

恩尼亚斯却说：“快说，老兄，你究竟是什么意思。”

“这并不复杂，”史瓦兹答道，“昨晚我们聚在这里的时候，我知道假如只是坐在一旁当个听众，我就什么也做不了。所以我花了很长的时间，小心翼翼地对教长秘书的心灵下工夫……我绝不敢让他察觉。结果，他终于做出请求，请行政官下令将我带出去。当然，这正是我想要的，接下来就很简单了。

“我把押送我的警卫弄昏，然后直奔飞机跑道。当时要塞正在进行全天候警戒，飞机都加足燃料，满载武器，随时准备起飞。所有的驾驶员都在待命，我从里面挑了一个——我们就飞到神路去了。”

教长秘书似乎希望说些什么，他的嘴巴无声地扭动着。

真正开口的则是谢克特。“但你无法强迫任何人驾驶飞机，史瓦兹，你顶多只能让一个人走动。”

“假如那样做违反他人的意志，没错。不过从艾伐丹博士的心灵中，我知道了天狼星区居民如何憎恨地球人，所以刻意寻找一个生于天狼星区的驾驶员，结果我找到了柯劳第中尉。”

“柯劳第中尉？”艾伐丹大叫道。

“是的——哦，你认识他。是的，我懂了，你的心中表露无遗。”

“保证如此……继续说，史瓦兹。”

“这位军官极端憎恨地球人，我虽然进入他的心灵，也难以了解他的恨意。他想要轰炸他们，他想要毁灭他们，若非军纪将他紧紧束缚，他随时都会驾着飞机腾空而起。

“这种心灵完全不同。只要一点点暗示，轻轻的一推，军纪就无法再制住他。我想，他甚至不知道我跟他一块爬上飞机。”

“你又是怎么找到神路的？”谢克特悄声问道。

“在我的时代，”史瓦兹说，“有个叫做圣路易斯的城市，位于两条大河的交汇点……我们找到了神路，当时是黑夜，不过在放射线汪洋中，看得见一小块黑色区域——谢克特博士说过，圣殿位于正常土壤构成的孤立绿洲上。我们投下照明弹——至少，那是在我的精神暗示之下——下面果然有座五角星形的建筑，和我从教长秘书心灵中收到的图像吻合……如今，那座建筑的所在地只剩一个大洞，足有一百英尺深。那是清晨三点发生的事。没有任何病毒送出去，宇宙仍旧安然无恙。”

从教长秘书的嘴唇中，传出一阵野兽般的狂嗥，又像是地狱恶魔发出的惨叫。他似乎准备一跃而起，结果——却瘫成了一团。

一层薄薄的唾沫沿着他的嘴角缓缓流下。

“我根本没有碰他。”史瓦兹轻声道。他若有所思地瞪着那个倒地不起的身躯，又说："我不到六点就回来了，但我知道必须等到时限过后才能现身。那时玻契斯一定会得意扬扬地夸耀，我从他心中看出这一点。只有用他自己的话，我才能证明他有罪……现在，他就躺在那里。"

第二十二章

良辰美景可期

三十天前，在银河即将毁灭的前夕，约瑟夫·史瓦兹半夜从机场跑道紧急升空，身后响起警铃疯狂的呼啸，一道道回航的命令闪电般向他扑去。

他并未回头，至少没有立刻那样做，而是在毁掉神路圣殿后才终于返航。

如今，他的英勇行为终于获得正式褒扬。在他的口袋里，装着一条“星舰与太阳”一级勋位的绶带。除他之外，在整个银河的历史上，只有两个人曾在生前获得这项殊荣。

对一个退休的裁缝而言，这实在是梦想不到的际遇。

当然，除了帝国最高级的数名官员，没有人知道他究竟做了什么。不过这不重要，总有一天，在每本历史书中，他的事迹都会成为光辉而不可磨灭的一页。

此时，他漫步在宁静的夜色中，朝谢克特博士的住所走去。整个城市一片祥和，如天上闪烁的星辰一般平静。在地球某些孤立的地区，仍有些狂热派在制造事端，不过，他们的首领不是战死就是被擒，温和派的地球人足以对付那些余党。

第一批载送普通土壤的庞大舰队已经上路。在此之前，恩尼亚斯再度提出他当初的提议，希望将所有地球居民移往另一颗行星，不过遭到了婉拒。地球人要的不是施舍，应该给他们一个机会，让他们重建自己的世界，重建这个祖先的故乡、全体人类的发源地。让他们用自己的双手，挖掉遭到污染的土壤，换上一批健康的沃土，再看着原本寸草不生的土地冒出绿芽，让荒漠再度开出美丽的花朵。

这是一项艰巨的工程，可能需要一个世纪的时间，但这又有什么关系呢？让整个银河出借机械；让整个银河运补粮食；让整个银河提供土壤。银河拥有不可胜数的资源，这么做对他们而言简直微不足道，何况他们总会得到回报。

终有一天，地球人将再度成为银河族群之一，住在一颗与其他世界无异的行星上，以尊严平等的眼光看待所有的人类。

史瓦兹正沿着台阶走向前门，想到这一切美好的远景，心头不禁怦怦作响。下周他便要随艾伐丹离开地球，前往银河中心各大世界。在他那一代，还有谁曾经离开过地球？

突然间，他又想到古老的地球，他自己的地球——早已逝去多年，早已逝去多年。

但对他而言，仅仅过了三个半月……

他停下脚步，伸出手来，正准备按下叫门讯号，屋内的对话忽然在他心中响起。现在他能将他人的思想听得多么清楚，就像是细微的铃声一样。

那当然是艾伐丹的声音，他心中的思绪甚至无法完全化作语言。“宝拉，我一面等待一面考虑，一面考虑一面等待。我再也不要这样做了，我要你跟我一块走。”

宝拉心中虽然跟他同样渴望，嘴里说的却是全然相反的一番话。她说："我不能，贝尔，那简直是不可能的事。我这些乡下人的言行举止……到了外面那些大世界，我会感到自己很蠢。何况，我只是个地球……"

"别再说下去了，你是我的妻子，这就足够了。如果有人问起你是谁、是什么人，那就告诉他，你是土生土长的地球人，同时也是帝国的公民。假如他们再问下去，那你就是我的妻子。"

"好吧，你到川陀对考古学会发表演说后，下一步是什么？"

"下一步？嗯，我们先放一年的假，遍游银河各个重要世界。我们一个也不放过，哪怕我们得搭乘太空邮船上上下下。我要让你好好看一看这个银河，享受政府公费所能提供的最佳蜜月。"

"然后呢……"

"然后再回到地球来，我们将志愿加入劳动大队，将其后四十年的岁月全都花在搬运土壤，填补放射性地带的工作上。"

"你为什么要那样做？"

"因为——"此时，艾伐丹的心灵接触轻轻做了个深呼吸，"我爱你，而那正是你所要做的事。也因为我是个忠诚的地球人，这点有荣誉归化证可以证明。"

"好吧……"

这段对话到此为止。

不过，当然，他们两人的心灵接触依然存在。史瓦兹退了开，心中带着十分的满意，以及一点点的尴尬。他可以等一下，还有足够的时间，等一切平静后再去打扰他们不迟。

他站在街头默默等待，天上的繁星闪耀着寒光，仿佛都在与他做伴——整个银河的星辰，包括可见与不可见的每一颗。

然后，他再次轻声吟诵那首古老的诗。为他自己，为新生的地球，也为远方亿万的行星。万兆人口中，如今只有他一个人还记得这首诗：

“与我共同老去！

良辰美景可期，

生命的终点，何尝不是源头的目的……”

后 记

《苍穹一粟》创作于一九四九年，于一九五〇年首度发表。当时距离“广岛事件”仅仅四年，我（以及世上一般人，我相信）低估了低水平放射性对生物组织的效应。因此我构思出一个普遍带有放射性的地球，上面仍有人类存活。那时，我认为这是个合理的推想。

如今我的看法已经改变，但要修改本书却是不可能的，因为地球的放射性正是故事的骨干。我只好再请各位读者不要追究，姑且依据本书的逻辑来欣赏（假设您的确欣赏）这个故事。

艾萨克·阿西莫夫

读客®

科幻文库

跟着读客读科幻，经典科幻全看遍。

太空歌剧、赛博朋克、奇幻史诗……

中国、美国、英国、俄罗斯、波兰、加拿大、日本、牙买加……

读客汇聚雨果奖、星云奖、轨迹奖获奖作品，

精挑细选顶尖的科幻奇幻经典，

陪伴读者一起探索人类文明的过去、现在和未来，

亿亿万万年，直至宇宙尽头。

读客科幻文库

读客®

阿西莫夫
银河帝国系列

基地系列

银河帝国：基地（Foundation）

银河帝国2：基地与帝国（Foundation and Empire）

银河帝国3：第二基地（Second Foundation）

银河帝国4：基地前奏（Prelude to Foundation）

银河帝国5：迈向基地（Forward the Foundation）

银河帝国6：基地边缘（Foundation's Edge）

银河帝国7：基地与地球（Foundation and Earth）

机器人系列

银河帝国8：我，机器人（I, Robot）

银河帝国9：钢穴（The Caves of Steel）

银河帝国10：裸阳（The Naked Sun）

银河帝国11：曙光中的机器人（The Robots of Dawn）

银河帝国12：机器人与帝国（Robots and Empire）

帝国系列

银河帝国13：繁星若尘（The Stars, Like Dust）

银河帝国14：星空暗流（The Currents of Space）

银河帝国15：苍穹一粟（Pebble in the Sky）

图书在版编目（CIP）数据

苍穹一粟 /（美）阿西莫夫 (Asimov,I.) 著；叶李华译 . -- 南京：江苏凤凰文艺出版社，2015（2025.11 重印）
（银河帝国 . 帝国三部曲）
书名原文：Pebble in the Sky
ISBN 978-7-5399-8334-9

Ⅰ . ①苍… Ⅱ . ①阿… ②叶… Ⅲ . ①长篇小说 - 美国 - 现代 Ⅳ . ① I712.45

中国版本图书馆 CIP 数据核字 (2015) 第 096923 号

苍穹一粟

［美］艾萨克·阿西莫夫 著　　叶李华 译

责任编辑　丁小卉
特约编辑　杨菊蓉　　许姗姗
封面设计　李子琪
责任印制　刘　巍
出版发行　江苏凤凰文艺出版社
　　　　　南京市中央路 165 号，邮编：210009
网　　址　http://www.jswenyi.com
印　　刷　三河市龙大印装有限公司
开　　本　890 毫米 ×1270 毫米 1/32
印　　张　8.25
字　　数　190 千字
版　　次　2015 年 9 月第 1 版
印　　次　2025 年 11 月第 47 次印刷
标准书号　ISBN 978 - 7 - 5399 - 8334 - 9
定　　价　140.00 元（全 3 册）
